Fran Ray, 1963 geboren, lebt nach Jahren in München und Australien, wo sie unter Pseudonym eine Krimireihe schrieb, heute an der spanischen Mittelmeerküste. Sie liebt ausgedehnte Spaziergänge mit ihren Hunden, Segeltörns und ist eine leidenschaftliche Köchin. DIE SAAT ist ihr erster Thriller, in dem sie sich einem brisanten Thema widmet, das heute aktueller ist denn je.

Fran Ray

DIE SAAT

Thriller

BASTEI
LÜBBE
TASCHENBUCH

BASTEI LÜBBE TASCHENBUCH
Band 16411

1. Auflage: September 2010

Bastei Lübbe Taschenbuch in der Bastei Lübbe GmbH & Co. KG

Originalausgabe

Dieses Werk wurde vermittelt durch die Michael Meller Literary Agency GmbH, München.

Lektorat: Gerke Haffner
Textredaktion: Lutz Steinhoff, München
Titelillustration: © Smari/Getty Images
Umschlaggestaltung: HildenDesign, München
Autorenfoto: Olivier Favre
Satz: Buch-Werkstatt GmbH, Bad Aibling
Druck und Verarbeitung: GGP Media GmbH, Pößneck
Printed in Germany
ISBN 978-3-404-16411-0

Sie finden uns im Internet unter
www.luebbe.de
Bitte beachten Sie auch: www.lesejury.de

Der Preis dieses Bandes versteht sich einschließlich
der gesetzlichen Mehrwertsteuer.

DIE SAAT

Für Simona

Erster Teil

1 30. August
Johannesburg

Das Klima in Johannesburg ist sonnig und zumeist trocken. Die Temperaturen sind gewöhnlich sehr mild, und jetzt, im Winter, erreicht das Thermometer tagsüber oft angenehme zwanzig Grad.

Ein strahlend blauer Himmel wölbt sich über den Vororten, in die die meisten Unternehmen vor der explodierenden Kriminalität im Zentrum der Stadt geflohen sind.

Isaak Mthethwa kennt noch die Zeit, in der Schwarze wie er nicht ins Stadtzentrum durften. Jetzt darf er, aber jetzt fürchtet er sich davor. Viel zu gefährlich. Und er hängt an seinem Leben. Auch wenn all die Leute, die er seit vier Tagen von den Hotels zum Konferenzzentrum fährt, bestimmt nicht sein Leben leben wollten. Der Reverend sagt jeden Sonntag: Ihr dürft nicht aufgeben. Das hilft ein bisschen. Isaak Mthethwa biegt in die Einfahrt des Park Hyatt Regency im Stadtteil Gauteng ein. Das letzte Taxi fährt gerade los, und er nimmt seinen Platz ein. Er kommt noch nicht mal dazu, den Motor abzustellen, denn die nächsten Kunden winken schon. Zwei Männer und eine Frau. Weiße. Wie fast alle, die er in den letzten Tagen gefahren hat. Isaak springt hinaus, reißt die Türen auf. Ohne ihn eines Blickes zu würdigen, steigen sie ein. Der ältere der beiden Männer setzt sich nach vorn.

»Ubuntu Village«, sagt er mit einem seltsamen Akzent und legt eine Aktenmappe aus Leder auf seine Knie. Sein Haar ist lockig und grau. Er hat es mit Pomade nach hinten frisiert.

Sein Blick ist streng, wie der von einem Stammesführer, vor dem die Untergebenen sich fürchten, weil er harte Strafen verhängt.

»Yes«, erwidert Isaak Mthethwa. Er wartet, bis sich der Mann und die Frau auf der Rückbank angeschnallt haben, legt den Gang ein und fährt auf die Jan Smuts Avenue. Viermal ist er heute schon nach Ubuntu Village gefahren, hat Konferenzteilnehmer zu Workshops gebracht, abgeholt, wieder in ihre Hotels gefahren oder hinaus zum Flughafen. Europäer, Asiaten und auch ein paar Afrikaner. Ganz ohne Scherereien ist das alles abgelaufen. Gott sei Dank! Letzte Woche noch haben ihm die Leute von Fly-Taxi eine Kugel durch die Scheibe geschossen. Er hat Glück gehabt, dass er sich gerade gebückt hat, weil ihm ein Kugelschreiber runtergefallen war. Als das Glas barst, hat Isaak nur noch Gas gegeben. Seitdem hat er sich nicht mehr in ihrem Revier sehen lassen. Doch jetzt können sie ihm nichts anhaben. Kein Taxikrieg mehr. Überall Polizei. Sicherheitskräfte. Und er ist einer der achthundert Fahrer, die vom Gauteng Taxi Council ausgewählt wurden. Weil er gut fährt und gut Englisch spricht. UN-Weltgipfel müsste das ganze Jahr lang sein.

Rot. Er ertappt sich dabei, dass er die Frau auf der Rückbank betrachtet. Sie trägt ihr langes, dunkles Haar offen. Auf Plakaten für Shampoos haben die Frauen solches Haar. Er stellt sich vor, wie es wehen würde, wenn er jetzt die Klimaanlage und den Ventilator voll aufdrehen würde. Wie ein seidiger Schleier. Er denkt kurz an Charlene, doch dann verdrängt er die Erinnerung. Es war besser so. Am Ende war sie nur noch ein Skelett.

Der Mann neben der Frau, im weißen Hemd mit aufgekrempelten Ärmeln und Schlips, hat sein Haar kurz rasiert, wie ein Soldat. Seine Haut ist besonders hell und von Sommersprossen übersät. Ständig wischt er sich mit einem Taschentuch den Schweiß ab, betrachtet es, faltet es zusammen und steckt es wieder in die Hosentasche, um es gleich wieder herauszuholen. *Als ob er prüfen muss, ob Afrika ihn schon beschmutzt hat!* Grün.

»… in sechs Jahren wollen wir auf dem afrikanischen Kontinent fest im Sattel sitzen. Das lässt sich der Konzern mehrere hundert Millionen kosten.«

Isaak horcht auf. Hundert Millionen, hat die Frau gesagt.

»Allerdings muss, was die Akzeptanz von GVO angeht, in Afrika unbedingt noch der Boden bereitet werden.«

Isaak sieht nur kurz in den Rückspiegel, sie darf nicht merken, dass er sie anstarrt. GVO hat er noch nie gehört.

Pomadenhaar dreht sich nach hinten. »Keine Sorge, ich treffe heute nach dem NGO-Meeting den UN-Generalsekretär …«

Wieder dieser seltsame Akzent, Isaak kann ihn nicht einordnen. »Wenn wir ihn ins Boot holen, kriegen wir die anderen Afrikaner auch – und die Europäer verehren ihn sowieso.«

»Die Europäer!« Der mit dem Taschentuch macht eine abwertende Geste.

»Nun, Ted«, schaltet sich die Frau wieder ein, »wir dürfen die öffentliche Meinung nicht unterschätzen, wie übrigens Bob immer betont. Deshalb will er unseren Konzern offiziell nicht unterstützen, sondern …«

»Don't forget Africa!«, fällt ihr dieser Ted ins Wort. »Ja, ja, ich weiß: Kampf gegen Aids, Tuberkulose, Malaria.«

Isaak ist fasziniert von der Arroganz dieser Menschen. Für sie sind es nur Wörter, für ihn sind es so viele Tote. Die Rücklichter des Mercedes leuchten auf, und er muss heftig auf die Bremse treten. Er murmelt »Sorry«, doch keiner der Fahrgäste nimmt von seinem unsanften Manöver Notiz.

Pomadenhaar dreht sich wieder nach hinten und sagt: »Bob hat gemeint, er könnte sich von dem Geld eine Fahrt in einem Heißluftballon rund um die Welt leisten, aber leider hat er Höhenangst.«

Die Frau lächelt und erwidert: »In dem Gespräch mit dem Generalsekretär solltest du betonen, dass wir selbstverständlich auf die Lizenzgebühren verzichten. Zunächst. Das hat sich schon immer ausgezahlt.«

Auf der Nebenfahrbahn beschleunigt ein LKW, und Isaak versteht nicht, was die Frau darauf erwidert, doch er schnappt noch einen Blick von ihr im Rückspiegel auf, bevor sie sich zum Fenster dreht und hinaussieht.

»Warum ist James eigentlich nicht mitgekommen?«, fragt Ted.

»Er ist auf seiner Ranch geblieben und heizt lieber den Grill auf der Terrasse an«, antwortet sie.

»Und betrachtet ehrfürchtig seinen Namensvetter James Stewart auf den düsteren Schinken in seinen Gemächern!«

Alle lachen. Diesen James nehmen sie wohl nicht ernst, denkt Isaak.

»Kommst du morgen mit zur Safari, Ted?«, fragt sie dann.

Taschentuch-Ted schüttelt den Kopf. »Safari? Tiere fotografieren?« Er lacht verächtlich. »Vor zehn Jahren hab ich Löwen gejagt ... Haben Sie schon mal Löwen gejagt?«

Pomadenkopf nickt. »Aber sicher! Als du noch in die Windeln gemacht hast. Da hab ich alles gejagt. Elefanten, Antilopen, Gnus, Löwen.« Er seufzt. »Das waren noch andere Zeiten.«

»Es werden wieder andere Zeiten kommen«, sagt sie leise und sieht zum Fenster hinaus.

Empire Road, beinahe hätte er die Kreuzung verpasst. Langsam wird er wütend, mag es nicht, wie sie über ihn und die Menschen und den ganzen Kontinent reden.

»Wir sollten dafür sorgen, dass wir das DRMA-Projekt vor den nächsten Wahlen unter Dach und Fach bringen«, meint Taschentuch-Ted und fährt sich wieder über die Stirn.

»Keine Angst, wir haben einen guten Mann in Afrika, nicht wahr?« Sie lächelt Pomadenkopf zu.

»Den besten«, erwidert der.

»Du kriegst auch genug Geld«, brummt Ted.

Pomadenkopf lächelt dünn. »Du kannst es ja selbst versuchen.«

»Wir sind überzeugt, dass du der Beste für diesen Job bist«, beschwichtigt sie.

Wieder schweigen sie. Isaak grübelt, was sie wohl gemeint haben, worüber sie überhaupt geredet haben, und wechselt die Spur.

»Denkt ihr auch manchmal daran, dass hier die Wiege der Menschheit stand?«, fragt sie plötzlich und sieht wieder gedankenversunken zum Fenster hinaus.

Isaak rätselt weiter, doch da tauchen schon die bunten Flaggen von Ubuntu Village auf. Er hält an, steigt aus und eilt zur hinteren Tür, reißt sie auf. Da sieht er ihr direkt in die Augen. Plötzlich kann er sich nicht mehr zurückhalten, er muss es tun, er kann nicht anders: »Ich bitte Sie im Namen Afrikas: Trampeln Sie nicht auf unserer Seele herum.«

Sie starrt ihn an, bis er es nicht mehr erträgt und den Blick senkt.

Er sieht nur noch ihre Beine mit den Nylonstrümpfen, die sich ohne Eile über die Türschwelle schwingen. Ihr Parfum ist das Letzte, das er von ihr wahrnimmt, dann flüchtet er hinters Steuer.

Zwei Asiaten heben die Hand. Er fährt vor, steigt aus, reißt die Türen auf. Als er den Gang einlegt, wirft er noch einen Blick zurück, doch sie ist schon längst unter den bunten Fahnen in der Menge verschwunden.

Fast zehn Stunden und unzählige Fahrten später steuert Isaak Mthethwa den Wagen mit einer Hand, lässt ihn langsam in Richtung Zentrale rollen. Es ist längst dunkel, und er ist müde. Sehr müde. Der Morgen liegt eine Ewigkeit zurück, aber er spürt immer noch ihren Blick, der sich in seine Augen bohrt. Er hätte es nicht sagen sollen. Es steht ihm ja gar nicht zu. Außerdem hat er ja gar nicht verstanden, worüber sie gesprochen haben. Es war nur so ein Gefühl … Er muss nach Hause, etwas essen, vielleicht hat Miriam von nebenan etwas gekocht und ihm ein bisschen aufgehoben.

Er nimmt den dunklen Wagen, der sich langsam auf seine Höhe schiebt, zu spät wahr, genauso wie das heruntergelassene Fenster und den kurzen Lichtreflex auf Metall. Nein, das sind nicht die von Fly-Taxi!, denkt er noch, dann ist da nur noch der Knall, das Splittern von Glas und die Explosion in seinem Kopf.

Sechs Jahre später

2 Samstag, 22. März Paris

Messerscharf schneiden die gläsernen Kanten des Turms der Université Pierre et Marie Curie in den nächtlichen Himmel. Trotz des plötzlich kalten und feuchten Windes streifen auch jetzt noch, um halb zwölf, Touristen am Rande des Quartier Latin umher, begierig jede Minute ihres Wochenendtrips ausnutzend. Drei Ehepaare, alle in den Vierzigern und alle aus einem kleinen Ort in Belgien kommend, haben eine Pension in der Nähe gebucht und wollen das Zubettgehen so lange wie möglich aufschieben, und so schlendern sie ein wenig fröstelnd und unschlüssig, in welcher Bar sie sich die nötige Bettschwere antrinken könnten, an der Métrostation Jussieu vorüber. Den Campus Jussieu mit dem Hochhaus, in dem sich das Mondlicht spiegelt, beachten sie nicht, auch nicht die vier Studenten, die nur ein paar Meter vom Fuß des Turms entfernt rauchen und darüber diskutieren, in welchen Club sie gleich fahren sollen. Niemand, weder die Studenten noch die belgischen Touristen, verschwendet einen Blick auf die um das Hochhaus gruppierten flachen Gebäude, in denen sich die Abteilungen und Labors für Zellbiologie, Ernährung und Immunologie befinden.

Im rechten Flügel, hinter der Tür mit der Nummer 1378, liegt der Raum von Professor Jérôme Frost, dem Leiter des Teams EA 21679. Helles Neonlicht leuchtet beinahe schattenlos das gesamte Labor aus. Professor Jérôme Frost, über eins neunzig groß, gertenschlank, fast mager, mit langen Gliedmaßen, lockigen blonden Haaren und trotz seiner erst neununddreißig Jahre bereits mit dem gebeugten Rücken eines alten Forschers, starrt auf die beiden in ihrem Käfig taumelnden weißen Ratten und streicht sich zum wiederholten Mal über die Wangen seines langen, glatt rasierten Gesichts, als hätte er einen Bart. Auf seiner hohen, fast senkrecht aufsteigenden Stirn, in die sich zwei große Locken kringeln, vertiefen sich die Längsfalten, wie immer, wenn er sich mit einem Problem herumschlägt. Nicolas Gombert, zwölf Jahre jünger, mindestens einen Kopf kleiner als Frost, dunkelhaarig, durchtrainiert vom regelmäßigen Besuch im Fitnessstudio, steht neben ihm, die Hände in den Taschen seines weißen Kittels. Auch er beobachtet die Ratten, die von Minute zu Minute orientierungsloser und schwächer werden.

»Nicolas, holen Sie meine Kamera, schnell«, sagt Frost, trotz des »schnell« nüchtern und ohne den Blick von den Ratten zu nehmen. Nicolas ist mit zwei Schritten an der Tür zum Nebenraum des Labors. Professor Frost ist ein strenger Arbeitgeber, der ihm oft auf die Nerven geht, aber Nicolas braucht dringend Geld, sein Leben ist teuer, und die Stelle als medizinisch-technischer Assistent sichert ihm die Miete für sein winziges, aber cooles Appartement unweit der Sorbonne. Die Kamera liegt im Regal hinter der Tür. Nicolas gibt ihr einen Schubs, sodass sie ins Schloss fällt. Er schnappt sich die Kamera und will gerade die Hand zum Türknauf ausstrecken, als er nebenan einen lauten Knall hört, als würde jemand die Eingangstür eintreten.

Schon will Nicolas zurück ins Labor, als er noch einen Schlag hört. Er weicht zurück. Er war noch nie mutig. Und ganz sicher wird er es jetzt auch nicht sein und Professor Frost beistehen. Nicolas drängt sich hinter die Tür. Jetzt hört er, wie etwas zu Boden poltert, dann folgen Schläge, es klirrt und scheppert. Die Käfige! *Geh rein! Du musst ihm helfen,* schreit sein Gewissen, doch Nicolas steht nur da, stocksteif, unfähig, sich zu bewegen. Jetzt ein Winseln und Ächzen, Schuhe scharren über den Boden, und endlich – urplötzlich – Stille. Nur das Brummen der Neonröhre über ihm. Nicolas starrt zur Tür. Alles Mögliche schießt ihm durch den Kopf. Junkies, die Drogen in den Labors vermuten, Vandalen, die nur zerstören wollen, Studenten, die durchs Examen gerasselt sind, Tierschützer … Nicolas hält die Luft an, während seine Augen den Raum nach einem Versteck absuchen. Neben sich entdeckt er die Tischplatte und den ausrangierten Bürostuhl, auf der linken Seite der Tür ist das Waschbecken, vor ihm das Regal mit den Medikamenten und den Schubladen mit den Injektionsspritzen und Skalpellen, den Gläsern und Behältern mit Futtermitteln. Und direkt neben ihm die Tür zum Labor. Einen eigenen Ausgang auf den Flur hinaus hat dieser Raum nicht. Er denkt daran, ein Skalpell aus der Schublade zu holen, doch das würde Geräusche machen. Also tastet er zum Schalter neben der Tür und macht das Licht aus. Jetzt ist es dunkel bis auf den hellen Streifen unter der Tür und dem fahlen Licht, das durch ein schmales Fenster ganz oben in der Wand von draußen hereinfällt. Er lauscht. Seltsame Geräusche dringen zu ihm. Ein Bohrer? Dann ein schrill aufheulender Motor, dann kratzt Metall über Holz, dann knirscht es, schließlich ein Schmatzen und Klatschen, als würde jemand mit einem nassen Lappen über den Boden wischen. Er merkt, wie er zittert, wie ihm schwindlig wird vor Angst. Er gibt sich einen Ruck, kriecht unter die Schreibtischplatte und zieht lautlos den Bürostuhl zu sich heran. Er kauert sich zusammen, bis seine Stirn den Fußboden berührt. Rollt sich ein wie ein Igel. So hat er sich als Kind auch immer versteckt. Wenn er keinen sieht, sieht man ihn auch nicht. *Was für ein Unsinn!* Aber in diesem Moment ist er sein einziger Trost. Dann – ein metallisches Klirren. *Ein Messer, das auf den Fliesenboden fällt?*

Jean-Marie wollte heute Nacht kommen! Sein Handy ist in der Innentasche seines Jacketts, und das hängt im Labor im

Wandschrank. *Jean-Marie wird anrufen, dann werden sie wissen, dass sich noch jemand im Labor versteckt.* Übelkeit steigt in ihm hoch. *Nicht jetzt!* Als die Tür aufgestoßen wird, kneift er die Augen zu. Ein Streifen Licht fällt auf den Boden, und jemand tritt in den Raum. Nicolas sieht zwischen den Wimpern den unteren Teil von zwei Beinen, die in einem weißen Schutzanzug stecken, und Schuhe, über die eine Plastikhaube gezogen ist. Das Neonlicht springt an. Nicolas hört auf zu atmen. Über das Weiß der Hosenbeine laufen rote Rinnsale, der Plastiküberzug der Schuhe ist dunkelrot verschmiert. *Das ist Blut. Das muss Blut sein. Nicht mehr denken, du bist nicht da, du existierst nicht.* Die Streben des Metallfußes drücken in seinen Unterschenkel, Nicolas fängt an zu zittern. Gleich wird ihn der Bürostuhl verraten, das Zittern wird immer heftiger, er kann es nicht kontrollieren, gleich – doch in diesem Moment geht das Licht aus, die Füße machen kehrt, und die Tür fällt ins Schloss.

3 London

»Ethan, wir sind auf dem besten Weg! Die Vorbestellungen laufen fantastisch, und dann auch noch die Filmoption! Ethan, diesmal schaffen wir es! He, nimm vom Biryani!«

Ethan Harris fragt sich, wann er seinen Lektor zum letzten Mal so euphorisch erlebt hat. Noch nicht einmal bei Ethans erstem, gleich von der Kritik gelobten Buch war Leon Woolfe so siegessicher und entspannt gewesen, obwohl sie damals auch eine Flasche Champagner geköpft hatten. »Du warst großartig! Totenstill war es! Nicht ein einziger Huster!«

»Na ja, ich war ziemlich nervös, und jetzt bin ich erledigt«, sagt Ethan. Früher hat er vor Lesungen Gin Tonic getrunken, um sich aufzuputschen. Früher, als er alles leichter genommen hat, als ihm schon 30 000 verkaufte Exemplare als Erfolg galten, als sei er ihm zugefallen, mühelos. Nicht hart errungen, sich selbst abgetrotzt. Das Schlimmste ist, wenn Zuhörer ihn aggressiv angehen. Provokante Fragen stellen. Er mag es harmonisch, wenn er ausnahmslos alle im Raum – und der im Londoner Southbank Center war weiß Gott groß – in seinen Bann ziehen kann, wenn sie still sind und sich von seinen Worten und mit seiner Stimme in eine andere Welt entführen lassen. Deshalb kommen sie doch, oder? Nicht um ihn anzugreifen, ihn fertigzumachen.

»Weißt du, was Patty zu mir gesagt hat? Sie hat gesagt: Du hast die ganze Meute im Saal auf dein Boot eingeladen, ihnen ordentlich was geboten, hast sie prächtig unterhalten und dann … dann hast du sie mit einem Schlag … gekillt!« Leon lacht. »Ich hab gezählt. Ganze sechs Sekunden waren sie erledigt, bevor sie wie die Verrückten geklatscht haben.«

Ja, er hat es genossen, und gleichzeitig hat es ihn geängstigt. Die Stille verwandelte sich in einen Abgrund, der mit jeder Sekunde tiefer und dunkler wurde, bis ihn endlich der Applaus rettete.

Seit neun Jahren sind sie ein Team, Leon mit polierter Glatze und immer in schwarzem Rollkragenpulli – Ethan überlegt, was Leon im Sommer trägt – und er, Ethan, mit immer noch dichtem blondem Haar – trotz seiner zweiundvierzig –, das er gern etwas länger wachsen lässt, auch wenn es gerade nicht Mode ist. Markenzeichen und zugleich Erinnerung an seine Jugend in Sydney, als er die Farm seiner Eltern verlassen hat, um etwas anderes kennenzulernen als den Busch, Rodeos und die Ängste vor Dürre und wieder gefallenen Schafpreisen. Seine sorglosesten Jahre, so nennt er sie, als er mit seinen Kumpels im VW-Bus an der Küste entlangfuhr, zum nächsten Strand, zur nächsten Brandung, um über die Wellen zu fliegen, sich frei zu fühlen von jeglicher Verantwortung. Zwei ewige und doch viel zu kurze Jahre lang.

Leon winkt den indischen Kellner heran. »Bringen Sie

uns das da, was sie gerade an den Nebentisch getragen haben.«

Der Kellner nickt, und Leon grinst Ethan an. »Man muss doch mal was Neues ausprobieren, was?«

Das Abendessen in der Bombay Brasserie zum Abschluss der Buchmesse ist im Lauf der Jahre zu einem gemeinsamen Ritual geworden.

»Pass auf, Ethan«, sagt Leon mit vollem Mund, »wir sollten gleich nach der Frankfurter Buchmesse deine Lesereise ansetzen. Hamburg, Berlin, Leipzig, Köln, München und auf jeden Fall noch Wien und Bern. Sylvie wird dich mal zwei Wochen entbehren müssen.«

Sylvie. Ethan tastet nach dem Handy in seiner Jacketttasche, drückt auf die grüne Wahltaste. Er wollte ihr schon vor der Lesung sagen, dass der Saal voll ist und der Verlag happy.

Wieder schaltet sich die Mobilbox ein. Hat sie nicht heute Notdienst? Er hat es vergessen. In letzter Zeit hat er viel vergessen, was sie angeht, war zu sehr mit sich und seiner Arbeit beschäftigt. Sie sollten endlich mal wieder einen langen Urlaub machen. Amerika vielleicht? *San Francisco, da wolltest du doch längst schon mal hin, Sylvie.*

»Ethan?« Leons Stimme reißt ihn aus seinen Gedanken. »Alles klar?«

»Ja, natürlich.« Er ist plötzlich unendlich müde. Als hätte eine jahrelange Anspannung endlich nachgelassen.

4 Sonntag, 23. März Paris

Irgendwann wagt Nicolas, sein Handgelenk zu drehen, sodass er auf seine Uhr mit den Leuchtziffern sehen kann. Halb zwei. Seit fast zwei Stunden hockt er schon so da. Er hält es nicht mehr aus. Seine Beine kribbeln, sie sind längst eingeschlafen, er würde sich nicht wundern, wenn sie sogar abgestorben wären. Jean-Marie hat nicht angerufen. Unter anderen Umständen wäre er stinksauer deswegen. Er lauscht. Nichts, gar nichts. Langsam schiebt er den Stuhl weg und kriecht unter dem Tisch hervor. Mühsam richtet er sich auf. Noch immer kommt kein Laut von nebenan. Allmählich kommt wieder Gefühl in seine Beine, und er schleicht zur Tür, legt das Ohr an die weiße Lackschicht. Nichts. Absolute Stille. Er schluckt, Bilder durchfluten sein Hirn, zerbrochene Reagenzgläser, umgestürzte Regale, und Professor Frost? Das Blut fällt ihm wieder ein. Vielleicht hat er es sich ja auch nur eingebildet, vielleicht war es doch nur rote Farbe, mit der sie irgendwas an die Wand geschmiert haben. Eine blöde Parole oder so. Wieso hat er eigentlich so eine Angst gehabt? Nicolas hat die Türklinke umfasst. Er zögert, doch er vernimmt keinen Laut mehr. Jetzt. Er drückt die Klinke herunter und zieht die Tür ein Stück auf. Es ist dunkel, das Licht ist ausgeschaltet. Die Rollos sind heruntergelassen, natürlich, das hat er selbst getan, als sie am Abend um sechs anfingen. Durch die Ritzen zwischen den Alulamellen dringt diffuses Licht von draußen. Er lauscht wieder. *Und wenn sich jemand hier verbirgt und auf mich wartet?* Der wäre schon längst aufgesprungen. Entschlossen tastet Nicolas nach links an die Wand neben der Tür. Er spürt den kalten Kunststoff des Schalters, ein letztes Zögern, dann kippt er ihn nach unten. Flackernd springen die Neonröhren an. Zuerst sieht er die umgestürzten Käfige auf dem Boden, sie sind leer, nirgendwo eine Ratte. *Freiheit allen Ratten und Mäusen!* Er lacht auf, erschrickt vor seiner eigenen Stimme. Doch da ist noch etwas. Die dunklen Seen, die Lachen auf dem sonst grauen Fußboden. Blut, ja, das ist Blut, sein Gehirn funktioniert unendlich langsam, da war Blut auf dem Schutzanzug und auf den Schuhen, erinnert er sich, als sei es Jahre her. Auf einmal wagt er nicht mehr, aufzusehen, sein Blick klebt an den Blutlachen. Menschliches Blut, viel zu viel Blut für ein paar Ratten. Wie viele Milliliter sie haben, weiß er nicht, *wieso weiß ich das nicht, das müsste ich doch wissen!* Dann helfen diese Gedankenspiele nicht mehr, seine Augen scannen den Raum und bleiben an einem Gebilde hängen. Wie viele Sekunden starren sie darauf, ohne dass das Gehirn das, was die Augen sehen, zuordnen kann? Dann endlich ist das Muster erkannt, und Nicolas schreit und reißt die Tür auf, rennt durch die hallenden einsamen Flure, hinaus, vorbei am Empfang, stolpert über einen verdreht am Boden liegenden Körper, fängt sich, will die Chipkarte in den Schlitz stecken, damit sich die Ausgangstür öffnet. *Verdammt, sie ist im Jackett, wie alles andere auch, Portemonnaie, Schlüssel, Handy.* Er muss zurück, zurück in die Hölle. Sein Körper wird steif, doch Nicolas zwingt sich, zurück ins Labor zu laufen, dort reißt er, ohne sich noch einmal umzusehen, den Schrank auf und sein Jackett heraus, läuft wieder zum Ausgang und stürzt durch die sich öffnende Tür hinaus in die kalte Nacht, vorbei an den rauchenden Studenten, von denen einer beobachtet, wie er auf der anderen Straßenseite beinahe mitten in drei Touristenpärchen rast.

»He, gib acht!«, ruft jemand hinter ihm her.

5

Mein Gott! Als Inspecteur Irène Lejeune zusammen mit David Hazan vor knapp fünfzehn Minuten vom Commissariat Central in der Rue de la Montagne Sainte-Geneviève losgefahren ist, hat sie noch geglaubt, nach fünfundzwanzig Dienstjahren auf alles gefasst zu sein. Der Anführer der Putzkolonne in den Labors für Biogenetik hat ohne Zittern in der Stimme am Telefon gemeldet, in den Räumen der Universität sei ein Mann hingerichtet worden. Da schon hat sich Irènes Hoffnung auf einen ausnahmsweise ruhigen Wochenenddienst zerschlagen. Auf einen – wenn auch kalten und verregneten – Sonntagnachmittag und -abend mit Roland und den Kindern. Ein wenig Normalität. Doch was sie jetzt sieht, übersteigt jede Vorstellung.

Zuerst sind sie fast über den Wachmann mit der durchschnittenen Kehle gefallen, dann sind sie dem Iraker gefolgt, doch als Lejeune das Labor 1378 betreten hat, musste sie am Türrahmen Halt suchen, weil Schwindel und heftige Übelkeit sie überfielen. *Nimm dich zusammen, oder willst du hier vor allen kotzen?*

Seit Jahren ist sie an den Anblick von unterschiedlichsten Leichen in den unterschiedlichsten Verwesungsstadien gewöhnt, sogar an ihren Geruch, auch wenn er für sie immer noch grauenvoll ist und sie danach mindestens drei Tage lang Fleisch weder zubereiten noch essen kann. Sie war sicher, dass sie auch diesen Anblick einfach wegstecken könnte, aber sie hat sich geirrt. *Hingerichtet.* Dieser Ausdruck ist absolut korrekt für das, was sie jetzt sieht. David stürzt auf den Flur, sie hört, wie er sich übergibt. Sie hätte ihm einen verächtlichen Blick zuwerfen können, auch Maurice, der Fotograf, sonst immer angriffslustig, hätte ihn ein Weichei nennen und Paul, der Gerichtsmediziner, hätte ihn mit einem Kopfschütteln bedenken können, doch keiner von ihnen reagiert, alle sind damit beschäftigt, nicht selbst die Kontrolle zu verlieren.

Sie reißt sich zusammen, will nicht zulassen, dass das Böse sie in die Knie zwingt, steckt die Hände in die Taschen ihres kurzen Trenchcoats, ballt sie zu Fäusten, kämpft an gegen die eiskalten Schauer, als sie dem Grauen ins Gesicht blickt.

Was siehst du? Sie ist die Kommissarin, sie hat diesen Fall nun zu lösen. Sie greift zur Routine, scannt den Raum. *Tu, was du gelernt hast. Los!*

An die Wand links vom Fenster, vor dem die Rollos heruntergelassen sind, ist ein menschlicher Körper festgeschraubt worden. Er ist bekleidet mit Jeans und weißem Kittel. Metallbänder führen über Brust und Unterleib. Die Arme sind zur Seite gestreckt, *ein Gekreuzigter.* Etwas in Lejeune weigert sich, auch den Rest zu betrachten. Das Entsetzen treibt ihr kalten Schweiß aus allen Poren. Nein, so etwas hat sie noch nie gesehen.

Der Kopf fehlt. Auf dem blutigen Querschnitt durch den Hals sitzt stattdessen der Kopf einer weißen Ratte. Aus toten roten Rattenaugen starrt ihr der Horror entgegen. *Der abscheuliche kleine Rattenkopf auf dem großen menschlichen Körper verhöhnt nicht nur diesen einen Menschen, nein, er verhöhnt alle Menschen, die ganze menschliche Rasse!*

Sie überwindet sich, tritt näher an den Toten. Der Mörder hat den Kopf der Ratte mit ein paar Stichen auf den durchtrennten Menschenhals genäht, und zwar so, dass er auf der Luftröhre sitzt, aber nicht die durchtrennten Muskeln, die Wirbel und die Gefäße überdeckt. *Prof. Jérôme Frost* steht auf dem Namensschild an der Brusttasche des Kittels.

Lejeune wendet den Blick ab, ignoriert das schwammige Gefühl in den Knien. In den dunklen Lachen aus getrocknetem Blut liegen geöffnete Käfige. Sie sind leer, genauso wie die Käfige am hinteren Ende des Raums. Sie sucht den Kopf. Den Kopf von Professor Frost, irgendwo muss er sein. Ein Räuspern lässt sie herumfahren. Der Iraker steht immer noch da, sie hat ihn völlig vergessen.

»So haben Sie ihn gefunden?«, fragt Lejeune ihn mit betont fester Stimme. Sie hat was gegen Iraker. Und gegen Farbige und gegen Asiaten und gegen arrogante Weiße und gegen Jugendliche und Ungebildete … Sie hätte längst ihren Job aufgeben sollen. Er hat sie zum Menschenhasser gemacht.

»Ja. Das ist Professor Frost.« Unbeeindruckt betrachten seine dunklen Augen unter den buschigen grauen Augenbrauen die grausige Inszenierung.

»Was macht Sie so sicher?«

Jetzt erst sieht er Lejeune an. »Er hat gern in der Nacht gearbeitet, wir haben hin und wieder ein paar Worte gewechselt. Er war ein sehr ruhiger und belesener Mann.«

Lejeune ist beeindruckt vom präzisen Französisch des Irakers, dessen Namen sie sich nicht hat merken können. Der Mann zeigt zu den Händen der Leiche. »Seine langen Finger und der goldene Siegelring sind mir immer aufgefallen.« Er nickt, um seine Aussage zu bestätigen. Irène Lejeune betrachtet beides. Der Ring scheint fest zu sitzen, und die Hände sind tatsächlich außergewöhnlich schmal und schlank, genauso wie der ganze Körper.

»Danke erst mal, wenn wir weitere Fragen haben, wenden wir uns an Sie.«

Er lächelt und deutet eine knappe Verbeugung an.

»Ach«, fragt sie noch, »welchen Beruf hatten Sie eigentlich, ich meine, früher?«

Sein Lächeln verschwindet augenblicklich. »Ingenieur.« Er dreht sich um und geht. Mein Gott, denkt sie, ich an seiner Stelle würde dieses Land und diese Gesellschaft hassen, die mich nicht zu würdigen weiß.

Maurice tritt neben sie und richtet seinen Fotoapparat auf die Schrankwand neben der Leiche. In grüner Leuchtfarbe ist da aufgesprüht:

Schöne neue Welt der Genforscher

»Das wird die Ökos ganz schön Stimmen kosten«, bemerkt Lejeune trocken. Sie weiß, dass der Kommentar völlig daneben ist, aber er hilft ihr irgendwie, die Übelkeit lässt nach. *Ökoterrorismus, das hat mir gerade noch gefehlt! Da schalten sich die von oben ein.*

Paul dreht sich zu ihr um. Er hält einen Temperaturmesser in der Hand. »Ich weiß schon, warum ich die nie gewählt habe«, murmelt er.

Maurice lacht auf, verstummt aber sofort. David ist erschrocken zusammengefahren, er sieht Hilfe suchend zu Lejeune.

»Hat Professor Frost hier allein gearbeitet? David?« Lejeune lässt ihren Blick weiter durch den Raum wandern, keine Fotos, weder von Kindern noch von einer Frau. Nichts Persönliches.

»Ganz sicher nicht. Alle Profs haben Assistenten«, sagt David mit brüchiger Stimme, er weiß das, war selbst an der Uni. Jura. Er geht in den Nebenraum. Lejeune folgt ihm und beobachtet, wie er mit behandschuhten Händen in einem Kalender blättert, der auf dem Schreibtisch liegt.

»Hier steht ein Name. Nicolas Gombert«, sagt er. »Laut Kalender war er letzte Nacht hier.«

»Sein Assistent?«

»Könnte sein. Moment. Ich habe etwas über Professor Frost.« Er liest das Display seines Handys. »Er war neununddreißig, geboren in Lyon. Studium der Biologie und Medizin in Paris. Ist seit drei Jahren Dozent hier an der Université Pierre et Marie Curie. Beschäftigt sich mit«, er sieht auf und zuckt mit den Schultern, »Antibiotika- und Lebensmittelverträglichkeit.«

»Keine Genforschung?«, vergewissert sich Lejeune.

»Na ja, das eine muss das andere nicht ausschließen.«

Lejeune erspart sich eine Frage, das muss anders geklärt werden. Sie hat von diesen Dingen keine Ahnung. Sie weiß nur, dass Antibiotika Bakterien abtöten, keine Viren, das hat ihr der Arzt im November erklärt, als die Kinder die Grippe nicht mehr wegbekamen und sie auf Antibiotika bestand.

»Verheiratet?«, fragt sie weiter, während sie ins Labor zurückgeht.

»Nein, auch nicht geschieden, keine Kinder. Katholisch.« David klappt sein Handy zu und folgt ihr. »Sollen wir zu ihm nach Hause fahren?« Er ist bleich um die Nase, und seine Gesichtsfarbe geht ins Grünliche.

»Später. Ein Wissenschaftler ohne Privatleben hat jede Nacht und jede freie Minute mit seinen Ratten verbracht, und was hat er davon gehabt?«, spricht Lejeune ihre Gedanken aus. »Und was ist mit diesem Nicolas? War der am Abend da? Wann ist er weg? Okay, David, ich will wissen, woran Professor Frost gearbeitet hat, und mit wem. Besorgen Sie mir eine Liste seiner wissenschaftlichen Mitarbeiter, Sekretärinnen, Sie wissen schon, welche Berührungspunkte gibt es mit der Öko- oder der Tierschutzbewegung? Ist er da schon öfter angeeckt? Gab es Drohbriefe, anonyme Anrufe?« Lejeune spult ihr Routineprogramm ab, ist froh über jedes einzelne ihrer fünfundzwanzig Jahre bei der Polizei. David nickt, ohne sie anzusehen. Ihn mag sie auch nicht. Er sollte im Büro bleiben, denkt sie manchmal, die Straße ist zu gefährlich für ihn. *Was für ein Quatsch, jeden kann es treffen. Und meist überleben die Zauderer.* »Ach ja, und natürlich, wer war gestern Abend noch hier im Gebäude. Wann hat der Wachmann seinen letzten Rundgang gemacht.«

Als sie den ermordeten Wachmann sah, hat sie für Sekundenbruchteile gedacht, das hätte auch Roland sein können. Bei Hewlett Packard haben sie auch schon mal eingebrochen, seitdem Roland dort die Nachtdienste schiebt. Er kam mit einem Schlag auf den Kopf davon. Was soll aus den Kindern werden, ist es nicht überhaupt unverantwortlich von ihr und Roland, solche Berufe zu haben? Oder mit solchen Berufen Kinder zu haben? *Hör auf damit, konzentrier dich auf diesen Fall hier. Was siehst du? Was fällt dir auf? Los, mach schon, streng dich an.* »Es ist wirklich eine Hinrichtung. Eine künstlerische Inszenierung, könnte man sagen.« Lejeune spricht mehr zu sich selbst. Der Fotograf wendet sich den blutigen Fußabdrücken zu. Lejeune kennt diese Art von unscharfen Abdrücken. Der Mörder hat einen Plastikschutz über seine Schuhe gezogen und zusätzlich seine Sohlen präpariert, denn die Abdrücke sehen aus wie die geteilten Hufe von Kühen, oder von Rehen, wenn sich Lejeune recht erinnert, ein bisschen größer nur. *Die Tiere befreien sich selbst.*

»Sieht nach einem Einzeltäter aus.« Sie starrt auf die Spuren und zeigt dann auf eine Stelle auf dem Boden. »Und hier hat er ihm den Kopf abgetrennt. Fragt sich nur, womit.«

Paul dreht sich um. »Ich will euch nicht den Appetit auf den nächsten Braten verderben, und wenn ihr den mit einem normalen Fleischmesser schneidet, habt ihr wahrscheinlich auch kein Problem damit, aber hier«, er zeigt auf den Hals der Leiche, »die Schnittkante sieht aus, als hätte der Mörder ein elektrisches Tranchiermesser benutzt.«

»Und den Stecker dahinten hat er benutzt?« Lejeune geht in die Hocke, damit sie die schmale Blutlinie näher betrachten kann, die sich von der Steckdose an der Wand quer durch den Raum zu der großen Blutlache zieht. »Maurice, hast du das?« Sie richtet sich wieder auf.

Der Fotograf nickt.

»Was ist mit Laborbuch, Computern, Laptop?« Lejeune hat nur einen PC im Raum gesehen. »Hat er keinen Laptop benutzt?«

»Stephane ist gleich da«, ruft David vom Flur. Stephane, die Computerspezialistin, blond, gut in Form und zwanzig Jahre jünger als Lejeune.

»Wo ist sein Kopf?«, murmelt sie.

Paul und Maurice halten einen Moment inne, als könnten sie so eine Antwort finden.

»Was hat er mit dem Kopf von Frost gemacht?« Lejeune wirft einen letzten Blick auf den hingerichteten Professor. »Der scheußliche kleine Rattenkopf auf dem schlanken menschlichen Körper. Eine Kreuzung von Mensch und Tier. Ein uralter Traum der Menschen – oder Albtraum. Der Minotaurus, der Teufel mit dem Pferdehuf.« Sie erinnert sich, gelesen zu haben, dass englische Forscher eine menschliche Eizelle mit der Zelle einer Kuh verschmolzen haben. Angeblich haben sie das Ergebnis nach einer Weile zerstört. *Wer glaubt so etwas? Kann ein Forscher aufhören, zu forschen?* Und das war bestimmt nur ein harmloses Experiment, eins, von dem die Öffentlichkeit erfahren hat. Die geheimen sind ganz sicher viel spektakulärer. Ob Professor Frost tatsächlich mit der Genforschung zu tun hatte, wird sich herausstellen. Antibiotikaverträglichkeit, denkt sie und erinnert sich an die roten Bläschen, die sie vor Jahren auf der Zunge plagten, nachdem sie zehn Tage lang Penicillinpillen geschluckt hatte.

»Wie kam der Kerl hier rein?«, fragt sie im Vorbeigehen und wendet sich an David, der erleichtert wirkt. »Haben Sie jemanden erreicht?«

Sein verständnisloser Blick sagt, wann hätte ich das tun sollen?

»Ich fahre, Sie telefonieren«, bestimmt sie und geht trotz ihrer Pumps schnell voraus.

»Wohin?«

»Zu diesem Nicolas. Kriegen Sie raus, wo er wohnt.«

Im Laufschritt folgt David ihr und befragt dabei sein Handy. Im Flur sind die Kollegen von der Streife eingetroffen, das Gebäude ist abgeriegelt, die beiden Beamten von der Spurensicherung nicken ihr zu, sie wissen, dass im Labor 1378 noch mehr Arbeit auf sie wartet.

Lejeune bleibt vor einem Mann im dunkelblauen Anzug stehen, dessen gleichmäßig gebräunter glatt rasierter Schädel im Licht der Deckenbeleuchtung glänzt.

»Und wer sind Sie?«

»Pierre Lautrec, Securité Parfaite.« Er wirft einen hastigen Blick in Richtung des Wachmanns, der gerade in einen Leichensack gelegt wird. »Igor war bei mir angestellt.« Er räuspert sich, holt Luft und fährt dann fort: »Ich habe gerade das System überprüft. Professor Frosts Chipkarte hat um 23 Uhr 48 die Tür geöffnet.«

»Danke.« Er oder sie sind also einfach durch den Eingang nach draußen spaziert. »Gibt es sonst noch Sicherheitsmaßnahmen im Gebäude?«

Er räuspert sich. »Wir haben die Leitung des Instituts einige Male darauf angesprochen, dass auch die Fenster gesichert werden müssen. Aber man wollte diese Investition erst im nächsten Jahr angehen.«

»Was ist mit dem Dach, dem Keller?«

»Sollen wir …« Er hebt den Daumen, dabei klimpert seine schwere silberne Armbanduhr, und sieht zur Decke.

Sie nickt. »Wo geht's rauf?«

Pierre Lautrec weist zu einer schmalen Tür in einer Nische am Ende des Eingangs. Sie geht voraus, bleibt stehen.

»Sie ist nicht verschlossen«, bemerkt er, »Fluchtweg.«

Jetzt sieht Lejeune das grüne Zeichen über der Tür, sie lässt Lautrec den Vortritt. Die Treppe aus Beton macht zwei Kehren, dann stehen sie vor einer weiteren Tür. Auch die ist nicht verschlossen.

»Wozu haben Sie dann unten das Chipkartensystem?«, fragt Lejeune. Der Sicherheitsmann hebt nur die Augenbrauen. Irgendetwas sagt ihr, dass sie sich jetzt zusammenreißen muss, dass der Täter auch hier gewesen ist, hier, genau an dieser Stelle, an der sie jetzt steht. Lautrec drückt die Klinke herunter. Ein Windstoß fährt ihnen entgegen, und ein Sonnenstrahl schießt durch einen Riss in den Wolken.

Lejeune hat Mühe, ihr Haar aus dem Gesicht zu halten. Sie macht ein paar Schritte auf dem Kies, mit dem das Flachdach bedeckt ist. Dahinten, ist das wirklich das, was sie zu sehen glaubt?

Der Sicherheitsmann kommt hinter ihr her. Plötzlich spürt Lejeune, wie seine Hand ihren Arm packt. Dort, an der Brüstung, kaum vier Meter von ihr entfernt, wuselt ein Knäuel aus weißem Fell und nackten roten Schwänzen. Als Lejeune erkennt, worüber sich die Ratten hermachen, muss sie ein Würgen unterdrücken.

»Du lieber Gott!«, murmelt Lautrec. Ratten zerren die letzten Reste von blutigem Fleisch von einem menschlichen Schädel. Das lockige blonde Haar ist blutverschmiert, da, wo die Augen waren, sind nur noch blutige schwarze Löcher, die Lippen sind abgefressen, der Mund ist eine klaffende Höhle, aus der die Zähne wie fahle Tropfsteine ragen. Keine Ohren, keine Nase, kein Kinn. *Der Kopf von Professor Frost.*

Lejeune tritt den Rückweg an, sieht, dass David wie gebannt auf den Horror starrt.

»Na, so was kommt in Ihren Videospielen nicht vor, oder?«

Er dreht sich zu ihr, sieht sie verständnislos an, die sonst glatte Stirn in Falten. Sie zuckt nur mit den Schultern, sie musste Wut und Schock einfach loswerden, sie weiß, dass David nicht die richtige Person dafür ist.

Erst beim Hinuntergehen spricht Pierre Lautrec wieder. »Man kann ganz einfach auf das Dach gelangen. Es gibt im Innenhof eine Leiter, die am Gebäude hochführt.« Seine Stimme klingt belegt, auch er hat so etwas noch nie gesehen, denkt Lejeune.

»Und wie kommt man in den Innenhof?«, will sie wissen.

Lautrec zögert. »Ich habe den Grundriss der Anlage nicht genau im Kopf.«

»Egal, wo ist diese Leiter?« Leitern und unverschlossene Türen. *Idiotisch – da hätte man gleich das Gebäude offen stehen lassen können!*

Als sich die Spurensicherung an die Überprüfung von Innenhof, Leiter und Dach macht, ist es kurz nach acht.

»David?«

»Ja.«

»Wir fahren!«

Er beeilt sich, vor ihr die Eingangstür zu erreichen, und stößt sie auf. Sofort drückt der Wind ihr den Mantel zwischen die Beine, zerrt an ihrem rotblonden Haar, reißt es in alle Richtungen, sie hätte sich das Frisieren am Morgen wirklich sparen können. Sie schreit gegen den Wind in ihr Handy, dass sie noch zwei Leute braucht. »Ja, sofort, ist mir egal, dass Sonntag ist!«

»Nicolas Gombert, siebenundzwanzig«, hört sie Davids Stimme hinter sich. »Student der Biologie, wohnhaft in der ...«, David hält inne, verzieht das Gesicht und niest.

»In der ...?« Sie klimpert ungeduldig mit den Autoschlüsseln in der Hand.

Er muss noch mal niesen. »Pardon, die Pappeln blühen.« Er bekommt einen Niesanfall, seine Augen sind rot und tränen.

»Pappeln, wo?« Lejeune sieht sich um, sie kennt sich nicht sonderlich gut aus in der Botanik, kann gerade mal Ahorn von Birken unterscheiden. Na ja, sie weiß auch, wie eine Eiche aussieht. Aber hier ist nur Beton.

»Hasel, Erle, Pappel, Ulme, Weide«, David macht eine ausgreifende Bewegung mit dem Arm, als sei Paris keine Stadt, sondern ein Wald, »sie blühen alle gleichzeitig, und bei diesem Wind ...«, erklärt er schniefend und deutet nach links. »Wer weiß, was da drüben im Jardin des Plantes noch alles seine Pollen in die Luft schickt.«

Lejeune seufzt, Sophie hat zwar keinen Heuschnupfen, aber eine Laktose-Allergie. Das arme Kind versteht einfach nicht, dass sie weder Eis noch Sahne und Milch zu sich nehmen darf wie alle anderen Kinder – und wie ihr Bruder Thierry.

Das Leben ist ungerecht, das weiß Lejeune mit ihren achtundvierzig Jahren, aber wie soll sie das einer Elfjährigen erklären?

Gegenüber der Métrostation Jussieu erspäht Lejeune eine Bar. David hat schon die Hand zur Beifahrertür des silberfarbenen Peugeot ausgestreckt, er sieht erbärmlich aus mit seinen tränenden Augen.

Sie zeigt über die Straße. »Fünf Minuten.« Sie fröstelt. Und das liegt nicht nur an dem überraschenden Temperatursturz gestern.

6

Als Ethan aus der Air-Europa-Maschine steigt und die brünette Stewardess ihn bewundernd ansieht, lächelt er kurz zurück und geht eilig weiter. Plötzlich ist alles anders geworden. Eine Last ist von ihm genommen. All die Jahre ist jedes Buch ein Stein gewesen in der Mauer, die er gegen die äußere Bedrohung aufgerichtet hat. Gegen die Angst vor dem Tod. Die Angst vor dem Versagen. Die Angst, nichts zu sagen zu haben – ein sinnloses Leben zu führen. Mit *Ein Sommer* hat er endlich den Ton getroffen, etwas angerührt …

Womit schieben wir nach?, wollte Leon folglich gestern nach dem Hauptgericht wissen. Mit einer Geschichte über einen Mann, dessen Frau eines Tages verschwindet, grundlos offenbar, einfach nicht mehr nach Hause kommt, hatte Ethan erklärt. Die Suche nach ihr ist zugleich die Suche nach ihrer verlorenen Liebe. Großartig, meinte Leon, und Ethan war schließlich bester Laune zum Taxi gewankt.

Der Himmel über Paris ist grau, genauso grau wie der in London vor zwei Stunden. Er stellt den Kragen seiner wollenen dunkelblauen Marinejacke hoch, obwohl er einen Rollkragenpulli trägt. Regen und sechs Grad Höchsttemperatur hat schon der Pilot angesagt.

»Rue Dugay-Trouin 71.« Ethan lässt den Taxifahrer seine Reisetasche in den Kofferraum stellen. Den Laptop behält er. »Sechstes Arrondissement«, fügt er noch hinzu, weil er keinem zutraut, die Straße zu kennen.

Er lehnt sich auf dem Rücksitz zurück. Was wird Sylvie zu seinem Erfolg sagen? Auf einmal läuft alles so leicht. Abgesehen von einem etwas misslungenen Interview mit einem amerikanischen Journalisten, der Ethans Bücher offenbar nicht mochte und ihn persönlich offenbar auch nicht, hat er nur positive Resonanz bekommen.

Die Schilder *Bordeaux, Nantes* fliegen vorbei, es herrscht kein Stop and Go wie oft, der Verkehr auf der A3 vom Flughafen in die Innenstadt hält sich in Grenzen, die Sonntagsausflügler sind schon weg, sind beim Mittagessen irgendwo, am Meer vielleicht. *Am Meer,* so heißt sein Buch, das er geschrieben hat, nachdem er nach Paris gezogen ist. Und nachdem er Ruth und seinen Sohn verlassen hat.

Für einen Moment sieht Ethan den weiten Atlantikstrand vor sich, die kleine Bucht unten bei Biarritz. Es regnete, damals, vor sieben Jahren, und er und Sylvie mit nassen Regenmänteln und tropfendem Haar suchten im erstbesten Lokal Zuflucht. Sie blieben, obwohl sie die einzigen Gäste waren, der Wirt drehte die Heizung hoch und hängte ihre Mäntel zum Trocknen auf, und dann kam dieser unglaubliche Duft nach frischer Fischsuppe aus der Küche. Die Decken auf den kleinen Tischen waren aus rot-weiß kariertem Wachstuch, daran erinnert er sich genau, und der Wirt hatte rissige, trockene Hände vom Fischen. Nach fast drei Stunden hatten sie ein Menü mit sechs Gängen genossen und zwei Flaschen Wein getrunken, und als sie die Tür aufstießen, regnete es nicht mehr, und die Sonne schien zwischen den Wolken hindurch.

Das Taxi biegt in die Périphérique ein, der Verkehr wird schlagartig dichter. Sie passieren den Boulevard Vincent Auriol, den Boulevard Auguste Blanqui. Er hat es sich zur Gewohnheit gemacht, überall, wohin er kommt, die Straßennamen zu lesen, auch auf der Strecke vom Flughafen Roissy nach Hause, die er schon unzählige Male gefahren ist. Sie erreichen die Place Denfert Rochereau, schließlich den Boulevard Raspail, wo ihn auch jetzt wieder ein besonderes Gefühl der Vertrautheit überkommt. Sie könnten heute Abend essen gehen, in ein nettes, romantisches Lokal. Da fällt ihm ein, dass Sylvie ungern sonntagabends ausgeht, da sie am Montag um halb acht in der Klinik sein muss. Er klopft auf die Rückenlehne des Fahrers.

»Halten Sie hier an.«

»Wo?«

»Da, am Blumenstand.«

Ethan steigt aus und kauft einen großen Strauß rote Rosen.

»Besondere Züchtung«, versichert ihm der Verkäufer und hält ihm den Strauß unter die Nase.

»Sie duften nach Rosen – und Veilchen«, stellt Ethan verwundert fest.

»Sag ich doch!« Der Verkäufer grinst und steckt das Geld ein.

Rosen. Der erste Blumenstrauß, den er Sylvie geschenkt hat, war aus Tulpen. Kreischend bunte und absolut geruchlose Tulpen. Er hatte Probleme, ihn zu tragen, weil er an zwei Krücken ging. Sylvie war rot geworden, als er ihn überreichte, erinnert er sich lächelnd.

7

Seit einer halben Stunde steht Nicolas zwischen nach kaltem Zigarettenqualm stinkenden älteren Männern am Tresen der Bar in der Rue Le Prince und trinkt seinen zweiten Cognac. *Und das am Morgen!* Eine Tüte Tortilla-Chips hat er auch schon verdrückt, weil sein Magen verrückt spielte. Macht er sonst nicht. Zu fett. Zu ungesund. Er zittert, und seine Finger sind blass und bläulich vor Kälte. Von hier aus hat er den Eingang zu dem sechsstöckigen Haus im Blick, in dem er im Erdgeschoss ein Apartment gemietet hat. Irgendetwas hat ihn abgehalten, gleich in seine Wohnung zu gehen, so ist er durch die Stadt gerannt, hat mit sich gekämpft, ob er zur Polizei gehen soll. Er hätte auch anrufen können, aber er kann auch jetzt noch nicht reden. Nur mühsam hat er den Cognac bestellt. Und nun beobachtet er seine Wohnung. Er weiß, dass er einen Schock hat. Kalter, klebriger Schweiß, zitternde Knie,

Unruhe, panische Angst. Die Symptome sind unleugbar und unverwechselbar. Dass er noch immer nicht die Polizei verständigt hat, ist ein weiteres Indiz für den Schock, sagt er sich. Sein Handy klingelt. Mit zittrigen Händen fischt er es aus der Jackentasche und stößt dabei den Cognac um. Das Glas bleibt heil, doch der Rest Cognac durchnässt seinen Jackenärmel. Die Nummer kennt er nicht, nein, er geht nicht dran, lässt das Handy wieder in die Tasche gleiten. Der Wirt zieht scharf die Luft ein und sieht ihn mit dieser fiesen Visage an, klatscht dann den Lappen auf den Tresen. Dieses Klatschen, es erinnert ihn an letzte Nacht, jetzt weiß er, es hatte mit dem Blut zu tun! Er starrt den Wirt an, der sich murmelnd von ihm wegdreht.

Proleten, denkt Nicolas mit Abscheu. Sein Blick streift die drei anderen Gäste. Er ist nicht der einzige mit einem Cognac morgens um acht. Allesamt Proleten wie sein Vater. Fünfunddreißig Jahre lang Arbeiter bei Renault. Immerhin. Sein Geruch nach Schweiß, wenn er nach Hause, in die enge Wohnung kam, die die Mutter peinlichst aufgeräumt und sauber hielt. Die plötzlich aus ihm herausbrechende Wut. Die Schläge. Grundlos. *Aus dir wird nie was!* Nein, Nicolas hat es ihm nie gesagt. Dass er schwul ist. Da hätte Nicolas ja gleich selbst sein Todesurteil unterschrieben. An Weihnachten vor zwei Jahren hat er seine Eltern zum letzten Mal besucht. Jetzt ruft er nur noch hin und wieder an, weil er weiß, dass nur seine Mutter ans Telefon geht.

Nicolas schiebt die Münzen über den Tresen und geht hinaus. *Es waren militante Ökos.* Und was hätte er tun sollen?

Mehrmals sieht er nach links und rechts und will gerade den Fuß auf die Straße setzen, als ein dunkelblauer Peugeot angeschossen kommt und direkt vor dem Hauseingang in der zweiten Reihe anhält. Am liebsten würde er wegrennen, doch er zwingt sich, langsam ein paar Schritte den Bürgersteig hinaufzugehen, immer noch auf der anderen Straßenseite. Ein junger Typ mit Babyface und eine attraktive Endvierzigerin steigen aus dem Auto, sie erinnert ihn an eine Schauspielerin, *wie heißt sie noch, ja, Isabelle Huppert, richtig. Klein, dünn, rötliches Haar, helle Haut mit Sommersprossen und dieser arrogante, genervte Blick. Die Bullen,* er ist sicher. Sie verschwinden im Hauseingang. *Verdammt!* Was soll er jetzt tun? Reingehen und sagen, er konnte nicht früher zur Polizei? Da würden die wissen wollen, warum nicht. Ich hatte einen Schock! *Ah, Sie sind doch der, der letztes Jahr wegen Besitz von Kokain festgenommen worden ist. Was haben Sie im Drogenrausch angestellt, Monsieur Gombert?* Nicolas' Herz stolpert. *Haben Sie plötzlich Mitleid mit den armen Tieren gehabt, die Sie quälen? Oder wollten Sie sich an Ihrem Professor rächen?*

Er bleibt stehen und tut so, als würde er eine Nummer in sein Handy tippen, behält dabei den Eingang im Blick. An seinem Fenster im Parterre nimmt er keine Veränderung wahr. Er hat die Jalousien heruntergelassen, aber selbst wenn sie das Licht einschalten würden, könnte er es jetzt, bei Tag, kaum sehen. Niemanden hat er bisher angerufen, noch nicht einmal Jean-Marie. Er muss jemanden fragen, was er tun soll!

Nachdem sich Nicolas weder auf seinem Handy gemeldet noch nach mehrmaligem Läuten die Haustür geöffnet hat, versuchen sie es an der gegenüberliegenden Wohnung. Als sie das stattliche Haus aus dem 19. Jahrhundert betreten, fällt Lejeune sofort der Geruch nach Bohnerwachs auf, mit dem man selbst das Geländer pflegt. Die Stuckdecke ist frisch gestrichen, und auch die Steintreppe glänzt. Lejeune erinnert sich kurz an den ständigen Geruch nach Essen und die Kinderwagen im Flur in ihrem Wohnhaus, Rue d'Alésia. Ein Haus aus den Sechzigern, mit niedrigen Decken und kleinen Fenstern. *Es hat andere Zeiten gegeben,* da hat auch sie in einem anderen Haus gelebt, aber darüber will sie jetzt nicht nachdenken. Man muss das Leben nehmen, wie es ist.

»Ja?« Die junge Frau im Türspalt trägt einen grauen Jogginganzug mit dunkeln Schweißflecken am Bauch und unter den Achseln. Ihr Gesicht ist erhitzt. Im Hintergrund hört Lejeune eine anfeuernde Stimme. *Wahrscheinlich läuft ihre Pilates*-DVD. Wieder so eine mit perfekter Figur und viel jünger als sie. Lejeune klappt ihren Ausweis auf.

»Wir suchen Nicolas Gombert.«

»Hat er was verbrochen?« Die Nachbarin wirkt feindselig. *Sie ärgert sich, dass sie ihre verdammten Pilates-Übungen unterbrechen muss,* denkt Lejeune, lässt sich aber nichts anmerken.

»Er kann uns womöglich weiterhelfen. Er ist nicht zu Hause. Wissen Sie, wo er sein könnte? Bei seiner Freundin vielleicht?«

Die Nachbarin schüttelt den Kopf. Ihr blonder Pferdeschwanz wippt. »Wenn schon, dann bei seinem Freund.« Abschätzend mustert sie erst Lejeune, dann David.

»Aha, kennen Sie den Namen von dem Freund?« Lejeune bleibt freundlich, obwohl sie nach dem musternden Blick keine Lust dazu hat.

»Tut mir leid. Wir sehen uns nur ab und zu im Treppenhaus, und wenn ich wegfahre, gebe ich ihm die Schlüssel, wegen der Blumen und so.« Der Türspalt wird schmaler, die Nachbarin will sie loswerden.

»Haben Sie auch seine Schlüssel?«, mischt David sich ein.

»Ja, zur Sicherheit, wenn er sie mal vergessen hat.«

»Würden Sie uns aufschließen?« David lächelt sie an.

»Ich weiß nicht, brauchen Sie da nicht einen Durchsuchungsbefehl?«

»Wir möchten uns nur vergewissern, dass ihm nichts zugestoßen ist«, erklärt Lejeune.

Die junge Frau legt den Kopf schief und sagt skeptisch: »Aber eben haben Sie doch noch gesagt, er könnte Ihnen weiterhelfen …«

David nickt. »Das ist richtig, sofern ihm nichts zugestoßen ist.« Er lächelt wieder.

So einfach ist das, ja?, denkt Lejeune missmutig. Er hat die Frau überzeugt. Die zögert nur kurz, dann dreht sie sich weg und hält gleich darauf einen Schlüssel mit einem goldenen Fußball als Anhänger in der Hand.

»Bringen Sie mir ihn wieder, wenn Sie gehen.« Sie lässt ihn in Davids aufgehaltene Hand fallen, schenkt ihm noch einen tiefen Blick, und knallt die Tür zu.

Es riecht nach herbem Parfüm, fällt Lejeune gleich auf, und sie entdeckt das Fläschchen mit dem Raumduft auf dem niedrigen Sideboard, das modern und teuer aussieht.

»Wie viel verdient ein Assistent an der Uni?« Lejeune lässt ihren Blick durch das Einzimmerappartement gleiten, das in einer Einrichtungszeitschrift hätte abgebildet sein können. Dunkles Parkett, in der Mitte eine Sitzgruppe aus rotem Leder, am Rand eine minimalistische Küchenzeile mit den modernsten Geräten. Sie denkt an ihren Herd, an die gesprungene Ceranplatte und den unzuverlässigen Ofen. Das Einzige, was immer funktioniert, ist die Mikrowelle. Dabei weiß Lejeune, dass die Strahlen nicht gesund sind und die Fertiglasagne und Fertigpizza, die sie darin erhitzt, genauso wenig.

»Vielleicht hat er ja auch reiche Eltern.« David kniet neben dem Plasmabildschirm und sieht die DVDs durch. Er grinst unbeholfen. Die ersten zwei Monate hat er herumgedruckst, wollte nie, dass sie seine Wohnung sieht. Einmal war es unvermeidlich, da musste sie für ihn etwas daraus holen. Die Zweizimmerwohnung im Marais ist mindestens eine halbe Million Euro wert. Sein Vater ist Immobilienmakler. David hätte ins Geschäft einsteigen können. Doch er hat Jura studiert und ist zur Polizei gegangen. Bisher hat er Lejeune noch nicht verraten, warum. Vielleicht mag sie ihn auch deshalb nicht, weil er den bequemen Luxus, nach dem sie sich sehnt, einfach so weggeschmissen hat.

»Was ist mit dem Laptop?« Lejeune macht mit dem Kinn eine Bewegung zu dem Gerät auf dem aufgeräumten kleinen Schreibtisch aus dunklem Holz.

»Wir dürfen doch ohne …«

Lejeunes Handy meldet sich. Es ist Roland. Er will wissen, ob sie pünktlich um drei zu Hause ist. Die Kinder wollen so gern … Sie lässt ihn nicht ausreden. *Verflucht, wann komme ich schon pünktlich nach Hause? Nie! Warum muss er auch noch fragen?*

»Sieht nicht so aus, Roland.«

»Also nein.«

Oh, sie weiß schon, wie seine Stimmung gerade in den Keller rutscht. Warum muss er auch ausgerechnet jetzt anrufen?

»Ja, also nein«, wiederholt sie. »Roland?« Aber er hat schon aufgelegt. Der Sonntagabend ist gelaufen. *Wieder mal.* Davids erwartungsvoller Blick erinnert sie an seine Frage.

»Nein, wir dürfen natürlich nicht.« Sie versucht sich wieder auf ihre Arbeit zu konzentrieren, jetzt ist keine Zeit für die Familie. Nirgendwo ein Kalender, ein Adressbuch.

»Er wird alles auf seinem Computer und in seinem Handy gespeichert haben«, sagt Lejeune.

»Schwulenvideos.« David steht auf.

»Und«, herrscht sie ihn an, »haben Sie was gegen Schwule?«

»Nein, nein«, antwortet er hastig, »nein, überhaupt nicht.«

Sie nickt nur. Die Bemerkung hätte sie sich sparen können. Warum muss sie ihre Wut an ihm auslassen? *Weil gerade kein anderer zur Stelle ist, ganz einfach.*

»Womöglich ist er wirklich bei einem Freund«, sagt sie. »Fahren wir. Ich hasse diese Fälle am Sonntagmorgen. Nie ist einer zu Hause.«

In der Spiegelung des Schaufensters vom Elektroladen kann Nicolas die beiden sehen, wie sie aus dem Haus kommen und in den Wagen steigen. Erst als er losfährt, wagt Nicolas, sich langsam umzudrehen und hinter ihm herzusehen. Waren das wirklich die Bullen? Wollten sie wirklich zu ihm? Wieder versucht er, Jean-Marie anzurufen. Endlich meldet er sich.

»Warum gehst du nicht ran? Wir wollten uns doch gestern Abend …«

Jean-Marie fällt ihm ins Wort. »Mir ist was dazwischengekommen.«

Nicolas kann es sich denken. *Ein junger Typ, der samstagabends nicht in Labors rumsteht, sondern ordentlich vögelt. Warum auch nicht?* Sie sind befreundet, aber sie tun beide, was ihnen Spaß macht. Nicolas muss es wegstecken. Und eigentlich hat es Nicolas das Leben gerettet, dass sein Handy nicht geklingelt hat. Er holt Luft, er muss sich immer überwinden, wenn er jemanden um etwas bitten will.

»Kannst du kommen?«, fragt er.

»Jetzt?« Jean-Maries Stimme klingt überrascht.

»Ja.« Weitere Erklärungen hebt er sich für später auf. »Oder liegt er noch bei dir im Bett?«

Ein kurzes Lachen. »Nein. Es war eine schnelle Nummer.«

»Dann kannst du ja kommen und ein paar Croissants mitbringen.«

Als er auflegt, fühlt er sich erleichtert, er wird Jean-Marie alles erzählen, wirklich alles. Dann kann er ja immer noch zur Polizei gehen. Gerade als er die Schultern strafft, fällt eine Hand schwer darauf.

»Nicolas Gombert? Wir haben Sie überall gesucht.«

Er dreht sich um und sieht sich einem jungen Mann gegenüber, demselben, der gerade mit der Frau in seinem Haus war. Auf dem Ausweis steht etwas von Commissariat.

»Wie haben Sie mich gefun…«

Babyface grinst und deutet auf Nicolas' Handy.

Die Polizei ist das kleinere Übel, denkt Nicolas. Er überlegt kurz, ob er Jean-Marie Bescheid geben soll, doch dann fällt ihm ein, dass der einen Schlüssel hat.

»Ich, ich wollte … Ich stehe unter Schock!«

»Verständlich. Am besten steigen Sie ein.« Der Bulle zeigt auf den Peugeot, der mit laufendem Motor am Bordstein hält. Am Steuer sitzt die genervte Kommissarin. Nicolas seufzt und steigt ein.

8

Ethan schlägt die Taxitür zu. Als er mit seinem Handkoffer und dem Strauß Rosen vor dem sechsstöckigen Haus in der Rue Dugay-Trouin 71 steht und hinaufsieht, bemerkt er, dass die Japanische Kirsche auf ihrem Dachgarten angefangen hat zu blühen, während er verreist war. Ein Zeichen, denkt er. Er schließt die Tür auf und fährt in dem altmodischen offenen Aufzug nach oben. Es ist still, wie meist in diesem Haus, Gott sei Dank, sonst könnte er hier nicht leben und arbeiten. Der Duft der Rosen ist in der Tat außergewöhnlich.

Mit einem leichten, federnden Ruck hält der Aufzug im obersten Stockwerk. Ethan schiebt die Tür auf und geht die wenigen Schritte über den knarrenden polierten Dielenboden zu der kassettenverzierten hohen Wohnungstür mit dem goldfarbenen Knauf. Ihre gemeinsame Wohnung, die sie sich gesucht haben, als er sein Leben auf der anderen Seite der Erdkugel aufgegeben hatte. Sylvie wohnte damals in einem winzigen Appartement in der Nähe des Krankenhauses. Obwohl ihre Eltern reich waren. Oder gerade deshalb. Wenn sie ins Bett wollte, musste sie den Couchtisch verrücken und das Sofa ausziehen. Er muss lächeln, wenn er an den ersten Besuch bei ihr denkt. Da malte Sylvie ihm ein rotes Herz auf sein Gipsbein.

Er klingelt, wartet. Die Wohnung ist riesig mit ihren fast zweihundert Quadratmetern. Wenn man auf der Dachterrasse steht, braucht man ein paar Sekunden bis zur Tür. Sylvie öffnet nicht. *Vielleicht ist sie spazieren gegangen. Vielleicht ist sie auch zu einem Notfall gerufen worden.* Die Wohnung erstreckt sich über das gesamte oberste Stockwerk, sie haben daher keine Nachbarn. Glücklicherweise. Die ältere Dame unter ihnen ist schwerhörig und hat sich noch nie über zu laute Musik beschwert. Er und Sylvie allerdings auch nicht über ihren Fernseher. Ethan sucht am Schlüsselbund den richtigen Schlüssel und schließt die beiden Schlösser auf, ärgert sich, dass Sylvie nicht abgeschlossen hat. *Wozu haben wir denn die Sicherheitsschlösser einbauen lassen?* Er stößt die Tür auf. Der bekannte Duft nach Sylvies Parfüm weht ihm entgegen. Aber es ist kalt. Warum hat Sylvie nicht die Heizung angeschaltet? Er stellt Tasche und Laptop neben die Tür aufs Parkett.

»Sylvie?«

Mit dem Blumenstrauß in der Hand geht er weiter, sieht ins Badezimmer, der Marmor glänzt, genauso wie die Porzellan-Armaturen, er geht in die Küche: eine Tasse, ein benutztes Messer, ein Glas in der Spüle. Sylvie frühstückt französisch: ein bisschen Brot mit Marmelade, sie benutzt keinen Teller, und einen Milchkaffee. Er ruft noch einmal, dabei ist ihm bewusst, dass Sylvie nicht da ist und ihn somit nicht gehört haben kann. Er geht ins Wohnzimmer, ihren Wintergarten, wie sie ihn nennen, mit den Möbeln im Louis-XIV.-Stil und den unzähligen Pflanzen, Gummibäumen, Orchideen, Azaleen und dem kleinen steinernen Wasserbecken, in dessen Mitte ein Springbrunnen rieselt. *Meine Orangerie, sagt Sylvie dazu.* Für einen Moment hält er es für möglich, dass sie lesend auf der Couch eingeschlafen ist, einmal hat er sie so angetroffen, aber, fällt ihm ein, da hat er vorher nicht geläutet. Es bleiben sein und Sylvies Arbeitszimmer und das Schlafzimmer. Er bemerkt, wie seine Bewegungen langsamer werden. Er mag keine Überraschungen. Irgendetwas stimmt nicht. Sein Gehirn präsentiert ihm Bilder aus Filmen, aus Zeitungen, aus seinen eigenen Büchern, er wehrt sie alle ab. *Sie wird mir eine Nachricht hinterlassen haben, und dann hat sie einfach vergessen abzuschließen.* Er entscheidet sich für das Schlafzimmer. Die Tür ist angelehnt, er drückt sie auf. *Sylvie schläft!,* doch das denkt er nur für einen Augenblick. Dann reißt sein Film.

9

Irène Lejeune krempelt die Ärmel ihrer weißen Bluse hoch, die sie unter einer engen Weste trägt, die wiederum genau zum Rock passt, lehnt sich ans Fenster und sieht für einen Moment gedankenverloren David an, der konzentriert auf seinen Monitor blickt. Erst jetzt fällt ihr der Spruch auf seinem Sweatshirt auf: SAVE THE EARTH. Sie hat es vorher noch nie an ihm gesehen. *Ökoterroristen. Wieso trägt er ausgerechnet heute so was?* Aber ihre Gedanken schweifen ab. Halb zehn. Bei jeder Ermittlung sind die ersten Stunden die wichtigsten, heißt es, und sie hat oft genug diese Regel bestätigt gefunden. Dieser Satz setzt sie regelmäßig unter Druck, und heute spürt sie ihn wie eine Eisenplatte auf ihrem Herzen. Sie haben Nicolas Gombert verhört, er scheint die Wahrheit zu sagen. Dass ihn der Schock daran gehindert hat, die Polizei zu verständigen, ist allerdings weniger plausibel. Aber, es wäre nicht das erste Mal, dass einem Augenzeugen so etwas passiert. Auch sie fühlt sich jede Sekunde verfolgt von dem ermordeten Wissenschaftler mit dem Rattenkopf. Schon jetzt fürchtet sie den Feierabend, wenn sie nach Hause geht und die Bilder mitnimmt. Deshalb ist sie fest entschlossen, den Feierabend so weit wie möglich aufzuschieben. Auch wenn Roland und die Kinder ganz sicher nicht begeistert sein werden. *Es ist immerhin Sonntag!* Normale Familien unternehmen etwas gemeinsam. Gehen in den Zoo oder in den Park oder machen einen Ausflug. Normale Familien. In ihrem Beruf trifft sie nie normale Familien.

Europol ist kontaktiert, möglicherweise geht es um einen terroristischen Akt. Zwei zusätzliche Beamte hat sie bewilligt bekommen, Ibrahim, der erst vor einem halben Jahr aus der Drogenabteilung zum Morddezernat gestoßen ist, und Odette, eine junge, unerfahrene Kollegin. Lejeune muss sehen, wie sie klarkommt. *Wie mich das alles ankotzt!*

In die Espressomaschine auf dem Kühlschrank legt sie ein Kaffeepad und lässt einen Espresso heraus, den dritten heute, wenn sie sich nicht irrt. Diesmal nimmt sie keinen Zucker. Mit der Tasse in der Hand geht sie zum Fenster zurück und sieht auf die Straße. Heute, am Sonntag, sind nicht nur die Touristen und die jungen Leute unterwegs, die trotz des schlechten Wetters in den Straßen herumstreifen und die Cafés bevölkern, heute sind auch die Heimatlosen, die Junkies und die, die es zu Hause bei der Familie nicht aushalten, aus ihren Löchern gekrochen. Lejeune denkt an den Wachmann. Er wurde mit einem gekonnten Schnitt durch die Kehle ermordet. Wahrscheinlich ist der Täter von hinten gekommen, der Wachmann hatte keine Chance. Sie wünscht sich die Zeit zurück, als Roland noch bei der Société Générale in der Aktienabteilung gearbeitet hat. Da war die Wahrscheinlichkeit, überfallen zu werden, längst nicht so hoch wie jetzt bei G2S.

Irène Lejeune wendet sich vom Fenster ab. David tippt noch immer. Die Bestätigung vom Labor ist schon gekommen: Der Kopf gehört zum Rumpf, und der einfache Abgleich der Fingerabdrücke mit den Daten in Professor Frosts Pass – er flog häufig in die USA – hat jeden Zweifel an der Identität des Toten beseitigt: Es ist Professor Jérôme Frost.

Der bittere Geschmack des Kaffees hilft ihr, die Gedanken zu sortieren. Früher hat sie stattdessen geraucht. Gestern, am Samstag, hielten sich im Laborgebäude an der Place Jussieu außer Professor Frost und Nicolas Gombert noch fünf weitere Personen auf: ein Professor und vier Studenten. Ab halb sechs waren – laut Kartenlesegerät – nur noch Professor Frost und Nicolas Gombert im Gebäude. Den anderen Professor, einen Professor Pétain, und zwei Studentinnen haben sie bereits ausfindig gemacht und befragt. Laut vorläufiger Einschätzung des Gerichtsmediziners ist der Wachmann um 23 Uhr 10 ermordet worden. Die Frage ist, ob der oder die Täter erst da ins Gebäude eingedrungen sind oder schon vorher. Professor Pétain, ein kleiner, gedrungener kurzsichtiger Mann mit Vollbart, haarigen Fingern und starkem Mundgeruch, hat nichts Auffälliges bemerkt. Auch die beiden Studentinnen nicht. Die Spurensicherung hat allerdings Kratzspuren am Geländer auf dem Dach gefunden, die von einem Haken stammen könnten. Ein Fassadenkletterer? Ihr fallen Leute ein, die Bäume besetzen, an Kaminen hochklettern, Schiffe entern …

David sieht plötzlich auf. »Was ist mit diesem Nicolas? Irgendwas stimmt nicht mit ihm.«

»Wieso?«, fährt sie ihn an. Sie quält ihn. *Erbärmlich, Lejeune!*

Er hebt die Schultern, lässt sie wieder fallen, resigniert. »Das Kokain.«

Sie antwortet nicht. Ja, Nicolas verbirgt etwas, aber ob es mit der Drogensache zu tun hat, will sie nicht so ganz glauben.

David steht auf, streckt sich und geht zum Kühlschrank.

Die Dose knackt und zischt, als er sie öffnet.

»Ein Tierfreund schlachtet keine Ratte und schlägt ihr den Kopf ab, oder?«, sagt er.

»Ja, und unser Täter hat die Ratten nicht befreit. Er hat sie auf ein Dach gebracht, wo sie nicht weglaufen konnten. Also kein Tierfreund. Feind der Gentechnik, ja. Aber warum ausgerechnet Professor Frost mit seinen Untersuchungen?« Sie stellt ihre Tasse zurück zur Maschine. David sieht auf seine Armbanduhr, nur kurz, aber Lejeune hat es bemerkt.

»Wenn Sie eine Verabredung haben, sagen Sie lieber jetzt gleich ab. Wir fahren in Professor Frosts Wohnung.«

Er presst die Lippen aufeinander, hebt die Augenbrauen. »Ich hab sie erst letztes Wochenende kennengelernt.«

Sie ignoriert seinen Einwand. »Freundinnen kommen und gehen, David. Entweder hält sie es aus, oder sie verabschiedet sich sofort.« Davids beleidigtem Blick begegnet sie mit einem Schulterzucken. *Warum soll er es besser haben als ich?* »Was soll ich da erst sagen, David? Mein Leben ist viel komplizierter.«

Sie nimmt ihren Trenchcoat von der Stuhllehne und wirft David die Autoschlüssel zu.

10

Nur wenige Schritte. Einfach nur über die Brüstung. *Sechs Stockwerke überlebt niemand.* Ethan geht zum Geländer des Dachgartens und sieht hinunter. Eine Frau schiebt einen Kinderwagen über den Bürgersteig. Sie trägt einen roten Schal und einen blauen Mantel, ihr glattes dunkelblondes Haar weht im kalten Wind. *Vielleicht geht sie in den Park, der Jardin du Luxembourg ist ja nur ein paar Ecken entfernt. Ähnelt sie nicht Sylvie?* Am Himmel ziehen unförmige graue Wolken vorbei, darüber hängt noch eine graue Wolkenschicht. Vielleicht träumt er nur, ist in seinen Fantasien und in seiner Einbildung gefangen, und er muss sich nur umdrehen, und alles ist wie vorher, wie immer, wenn er von einer kurzen Reise kommt oder auch nur von einem Gang in die Stadt. Es gibt Situationen, von denen wir annehmen, sie sind real, aber sie sind es nicht. Manchmal glaubt er, dass er etwas gelesen hat, dabei hat er es sich so ausgedacht. Für viele Berufe kann dieses Phänomen äußerst lästig und hinderlich sein. Einem Schriftsteller ist es willkommen. *Hör auf, dreh dich um!* Die Frau mit dem Kinderwagen ist hinter der Straßenecke verschwunden. Ein blauer Mercedes rangiert in eine enge Parklücke zwischen zwei weißen Autos. Wenn der Fahrer geschickt ist, kann er es sogar schaffen. *Du machst dir etwas vor! Sieh hin!* Nein, er will sich nicht umdrehen, will lieber auf die Straße starren, oder in den Himmel, in die Wolken. Sein Mund ist trocken, in der Kehle verspürt er einen Druck, unter den Achseln rinnt unangenehm kitzelnd der Schweiß. *Wenn ich schon gestern Abend geflogen wäre, hätte ich es verhindern können!*

Er muss es tun, es gibt keinen Ausweg, er muss sich umdrehen. Vielleicht, vielleicht ist alles nur ein Traum … und das Bett ist unberührt, die helle Tagesdecke mit den Goldfäden liegt ordentlich über das Doppelbett gebreitet, die voluminösen Kissen, auch sie von goldglänzenden Fäden durchwirkt und zusätzlich mit Quasten versehen, thronen aufgeschüttelt am Kopfende, über dem eine chinesische Tuschezeichnung hängt, die sie beide, Ethan erinnert sich genau, vor vier Jahren auf dem Trödelmarkt gekauft haben. Er nimmt die Hände vom Geländer, sie sind ganz kalt und weiß, so fest hat er sich ans Metall gekrallt, und dreht sich um. Von hier aus kann er hinein ins Schlafzimmer sehen. Auf dem Fußboden liegt sein Blumenstrauß. Die Tagesdecke ist über das Fußende nach unten aufs Parkett gerutscht, liegt dort wie eine abgestreifte Haut, und unter der schneeweißen Wolldecke zeichnen sich Beine und Körper von Sylvie ab, ihr Kopf auf dem Kissen liegt auf ihrem dunkelblonden Haar mit den helleren Strähnen, er ist ein wenig nach rechts, zum Fenster gedreht, als hätte sie bis zuletzt da hinausgesehen. Langsam geht Ethan hinein. Es ist unvermeidlich. Ihre Augen sind offen, aber er hat die Hoffnung aufgegeben, dass sie gleich mit ihm sprechen wird. Denn ihre Haut ist bleich und durchscheinend wie dünnes Porzellan, und unter dem rechten Arm, der über den Bettrand hinausragt, hat sich eine große, dunkle Lache auf dem Fußboden gebildet. Quer über dem Handgelenk klafft ein tiefer Schnitt mit getrocknetem Blut, und auch die Decke unter dem linken Handgelenk ist tiefrot getränkt. Auf dem Nachttisch aus weißem Lack steht ein Glas mit dem Rest einer bernsteinfarbenen Flüssigkeit, daneben eine bis auf die letzte Tablette ausgedrückte Packung Valium und eine halb leere Flasche Louis Royer Cognac. Er soll nach Eichenholz, Orange und Schokolade schmecken, hat Sylvie gesagt, als sie vor ein paar Monaten mit dem Geschenk eines Patienten nach Hause kam und ein Glas mit ihm trinken wollte. Doch er lehnte ab, weil er mitten im Schreiben war und noch nicht bereit für einen gemütlichen Abend zu zweit. Danach hat sie ihn nicht mehr gefragt. Da liegt noch etwas neben dem Bett auf dem Boden. Ein Blatt Papier. Hat sie eine Botschaft hinterlassen? *Ich bin unheilbar krank. Das Leben lohnt sich nicht. Ich bin an dir zerbrochen. Du konntest mich nicht retten. Warum hast du mich alleingelassen?* Machen diese Sätze nicht alles noch schlimmer? Soll er sie überhaupt lesen? Er bückt sich.

Verzeih mir S.

Darunter, kaum lesbar, mit zitternder Hand geschrieben:

(Jesaja 28,17)

Es ist ihre Handschrift. Und es sind sicher auch ihre blutigen Fingerabdrücke. Der Satz macht ihn wütend. *Warum soll ich dir verzeihen, Sylvie, wenn du dich einfach so aus dem Leben stiehlst? Und warum hast du auch noch die Bibel bemüht! Das ist doch sonst nicht dein Stil! Und dann nur das knappe S. Hast du mir nicht einmal mehr deinen Namen zurücklassen können?* Ethan zieht sein Handy aus dem Mantel und ruft endlich die Polizei. Dann sinkt er auf den falschen Louis-XIV.-Stuhl, starrt hinaus auf die zarten rosa Kirschblüten. *Es muss alles ein großer Irrtum sein. Eine Halluzination. Ein Albtraum.*

11

Nicolas hat vom Commissariat aus die Métro genommen. Ein Fehler, wie er nach wenigen Minuten auf dem Bahnsteig von Maubert Mutualité feststellen musste. All die Menschen machten ihm Angst. Dennoch blieb er, stieg in seine Linie und zwang sich, nichts um sich herum wahrzunehmen. Sah nur noch auf seine Sneakers. An der Station Cluny La Sorbonne ist er drauf und dran, aus dem Abteil zu stürzen, doch er klammert sich an die Haltestange, zwingt sich bis zur nächsten, Odéon, durchzuhalten. Auf seiner Stirn liegt kalter Schweiß, und auch seine Handflächen sind klebrig, als er jetzt aussteigt und im Laufschritt an die Oberfläche drängt. Es ist genau das geschehen, was Nicolas nicht gewollt hat: Er hat bei diesen Polizisten das ganze Grauen noch einmal erleben müssen. Er fühlt sich miserabel, ausgelaugt, erschöpft und voller Panik. Als er endlich die Treppe hinter sich hat und auf dem Bürgersteig ankommt, bleibt er kurz stehen und ringt nach Luft. Unwillkürlich greift er sich links auf die Brust, um sein rasendes, wild hämmerndes Herz zu beruhigen. Eine ältere Frau sieht ihn besorgt an, geht dann aber weiter. Niemand sonst nimmt Notiz von ihm. Er könnte tot umfallen, und die Leute würden einfach über ihn drübersteigen. Wie die Ratten im Labor … Nein, er will nicht mehr daran denken. Er muss diese Bilder aus seinem Kopf herauskriegen. Er muss! Sonst wird er wahnsinnig! Er schluckt.

Vorhin, auf dem Commissariat, hat er Jean-Marie kurz angerufen und ihm Bescheid gegeben, dass es ein wenig später wird. Jean-Marie ist schon in Nicolas' Wohnung, und er hat versprochen, auf ihn zu warten. Nicolas gibt sich einen Stoß. *Geh endlich heim!* Seine Autosuggestion funktioniert, er geht die Stufen zum Haus hoch und macht die Tür auf. Der vertraute Geruch nach Bohnerwachs empfängt ihn, und er fühlt sich wieder geborgen in Ordnung und Sauberkeit. Er überlegt, ob er läuten soll, damit Jean-Marie ihm öffnet, doch dann entscheidet er, selbst aufzuschließen und ihn zu überraschen. Vielleicht stöbert der gerade auf Nicolas' Laptop, um zu überprüfen, welche Pornoseiten er besucht und in welchen Chatrooms er aktiv ist. Bei Romeo war er vorgestern ziemlich lange, erinnert er sich. Doch schon schiebt sich wieder die Erinnerung an die letzte Nacht in den Vordergrund. Wie soll er jemals wieder entspannen, jemals wieder schlafen, jemals wieder Sex haben?

Er stößt die Tür auf.

Ein Glas mit einem Rest Orangensaft steht auf dem Couchtisch.

»Jean-Marie?« Manchmal hat sein Freund schon im Bett auf ihn gewartet, nackt oder in Leder. Er schiebt den Vorhang zum Schlafzimmer zur Seite. Der schwarze Satinbezug ist unberührt. Jean-Marie ist nicht da. *Er wollte doch warten!* Nicolas geht zurück ins Wohnzimmer. *Seltsam, vielleicht ist er kurz weg, um noch etwas einzukaufen.* Er geht wieder zurück ins Wohnzimmer, zieht sein Handy aus der Tasche und ruft Jean-Maries Nummer an. Da klingelt es irgendwo im Zimmer. Er bückt sich und sieht Jean-Maries Handy am Boden unter der Couch blau aufleuchten. *Wieso hat Jean-Marie sein Handy da hingelegt?* Als Nicolas seinen Blick nochmals durchs Zimmer gleiten lässt, fällt ihm auf, dass sein Laptop verschwunden ist.

»Jean-Marie?« Seine Stimme hört sich fremd an. Er lauscht. Doch er hört nur das Rauschen des Straßenverkehrs. Wieder hämmert sein Herz, wieder bricht ihm der Schweiß aus, während die Bilder der Nacht bunt und schrill vor seinen Augen tanzen. Keine Sekunde länger kann er es hier aushalten. Der Mörder ist noch nicht fertig, das wird Nicolas jetzt klar, er lauert irgendwo. Er war schließlich Augenzeuge! Er stürzt ins Schlafzimmer, zerrt seine unechte Louis-Vuitton-Reisetasche aus dem Einbauschrank, reißt Schubladen auf, stopft Unterwäsche, T-Shirts und einen Pulli hinein, zieht wahllos drei Hosen von den Bügeln, legt einen stets fertig gepackten Kulturbeutel zu den Sachen, macht den Reißverschluss zu, tastet in seiner Jackentasche nach Geldbörse und Kreditkarten, erinnert sich an den Reisepass in der Schreibtischschublade, steckt ihn ein, hastet aus seinem Appartement, wirft die Tür hinter sich zu und rennt aus dem Haus. *Weg, weit weg!* Erst am Ende der Rue Le Prince wagt er, stehen zu bleiben und nach Luft zu schnappen.

Das Leuchtschild eines Taxis nähert sich. Als er sich auf die Rückbank sinken lässt, wirft er noch einen Blick zurück. Er ist sich nicht sicher, ob die dunkel gekleidete Gestalt, die zwischen den Autos hindurchschlüpft, aus seinem Haus oder aus dem Nebenhaus gekommen ist. Er dreht sich zur anderen Seite, doch er kann die Gestalt nicht mehr ausmachen, als hätte sie sich beim Überqueren der Straße einfach aufgelöst. Ein Zittern überfällt ihn, er muss seine Hände festhalten. *Du bildest dir das alles ein!*

»Fahren Sie los!«, befiehlt er dem Fahrer, der einfach nur nickt, den Gang einlegt und Gas gibt. »Fahren Sie!«

Marc fällt ihm ein, er wird ihn verstehen! Er weiß, wie es ist, wenn man Angst hat. Drogentrips. Am Ende hat er sich vor der kleinsten Ameise gefürchtet! Die Erinnerung bahnt sich ihren Weg an die Oberfläche, wie ein unterirdischer Strom, der irgendwo ans Tageslicht drängt, unaufhaltsam. Er ist mit Marc von einer privaten Party auf dem Weg nach Hause. Es ist kein Taxi zu kriegen, und sie schlendern durch die Straßen, voll bis oben hin, auch Nicolas. Plötzlich hören sie ein Quietschen, und sie bleiben stehen. Es stinkt nach Müll, vor ihnen türmen sich die dunklen Schatten von großen Mülltüten vor einem asiatischen Restaurant auf. Und da hockt sie: eine große fette Ratte, mitten auf einer der Tüten. Sie ist gerade dabei, sich durchs Plastik zu fressen. Marc fängt an zu schreien, rennt los, so schnell, dass Nicolas Mühe hat, ihm zu folgen.

Irgendwann stolpert Marc und bleibt regungslos liegen. Ein Jahr Entzug. Dann hat er den Hof seiner Eltern übernommen. Jetzt baut er Biogemüse an. Zieht Biorinder auf. Macht Biokäse.

»Wissen Sie jetzt, wo es hingehen soll?«, reißt ihn die Stimme des Fahrers aus seinen Gedanken.

»Zum Bahnhof.«

»Zu welchem, Monsieur?«

»Ich muss nach Caen.« Marc soll ihn abholen. Er tastet in der Außentasche seines Jacketts nach seinem Handy. Da stoßen seine Finger an etwas anderes. *Der Memorystick!* Das silberfarbene spatelförmige Stück Plastik enthält nichts Geheimes. Nicolas war bei allen Versuchen dabei. Harmlose Versuche zur Verträglichkeit verschiedener Nahrungsmittel. *Verdammt, wie soll man in einer Stadt wie Paris ohne Geld anständig leben können?* Es wäre eine Gelegenheit, völlig ungefährlich, hat der Typ gesagt. *Schließlich arbeitet Professor Frost nicht an der Entwicklung einer Atombombe, nicht wahr?* Da hat Nicolas genickt. Die Zahlungen kamen prompt, jeden Monat, wenn er einen Stick mit den neuen Daten mitbrachte. Ein Student mit Brille und Pferdeschwanz. Wie sie in den Dotcom-Firmen in Kalifornien rumlaufen, jedenfalls im Film. *Nenn mich Paul, klar?* Nicolas hat einfach genickt und den Umschlag mit dem Geld genommen. Acht Mal. Acht Monate lang. Er lässt den Stick wieder in die Tasche gleiten. Seine eigene Kopie der Kopien. Weil er sich immer und grundsätzlich Kopien macht. Weil man ihm seine Spielsachen weggenommen hat, weil er immer zu wenig von allem hatte. Na ja, und was irgendjemandem tausendfünfhundert Euro im Monat wert ist, könnte ihm selbst ja vielleicht auch mal nützlich sein, hat er gedacht.

Sind sie deswegen hinter ihm her?

12

Kurz vor 17 Uhr. Ein Bündel blassgelber Sonnenstrahlen fällt schräg durch die Terrassentür ins Schlafzimmer und streift die Ecke des Bettes. Ethan sitzt auf dem Louis-XIV.-Stuhl, die Ellbogen auf die Oberschenkel und den Kopf in die Hände gestützt, und starrt auf die im Sonnenstrahl schwebenden Staubkörnchen.

Sie haben sie abgeholt, ihren Körper weggeschafft, ihm Fragen gestellt zu Sylvies psychischer Verfassung und zu ihrer Ehe. Er kann die Fakten drehen und wenden, wie er will, Tatsache ist: Sie hat sich umgebracht und einen rätselhaften Abschiedsbrief hinterlassen. Ein Hinweis auf ein Bibelzitat. Dabei war sie nicht religiös, zumindest nicht das, was man gemeinhin unter religiös versteht. Sie ging weder in die Kirche, noch redete sie vom Paradies oder von Gott. Sie glaubte – ja, an was? Hin und wieder hatten sie darüber gesprochen. Über das, was wohl nach dem Tod käme, ob überhaupt etwas danach käme. Besonders nach dem Tod ihres Vaters im letzten Dezember hatte sie ein paar Mal dieses Thema angeschnitten. Er war wohl am Ende wieder religiös geworden. Am Ende finden sie alle zu Gott, hätte seine Mutter gesagt.

Sylvie, du hast mich nicht genug geliebt, sonst hättest du das nicht getan! Der Blick eines der Polizisten hat genügt, um Ethan klarzumachen, dass auch dieser genau das dachte, dass Ethan Sylvie wahrscheinlich nach Strich und Faden betrogen hatte, dass ihre Ehe schon längst am Ende gewesen sein musste … Natürlich würde es eine genaue polizeiliche Untersuchung geben, vergaß der Polizist nicht, zu erwähnen.

Hat er etwas übersehen? Depressionen? War er so mit seiner Arbeit beschäftigt? Oder aber … wenn sie eine unheilbare Krankheit gehabt hätte, dann hätte sie ihm das doch gesagt, sie haben doch sonst über alles geredet. Außer in den letzten

Monaten, muss er einräumen, als er mit den letzten Überarbeitungen des Buchs beschäftigt und danach in ein tiefes Loch gefallen war.

Sylvies Seele füllt den Raum aus, er spürt es. Sein Gehirn ist leer, alle Kontakte sind gerissen. Er hat kein Handlungsmuster parat. Ich muss ihre Mutter in Marbella anrufen. Mathilde. *Erst Vincent, dann Sylvie! Ethan, womit hab ich das verdient?* Dann wird sie ihm Vorhaltungen machen. Er stellt sich vor, wie sie ihn ansieht, ihn immer angesehen hat. *Was machst du gerade, Ethan? Schreiben? Ja, ja, wer schreibt, der bleibt, nicht wahr?* Ihr falsches Lachen, zu laut, zu hell, ihre falschen Wimpern, ihr blondiertes Haar, das glattgezogene Gesicht, der gestraffte Hals. *Mir ist es unbegreiflich, Ethan, dass ein Ehemann …*, würde sie sagen, und wie immer würde Ethan sie am liebsten an ihren sonnengebräunten Schultern packen und schütteln, damit sie auch noch den Rest des Satzes ausspuckt. *Und es ist mir auch unbegreiflich, warum du als ihre Mutter, wo ihr fast jeden Tag miteinander telefoniert habt, warum du nichts gewusst hast!* Sie würde mit den Fingerspitzen an ihre Schläfen tippen, als empfinge sie schmerzhafte Radiowellen aus dem Jenseits. Nein, er kann Mathilde jetzt nicht anrufen. Später.

Irgendwo klingelt sein Handy. Er braucht einige Sekunden, um es in seiner Jacketttasche zu orten.

»Ist das die Nummer von Dr. Sylvie Harris?«, fragt eine männliche Stimme mit einem weichen Akzent.

»Wer spricht da?«

»Jean Ercilla, Restaurant Nectar.«

Was will der Typ? Ich habe keinen verdammten Tisch bestellt! Er will ins Telefon brüllen, man soll ihn gefälligst in Ruhe lassen. Seine Frau ist gerade gestorben. Doch er sagt: »Ja?«

»Madame Harris hat am Freitagabend etwas liegen lassen. Sie kann es abholen. Wir hatten gestern geschlossen, und unsere Putzfrau hat es erst jetzt gefunden.«

»Madame Harris? Sind Sie sicher?« Das muss eine Verwechslung sein. Falsch verbunden! Sylvie war doch nicht …

»Nun, auf ihren Namen wurde der Tisch reserviert.« Einschmeichelnde Stimme, aalglatt.

Was sollte Sylvie im Restaurant, allein?

»Sylvie Harris?«

»Nun, Monsieur, ich habe nur den Namen und diese Telefonnummer.«

Szenarien bauen sich auf. Wieso und vor allem mit wem war Sylvie essen?

»Danke, ja. Ich richte es ihr aus. Ihre Adresse?«

»Rue Tangérine.«

Freitagabend. Sylvies letzter Abend in diesem Leben. Der Tod soll am Samstagabend gegen neunzehn Uhr eingetreten sein, hat der Polizist gesagt. Sie war am Freitag also essen. Ohne ihn. Der Abgrund, an dem er steht, wird noch dunkler und tiefer. Man geht nicht allein essen. Jedenfalls Sylvie nicht. *Vielleicht ist ja etwas an diesem Freitagabend passiert, und sie hat sich deshalb das Leben genommen?* Er steht auf, sein linkes Bein ist eingeschlafen, es kribbelt. *Mit wem war sie essen?*

Nach wenigen Minuten steht er unten auf der Straße, hält Ausschau nach einem Taxi. Er könnte auch den Wagen nehmen, aber das schafft er jetzt nicht. Es ist Sylvies Auto, mit dem sie jeden Tag in die Klinik gefahren ist. Er muss bis zur Ecke laufen, bis ein Taxi anhält. In dem Augenblick, in dem er die Autotür zuschlägt, begreift er, dass sein Leben in zwei Teile zerfallen ist, in ein Davor und ein Danach. Und erst jetzt, danach, versteht er allmählich, wie viele Chancen sie verpasst haben. Wie oft haben sie sich über Belangloses gestritten …

Wieso hat sie sich einfach umgebracht? Sie hätte ihn doch nur anrufen müssen! Er wäre sofort gekommen, oder etwa nicht? Als sie die Tabletten genommen hat, war er gerade mitten in der Lesung. Wäre er denn wirklich aufgestanden, sofort zum Flughafen Heathrow gefahren und nach Paris geflogen? Ethan sieht aus dem Seitenfenster. Sonntagabend. Überall in den schmalen Straßen des Quartier Latin schlendern Menschen an den Läden und Cafés vorbei, ihr Anblick macht ihn wütend. Wieso dürfen sie glücklich sein, während er leidet? Warum hat ihn das Schicksal getroffen?

Lag es an dieser Reise, weil er sie nicht verstanden hat? Uganda. Er war dagegen gewesen. *Wieso, was willst du dort? Du arbeitest doch auch hier als Ärztin. Warum dort? Du setzt dein Leben aufs Spiel da unten! Du weißt am besten, welche verdammten Krankheiten du dir da holen kannst. Was ist, wenn dich ein Verrückter mit Aids infiziert? Da unten haben sie doch alle Aids!!*

Sie stand einfach nur da, auf dem Dachgarten neben der Japanischen Kirsche, die noch ganz kahl war. Sie hatte alles schon klargemacht für April. Das Gespräch war reine Formsache. Entschieden hatte sie allein. Warum tust du das, fragte er sie. Weil jemand Verantwortung übernehmen muss, sagte sie. Dann drehte sie sich um, ging hinein, und kurz darauf hörte er die Wohnungstür zufallen. Von oben sah er sie dann aus dem Haus gehen. Es war ein Sonntagmorgen, erinnert er sich, in der Luft lag eine feuchte Kälte, die Schnee ankündigte, ein grauer, flirrender Dunst, vermischt mit dem Geruch nach Autoabgasen und verbranntem Heizöl. Er sah sie ins Auto steigen, sah sie beim Ausparken an den hinteren Wagen stoßen, wie immer, er hatte sogar darauf gewartet, und als sie es tat, hätte er vor Wut und Trauer schreien können. Etwas war zwischen sie geraten, etwas Sperriges, Durchsichtiges, das sie voneinander trennte. Wenn er nur wüsste, was es war. Am Abend hat er sie nicht gefragt, wo sie gewesen ist. Er hat geschwiegen und getan, als hätte er noch nicht einmal bemerkt, dass sie zurückgekommen war.

13

Die Wohnung von Professor Jérôme Frost in der Rue des Saints Pères im 6. Arrondissement befindet sich im dritten Stock eines um 1800 erbauten, komplett restaurierten Wohnhauses, dessen quadratischen Innenhof der Hausbesitzer in einen Zen-Garten verwandelt hat. Der helle Kies ist in wellenförmige Linien gerecht, und in der Mitte wächst ein Nussbaum.

Inspecteur Irène Lejeune sieht durch die hohen Fenster hinunter auf die gezwirbelten Zweige, an denen hellgrüne Blätter im sanften Wind schaukeln. Ein Sonnenstrahl fällt über die Ziegeldächer und bricht sich im kleinen Teich, auf dem Seerosenblätter treiben. *Schön!* Jérôme Frost hat vielleicht noch am Samstagmorgen genau hier gestanden und die Ruhe auf sich wirken lassen. Er hat sich auf seinen Arbeitstag gefreut, weil ihm seine Arbeit grundsätzlich Freude macht, weil sie ihn befriedigt, sein Leben bestimmt und erfüllt. *Ein glücklicher Mensch, womöglich!* Er hat nicht ahnen können, dass es sein letzter Arbeitstag sein würde. Angesichts des geschmackvoll eingerichteten Appartements und der kultivierten Umgebung kommt Lejeune die Schändung des Leichnams noch grausamer vor. Der winzige Rattenkopf auf Professor Frosts Körper, die roten Augen schieben sich wie ein Dia vor ihren Blick.

»Hätten wir gleich herfahren sollen?«

Als sie Davids Stimme hört, dreht sie sich unwillkürlich um. Sie sind zu spät gekommen, ja. Ihr Blick wandert über die aufgeschlitzten tabakbraunen Ledersessel, die aus den Regalen gefegten Bücher auf dem dicken sandfarbenen Teppichboden und über die Backsteinwand mit dem grün leuchtenden Satz:

Tod den Gottesverächtern

Sie steckt die Hände in die Taschen ihres Trenchcoats und schüttelt den Kopf. »Wir sind meistens zu spät, das ist unser Schicksal.« Wieder fällt ihr Davids Sweatshirt auf. »Übrigens, ich finde das in diesem Fall unpassend.«

Er sieht an sich herunter, braucht einen Moment, bis er begreift, dass sie den Spruch meint. SAVE THE EARTH.

»Ich ziehe morgen was anderes an«, versichert er.

Gottesverächter. Ist das ein neuer Hinweis auf die Täter? Sind es religiöse Fanatiker? Kurz denkt sie an den Iraker. *Unsinn, Gottesverächter, das Wort gehört doch auch in den Wortschatz von Christen.*

»Was gefunden?« Sie zeigt zur steilen Metalltreppe, die in das obere Stockwerk hinaufführt, wo sich laut David Schlafraum und Bad befinden.

»Nichts Besonderes. Aber ich glaube, hier habe ich was.« Er macht einen Schritt auf sie zu mit einem Bündel in der Hand, da klingelt ihr Handy.

»Wir haben Glück, Irène!« Olivier von der Spurensicherung.

»Ach ja?« Olivier macht aus jeder Meldung einen Roman.

»Stell dir vor, ein junges Mädchen hat ein seltsames Geräusch aus einem Müllcontainer gehört. Nun, sie hat darin eine Plastiktüte entdeckt …«

»Ja?« *Was, verdammt, war in der Plastiktüte, Olivier?* Lejeune weiß, dass sie ihn nicht drängen darf, sonst ist er beleidigt, und sie muss jedes Wort aus ihm herauskitzeln.

»Ein winziges Hündchen!«

Sie meint, ihn lachen zu hören. »Olivier!«

»Ja, ja, also, da war noch was, eine große Tüte, das Mädchen hat gedacht, da ist noch ein Hund drin, ein größerer vielleicht – es war aber keiner drin, sondern etwas anderes.«

Lejeune zwingt sich durchzuatmen.

»Die Sachen von unserem Killer.«

»Was?«

»Blutverschmierter Overall, elektrisches Tranchiermesser, Latexhandschuhe, Schutzhüllen der Schuhe«, zählt Olivier auf. »Alles da! Wir geben den Overall wegen der Blutspuren …«

Lejeune fällt ihm ins Wort, sie hat jetzt keine Zeit mehr für längere Ausführungen. »Ruf mich an, sobald ihr was Neues wisst.«

David sieht sie neugierig an, als sie auflegt. Sie fasst kurz zusammen, was Olivier berichtet hat.

»Sieht ganz so aus, als hätten wir unglaubliches Glück gehabt«, meint David und wedelt mit einem Bündel geöffneter Briefe. »Ohne Poststempel, sind wohl einfach eingeworfen worden.«

»Wo haben Sie die gefunden?«

»Oben, unter der Matratze.«

Lejeune zieht einen weißen Bogen Papier aus dem ersten Briefumschlag.

Hände weg von Gottes Schöpfung, sonst wirst du es noch bereuen, steht da in Maschinenschrift. Sie faltet den nächsten auf. *Stell die Arbeit ein, sonst wirst du es bereuen.* Die drei nächsten Nachrichten lauten ähnlich, nur die letzte ist anders. *Du bist schon so gut wie tot.*

»Die hat er alle ignoriert, hat nie die Polizei verständigt«, bemerkt David, lässt die Briefe in die durchsichtige Tüte der Spurensicherung fallen und verschließt sie.

Zum hundertsten Mal, so kommt es ihr vor, lässt Lejeune ihren Blick durch den Raum wandern. Irgendetwas ist unlogisch, irgendetwas passt nicht.

Tod den Gottesverächtern … Schöne neue Welt der Genforscher … sonst wirst du es bereuen …

Wer schreibt so etwas? Wer benutzt solche Worte? Was hat Professor Frost getan, dass er deshalb umgebracht wurde? Wer hat ihn gehasst?

David sieht über die aufgeschlitzten Polster, die Bücherhaufen auf dem Teppich, kratzt sich am Kopf. »Sie haben alles durchsucht, nur nicht die Matratzen hochgehoben.«

»Ja, komisch, nicht? Würden Sie anonyme Drohbriefe unter Ihrer Matratze verstecken?«

14

Nectar. Weiße Schrift auf schwarzem Grund. Orchideen in den Fenstern. Den Eingang mit dem schwarzen Samtvorhang beleuchten zwei mannshohe, im Wind flackernde Fackeln, und aus den langen Fenstern fällt warmes goldenes Licht. *In so ein Lokal geht niemand allein essen! Mit wem war Sylvie hier?* Ethan zahlt, steigt aus und wirft die Taxitür zu. Einen kurzen Moment zögert er, bevor er den Vorhang teilt, einen kurzen Moment, in dem er Angst hat, etwas über Sylvie zu erfahren, das er nicht wissen will. Doch nun ist er hier. Fantasien sind schlimmer als die Realität. Entschieden tritt er ein. Sofort wird er vom sinnlichen Aroma indischer Gewürze betäubt. Ihm wird klar: *Sylvie hat ihn betrogen.*

»Monsieur?« Die Stimme gehört einem stattlichen Herrn mit blauschwarzem Haar und dunkler Hautfarbe. Jean Ercilla?

»Wir haben gerade telefoniert. Meine Frau hat mich gebeten«, beginnt Ethan, bricht ab – er kann doch nicht sagen, dass sie sich umgebracht hat, das geht niemanden etwas an.

»Ah, verstehe. Einen Moment, Monsieur.« Jean Ercilla geht zur Theke und kommt lächelnd wieder zurück.

»Bitte sehr, Monsieur.« Mit einer angedeuteten Verbeugung gibt Jean Ercilla Ethan etwas in die Hand. Der hat ein Notebook erwartet oder eine Handtasche oder Sylvies grünen Schal mit den Goldfäden, aber das?

»Und schöne Grüße, beehren Sie uns bald wieder.«

Ethan nickt nur. Benommen. Getroffen. Enttäuscht. Wütend. Braune Lederhandschuhe. Herrenhandschuhe. *Sylvie war mit einem Mann verabredet.*

Im Tabakladen auf der gegenüberliegenden Straßenseite kauft er eine Schachtel blaue Gauloises und ein billiges Plastikfeuerzeug. Bis vor fünf Jahren haben er und Sylvie nach dem Essen hin und wieder eine Zigarette geraucht. Sie haben es genossen, sich zurückzulehnen, den Rauchringen hinterherzusehen und zu träumen. Von der nächsten Reise, von einem neuen Kleid, von einem Ausflug. Er weiß nicht mehr, wer von ihnen das Rauchen aufgeben wollte. Allein machte es keinen Spaß mehr. Und mit den Zigaretten erloschen die Träume.

Die Flamme ist zu klein, der Wind hat sie sofort ausgeblasen. Ethan dreht das Rädchen weiter auf. Jetzt frisst sich die Flamme ins Papier. Herrenhandschuhe. Er geht einfach geradeaus, die Straße hinauf, vorbei an Tischen und Stühlen, die sie trotz des kühlen Wetters vor die Cafés gestellt haben. Wärmestrahler werfen ihren rötlichen Schein auf die Köpfe.

Er hat sich damals für ein anderes Leben entschieden, hat sein altes aufgegeben, ist von Sydney nach Paris gezogen, nachdem ihn nichts mehr hielt – als er Ruth mit dem Kind verlassen hatte. Und jetzt muss er einsehen, dass er wieder verlassen worden ist.

Wer war der Mann? Er raucht die Zigarette nicht zu Ende, wirft sie in den Rinnstein. Mit wem hat sich Sylvie getroffen? Wem hat sie sich anvertraut? Er muss mit jemandem reden. Scott fällt ihm ein, aber der ist um diese Uhrzeit schon betrunken.

Rue Suger, realisiert er. Er steht quasi vor Sarahs Haus. Vielleicht hat Sylvie ihr etwas anvertraut, immerhin hat sie gesagt, Sarah sei ihre beste Freundin, und die beiden sind hin und wieder abends ausgegangen.

Der gesprungene schwarze Klingelknopf unterscheidet sich von den übrigen fünf, die alle glatt und neu aussehen.

»Ja?«

»Ich bin's, Ethan.«

Keine Antwort. *Komme ich ungelegen?*

Gerade überlegt er zu gehen, als der Summer ertönt.

Er nimmt drei Stufen auf einmal, und als er im zweiten Stock ankommt, lehnt sie in der halb geöffneten Tür. Dünner und blasser ist sie, als er sie in Erinnerung hat, das schulterlange blonde Haar strähnig, das Kinn spitz, die Lippen blutleer, sie trägt eine ausgeleierte Jogginghose und ein verwaschenes Kapuzenshirt. Sie kann ganz anders aussehen, schön, verführerisch. Sie hat definitiv nicht mit Besuch gerechnet.

»Tut mir leid, dass ich dich überfalle …«

Sie lächelt nicht, macht die Tür nicht weiter auf. Der getigerte Kater, ein struppiges Tier mit einem gelähmten Hinterlauf, taucht plötzlich neben ihrem Bein auf, setzt sich, starrt ihn an.

»Was ist los mit euch beiden?«, fragt sie.

Sein irritierter Blick lässt sie den Kopf schütteln. »Ich war am Freitagabend mit Sylvie verabredet, dann sagt sie mir kurzfristig ab, wir wollten am Samstagabend was trinken gehen, und sie kommt nicht. Geht einfach nicht an ihr Handy!« Ihr sehniger Hals schwillt an.

»Sylvie hat sich umgebracht.« Zum ersten Mal spricht er es aus.

»Was?« Sie starrt ihn an. »Wie?« Der Blick ihrer eng stehenden Augen hat ihn schon öfter unangenehm berührt. Zu eindringlich. So wie der ihres Katers, der ihn immer noch ansieht.

»Tabletten. Pulsadern.« Er zeigt auf die Tür. »Darf ich reinkommen?«

Benommen tritt sie zur Seite, der Kater huscht davon. Der schmale Flur mit den schwarz-weißen Kunststofffliesen führt direkt in die Küche, in einen kurzen Schlauch, in dem gerade genug Platz ist für eine praktische Küchenzeile auf der einen und einen Klapptisch mit zwei Stühlen auf der anderen Seite. Ikea – die ganze Wohnung.

»Willst du …« Sie macht eine fahrige Bewegung zur Teekanne hin, die neben einer Tasse und einem aufgeklappten Buch auf einem Stövchen steht. Er bemerkt, dass ihre Hand zittert.

»Nein, nein … wirklich nicht.«

»Setz dich.«

Er schiebt den Küchenstuhl zurück und nimmt Platz. Das Licht der Küchenlampe bildet eine helle Scheibe auf dem weißen Tisch, in dessen Mitte das Buch liegt. Plötzlich merkt er, wie erschöpft er ist. Sie setzt sich vor ihre Tasse Tee, der Kater springt auf ihren Schoß, starrt ihn von Neuem an, als wäre er ein unerwünschter Eindringling. Jetzt nimmt er den Geruch nach Fenchel war.

»Wie konnte das …« Sie stockt.

Er betrachtet sie. Das Licht von oben lässt sie noch deprimierter aussehen. Ihre Augenringe sind tiefer und dunkler geworden, seitdem er sie das letzte Mal gesehen hat. Auf Sylvies Geburtstag im Februar. Sie arbeitet zu viel und vor allem nachts, weiß er. Übersetzungen. Philosophie, Esoterik – Themen, von denen er nichts versteht. Französisch, Polnisch, Deutsch. Er kann sich nicht daran erinnern, wo die beiden sich kennengelernt haben. Ihre Hand legt sich auf seine, kalt und starr, dabei will sie ihn trösten. Er unterdrückt den Reflex, seine Hand wegzuziehen. Einmal waren sie zu dritt in einer Bar, fällt ihm jetzt ein, und nach dem dritten oder vierten Cocktail rückte Sarah immer näher an ihn heran, rieb sich an ihm – Sylvie tat so, als würde sie es nicht bemerken, und er sprach es auch später nie an. Jetzt zieht er die Hand doch weg.

»Hat Sylvie irgendwann mal etwas von einem Liebhaber erzählt?«, fragt er sie.

Der mitfühlende Blick ist verschwunden, die grauen Augen mustern ihn skeptisch, genauso wie die des Katers.

»Wieso?«

»Sie hat sich am Freitagabend mit einem Mann in einem Restaurant getroffen.«

»Deshalb hat sie also abgesagt ...«, murmelt sie.

Sie fühlt sich betrogen. Betrogen von Sylvie. So wie ich. »Hat sie denn keinen Abschiedsbrief ...«

»Nein.«

»Sie war meine beste Freundin. Auch wenn wir uns in der letzten Zeit nicht ganz so oft sehen konnten.«

Er hört sie kaum, so leise spricht sie. Eine Weile starrt er einfach auf die weiße Tischplatte, betrachtet die getrockneten Teeränder darauf und den Spalt, in den Flüssigkeit gelaufen ist, sodass das Holz aufgequollen und die Oberfläche schließlich geplatzt ist.

»Hat sie denn irgendwann mal was über mich ...«, will er wissen. »War sie unglücklich mit ... mit unserem Leben?«

Ihre eckigen Schultern hat sie fast bis zu den Ohrläppchen hochgezogen. Dass sie täglich sieben Kilometer mit iPod im Ohr läuft, hat ihm Sylvie erzählt, und dass sie an verrückten Megamarathons teilnimmt, wie hundert Kilometer durch die Wüste ...

»Ich weiß nicht ...«, unterbricht sie seine Gedanken.

Ist doch er schuld?

»Nein«, sie streicht sich müde eine Strähne hinters Ohr, »ich meine, klar, hin und wieder hat sie sich darüber beklagt, dass du so oft nicht zuhörst, dass du immer an dein Buch denkst.« Die Finger der rechten Hand haken sich in die der linken, wie ein Freeclimber an einem Felsvorsprung. Da erinnert er sich, dass sie Sylvie und ihn einmal zum Klettern mitnehmen wollte. Doch sie lehnten ab, sie litten beide unter Höhenangst.

»Du meinst, sie hat sich deswegen umgebracht?«, schießt es aus ihm heraus. »Wegen mir?«

»Nein, aber nein, Ethan!« Verständnislos und erschrocken schüttelt sie den Kopf. »Es tut mir leid, es muss schrecklich für dich sein.«

»Ja.«

In der Wohnung über ihnen werden Stühle gerückt, von unten hört er ein schepperndes Geräusch. Die Küche geht zum Innenhof hinaus, fällt ihm ein, dort stehen die Mülltonnen. Er sollte gehen.

»Ich muss los.«

»Warte, Ethan. Du kannst … hier schlafen, wenn du willst.«

»Danke, aber …« Er steht auf. Der Kater springt von ihrem Schoß.

»Bist du sicher?«

»Ja.«

Sie folgt ihm durch den Flur. Zum ersten Mal bemerkt er die Hochglanzfotos an den Wänden. Gleißende Eisberge vor glitzernd blauem Wasser, eine afrikanische Savannenlandschaft mit einer Herde äsender Gnus, Mangroven, die sich im Wasser spiegeln, blühende Kakteen in einer Wüste. Er dreht sich zu ihr um. »Keine Menschen.«

Ihr Blick wandert versunken über die Bilder. »Nein, keine Menschen«, sagt sie leise.

Etwas in ihm will sie umarmen, aber da schlingt sie schon selbst die Arme um sich. Besser so. Er will nicht weinen. Nicht in ihren Armen. Nicht in den Armen von irgendjemandem. Wenn er weint, wird alles zusammenstürzen, weiß er. Also geht er zur Tür.

»Untersucht die Polizei den Fall?«, fragt sie.

Etwas überrascht, ja irritiert ihn an dieser Frage. Er nickt. »Ja.«

Auch sie nickt. »Wenn du Hilfe brauchst …«, sagt sie noch, als er schon im Treppenhaus steht. Sie klingt zu mutlos, als dass er tatsächlich wagen würde, ihr Angebot in Anspruch zu nehmen. Erst als er schon einen Stock weiter unten angekommen ist, hört er, wie sie die Tür schließt. Nein, er will nicht glauben, dass sich Sylvie umgebracht hat, weil er zu wenig Zeit hatte. In seiner Manteltasche sind noch immer die verdammten Handschuhe. Er wird den Kerl finden und dann …

Unten auf der Straße läuft er in einen torkelnden Säufer.

»Pass doch auf!«, fährt Ethan ihn an.

»Pass selber auf!«, brummt der andere und will weiter.

Doch da reißt Ethan ihn an der Schulter herum, zerrt ihn am Mantelkragen zu sich heran, sodass er die Alkoholfahne riechen kann. Der Mann macht ihn aggressiv, löst etwas in ihm, macht ihn rasend …

»Halt die Schnauze!«, zischt Ethan, schüttelt ihn, will ihm rechts und links eine ins Gesicht schlagen, will ihn in den Magen boxen, und wenn er dann vor Ethan zusammensackt, will er ihm einen harten Handkantenschlag auf den Nacken verpassen und ihm das Knie in den Unterleib rammen … Ethans Hände sind noch immer in den Mantelkragen gekrallt, als gehörten sie ihm nicht mehr. Da spürt Ethan einen feuchten Klumpen im Gesicht. *Der Typ hat mich angespuckt!*

»Verpiss dich!«, brüllt Ethan und stößt ihn weg, sodass er taumelnd gegen die Hausmauer fällt.

Hinter der nächsten Straßenecke schlägt er seinen Kopf gegen die Wand, immer wieder. Dann fängt er an zu heulen. Sein Leben stürzt zusammen, er hat es verschuldet. Er war nicht fähig, mit Sylvie zu reden, er hat alles viel zu selbstverständlich genommen, die Liebe, das Glück, einen Menschen gefunden zu haben, dem er sich nah fühlt, mit dem er alles teilen kann … Und Sylvie? Hat sie das Vertrauen in ihn verloren, war es denn am Anfang da? Der raue Putz der Hauswand schürft seine Stirn auf, sie brennt, sie schmerzt, doch er hört nicht auf, wozu hat er sich nur hinreißen lassen?

Ganz unten. Er ist ganz unten angekommen. Auf dem Grund des Abgrunds.

15

Irène Lejeune fährt gedankenverloren durch die verregnete Dunkelheit nach Hause, steuert den Wagen mechanisch durch den abendlichen Verkehr. Ihr Leben macht ihr keine Freude mehr. Sie kann sich kaum noch an Schönes erinnern. Immer nur Job, schlafen, organisieren – und Schuldgefühle haben. Wenn sie jetzt nach Hause in die Rue d'Alésia kommt, schlafen die Kinder schon in ihrem winzigen Zimmer, können ihr nichts mehr von ihrem Ausflug erzählen, auch Roland liegt schon im Bett, im genauso winzigen Schlafzimmer. In der Woche ist er schon auf der Arbeit. Morgen geht es genauso weiter.

Es war ganz anders geplant. Roland verdiente ziemlich gut bei der Bank. Sie wollte ihren Job nicht aufgeben, Roland verstand das. Ein Au-pair-Mädchen bezog ein Zimmer in ihrer großen Wohnung.

Alles bestens, bis Paul – dieser Idiot – aufflog, weil er Geld von Kunden auf Konten von Scheinfirmen umgeleitet hatte, Scheinfirmen, die ihm gehörten. Immer und immer wieder geht ihr das durch den Kopf, hat sich festgesetzt in den Gehirnwindungen, für ewig. Und Roland wurde mit gefeuert, dabei wusste er nichts von alldem. Man erfand einen Kündigungsgrund. Roland hatte genug von seinem Beruf. Wollte etwas anderes machen. Fand nichts. Weil es zu viele gibt, die etwas anderes suchen. Wurde Wachmann. Absurd. Ein Mann mit solchen Fähigkeiten und so viel Wissen. Aber die Gesellschaft geht verschwenderisch um mit menschlichen Ressourcen.

Die Stelle bei der DGSE, Direction Générale de la Sécurité Extérieure, dem Auslandsnachrichten- oder auch Geheimdienst, könnte ihr Leben von Grund auf verändern. Besseres Gehalt, Aufgabenbereich nationale Sicherheit. Wenn Roland nicht fähig ist aufzusteigen, dann doch wenigstens sie, oder? Die wichtigsten Dinge geschehen im Verborgenen, das hat sie begriffen. Das Offensichtliche ist nur Ablenkung. Roland hat sie nichts von der Bewerbung gesagt, falls sie eine Absage bekommt. Die Hoffnung hält sie aufrecht, gibt ihr die Kraft für den nächsten Tag, hilft ihr, den Alltag zu überleben.

Jetzt also dieser Fall: Professor Frost. Der Rattenkopf. Wer tut so etwas? Was soll damit bezweckt werden? Soll die Diskussion um die Gentechnik angeheizt werden? Doch mit solchen Mitteln? Das wäre geradezu pervers. Oder hat jemand eine persönliche Rechnung zu begleichen? Der menschliche Hass kann unermesslich sein … Schlafen wird sie auch nicht können. Am Boulevard Arago muss sie bremsen. Sie schaltet den Scheibenwischer herunter. Nicolas. Sie sollten ihm morgen unbedingt einen Besuch abstatten. Er ist in Gefahr, sagt ihr ein unangenehmes Gefühl.

16 Montag, 24. März Hamburg

Als Andreas Schomerus aufwacht und die Augen öffnet, quälen ihn noch immer teuflische Kopfschmerzen, schon seit vorgestern, und die nackte Frau auf dem Airbrush, die er Sue getauft hat, verschwimmt auf dem Sattel der Harley zu einem fleischfarbenen Klecks auf blauem Grund. Er kneift die Augen zusammen, jeden Morgen fällt sein erster Blick auf das Airbrush-Bild über der Kommode, gegenüber vom Bett.

Sue, seine Erinnerung an Nicole. Warum hat er das Bild da hängen, fragt er sich an diesem Morgen zum ersten Mal. Und die Antwort erschüttert ihn. Er will sich bestrafen, will sich jeden Morgen vor Augen führen, was für ein Verlierer er ist. Das Bild hat er auf dem Flohmarkt gekauft, drei Tage nachdem Nicole ausgezogen war. Er ist ein Verlierer, ja, auch wenn man es ihm nicht ansieht. Aber so fühlt er sich, wenn er morgens im Bus sitzt und zur Bank fährt, und dann den ganzen Tag. Früher wollte er eine Segelschule in Griechenland aufmachen. Doch fünfzehn Jahre später sitzt er immer noch an einem Schreibtisch in einem Büro mit grauem Teppich. Und muss noch froh sein, dass er seinen Job behalten hat. Immerhin, Urlaub und Gehalt erlauben ihm zu reisen – und seinem Hobby nachzuhängen. Wie viel hat er schon gesehen von der Welt – und fotografiert? Ganze Festplatten voller Naturfotos. Galapagos. Madeira. Sibirien.

Seine Hand verfehlt die Stirn, über die er wischen will, weil er schwitzt, greift daneben, irgendwohin, ans Ohr?

Etwas stimmt nicht. Sue wird nicht schärfer, und Fat Boy auch nicht. Hangover? Unmöglich von zwei Dosen Bier. Ein plötzliches Augenleiden? Bindehautentzündung? Hat er noch nie gehabt. Wovon auch? Tropenkrankheit? Bis jetzt hat er sich noch nie Malaria eingefangen, obwohl er doch schon ein paar Mal in Afrika war. Vielleicht hat er sich auf der Wanderung zu den Berggorillas in den Virunga-Bergen übernommen? Er wollte die besten Fotos schießen. Natur pur ohne Menschen – und war der Gruppe immer voraus.

Als er sich aufsetzt, wird es auch nicht besser. Alles hat seine Konturen verloren, ist ausgefranst oder nebulös, als würde sich die Welt vor ihm auflösen.

Er fasst sich an die Stirn, diesmal trifft er sie, gibt sich einen Schlag auf den Hinterkopf, *vielleicht ist es ein Kurzschluss oder eher noch eine Art Wackelkontakt, der gleich behoben ist.* Doch da ist dieser Schwindel, seine Hände tasten zum Bettrand, er muss sich festhalten, dann wird es schon aufhören, so was hat er noch nie erlebt. Eine Grippe vielleicht, eine kleine Infektion, redet ihm eine Stimme ein, doch die kann die in ihm aufschießende Angst nicht zurückdrängen. Er braucht … einen Arzt. Einen Notarzt. Irgendetwas passiert mit ihm, und er kann es nicht verhindern, er verliert die Kontrolle über sein Tun und sein Denken, die Gedanken werden holprig, verirren sich auf ihrem Weg von einem Neuron zum nächsten, werden gebremst von einer zähen Masse, die sich in seinem Kopf auszubreiten scheint und alles unter sich begräbt, wie Lava, die aus einem Vulkan fließt, die Dinge, das Leben mit einer dicken Kruste überzieht und erstickt. Er will aufstehen, seine Füße verheddern sich in der Decke, er taumelt, sein Kopf kracht gegen die Kommode. Bilder fliegen aus seinem Kopf, er will sie festhalten, doch sie lassen sich nicht festhalten, sie fliehen vor ihm …

17 Paris

Es ist kurz nach neun, als Camille Vernet die schwere und extra gesicherte Tür zur Redaktion aufschließt und sogleich den Code eingibt, um die Alarmanlage abzuschalten. Die Redaktionsräume des satirischen Wochenmagazins *Tout Menti!* liegen im ersten Stock eines stattlichen, aber etwas heruntergekommenen Hauses in der Rue du Grenier Saint-Lazare. Alle vier Journalisten, die dort fest arbeiten, vereint eine ähnliche Vergangenheit: Sie waren zuvor entweder bei namhaften französischen Zeitungen angestellt, so wie Christian Brousse und Camille Vernet bei *Le Figaro,* oder sie waren freie Mitarbeiter einer Wochenzeitschrift, wie Annabelle Richard und der Grafiker Lucien Foch. Dann verloren sie ihre Jobs durch die allgemeinen Einsparungen und die Krise. Christian war zudem knapp einer Verleumdungsklage entgangen, weil er einen Politiker namentlich zitiert hatte, der nachträglich vehement bestritt, diese Äußerung gemacht zu haben. Die vier Journalisten wissen, dass Frankreich ein Land ist, das zwar die individuelle Meinungsfreiheit schützt, das aber keine Medienfreiheit in der Verfassung garantiert, genauso wenig wie das Recht, sich ungehindert zu informieren. Allerdings, mit Humor und Ironie und unter der Überschrift *Alles erlogen!* ist alles – fast alles – erlaubt. Und so gründeten die vier Journalisten vor zwei Jahren mit Unterstützung von Christians Vater die Satire-Zeitschrift *Tout Menti!*.

»420 000 Exemplare wie *Le Canard* verkaufen wir zwar noch nicht, aber es geht aufwärts«, hat Christian gesagt, als er im Oktober die Flasche Champagner für die verkauften 50 000 Exemplare spendierte und entkorkte.

Camille wirft ihre Umhängetasche und ihren Ledermantel aus dem letzten Schlussverkauf auf den Tisch neben dem Kopierer, zieht ihre Bluse und ihren karierten Rock gerade, den sie lieber bei Hilfiger als in einem Billigladen gekauft hätte, und geht zur Toilette. Seit die erste Begeisterung über die eigene Zeitschrift verflogen und die Aussicht auf ein höheres Gehalt in weite Ferne gerückt ist, fragt sie sich immer häufiger, ob sie tatsächlich den richtigen Weg gewählt hat. Warum konnte sie die Affäre mit Herb Ritter nicht ein wenig länger durchhalten? Herb Ritter von BBC International. Sie hätte sicher einen Job ergattern können … *Du stehst dir selbst im Weg, Camille!*, hat ihre Mutter immer gesagt.

Sie dreht das Wasser auf und wäscht sich die Hände. Jedes Mal, wenn sie aus dem Krankenhaus kommt, hat sie das dringende Bedürfnis, das zu tun. Sie sieht in den Spiegel. *Du siehst fertig aus, Camille, wenn du so weitermachst, landest du bald bei deinem Vater im Saint-Louis.* Sie weiß nicht, wie sie das ewige Pendeln zwischen ihrer Wohnung in der Rue Coetlogon im 6. Arrondissement, der Redaktion im 3. und dem Krankenhaus Saint-Louis im 10. Arrondissement durchhalten soll. Glücklicherweise hat sie sich letzten Monat dazu durchgerungen, mit dem Geld ihres Vaters ein neues Autos zu leasen, einen brombeerfarbenen C3 Pluriel mit elektrischem Faltdach, nachdem ihr alter Peugeot sich mindestens vier Mal die Woche weigerte, anzuspringen.

Warum musstest du einen Schlaganfall bekommen, Papa? Seit es passiert ist, vor zwei Tagen, muss sie daran denken, wie es weitergehen soll. Nach dem Tod ihrer Mutter hat er allein in der riesigen Wohnung in der Rue de Montpensier mit großartigem Blick auf den Park des Palais Royal gelebt. Die Putzfrau kam alle zwei Tage, kochte auch hin und wieder. Aber jetzt? Sein rechter Arm ist gelähmt. Das ist teilweise reversibel, meinen die Ärzte, aber daran muss man arbeiten. Übungen. Behandlungen. *Jemand muss ihn versorgen, sich um ihn kümmern.*

Sie trocknet sich die Hände ab und legt neuen Lippenstift auf. Sie hasst es, wenn sie ihr Spiegelbild hässlich findet. Das kann sie völlig aus der Fassung bringen und ihr das Selbstbewusstsein rauben. Leider. Denn das kann sie jetzt überhaupt nicht gebrauchen. Von ihrer Schwester kann sie sich keine Hilfe erhoffen. Valéria hat ihr letzte Weihnachten klargemacht, dass sie nur im äußersten Notfall – wahrscheinlich meinte sie, kurz vor der Beerdigung – von Martinique hierherfliegen würde. Angeblich kann sie ihren Mann und ihre Töchter einfach nicht allein da unten lassen. Eine faule Ausrede, Maurice ist laut ihrem Vater ein »cleverer Bursche«, war Inhaber einer Dotcom-Firma, nahm Unsummen von Geld durch einen Börsengang ein, verkaufte seine ganzen Aktien kurz vor dem Crash und siedelte nach Martinique über. Er müsste sicher nicht verhungern, wenn er ein paar Tage ohne seine Frau wäre. Aber Valéria bleibt trotzdem die, die es geschafft hat, in den Augen ihres Vaters. Journalistin – und dann auch noch in einem Satireblatt! Eine unglaubliche Vergeudung von Talent, meint ihr Vater. Würde sie scheitern, sähe er sich bestätigt. Diesen Gefallen wird sie ihm nicht tun. Um keinen Preis. Irgendwann wird er sprachlos sein wegen ihres Erfolgs, den er ihr niemals zugetraut hat. Camille wirft einen prüfenden Blick auf ihr Augen-Make-up, fährt sich durch das stufig kurz geschnittene blonde Haar. *Okay, fangen wir an! Wer war Professor Frost?*

Mit plötzlicher frischer Energie geht sie durch den hohen,

schlecht zu heizenden Raum mit der abblätternden Stuckdecke und dem knarrenden Parkett, in dem sie sonst alle vier und manchmal auch die Aushilfen sitzen, zu ihrem Schreibtisch am Fenster und klappt ihr Apple-Notebook auf.

Schon gestern auf dem Weg vom Hôpital Saint-Louis in die Redaktion hat sie von dem grausamen Mord an einem Wissenschaftler gehört. Noch im Auto versuchte sie, mit Yvonne Béri, einer Mitarbeiterin in der Polizeizentrale, Kontakt aufzunehmen, um herauszufinden, was man mit »grausam« meinte. Yvonne hatte wohl keinen Dienst, und so hinterließ Camille auf der Mailbox ihre Bitte um Rückruf und nahm einen Umweg über die Place Jussieu. Der Platz vor der Université Pierre et Marie Curie war abgesperrt, drei Wagen der Polizei parkten dort, und sechs Beamte, sofern sie beim Vorbeifahren richtig gezählt hatte, sicherten den Eingang. Sie parkte in zweiter Reihe und versuchte, von den Umstehenden Näheres zu erfahren. Ein paar nichtoffizielle Informationen sickerten durch, aber mehr nicht. Diesmal funktionierte wohl die Nachrichtensperre, und so fuhr Camille weiter.

Während sie wartet, dass ihr Notebook hochfährt, stellt sie Teewasser auf – sie muss schnellstens was gegen ihre Magenschmerzen tun – und überfliegt die Notizen von gestern über einen russischen Milliardär, der gerade im Begriff ist, einen französischen Fernsehsender zu kaufen. Lucien hat ein paar großartige Illustrationen angefertigt, sie muss schmunzeln, als sie sie betrachtet. Dann wendet sie sich dem Computer zu und gibt den Namen Jérôme Frost in die Suchmaschine ein. Im selben Augenblick klingelt ihr Handy.

»Ganz kurz, Camille«, hört sie Yvonne Béri, »aber gestern hab ich es nicht mehr geschafft: Er wurde in seinem Labor überfallen, geköpft, an die Wand genagelt, seinen Kopf hat man den Ratten zum Fraß vorgeworfen und auf seinen Hals einen Rattenkopf genäht.«

»Ist das dein Ernst?« Will Yvonne sie auf den Arm nehmen?

Camille weiß, Yvonne hat manchmal eine sehr »satirische« Art von Humor.

»Denkst du, so was könnte ich erfinden? Der Wachmann wurde ermordet, die Ratten wurden befreit, und an der Wand soll der Satz gestanden haben: *Schöne neue Welt der Genforscher.* Ich muss Schluss machen, du bist mir was schuldig.«

Bevor Camille antworten kann, hat Yvonne aufgelegt. Sie versucht, sich das Szenario vorzustellen, und merkt, wie ihr mulmig wird. Jetzt braucht sie erst recht einen Tee.

Kurz darauf trifft Christian ein, das dunkelbraune Haar ungekämmt wie immer, wirft seine abgetragene Lederjacke mit dem für ihn typischen macholässigen Schwung über den erstbesten Stuhl und fragt statt einer Begrüßung, ob sie schon von dem Mord in der Universität gehört hat. Erst dann gibt er ihr rasch einen Kuss auf jede Wange. Für eine Sekunde denkt Camille an die Zeit, als sie leidenschaftlichen Sex miteinander hatten und es kaum abwarten konnten, bis sie allein in der Redaktion waren. Das ist seit einem halben Jahr vorbei, nachdem Christians Frau ihn vor die Alternative gestellt hat, Camille oder sie.

Camille wundert sich seitdem, dass Christian sich an das Versprechen hält. Er hält sich doch sonst nicht an Gesetze und Abmachungen. Nun, sie, Camille, würde jedenfalls nicht wieder anfangen, nein, diese Schwäche würde sie nicht zeigen, obwohl sie gerade nach einem nervenaufreibenden Arbeitstag hemmungslosen Sex zu schätzen weiß. Danach kann sie wunderbar traumlos und tief schlafen.

»Ja, und ich weiß auch, was mit grausam gemeint ist«, sagt sie, die Gedanken beiseiteschiebend.

Er hebt die Augenbrauen und knöpft die Manschetten seines ungebügelten, schrill gemusterten Hemdes aus irgendeinem Secondhandshop auf, hört jedoch sofort damit auf, als Camille ihm den Mord näher schildert.

»Du lieber Gott«, murmelt er, und Camille fällt auf, dass er, obwohl von Natur aus blass, noch bleicher geworden ist. »Jérôme Frost war Mitarbeiter der EFSA«, erklärt Christian, »ich habe zu Hause schon nachgesehen. Das ist die Europäische Behörde für Lebensmittelsicherheit. Sitzt in Parma.«

»Parma, Parmaschinken, Parmesan und Parmayog?«

Christian nickt.

Camille spult ab: »Parmayog: Milch, Joghurt, Käse. Global Player, gerade ziemlich in der Bredouille, Milliardenbetrug.«

Die Gerichtsverhandlung zieht sich schon lange hin, sie haben in ihrer Zeitschrift über ein paar delikate Details berichtet – in ironischer Form natürlich –, über die Verwicklung eines französischen Industriellen, der sehr enge freundschaftliche Kontakte zu dem französischen Minister für Ernährung unterhält.

Christian reibt sich die Hände. »Zuerst sollte die EFSA wohl ihren Sitz in Helsinki haben«, erklärt er, während er zu seinem Platz geht, Camille genau gegenüber. »Doch Italien hat sich wohl mächtig ins Zeug gelegt, und Parma hat schließlich den Zuschlag gekriegt.«

»Da hat doch jemand seine Verbindungen spielen lassen, oder?«, kommentiert Camille.

»Bestimmt. Die EFSA residiert im Palazzo Ducale, schön, wirklich sehr idyllisch.«

Camille seufzt. »Wir sind ganz schön verdorben, nicht wahr? Wir machen hier unsere Witze, und vor unserer Tür hat jemand ein bestialisches Verbrechen begangen.«

»Das ist der Preis der Satire, *ma chère!*« Christian grinst, setzt sich und zeigt auf ihren Tee. »Hast du Magenschmerzen?«

»Fast schon vorbei. Weiter, was machen die bei der EFSA?«

Christian ruft die Internetseite auf und liest vor: »Die EFSA ist eine unabhängige europäische Behörde, die aus dem EU-Haushalt finanziert wird, aber unabhängig von der Europäischen Kommission, dem Europäischen Parlament und den EU-Mitgliedsstaaten handelt. Die EFSA wird von einem unabhängigen Verwaltungsrat geleitet, dessen ernannte Mitglieder im öffentlichen Interesse handeln und weder eine Regierung, eine Organisation noch eine Branche vertreten.« Er grinst. »Unabhängig wollen wir doch alle sein, oder?« Dann fährt er fort: »Der fünfzehnköpfige Verwaltungsrat erstellt den Haushaltsplan und so weiter, dann steht hier noch was über die Geschäftsführende Direktorin. Das hier könnte interessant sein, pass auf: Der wissenschaftliche Ausschuss und die wissenschaftlichen Gremien der EFSA bestehen aus hochqualifizierten Sachverständigen aus dem Bereich der wissenschaftlichen Risikobewertung.«

»So was war wohl unser Professor Frost«, bemerkt Camille und trinkt tapfer ihren Tee, doch ihre Magenschmerzen lassen sich davon nicht beeindrucken.

»Die Ernennung der Mitglieder erfolgt durch ein offenes Auswahlverfahren auf der Basis nachgewiesener wissenschaftlicher Kompetenz. Die wissenschaftlichen Gremien der EFSA führen Risikobewertungen in ihren jeweiligen Fachgebieten durch. Willst du das hören?« Er sieht auf.

»Klar, alles.«

»Okay, also: Es gibt Risikobewertungen für Folgendes: Lebensmittelzusatzstoffe, Aromastoffe, Verarbeitungshilfsstoffe und Materialien, die mit Lebensmitteln in Berührung kommen, Tiergesundheit und Tierschutz, biologische Gefahren, Kontaminanten in der Lebensmittelkette, Zusatzstoffe, Erzeugnisse und Substanzen in der Tierernährung – aha, hier: gentechnisch veränderte Organismen! Außerdem noch diätetische Produkte, Ernährung und Allergien, Pflanzenschutzmittel und ihre Rückstände, Pflanzengesundheit.«

»Klingt alles sehr vernünftig. Ich kann mir kaum vorstellen, dass Frost wegen seiner Mitarbeit bei der EFSA hingerichtet wurde.« Camille schüttelt den Kopf.

»Also wegen seiner Tierversuche?«

»Aber Christian, welcher Tierschützer würde eine Ratte köpfen, hm?«

»Daran hab ich auch schon gedacht. Also Gegner der Genforschung …«

Sie geht zu Christian und stellt die Tasse auf seinen Schreibtisch. »Frost war mit Antibiotika und Nahrungsmitteln beschäftigt. Er hat weder Menschen geklont noch mehrköpfige Ungeheuer erschaffen! Er hat den Viechern Pillen oder sonst was gegeben und beobachtet, ob das Zeug sie umhaut oder nicht. Okay, als Tierfreund mag ich so was nicht, aber als Tierfreund köpfe ich auch keine Ratte.«

»Welche Spur wohl die Polizei verfolgt?« Christian nagt an seiner Unterlippe. Er fährt sich durchs Haar, plötzlich leuchten seine Augen. »Was hältst du davon, wenn wir unsere Talkshow am Samstagabend ummodeln?« Er hebt die Arme und hält eine unsichtbare Schlagzeile in die Luft. »Genforscher: Mordopfer der Ökobewegung?«

Camille weiß, wie viel Arbeit auf sie alle zukommen wird. Den monatlichen Sendeplatz für die Fernsehtalkrunde *ParisCult* haben sie durch die Beziehungen von Christians Vater ergattert. Wenn sie die Einschaltquote um zwei Prozent steigern könnten, ist die Sendung für das nächste halbe Jahr gesichert.

Sie zögert. »Heute ist Montag, Christian, und wir haben die Nummer für nächste Woche noch nicht fertig.«

»Egal, Camille, überleg mal, wir müssen das machen, wir müssen einfach! Dieser Mord verleiht den Diskussionen um die Genforschung eine ganz andere Dimension, ist dir das klar?«

Sein Gesicht glüht, ein echter Workaholic, kein Wunder, dass seine Frau manchmal die Krise kriegt, denkt Camille, aber seine Idee ist gut – und richtig. »Und wen willst du einladen?«

»Die, die am lautesten schreien.« Christian hämmert schon auf seine Tastatur. »Mal sehen, hier, Aminopur, das ist einer der Spitzenreiter in der Pharma- und Genforschung, wen hätten wir denn noch? Hier: Semena Crop, und hier: Edenvalley. Ich denke, wir fragen bei allen drei an. Edenvalley hat seine Hauptsitze in Genf und Atlanta, Semena Crop in Le Havre und Aminopur in Basel und in Tampa/Florida. Dann brauchen wir natürlich Vertreter der Ökobewegung.«

»Und der Kirche«, fügt Camille hinzu.

Christian sieht sie verblüfft an.

»Klar, die Kirche ist doch auch ein vehementer Gegner der Genforschung, nicht wahr?« Sie lächelt über seinen verdutzten Gesichtsausdruck.

»Schlaues Köpfchen, Camille.« Er grinst, lehnt sich zurück, sieht wieder aus wie der rebellische Student, der er wohl mal war. »Das wird eine Wahnsinnssendung, die werden sich gegenseitig die Köpfe einschlagen! Ha, das gibt Mord und Totschlag!«

Er lehnt sich vor, streckt einen Arm aus und umfasst ihre Taille. Camille spürt, wie ein heißer Strahl durch ihren Körper fährt. Ihr Widerstand ist lächerlich, sie lässt sich auf seinen Schoß ziehen, sie weiß, dass sie jetzt nicht mehr aufhören kann, seine Hände pressen sich auf ihre Brüste, reißen ihre Bluse auf.

Kurz, ganz kurz blendet das Bild des geköpften Wissenschaftlers auf, doch sofort wird es verdrängt von Sequenzen bekannter und unbekannter Bilder wilder Ekstase.

Camille bläst sich eine Strähne aus der Stirn, steht auf, zieht ihren Rock gerade, hakt den BH fest und sieht hinunter auf Christian, der am Boden liegt und sie, die Arme unter dem Kopf verschränkt, beobachtet.

»Wie hab ich es nur ein halbes Jahr ohne dich ausgehalten?« Er lächelt verschmitzt.

Sie versucht, ihre Bluse zuzuknöpfen, doch die mittleren Knöpfe fehlen. Sie hasst es, Knöpfe anzunähen.

»Du sagst gar nichts, *ma chère* Camille.«

»Ich habe wahrscheinlich mehr Skrupel als du.« Hastig stopft sie die Bluse in den Rock. Warum hat sie sich nur dazu hinreißen lassen? Er beendet die Sache, wann er will, und er schnippt nur mit dem Finger, und sie ist zur Stelle! Genau das wollte sie nicht mehr! Ist sie so ausgehungert? So gierig? Will sie so sehr begehrt werden?

Er richtet sich auf. Auf seiner nackten weißen Brust ringeln sich ein paar spärliche dunkle Haare. Der Bauchansatz über dem Gürtel, den er jetzt schließt, lässt sie vermuten, dass er zu Hause immer gut bekocht wird.

»Komm schon, es hat dir doch auch gefallen, oder? Immerhin hast du so laut gestöhnt, dass man es nebenan hätte hören können.« Er grinst triumphierend, versucht, sie wieder zu sich hinunterzuziehen, doch diesmal sträubt sie sich.

»Erinnerst du dich, vor kaum einer Stunde haben wir beschlossen, eine Talkrunde auf die Beine zu stellen. Wir sollten langsam weitermachen.«

»Weißt du, dass du mich genau deshalb so erregst?«

Sie will nichts davon hören, doch er redet einfach weiter.

»Weil du deine Arbeit und den Sex genauso brauchst wie ich. Und weil die Arbeit dich stimuliert. Weil sie dir genau wie mir das Adrenalin durch den Körper jagt und weil wir beide Narzissten sind …«

»Hör jetzt auf damit, Christian!« Sie wendet sich ab, geht zu ihrem Schreibtisch und ruft die Presseseite von Aminopur auf.

»Martine und die Kinder sind ein Teil meines Lebens, aber du …«

»Halt die Klappe, Christian! Ich will mich jedenfalls nicht schuldig fühlen, wenn deine Ehe in die Brüche geht.« Warum sagt sie das? Weil ihr diese Moralvorstellungen eingetrichtert worden sind. Doch ist ihr seine Ehe nicht gleichgültig? Ist es nicht auch gerade das Verbotene, das sie erregt? Das Verwerfliche? Die Vorstellung, seine Frau würde ihnen dabei zusehen?

Er ist aufgestanden und geht, während er das Hemd zuknöpft, auf sie zu. Sein Haar hängt ihm wirr in die Stirn. »Das sollst du auch nicht. Das ist meine Sache«, sagt er, stützt sich mit den Armen auf ihren Schreibtisch und sieht ihr direkt in die Augen. Sie kann seinen heißen Atem im Gesicht spüren.

»Gut, dann ist das ja geklärt.« Er ahnt nicht, wie viel Energie sie aufbringen muss, um es nicht gleich noch mal mit ihm zu treiben. *Mon Dieu, Camille! Du bist unmöglich!* Sie ist ausgehungert, die zwei Bekanntschaften, die sie im vergangenen halben Jahr hatte, waren mehr als unbefriedigend. Schale Streicheleinheiten für ihr Ego.

Sie hackt eine Mail an die Presseabteilung in die Tasten. »So, wie heißen die anderen?«

Christian sieht sie noch einen Moment an, dann seufzt er und geht zu seinem Arbeitsplatz.

»Semena Crop, Edenvalley …«, sein Ton ist nun betont sachlich, er hat sich schnell wieder beruhigt, weiß Camille, »und … an welchen kirchlichen Vertreter hast du gedacht? An den Papst vielleicht?« Er grinst schief.

»Richtig: Wir haben Ihre Heiligkeit eingeladen, aber leider war sie verhindert«, kontert sie und stutzt. »He, rate mal, wo Professor Frost bis vor drei Jahren gearbeitet hat?«

»Im Petersdom?«

»Bei Edenvalley.«

»Das ist doch was!« Christian lehnt sich schwungvoll zurück und wippt mit der Lehne. »Und jetzt arbeitet er für die EFSA. Wundert mich nicht, dass ihm das manche vielleicht nicht so ganz abnehmen.«

»Ist das denn der Fall?«

Er sieht wieder auf den Bildschirm. »Nun, ich lese gerade, es gibt Kritiker, die der Behörde vorwerfen, dass sie nicht objektiv arbeitet. Weil die meisten ihrer Mitarbeiter angeblich in solchen Firmen gearbeitet haben.«

»Hm.«

»Camille, das liegt doch auf der Hand: Wenn du eine Kapazität bist, kriegst du Angebote von Firmen, und die nimmst du auch an, schließlich musst du ja von irgendwas leben. Irgendwann hörst du bei den Firmen auf und wechselst zu einer Behörde, denn die will ja auch eine Kapazität. Dann gehst du eben dorthin.« Er lehnt sich wieder zurück und verschränkt die Arme hinter dem Kopf. Auf seiner Stirn haben sich Falten gebildet.

»Was ist?«, fragt sie.

»Ach, ich denke manchmal, wir reißen uns den Arsch auf und können uns noch nicht mal einen richtigen Urlaub leisten.«

»Tja. Vielleicht sollten wir uns auf die andere Seite schlagen …« Kurz denkt sie an ihre Schwester auf Martinique.

Er seufzt. »Rechtschaffenheit und gute Absichten zahlen sich nie aus.«

»So was sagst ausgerechnet du? Christian, der Schutzheilige der kritischen Journalisten?«

»Ja, und das meine ich wirklich. Rechtschaffenheit – was soll die für einen Wert haben? Die wurde von den Mächtigen erfunden, um uns klein und abhängig zu halten.«

»He, das sind aber ganz neue Töne!«

»Jeder hat das Recht auf freie Meinungsänderung, oder?« Er grinst sie undurchsichtig an. Dann wird sein Ton wieder sachlich: »Lass uns doch mal etwas über Frosts Biographie herausfinden. Was war er für ein Typ? Mit wem hat er es wohl getrieben? Mit Ratten?«

»Du denkst immer nur an das eine, Christian!« *Mein Gott, ich höre mich schon an wie meine Mutter.*

18

Sein Schädel ist ein Ballon, seine Zunge trocken wie Sandpapier, sein Speichel schmeckt sauer, und in seinen Adern kocht das Blut. *Es ist alles nur ein Traum. Klar, und jetzt gehe ich heim, Sylvie ist schon in der Klinik, arbeitet, alles ist wie immer.* Eine Sekunde, zwei – länger nicht – dauert diese Illusion. Dann realisiert Ethan, dass er auf Scotts Sofa liegt, die blaurot gemusterte Schottendecke über sich gebreitet. Auf dem alten Fernseher steht ein leeres Glas. Ein halb volles steht auf dem gläsernen Tischchen vor ihm, daneben die leere Flasche Glenfiddich. Staubflimmern überall. Und der Geruch nach alten Stoffen.

Scotts Schnarchen dröhnt vom Schlafzimmer nebenan durch die Tür. Gedämpft dringt auch die Erinnerung in sein Bewusstsein. Die zwei – oder waren es drei – doppelten Whisky in der Bar gegenüber von Sarahs Wohnung haben nichts geholfen. Hat er etwa geglaubt, sie würden Sylvie ins Leben zurückholen? Er hatte mit Sylvie essen gehen, feiern wollen …

Er wollte nicht nach Hause, fürchtete sich davor, die Wohnung zu betreten, wo die Möbel und all die Sachen wie Richter auf sein Erscheinen warten würden. Jemand sollte ihn von seiner Schuld entlasten, sollte sagen, dass Sylvies Tod nichts mit ihrer Beziehung zu tun hatte. Noch rechtzeitig, er wusste nicht, was er sonst noch unternommen hätte, dachte er an Scott und rief ihn an. Scott McPherson, Schriftsteller wie er, nur nicht so erfolgreich. Doch Scott ist noch nie neidisch gewesen. Ich will nicht mit dir tauschen, hat er schon öfter gesagt, da müsste ich viel zu hart arbeiten. Scotts Schreibtisch unter dem Fenster steht voll mit Kaffeetassen und Gläsern. Dazwischen Stapel mit fleckigem Papier und ein altes Notebook. Seine Frau hat ihn vor zehn Jahren verlassen, hat er

Ethan einmal erzählt. Seitdem hat er nie wieder jemanden so nah an sich herangelassen.

Ethan kriecht unter der Schottendecke hervor, geht über den abgetretenen grünlichen Teppichboden, kämpft gegen die Übelkeit an und versucht das Gefühl zu ignorieren, waberndes Gelee im Kopf zu haben. Duschen. Wasser trinken. Kaffee trinken. Etwas essen. Frische Sachen anziehen.

Er legt Scott einen Zettel mit dem Wort »Danke« auf die staubige Ablage vor dem Badspiegel, läuft die drei Stockwerke hinunter und erwischt ein Taxi.

Ein kalter, trüber Tag.

Normalerweise macht ihn das ewige Stop and Go nervös, dann sieht er unentwegt auf das tickende Taxameter, auch wenn ihm der Fahrpreis erstattet wird. Die Zeit bekommt im Taxameter einen Geldwert. Einen genau benennbaren, ablesbaren Wert. Aber heute starrt er nur aus dem Fenster, in die anderen Autos, in denen Menschen sitzen, deren Leben vorgestern genauso verlaufen ist wie gestern und heute. Nur er ist außen vor, raus aus dem Spiel.

Als er zu Hause unter der Dusche steht, bahnt sich mühsam ein Gedanke den Weg durch seine träge Hirnmasse: Die Handschuhe – vielleicht gehören sie Dr. Robert Smith? Er ist Arzt und Sylvies Kollege – und vielleicht mehr. Schwul, hat Sylvie geantwortet, als Ethan sie gleich nach der ersten Begegnung mit Robert gefragt hat, ob sie ihn attraktiv findet, und damit seine Frage nicht beantwortet. Er zieht sich an, trinkt in der Küche schnell einen Kaffee im Stehen und springt wieder in ein Taxi.

Der weitläufige, imposante Klinikkomplex des Hôpital Saint-Louis zwischen Gare de l'Est und Place de la République, unmittelbar am Kanal St. Martin, erinnert Ethan jedes Mal an seinen schicksalhaften Parisbesuch vor acht Jahren. Dorthin haben sie ihn mit seinem gebrochenen Bein gebracht, direkt auf Sylvies Station. Als sich die Gebäude immer deutlicher vor dem grauen Himmel abzeichnen, ist es, als müsse er sich auch hier von Sylvie und den vergangenen Jahren verabschieden. Hier hat alles angefangen – vielleicht hört hier auch alles auf –, mit der Entdeckung, dass Sylvie einen Liebhaber hatte.

Vor dem Aufzug stößt Ethan beinahe mit einer Frau zusammen, die es gar nicht abwarten kann, ihr Handy einzuschalten. Früher hätte er die Situation genutzt, hätte sie länger angesehen, eine nette Bemerkung gemacht, ihr Lächeln oder ihre Verlegenheit genossen. Jetzt weicht er ihrem Blick aus, flieht zwischen den sich schließenden Türen hindurch in den Aufzug. Er fährt gleich hoch zur Inneren, auf Sylvies Station. Im Aufzug grüßen ihn zwei Schwestern, er grüßt zurück, weiß nicht, ob sie sich an ihn erinnern oder ob sie einfach nur freundlich sind. Die meisten Schwestern und Assistenzärzte kennt er nicht mehr. Vor Jahren ist er öfter auf die Station gekommen, um Sylvie abzuholen, oder er hat angerufen. Irgendwann dann nicht mehr, warum? Weil es ihm unpraktisch, überflüssig erschien? Weil Sylvie doch nie rechtzeitig fertig war?

Der Geruch nach Medikamenten, Bettzeug, warm gehaltenem Essen und Kräutertee schlägt ihm entgegen, als sich die Aufzugtüren öffnen. Und fast zeitgleich sieht er Robert den Flur herunterkommen. Seine schlanke Gestalt, der geschmeidige, lässige Gang, die glänzende dunkle Haut – sogar im Gegenlicht strahlt die ganze Erscheinung Autorität und Würde aus.

»Hallo Ethan, was willst du hier?« Robert lächelt ihn an. Strahlend weiße Zähne. Ethan fixiert Roberts Augen. Er weiß noch nichts, denkt er, dann fällt ihm ein, dass Sylvie diesen Montag womöglich ihren freien Tag hatte. Robert ist seit mehr als zwei Jahren Sylvies Kollege. Er betreut die eine Hälfte der Station, Sylvie die andere. Seine Eltern stammen aus dem Senegal, wenn Ethan sich recht erinnert. Er ist hier aufgewachsen, hat beste Examen und ist nicht verheiratet.

»Sylvie ist tot«, schleudert Ethan ihm entgegen.

»Was?«

»Sie hat Tabletten genommen und sich die Pulsadern aufgeschnitten.«

Robert sieht ihn einfach nur an, seine Gefühle zeigt er nur selten. Er bleibt höflich, distanziert. Und wenn es Robert ist? Sind es seine Handschuhe, die Ethan in der Manteltasche mit sich herumträgt?

»Sylvie hatte einen Liebhaber.« Ethan wartet, wartet auf eine verräterische Geste, ein unsicheres Augenflackern, doch Robert hält seinem Blick stand.

»Ich hab gleich eine Pause, Ethan, dann können wir unten in der Cafeteria reden. In einer Viertelstunde?« Die sonst so volle Stimme klingt auf einmal dünn.

Ethan nickt und beobachtet, wie eine Krankenschwester Robert anlächelt, als er den Flur hinuntergeht.

Robert. Dreiundvierzig. Gut aussehend. Sportlich. Intelligent. Schwul. Aber vielleicht hat Sylvie gelogen.

Die Cafeteria befindet sich im Erdgeschoss. Er braucht tatsächlich etwas zu trinken. Wasser, Saft, irgendetwas nach dem Whiskykonsum. Bestimmt hat er jetzt noch eine Fahne. In der Halle, wo unablässig Patienten, Besucher, Ärzte, Pflegepersonal, Putzfrauen und Handwerker ein und aus gehen, ist es unangenehm kühl, und es zieht. Fünf Patienten stehen rauchend vor dem Eingang und halten sich dabei an den fahrbaren Ständern mit Infusions- und Drainageflaschen fest. Ethan nimmt aus der Kühltheke neben der Kuchenauslage einen Orangensaft. Er zahlt bei einem pickeligen Jungen und setzt sich an einen Platz, von dem aus man auf den schmalen Grünstreifen mit den kahlen Bäumen und den monoton niedrigen, graugrünen Büschen blickt, die gleichen, die man gern auf Gräber pflanzt. Wahrscheinlich, weil sie so langsam wachsen und keine tiefen Wurzeln haben. Eine Patientin mit platt gelegenem weißem Haar wandelt wie ein Geist um die Cafeteria herum. Er erinnert sich an seine Zigaretten. Später, denkt er. Es wundert ihn nicht, wenn jemand, der hier arbeitet, mit der Zeit depressiv wird. Tag für Tag ist Sylvie hierhergekommen, um Leben zu retten, Krankheiten zu bekämpfen. Wie oft musste sie sich eingestehen, dass sie gescheitert war? Haben die Erfolge, die Siege all die Misserfolge, die Ohnmacht aufgewogen? Hat sie sich deshalb einen Liebhaber genommen?

Er sieht auf. Robert schiebt sich den Stuhl zurecht. Sein blütenweißer Arztkittel lässt seine Haut noch dunkler erscheinen. Und seine Haut seinen Kittel noch weißer. Absolut fleckenlos und glatt, bis auf die scharfen Bügelfalten an den Ärmeln.

»Hast du getrunken?«

»Leck mich, Robert! Das geht dich absolut gar nichts an.«

Die beschwichtigende Geste von Robert macht ihn noch wütender.

»Pass auf, Ethan, falls du mich verdächtigen solltest …«

»Und, hab ich recht?«, fragt er angriffslustig.

»Ethan, du bist in einer Ausnahmesituation, ich verstehe dich …« Wieder beschwichtigende Gesten.

»Du verstehst überhaupt nichts, Robert! Gar nichts! Oder hat sich etwa deine Frau umgebracht?«

»Ethan, bitte. Lass mich etwas klarstellen: Sylvie und ich waren Kollegen, und hin und wieder haben wir über Privates geredet. Das war alles.«

Ethan ist sich nicht sicher, ob er ihm das glauben soll. Manchmal ist einem der Typ egal. Manchmal, nach langen Arbeitstagen, wenn man einen Adrenalinschub hat. Ellen war auch nicht sein Typ. Damals, als er noch mit Ruth verheiratet war. Aber sie war zur richtigen Zeit am richtigen Ort. Danach hatte er sich gewundert, dass er sich zuvor nie für sommersprossige Rothaarige interessiert hatte.

»Im Übrigen war Sylvie in der letzten Zeit ein bisschen depressiv, zurückgezogen.« Robert rührt langsam den Zucker in seinem Kaffee um, sein Blick hat etwas Vorwurfsvolles. »Seit dem Tod ihres Vaters.«

»Sie haben sich nicht besonders nahegestanden.« Doch Robert hat recht, Sylvie war niedergeschlagen, verschlossen.

»Sie hat viel, sehr viel gearbeitet«, Robert bricht ab und schüttelt müde den Kopf, »sie hat zu viel von sich verlangt.«

Ethan fällt die Flasche Orangensaft in seiner Hand wieder ein, er schraubt sie endlich auf und trinkt sie in einem Zug leer. Robert sieht ihm mit ärztlich besorgtem Blick zu. *Trinken Sie langsam, und vor allem nichts Kaltes.*

Wieder diese Wut. Warum ist Sylvie nicht zu ihm gekommen, zu Ethan, und hat ihm gesagt, dass sie überlastet ist?

»Warum?«, fragt er. »Warum hat sie mir das angetan?«

Robert legt die Fingerspitzen seiner auffallend schönen Hände aneinander. Passend für die Lederhandschuhe. Er ist ganz Arzt. *Unantastbar, unfehlbar. Warum Sylvie?*

»Das fragen sich die Hinterbliebenen immer. Aber es geht nicht um dich, Ethan.«

Das weiß ich. Ethan würde ihn am liebsten an seinem blütenweißen Kittel packen, ihn hochreißen und gegen die Theke schleudern.

»Warum hat sie nicht mit mir geredet?« Vielleicht hat sie es doch, und er hat nur nicht richtig zugehört, war mit seinen Büchern beschäftigt.

Robert legt die Hand auf Ethans Unterarm. »Es tut mir alles sehr leid.«

Ethan fällt auf, wie warm Roberts Hand ist und wie kalt sein eigener Arm. »Niemand bringt sich einfach so um.« Er zieht seinen Arm weg.

Vor Roberts Blick schiebt sich etwas Undurchdringliches. Nur kurz, dann ist es schon vorbei, und er sieht Ethan wieder direkt an.

»Ich hab hier was.« Ethan klatscht die Lederhandschuhe neben den Orangensaft. Robert zieht kaum merklich die Augenbrauen hoch.

»Probier sie an, oder weißt du schon, dass sie dir passen?«

»Was soll das, Ethan?«

»Komm schon, stell dich nicht so an!« Ethan schiebt die Handschuhe über den Tisch. »Nectar, sagt dir das nichts?«

Robert schüttelt langsam den Kopf. Ethan würde am liebsten aufspringen und ihm einen Fausthieb in den Magen verpassen.

»Ethan, ich kann mir vorstellen, wie dir zumute ist, aber du irrst dich.«

Ethan nickt nur, nimmt die Handschuhe, er weiß, dass es besser ist, jetzt zu gehen, sonst wird er noch am Ende Robert das Genick brechen oder verzweifelt vor ihm in Tränen ausbrechen.

Von draußen sieht Ethan, wie Robert im kalten Neonlicht gedankenverloren in seiner Tasse rührt, aus der er immer noch nicht getrunken hat. Dunkelgrau ist der Himmel, als würde es gleich dämmern, dabei ist es erst kurz nach zwei. Ein kalter Wind ist wieder aufgekommen, er weht von irgendwoher einen Duft von frischem Gras heran, und für einen Moment vergisst Ethan, was er überhaupt in der Klinik wollte, doch es bleibt bei einem Moment, dann hat ihn die Wirklichkeit wieder, und er überlegt, was er jetzt tun soll. Nur ein einziger Freund fällt ihm ein. Scott. Aber zu ihm will er nicht. Er will sich nicht schon wieder besaufen.

»Monsieur Harris?«

Er dreht sich um, eine Frau, kaum einen Meter sechzig groß, kommt aus der Eingangshalle auf ihn zu. Sein fragender Blick entlockt ihr ein entschuldigendes Lächeln.

»Pardon, ich bin Aamu.« Sie streckt ihm die Hand entgegen, eine kleine, kalte Hand, er wagt kaum, sie zu drücken.

»Ich bin Medizinstudentin und habe auf der Station Ihrer Frau gearbeitet. Gerade habe ich erfahren, dass …« Sie bricht ab. Ihren starken Akzent hat er noch nie gehört. Im neonweißen Licht der Eingangshalle leuchtet ihr Haar kupferrot, ihre Augenfarbe kann er nicht erkennen. Nur hell müssen sie sein. Unter ihrem offenen weißen Kittel trägt sie einen gestrickten Pullover mit riesigem Rollkragen, einen kurzen karierten Rock, eine wollene Strumpfhose und Stiefel. Ein bisschen wie Björk, denkt er, die isländische Sängerin. Er nickt, weiß nicht, was er sagen soll.

»Ich wollte nur …« Sie zuckt mit den Schultern, unbeholfen, ratlos. Ein Patient im Bademantel kommt hinter ihr aus dem Gebäude und zieht eine Schachtel Zigaretten aus der Tasche.

»Haben Sie Feierabend?«, fragt Ethan.

»Ja …« Sie sieht an sich herunter und zieht den weißen Kittel aus.

»Wollen Sie …« Er zögert, plötzlich findet er sich zu aufdringlich. Aber er will und kann jetzt nicht allein sein.

»Ja?« Ein Windstoß fährt ihr ins Gesicht, sodass sie die Augenlider kurz schließt, *eine Kindfrau, die im kalten Wind friert. Was soll das, Ethan? Das ist keiner deiner verfluchten Romane!*

»Wenn Sie wollen, kann ich Sie im Taxi mitnehmen.«

»Ich nehme immer die Métro …«

»Es macht mir keine Umstände. Im Gegenteil, Sie würden mir …«, er zögert, sucht nach dem richtigen Wort, »… einen Gefallen tun.«

Sie mustert ihn, als würde sie prüfen, ob sie ihm trauen kann.

Er ist erleichtert, dass sie mitkommt. Sie kannte Sylvie! Vielleicht kann sie ihm erklären, was mit Sylvie geschehen ist? Vor ihnen am Haupteingang warten fünf Taxen, Ethan hält ihr die Autotür auf, er steigt auf der anderen Seite ein. Ein Trost, jemanden gefunden zu haben, der Sylvie gekannt hat, jemanden, der ihm vielleicht die Wahrheit sagen kann. Der Wagen biegt auf die Avenue Claude Vellefaux ein. Im Außenrückspiegel sieht Ethan die Gebäude kleiner werden. Abschied. Für immer.

Aamu neben ihm sieht aus dem Fenster. Schweigt, wartet, dass er anfängt.

»Woher kommen Sie … Ihr Akzent … und Ihr Name … Skandinavien, Island?«

Sie lächelt ein bisschen. Ihre Eckzähne stehen leicht schief über die Vorderzähne, ihre Augen werden ganz schmal, wie Katzenaugen, ihre Nase ist klein und spitz.

»Finnland.«

Da wollte er mit Sylvie früher hin, es hat nie gepasst.

»Ihre Sprache ist mit keiner anderen europäischen Sprache verwandt, das ist das, was mir immer zuerst zu Finnland einfällt. Und die Landschaft, Schnee, Seen …« Was für ein Zeug redet er da?

»Einsam, oft dunkel. Die Menschen trinken.« Ihr Lächeln ist verschwunden.

»Sind Sie deshalb von dort weg, weil es zu einsam ist?«

Sie schüttelt den Kopf. »Nein, nicht deshalb.« Lichtstreifen von draußen kriechen über ihr blasses Gesicht. Scheinwerfer, Lichtreklamen, Ampeln. Wie eine Kriegsbemalung. Er wartet, dass sie ihm mehr erzählt, aber sie sieht nur zum Seitenfenster hinaus.

»Wie lange waren Sie verheiratet?«, fragt sie auf einmal und betrachtet ihn, als würde sie in seinem Gesicht nach dem Grad seiner Schuld forschen.

»Acht Jahre.« Beinahe hätte er noch hinzugefügt, dass er seine erste Frau wegen Sylvie verlassen hat und dass die letzte Zeit sehr schwierig war und – ach, viel zu viel hätte er auf die vielleicht nur höflich gestellte Frage geantwortet.

»Dass sie so verzweifelt war …«, sagt sie kopfschüttelnd.

Wer wusste überhaupt, wie verzweifelt Sylvie war? Hat sie sich nur *ihm* anvertraut? Dem Besitzer der Lederhandschuhe?

»Kannten Sie auch Sylvies Kollegen, Dr. Robert Smith?«, fragt er lauernd. Er muss ihrem Blick ausweichen, hält ihn nicht aus. »Und … wie ist er so?« Ein plumper Versuch, harmlose Fragen zu stellen.

»Nett«, sagt sie emotionslos, die Kriegsbemalung kriecht noch immer über Stirn und Wangen.

»Und zu Sylvie, wie war er da?«

Ihre Augen werden schmal, ihr Blick ist argwöhnisch, sie ahnt die eigentliche Frage dahinter.

»Auch nett«, antwortet sie nur.

Er wartet auf eine Erklärung. Als Aamu nicht weiterspricht, fragt er: »Hat Sylvie von mir gesprochen?«

»Sie schreiben …« Ihre Augen haben eine helle Farbe, sind beinahe durchscheinend, Ethan denkt an Gletscher, Gletscherwasser. Aamu bricht ab, vielleicht hat sie gemerkt, dass er sich davor fürchtet, zu erfahren, dass Sylvie nichts über ihn gesagt, ihn sozusagen aus ihrem Leben ausgeblendet hat.

»Sie suchen nach dem Grund, ja?«, fragt sie.

»Ja.«

Grelle Neonlichter tauchen den Innenraum in ein bleiches Weiß, nur kurz, der Wagen gleitet weiter.

Sie betrachtet ihre Finger, wie sie sich ineinander verschränken.

»Mein Bruder hat sich umgebracht. Er hat sich in die Garage gelegt und den Motor seines Motorrads laufen lassen. Er war neunzehn. Er kann so nicht weiterleben, hat er auf einen Zettel geschrieben, und keiner hat kapiert, was er damit meinte. Meine Mutter ist daran kaputtgegangen. Sie hat nur noch diese eine einzige Frage im Kopf gehabt.«

Ja, er versteht, was sie meint. »Und Sie«, fragt er, »haben Sie sich diese Frage nicht gestellt?«

»Es war seine Entscheidung, und meine war's, weiterzuleben.« Ein tapferes Lächeln steht auf ihrem Gesicht. »Ich will Sie nicht mit meinen Geschichten langweilen.«

»Nein, Sie langweilen mich nicht, überhaupt nicht. Es tut gut, mit einem Menschen zu reden, der … der Sylvie gekannt hat.«

Wieder sieht sie gedankenverloren durchs Seitenfenster. Er will sie nicht stören, und außerdem empfindet er das Schweigen zwischen ihnen als angenehm. Nicht mit jedem Menschen kann man zusammen schweigen. Bevor sie aussteigt, wendet sie sich zu ihm um.

»Danke.«

»Nein, ich habe zu danken, dass sie mir das Alleinsein erspart haben.«

Ihr Blick bleibt nur ganz kurz an seinen Augen haften, dann schlüpft sie aus dem Wagen und wirft die Tür zu.

Wie klein und mädchenhaft sie ist. Und der grob gestrickte Wollpullover mit seinem riesigen Rollkragen ist viel zu schwer und viel zu groß für sie. Sie verschwindet in einem Hauseingang, in dem kurz darauf das Licht anspringt, hinter dem Glas zeichnet sich ihre Silhouette ab.

Das Schrillen seines Handys reißt ihn aus seiner Beobachtung. Zuerst nimmt er an, dass es der Kommissar ist, der ihn wegen Sylvie noch etwas fragen will, doch dann wird er zu einer Frau durchgestellt, die sich mit Inspecteur Lejeune vorstellt.

»Es sind ein paar neue Fragen aufgetaucht, Monsieur Harris, wir müssen mit Ihnen reden.«

Er mag es nicht, wie sie Harris ausspricht, ohne H.

19

Sieben Uhr abends, Camille weiß, dass sie viel zu spät ist, aber früher hat sie es nicht geschafft, hat mit Christian die wichtigsten Infos über Gentechnologie und ihre Gefahren gesammelt. Auf dem Weg hat sie sich sogar verfahren, ist in eine

Straße zu früh abgebogen und in einer Einbahnstraße gelandet. Schließlich hat sie dann doch noch den Weg gefunden und einen Parkplatz für ihren brombeerfarbenen Wagen.

Atemlos steht sie jetzt vor diesem Arzt, Dr. Ogilvy, Neurologe, der die Hände in den Taschen seines weißen Kittels vergraben hat. Gerade eben hat er aufgehört zu reden. Sie starrt ihn an, ihr Gehirn rekapituliert, was er gesagt hat: dass der Schlaganfall nicht sehr schwer war, dass ihr Vater mit ein wenig Übung die Bewegungsfähigkeit des rechten Arms wiederherstellen könnte, dass er noch einmal glimpflich davongekommen ist. Aber da ist noch etwas anderes, hat er gesagt und eine Pause gemacht.

So reden Frauenärzte, wenn sie bei einer Vorsorgeuntersuchung einen Knoten in der Brust entdecken.

Sie wartet also auf das Wort: Krebs. Doch Dr. Ogilvy sagt: Parkinson.

Camille weiß, was das bedeutet. Es wird kontinuierlich schlimmer, oder auch schubweise. Muskelstarre, Zittern, verlangsamte Bewegungen, schließlich Bewegungslosigkeit.

»Depressive Stimmung, Zittern, ist Ihnen das nicht aufgefallen?« In Dr. Ogilvys Frage bemerkt sie einen vorwurfsvollen Unterton.

»Wir sehen uns nicht sonderlich oft.« Sie will sich nicht rechtfertigen, aber in diesem Moment fühlt sie sich tatsächlich schuldig.

»Aus Gründen, die wir noch nicht kennen, sterben Zellen im Mittelhirn ab, die den Botenstoff Dopamin herstellen. Das führt zu einer starken Verlangsamung der Nerventätigkeit.« Dr. Ogilvy setzt seine randlose Brille ab und putzt sie mit einem Zellstofftuch, das er aus dem Spender neben dem Verbandswagen gezupft hat.

»Es ist erblich, ja?« Sie hat sich noch nicht mit Parkinson beschäftigt. Bisher hatte sie noch keinen Grund dazu.

»Da kann ich Sie beruhigen.« Er lächelt, während er noch

immer die Brille putzt, zwanghaft, pedantisch. »Die erbliche Form ist eher selten. Fünfundsiebzig Prozent aller Parkinson-Erkrankungen stufen wir als idiopathisch ein.« Ein nachsichtiges Ärztelächeln. »Idiopathisch heißt, die Ursache ist noch nicht erforscht, also – mit anderen Worten: Wir kennen sie nicht. Neueren Untersuchungen zufolge wird ein bestimmtes Protein überproduziert, und dieses überschüssige a-Synuclein stört die Weiterverarbeitung einer Proteinsequenz in ein richtig gefaltetes Protein.« Er zuckt mit den Schultern. »Der menschliche Körper ist ein fein austariertes System, eine Störung zieht ein Ungleichgewicht bei etwas anderem nach sich – und schon …« Wieder sein Lächeln, eine Mischung aus Entschuldigung und Tapferkeit. »In Frankreich sind heute ungefähr 860 000 Menschen aufgrund neurologischer Erkrankungen pflegebedürftig. Bis 2020 werden etwa noch einmal 1,3 Millionen Menschen dazukommen.«

»Wollen Sie mich damit trösten?«

Unbeholfenes Grinsen. »Ich wollte nur sagen, dass Sie mit dem Problem nicht allein sind.«

»Danke.« *Man sollte ihn in einen Kurs schicken, wo er lernt, mit Angehörigen von Patienten umzugehen.*

»Medikamente können die Symptome ein wenig abschwächen«, erklärt er.

Abschwächen, nicht heilen, die Krankheit nicht aufhalten. »Kann er allein leben?«, fragt sie und ahnt schon die Antwort.

»Jemand muss sich um ihn kümmern. Mindestens zwei- bis dreimal am Tag nach ihm sehen. Außerdem muss er seinen Arm wieder trainieren. Er kann das meiste allein tun, langsam eben. Dann braucht er regelmäßige Bewegung, Mobilisierung, Physiotherapie. Jemand muss mit ihm spazieren gehen, sich mit ihm unterhalten. War er oft niedergeschlagen?«

»In den letzten Jahren, ja, aber ich dachte, das hat mit dem Tod meiner Mutter zu tun.« Ihre Mutter, die verwöhnte Tochter aus gutem Hause, die mit ihren Eitelkeiten und Allüren unablässig seine Aufmerksamkeit forderte und ihn von Einladung zu Einladung schleppte. Hier eine *exquisite* Ausstellung, dort ein *superbes* Konzert, ein *exzellentes* Restaurant, ein *formidables* Theaterstück … Die Ausdrücke ihrer Mutter sind ihr bestens in Erinnerung.

»Die Niedergeschlagenheit ist ein Symptom dieser Krankheit. Sie wird sich noch verstärken.«

»Wir sind der Spielball unserer inneren Chemie, nicht wahr?« Sie versucht zu lächeln.

Sein Seufzen tröstet sie irgendwie, dabei gibt er damit zu, dass er machtlos ist. Ärztliches Seufzen. »Madame Vernet, ich muss Ihnen leider sagen, dass die Krankheit weiter fortschreiten wird. Das Gesicht Ihres Vaters könnte infolge einer vermehrten Talkproduktion wächsern aussehen, er wird wahrscheinlich Kreislaufstörungen bekommen, durch Bewegungsstörungen des Magen-Darm-Trakts wird er wechselweise unter Durchfall und Verstopfung leiden, er wird unter Umständen gerade in der Nacht sehr stark schwitzen. Das Zittern wird sich verstärken, auch die Depression …«

»Klingt nicht gerade so, als ob man sich auf die Zukunft freuen könnte.« Sie kann ein Seufzen nicht unterdrücken. »Und das alles wegen, wegen einem … einem irgendwie defekten Protein, ja?«

»Einem falsch gefalteten, ja.« Er lächelt ihr zu, sieht auf die Uhr und macht eine Geste zur Tür hin. »Gehen Sie zu ihm – und kommen Sie bitte das nächste Mal früher. Hier ist ja schon lange Nachtruhe.«

Sieben Uhr, Nachtruhe, natürlich. Camille bedankt sich, klopft an die Zimmertür und drückt die Klinke hinunter.

Ihr Vater liegt im Bett am Fenster, das andere Bett ist noch unbenutzt. Er starrt in den ohne Ton laufenden Fernseher. Eine Polizeiserie. Die Neonröhre über dem Kopfende seines Bettes lässt ihn blasser und farbloser aussehen, als er wahrscheinlich in Wirklichkeit schon ist. Früher, als er noch einer der Direktoren bei AGF war, hat er immer darauf geachtet, trotz der vielen Arbeit ein bisschen Sonnenbräune abzubekommen.

»Papa?«

Erst als sie sich direkt vor das Bett stellt, bemerkt er sie und zieht mühsam mit der linken Hand den Kopfhörer vom Kopf, der seit ein paar Jahren fast kahl ist.

»Was machst du hier?« Seine Sprache ist noch schleppender geworden, eine leichte Lähmung hat auch die Zunge und die Sprechmuskeln erfasst. Schon spürt sie, wie die Wut in ihr hochsteigt. »Freust du dich nicht über meinen Besuch?«

»Doch. Ich vermisse nur …«

»Wen?«

»Deine Mutter.«

Da ist er schon wieder, der Stich ins Herz. *Warum tut er das? Sei nicht so empfindlich, Camille!*

»Ich konnte nicht früher.« Sie zieht sich einen Stuhl ans Bett, setzt sich und nimmt seine Hand. Sie fühlt sich kalt an. »Frierst du?« Dabei ist es im Raum angenehm warm. Dann fällt ihr ein, dass dies die vom Schlaganfall beeinträchtigte Seite ist.

»Nein, warum? Heizen Sie hier nicht?«, fragt er schleppend.

»Doch, doch, ich dachte nur, weil deine Hand kalt ist, aber dann ist mir eingefallen, dass …«

»Wenn das alles ist.« Ein schiefes Grinsen.

Sie hat Dr. Ogilvy nicht gefragt, ob er ihrem Vater gesagt hat, dass er Parkinson hat.

»War Dr. Ogilvy bei dir, hat er mit dir gesprochen, dir alles erklärt?«

»Dieser Kerl mit der Hautfarbe eines Leberkranken?« Noch ein schiefes Grinsen. »Ja, ja, der war da.« Er schluckt und hustet, sie sieht auf dem Nachttisch ein Päckchen Papiertaschentücher liegen. Er winkt ab, als sie es ihm reichen will. Seine Hand zittert dabei. Sie hat es früher einfach nicht beachtet, hat gedacht, er ist ein bisschen nervös.

»Ich sag dir was«, er hustet wieder, »sie haben eine neue

Versicherung bei uns eingeführt.« Sie versteht ihn schlecht. *Bei uns,* sagt er noch immer, obwohl er schon vor mehr als zehn Jahren nicht mehr bei der Versicherung AGF arbeitet.

»Capital Mémoire. Sie tritt in Kraft, wenn man Demenz und Alzheimer bekommt. Warum ist mir dieses Programm nicht eingefallen, was?« Er lacht. »Da hatte ich es schon, oder? Deshalb ist es mir nicht eingefallen. Und keiner hat's gemerkt. Vielleicht hast du es auch schon. Oder dieser Arzt da.«

Camille seufzt. Sein Zynismus. Damit ist nur Valéria zurechtgekommen. Weil sie genauso zynisch sein kann.

»Aber das ist doch Unsinn, Papa.« Sie rutscht näher und streichelt seine Hand. »Sehen wir mal den Tatsachen ins Auge. Du hast die Symptome von Parkinson, das kann man nicht heilen. Aber es gibt Medikamente, damit alles nicht so schlimm wird.« Wie hört sie sich an? Als würde sie mit einem Kind reden.

»Ach, Camille.«

Niedergeschlagene Stimmung. Wächsernes Gesicht. Zunehmende Bewegungseinschränkung. Zittern.

»Ich wünschte, es hätte mich gleich richtig erwischt.« Seine Stimme wird weinerlich. Tränen treten ihm in die Augen.

»Aber Papa!« Sie klingt wie ein Papagei, der nur diese beiden Wörter beherrscht.

Er schüttelt den Kopf, die Tränen sind wie weggewischt, er versucht, sich aufzurichten, was ihm aber nicht gelingt, so lässt er sich wieder zurückfallen.

»Ich hab mir Folgendes überlegt: Du ziehst zu mir. Die Wohnung ist ja weiß Gott groß genug. Du kannst tun und lassen, was du willst, und nebenbei siehst du nach deinem alten Vater. Keine Miete natürlich.«

»Papa, ich …« *Wie soll ich ihm sagen, dass ich nicht mit achtzehn ausgezogen bin, um mit einunddreißig wieder einzuziehen?* Sie holt Luft. »Wir werden eine Lösung finden, mach dir keine Sorgen.«

»Jeder muss mal sterben. Vielleicht sollte ich es auch einfach beschleunigen, was meinst du?« Wieder dieses schiefe Grinsen.

»Hör damit auf. Ich telefoniere mit Valéria, sie wird kommen.«

Er starrt plötzlich zur Decke. »In Valéria hab ich mich getäuscht.«

»Wie …«

»Das weißt du auch«, fällt er ihr ins Wort. »Das Leben, ein einziger Irrtum.«

»Papa, so was …«

Seine Hand hebt sich und fällt wieder zurück auf die Bettdecke. Camille verstummt. Er war noch nie ein guter Zuhörer.

»Seit deine Mutter nicht mehr lebt … Geh nach Hause, du hast sicher eine Menge zu tun, und ich bringe dir dein ganzes Leben durcheinander.«

Sie will noch etwas sagen, weiß gar nicht, was, will protestieren, doch er schüttelt nur langsam den Kopf, und sie steht auf, gibt ihm einen Kuss auf die Wange. Wächsern, fällt ihr noch ein, aber im Moment fühlt sich die Haut warm und trocken an. »Ich komme morgen wieder, schlaf gut«, sagt sie noch an der Tür, doch er starrt in den Fernseher oben an der Decke, der ohne Ton läuft.

Auf dem Flur steht nur der Wagen mit den Medikamenten für die Nacht. Durch eine Tür hört sie ein gedämpftes Husten und die laute, aufmunternde Stimme der Schwester. Sie kann unmöglich zu ihrem Vater ziehen. Im Aufzug vermeidet sie, das spiegelnde Metall anzusehen, richtet den Blick auf die Leuchtdioden der Stockwerkzahlen. Ihr Vater hat recht, sie hat in der Tat viel zu tun. Sie und Christian haben sich an der Talkshow-Idee festgebissen, das heißt, sie muss nicht nur interessante, kompetente und möglichst medienwirksame Leute einladen, sie muss sich auch in das Thema einarbeiten. Genetik. Schon in der Schule hat sie das nicht so richtig verstanden.

Im Freien schaltet sie ihr Handy wieder ein. Christian hat ihr eine SMS geschickt. Erste Zusagen!

So schnell. Da will jemand wohl etwas loswerden. Camille spürt das Feuer in sich brennen, es wird langsam größer. Sie will den großen Coup. Sie will endlich raus aus dem Schatten von Christian und aus dem Schatten ihres Vaters und aus dem ihrer Mutter, die ohne Anstrengung, ja ohne Beruf mühelos das Interesse von Männern und Frauen wecken konnte. Egal, wie schrill sich Camille anzog, wie sie sich schminkte, gegen ihre Mutter – und gegen Valéria – ist sie nie angekommen. Und beide haben diesen Triumph ausgekostet. Selbst jetzt, nach dem Tod ihrer Mutter, lebt dieser Triumph fort, jedes Mal, wenn ihr Vater mit leuchtenden Augen und plötzlich wieder mit voller Stimme von ihrer Mutter oder ihrer Schwester spricht. Nun, Valéria ist ja offenbar in Ungnade gefallen.

Sie wird es ihm zeigen. Sie wird es allen zeigen.

20

Ethan ist nichts anderes übrig geblieben, als sofort ins Commissariat zu fahren. Dort hat er sich zu Inspecteur Lejeune durchgefragt. Dann musste er auch noch zehn Minuten auf dem Flur vor ihrem Zimmer warten. Ihr Assistent, ein junger Typ mit einem braven Engelsgesicht und ausgelatschten Sneakers, hat ihn schließlich ins Büro geholt. NATURE steht auf seinem Sweatshirt.

»Sie sind also Schriftsteller, Monsieur Harris?« Die Kommissarin ist nicht aufgestanden, als sie ihm die Hand gegeben hat. Sie könnte die nicht ganz so hübsche Schwester von Isabelle Huppert sein, denkt Ethan. Jetzt taxiert sie ihn mit schmalen Augen über ihren Schreibtisch hinweg, hinter dem sie größer wirkt, als sie wahrscheinlich ist. Sie blinzelt oft, *viel-*

leicht ist sie kurzsichtig oder hat trockene Augen. Rötlicher Typ, Sommersprossen, stets ungeduldig, spitzfindig, hartnäckig, gnadenlos. All die Stapel von Papieren und Ordnern auf ihrem Schreibtisch, weiß Ethan, geben dieser Kommissarin Sicherheit, sind Zeichen von Wissen, von der Fähigkeit und dem Willen, zu ordnen, unermesslich Grausames zwischen zwei Pappkartons zu zwängen. Er hat noch immer keine Ahnung, was sie von ihm will.

»Ja.« Ethan erwartet die Frage, was er denn schreibt, die jetzt stets folgt. Da entdeckt er an der linken Schreibtischkante, halb unter einem Stapel, ein Stück eines Buchdeckels. Sein neuester Roman. *Ein Sommer.* Bereits ins Französische übersetzt. Er hat Inspecteur Lejeune unterschätzt. Sie wird ihm Fallen stellen, ihn in Hinterhalte locken.

»Ich verstehe immer noch nicht, was Sie von mir wollen.«

»Kaffee?«

Er wird noch misstrauischer. Sie bietet ihm Kaffee an, also will sie etwas von ihm. Und jetzt lächelt sie sogar, wenn auch dünn. Die Liste ihrer Vorleistungen wird immer länger.

Wie beiläufig blättert sie in ihrer Mappe, setzt eine Lesebrille auf, nimmt sie aber gleich wieder ab, weil sie ihr lästig ist oder weil sie nur Staffage ist, Zeichen, dass sie besonders genau hinsieht und ihr auch Details nicht entgehen.

»Sie sind Australier, Monsieur Harris?«

»Ja.« Warum fragt sie das, das steht ja in seinem Pass. Lejeune kneift ihre Augen mit den sparsam, aber sorgfältig getuschten Wimpern zusammen, bemüht sich erst gar nicht um ein vermittelndes Lächeln und schiebt ihm ein Foto über den Schreibtisch.

»Kennen Sie diesen Mann, haben Sie ihn schon einmal gesehen?«

Ein langes, mageres Gesicht mit einer ausgeprägten Nase und großen Augen, unter denen Tränensäcke hängen, blickt ihm entgegen, eine blonde Locke hängt ihm in die Stirn.

Kopfschüttelnd schiebt er das Foto zurück. »Wer ist das? Müsste ich ihn kennen?«

»Haben Sie heute keine Nachrichten gesehen?«

»Nein, ehrlich gesagt, ist es mir im Moment ziemlich egal, was in der Welt und in unserem Land vor sich geht.«

»Mein Beileid, Monsieur Harris.« Lejeune lehnt sich zurück, als würde sie eine längere Geschichte erwarten. Da kommt auch schon ihre Frage: »Wie haben Sie sich kennengelernt, Sie und Sylvie?«

Sie will wissen, was ihn und Sylvie verbunden hat und ob das ausreichte, um sich acht Jahre lang zu lieben, oder ob es längst aufgebraucht und Hass an seine Stelle getreten war, der ihn zu einem als Selbstmord getarnten Mord hätte treiben können. Ist es das? Glaubt sie das?

»Was hat das mit dem Selbstmord meiner Frau zu tun?«

Mit einer knappen Handbewegung besänftigt Lejeune ihn. »Bitte, Monsieur Harris, beantworten Sie zunächst meine Frage.«

Er kann ja nicht einfach aufstehen und gehen. Oder? Nein, sie würden ihn unter einem Vorwand daran hindern. Sie würden schon einen Grund finden.

Also, wie viel soll er ihr anvertrauen? Ruths Alkoholprobleme, wie es ist, dem Leben jeden einzelnen Tag abzuringen, mit anzusehen, wie die Frau sich erst selbst und dann auch das Leben ihres Kindes und seines, Ethans, zerstört? Die Versuche, ihr zu helfen, und dann die Entscheidung, sich von ihr zu trennen. Dass sie Steven behalten durfte, hat sie nur ihren Eltern zu verdanken. Er entscheidet sich für die kürzeste Version.

»Ich war vor acht Jahren zur Vorstellung meines Buches in Paris und hatte einen Unfall. Ich habe mir das Bein gebrochen. Sylvie war die Assistenzärztin.« Dass er sich dann von seiner australischen Frau trennte, erwähnt er nicht. Lejeune wird es herausfinden, wenn sie will.

Sie kräuselt die Lippen und zieht die Augen zusammen, als müsse sie aus diesen knappen Sätzen alle Konsequenzen der folgenden Jahre heraussaugen. Vielleicht wartet sie auch darauf, dass er noch etwas sagt, aber er schweigt. Ihr Assistent bringt auf einem Plastiktablett Kaffee in Plastikbechern, und Ethan lässt sich Zeit, die Zuckertüte aufzureißen und umzurühren.

»Warum haben Sie keine Kinder?«, fragt Lejeune schließlich.

Er merkt, wie die Wut in ihm zu brodeln anfängt. Wut darüber, dass sie ihn so direkt nach Dingen fragt, die nur ihn und Sylvie etwas angingen. Werden sie durch ihren Tod öffentlich?

»Wir wollten noch warten.« Ethan denkt an Steven, er hat ihn im Januar zu seinem vierzehnten Geburtstag in Sydney angerufen. Eine falsche Entscheidung. Als Ethan auflegte, fühlte er sich deprimiert. Das schlechte Gewissen kehrte zurück, weil er seinen Sohn einfach im Stich gelassen hat.

Lejeune hebt eine Augenbraue. »Ihre Frau war …«, sie blättert kurz in den Akten, aber er ist sicher, sie weiß es auswendig, »… sie war neununddreißig. Wie lange wollten sie noch warten?«

Ethan zuckt mit den Schultern, verbirgt seine Wut. »Es war uns nicht so wichtig.«

»Wem war es nicht so wichtig? Ihnen oder ihr?«

»Uns beiden. Wir hatten beide unsere Berufe. Wir hätten unsere Leben anders organisieren müssen.« Er hat schnell und erregt gesprochen.

Sie nickt zufrieden. Die erste Runde geht an sie, er hat kurz sein Gleichgewicht verloren. Sie nimmt ihren Plastikbecher, lehnt sich zurück und trinkt einen kleinen Schluck. Schwarz. Ohne Zucker. Gnadenlos.

»Was hat das alles mit Sylvies Tod zu tun?« Er hat keine Lust mehr, sich zu beherrschen.

Wieder ihr sezierender Blick. Er wartet auf eine Überraschung, auf eine Tatsache, die ihren Tod mit der Kinderlosigkeit in Verbindung bringt oder sonst etwas. Doch Lejeune lächelt plötzlich, wenn auch dünn.

»Monsieur Harris, Sie sind erfolgreich?«

Ihm bleibt die Luft weg, so wütend ist er. Doch was hat er für eine Chance? Er will wissen, was sie, was die Polizei weiß, er will wissen, welche Spur sie verfolgen. Er will Klarheit, die Wahrheit, auch wenn dabei herauskommt, dass es einfach nur ein gewöhnliches Verbrechen war, ein gewöhnlicher Überfall, wie er jede Nacht mehrmals in Paris passiert.

»Es geht«, antwortet er knapp.

»Nicht so bescheiden.« Sie lächelt. »Ihr neuestes Buch, ich habe mich informiert, wurde in Frankreich schon achtzigtausend Mal verkauft. Dabei ist es erst zwei Wochen auf dem Markt.«

»Ich habe die Zahlen nicht so genau im Kopf.«

Ihr hintergründiges Lächeln sagt: Mir brauchst du dieses Theater nicht vorzuspielen. In dem Moment ist Ethan sicher, dass sie längst über alles Bescheid weiß.

»Da hat man wenig Zeit für sein Privatleben, oder?«, fragt sie prompt.

»Manchmal ja.«

Ihr Lächeln erscheint ihm wie eine eiserne Maske. Was glaubt sie, wer sie ist, dass sie so mit ihm umspringen kann? Er versucht, seine Kiefer zu entspannen, sich auf den nächsten Angriff vorzubereiten.

»Hatte Ihre Frau einen Liebhaber?«

Sein Herz stolpert, der Schluck Kaffee im Mund wird plötzlich zu Säure.

»Was soll das?«, braust er auf. Die Frage ist demütigend.

Lejeune behält ihn im Auge, beobachtet ihn, wie sie ein Meerschweinchen im Versuchslabor beobachten würde, dem sie gerade einen Stromschlag verpasst hat. Sie schüttelt den

Kopf. »Es war nur eine Frage.« Wieder schiebt sie das Foto über den Tisch. »Das ist Professor Jérôme Frost, Biogenetiker an der Universität. Er war am Freitagabend mit Ihrer Frau in einem Restaurant.«

Er starrt auf das Foto. *Was, zum Teufel, hat Sylvie an ihm gefunden?* »Und?«

Lejeune zieht aus ihrem Stapel eine Zeitung hervor.

Wissenschaftler von militanten Gentechnikgegnern grausam hingerichtet prangt als Schlagzeile auf der ersten Seite.

»Ich verstehe nicht.«

Er begreift wirklich nicht, was das mit Sylvie zu tun haben soll. Die Handschuhe sind noch immer in seiner Manteltasche.

»Monsieur Harris ...« Lejeune beugt sich vor und sieht ihm direkt in die Augen. *Frauen müssen härter sein als harte Männer, wenn sie bei der Polizei was werden wollen.* »... sind Sie sicher, dass Ihre Frau Professor Frost nie erwähnt hat?«

»Nein, nie.« Und wenn er nur nicht zugehört hat? Und – ist es nicht vielleicht sogar ein Hinweis auf eine Affäre, wenn sie den Namen nie genannt hat? »Warum fragen Sie mich das alles? Glauben Sie, ich habe diesen Professor Frost umgebracht, weil er was mit meiner Frau hatte?« Er stellt den Kaffeebecher auf Lejeunes Schreibtisch, dabei würde er ihn am liebsten an die Wand schmettern. »Das ist geradezu lächerlich, Madame. Sagen Sie schon, was soll das hier?«

Er kann toben, wie er will, sie wird nicht weich. Harter Kerl. Lejeune faltet die Hände, als müsse sie endlich zum Punkt kommen, als müsse auch er endlich kapieren, dass es hier um Mord geht und um die Wirklichkeit. Er muss ruhig bleiben. Sie führt etwas im Schilde.

Sie setzt die Lesebrille auf die Nase, blättert wieder in ihrer Mappe. »Ihre Frau ist als Erste gestorben. Laut Gerichtsmedizin am Samstagabend gegen 18 Uhr 30. Professor Frost wurde erst mehrere Stunden später umgebracht.«

»Ja, und?«

»Und? Sie waren ein Jahr in der australischen Armee, richtig?«

»Ich weiß nicht, was das mit …«

»Vielleicht wollten Sie Rache nehmen an Professor Frost, weil sich Ihre Frau … wegen ihm umgebracht hat.«

»Das ist doch völlig absurd! Was reden Sie da für einen Unsinn!«

Er ist aufgesprungen. Lejeune bedeutet ihm, sich wieder zu setzen. Sie lehnt sich in ihrem Sessel nach vorn, zwingt ihn, ihr in die Augen zu sehen. Sie sind grau, wenn er sich nicht täuscht. Grau steht für Weisheit.

»Was bedeutet«, sie schiebt den Abschiedsbrief vor ihn, »das?«

Der Satz quält ihn. *Verzeih mir.*

»Was wollte Ihre Frau Ihnen damit sagen?«

»Ich weiß es nicht.« Er spricht leiser, als er will. Die Kommissarin beobachtet ihn, lässt ihn nicht aus den Augen, zieht aus jedem Zucken oder Nichtzucken seines Gesichts ihre Schlüsse, ordnet sie ein in ihr Bild, das sie sich von ihm macht. Und er kann nichts tun, nur dasitzen …

»Kennen Sie die Bibelstelle Jesaja Kapitel 28, Vers 17?«, meldet sich wieder ihre Stimme.

»Nein.«

»Moment. Heißt das, Sie haben noch nicht einmal nachgesehen, als Sie diesen Brief …«

»Nein!«, schreit er sie an. »Nein, es war mir egal! Meine Frau ist tot. Sie lag da vor mir, in all dem Blut …« Er bricht ab. Er ist davon ausgegangen, dass dieser Satz *Verzeih mir* so an der angegebenen Bibelstelle zu lesen ist. Eingebettet in ein Gleichnis oder in einen klugen Spruch, der ihm Sylvie nicht zurückbringen, ja, der überhaupt nichts ändern würde!

Schwungvoll dreht sich Lejeune mit ihrem Stuhl nach hinten, nimmt ein Buch aus dem Regal und dreht sich wieder zu ihm zurück. Sie schlägt eine ziemlich neu aussehende Taschenbuch-Bibel an einem roten Buchzeichen auf.

»Voilà: *Ich mache das Recht zur Richtschnur, zum Senkblei die Gerechtigkeit.*« Sie legt die Hände flach auf die Buchseiten und blickt ihn mit hochgezogenen Brauen an.

»Und?«

»Was *und?*« Was meinte Sylvie damit? Recht und Gerechtigkeit … Was wollte sie ihm damit sagen? Überhaupt begreift er nicht, dass sie die Bibel mit ins Spiel gebracht hat.

Lejeune lässt einen langen Atemzug verstreichen, beugt sich dann ein wenig vor. »Und am Freitagabend und am Samstag waren Sie nicht in Paris?«

Sie ist grausam. »Nein, ich war von Mittwoch bis Sonntag früh in London. Buchmesse. Das muss doch Ihr Kollege aufgeschrieben haben! Am Samstagabend hatte ich eine Lesung und ich bin erst am Sonntagmorgen in Paris gelandet. Das kann Ihnen die Airline bestätigen!« Das ist alles völlig absurd!

Lejeune bewegt die Zunge im Mund und lässt ihn nicht aus den Augen.

Er kann und will sich nicht mehr beherrschen. »Was halten Sie davon, wenn Sie mir einfach sagen, weshalb Sie mich hier auf diese Weise verhören?«

Inspecteur Lejeune macht eine besänftigende Handbewegung. Ihm fallen ihre feinen Hände auf. Er kann sich nicht vorstellen, wie sie eine Waffe halten, geschweige denn, den Abzug betätigen.

»Wir haben den Mord an Professor Frost aufzuklären, da müssen wir jeder Spur nachgehen.«

»Gut, dann werden Sie ja sicher auch verstehen, dass ich wissen will, welche Verbindung es zwischen diesem Professor Frost und meiner Frau gegeben hat.«

Ein säuerliches Lächeln formt sich auf Lejeunes Gesicht.

»Monsieur Harris, ich verstehe, es ist nicht leicht für Sie, aber vertrauen Sie uns. Auch der Tod Ihrer Frau wird polizeilich untersucht. Und falls Ihnen noch etwas einfällt, das wir wissen sollten, Monsieur Harris, rufen Sie mich an.« Sie legt ihre Karte vor seinen Kaffeebecher. Ein Angebot. *Wenn Sie Probleme haben – und ich weiß genau, Sie haben welche –, melden Sie sich.*

Anstatt die Karte einzustecken, greift er in die Jackentasche, holt eine Zigarettenschachtel hervor, zieht eine Zigarette heraus und steckt sie in den Mund. Dann erst nimmt er die Karte. Er würde sie am liebsten zerreißen und die Schnipsel vor ihrer Nase auf den Boden rieseln lassen.

»Auf Wiedersehen.«

Sie bleibt sitzen und nickt ihm nur zu, als er aufsteht.

Draußen auf dem Flur riecht es nach scharfem Putzmittel. Manche Stellen auf dem Linoleum sind noch feucht. Er atmet tief ein und merkt, wie ihm das Putzmittel wieder Klarheit im Kopf verschafft. Es ist an der Zeit, der Wahrheit ins Auge zu sehen. Professor Frost also. Woher kannte ihn Sylvie? Hat er den Namen wirklich noch nie gehört? Gegenüber vom Commissariat leuchtet das Schild eines Cafés.

Er bleibt an der Theke stehen, widersteht dem Reflex, einen dreifachen Whisky zu bestellen, nimmt Kaffee und geht mit seinem Handy online. Er klickt sich ins Verzeichnis der Universität. Irgendwann hat er die Telefonnummer des Sekretariats von Professor Frosts Abteilung. Auch ein Name steht dort: Lorraine Kempf. Er wählt ihre Nummer. Nach fünfmal Klingeln wird abgenommen.

»Entschuldigen Sie, dass ich so spät anrufe.«

»Sie sind gut! Sind Sie Journalist?«, hört er eine verärgerte Stimme. Offenbar ist er nicht der Einzige, der sie heute belästigt. Ganz sicher war die Polizei auch schon bei ihr.

»Nein, nein, ich bin … Mein Name ist Ethan Harris. Meine Frau hat sich am Freitagabend mit Professor Frost zum Essen getroffen«, beeilt er sich zu sagen, bevor sie auflegen kann,

»und dann hat sie sich umgebracht, und ich … ich wollte wissen, ob …«

Er weiß nicht mehr, was er sagen soll.

»Sylvie Harris?« Verwunderter Ton.

»Ja.« Er ist erleichtert und zugleich unangenehm berührt, denn die beiden scheinen ja noch nicht einmal ein Geheimnis aus ihrer Affäre gemacht zu haben.

»Sie hat sich umgebracht?« Jetzt klingt der Ton ungläubig.

»Ja.«

Pause.

»Madame Kempf?«

»Ja, ja, ich bin noch dran, es ist nur … Und Sie sind …?«

»Ihr Mann. Ethan Harris.«

»Ethan Harris? Der Schriftsteller von *Ein Sommer?*«

Ist er schon so bekannt? »Ja.«

»Das ist ja … Ich kenne Sie von den Fotos auf dem Umschlag.«

Richtig, das Porträt, Justin hat es im vorletzten Herbst im Jardin du Luxembourg geschossen. *Weil dort das Licht so schön ist.*

Sie nennt ihm ein Café nur wenige Straßen von seinem Standort entfernt und verspricht, in zwanzig Minuten dort zu sein.

Er lässt das Handy in die Manteltasche gleiten, zahlt und stellt den Kragen hoch. Der Wind ist böig und unberechenbar. Er friert, ihm ist, als wäre seine Körpertemperatur um zehn Grad gefallen.

Lorraine Kempf wartet an einem Tisch schräg hinter der Theke des fast leeren Cafés, vor sich ein Glas Cognac und eine kleine Schüssel Chips. Ethan erkennt sie an ihrem angespannten Blick Richtung Eingang. Ihr schmales Gesicht mit der Goldrandbrille und den schulterlangen Locken ruft ihm sofort das Bild von Professor Frost in Erinnerung. Sie könnte dessen zehn Jahre jüngere Schwester sein. *Vielleicht hat er sie deshalb eingestellt, weil er narzisstisch war.*

»Hallo!« Ihr Lächeln sieht dünn aus. Er zieht den Stuhl zurück und setzt sich ihr gegenüber. Das Hellgrün ihres Pullis lässt ihn an künstlich schmeckendes Pistazieneis denken und an Sekretärinnen mit kleinem Gehalt, von denen dennoch erwartet wird, dass sie jeden Tag mit etwas Neuem ins Büro kommen.

»Mein Gott, es ist so schrecklich, das mit Professor Frost! Die Polizei hat mich mit Fragen gelöchert.« Sie zuckt die Schultern. »Na ja, ist ja auch richtig so.« Ihr Blick heftet sich an ihre Hände, die sich um den Fuß des Cognacschwenkers gelegt haben. »Entschuldigen Sie«, sie sieht auf, als hätte sie sich jetzt erst wieder an seine Anwesenheit erinnert, »es tut mir sehr leid, wegen Ihrer Frau.«

Er nickt. »Sie kannten meine Frau?«

Sie schüttelt den Kopf. »Nein, nicht direkt. Ihre Frau hat Professor Frost einige Male angerufen. Und dann hat er mir aufgetragen, für Freitagabend einen Tisch im Nectar zu reservieren. Ach, eine neue Bekanntschaft?, habe ich ihn gefragt. Sie sind auf dem Holzweg, Lorraine, hat er mir gesagt, eine alte Freundin.« Sie spielt mit dem Stiel des Glases.

Er kann sich beim besten Willen nicht erinnern, dass Sylvie einmal diesen Namen genannt hat.

»Woher sie sich kannten, wissen Sie auch nicht?«

Lorraine Kempf schüttelt wieder den Kopf und trinkt einen Schluck Cognac. Das Licht blitzt auf dem Goldrand ihrer Brille auf. Ethan bestellt der Einfachheit halber dasselbe, als der Wirt an den Tisch kommt und ihn mit stummem Blick zu einer Bestellung auffordert.

»Nein. Leider nicht. Aber Professor Frost kennt viele Leute. Er ist ja oft unterwegs, arbeitet für die EFSA.«

»EFSA?«

»Die Europäische Behörde für Lebensmittelsicherheit. Dann fährt er zu Kongressen und so.«

»Womit hat sich Professor Frost denn beschäftigt?«

»Mit Nahrungsmittel- und Antibiotikaverträglichkeit. Er hat Ratten verschiedene Nahrungsmittel zu fressen gegeben und dann beobachtet, wie die sich auf den Organismus auswirken.« Sie hebt die Schultern, lässt sie wieder fallen. Als könnte sie überhaupt nicht verstehen, wie man damit seine Lebenszeit verbringen kann.

»Und was haben Antibiotika mit Nahrungsmitteln und Gentechnologie zu tun?« Er denkt an die Information von Lejeune, dass die Mörder offenbar aus der Szene der Gentechnikfeinde kommen.

»Na ja, ich kann Ihnen das nur sehr laienhaft erklären. Also: Wenn man eine Pflanze oder eine Zelle gentechnisch verändert, wenn man ein neues Gen implantiert, markiert man es mit einem Resistenzmarker, damit man es von anderen, nicht gentechnisch veränderten unterscheiden kann. Dazu nimmt man meist Antibiotikaresistenzen. Wenn man nun das Antibiotikum den Pflanzen appliziert, sterben alle normalen Pflanzen ab und nur die gentechnisch veränderten, also die mit der Resistenz können weiter wachsen.« Sie sieht ihn fragend an. »Ist das so einigermaßen …«

Er kann es sich ungefähr vorstellen. Aber dass deshalb jemand den Forscher umbringt und noch dazu auf eine solch grausame Art, das kann er sich nicht vorstellen.

»Nicolas, sein Assistent, könnte Ihnen sicher besser Auskunft geben, aber er ist aus verständlichen Gründen verschwunden.«

»Wissen Sie, wo er jetzt ist?«

Sie will es nicht sagen, sie ist eine gute Freundin, erklärt sie, sie kennen sich seit Jahren, sie hat all seine glücklichen und unglücklichen Liebschaften mitbekommen, er hat sich bei ihr ausgeheult.

»Er hat mir verboten, jemandem zu sagen, wo er ist«, sagt sie und starrt in ihr leeres Glas.

Nach dem zweiten Cognac erzählt sie Ethan von ihrem Frust mit ihrem Freund, der sie von oben herab behandelt.

»Warum sind Sie noch mit ihm zusammen?«, fragt er und hebt sein Glas, damit auch sie weitertrinkt.

»Ich kann einfach nicht anders.«

Dann, endlich, der dritte Cognac bricht ihren Widerstand, und sie vertraut ihm an, dass sich Nicolas heute Abend bei ihr gemeldet hätte.

»Er ist in Méautis, bei seinem Exfreund. Ich hab das ganze Drama mitgekriegt, vor anderthalb Jahren. Marc war ziemlich, na ja, durchgeknallt, er hatte einen Dessous-Laden oder so was mit Fetischen und Gummizeug, und auf Drogen war er auch. Ich kenne Nicolas schon seit der Schule, und ich hab gesehen, wie er mit diesem Typ vor die Hunde gegangen ist. Es war abzusehen, dass Marc einen Zusammenbruch haben würde. Ist dann auch passiert. Zu viele Drogen, zu viele Partys, zu viel Sex. Er war in einer Klinik, hat eine Entziehungskur gemacht, und dann, stellen Sie sich vor, hat er den Hof seiner Eltern in irgend so einem Kaff auf dem Land übernommen. Macht jetzt Biokäse, Biowurst, und ein paar Zimmer vermietet er auch.«

Ethan kann ihr schließlich noch Name und Adresse entlocken, dann zahlt er und setzt sie in ein Taxi. Bevor er die Tür zuschlägt, bittet sie ihn noch um ein Autogramm für sich und für ihre Schwester. Er läuft ins Café zurück und holt zwei Servietten. Dann gibt er ihr seine Handynummer, falls ihr noch etwas einfällt, und macht sich auf den Heimweg, es ist nicht weit nach Hause, er geht zu Fuß, um einen klaren Kopf zu bekommen. Erst als er vor Sylvies Lancia steht, ihrem »Carravagio«, wie sie immer gesagt hat, weil das Braun im Katalog so genannt wurde, realisiert er, dass Sylvie nie wieder einsteigen wird.

Zweiter Teil

1 Dienstag, 25. März
Uganda

Die heruntergelassenen Rollos zerschneiden das frühe Morgenlicht und tapezieren den kleinen Raum mit einem glitzernden Streifenmuster. Ein leichter Wind lässt die Rolloschnüre mit ihren Metallkugeln gegeneinanderstoßen, was Henrik Klipp an Starnberg erinnert, an den Jachthafen, wenn die Metalldrähte der Segel an die Masten schlagen und die hellen Töne wie Glockengeläut über das Wasser hallen. Aber Starnberg ist Tausende von Kilometern weit weg.

Draußen in den Hütten hat jemand ein Radio angeschaltet, verzerrte Stimmen dringen heran, dazwischen Musikfetzen und, von weiter entfernt, das Gebell von Hunden. Henrik fährt sich durch sein helles Haar. Er ist froh, dass er es vor der Abreise ganz kurz rasiert hat. Seine dichten Locken wären hier die reinste Qual gewesen. Dabei hat er es gemacht, weil er sich von Uma getrennt hat. Ein neues Leben beginnt, hat er gedacht, und das fängt man am leichtesten mit einem neuen Look an. Das hat ihm mal jemand gesagt. *Fahr nach Afrika,* würde er inzwischen jedem raten, der ein neues Leben beginnen will, *und dann frag dich noch mal, welche Probleme du eigentlich hast.* Er hat hier wieder angefangen zu beten. Vielleicht tritt er ja wieder in die Kirche ein. Irgendwann.

Henrik schiebt das Papier mit dem halb gegessenen Sandwich zur Seite und klappt sein Notebook auf. Drei Dinge braucht ein europäischer Medizinstudent in Uganda: Notebook, iPod – und Strom, denkt er, und damit beginnt er seinen Blog.

Drei Dinge braucht ein europäischer Medizinstudent in Uganda: Notebook, iPod – und Strom.

Hallo, ich bin Henrik und grüße euch aus Uganda. Für alle, die sich mein Profil noch nicht angesehen haben: Ich bin 24 und Medizinstudent aus München.

Ich habe mich für ein unbezahltes Praktikum beworben, und nun bin ich seit zwei Wochen hier in Uganda, Distrikt Kisoro, im Prolife-Hospital.

Die Stadt Kisoro liegt im Südwesten von Uganda, an der Grenze zum Kongo und zu Ruanda. In Kisoro, am Fuß der Virunga-Vulkane, leben etwa 10 000 Menschen.

Ihr habt sicher schon von den Berggorillas gehört, die grausam gejagt werden und vom Aussterben bedroht sind. Sie leben in den Virunga-Bergen, man kann dorthin fliegen und sie beobachten. Ach ja, hier hat auch die bekannte Gorillaforscherin Diane Fossey gelebt, die nach vielen Jahren Forschungsarbeit schließlich ermordet wurde.

Aber das nur am Rande.

Kisoro wird von den Bafumbira bewohnt, von Hutu und Tutsi, aber hier, anders als im benachbarten Ruanda, wo es die schrecklichen Massaker zwischen diesen beiden Bevölkerungsgruppen gab, spielt dieses Thema wohl keine große Rolle. Die meisten Menschen sind sehr arm, sie leben vor allem von dem, was sie selbst anbauen: Kartoffeln, Süßkartoffeln, Bohnen, Mais und Sorghum, aus dem Bier gebraut wird. Das ganz kurz über die Region.

Wie sieht es hier aus?

Die Stadt Kisoro hat zwei geteerte Straßen, sie enden am Stadtrand. Dann gibt es Feldwege. Es gibt ein paar kleinere Geschäfte, in denen man Baumaterial, Autoersatzteile und Kleidung kaufen kann. Auf dem Wochenmarkt gibt es Gemüse, Tiere, Schuhe, Kleider.

Aids hat hier die gesamte soziale, kulturelle und ökonomische Struktur durcheinandergebracht. Alte müssen nun ihre Enkelkinder großziehen, manche Familien bestehen nur noch aus Kindern, Zwölfjährige müssen ihre sechsjährigen Geschwister versorgen. Wir können uns das gar nicht vorstellen.

Aber nun zum Hospital:

2004, nach der Herrschaft von Idi Amin und Obote und den Bürgerkriegen, haben Norbert und Birgit Nützli ein altes Hospital gekauft, ca. 50 Kilometer von Kisoro entfernt. Die beiden sind Entwicklungshelfer, und sie haben sich entschlossen, für die Menschen hier etwas zu tun: Viele könnten sich die Behandlung in den staatlichen Krankenhäusern nicht leisten. Zwar sind die Medikamente gegen HIV/AIDS ab einem »CD4-Count« von 200 sowie die gegen Tuberkulose und Malaria gratis. Die Finanzierung übernehmen der Staat und die Vereinten Nationen. Aber die Patienten müssen die Untersuchungen (Labor, Röntgen etc.) selbst bezahlen. Ein CT kostet etwa 50 Euro, das ist extrem teuer, viele müssen 50 Tage dafür arbeiten.

Hier im Hospital bekommen die Patienten die Behandlung kostenlos. Norbert und Birgit haben am Anfang ihr eigenes Geld in das Projekt gesteckt. Das veraltete Krankenhaus war in einem für uns unvorstellbaren Zustand.

Sie haben mir Fotos gezeigt: Der Saal für die Kinder hatte 30 Betten, es war sehr laut, es wurde geschrien, gelacht, geweint. Die Mütter, falls die Kinder überhaupt welche hatten, saßen dabei und schliefen nachts unter den Betten auf dem Zementboden. Dass es weder ernst zu nehmende Medikamente noch medizinische Geräte gab, liegt auf der Hand. Die beiden fanden schließlich einen Sponsor: »Don't forget Africa«. Das Krankenhaus wurde komplett modernisiert, und die Organisation finanziert auch jetzt den Unterhalt. Die Patienten sind nun nur noch zu sechst in einem Raum, Kinder mit gefährlichen Infektionskrankheiten werden von den anderen abgeschirmt, für die

Mütter ist auch ein Bett vorhanden, es gibt medizinische Geräte, wenn auch noch nicht in ausreichendem Maße. Zurzeit arbeitet ein Schweizer Arzt hier, außerdem eine englische Hebamme, dann gibt es vier einheimische Krankenschwestern und mich, einen Studenten aus Deutschland.

Hier sind Fotos von meiner bescheidenen Hütte, nur 200 Meter vom Hospital entfernt. Es gibt einen Fernseher, Strom für mein Notebook und meinen iPod, ach ja, und Wasser. Strom und Wasser nicht immer, aber es gibt Generatoren und Wasserspeicher.

Jeden Morgen, kurz nach Sonnenaufgang, mache ich mich auf den Weg. Ein schmaler Pfad führt zwischen Büschen und Feldern zur Klinik. Es ist ziemlich frisch morgens und abends auch, tagsüber wird es dann sehr warm …

»Henrik?«

Er sieht auf. Mary, eine der einheimischen Krankenschwestern, hat den Kopf zur Tür hereingesteckt.

»Kommst du?«

»Zwei Sekunden!«, ruft er und hackt noch schnell die restlichen Sätze ins Netz.

So, ich muss jetzt los.

Euer Henrik

Als er das Notebook zuklappt, fühlt er sich stärker, gewappnet für den Kampf gegen Krankheit und Elend, dem er jetzt sein Leben gewidmet hat. *Herr, hilf mir, dass ich in deinem Sinne handeln und den Menschen mit Liebe begegnen kann. Amen.*

Hier in Afrika ist er Gott viel näher als zu Hause. Sein Leben hat eine neue Dimension bekommen.

2 Méautis

Die Straßenschilder tauchen aus der Tiefe der morgendlichen Dämmerung auf, rasen übergroß auf ihn zu – und sind weg. Regen wirbelt wie Schneegestöber um ihn herum. Méautis, hat Lorraine Kempf gesagt. Ethan merkt, wie ihm schwindlig wird, seine Augen brennen, er muss sie immer wieder zukneifen, den letzten Rest Tränenflüssigkeit herauspressen, damit der weiße Nebel verschwindet. Er schiebt eine neue CD in den Player, um wach zu bleiben. Händel, er lehnt den Kopf zurück und streckt die Arme durch. Seine Sehnen und Muskeln fühlen sich an wie trockene Hanfseile, die jeden Moment reißen können. Seit seiner Abreise aus London hat er nicht geschlafen, die wenigen Stunden im Whiskyrausch zählen nicht. Noch ist die A13 nach Rouen frei, das wird sich spätestens in einer Stunde ändern, wenn der Morgen graut und die ersten Berufspendler und die Lkws unterwegs sind.

Im Rückspiegel erkennt er jetzt eine flirrende rötliche Linie, die Sonne geht auf. Wenn er so weiterfahren kann, ist er in zwei Stunden in Méautis.

Erst als die CD endet, fällt ihm auf, wie sehr ihn die Musik genervt hat. Dabei beruhigt sie ihn sonst. Er reißt die CD aus dem Schlitz und greift zur Schachtel Zigaretten, zündet sich eine mit dem Zigarettenanzünder an. Es stört sich ja niemand mehr am Rauch oder dass das Auto nach Zigaretten riecht. Eine seltsam deprimierende Freiheit, die er da genießt. Auf der Umgehungsstraße bei Caen nimmt er die Abfahrt auf die N13 Richtung Bayeux und hält an einer Tankstelle an, um zu tanken und um einen Kaffee zu trinken und ein Croissant zu essen. Glaubt er wirklich, Nicolas kann ihm helfen? Und was meint er eigentlich mit Hilfe? Die Versicherung, dass Sylvie diesen Frost nur mal so getroffen hat? Aus beruflichen Gründen? Warum geht man dann in ein solches Restaurant? Sie hätten sich doch auch in der Krankenhaus- oder Uni-Kantine unterhalten können? Noch während er das denkt, muss er sich eingestehen, dass es Blödsinn ist.

Er geht an zwei Lkw-Fahrern mit fettigen Haaren vorbei, die gerade hereinkommen, und steigt wieder in Sylvies Lancia. Trotz des Zigarettenrauchs riecht es noch nach ihr. Und das macht es nicht einfacher für ihn, seine widerstreitenden Gefühle ihr gegenüber zu ertragen.

Hinter Bayeux fährt Ethan weiter nach Langueville, nach La Cambe und Isigny-sur-Mer, biegt bei Saint-Hilaire-Petitville nach Carentan ab, findet auf Anhieb die Abzweigung auf die D 971 nach Beaumont, verpasst aber fast die die D 903, biegt im letzten Moment ab und sucht nach dem Ortsschild von La Lande Godard, denn von dort soll eine schmale Straße nach Méautis führen. Die Dämmerung erleichtert das Sehen, endlich bekommt die Welt wieder Farben.

Laut seinem GPS ist er richtig auf der von Hecken und Steinmauern eingefassten Straße. Ein feuchter weißer Schleier liegt auf den Wiesen mit den kleinen Feldblumen. Niedrig wachsende Obstbäume stehen Spalier. Er lässt das Fenster herunter und wird fast erschlagen von der Kühle und Feuchtigkeit der Luft. Er wird wieder wach. Und dann sieht er es: *Ferme Ecologique* steht auf dem weißen Schild an der mit Efeu bewachsenen Mauer.

Gleich sieben Uhr. Ethan zögert nicht und fährt durch das geöffnete Holztor in einen kiesbestreuten Innenhof, den drei längliche Gebäude begrenzen. Nur eins ist verputzt, Fenster und Türen sind frisch in einem dunklen Rot gestrichen. Ochsenblut nennt man es, fällt ihm ein, doch er will den Namen gleich wieder vergessen. Auch das Dach sieht neu gedeckt aus. Ein Hof im Aufbau, man könnte hier sicher auch Zimmer an Touristen vermieten. Die Reifen knirschen auf den weißen Steinchen, man muss ihn längst gehört haben. Ein Traktor steht unter einem Unterstand links neben dem Haus, daneben erkennt er das rote Heck eines Kombi. Beim Eingang, direkt neben einem Strauch, Rosen vielleicht, die an der Hauswand hinaufranken sollen, hält er an.

Er steigt aus, wirft die Tür zu. Spätestens jetzt müsste ein Hund angerannt kommen – wenn nicht sogar der Hausherr.

»Hallo?«

In den beiden unverputzten, aus lehmigem braunem Mauerwerk bestehenden Häusern scheinen die Stallungen zu liegen, ein warmer Geruch nach Tieren und Dung dringt zu ihm, doch er hört kein Geräusch. Womöglich sind die Tiere auf der Weide. Unter seinen Sohlen knirscht der Kies, als er auf das Haupthaus zugeht.

»Hallo, Monsieur Bohin?« Er will anklopfen, doch die Tür gibt nach. Er erinnert sich, dass man zu Hause auf der Farm bei Longreach auch nie abgesperrt hat. Bis Trudy von der Nachbarfarm doch damit anfing, weil eines Tages ein Typ mit einem Messer in ihrem Schlafzimmer auf sie wartete.

Plötzlich glaubt Ethan, ein gedämpftes Bellen gehört zu haben, und er rechnet damit, dass ihm ein großer Hund entgegenspringt und ihn ankläfft. Als das Bellen nicht lauter wird, tritt er kurzerhand ein. Ein großer, niedriger Raum liegt vor ihm, auf dem Boden Steinfliesen, an der einen Wand ein offener Kamin mit rußgeschwärztem Sims, davor vier bequeme altmodische Ohrensessel, einer ist zum Fenster ausgerichtet, und ein bunt gemustertes Sofa.

Er geht in Richtung Kamin, hört ein Geräusch, *ein Atmen?*, dreht sich um und entdeckt in dem zum Fenster gerichteten Sessel einen Arm auf der Lehne. Nicolas? Oder dessen Freund, Marc?

»Entschuldigen Sie, dass ich so reinplatze …«

Keine Reaktion. Stocksteif steht er da, kämpft mit sich, näher zu gehen, hinzusehen. Er denkt an Sylvie … aber vielleicht ist er nur eingeschlafen?

»Monsieur Bohin? Nicolas?« Er weiß, er kann nicht einfach

wieder gehen. Er macht einen Schritt auf den Sessel zu. Verliert für Sekundenbruchteile das Gleichgewicht. Dann muss er genau hinsehen. Eine Fratze starrt ihm entgegen, die Nase fehlt, an ihrer Stelle klafft ein blutiges schwarzes Loch. Das hellblaue Unterhemd ist mit dunklem Blut durchtränkt, und auch an den Seiten des Kopfes und auf den Schultern klebt schwarzes Blut. *Die Ohren, man hat ihm auch die Ohren abgeschnitten!* Er weiß nicht, ob der Mann noch lebt, er muss einen Druckverband anlegen, um Ohren und Nase – zugleich weiß er, dass das völliger Unsinn ist –, und dann, dann sieht er den Schnitt durch die Kehle, die klaffende Wunde. Er packt den Mann an der Schulter, schreit ihn an:

»Wer war das?«

Ein Reflex, unbedacht, aber Ethan merkt, dass der Körper noch warm ist. Ethan dreht sich um die eigene Achse, tastet nach seinem Handy in der Jacketttasche, im selben Moment ist da ein Luftzug, ein Knall, Ethan zuckt zusammen, eine Tür ist zugefallen. In wenigen Schritten ist er am Ausgang, reißt die Haustür auf und sieht in den dunstigen Morgen. Doch da sind nur der weiße Kieshof, der Traktor, der rote Wagen und sein eigenes Auto. Er hat die Türklinke noch in der Hand, als er realisiert, dass rechts von der Tür eine Treppe in den ersten Stock hinaufführt. Seine Tritte knarren auf den Stufen, unmöglich, dass hier jemand lautlos hinaufgegangen ist. Ein Schlafraum, das Bett ungemacht. Er geht wieder hinunter, hört das Aufheulen eines Motors. Im nächsten Moment ist er an der Tür und sieht gerade noch einen schwarzen oder dunkelblauen Kleinwagen davonrasen.

Einen Augenblick lang will er zum Lancia hasten und das Auto verfolgen. Doch dann wird ihm klar, dass es längst zu spät ist. Wenn er jetzt die Polizei anruft, wird er erklären müssen, warum er hier ist. Wenn er nicht anruft und jemand ihn oder sein Auto sieht, wird die Sache wahrscheinlich noch unangenehmer für ihn. Trotzdem steigt er ein, fährt die Straße hinunter, zurück durch die Ortschaften und dann wieder auf die Autobahn. An der nächsten Raststätte hält er an und geht zu einem der Münzfernsprecher im Gang vor den Toiletten. Was soll er sagen? Dass in Bohins Wohnzimmer ein Toter im Sessel sitzt?

Er hat den Hörer schon in der Hand, dann hängt er ihn auf die Gabel zurück und geht wieder zum Auto. Er will gerade den Motor starten, als sich sein Handy meldet.

»Hier ist Sarah.« Er sieht sie vor sich, verschlafen, mit Ringen unter den Augen und einer Schale Kaffee in der Hand.

»Ich wollte nur hören, wie es dir geht.« Ihre Stimme klingt müde. Vielleicht will sie nur einfühlsam klingen, aber das hilft ihm nicht.

»Es geht.«

»Was machst du?«

»Ich? Warum?«

»Ich wollte dich einladen, ich meine, in so einer Situation ist es nicht gut, allein ...«

»Sarah, ich brauche Zeit für mich.« Die Vorstellung, bei ihr in der Küche zu sitzen, während sie ihn anteilnehmend mit Getränken und Essen versorgt und ihn der Kater dabei beobachtet, ist geradezu unerträglich. Dabei sollte er ihr dankbar sein.

»Schon gut, verstehe. Nur falls du es dir anders überlegst, ich bin ... ich bin da.«

Savanne und Mangroven, unberührte Natur. Nein, keine Menschen. Er wundert sich, dass Sarah ihn angerufen hat.

Wieder auf der Autobahn, schaltet er das Radio ein und dreht die Lautstärke hoch. Die Werbeblöcke beruhigen ihn, und je weniger die Musik mit ihm und Sylvie zu tun hat, desto besser.

3 Paris

»Ihren Reisepass, Monsieur.«

Die Angestellte am Flugschalter lächelt gerade eben noch sorglos und freundlich, dann verwandelt sich ihr Gesicht in das von Marc. Wie soll er das aushalten? Dieselbe Situation wie im Labor. Er bleibt verschont, während ein anderer umgebracht wird. Erst als er Marc dort im Sessel entdeckt hat, ist ihm klargeworden, dass man es auf ihn abgesehen hat. Nur weil er nicht schlafen konnte und in der Morgendämmerung draußen herumspaziert ist, war er nicht im Haus, als der Mörder gekommen sein muss. Er hätte Lorraine nicht vertrauen sollen. Sie war die Einzige, die wusste, dass er bei Marc in Méautis war. Wie hat der Mörder das rausgekriegt?

Seine Hände zittern, als er seinen Pass aufblättert.

Wieder diese Bilder … Er öffnet die Tür, geht ins Wohnzimmer mit dem Kamin und den bequemen Sesseln. Er hört ein seltsames Geräusch. Es klingt wie ein Röcheln. Und dann sieht er Marc, grausam hingerichtet. Er ist steif vor Angst, und dann, dann rennt er einfach hinaus, in den Stall, zwischen die Kühe, und macht sich ganz klein, kauert sich zusammen, in einer Ecke im Stroh. Er kann noch nicht mal die Polizei verständigen, sein Handy ist oben im Zimmer.

Wie lange er da kauert, weiß er nicht, irgendwann schleicht er von hinten ins Haus, holt seine Sachen und läuft in den Ort, dieses Kaff, wo er endlich ein Taxi rufen kann und sich zum Bahnhof fahren lässt. Unendlich lang ist er unterwegs nach Paris, wechselt ständig den Platz, das Abteil, und in Paris, am Bahnhof, entscheidet er sich, weiter zum Flughafen zu fahren. Er muss viel, viel weiter weg.

»Nach Denpassar?«

»Ja.« Er vermeidet es, die Angestellte anzusehen.

Keine Spuren hinterlassen. Wer weiß, über welche Informationsquellen dieser Typ verfügt. Den Akku hat er aus dem Handy entfernt, an drei verschiedenen Automaten hat er mit seinen zwei Kreditkarten Geld abgehoben, jeweils bis zum Limit. Jetzt hat er dreitausendzweihundert Euro in bar, sein gesamtes Vermögen. Das Ticket, das er gerade am Air-France-Schalter gekauft hat, schon abgerechnet.

»Kein Gepäck?«

»Nur Handgepäck.« Entschuldigendes Lächeln.

Er denkt an den Memory-Stick in seiner Louis-Vuitton-Tasche. Mein Gott, den hätte er ihnen gegeben. Oder glaubt der Mörder, Nicolas hätte ihn in Frosts Labor gesehen? *Ich hab dich nicht gesehen! Ich kenne dich nicht!*, will er brüllen, aber dann würden sie sich sofort auf ihn stürzen, die Sicherheitsbeamten, die hier am Flughafen überall herumstehen.

»Fensterplatz?«

»Nein!« Er schreit fast. Die Vorstellung, dort an der Wand eingezwängt zu sein, treibt ihm den Schweiß auf die Stirn. »Gang, bitte.«

»Gern«, beeilt sich die Angestellte zu bestätigen und schiebt ihm Ticket und Pass über den Tresen.

Hastig steckt er alles ein und dreht sich im Weggehen verstohlen um. In der Reihe der Wartenden beobachten ihn viele Augenpaare, er wendet sich ab. Er kann die Menschen nicht mehr ertragen, aber das Alleinsein auch nicht. *Eine Weile ausruhen. In Sicherheit sein, wieder schlafen, ohne Albträume.* Das ist alles, was er will. Eilig drängt er sich in die Schlange vor der Handgepäckkontrolle, und plötzlich erinnert er sich, dass er Jean-Marie oft von Marc erzählt hat, so oft, dass Jean-Marie schon gefragt hat, warum er denn nicht zu ihm zieht. Weil ich mein Leben nicht zwischen Biorindern und Bioschweinen in Méautis verbringen möchte, hat er geantwortet. Und wenn Jean-Marie das dem Mörder gesagt hat?

Er ist an der Reihe, legt Mantel und Tasche auf das Band. Die Geldbörse fällt ihm hinunter, so stark zittern seine Hände.

Aber was ist dann mit Jean-Marie passiert? Er hat es sicher nicht freiwillig gesagt.

Piepsen. Das rote Licht auf dem Metalldetektorrahmen leuchtet auf.

»Monsieur, Ihre Uhr.«

Fuck! Er kriegt das verfluchte Armband nicht auf!

4

Immer wieder während der Heimfahrt hatte Ethan das verstümmelte Gesicht vor Augen, und es plagt ihn, dass er nicht die Polizei angerufen hat. Was sollte er Lorraine Kempf sagen? Was, wenn der Tote tatsächlich Nicolas ist? Er hat keine Antwort gefunden. Kurz vor Paris hat er noch überlegt, in einem Hotel zu übernachten, dann aber hat er sich doch für seine Wohnung entschieden. Er wollte duschen, etwas Frisches anziehen, seine Sachen um sich herum haben. Das leichte Schweben im Aufzug tut ihm gut, gibt ihm für Sekunden das Gefühl, in eine andere Welt unterwegs zu sein. Doch als die Kabine mit einem leichten Ruck anhält, ist dieses Gefühl vorbei. Im Halbdunkel der spärlichen Treppenhausbeleuchtung steuert er auf die Wohnungstür zu und zuckt zurück. Im Schatten kauert eine Gestalt. Sie hockt, an die Wand gelehnt, vor seiner Tür, die Arme um die angewinkelten Knie geschlungen, als würde sie frieren. Aamu, in einem Wollmantel wie ein Flickenteppich.

»Was machen Sie hier?«

Sie blickt zu ihm auf. Ihr blasses Gesicht über dem dicken Rollkragen. Ist es kalkweiß vor Kälte und Müdigkeit, oder liegt es am fahlen Licht? Er weiß nicht, ob er Mitgefühl haben oder sich belästigt fühlen soll.

»Ich hab mir noch eine halbe Stunde gegeben, dann wär ich gegangen.« Aamu lächelt und steht langsam auf.

»Warum haben Sie nicht angerufen?« Er sucht den Wohnungsschlüssel am Schlüsselbund, merkt, dass seine Hände zittern.

»Hab ich, ich hab Ihnen wahrscheinlich den ganzen Anrufbeantworter vollgequatscht. Na, dann hab ich gedacht, er wird sich doch hoffentlich nichts angetan haben, und bin hierhergefahren.« Es klingt entschuldigend. Er hätte sie nicht so anfahren dürfen. Endlich hat er den richtigen Schlüssel gefunden.

»Sie haben sich Sorgen um mich gemacht?«

Sie zuckt leicht mit den Schultern, als würde sie sich deswegen schämen.

Der Schlüssel steckt schon im Schloss, da hält er inne. »Woher wussten Sie, wo ich wohne?«

Ein spitzbübisches Lächeln fliegt über ihr Gesicht. »Ich habe einfach auf der Station nachgefragt.«

»Ach so.« Was hat er gedacht?

Er entriegelt die beiden Schlösser, lässt ihr den Vortritt und realisiert überrascht, wie erleichtert er auf einmal ist, dass sie auf ihn gewartet hat. Sie lenkt ihn ab von den schaurigen Bildern in seinem Kopf.

»Wollen Sie was trinken«, fragt er und will ihr den Wollmantel abnehmen, doch dann fällt ihm ein, dass er die Heizung nicht aufgedreht hat. Und jetzt spürt er selbst, wie kalt es ist. »Tee, Kaffee, Whisky, Wein …«

»Whisky?«

»Wenn Sie möchten.«

Seit Scott hat er erst mal genug davon. Sie folgt ihm über die Marmorfliesen ins Wohnzimmer. Mit dem Licht hat sich der Brunnen eingeschaltet, und in das Bassin aus rotem Marmor schickt der Mund des Neptunkopfes einen gebogenen Wasserstrahl. Die durch verborgene Lampen angestrahlten weißen und rosafarbenen Orchideen, die tiefgrünen Gummibäume und die anderen tropischen Gewächse und Blüten, deren

Namen er sich nie merken kann, die Sylvie jedoch alle kannte, lassen Ethan auch jetzt noch für Sekunden vergessen, dass er in einer Stadtwohnung ist.

»Wow! Sind die alle echt?« Vorsichtig berührt Aamu das schneeweiße Blütenblatt einer Orchidee.

»Ja. Sie werden mit ultraviolettem Licht versorgt.« Am Teewagen gießt er ihr einen Whisky ein. »Mit oder ohne Eis?«

»Ruhig ohne. Dann wärmt er mehr.«

Er reicht ihr das gut gefüllte Glas. »Das war Sylvies Idee. Immer wollte sie entweder in einer Orangerie leben oder auf einem Hausboot.« Ihm fällt auf, dass er gerade eben die Vergangenheitsform gebraucht hat.

Sie sitzen sich schon eine Weile auf den verspielten Möbeln gegenüber, er mit Mantel in einem Sessel, sie auf der Chaiselongue. Sylvies Lieblingsplatz. Aamu hat doch den Mantel und auch die Stiefel ausgezogen und die Beine seitlich angewinkelt. Dunkelblaue Strumpfhosen. Darüber ein kurzer schwarzer Rock. Sie kommt aus Finnland, da ist man Kälte gewöhnt. Wieder trägt sie diesen wuchtigen grob gestrickten Wollpulli. Er denkt an das, was er heute in Méautis erlebt hat, und er findet es irgendwie falsch, dass er ihr nichts davon sagt.

»Grübeln Sie darüber nach … warum sich Ihre Frau … das Leben genommen hat?«, fragt sie auf einmal und nippt an ihrem Glas.

»Haben Sie schon mal den Namen Professor Frost gehört?«, fragt er, anstatt zu antworten.

Sie runzelt die Stirn. »Moment mal, meinen Sie diesen Wissenschaftler, der grausam …«

»Ja, hat Sylvie mal von ihm gesprochen oder ihn getroffen?«

»Nein, nein, ich glaube nicht. Aber … Wir haben ja nicht besonders viel über Privates geredet …«, sie zieht ihre Augenbrauen zusammen, »… er ist am selben Tag wie Dr. Harris … Hat dieser Mord etwas mit ihrem Selbstmord zu tun?«

Ethan zuckt mit den Schultern. »Vielleicht.«

Ihr Blick verdüstert sich. »Aber Sie glauben doch nicht, dass sich Dr. Harris wegen Professor Frost …«

Doch genau das glaube ich, will er sagen, zuckt aber nur mit den Schultern.

Sie trinkt und mustert ihn dabei über den Glasrand. Eine kupferrote Locke hängt ihr in die Stirn. »Und was werden Sie unternehmen?«

»Keine Ahnung.«

Plötzlich stellt sie die Beine auf den Boden. »Entschuldigen Sie, ich habe gar nicht gefragt, ob es Ihnen recht ist, dass ich …«

»Es ist mir recht«, fällt er ihr ins Wort, »wirklich. Ich hatte keinen guten Tag.«

Sie trinkt das Glas aus und stellt es auf die Steinplatte, die eine Schildkröte auf ihrem Panzer trägt. Ein Freund von Sylvie, ein Psychiater, hat ihr den Tisch geschenkt, als er seine Wohnung auflöste, um nach Indien zu ziehen.

»Ich hab mir nur Sorgen gemacht, als Sie nicht ans Telefon gegangen sind. Ich hab Ihnen von meinem Bruder erzählt. Es stimmt nicht, dass er mir nicht viel bedeutet hat. Er hat mir viel bedeutet.« Sie starrt auf ihre Finger, die wieder begonnen haben, sich zu verschränken. »Und als er sich umgebracht hat, da … da hab ich mich auf die Eisenbahnschienen gelegt.«

Sofort sieht er, wie ihr fragiler Körper von metallenen Rädern zerschnitten wird. Für heute reichen ihm die Horrorbilder.

»Es tut mir leid«, murmelt er. Besser, er hätte sie nicht hereingebeten.

»Ist schon einige Jahre her.«

Als ob dadurch die Bilder im Gehirn blasser würden.

Sie lächelt auf einmal und steht auf, schlüpft in die Stiefel, nimmt ihren Mantel. »So, nun weiß ich ja, dass Sie am Leben sind.«

Er hält sie nicht zurück, er braucht seine Ruhe. An der Tür hilft er ihr in den Mantel, was sie offensichtlich nicht gewöhnt ist, denn sie stellt sich etwas ungeschickt dabei an, die Ärmel zu finden.

»He, danke«, sagt sie noch und sieht ihm länger in die Augen. Aber er ist unempfindlich für so etwas geworden.

»Falls Sie mal wieder anrufen wollen«, er nimmt eine Visitenkarte aus der Kommodenschublade, »und Sie haben die Nummer vergessen.«

Sie hält die Karte in der Hand, als wäre sie eine wertvolle Tafel.

»Danke.« An der Tür fragt sie: »Werden Sie noch weiterforschen?«

»Mal sehen.«

Am Aufzug dreht sie sich noch einmal um und sieht ihn an. Er weiß nicht, ob sie lächelt. Als Letztes sieht er ihren bunt gemusterten Wollmantel hinter den Gittern des Aufzugs verschwinden. Hat sie keinen Freund, mit dem sie die Abende verbringt? Geht ihr Sylvies Tod tatsächlich so nahe? Oder was will sie? Er macht die Tür zu, ohne Antworten zu finden. Etwas verwirrt ihn an ihr, ihre Scheu, gepaart mit ihrer Spontaneität.

Im Wohnzimmer räumt er ihr Glas weg, stellt es in die Spülmaschine, realisiert, dass es Monate brauchen wird, bis sie voll ist und er sie anstellen kann, nimmt das Glas wieder heraus, stellt es in die Spüle. Die Putzfrau. Wann kommt sie? Er hat jedes Zeitgefühl verloren.

Im Schlafzimmer kann er unmöglich schlafen. Er hat die Couch im Gästezimmer aufgeklappt und zieht gerade Schuhe und Strümpfe aus, als ihm einfällt, dass er in Sylvies Notebook nachsehen könnte, ob sie mit diesem Professor Frost per Mail in Verbindung gestanden hat. Dass ihm das nicht früher eingefallen ist. Morgen. Nein, jetzt. Er steht wieder auf.

Zieht einen Bademantel an, geht in Sylvies Arbeitszimmer. Kein Notebook auf dem Schreibtisch. Er zieht alle Schubladen auf. Nichts. Nur Büroutensilien, Batterien, Stifte, Krimskrams. Im Schrank, in dem die Ordner stehen, nichts. Er lässt die Schranktüren offen, eilt ins Wohnzimmer, sieht in jede Ecke, geht in die Küche. Aber was sollte ihr Notebook in der Küche? Es ist auch nicht in seinem Arbeitszimmer oder im Flur.

5 Mittwoch, 26. März

Wieder ein viel zu kühler Frühlingstag. Wenigstens kein Regen. Die Kinder waren sauer, als Irène Lejeune sie geweckt hat, warfen ihr stumm vor, dass sie am Sonntag nicht für sie da war und am Montag früh auch nicht. Sie hat versucht, sich wieder beliebt zu machen bei ihnen, hat ihnen versprochen, am Samstag mit ihnen Eis essen zu gehen. Dabei weiß sie doch, dass sie solche Versprechen meist nicht halten kann. Und Roland? Ihm hat sie gestern nur vorgehalten, dass er weder staubgesaugt noch die Fenster geputzt und auch keinen Orangensaft eingekauft hat. Soll ich denn alles allein machen?, hat sie ihm an den Kopf geworfen.

Sie ist hundemüde. Todmüde. Chronischer Schlafmangel. Chronisches Schuldgefühl. Sie sollte ihr Leben ändern. Noch immer keine Nachricht von der DGSE.

Sie wirft einen Blick auf die Uhr. Seit einer Stunde schreibt sie am Protokoll des gestrigen Tages und trinkt den dritten Kaffee. Sie ärgert sich über David, der immer noch nicht da ist. Hat sich gestern krankgemeldet. Warum hat man ihr keinen anderen Assistenten zugeteilt? Sie mochte ihn von Anfang an nicht. *Verwöhnter Schnösel, der keine Ahnung von der Wirklichkeit hat. Was will so einer bei der Polizei?*

Gerade als sie die leere Tasse abstellt, kommt David herein.

Wenn man vom Teufel spricht, denkt sie noch, dann schießt sie einen Giftpfeil ab.

»Wieder gesund?«, fragt sie, ohne ihn eines Blickes zu würdigen.

»Es tut mir leid.«

»Solange es Leute gibt, die Ihre Arbeit machen ...« Sie sieht nur kurz von ihrem Aktenberg auf.

»Sind Sie sauer?«

Aus den Augenwinkeln sieht sie ihn zum Kühlschrank gehen. Er trägt ein knallrotes T-Shirt. Blutrot.

»He? Ich? Wie kommen Sie darauf, David?« Sie könnte ihm sagen, dass sie sich sogar mit Fieber, Halsentzündung und Grippe ins Büro geschleppt hat, weil sie weiß: Es gibt keinen, der Zeit hätte, ihre Arbeit zu erledigen, und während sie zu Hause im Bett liegt, läuft irgendein Verbrecher frei herum. Warum sagt sie ihm nicht genau das? Vielleicht braucht er es. Vielleicht hat er noch nie so gedacht.

Stattdessen schweigt sie. Er soll selbst herausfinden, warum sie wütend ist.

Die Dose zischt. Er geht ihr auf die Nerven. Es reicht schon, dass sie heute Morgen mit Roland Ärger hatte, weil sie sich beschwert hat, dass er seit Tagen schlechter Laune ist und dass sie jemanden braucht, der sie aufmuntert. Ihr Job ist schließlich deprimierend genug. Dann such dir einen Unterhalter, hat er nur geantwortet, sich umgedreht und weitergeschlafen.

»Ich war wirklich krank. Ich konnte kaum aus den Augen sehen wegen diesem Heuschnupfen. Gegen irgendwas bin ich total allergisch.«

»Ibrahim hat gestern bei Ihnen geklingelt, David. Niemand hat geöffnet.«

»Ich, ich war ... Ich hab wahrscheinlich geschlafen.« Er weicht ihrem Blick aus.

»Wenn Sie sich entschlossen haben zu arbeiten, dann lesen

Sie diesen Bericht.« Sie wirft die Mappe mit dem Protokoll der Kollegen aus Méautis auf seinen Schreibtisch.

»Méautis, was hat das mit unserem Fall zu tun?«

»Dort wurde eine verstümmelte Leiche gefunden. Ein Mann namens Marc Bohin. Im Haus hat man eine Notiz mit der Telefonnummer von Nicolas Gombert gefunden. Ein Taxifahrer erinnert sich, dass er ihn vom Bahnhof zu Bohins Haus gefahren hat. Gombert ist allerdings verschwunden.« Sie steht auf. »Den Bericht können Sie unterwegs lesen.«

»Wohin fahren wir?«

»Wir sehen uns noch mal bei Gombert zu Hause um.« Sie ist schon an der Tür.

»Irène, Sie müssen mir glauben, ich war wirklich krank.«

»Klar.« Er kann sich aussuchen, ob sie ihm glaubt oder nicht. Sie hat das alles so satt. Wer kümmert sich mal um sie?

Die Nachbarin im blauen Jogginganzug will gerade in ihre Wohnung, als Lejeune mit David die Stufen zum Hochparterre hinaufgeht.

»Hallo!« Sie lächelt David an, während sie ihren Oberkörper strafft.

Lejeune hebt ihre Nase und schnüffelt wie ein Hund. Den Geruch kennt sie zu gut.

»Was ist?«, fragt David.

»Riechen Sie das etwa nicht?«

Er schüttelt den Kopf.

Zur Nachbarin gewandt, sagt sie: »Ach, könnten Sie uns noch einmal aufschließen, es vereinfacht die Sache.« Lejeune zückt den Durchsuchungsbefehl.

»Ich hab Ihnen doch schon gesagt, dass Nicolas nicht da ist. Er meldet sich auch nicht auf seinem Handy. Er ist einfach abgetaucht.«

»Deshalb würden wir gern noch einmal in seiner Wohnung nachsehen.«

Die Nachbarin sieht sie gelangweilt an, dann hebt sie kurz eine Schulter. »Von mir aus.«

Im Schlafzimmer stehen die Türen des Kleiderschranks offen, das Bett ist nicht gemacht, Lejeune braucht nicht lange, um zu wissen, dass Gombert nicht wieder heimgekommen ist.

»Meinen Sie, er ist immer noch in Méautis?«, fragt David.

»Unsere Kollegen suchen nach Spuren. Leider hat er auch sein Handy ausgeschaltet.«

»Also keine Chance, ihn zu orten?«

»Wir versuchen es, aber wenn er so klug war, den Akku rauszunehmen, kriegen wir ihn erst, wenn er wieder telefoniert.« Lejeune zieht die Schubladen des Schreibtischs auf. Wohin ist dieser Gombert geflohen? Und warum? Hat er mitbekommen, was mit seinem Freund passiert ist? Oder steckt er etwa hinter diesen Hinrichtungen?

»Bei seinen Eltern ist er wohl nicht untergetaucht, oder?« David blättert die Bücher im Regal durch. Biologie, Genetik, Computer.

»Nein. Da ist er nicht.«

Lejeune öffnet den Kühlschrank. Milch, Eier, eine halb volle Flasche Wein, Tonic-Water, Eiswürfel, Fertiglasagne, Pizza. Singlehaushalt.

»Ein einsamer Wolf, was?«

David grinst, Lejeune verzieht keine Miene. So leicht macht sie es ihm nicht. Aber hier gibt es auch nichts mehr zu finden.

»Gehen wir.« Sie zieht die Latexhandschuhe aus, steckt sie in die Manteltasche, macht die Tür auf und sieht direkt in das entsetzte Gesicht der sportlichen Nachbarin.

»Wollten Sie zu uns?«, fragt Lejeune.

Die Frau will etwas sagen, doch sie bringt nur Gestammel hervor, während sie mit dem Finger auf eine Tür neben der Wohnungstür zeigt.

»Wohin geht's da? In den Keller?«, fragt Lejeune.

»Ja.« Die Stimme ist kaum hörbar. »Ich wollte Wein holen.«

»Was ist da?«

Das Gesicht der Frau verzerrt sich, dann stürzt sie zu ihrer Tür, doch sie schafft es nicht mehr und übergibt sich noch im Treppenhaus. Lejeune merkt, dass ihre Handflächen feucht geworden sind. Davids Mund zuckt nervös.

»Dann mal los.« Sie hält ihm die Kellertür auf und lässt ihm den Vortritt.

Der Geruch wird intensiver. Erst vor Kurzem sind die Wände gestrichen worden, und der Boden wird bestimmt regelmäßig geputzt. Die Beleuchtung ist gut, auch Kinder müssen sich vor diesem Keller nicht fürchten. Da, am Ende des Flurs, von dem Holztüren zu den verschiedenen Abteilen abgehen, kann Lejeune etwas Großes, Dunkles ausmachen, als hätte jemand einen Sack an die Wand gehängt.

»Ach du Scheiße«, hört sie David vor sich mit erstickter Stimme sagen. Im selben Augenblick erkennt sie, dass da ein menschlicher Körper hängt. Ein langer Metallhaken durchbohrt den Hals, er muss direkt durch den Zungengrund getrieben worden sein. Unter den baumelnden Füßen ist eine Lache aus schwarzem Blut.

6

Seit einer halben Stunde ist Ethan wach. Vor zwölf Stunden hat er eine Schlaftablette genommen, was er höchst selten tut. Sein Kopf ist eine wabernde Masse, und seine Körperteile scheinen nicht so richtig zusammenzupassen. Die ganze Nacht, so kommt es ihm vor, hat er mit ansehen müssen, wie Sylvie umgebracht wird. Er hat sie im Ohrensessel in Méautis gesehen oder in Frosts Labor, an die Wand genagelt. Gerechtigkeit!, hat er immer wieder geschrien, Gerechtigkeit! Recht!

Mühsam schleppt er sich ins Bad, erschrickt vor seinem Spiegelbild, das ein blasses, unrasiertes Gesicht mit dunklen Rändern unter den geröteten Augen zeigt. Er duscht, trocknet sich ab, zieht Jeans und den Norwegerpulli an.

Er braucht etwas, das ihm wieder einen klaren Kopf verschafft. Kaffee. Oder Tee. Und Wasser. In der Küche schaltet er die Espressomaschine an, dezent knirschend mahlt sie die exquisiten Costa-Rica-Bohnen, der Duft erinnert ihn an die Wochenenden mit Sylvie und das gemeinsame Frühstück im Sommer auf der Dachterrasse oder im Winter im Bett. Wann kam der Bruch? Nach dem Tod ihres Vaters Ende des vergangenen Jahres? Sie hat 150 000 Euro geerbt. Hatte sie mehr erwartet von einem angesehenen Firmenberater? Mathilde, Sylvies Mutter, er müsste sie längst anrufen, sie hat ihm auf den Anrufbeantworter gesprochen.

Er rührt zwei Löffel braunen Zucker in die Tasse und isst einen trockenen Toast aus dem Brotkasten dazu. Der Zucker lässt seinen Stoffwechsel wieder anspringen, er packt sein Notebook aus, das seit London noch in seiner Tasche steckt, lässt es hochfahren und liest online mehrere Zeitungen. Im *Le Parisien* findet er etwas über den Mord an Professor Jérôme Frost. Er überfliegt die Schilderung, wie man den Leichnam gefunden hat. Das hat ihm Lejeune bereits erzählt. Ihn interessiert das, was man über das Leben des Wissenschaftlers geschrieben hat. Es muss doch eine Verbindung zu Sylvie geben.

Studium der Medizin und der Biologie in Paris, dann Anstellung in der Forschungsabteilung der Agrarfirma Edenvalley. Anschließend Professor an der Université Pierre et Marie Curie in Paris und Mitglied des wissenschaftlichen Gremiums der EFSA, der Europäischen Behörde für Lebensmittelsicherheit in Parma. Sein Spezialgebiet waren Antibiotika, ihre Wirkung und ihre Verträglichkeit.

Was, zum Teufel, hatte Sylvie mit ihm zu tun? Sylvie hat wie er Medizin in Paris studiert. Doch mehr Überschneidungen kann er nicht erkennen. Sylvie hat nach ihrem Studium ausschließlich in Kliniken gearbeitet. Offenbar war Professor Frost nicht verheiratet.

Da klingelt sein Telefon.

»Ethan?«

»Pauline!« Er erkennt sofort ihre raue Stimme, die ihn stets an porösen Fels erinnert.

»Ethan, es geht um … um Sylvie. Sie ist mein …«

»Du bist damit beauftragt?« Das ist nicht möglich! *Sie haben doch noch mehr Gerichtsmediziner. Warum ausgerechnet Pauline?* Die Vorstellung, dass ausgerechnet Pauline gerade Sylvies Körper aufgeschnitten hat, jagt ihm einen Schauder über den Rücken.

»Ethan, es tut mir leid … Ich muss dir etwas sagen, aber nicht am Telefon.«

»Wo bist du?«

»Im Institut. Aber wir können uns gern woanders …«

»Nein. Ich komme. Ich will sie noch einmal sehen.«

Sofort schnappt er die Autoschlüssel und seine Winterjacke von der Garderobe. Erst im Aufzug fragt er sich, warum er sich dem allen aussetzen will. Glaubt er, dass er sie jetzt, wo er mehr über sie weiß, mit anderen Augen sieht?

7

Die Heizung läuft auf vollen Touren, dennoch friert Camille. Lucien und Annabelle sind schon weg. Nur sie und Christian sitzen stumm vor ihren Monitoren, den Tisch mit dem Leuchtkasten und den Stapeln voller Entwürfe einer Geschichte über Sportdoping zwischen sich, die sie nicht mehr interessiert. Sie hat schlecht geschlafen, ihr Vater geisterte als Tattergreis durch ihre Träume, während ihre Schwester wie eine Irre kicherte. Und die ganze Zeit konnte sie nicht aufwachen, musste immer weiter träumen. Als um sechs der Wecker piepste, hat sie sich gefühlt, als wäre ihr Gehirn durch den Fleischwolf gedreht worden. So etwas machen Forscher, hat sie gestern gelesen. Drehen das Gehirn von Salamandern durch den Fleischwolf und injizieren es ihnen wieder. Das Erstaunliche: Die Tiere haben ihre erworbenen Fähigkeiten behalten. So stand es in dem Artikel. Vorstellen kann sie sich das nicht. Mit ihrem quasi-durchgemahlenen Gehirn hetzte sie in die Klinik, blieb eine halbe Stunde bei ihrem Vater, half ihm beim Frühstücken und quälte sich dann durch den Berufsverkehr in die Innenstadt zurück. Zwei Kannen grünen Tee, der ihr sonst immer auf die Beine hilft, haben sie heute nur nervös und fahrig gemacht, aber gut, sie hat den Tag so gut wie rumgebracht. Noch eine halbe Stunde, dann macht sie sich wieder auf den Weg nach Saint-Louis. Sie kann ihren Vater doch nicht den ganzen Tag allein im Krankenhaus lassen! Camille hakt ihren Laufzettel ab, Edenvalley hat zugesagt, ebenso der Wissenschaftler des Instituts für Kulturpflanzen. Hotel und Anreise hat Annabelle schon organisiert. Sie liest den nächsten Bericht, den sie heute Morgen beim Surfen in ihre Datei »Ökoterror« kopiert hat.

Im August 2007 wurden auf einer Fläche von einem Hektar Maispflanzen umgeknickt und ausgerissen. Bei der Aktion *Movimento Verde Eufemia* wollten 150 Personen in Portugal auf die Gefahren von gentechnisch verändertem Saatgut hinweisen. In Frankreich führen die sogenannten *Faucheurs Volontaires* und die international operierende Bewegung *Nature's Troops* solche »Feldbefreiungen« durch, in Deutschland gehen solche Aktionen von der Initiative *Gendreck weg* aus.

Seit der portugiesischen Aktion werden solche Taten im Europol-Report als »Umweltterrorismus« eingestuft. Hierbei sei

»Gewalt« angewendet worden »mit dem Wunsch, eine bestimmte Politik innerhalb einer Gesellschaft zu ändern«.

Terrorismus als Ausdruck verzweifelter Bürger, die sich um die Demokratie betrogen fühlen, murmelt sie und trinkt den letzten Schluck halb kalten Tee aus ihrem Becher. Ein heißes Thema.

»Du musst ins Gefängnis, Camille!«, ruft Christian von seinem Schreibtisch zu ihr herüber.

»Was?« Für einen Moment glaubt Camille wirklich daran. Auch sie haben damals die dänischen Mohammed-Karikaturen aus Solidarität nachgedruckt und sind daraufhin von der Großen Moschee von Paris und dem Verband der Islamischen Organisationen angezeigt worden. Erst vor zwei Monaten hat das Gericht zugunsten der Pressefreiheit entschieden und die Klage abgewiesen.

Blitzschnell durchforstet sie ihr Gedächtnis nach Artikeln, die ihr eine Gefängnisstrafe einbringen könnten. Doch dann wird ihr klar, dass man sie in diesem Land erst einmal vor Gericht stellen muss.

»Blöder Witz, Christian!«

Er lacht. »Seit wann bist du so langweilig, *ma chère?*«

»Das kann ich dir sagen. Seitdem ich nicht weiß, was ich mit meinem Vater machen soll.«

»Er hat doch genug Geld. Besorg ihm jemanden, der Tag und Nacht auf ihn aufpasst. Die Wohnung ist groß genug. Der oder die könnte sogar bei ihm wohnen.« Christian drückt sein Kreuz durch.

Sie könnte jetzt fragen, ob er wieder Rückenschmerzen hat. Sie tut es nicht.

»Ein Fremder bei ihm in der Wohnung? Du kennst meinen Vater nicht! Er duldet die Putzfrau, weil sie seit über zehn Jahren kommt. Was glaubst du, wie er sich bei einem Handwerker anstellt. Der wird keine Sekunde aus den Augen gelassen!«

»Dann wird's schwierig.«

»Also, wie war das mit dem Gefängnis?«

»Ich denke, wir sollten jemanden von Nature's Troops dabeihaben. Komm mal rüber.«

Sie tritt hinter ihn und liest die Meldung auf seinem Bildschirm:

Öko-Terroristen fackeln Schloss ab

Einen Schaden von mindestens fünf Millionen Euro hat der Brand eines Schlösschens in Fontainebleau angerichtet. Der Besitzer ist der französische Großindustrielle Jean Larnier. Die Polizei geht von Brandstiftung aus. Am Tatort fanden sich ein Graffito und der Hinweis auf die öko-terroristische Gruppe Nature's Troops.

Ein Feuerwehrmann erklärte, im Schloss seien Sprengsätze gefunden worden. Die französische Polizei schließt nicht aus, dass es sich um einen terroristischen Akt gehandelt haben könnte, und hat nach Angaben eines Sprechers Ermittlungen aufgenommen.

Nature' s Troops ist eine netzwerkartig organisierte, global operierende Gruppe von radikalen Umweltschützern, die bereits mehrere Anschläge auf Geländewagen, Luxuswohnanlagen, Tierversuchslabors und »Symbole der Konsum- und Verschwendungskultur« verübt hat.

Schon vor fünf Jahren hat Europol die Gruppe als eine »ernst zu nehmende terroristische Gefahr« eingestuft.

»Warte, hier habe ich noch was.« Christian klickt weiter.

Militante Ökoaktivistin zündet Bombe

In Rouen läuft derzeit ein Prozess gegen die Nature's-Troops-Aktivistin Véronique Regnard. Sollte sie verurteilt werden, drohen ihr zehn Jahre Haft. Die 32-jährige Bibliothekarin soll im September des vergangenen Jahres einen Brandsatz auf dem Dach der Firma Agrovit in Rouen gelegt haben. Damals entstand ein Sachschaden von zwei Millionen Euro, ein Feuerwehrmann erlag später seinen Verletzungen. Die Öko-Aktivistin hatte angegeben, dass sie auf die Züchtung genetisch veränderter Pflanzen aufmerksam machen wollte.

»Das sind zurzeit die, die am massivsten vorgehen. Ich hab schon recherchiert. Véronique Regnard sitzt in Bonne Nouvelle in Rouen ein. Netter Name, was?«

Frohe Botschaft – eine perfide Idee, einem Knast einen solchen Namen zu verpassen. Camille setzt sich auf seinen Schreibtisch und sieht zu ihm hinunter.

»Warum fährst du nicht?«

Dieses schiefe, triumphierende Grinsen. Manchmal hasst sie seine Masche, sie anzumachen.

»Weil du eine Frau bist und anders mit ihr reden kannst. Von Frau zu Frau sozusagen.« Er streift mit dem Finger über ihren Oberschenkel bis zum Knie.

Verflucht. »Christian, ich hab meinen Vater am Hals ...« Sie rutscht vom Schreibtisch, geht zu ihrem Platz.

»Tut mir leid, aber du musst nach Rouen, ich habe noch sechs andere Leute zu treffen«, sagt er nüchtern.

»Meinetwegen. Wenn du es für mich organisierst.« Sie schaltet ihren Computer aus. Endlich mal nicht so spät fürs Krankenhaus. Sie wirft ihr Handy in die Tasche, holt den Autoschlüssel heraus.

»Sicher, *ma chère!*« Schwungvoll dreht er sich auf seinem Bürostuhl in ihre Richtung. »Und sag deiner Schwester, dass sie sich mal um euren Vater kümmern soll, sie wird schließlich die Hälfte des Erbes kassieren, oder?«

»Idiot!«, murmelt sie verärgert und wirft die Tasche über ihre Schulter. Trotzdem – er hat recht.

8

Einige Male schon ist Ethan durch diese Tür gegangen, da in seinen Romanen hin und wieder auch Leichen auftauchen. Als Schriftsteller muss man wissen, wie die Räume aussehen, in denen die Toten aufbewahrt und aufgeschnitten werden, wie es sich anfühlt, im kalten Licht die metallischen Töne der Messer und Sägen zu hören, wenn sie sich durch Knochen fräsen. Man muss die Luft gerochen haben, das süßlich scharfe Aroma, den Kampf zwischen dem natürlichen Prozess der Verwesung und dem ihrer künstlichen Verhinderung. Und man muss mit den Leuten gesprochen haben, denen in die Augen gesehen haben, die sich in diesen Räumen bewegen. Sylvie hat ihm diesen Kontakt vermittelt, Pauline Fourier, ihre Studienkollegin.

Pauline steckt die Hände in ihren weißen Kittel. Der Mundschutz baumelt an ihrem Hals wie ein zu großes Amulett. Die Gummischürze hat sie woanders gelassen. Ethan kennt sie seit zwei Jahren, als er *Das letzte Mal* schrieb, seinen ersten und bisher einzigen Kriminalroman. Seitdem hat er Pauline hin und wieder angerufen, da sie ihn zu einer Romanfigur inspiriert hat, und seit einem halben Jahr ist sie sogar öfter zu ihm und Sylvie zu Besuch gekommen.

»Ich musste noch nie …« In ihren Augen kann er eine Träne sehen. »Lejeune kriegt noch heute meinen Bericht. Sie weiß nicht, dass wir uns kennen, und sie weiß auch nicht, dass du jetzt hier bist. Eigentlich ist es gegen die Regeln.«

Sie räuspert sich, zögert. Was will sie ihm sagen? »Ich will nicht, dass wir beide Schwierigkeiten kriegen. Aber ich finde, du solltest es als Erster wissen.«

»Sicher«, sagt er, obwohl er keine Ahnung hat, was sie meint. Vielleicht wäre es besser, es nicht zu wissen. »Kann ich sie noch einmal sehen?«

Pauline nickt und geht voran. Vor der Tür weist sie auf einen Behälter, aus dem er sich einen Mund- und Nasenschutz nimmt. Er legt ihn sich an und betritt hinter ihr den gleißend hellen Raum. Er denkt an das weiße Leuchten, von dem Menschen berichten, die wieder ins Leben zurückkehren. Und wenn es nur das grelle Leuchten der OP- und Leichenschauhauslampen ist?

Nur auf einem der vier Metalltische liegt etwas. Ein kleiner Hügel, über den sich ein weißes Laken breitet. Wie klein ein Mensch wird, wenn er tot ist. 21 Gramm, wird behauptet, wiegt ein Mensch weniger, wenn er tot ist, 21 Gramm, das sei das Gewicht der Seele. Pauline schlägt das Laken nur ein wenig zurück, gerade so, dass er ihr Gesicht und ihren Hals sehen kann. Weiß und steinern. Sylvies Haar hat dieselbe Farbe wie die Weizenfelder, durch die er und sie vor Jahren mit dem Fahrrad gefahren sind. Wie lange ist das her? Unendlich lange. Er verdrängt die aufkommende Erinnerung, wie er Sylvies Haut berührt hat. Wie sie gerochen hat. Recht, Gerechtigkeit, Professor Frost, denkt er, wartet auf eine neue Empfindung, auf Wut oder Enttäuschung, auf irgendetwas anderes als diese … diese verdammte Trauer. Diesen Schmerz, diese Wunde …

Pauline lässt das Laken wieder fallen. »Laut Protokoll hat sie sich die Pulsadern aufgeschnitten und ein Schlafmittel und Alkohol genommen.«

»Cognac und Valium«, sagt er überflüssigerweise.

»Ja. Aber …«

»Was aber?« Was kommt jetzt? Eine weitere Enthüllung, die Sylvie noch fremder werden lässt?

»In der Backentasche habe ich Reste von mehreren Tabletten gefunden.«

»Was soll das heißen? Sie hat sie …«

Pauline nickt langsam. »Sie hat sie nicht runtergeschluckt.«

Sein Auflachen kommt plötzlich, unbeherrscht. Das muss

ein Albtraum sein! Einer von diesen verdammten unlogischen Träumen, die einen quälen, aus denen man aber nicht aufwachen kann.

»Ich verstehe nicht«, bringt er schließlich hervor.

»Es ist natürlich nur eine Vermutung ...«, beginnt sie.

»Was?«

»Sie hat die Tabletten vielleicht nicht freiwillig genommen.«

Ihre Worte treffen ihn wie Schläge. »Willst du damit sagen, dass jemand Sylvie ...«

Pauline seufzt leise.

Der rätselhafte Abschiedsbrief fällt ihm ein. »Sie hat einen Abschiedsbrief hinterlassen. Einen sehr merkwürdigen. Verstehst du, sie war überhaupt nicht religiös, und dann ... dann zitiert sie einen Bibelvers ... Meinst du, man hat sie gezwungen, den Brief zu schreiben?«

Pauline hebt die Brauen. »Lejeune kriegt gleich nachher den Bericht.«

Eine Weile steht er einfach nur da. Seine Gedanken irren in seinem Kopf herum wie in einem Labyrinth.

»Da ist noch was.« Pauline räuspert sich. »Du hast nicht gewusst, dass sie schwanger war, oder?«

Er muss sich verhört haben.

»Im dritten Monat.«

Er rechnet zurück. Da war er in New York. Vor seiner Abreise hatte er mit Sylvie geschlafen, er erinnert sich. Sie hatten sich gestritten und dann versöhnt. Aber wieso hat sie es ihm verschwiegen? Allmählich glaubt er, dass eine Verwechslung vorliegen muss, eine Verwechslung mit einer anderen Frau, mit einem anderen Leben. »Ich verstehe das nicht, warum hat sie nichts gesagt? Sie muss es doch gewusst haben! Pauline, warum bringt sie sich um, wenn sie schwanger ist! Wir wollten doch ... Ich meine ... wir wären doch glücklich gewesen ... so glücklich ...«

Plötzlich wird es ihm klar. »Vielleicht war es nicht von mir, ja?«

»Ethan …«

Nein, er kann seine Wut nicht an Pauline auslassen.

Pauline zieht die Handschuhe aus, geht zur Tür und wirft sie dort in einen Mülleimer. Ein junger Mann in grüner Arbeitskleidung kommt durch die gegenüberliegende Tür. Pauline gibt ihm ein Zeichen, und er fährt Sylvie aus dem Raum. Pauline drückt die Tür auf und schaltet das Licht aus. Das Summen der Neonröhren erstirbt.

»Und was willst du jetzt machen?«

Er weiß es nicht. Er ist irgendwo an einem Nullpunkt angekommen. Ein Bild taucht vor ihm auf, Sylvies Gesicht, verstümmelt wie das von Bohin. »Der Mörder war noch sanft mit ihr«, murmelt er.

»Wie …«

Er winkt ab, nein, er kann ihr unmöglich dieses Bild beschreiben. »Ich gehe.«

»Tu nichts Unüberlegtes, ja?«

»Nein.« Was soll er auch tun? Er hat nicht die geringste Ahnung, was er nun mit seinem Leben tun soll.

Sie bleibt im Flur stehen. »Wenn ich dir irgendwie helfen …«

»Danke, dass du es mir als Erstem gesagt hast.« Er will gehen, da fällt ihm etwas ein. »Pauline …«

»Was?«

»Kannst du herausfinden, ob das Kind …« Er bricht ab.

»Natürlich, das hätten wir sowieso veranlasst. Moment.« Mit einer raschen Bewegung zupft sie ihm ein Haar aus. »Ich sage dir so schnell wie möglich Bescheid.«

Er eilt davon und stößt die Ausgangstür mit einer solchen Wucht auf, als würde da draußen die Wirklichkeit warten, in der alles so ist wie damals, als sie sich kennengelernt haben. Voller Versprechen für eine gemeinsame Zukunft.

Er ist auf einmal vollkommen sicher: Jemand hat ihm Sylvie entrissen. Seelisch – und körperlich.

Sylvie, wenn ich ihn finde, töte ich ihn.

Sein Handy klingelt. Sarah. Er drückt sie weg.

9 Donnerstag, 27. März

Lejeune hängt ihren nassen Trenchcoat an die Garderobe. Sie friert. *Von wegen Klimaerwärmung.* Den dicken Wintermantel hat sie zu früh weggepackt. Hoffentlich erkältet sich die Kleine nicht, sie ist so anfällig bei diesem Wetter, und in der Schule hat sie immer kalte Füße.

Lejeune nimmt aus ihrer großen speckigen Ledertasche – die sie noch in guten Zeiten gekauft hat – ihr Frühstück. Die Verkäuferin in der Bäckerei hat ihr wie jedes Mal schon die gepackte Tüte gegeben. Mittwochs und freitags Schinken, Salat, Tomate, montags und donnerstags Käse und dienstags Thunfisch.

»Guten Morgen«, begrüßt David sie. Er bemüht sich um Freundlichkeit. »Wir wissen schon, wer der Tote ist.«

Es war nicht schwer, der Tote hatte ein geöffnetes Briefkuvert der City Bank in seiner Hosentasche stecken. Adressiert an Jean-Marie Lappé. Darin Kontoauszüge mit einer Gehaltsüberweisung der Werbeagentur BB&T in Paris. Deren Personalabteilung hat die Polizei informiert, dass der Grafiker seit zwei Tagen nicht im Büro erschienen und auch zu Hause nicht anzutreffen war.

»Marc Bohin, jetzt Lappé. Jeder, der mit Gombert in Verbindung stand, muss sterben«, sagt David und schnäuzt sich, seine Augen sind gerötet, und wenn er nicht krankgefeiert hätte, hätte Lejeune sogar ein wenig Mitgefühl gezeigt. So aber nickt sie nur. »Sie wussten was. Oder der Mörder hat geglaubt, dass sie was wussten.« David lässt sich hinter seinen Schreibtisch fallen. Er sieht wirklich krank aus, muss sie zugeben. Lejeune steckt das Kaffeepad in die Maschine.

»Und wenn Gombert unser Mann ist?«, fragt David.

»Kam er Ihnen so abgebrüht vor?« Lejeune drückt auf den Einschaltknopf.

David zuckt mit den Schultern. »Nicht wirklich, aber ich sehe doch auch harmlos aus, oder?«

Lejeune wendet sich vom Anblick der schaumig beigen Flüssigkeit ab, die duftend in die weiße Porzellantasse läuft. Ein echter Luxus, denkt sie jedes Mal. »Was wollen Sie damit sagen?«

David grinst unbeholfen. »Nichts.« Er sieht sie unsicher an. »Gar nichts.«

Lejeune wirft einen Blick auf die Schrift von Davids T-Shirt. EARTH steht darauf, in Form einer Weltkugel. *Na wunderbar!* »Wir haben unsere politische Einstellung nicht wie ein Aushängeschild vor uns herzutragen, David«, maßregelt sie ihn und nimmt die Tasse heraus.

»Ach das?« Er sieht an sich herunter und kratzt sich am Kopf. »Weiß nicht, was daran politisch ist.«

Bloß keine Grundsatzdiskussion! Soll er halt. Wenn er einen Anschiss von oben bekommt, ist das seine Sache. Sie ist nicht sein Kindermädchen – oder schlimmer noch, seine Mutter. Sie starrt auf ihre Tasse. Sie hat vergessen, ob es der dritte oder vierte Kaffee heute ist, wenn es der vierte ist, trinkt sie ihn schwarz.

»Neuigkeiten von der Spurensicherung in Méautis?« Sie entscheidet sich für schwarz. David zögert. »Was ist, David? Immer noch müde?« Wahrscheinlich ist er beleidigt wegen ihrer Bemerkung über sein T-Shirt.

»Die Verletzungen von Marc Bohin wurden ihm mit einem Rasiermesser zugefügt«, liest er nun vor. »Dabei handelt es sich offenbar um so eins, das Friseure benutzen, diese altmodischen aufklappbaren Dinger.«

Der Kaffee ist heiß und bitter, genau richtig für die Art von Fragen, denen sie sich stellen muss. Warum kein richtiges Messer? Warum keine andere Waffe? Wer benutzt heutzutage so etwas?

»Es ist unauffällig, wird erst mal nicht als Waffe wahrgenommen«, denkt sie laut. Sie trinkt den Kaffee aus. Sie müssen ihre Berichte zusammenstellen. In einer Stunde ist die erste Besprechung der Sondergruppe *Ratte*.

»Moment, ich hab hier noch eine Nachricht von der Gerichtsmedizin zum Fall Harris.« David runzelt die Stirn.

Lejeune nimmt ihm die Nachricht aus der Hand.

10 Uganda

Heute Nachmittag sind vier Kinder gestorben. Wegen plötzlicher Sprachstörungen und Schwindelanfällen waren sie von Schwester Gabriela, die einen mobilen Gesundheitsservice hat, zu uns gebracht worden. Sie sagte, im selben Dorf hätten drei Erwachsene dieselben Symptome gehabt und wären innerhalb von vier Tagen gestorben.

Die HIV-infizierten Kinder sind zu spät behandelt worden. Sie haben vielleicht eine Toxoplasmose gehabt, die Infektionskrankheit, die durch den Parasiten Toxoplasma gondii von katzenartigen Tieren übertragen wird. Bei einem geschwächten Immunsystem können sich in allen Organen, vor allem aber im Gehirn, Entzündungen bilden.

Ich habe Dr. Bleibtreu gefragt, ob er nie Obduktionen macht, da hat er nur gelacht. »Als wenn ich dazu Zeit hätte.«

Eines der kranken Kinder heißt Alisha. Sie ist so zierlich, man hat Angst, sie zu zerbrechen, wenn man Blutdruck misst oder ihr Blut abnimmt. Ihr Muskelzittern ist nicht verschwunden, und heute früh habe ich Alisha vom Boden aufheben müssen, weil sie einfach über ihre eigenen Füße gestolpert ist. Ihre große

Schwester musste zu den anderen Kindern zurück, sie ist die Älteste, sie muss sich um die Kleinen kümmern, dabei ist sie selbst erst zwölf.

Die Zahlen sprechen eine deutliche Sprache: Nur drei Prozent des medizinischen Fachpersonals weltweit sind nach UN-Angaben in Schwarzafrika tätig – obwohl dort elf Prozent der Weltbevölkerung leben und fünfundzwanzig Prozent des weltweiten Krankheitsaufkommens verzeichnet werden. Aus Uganda wandern Ärzte und Krankenschwestern ab, vor allem in arabische Staaten und nach Großbritannien. Jeder vierte afrikanische Arzt arbeitet im Ausland. In Uganda kommen auf einen Arzt hunderttausend Patienten. Viele Ärzte verdienen noch nicht einmal so viel, dass sie ihre Miete zahlen können. Klingt gut, oder?

Henrik stürzt den Rest Tee hinunter und klappt das Notebook zu. Zurück an die Arbeit. Leben retten. *Was würden die Menschen hier nur ohne uns machen?*

11 Paris

Seit drei Stunden irrt Ethan im Nieselregen durch die Straßen. Boulevard Saint-Michel runter, Boulevard Saint-Germain hoch, Abstecher in die Nebenstraßen. Er drängt sich durch die Menschenmengen, die die U-Bahn-Stationen an die Oberfläche entlassen, lässt sich mit ihnen über die Bürgersteige treiben, in Schuhläden, Bekleidungsgeschäfte, aus denen er wieder hinaustaumelt, noch benommener als zuvor. Ihm ist kalt. Sein Mantel schützt nicht mehr vor dem Regen, die Feuchtigkeit sickert langsam durch den Stoff. *Sylvie hat so schnell gefroren.* Er denkt an die Winterabende, als sie beide, eingehüllt in eine weiche Decke, zusammen auf der Couch gesessen und sich Geschichten aus ihrem Leben erzählt haben. An einer

Hauswand, gleich neben der Glastür zu einem exquisiten Schuhladen, bleibt er stehen, reißt eine neue Packung Zigaretten auf, zerknüllt das Zellophan und steckt es in die Manteltasche zu den Handschuhen. Der Menschenstrom zieht an ihm vorüber, zielstrebig und doch gedankenlos. Das Feuer wärmt ihm kurz die Hand, er saugt den Rauch tief ein. Da hört er sein Telefon läuten.

»Hallo Ethan, störe ich dich beim Arbeiten?«

Leon. Auch das noch. »Nein.«

»Ich wollte nur mal nachfragen, wann du glaubst, dass du die Textprobe …«

»Ich hab gerade keine Zeit …«

»Kein Problem, ich melde mich einfach später …«

»Ja.« Er legt auf. Es ist ihm egal, ob er ein nächstes Buch verkauft oder nicht.

Zwei Stunden später ist er über Umwege zu seinem Haus gelangt. Dicht und dunkel haben sich die Regenwolken zusammengeschoben. Wasser tropft ihm aus den Haaren in die Stirn und brennt in den Augen. Mit steifen Fingern fummelt er den Hausschlüssel aus der Manteltasche. Alle Fenster über ihm sind dunkel, als würde niemand hier wohnen. So hat er das Haus noch nie empfunden. So verlassen und kalt. Eine Bewegung im Schatten der Tür lässt ihn zurückzucken. Vor dem Dunkel hebt sich das blasse Gesicht von Aamu ab.

»Sie? Macht es Ihnen Spaß, so im Regen rumzustehen?«, fragt er nicht besonders freundlich.

Sie weicht zurück in den Schutz des Eingangs. »Nein, mir ist kalt, aber … Ich hab Ihnen eine SMS geschickt«, sagt sie entschuldigend. Auch aus ihrem Haar tropft Wasser.

Er zieht sein Handy aus der Tasche. *Reden wir wieder?*, sagt das Display.

»Ich war gerade in der Nähe, und … Aber ich kann auch wieder gehen, ich will nicht, dass Sie denken, ich belästige Sie.«

Ihm ist kalt, er will nicht diskutieren, er könnte sie wegschicken, aber sie hat auf ihn gewartet, und er will nicht herzlos sein.

»Das denke ich nicht.« Oder doch? *Warum finde ich das verdammte Schlüsselloch nicht?* Endlich. Er stößt die Tür auf, macht das Licht an. Es beleuchtet das Treppenhaus nur schwach und lässt den Aufzug in der Mitte wie einen Käfig aussehen.

»Haben Sie was Neues rausgekriegt?«, fragt sie. Ihre Lippen sind bläulich verfärbt.

Er zögert mit der Antwort, weiß nicht, ob er sie ins Vertrauen ziehen soll. Doch dann ist etwas stärker in ihm. »Es war womöglich kein Selbstmord«, sagt er und schiebt die Gittertüren auseinander.

»Dr. Harris wurde ermordet?« Ihre hellen Gletscheraugen weiten sich.

»Könnte sein.«

Der Aufzug beginnt zu summen und nach oben zu schweben. Sie starrt auf den Boden. Der Aufzug hält federnd an, Ethan faltet die Türen zur Seite.

»Und was wollen Sie jetzt unternehmen?«, fragt sie.

Er weiß, dass er noch nie etwas so ernst gemeint hat: »Ich will wissen, wer es war.« *Und wenn das Kind nicht von mir war?*

Als er den Schlüssel ins Schloss stecken will, stellt sie sich ihm in den Weg. »Darf ich Ihnen dabei helfen?«

Es ist meine Angelegenheit, oder? »Und Ihr Studium?«

Schulterzucken, flüchtiges Lächeln. »Das läuft schon.«

Er zögert. *Warum? Mag sie mich? Mochte sie Sylvie?*

»Warum engagieren Sie sich so?«, fragt er, die Tür schon einen Spaltbreit geöffnet. Sie steht jetzt ganz nah vor ihm, sie riecht nach nasser Wolle.

»Trauen Sie mir nicht?«, fragt sie.

Was soll er sagen? *Wir kennen uns doch gar nicht?*

»Wissen Sie«, fängt sie an, »Dr. Harris, ich meine, Ihre Frau war die Einzige, die sich um mich gekümmert hat. Es war nicht leicht für mich hier … Sie hat mir Mut gemacht und … ja, sie war überzeugt, dass ich eine gute Ärztin werde. So … so wie sie selbst.«

»Ja, das konnte sie«, sagt er, »anderen Mut machen … Kommen Sie rein, es ist viel zu kalt hier draußen.« Er gibt der Tür einen Stoß.

»Wollen wir uns nicht duzen?«, fragt sie auf der Schwelle.

In seinem Arbeitszimmer dreht er die Heizung auf und gießt in der Küche einen schwarzen Tee auf. Sylvie hat eine ganze Sammlung mit verschiedenen Schwarz-, Grün- und Kräutertees angelegt. Er hat einfach den erstbesten genommen.

»Es wird gleich warm«, ruft er ihr über den Flur ins Arbeitszimmer zu. »Nimm die Decke aus dem Schrank.«

»Welche Tür?«

»Rechts.«

Aamu hat den Lederschwinger neben seinen Schreibtischsessel geschoben und die Decke über ihre Schultern gebreitet.

»Achtung, heiß!«

Sie nimmt die Tasse und zieht die Knie hoch bis zum Kinn. Wie eine, die vor dem Erfrieren gerettet worden ist.

»Hunger?« Er reicht ihr die Packung mit den schottischen Shortbread-Keksen, die Sylvie so gemocht hat. *Ist es richtig, dass ich Aamu da mit hineinziehe? Warum habe ich nicht einfach Nein gesagt? Hoffe ich, dass sie etwas findet, was ich übersehe?*

»Und wo fangen wir an?«, fragt sie unternehmungslustig und greift in die Keksschachtel.

»EFSA.« Sein Handy klingelt. Ethan schiebt Aamu das Notebook bis zur Tischkante und nimmt den Anruf entgegen. »Ja?«

»Hier ist Lorraine. Lorraine Kempf. Sie erinnern sich noch an mich, oder?«

»Was glauben Sie denn?« Das längliche Gesicht mit der blonden Dauerwelle, der billige grüne Pulli und das schuldbewusste Lächeln haben sich ihm eingeprägt.

»Haben Sie es in der Zeitung gelesen?«

»Nein. Was?«

»Der Mord in Méautis! Marc Bohin!«

Er hat es nicht geschafft, sie anzurufen.

»Sind Sie noch dran?«

»Ja. Es tut mir leid.«

»Sie wussten es und haben mich nicht angerufen?«

»Ich habe niemandem etwas gesagt.«

Sie sagt nichts.

»Ich wusste nicht, ob es Nicolas war.«

Noch immer sagt sie nichts. Dann bricht es aus ihr heraus: »Ich bin schuld! Ich habe Ihnen die Adresse genannt und …«

»Aber niemand außer Ihnen hat gewusst, dass ich nach Méautis gefahren bin. Der Mörder hat Nicolas womöglich längst beschattet!«

»Oder er ist Ihnen gefolgt!«

Eine Sekunde lang hält er das für möglich. »Nein, der Mörder war lange vor mir da.«

Seufzen. »Ja, Sie haben recht«, kommt es müde durch die Leitung. »Das kann doch alles nicht wahr sein. Monsieur Harris, sagen Sie, dass das alles nicht stimmt! So etwas gibt's doch gar nicht. Diese blöden Rattenversuche! Deshalb bringt man doch niemanden um! Wer weiß, wo Frost sonst noch dringesteckt hat …«

»Sagen Sie mir, was Sie über seine Arbeit wissen.«

»Nichts! Ich bin keine Biologin, ich bin einfach nur eine, eine … bescheuerte Sekretärin! Ich habe keine Ahnung von Genen und Säuren und all diesem Zeug!«

»Ich weiß, aber denken Sie nach! Fällt Ihnen irgendwas ein? Ein Name, der Frost wichtig war. Eine Firma? Ein Auftrag? … Lorraine?«

»Ja … mein Gott … Ich weiß nicht … Es rufen so viele an …«

»Jemand, der eng mit ihm zusammengearbeitet hat …«

»Ich weiß wirklich nicht … Das heißt …«

»Ja?«

»Na ja, ich habe öfter Anrufe von einer Dr. Antonelli entgegengenommen, ja, Dr. Antonelli.«

»Wer ist das?«

»Eine Mitarbeiterin der EFSA.«

»Und wo finde ich sie?«

»Sie hat meistens aus Parma angerufen.«

»Haben Sie ihre Nummer?«

»Monsieur Harris, ich weiß nicht … Sie haben mir gerade erzählt, was mit Marc geschehen ist. Ich will nicht schuld sein, wenn … Verstehen Sie, ich habe nichts damit zu tun. Warum gehen wir nicht zur Polizei, das wäre doch das Beste, Monsieur Harris?«

Um von Lejeune fertiggemacht zu werden? Sicher nicht. »Lorraine, das hat alles nichts mit Ihnen zu tun. Ich will wissen, warum meine Frau gestorben ist, das ist alles. Mehr interessiert mich nicht.«

Er hört ein Seufzen.

»Haben Sie was zu schreiben?«, fragt sie müde. Dann diktiert sie ihm die Nummer.

»Danke, Lorraine.«

»Schon gut. Geben Sie acht auf sich.« Leiser fügt sie hinzu: »Danach will ich noch ein Autogramm.«

»Versprochen.«

Aamu sitzt mit rundem Rücken und der Tasse Tee vor dem Notebook und sieht ihn fragend an, als er auflegt. *Sie friert immer noch.*

»Und?«

»Eine Frau Dr. Antonelli in Parma. Vielleicht weiß sie etwas. Und, was hast du herausbekommen?«

Sie trinkt einen Schluck Tee, behält den heißen Teebecher in beiden Händen und liest vom Bildschirm vor:

»Die EFSA ist die Kontrollstelle Europas für die Lebensmittelsicherheit. Im Rahmen der Zulassung von genetisch veränderten Organismen (GVO) hat die Behörde die Aufgabe, den Institutionen und Mitgliedsstaaten der Europäischen Union wissenschaftliche Empfehlungen über die Sicherheit und über die Risiken für die Gesundheit von Mensch und Tier sowie die Umwelt zur Verfügung zu stellen.«

Sie sieht auf. »Auf der Liste der wissenschaftlichen Mitarbeiter habe ich den Namen von Professor Frost gefunden. Er hat dem Genetically-Modified-Organism-Gremium, kurz GMO genannt, angehört. Moment«, sie klickt weiter, »genau, Dr. Ellen Antonelli, hier steht sie.« Sie schiebt das Kinn vor und krümmt den Rücken noch stärker. Vielleicht ist sie kurzsichtig, denkt er. »Dieses Gremium führt Risikobewertungen für wissenschaftliche Gutachten durch. Ein Großteil der Arbeit des Gremiums geschieht im Rahmen von Zulassungsanträgen, da alle genetisch veränderten Lebensmittel und Futtermittel durch die EFSA bewertet werden müssen, bevor eine Zulassung durch die EU erfolgt.«

»Gut.« Dabei hat er keine Ahnung, was er mit diesen Informationen anfangen soll. Aber im Moment hat er keinen anderen Ansatz, und so nimmt er das Telefon und wählt die Handynummer. Halb elf. In Italien geht man nicht so früh ins Bett. Dr. Antonelli schon, oder aber sie ist in einem lauten italienischen Lokal und hört ihr Handy nicht. Als sich die Mobilbox einschaltet, bittet er sie dringend um Rückruf. »Es geht um Professor Frost«, fügt er noch hinzu. Er ist sich sicher, dass die Todesnachricht längst das Institut erreicht hat.

»Was machen wir, wenn sie sich nicht meldet?«, fragt Aamu und knabbert an einem Keks wie ein Eichhörnchen. Ihm bleibt nur ein Schulterzucken.

Kaum fünf Minuten später läutet sein Telefon. Er nimmt sofort ab.

»Ja?«

»Mister Harris?«

»Ja. Dr. Antonelli?«

Die Stimme klingt spröde, nicht jung, müde – und ein wenig nervös.

»Dr. Antonelli? Sie wissen, was Professor Frost zugestoßen ist?«

»Was wollen Sie?«, fragt sie gereizt.

Mit wenigen Worten erklärt er, wer er ist und dass er wissen will, warum sich seine Frau, die inzwischen auch tot ist, mit Professor Frost am Freitagabend getroffen hat. »Es könnte sein, dass der Tod meiner Frau mit Professor Frosts Arbeit zu tun hat.«

»Wie kommen Sie darauf?«, fragt Antonelli in abweisendem Ton. Ihr Akzent verrät sie als Engländerin.

»Es sind noch andere Dinge geschehen.« Den grausamen Mord an Marc Bohin erwähnt er nicht, *dann gerät sie am Ende noch in Panik.*

Pause.

»Dr. Antonelli?«

Er hört ein Atmen, vielleicht zieht sie auch an einer Zigarette. Aamu wirft ihm einen fragenden Blick zu.

»Ich habe Jérôme sehr geschätzt«, sagt Dr. Antonelli dann leise, »als Mensch und als Wissenschaftler. Es ist furchtbar, was mit ihm passiert ist. Es ist ein Angriff auf alle Wissenschaftler der EFSA.«

»Haben Sie einen Verdacht, wer das getan haben könnte, wer der EFSA derart schaden möchte?«

Wieder eine Pause, diesmal glaubt er, sie Rauch ausstoßen zu hören. Aber vielleicht seufzt sie auch.

»Das … das möchte ich nicht am Telefon besprechen.«

»Wo können wir uns treffen?«

Pause.

Nicht auflegen! Bitte nicht auflegen! »Dr. Antonelli, sind Sie noch dran?« Er wartet. Aamu nagt an ihrer Unterlippe.

»Können Sie nach Parma kommen?«

»Ja.« *Natürlich!*

»Schaffen Sie es bis morgen, morgen Nachmittag, um drei?«

»Ja klar.« Er wird schon einen Flug bekommen.

»Im Baptisterium des Doms.«

Er stutzt. Warum nicht im Institut oder in einem Café? »Sind Sie sicher?«

»Sie werden schon sehen, warum. Und beachten Sie das Hauptportal des Doms.«

»Moment, wie erkenne ich Sie?«, fällt ihm ein, bevor sie auflegt.

»Ich werde ein dickes Buch unter dem Arm tragen.«

Aamus gletscherfarbene Augen flackern. »Sie weiß etwas, Ethan«, flüstert sie.

»Möglich.« Was sollte Sylvie mit Frosts Arbeit zu tun haben? Sollte er nicht doch lieber Lejeune Bescheid geben?

»Ethan?«

Er fährt zusammen, hat vergessen, dass Aamu da ist. »Ja?«

»Lass mich mitkommen …«

»Nein, ausgeschlossen. Kommt gar nicht in Frage.« Es reicht, wenn er sich und Antonelli in Gefahr bringt.

»Aber ich pass auf mich auf …«

Ethan schüttelt den Kopf. »Sie weiß nichts von dir. Ich muss sie allein treffen.«

»Gut, wenn du meinst.« Sie sieht ihn noch einen Moment an, als suche sie nach etwas in seinem Gesicht, dann steht sie auf. »Ich gehe jetzt besser.«

Er könnte sie fragen, ob sie beleidigt ist, aber er will sich nicht mit ihrer Psyche, ihren Problemen oder Empfindlichkeiten beschäftigen. Sie hat sich freiwillig entschieden, hier zu sein. Außerdem hat er genug mit seinen eigenen Problemen zu tun. Also hält er sie nicht zurück, sondern begleitet sie zur Tür. »Warte, ich bestell dir ein Taxi.«

»Nein, ich nehm die Métro.«

»Kommt nicht infrage, ich geb dir das Geld.«

»Ich will dein Geld nicht«, sagt sie ernst. »Und ich will kein Taxi fahren.«

»Okay, war bloß ein Angebot.«

»Ich mache das, was ich will.« Sie sieht ihm einen Moment in die Augen, dann drückt sie ihm rasch einen Kuss auf jede Wange, muss sich dabei auf die Zehenspitzen stellen. Bevor er etwas sagen kann, ist sie schon beim Aufzug und fährt hinunter, ohne sich noch einmal umzudrehen. Sie hat recht. Er sollte sich nicht in ihr Leben einmischen und auf keinen Fall anfangen, sich um sie zu kümmern.

Als er zurück in die Wohnung kommt, erwischt er gerade noch das klingelnde Telefon.

»Ich habe den Vaterschaftstest gemacht.« Pauline.

Er wartet, atmet nicht.

»Es ist von dir.«

Sein Hals schnürt sich zu. Was wäre ihm lieber gewesen? Was hätte ihn weniger verletzt? Wenn es von einem anderen gewesen wäre? Von Professor Frost oder von Robert? *Es ist von mir. Sylvie und ich hätten ein Kind bekommen.*

»Ich weiß, wie du dich fühlst.« Paulines Stimme ist mitfühlend, dennoch glaubt er nicht, dass sie es wirklich weiß.

»Ethan?«

»Ja?«

»Es tut mir leid.«

Er verabschiedet sich rasch, bevor ihm der Kloß im Hals die Stimme nimmt. Als das Telefon gleich wieder klingelt, lässt ihn ein Reflex auf die Annahme-Taste drücken. Es ist Sarah.

»Hast du was Neues erfahren?«, fragt sie sofort.

Er zögert, entscheidet sich dann für ein Nein.

»Warum gehen wir morgen nicht zusammen was essen?«

»Morgen?«

»Ja.«

»Ich kann nicht. Ich muss nach Parma.«

»Was machst du denn in Parma?«

»Frost hat für die EFSA gearbeitet, ich kann dort eine Kollegin von ihm treffen. Vielleicht finde ich raus, was Sylvie mit ihm zu tun hatte.«

»EFSA?«

»Europäische Behörde für Lebensmittelsicherheit. Hat Sylvie vielleicht mal eine Dr. Antonelli erwähnt?«

»Antonelli? Nein, nicht dass ich wüsste.«

Sie spricht nicht weiter, und ihm fehlen die Worte, das Gespräch zu beenden.

»Wann kommst du zurück?«, fragt sie schließlich.

»Ich muss erst noch den Flug buchen.«

»Ruf mich an, wenn du zurück bist, ja? Niemand sollte in so einer Situation allein sein, Ethan.«

Die nächste Dreiviertelstunde verbringt er damit, einen Flug zu finden. Am Nachmittag geht keine Maschine von Paris nach Parma. Er muss nach Mailand und von dort mit einem Mietwagen weiterfahren.

Endlich hat er einen Flug mit Air One um 8 Uhr 40 entdeckt. Er wäre bereits um 10 Uhr 55 in Mailand und hätte genug Zeit, nach Parma zu fahren. Mit dem Rückflug würde es knapper werden.

In dieser Nacht legt er sich zum ersten Mal wieder in ihr gemeinsames Bett. Eine Weile liegt er einfach nur da und erinnert sich an die Selbstverständlichkeit, mit der sie neben ihm gelegen hat. Er hat nie daran gedacht, wie es sein würde, wenn sie nicht mehr da wäre. Er streckt den Arm aus und stellt sich ihren Körper vor, ihre Wärme und ihren Duft nach Orangenblüten und nach Minze … und wie es war, ihre Lippen zu küssen und ihr Haar durch seine Hände gleiten zu lassen. Sie hätten ein Kind gehabt …

12 Freitag, 28. März
Rouen

Leere Straßen, ohne Menschen, ohne Autos, und in den tristen Häusern scheint auch niemand mehr zu wohnen. Der Himmel ist dunkelgrau, auf die Scheibe prasseln Regentropfen. Eine schroffe Backsteinmauer zieht sich entlang einer Straße endlos hin, und Camille ahnt, dass sie gleich am Ziel sein werden.

Zum ersten Mal in der Geschichte Frankreichs wurde der Staat dazu verurteilt, 3000 Euro an einen Gefangenen zu zahlen wegen der Bedingungen in der Haftanstalt. Zudem wurde die Verwaltung dazu verurteilt, die Haftbedingungen zu verbessern.

Die ganze Zeit im TGV von Paris bis Rouen und auch auf der Fahrt im Taxi durch die regennasse Stadt hat diese Meldung sie mit einem unangenehmen Gefühl erfüllt, und mit jeder weiteren Minute wird ihr Drang größer, zu fliehen. Doch sie ist Journalistin, da kann man nicht so einfach wieder umkehren. Außerdem hat sich Christian wirklich ins Zeug gelegt, damit er so kurzfristig eine Besuchserlaubnis bekam. Sein Vater hat seine Verbindungen spielen lassen, warum auch nicht.

Wenn sie Licht in diesen Fall bringt, ihn von einer anderen Seite angeht als die Polizei, dann wird ihr, Camilles, Name bald in aller Munde sein. *Die Vernet ist an der Sache dran, besser, wir ziehen uns warm an …*

»Wir sind da, Madame«, sagt der Taxifahrer und dreht sich zu ihr um, die Frage im Blick, ob sie hier wohl eine Angehörige zu besuchen hat.

Camille zahlt, nimmt ihre Handtasche und steigt aus. Die Autotür schlägt mit einem dumpfen Klacken zu, der Wagen fährt davon, und dann ist es für einen Moment so still, dass sie nur das ganz leise Platschen der Regentropfen hört, die auf den öligen Pfützen zerspringen.

Als Camille an der Mauer hinaufsieht, zuckt sie zusammen – ein in seiner Hässlichkeit einschüchternder fünfeckiger Wachturm ragt vor ihr auf. Ein harmloser Vorgeschmack wahrscheinlich auf das, was sie innen erwartet. Aber sie weiß, dass sie in einer Stunde wieder draußen sein wird, im Gegensatz zu Véronique Regnard. Entschlossen streift sie sich den Riemen der Handtasche über die Schulter und geht auf das schwere Metalltor zu.

Sie hat sich nicht getäuscht. Sie steht in einem kargen Empfangsraum, in dem Neonlichter trübe flackern. Die Pförtnerin, eine picklige Frau mit aufgeschwemmtem Gesicht und farblosem Haar, das sie straff nach hinten gebunden trägt, schiebt ihr grußlos das Anmeldeformular unter einer gläsernen Trennscheibe durch. Der Duft von billigem Parfüm drängt sich mit hindurch. Camille wird in ein Nebenzimmer gebeten, wo sie vor einer Vollzugsbeamtin, einem freundlich lächelnden Muttertyp, ihre Handtasche und ihre Taschen leeren muss und nach versteckten Waffen abgetastet wird. Camille versucht, sich aus ihrem Körper hinauszudenken, doch es gelingt ihr nicht, immer wieder kommt ihr der Gedanke, wie sie es ertragen könnte, Gefangene zu sein. Camille wird belehrt, dass jeglicher körperlicher Kontakt mit der Gefangenen untersagt ist und dass sie ihr auch nichts übergeben darf. *Ja, selbstverständlich. Ja.* Und dann der Gang ins Innere des Baus. Obwohl die Beamtin munter plaudert, wie auf einem Stadtrundgang, ist es für Camille, als würde sie sich mit jedem Schritt durch diese Flure mit den schweren alten Holztüren weiter von der Welt entfernen und hineintaumeln in die finsteren, Kohlgeruch und jahrhundertealten Moder ausdünstenden Gedärme von Bonne Nouvelle, aus denen es keinen Ausgang mehr gibt.

»Hier ist es.« Das Rasseln des mächtigen Schlüsselbundes weckt Camille aus ihrem seltsamen Zustand. Die dunkle Holztür springt auf, und ein nackter Raum mit einem schäbigen Holztisch und zwei Holzstühlen, alles mit Schrauben am Boden fixiert, wartet auf sie.

»Ich hole sie gleich.«

Camille nickt, setzt sich auf einen harten Stuhl und sucht einen Moment Entspannung, indem sie ihren Blick auf das kleine vergitterte Fenster im oberen Drittel der Wand gegenüber richtet, durch das ein Schimmer des grauen Tages hereindringt. Camille nimmt ihre Tasche auf den Schoß, zieht einen Kugelschreiber und den schwarzen Notizblock heraus und ordnet beides symmetrisch vor sich auf dem Tisch an. Kurz denkt sie an einen Film, in dem ein Gefängnisinsasse mit einem Kugelschreiber das Auge des Anwalts aussticht … *Hör auf, Camille!* Das Aufnahmegerät wurde ihr nicht gestattet, und so kann sie nur auf ihr Gedächtnis und ihr Schreibtempo hoffen. Sie lauscht. Keine Vogelstimmen, keine Autogeräusche, aber da, irgendwo in der Ferne, glaubt sie das schrille Klimpern von Schlüsseln, das Quietschen einer Tür, Schritte und Stimmen zu hören. Dann ist es wieder still. Die dicken Mauern halten das Leben fern. Wie erträgt man hier einen Tag, eine Nacht und wieder den nächsten Tag? Sechs, sieben, zwanzig Jahre lang? Wie ist es, wenn das hier zur Welt wird und das Draußen zu etwas Irrealem, Unerreichbarem?

Plötzlich sind die Schritte ganz nah. Camille dreht sich zur Tür. Da steht sie: Véronique Regnard, eine kleine, schmächtige Frau mit runder Nickelbrille und üppigem, gelocktem schulterlangem Haar, dessen Rot allmählich verblasst. Bibliothekarin. Unwillkürlich stellt sich Camille ihren eigenen Körper in der groben grauen Kluft der Gefangenen vor. Wie lange würde sie hier überleben?

»Sie brauchen nur zu rufen, ich bin hinter der Tür«, sagt die Wärterin lächelnd und zieht die Tür hinter sich zu.

Für ein paar Sekunden bleibt Véronique stehen und mustert Camille. Obwohl ihr Körper sehr zart ist, verfügt diese Frau über enorme innere Kraft, das verrät ihr Blick.

Camille versucht, ihm standzuhalten, während sie nach einer Einleitung sucht. »Camille Vernet«, sagt sie schließlich, worauf Véronique Regnard ihre Nase kräuselt und ein paar Mal schnüffelt.

»Sie essen Milchprodukte.« Ihre Stimme ist scharf. »Ist Ihnen bewusst, welche Mengen an Antibiotika und Hormonen Sie dabei aufnehmen? Sie bekommen Brustkrebs davon.«

»Ich esse nur hin und wieder einen Joghurt.« *Das fängt ja gut an, Camille!*

»Aus dem Supermarkt?«

»Ja, ich …« Warum rechtfertigt sie sich eigentlich?

»Das sollten Sie lassen«, fällt Véronique ihr ins Wort und setzt sich ihr gegenüber auf den anderen Stuhl.

Camille betrachtet sie. Eine Casting-Agentur hätte Véronique für die Rolle einer Hexe vorschlagen können. Nicht nur das wilde rote Haar und die kalkige Blässe, auch der flackernde Blick, das häufige Zucken der Mundwinkel und eines Auges und die nervösen, kantigen Bewegungen würden bestens passen.

»In diesem Gefängnis hat Jeanne d'Arc auf ihre Hinrichtung gewartet, wussten Sie das?«, ergreift die Gefangene wieder das Wort.

»Ich habe es gelesen …«

»Sie müssten einen Film über das hier drehen!« Véronique Regnard hat die Arme ausgebreitet und den Kopf zur Decke gehoben, als würde sie predigen. »Wir sind zu dritt, das Klo ist ein Loch im Boden, durch einen Vorhang abgetrennt. Um fünf Uhr abends werden wir eingeschlossen, um sechs Uhr morgens wird wieder aufgeschlossen. Wir sind also dreizehn Stunden da drin eingesperrt, auf zehn Quadratmetern. Sie behandeln uns schlechter als Tiere! Ein Mal in der Woche machen sie uns das Fernsehen an. Sie bestimmen, was wir sehen dürfen.« Sie lacht höhnisch auf. »Das ist demütigend.« Véronique Regnard legt die Arme auf die Tischplatte und zupft an den zu kurzen Ärmeln. »Das machen sie absichtlich. Uns zu kurze Kleider geben. Damit wir uns klein machen, zusammenkauern, nicht mehr zu atmen wagen und zu sprechen.« Sie beugt sich ein wenig vor. »Manche essen deshalb nichts mehr.«

Die Augenwinkel von Véronique Regnard, sieht Camille jetzt, sind schuppig und gerötet, ihre Haut ist stumpf. »Benutzen Sie eine Creme, für die Tiere sterben müssen? Frischzellen?« Unwillkürlich fasst sich Camille an die Wange, was die Gefangene mit einem Zucken der Mundwinkel und einem spöttischen Lächeln quittiert. »Davon kriegen Sie Hautkrebs.«

Camille räuspert sich, sie muss allmählich das Heft in die Hand nehmen. Doch da redet Véronique Regnard schon weiter: »Sie vergiften uns.« Sie beginnt zu flüstern. »Gemüse, Kartoffen sind voller Nitrate und mit Gift gespritzt. Und erst das Wasser! Medikamentenrückstände, Hormone, Schwermetalle von diesen veralteten Leitungen … Blei wirkt sich negativ auf die Intelligenz aus, wie Sie ja sicher wissen.« Sie lacht wieder, verstummt abrupt und flüstert: »Mit dem Amalgam haben sie uns längst vergiftet, seit 1926 weiß man schon, dass es hochgiftig ist und sich im menschlichen Körper ablagert.«

»Wen meinen Sie mit *die?*«

Véronique Regnard verengt ihre Augen und hebt das Kinn, Camille fühlt sich wie seziert. Natürlich könnte sie aufstehen und wieder gehen, es steht ihr frei, sie muss sich nicht so behandeln lassen. Aber die Journalistin in ihr behält die Oberhand.

»Was glauben Sie wohl, warum man mich ausgerechnet in dieses Gefängnis gebracht hat, na?«, flüstert die Gefangene weiter, als hätte Camille nie eine Frage gestellt.

»Wahrscheinlich, weil Sie die Straftat hier in dieser Region begangen haben.«

»Straftat!« Ein schrilles Lachen, das nicht länger dauert als zwei Sekunden. Camille bemerkt, dass Véronique Regnards Finger zittern. »Es ist keinem was passiert. Wenn man bedenkt, was diese Leute anrichten!«

»Haben Sie denn keine andere Möglichkeit gesehen, gegen die Experimente dieser Firma zu protestieren?«

Ein müdes Lächeln legt sich über Véronique Regnards Gesicht. »Was glauben Sie, was wir alles unternommen haben? Aber erst mit dieser Aktion sind wir überhaupt wahrgenommen worden! Jetzt beschäftigen wir die Presse! Anwälte! Den Staat! Und Sie sind ja auch extra aus Paris hergekommen.« Sie ist laut geworden, leidenschaftlich, und ihre geröteten Augen haben einen besonderen Glanz bekommen.

»Agrovit hat dementiert, Pharmapflanzen herzustellen«, erwidert Camille.

»Haben Sie etwa eine andere Reaktion erwartet?« Véronique Regnard lächelt überlegen. »Sie sind naiv, Camille.«

Camille will protestieren, sie hat Véronique Regnard nicht angeboten, sie beim Vornamen zu nennen, doch es geht hier um etwas anderes. Sie will wissen, wer diese Véronique Regnard ist, was sie denkt, und wie sie deren Überzeugung in der Talkshow unterbringt.

Als Camille nicht reagiert, beugt sich Véronique Regnard vor und flüstert: »Die produzieren eine Kartoffel mit einem starken Sedativum. Und was glauben Sie wohl, wozu das dient?«

»Vielleicht eine Alternative zu einem chemisch hergestellten Beruhigungsmitt…«

»Quatsch!«, fährt Véronique Regnard Camille an, sodass sie zurückzuckt, und schlägt mit den Handflächen auf den Tisch. »Was, glauben Sie, macht man aus Kartoffeln?«, fragt sie mit listigem Blick.

»Kartoffelpüree, Kartoffelgratin?«

»Kartoffelchips!«, schreit Véronique. »Die Supermarktregale sind voll davon! Und, was glauben Sie, wer isst wohl diese Chips?«

Diesmal wartet sie Camilles Antwort nicht ab: »Alle essen sie! Alle sogenannten mündigen Bürger! Ist das nicht wunderbar? Sie stellen uns kalt durch Kartoffelchips mit Schlafmittel, die wir vor dem Fernseher in uns hineinschlingen, weil sie auch noch Appetitanreger mit reingepackt haben! Ihr Plan ist genial! Dann nämlich können sie uns durch ihre Filme und Botschaften kinderleicht manipulieren.« Wieder beugt sich Véronique Regnard über den Tisch und flüstert: »Sie wollen die Welt beherrschen, und deshalb müssen sie uns ruhigstellen, damit wir Arbeitstiere werden …«

Mein Gott, wie soll ich die in der Talkshow rüberbringen? Sie bringt alle Umweltgruppen in Verruf … Zurück zum Thema, sie braucht Fakten.

»Noch mal, Véronique: Es gibt Stimmen, die behaupten, dass Nature's Troops mit dem Mord an Professor Jérôme Frost in Verbindung steht.«

»Das ist pure Verleumdung!« Ihre Augen werden schmal, und ihr Gesicht, eben noch weich und verletzlich, wird hart und kantig. »So etwas würden wir niemals, hören Sie, *niemals* tun! Wir stechen vielleicht Reifen auf und legen vielleicht mal einen Brand, aber unser aktiver Widerstand richtet sich immer nur gegen Sachen. Wir haben noch niemals einen Menschen oder ein Tier verletzt!«

»Nun, bei der Explosion auf dem Dach von Agrovit starb ein Feuerwehrmann«, wendet Camille ein.

»Das behaupten die einfach.« Véronique Regnard kaut am Nagel ihres Zeigefingers, Camille fällt auf, dass alle Nägel abgekaut sind. »Sie behaupten das, und alle glauben es.«

»Wer ist Ihrer Einschätzung nach daran interessiert, Ihnen und Nature's Troops etwas in die Schuhe zu schieben?«

Das Gesicht der Umweltaktivistin verzerrt sich zu einem irren Grinsen. »Die Agrarkonzerne natürlich, die Milliarden-

Umsätze machen, indem sie behaupten, den Hunger auf der Welt zu bekämpfen, dabei vergrößern sie ihn noch, genauso wie ihre Gewinne! Politiker, die von den Konzernen Zuwendungen erhalten! Biotech-Unternehmen, die Kapital aus Börsengängen ziehen! Aktienbesitzer! Eine ganze Menge Leute also.« Sie kaut immer heftiger an ihrem Fingernagel.

»Und wer könnte Interesse daran haben, Professor Frost aus dem Weg zu räumen?«

»Wenn ich darauf ehrlich antworte, lochen sie mich wahrscheinlich für weitere zwanzig Jahre ein. Stellen Sie Ihre Frage anders.«

Camille überlegt einen Moment. »Hatte Professor Frost Feinde?«

Über das schmächtige Gesicht huscht wieder ein Hauch von einem Lächeln. Endlich lässt sie ihren Nagel in Ruhe.

»Allerdings, nachdem er begonnen hat, sich für unsere Arbeit zu interessieren.«

»Professor Frost hat mit Nature's Troops sympathisiert?«

Die Bibliothekarin nickt und fängt wieder an zu kauen, diesmal am Nagel des Ringfingers.

»Gibt es dafür …«

»… Beweise?« Véronique Regnard lächelt schwach. »Bei uns gibt es keine Mitgliederformulare und auch keinen Monatsbeitrag.«

»Schriftliches? E-Mails?«

Wieder nur das Lächeln. »Sie sehen ja, was man mit mir gemacht hat. Wir vernichten den ganzen Schriftverkehr, alles, was uns angreifbar macht.« Ihre grauen Augen flackern auf, als würde darin ein Feuer brennen. »Der Kampf geht weiter, Camille. Glauben Sie mir.« Sie greift nach Camilles Hand.

Camille erschauert, die Haut fühlt sich an wie die eines Reptils. Rau und trocken und kalt.

»All die Krankheiten, Diabetes Typ II, Erkrankungen des

peripheren Nervensystems, Lymphknotenkrebs, Leukämie, Parkinson«, Camille horcht auf, »all diese Krankheiten haben ihre Ursache in den Zellgiften, die sie uns verabreichen.«

»Wen meinen Sie mit *die?*«, fragt Camille, ihr Kopf fühlt sich heiß an, er steht unter Druck, wie ein Kessel.

Véronique Regnard betrachtet sie wieder mit diesem sezierenden Blick, dann lässt sie langsam Camilles Handgelenk los.

»Wissen Sie, wer im Vorstand von Agrovit sitzt?«

Camille schüttelt benommen den Kopf.

»Elodie Girard-Mnoufkine.«

»Es tut mir leid, aber …«

»Die wenigsten kennen sie, aber das ist natürlich Absicht. Sie ist Vorsitzende des Global Water Trusts, einer Vereinigung, die das Wasser auf der ganzen Erde unter ihre Kontrolle bringen will.« Sie spricht immer schneller und atemloser. In ihren Augen ist jetzt wieder dieses Flackern, sie fängt wieder an, Nägel zu kauen, und Camille stellt sich vor, wie die Bibliothekarin Regnard in der Nacht auf das Dach von Agrovit geklettert ist, ein paar Kilogramm TNT deponiert und schließlich ferngezündet hat.

Plötzlich umfasst sie wieder Camilles Handgelenk und beugt sich vor, ganz nah zu ihr, dass Camille die Hautschuppen an den Nasenflügeln sehen kann und den hellen Flaum auf ihrer Haut.

»*The Project*«, flüstert sie und sieht rasch um sich. »Will die Welt kontrollieren. Informationen, Nahrung, Wasser, Ressourcen, einfach alles!«

»*The Project?* Was ist das?« Camille versucht, ihr Handgelenk aus dem schraubstockartigen Griff zu befreien. Doch Véronique Regnard zeigt keine Regung. Camille hofft, sie lässt sie gleich wieder los, aber die schmächtige Frau beugt sich noch weiter über den Tisch, und Camille riecht ihren abgestandenen Atem.

»Wenn man sie nicht stoppt«, flüstert die Aktivistin noch

leiser und bohrt ihren Blick in Camilles Augen, »werden wir alle sterben!«

Soll Camille dieser Frau, die ganz offensichtlich unter Paranoia leidet, Glauben schenken? Vielleicht macht sich Véronique Regnard auch lustig über sie, führt sie an der Nase herum, manipuliert sie?

Knarrend geht die Tür auf.

»Besuchszeit ist zu Ende.«

Véronique Regnard beachtet die Wärterin gar nicht. »Ich weiß, was Sie denken«, wispert sie hastig. »Ob es sich lohnt, für all das zehn Jahre seines Lebens in so einem Gefängnis zu verbringen.«

»Kommen Sie, Regnard!« Die mütterliche Beamtin zieht die schmächtige Bibliothekarin vom Stuhl hoch, doch die spricht einfach weiter, atemlos, eilig: »Ich stelle mir manchmal vor, wie der Wald riecht, wenn es geregnet hat. Ein Laubwald riecht modrig und ein bisschen nach reifen Äpfeln … Kennen Sie die Vogesen? Ich war vor zwei Jahren zum letzten Mal dort, an einem regnerischen Wochenende.« Sie atmet aus, dann wieder ein und wirkt auf einmal völlig normal. »Manchmal stelle ich mir Pinienwälder vor, unten am Mittelmeer. Sie duften nach frischen Zitronen und nach Meer.« Ihr Blick verdüstert sich. »Wenn ich wieder draußen bin, werde ich nie wieder in einem Haus leben!« Sie lacht jetzt, doch Camille spürt ihre Bitterkeit.

»Ist gut, Regnard.« Die Beamtin zieht die Gefangene in ihrer steifen, zu kleinen Gefängniskluft zur Tür.

»Sie haben mir meine erste Frage nicht beantwortet.«

Camille versucht, sich zu erinnern.

»Warum man mich ausgerechnet hier eingesperrt hat.«

»Es reicht, Regnard!« Die Wärterin versucht, die Gefangene durch die Tür zu zerren, doch die stemmt sich mit all ihrer Kraft dagegen. »Warum? Geben Sie mir eine Antwort, Camille!«

»Vielleicht, weil Jeanne d'Arc hier …«

»Das ist nett, Camille!«, ruft Véronique Regnard über die Schulter zurück, denn die Wärterin hat sie mittlerweile über die Türschwelle gezogen. »Aber es ist etwas anderes! *Bonne Nouvelle, Bonne Nouvelle!* Überlegen Sie! Überall sind Zeichen, wir erkennen sie nur nicht!«

Da kommt eine weitere Wärterin, eine große, kräftige, und greift der Gefangenen unter den Arm. »Halt dein blödes Maul, Regnard!«

Zu zweit schleppen sie die zappelnde und noch immer den Namen des Gefängnisses schreiende Bibliothekarin weg.

Bonne Nouvelle heißt das Gefängnis, ja, aber was meint Véronique Regnard damit?

Camille packt ihr Notizbuch ein. Sie hat es noch nicht einmal aufgeschlagen. Ihre Hand zittert ein wenig, und ihr ist übel. Vom Geruch, von der stickigen, feuchten Luft und von dem, was Véronique Regnard gesagt hat.

»Und, hat sie Ihnen ordentlich Lügen erzählt?« Die kräftige Wärterin ist zurückgekommen und steht breitbeinig in der Tür, steckt gerade den Schlagstock zurück in die Halterung an ihrem Gürtel.

»Haben Sie sie geschlagen?«, fragt Camille entsetzt.

Die Wärterin grinst breit. »Kennen Sie sich mit Pferden aus? Denen muss man oft nur die Peitsche zeigen, damit sie parieren.«

Camille nimmt ihre Tasche und geht zur Tür. Sie wird sich an Amnesty wenden oder an eine andere Menschenrechtsorganisation. Es ist unglaublich. *Und da regt man sich auf über die Zustände in türkischen oder afrikanischen Gefängnissen …*

»Im Übrigen hatte ich nicht den Eindruck, dass Véronique Regnard eine Lügnerin ist«, sagt sie.

Die Wärterin zieht die dichten dunklen Augenbrauen hoch. »Natürlich nicht! Das macht sie ja auch sehr gut mit ihrer *Seht, wie tapfer ich bin, ich nehme die Schlechtigkeit der Welt auf mich*-Masche. Kommen Sie, ich muss Sie rausbringen. Allein kommen Sie hier nämlich nicht raus.«

Das wäre ein Albtraum, denkt Camille, und so beeilt sie sich, ihr zu folgen, zurück durch die verschlungenen Gedärme der Anstalt hinaus in die Welt. Am letzten Gitter vor dem Empfangsraum dreht sich die Wärterin zu ihr um, nachdem sie den Schlüssel ins Schloss gesteckt hat.

»Sie hat Ihnen sicher nicht erzählt, dass sie seit dem siebzehnten Lebensjahr unter Magersucht leidet. Und wissen Sie auch, warum? Weil sie glaubt, dass alles vergiftet ist, was sie isst. Was glauben Sie wohl, was sie hier isst?«

»Sagen Sie's mir.«

Die Wärterin schüttelt den Kopf. »Das darf ich nicht sagen.«

Camille stellt sich dumm, sie weiß, dass die Wärterin Geld will.

»Ich meine, damit wäre sie so gut wie überführt.«

»Überführt?«

»Ja, dass sie unter Verfolgungswahn leidet! Die mit ihrer dämlichen Verschwörungsgeschichte!«

Die Wärterin spricht nicht weiter, Camille wägt kurz ab, dann zieht sie einen Fünfzig-Euro-Schein aus ihrer Geldbörse. Schon streckt die Wärterin die Hand danach aus, doch Camille ist schneller.

»Erst die Information.«

Die Wärterin zögert nicht lange. »Allen, denen sie hier begegnet, redet sie ein, dass sie vergiftet werden sollen. Ihre Unterstützer schicken ihr besonderes Wasser in Flaschen. Das von uns trinkt sie nicht. Ist vergiftet, behauptet sie, mit Schwermetallen und Antibiotika und sonst was. Sie hat die Ärztin irgendwie rumgekriegt, dass sie auch das Essen von draußen kriegt. Bohnenpampe und Reis. Jeden Tag. Ich sag Ihnen, die Küche hier ist viel besser.«

Camille überlässt ihr den Schein, die Wärterin steckt ihn

rasch ein. Fünfzig Euro waren eindeutig zu viel für diese Information. Was und wem soll sie glauben? Sagt diese seltsame kleine Frau, die bestimmt schon wieder zurück in ihrer winzigen Zelle ist, wo sie womöglich die nächsten Jahre nur für ein paar Stunden täglich ein kleines Himmelsquadrat über sich sehen wird, die Wahrheit? Oder ist Véronique Regnard einfach nur gut darin, Menschen zu manipulieren?

Als sie wieder auf der Straße steht, sieht sie hinauf in den grauen Himmel und erkennt, dass das Grau aus vielen ganz verschiedenen Schattierungen besteht – Zementgrau, Meergrau, Taubengrau, Aschgrau … und mit jedem Regentropfen, der währenddessen auf ihr Gesicht fällt, fühlt sie, wie der Druck allmählich aus ihrem Kopf entweicht.

The Project – das klingt wie ein Hirngespinst aus Véronique Regnards Paranoia.

13 Mailand – Parma

Die Maschine landet mit zehn Minuten Verspätung auf dem Mailänder Flughafen. Eine Dreiviertelstunde später fährt Ethan mit einem gemieteten mondsteinmetallicfarbenen BMW 325i Coupé auf die A1, die Autostrada del Sole, in Richtung Parma. Die Sitze riechen nach Leder, was Ethan immer als angenehm empfindet, jetzt ist es ihm egal. Der Wagen schießt lautlos über die Straße.

Als er im Flugzeug die Zeitschrift der Airline in das Fach der Rückenlehne zurücksteckte, hat er sich gefragt, warum er mit Sylvie nie das Verdi-Festival in Parma besucht hat. Sie hat die Oper geliebt, er weniger, aber das mag daran liegen, dass er sich darin zu wenig auskennt. Paganini und Verdi waren Leiter des Hoforchesters in Parma, Toscanini wurde in Parma geboren. Auch Bernardo Bertolucci und Lino Ventura stammten aus Parma, wie die Zeitschrift stolz informiert. *All die verpassten Gelegenheiten …*

Der Dom wird im Kapitel über die Sehenswürdigkeiten erwähnt, es heißt darin, der Grundstein sei Mitte des elften Jahrhunderts gelegt worden, doch weder auf das Portal noch auf das Baptisterium wird näher eingegangen.

Hinter Piacenza lässt der Verkehr etwas nach. Ein Stau unmittelbar vor Parma lässt ihn nervös werden, doch nach fünf Kilometern fließt der Verkehr wieder. Er nimmt die Tangenziale Nord und biegt dann in die Via San Leonardo ein. Er stellt den BMW am Bahnhof ab und lässt sich mit dem Taxi zur Piazza del Duomo fahren. Er selbst hätte sich sicher mehrmals verfahren.

Der Taxifahrer ist glücklich, sein Englisch anbringen zu können, und lässt sich von Ethans Wortkargheit nicht abhalten, ihm etwas über seine Stadt zu erzählen, in der er geboren ist, wie er mit einem stolzen Blick in den Rückspiegel erklärt. Parma habe weniger als zweihunderttausend Einwohner, gehöre aber mit Mailand, Turin, Genua, Bologna und Venedig zu den führenden norditalienischen Wirtschaftszentren. Der Parmesan sei ja weltberühmt, wie auch der Parmaschinken, Barilla nicht zu vergessen. Leider habe der Konzern Parmalat einen Schatten auf die Stadt geworfen. Dreiundzwanzig Milliarden Euro veruntreut, das müsse man sich mal auf der Zunge zergehen lassen. Und den Fußball habe das natürlich auch schwer getroffen. Ethan hört dem bemühten Englisch irgendwann nicht mehr zu.

Es ist kurz vor drei, als er endlich am Dom ankommt. Eine Touristengruppe verlässt gerade die Kirche durch das Hauptportal. Ethan bleibt einen Moment stehen und sieht an der Fassade hoch. Sollte Dr. Antonelli diese Monatsbilder gemeint haben? Er kennt diese Tafeln oder Reliefs von anderen oberitalienischen Kirchen: Mit dem Monat März beginnt der Zyklus des Jahres: Aussaat, Pflege und Ernte. Er wird sie gleich danach fragen können. Dann folgt er dem Schild, das über den Platz mit den runden Pflastersteinen zum Baptisterium weist. Der Grundriss des mehrstöckigen turmartigen Gebäudes ist achteckig, das hat er vorhin im Flugzeug gelesen.

Über einem der Eingänge fällt ihm inmitten der Szenen aus dem Leben Johannes des Täufers die mit seiner Enthauptung auf. Wer hatte die Enthauptung gefordert? Salome? Ist das die Anspielung auf die Ermordung von Professor Frost?

Er geht hinein. Goldglanz empfängt ihn – und eine Menge Touristen. Er schätzt, dass sich mehr als achtzig Menschen im Baptisterium befinden.

Ethan hält Ausschau nach einer Frau mit einem dicken Buch. Er hat keine Ahnung, wie alt Dr. Antonelli ist, ob sie groß oder klein, schlank oder dick ist, welche Haarfarbe sie hat. Dahinten steht eine einzelne Frau, vertieft in den Anblick eines Freskos. Sie hält einen dünnen Reiseführer in der Hand. Er wartet. Zwei Touristengruppen verlassen die Taufkirche, dafür kommen sechs Asiaten herein. Keiner von ihnen trägt ein dickes Buch. Die Frau mit dem Reiseführer steht immer noch vor einem der Bilder und liest. Und wenn Dr. Antonelli ein dünnes Buch gemeint hat? Vielleicht hat sie sich versprochen, oder sie hatte kein anderes zur Hand. Er wartet noch bis zehn nach drei, dann entschließt er sich, sie anzusprechen.

»Entschuldigen Sie, Dr. Antonelli?«

Sie hat große dunkle Augen mit schweren Tränensäcken und dunkelrot geschminkte Lippen. Sie sieht ihn an, als hätte er sie aus einem tiefen Schlaf aufgeschreckt, und schüttelt dann den Kopf. Ethan murmelt eine Entschuldigung und geht.

Draußen auf dem Domplatz wählt er ihre Nummer. Leider hat er nicht ihre Handynummer, er hat versäumt, sie darum zu bitten. Wenn sie unterwegs ist und aufgehalten wurde, kann er sie auf ihrem Festnetztelefon nicht erreichen. Er beschließt, wieder in die Taufkirche zu gehen und noch eine halbe oder gar eine Stunde zu warten. Er wird seinen Rückflug verpassen, aber darauf kommt es jetzt nicht an. Er setzt sich in die hinterste Stuhlreihe. Sylvie und er liebten romanische Kirchen, weil sie schlicht sind, archaisch. Im Lubéron – es muss vor vier oder fünf Jahren gewesen sein – hielten sie in jedem Ort an und besichtigten die Kirche oder ein Kloster. Sie aßen warmen Schafskäse und schlenderten über den Markt von Fourcalquier. Sylvie entdeckte in einem Laden ein Gemälde mit einem Olivenbaum und wollte es unbedingt haben. Es hängt im Wohnzimmer gegenüber vom Brunnen. Sie erwartete ein Kind, und er hat es nicht gewusst. Sollte denn alles zwischen ihnen eine Lüge gewesen sein?

»Mister Harris?«

Er blickt nach rechts, wo das Flüstern herkam. Sie ist ungefähr Ende fünfzig, ihr graues Haar ist in Pagenform geschnitten. Ihre Haut sieht fleckig aus, wie die einer blassen Nordeuropäerin, die zu lange im Süden gelebt hat. Sommersprossen, geplatzte Äderchen, Krähenfüße, spröde Lippen. Ein scharfer zitroniger Deodorantgeruch geht von ihr aus, als sie sich neben ihn setzt.

»Ich wurde aufgehalten und hatte dummerweise Ihre Telefonnummer nicht«, flüstert sie und legt ein dickes, rot eingebundenes Buch in ihren Schoß.

»Und ich hatte schon befürchtet, Sie haben es sich anders überlegt«, gibt er genauso leise zurück. Ihre Stimmen hallen dennoch, vermischen sich mit dem Scharren der Schuhsohlen der anderen Besucher und deren leisen Gesprächen.

Sie schüttelt den Kopf.

»Hat es einen besonderen Grund, dass wir uns hier treffen?«, fragt er.

»Hier haben wir eventuelle Beobachter im Blick.«

»Moment mal, Sie glauben, dass wir beobachtet …«

»Solange ich nicht weiß, was hier vor sich geht, bin ich vorsichtig.« Mit einer nervösen Geste streicht sie sich das glatte silbrige Haar hinters Ohr.

»Sie haben also auch keine Ahnung?« *Warum bin ich dann nach Parma geflogen?*

Sie lässt einen kurzen, abwägenden Blick über sein Gesicht gleiten. Offenbar fragt auch sie sich, warum sie überhaupt hergekommen ist, denkt er, doch dann räuspert sie sich.

»Jérôme, ich meine, Professor Frost hat mich einen Tag, bevor er ermordet wurde, per E-Mail kontaktiert. Er wurde bedroht. Anonyme Briefe, in denen er als Marionette der Genindustrie beschimpft wurde.«

»Und, war er das?«

Sie seufzt. »Jérôme war fasziniert von den Möglichkeiten der Gentechnik. Im Gremium hat er meist eine positive Empfehlung für GVO, ich meine, für gentechnisch veränderte Organismen, also in unserm Fall Pflanzen, ausgesprochen. Allerdings …«

Wieder streift ihr Blick unruhig und ängstlich über die Sitzreihen. Doch im Moment kann Ethan nur einen hageren älteren Mann erkennen, mit einem kurzen grauen Vollbart, bekleidet mit einer blauen Allwetterjacke, über der Schulter einen kleinen Rucksack. Ein interessierter Tourist aus Deutschland oder Skandinavien, schätzt Ethan.

»… hat er wohl Zweifel bekommen. Haben Sie schon mal von DRMA gehört? Dro…« Dr. Antonelli sieht sich um und beugt sich weiter zu Ethan, ein Zischen lässt ihn zusammenzucken, ein schwarzer Fleck ist plötzlich zwischen ihren Augen, auf der Stirn, sie wird zurückgeschleudert, ihr Körper schlägt auf die Steinfliesen, ein Zischen an seinem Ohr. Erst jetzt wirft sich Ethan auf den Boden, Stühle kippen um, fallen auf ihn, begraben oder schützen ihn, er weiß es nicht, er hört nur noch aufgeregte Stimmen, und vor ihm liegt Dr. Antonelli auf dem Rücken, ihre Augen aufgerissen, das Loch in ihrer Stirn kreisrund und schwarz. Sie muss sofort tot gewesen sein. Er windet sich unter den Stühlen hervor, starrt kurz in die schockierten Gesichter von drei Touristen, murmelt etwas und rennt hinaus.

Der Mörder muss noch in der Nähe sein. Doch draußen blendet ihn das Tageslicht. Niemand hat etwas bemerkt, der Bettler an der Kirchenmauer nicht, die beiden älteren Männer, die sich rauchend unterhalten, nicht und auch nicht die Mutter, die einen Kinderwagen gemächlich über den Platz schiebt.

Wenn er nicht noch von der italienischen Polizei verhört werden will, muss er schnellstens verschwinden. Er sieht über die Schulter, einer der Touristen blinzelt ins Sonnenlicht und zeigt auf ihn.

Ethan beginnt zu rennen, vorbei an der Frau mit dem Kinderwagen, die etwas hinter ihm herruft. Vor ihm öffnet sich eine schmale Gasse, er läuft hinein, sucht Schutz im Schatten der Hauswände, bleibt stehen, atmet tief durch.

Jetzt merkt er, dass er zittert. Und wenn der zweite Schuss ihm gegolten hat? Er späht auf den Platz zurück und sieht dort eine Menschenmenge. Doch niemand läuft in seine Richtung.

Was hat Antonelli ihm gesagt? Dass Frost ein Gentechnik-Freak war. Dass er meist für die GVOs gestimmt hat, kürzlich aber wohl anderen Sinns wurde. Dass er bedroht wurde. DRMA – was ist das?

Sein Handy klingelt. Leon, sieht er auf dem Display. *Verdammt, Leon, ich hab jetzt wirklich andere Sorgen!* Er drückt das Gespräch weg. Er muss ein Taxi finden und so schnell wie möglich zurück zum Bahnhof. *Ein Albtraum. Ich bin in einem verfluchten Albtraum gelandet. Das ist alles nicht möglich!*

14 Samstag, 29. März Paris

Heuchelei! Kurz nach ein Uhr nachts. Camille knallt den Hörer auf. Valéria zieht sich mal wieder aus der Affäre. *Ruf mich an, wenn es schlimmer wird! Aber ganz bestimmt, ja, Camille? Nein, ich kann unmöglich kommen. Du glaubst nicht, was hier zu tun ist, mit dem neuen Haus!*

Camille reißt die Kühlschranktür auf, die Packung Milch schwappt über. *Mist!* Sie packt die Weißweinflasche am Hals, als wollte sie sie erwürgen, und wischt mit dem Spüllappen über den Boden. *Unhygienisch!* Ihre Mutter hätte sie mit missbilligenden Blicken und einem Kopfschütteln bedacht. *Zu spät, Maman, ich hoffe, im Himmel gibt's ordentliche Putzfrauen und Hausmädchen, die du herumkommandieren kannst!* Sie durchtrennt mit dem Messer die Banderole, dann bohrt sie den Korkenzieher in den Korken. Neuseeländischer Chardonnay. Cloudy Bay. Fünfunddreißig Euro. Die Flasche, die sie vor vier Wochen mit Claude trinken wollte, der dann abgesagt hat. Sie weiß schon gar nicht mehr, warum. Im Nachhinein ist es ihr lieber so. Es hätte Verwicklungen gegeben, weil sie sich sicher eingebildet hätte, sich in ihn verlieben zu müssen, nur weil sie einmal miteinander geschlafen hatten. Der Wein ist fast honigfarben, der Duft explodiert in ihrer Nase. *Immerhin! Billiger Wein hätte ihr jetzt den Rest gegeben!*

Mit dem Glas in der Hand geht sie an den dunklen Holztisch zurück, der nicht nur Esstisch, sondern auch Arbeitstisch ist, weil sie arbeitet, wenn sie isst, und umgekehrt. *Soll ich mich etwa allein an einen Tisch setzten und beim Essen die Wände oder die Mattscheibe anstarren?* Seit ihrer Rückkehr aus Bonne Nouvelle um halb acht gestern Abend hat sie drei Stunden im Internet nach dem Begriff *The Project* gesucht. Es gibt unzählige davon auf der Welt. Arbeitsprojekte von Ingenieurbüros, von Hilfsinitiativen, von Banken, Schulen, es war bodenlos.

Sie braucht einen anderen Zugang. Nähere Angaben, irgendeinen Anhaltspunkt. Sie schaltet das Notebook aus, setzt sich auf die Couch, legt die Beine hoch und nimmt sich vor, den Wein, den sie sich eigentlich nicht leisten kann, zu genießen. Véronique liegt schon längst auf ihrer Gefängnispritsche und sinnt vielleicht darüber nach, womit man sie am Abend vergiftet haben mag.

Sie gießt sich nach. Ihr Vater würde den Wein nicht anrühren, für ihn gibt es nur französische Weine. Nationalist, hat sie ihn öfter genannt, worauf er nur gelächelt hat. Die Welt hat sich verändert, Papa, hat sie öfter gesagt. Das stimmt, aber ich habe mich nicht verändert, hat er geantwortet. Ein halsstarriger alter Mann ist er geworden, der der Welt mit jedem Jahr, das er älter wurde, zynischer und feindseliger begegnet ist. Warum hast du immer noch nicht geheiratet? Stimmt etwas nicht mit dir? Wenn du keine Familie willst, dann verdien wenigstens Geld. Oh, all das gehört zu seinen Lieblingssätzen. Und immer wieder ärgert sie sich darüber und antwortet auch noch darauf. Prost, Papa! Sie trinkt das Glas mit großen Schlucken leer und schenkt sich nach. Manchmal wünscht sie sich, ihr Vater wäre endlich auch tot, dann wäre sie frei. Frei von seinen Erwartungen. Tief in ihrem Innern glaubt sie unentwegt, sie erfüllen zu müssen. Wie hat Valéria es geschafft, ihren Weg zu gehen? Sich nur zu melden, wenn es ihr gerade passt?

Nein, sie wird nicht zu ihrem Vater ziehen. Niemals.

Und die Sache mit Christian? Sie ordnet sich ihm unter, tanzt nach seiner Pfeife.

Es ist Zeit, unabhängig zu werden. All das zu tun, worauf sie Lust hat. Sie will sich nichts mehr verbieten. *Und worauf hast du Lust? Was willst du von deinem Leben?*

An den Wein könnte sie sich gewöhnen.

Also, Camille, was, verflucht, willst du von deinem Leben?

Der Wein leuchtet sonnengelb, wenn sie das Glas gegen das

Licht der Stehlampe hält. Eine neue Wohnung? Geld? Macht? Erfolg? Ruhm? Und Liebe. Ja, genau das. All das. *Prost, Camille, warum auch nicht? Du musst nur aufhören, nach den Regeln der anderen zu leben. Schaff dir deine eigenen Regeln. Die Welt ist so, wie du sie siehst!*

Bonne Nouvelle – Frohe Botschaft. *Was glauben Sie wohl, warum man mich ausgerechnet hier eingesperrt hat?*

Keine Ahnung, Véronique. Warum hast du es mir nicht einfach gesagt?

Sie gießt sich den Rest der Flasche ein. Gut, sie lässt sich auf das Spiel ein. Aber sie wird es nach ihren eigenen Regeln spielen. *Prost, Camille.*

15

Ethan dreht die Dusche auf und stellt sich darunter. Und dann läuft der Film wieder ab. Ihre Augen, ihr nervöses Blinzeln, wie sie sich vorbeugt und mit englischem Akzent sagt: *Mister Harris, haben Sie schon mal von DRMA gehört? Dro…*, dann die Explosion, das Loch zwischen ihren Augen und die Kugel, die ihn nur knapp verfehlt.

Er macht die Augen auf und erschrickt von dem heißen Nebel, der ihn umgibt. Er reißt die Duschkabine auf und stellt das Wasser ab. Lauscht. War da ein Geräusch? Er greift zum Handtuch und geht auf den Flur, vergewissert sich, dass er vorhin die beiden Sicherheitsschlösser zugeschlossen hat. Er muss wieder zur Ruhe kommen.

Abtrocknen. Etwas anziehen. Dann etwas essen. Das Sandwich im Flugzeug war kalt und feucht, wie ein nass gewordener Karton, und er konnte sich schon zehn Minuten später nicht mehr daran erinnern, womit es belegt war.

Er zieht den warmen Bademantel an und entscheidet sich für die Tiefkühlpizza – die Notration, wie Sylvie Fertiggerichte immer verächtlich genannt hat. In der letzten Zeit sind sie an der Tagesordnung gewesen. Sie kam zu müde, um zu kochen, nach Hause und er … er hatte keine Lust mehr zum Kochen und Einkaufen. Es ist an ihm hängen geblieben. Sylvie arbeitete oft samstags, und wenn nicht, dann wollte sie schlafen und sich nicht wie früher gemeinsam mit ihm zu Streifzügen über den Markt verführen lassen. Irgendwann hat dann auch er den Spaß daran verloren.

Er reißt die Packung auf und nimmt die gefrorene Pizza aus der Folie.

Vielleicht hat die Polizei in Parma den Täter schon gefunden? Und wenn er in ihrem Terminkalender stand? Und wenn sie das schon herausgefunden haben? Er muss sich diese Ängste verbieten, darf nicht in Panik geraten. Es geht um Leben und Tod. »Es geht um Leben und Tod!«, sagt er laut, um es endlich zu begreifen. Aber auch das hilft nicht, er hat immer wieder das Gefühl, dass er einfach nur aus einem schrecklichen Albtraum aufwachen muss.

Während der Backofen heiß wird, holt er sein Notebook, setzt sich damit an den langen, rohen Küchentisch – Refektoriumstisch, wie man damals sagte, vor sechs Jahren, als sie bei Uzès im Lubéron den Bricolage- und Antiquitätenschildern an den Scheunen und Straßenmauern gefolgt waren.

DRMA gibt er in die Suchmaschine ein. DRMA. DRMA – Fenster und Türen. Katalog anfordern. DMRA – Online-Shop Arbeitsschutz. DMRA – Werkzeug- und Maschinenbau. DMRA – Wir beraten Sie vor Ort: Decken, Flure, Küchen. DMRA – Bank Nigeria. DMRA – Abbruchunternehmen … Hat er Dr. Antonelli falsch verstanden? Er versucht es mit DMAR, doch auch da findet er keine Unternehmen, mit denen Professor Frost etwas zu tun gehabt haben könnte. Hat er sich verhört? Sagte sie TMRA? Auch da wird er nicht fündig. Ein Klacken verrät ihm, dass der Backofen 220 Grad erreicht hat, Ethan schiebt die Pizza hinein. Noch mal zwanzig

Minuten. Er öffnet eine Flasche Rotwein, einen aus dem Supermarkt, nicht einen der besonderen, die er und Sylvie ausgesucht haben, und holt dann aus dem Arbeitszimmer ein paar Seiten vom Stapel Schmierpapier, einer alten Version seines letzten Romans, und notiert auf die leeren Rückseiten, was bisher geschehen ist und wie die Ereignisse miteinander in Verbindung stehen könnten. Vielleicht stößt er so auf einen Zusammenhang?

Er trinkt das erste Glas in wenigen Zügen aus, gießt nach.

Professor Frost hat laut Dr. Antonelli Drohbriefe bekommen, die offenbar von Gegnern der Gentechnik geschickt wurden. Dies lässt der Inhalt der Briefe vermuten. Zur selben Zeit beschleichen Professor Frost offenbar Zweifel hinsichtlich gentechnisch veränderter Organismen. Eine Woche später wird er ermordet. Die grausame Art und Weise, wie es geschehen ist, passt zu den Inhalten der Briefe. Nicolas Gombert flieht, sein Freund Bohin wird ermordet. Frost trifft Sylvie, Sylvie wird ermordet. Er, Ethan, trifft Antonelli, und genau in dem Moment, als sie ihm eine merkwürdige Abkürzung nennt, wird sie erschossen.

Das Handy schrillt, er zuckt zusammen, nimmt ab, auf dem Display erscheint keine Nummer.

»Ethan, ich habe heute Nachmittag schon mal versucht …«

Leon.

»Ach, du …«, rutscht es ihm heraus, er klingt nicht gerade begeistert.

»Sieht ganz so aus, als würde die Filmoption umgewandelt in …« Ethan hört nicht zu, es ist ihm auf einmal egal.

»Sylvie ist … tot.«

»Sylvie … Ethan, das ist ein Scherz …«

Ethan hört ein ersticktes Kichern. Leon hat noch nie adäquat reagiert. »Aber wieso denn, ich meine …« Er stottert.

Nein, Leon, ich kann dir jetzt nicht alles erklären.

»Leon, ich rufe dich wieder an, wenn …« Wenn es ihm

besser geht? Wenn er den Mörder gefunden hat? »... wenn ich den Kopf wieder frei habe.«

»Ja, ja, natürlich, natürlich ...« Ethan hört nicht mehr zu, wünscht ihm nur noch eine gute Nacht und drückt den roten Knopf. Jetzt erst bemerkt er, dass er eine SMS bekommen hat.

Scott. »Wie geht's?«

Er schreibt zurück: »Was ist DMRA?« Schickt sie ab und wünscht sich im selben Moment, er hätte es nicht getan. Es sind schon genügend Menschen gestorben.

Er hat keinen Appetit mehr auf Pizza und stellt den Backofen aus, trinkt noch drei Gläser Rotwein und fühlt sich endlich müde genug, um schlafen zu gehen. Er schaltet den Fernseher im Schlafzimmer ein und zappt durch die Programme, bis er an einem Dokumentarfilm über Löwen hängen bleibt. Da die Menschen den Lebensraum der Wildtiere immer weiter einengen, finden die Löwen nicht mehr genug Nahrung. Deshalb kommt es immer öfter vor, dass sich die Wildkatzen an Dörfer heranschleichen und wehrlose Kinder, Frauen und ältere Menschen anfallen, sie in den Busch schleppen und fressen. Ein paar Mal will Ethan wegzappen, doch etwas fasziniert ihn. Wie die Natur aufbegehrt, wie sie versucht, ihr Gleichgewicht wiederherzustellen ...

Er sieht sich noch einen Film über Seelöwen an und schläft darüber ein.

Irgendwann wacht er auf, erschreckt von Sylvies weißem totem Körper und einer verstümmelten Fratze. Er will liegen bleiben, zurück in tiefen Schlaf fallen, doch da glaubt er, ein Geräusch zu hören. Ein Kratzen, Schaben. Sofort ist er hellwach. Seine Augen versuchen, in der Dunkelheit etwas zu erkennen. Ein schwacher Lichtschimmer fällt durch die Terrassentür herein, er hat die Vorhänge nicht zugezogen. Er liegt auf der Seite, mit dem Rücken zur Tür, er muss sich umdrehen, er muss prüfen, ob da jemand hereingekommen ist. Das

Jahr in der australischen Armee springt in sein Bewusstsein. Ausbildung im Nahkampf. Mit und ohne Waffe. Taekwondo, Karate. Er wollte sich bestrafen, dafür dass … er all die Jahre so sorglos gelebt hat, während Tony gestorben ist. Die Reflexe sind wieder da. Als hätte er seine Frequenz erhöht. Als könnte er intensiver riechen, hören und sehen.

Sie wollten ihn in Parma töten, nun müssen sie es hier tun. Jeder Gedanke lähmt ihn, er muss aufhören zu denken. *Dreh dich um, jetzt!* Mitten in der Bewegung durchdringt ihn ein brennender Schmerz, wütend bäumt er sich auf, wirft sich einem Schatten entgegen, doch der entwindet sich ihm. Nur für Bruchteile von Sekunden kann er ein Stück Stoff fassen. Etwas wirft ihn um, ein Knie? Ein Baseballschläger?, rammt in seinen Unterleib. Ein heißer Schmerz schießt in seinen Körper, füllt ihn aus, doch Ethan weiß, wenn er sich ihm ergibt, ist er tot. So bäumt er sich mit all seiner Kraft auf, wirft sich brüllend dem Angreifer entgegen, der entwindet sich, Ethan schlägt auf den Boden, rappelt sich auf und stolpert zur Tür. Doch der andere ist schneller, schon knallt die Tür zu. Ethan reißt sie wieder auf, aber er hört nur noch, wie die Schritte im Treppenhaus immer leiser werden. Er will hinterher, da spürt er ein scharfes Brennen an seinem Hals, er tastet dorthin, wo es heiß ist und wehtut. Eine warme Flüssigkeit klebt an seinen Fingern. *Polizei, Krankenwagen …* Er muss zurück, sein Handy holen, wo, verdammt, hat er es hingelegt? Im Schlafzimmer auf den Nachttisch. Er will danach greifen, stößt die Lampe um, fegt den Wecker zu Boden und das Telefon auch. *Verdammt!* Er streckt den Arm zur Wand aus, *wo ist der verfluchte Lichtschalter?* Endlich, es wird hell. Er braucht einen Spiegel. Er stolpert ins Bad und sieht ein blasses Gesicht – sein blasses Gesicht und darüber … Auf den Spiegel hat jemand mit schwarzer Farbe gesprüht:

Halt dich raus!

Und dann sieht er das Blut an seiner Hand. Als er sie wegnimmt, kann er den dünnen Schnitt quer über seinen Adamsapfel sehen. Vier Fingerbreit trennen ihn von der Halsschlagader.

Kein Albtraum. Wirklichkeit.

Er reißt den Spiegelschrank auf, greift zum Sprühverband und unterdrückt den schneidenden Schmerz, als der Schaum die Wunde bedeckt. Dann klebt er ein Pflaster darüber. Er will keine Schnitte an seinem Körper sehen.

Im Wohnzimmer schaltet er das Licht an, der Springbrunnen beginnt zu laufen. Hier ist alles unberührt. Kein umgeworfener Blumentopf, keine abgeknickte Orchidee. Was, verdammt, will man von ihm? Er braucht einen Plan. Und eine Waffe. Vor vier Jahren hat er einen Roman über einen ehemaligen Bankräuber geschrieben. Dabei hat er Thierry Hulot kennengelernt, genannt Zouzou. Zehn Minuten später hat er seine Nummer gefunden und ihm eine Nachricht hinterlassen. Anschließend schiebt er die Kommode vor die Tür, obwohl er fast sicher ist, dass in dieser Nacht keiner mehr kommen wird. Wie ist der Typ eigentlich reingekommen? Er sieht sich die Schlösser an. Unversehrt. Mein Gott, der Typ hatte einen Schlüssel.

Im Schlafzimmer nimmt er sich frische Sachen aus dem Schrank. Als er den dunkelblauen Rollkragenpulli überzieht, fällt ihm Aamu ein. Rasch sieht er in der Kommode im Flur nach. Nein, da liegt der Schlüsselbund mit der roten Billardkugel und den drei Schlüsseln, zwei für die Wohnungstür, einer für die Haustür. Er atmet auf. Er zieht Jeans an und dicke Socken und geht zurück ins Wohnzimmer.

Er braucht einen Plan. Jetzt.

16

Es geht schon gegen Morgen, als Ethan spürt, wie er allmählich müde wird. Doch er schläft nie länger als ein paar Minuten, schlägt zwischendurch immer wieder die Augen auf und schreckt bei jedem Geräusch hoch. Um kurz vor sieben klingelt jemand Sturm und reißt ihn aus seinem Schlafintervall.

Er will an der Sprechanlage nach dem Namen fragen, doch da klopft es schon an der Wohnungstür. Dreimal, viermal. »Polizei, machen Sie auf!«

Der Blick durch den Spion zeigt ihm zwei Männer, einen von ihnen hat er schon gesehen. Es ist der mit dem harmlosen, weichen Gesicht. Was wollen die? Hat man ihn in Parma doch identifiziert? Unmöglich. Überwacht man ihn?

»Moment«, ruft er, schlüpft in seine Sneakers und schiebt die Kommode zur Seite. Dann macht er auf.

»Na endlich!«, brummt der, den Ethan noch nicht gesehen hat, ein langer, zäher Typ mit olivfarbener Haut, dunklem Spitzbärtchen und kohlschwarzen Augen, die ihn provozierend ansehen.

»Monsieur Harris?« Der andere klappt seinen Ausweis auf. »Inspecteur Lejeune erwartet Sie auf dem Commissariat.«

»Hat sie den Mörder meiner Frau?«

Die Polizisten zeigen keinerlei Regung. »Sie möchte sich mit Ihnen unterhalten.«

»Unterhalten? Dann soll sie herkommen. Ich mache ihr sogar einen Kaffee.« Er will die Tür wieder zuschlagen, doch der Fuß des einen Polizisten ist schneller.

»Monsieur Harris«, der mit dem Spitzbart grinst überlegen, »Sie sind doch ein vernünftiger Mensch.«

»Wollen Sie mir drohen?« Sein Blutdruck steigt, er spürt, wie seine Adern anschwellen. Sinnlos, sich gegen sie zu stellen.

Der Polizist grinst einfach weiter. »Sie erlauben, dass ich mir noch einen Mantel und andere Schuhe anziehe?«

»Natürlich, wir sind doch keine Unmenschen.« Das Grinsen verwandelt sich in ein spöttisches Lächeln. Ethan kocht vor Wut.

Lejeune verzichtet auf eine Begrüßung. »Kennen Sie diese Frau?«

Ihre Lippen sind heute dünner, und ihre Sommersprossen – waren sie schon immer so fahl? Ethan nimmt das Foto, das sie ihm reicht. Unverkennbar: das spröde Lächeln, die von der Sonne fleckige Haut, das glatte grausilbrige Haar. Nur das Loch zwischen den Augen ist auf diesem Foto nicht zu sehen. Da lebte sie noch. Wie kommen sie auf ihn?

»Nein, tut mir leid.«

Lejeune spitzt die Lippen, runzelt die Stirn. »Warum steht dann Ihr Name in ihrem Terminkalender?«

»Ich weiß nicht, wovon Sie reden.« Er hat nicht vor, sich ihr kampflos zu ergeben.

Lejeune hebt die Augenbrauen auf ihre so arrogante Art.

»Wären Sie so nett und würden mir einen Kaffee anbieten?«, fragt er. Die schlaflose Nacht, die Tage und Nächte davor lasten wie Blei auf seinen Augenlidern. Soll sich Lejeune etwas gedulden. Sie gibt ihrem Assistenten, zum Glück ist der mit dem Spitzbart nicht mehr dabei, tatsächlich ein Zeichen, er schlurft daraufhin lässig zum Kaffeeautomaten.

»Es gibt bestimmt mehrere Harris oder Ethans, wieso …« Ob sie einen Augenzeugen haben?

Sie wartet, lässt ihn schmoren, klopft mit dem Kugelschreiber auf die Tischplatte, hält plötzlich inne und sagt: »Oh, habe ich gerade einen Groschen fallen hören, Monsieur Harris?« Wieder ihr spöttisches Lächeln und ein kriegerisches Aufflackern in ihren Augen.

»Was wollen Sie von mir wissen?«

Wieder schlägt Lejeune mit ihrem Kugelschreiber stakkatoartig auf die Tischplatte, wieder hört sie unvermittelt auf. »Was hatten Sie gestern in Parma zu tun?«

»Spionieren Sie hinter mir her?« Sein Handy im Mantel, den er über den Schoß gelegt hat, meldet eine SMS. Zouzou?

Mir den Kontakt zu einem Exhäftling nachzuweisen wäre ein gefundenes Fressen für dich, Lejeune, was? Plötzlich fragt er sich, ob sie etwas von seinem Ausflug nach Méautis weiß.

»Wollen Sie mir keine klare Antwort geben, Monsieur Harris?«

Nein, ich will nur, dass Sie mir eine klare Frage stellen, hätte er jetzt sagen können, aber Lejeune würde ihn dann nur weiter quälen.

Der Assistent stellt ihm wortlos den Kaffee hin. Ethan reißt das Zuckerpäckchen auf, lässt den Inhalt in den Schaum rieseln, rührt um, trinkt einen Schluck, stellt die Tasse ab und sagt dann: »Ich habe Dr. Antonelli kontaktiert, weil sie eine Kollegin von Professor Frost war.«

»Spielen Sie jetzt Polizei?« Wieder schlägt sie mit ihrem Kugelschreiber den nervösen Takt. »Wo haben Sie Dr. Antonelli getroffen?«

»Das wissen Sie nicht? Sie wissen doch sonst alles.«

»Monsieur Harris, Sie können dieses Spiel so weiterspielen, aber«, sie beugt sich über den Schreibtisch, »wenn Sie genauer darüber nachdenken, werden Sie einsehen, dass ich die besseren Karten habe – und vor allem: dass ich die Regeln bestimme.«

Es nutzt nichts, er kann Lejeune nicht hinhalten, obwohl er sie am liebsten in Stücke reißen würde.

»Ich wollte sie treffen, aber sie ist nicht gekommen.«

Lejeunes Blick durchbohrt ihn geradezu. »Soll ich Ihnen etwas sagen?« Sie beugt sich noch weiter vor. »Sie als Schriftsteller müssten wissen, dass das eine magere Story ist. Bestimmt kein Stoff für einen Bestseller.«

Sie provoziert ihn, und auch noch so plump.

»Nicht jedes Buch muss ein Bestseller werden.« Er lächelt. Was sie kann, kann er auch. »Gut, was soll das, Madame? Ihre Provokationen sind lächerlich und absolut fehl am Platz. Passen Sie auf: Ich kann jetzt meinen Anwalt anrufen, und dann müssen Sie sich mit ihm herumschlagen. Und stellen Sie sich vor: Ich habe tatsächlich einen Anwalt, und ich habe auch seine Telefonnummer parat.«

Seine Ansprache zeigt Wirkung. Lejeune macht eine besänftigende Geste.

»Nur langsam, Monsieur Harris. Wir können doch wie zwei erwachsene und vernünftige Menschen miteinander reden.«

»Ich schon. Sie scheinen ein Problem damit zu haben. Sie mögen mich nicht. Sie haben mich von Anfang an für irgendwie schuldig gehalten.« Er will ruhig bleiben, aber er spürt, wie ihm Speichel in die Mundwinkel tritt. Er wischt ihn ab.

»Genug! Es reicht! Diese Frau hier«, sie pocht mit dem Zeigefinger auf das Foto, »Dr. Antonelli, wurde gestern Nachmittag im Baptisterium des Doms in Parma erschossen. In ihrem Terminkalender ist Ihr Name eingetragen. Es war sehr einfach für die italienischen Kollegen. Und Sie waren in Parma: Air One 8 Uhr 40 ab Paris, 10 Uhr 55 in Mailand. Sie haben einen Mietwagen genommen und sind nach Parma gefahren.« Sie lehnt sich wieder zurück. »Was würden Sie an meiner Stelle denken?«

»Glauben Sie etwa, ich habe sie umgebracht?«

»Wer weiß. Offensichtlich halten Sie Informationen zurück, Mister Harris …«

Diesmal hat sie Mister gesagt und tatsächlich das H gesprochen. Unterschätze nie deine Gegner. Wenn Lejeune will, kann sie ihm das Leben ziemlich unbequem machen, davon ist er überzeugt.

»… und das ist strafbar«, fügt sie noch hinzu und betrachtet ihn mit genussvoller Grausamkeit. »Also?«

»Heute Nacht wollte mich jemand umbringen.« Mit einer

raschen Bewegung zieht er den Rollkragen nach unten, reißt sich das Pflaster vom Hals und streckt ihn ihr entgegen. »Auf meinem Spiegel stand eine Drohung. *Halt dich raus!*«

Lejeune lässt sich nicht beeindrucken, beugt sich noch nicht einmal vor, um den Schnitt genau zu betrachten. Wieder fängt sie mit dem Kugelschreiber an. »Nennen Sie mir einen guten Grund, Monsieur Harris, warum ich Ihnen Ihre Geschichte glauben soll.«

Ich könnte aufspringen und ihr alle Knochen brechen und diesem verflucht blöd grinsenden Assistenten mit dem affigen Sweatshirt gleich auch.

»Warum? Weil es die Wahrheit ist, Madame Lejeune. Und anstatt mich hier durch die Mangel zu drehen, sollten Sie Ihre Zeit besser nutzen, um herauszufinden, wer meine Frau getötet hat!«

Sie taxiert ihn. Er hat sich verraten. Und jetzt zieht er auch noch Pauline in die Sache rein. »Ich glaube einfach nicht, dass sie sich umgebracht hat. Sie muss ermordet worden sein, wie auch Frost und …«, er kann sich gerade noch den Namen Bohin verkneifen, »… und Antonelli. Sie muss etwas gewusst haben! Irgendwas! Vielleicht war sie ja auch nur zur falschen Zeit am falschen Ort, hat etwas gesehen und gehört, was nicht für sie bestimmt war … keine Ahnung …« Ihm geht die Luft aus, aber wenigstens hat er Lejeunes Frage ausführlich im Keim erstickt.

»Es wäre in der Tat möglich, dass Ihre Frau ermordet wurde.«

Er bleibt einfach stumm, starrt sie an, ratlos, leer, wozu er sich noch nicht einmal verstellen muss. Sie erwähnt die Tabletten in Sylvies Mund.

»Wir tun unser Bestes, Monsieur Harris. Wenn Ihnen dazu etwas einfällt«, sie macht eine Handbewegung, »bitte.«

»Das ist alles zu viel für mich.« Er steht auf. »Ich möchte jetzt gehen.«

Er wartet darauf, dass sie ihn festnimmt, irgendeinen Grund findet, ihn am Gehen zu hindern. Doch sie schweigt. Erst als er an der Tür ist, meldet sie sich wieder zu Wort: »Sie sollten mit uns kooperieren, Monsieur Harris! In der Nähe von Dr. Antonellis Leiche wurden Spuren von Ihnen entdeckt.«

Wieso, was? Haare? Fingerabdrücke? Oder blufft sie?

Er bemüht sich, ruhig zu bleiben. »Tatsächlich?«

Sie greift in eine Schublade und hält einen durchsichtigen Plastikbeutel hoch.

Seine angebrochene Schachtel Gauloise.

»Da sind Ihre Fingerabdrücke drauf. Sie lagen nur zwanzig Zentimeter neben Dr. Antonellis leblosem Körper auf den Steinfliesen des Baptisteriums.«

Unwillkürlich will er in seine Manteltasche greifen. Lejeune kommentiert es mit ihrem spöttischen Grinsen.

»Wollen Sie sich nicht doch wieder setzen, Monsieur Harris?«

Welche Möglichkeiten bleiben ihm? Wenn sie ihn verhaftet, sitzt er fest. Vielleicht zieht sie gleich den Haftbefehl aus der Schublade.

Er schüttelt den Kopf. »Verhaften Sie mich, wenn Sie einen Haftbefehl haben.«

Gewagt! Aber er muss hier raus. Er lächelt kurz.

Gleich wird sie ihn zurückrufen, er streckt die Hand aus, er öffnet die Tür, und dann ist er draußen, im Flur, noch nicht gerettet, aber gleich. Ein rascher Blick über die Schulter, nein, sie kommt nicht hinter ihm her, auch keiner der anderen Beamten.

Er fällt fast die Treppe hinunter, dann ist er endlich auf der Straße, aber er weiß, auch da können sie ihn noch kriegen. Er überquert die Kreuzung und mischt sich unter eine Gruppe Studenten, die zur Uni wollen, lässt sich ein Stück mittreiben und dann, als er das Schild eines Taxis erkennt, reißt er sich los, winkt, steigt ein und sinkt auf den Rücksitz. Er muss nach Hause und dann untertauchen. Zouzou, fällt ihm ein, und er ruft die SMS ab.

»Warum lassen wir ihn einfach gehen?«, fragt David. Er blickt noch immer zur Tür, durch die Ethan Harris gerade gegangen ist. »Er hat sich ziemlich seltsam benommen. Als ob er das mit dem Mord an seiner Frau schon gewusst hat.«

Lejeune antwortet nicht, wirft den Kugelschreiber auf den Schreibtisch und ruft per Kurzwahl Ibrahim an. »Ich brauche eine Beschattung für Ethan Harris. Er hat gerade mein Büro verlassen.«

Ibrahim sagt nur Okay. Das schätzt sie an ihm.

»Harris hilft uns bei unserer Arbeit«, erklärt sie.

David runzelt die Stirn. »Aber das ist gefährlich für ihn. Wenn ihm etwas zustößt …«

Lejeune winkt ab. »Deshalb hab ich Ibrahim angerufen.«

David kratzt sich am Kopf, die Stirn ist noch immer gerunzelt. »Dürfen wir das?«

»Passen Sie auf, David, wir haben einen Täter zu finden, der wahrscheinlich vier Morde begangen hat. Wir können es uns nicht leisten, wählerisch in unseren Methoden zu sein.«

»Aber … aber wir bringen noch einen Menschen damit in Gefahr …«

Sie klappert mit dem Kugelschreiber. »Blödsinn. Wir schützen ihn.« Mist! Immer diese dumme Angewohnheit! Genervt legt sie den Kugelschreiber zur Seite. Sie merkt, wie David sie anstarrt. *Er mag meine Methoden nicht. Und wenn schon.* Der Erfolg in all den Jahren und die Position, die sie erreicht hat, geben ihr recht. *Es gibt keine klaren Regeln im Kampf gegen das Böse. Das weiß der Junge noch nicht.*

»Und übrigens, diese Briefe, die wir bei Frost gefunden haben, weisen noch nicht mal seine Fingerabdrücke auf.«

»Das heißt …«

»Dass er Handschuhe angezogen hat, um seine Post zu öffnen.«

»Aber das ist doch ziemlich unwahrscheinlich …«

»Klug, David.«

Er errötet, bemerkt sie schadenfroh, doch nur einen winzigen Moment später ist sie beschämt. Warum findet sie einen solchen Gefallen daran, ihn zu quälen?

»Der Mörder hat die Briefe selbst mitgebracht.«

Sie nickt gedankenverloren. Es brodelt in ihr. Jahrelang aufgestaute Wut, die sich da in ihrem Bauch, in ihrer Brust, in ihrem Hals und in ihrem Kopf zusammengeballt hat, pulsiert und kann jeden Moment explodieren. Eigentlich wundert es sie, dass sie noch keinen Krebs hat, irgendeinen Knoten, in den sich all die Wut zusammengezogen hat. Gibt es noch irgendetwas, woran sie sich erfreut? Was sie entspannt? Was ihr ein bisschen Freude am Leben schenkt? Sie sucht in ihrem Gedächtnis wie auf den Wühltischen billiger Secondhandläden. Doch jedes T-Shirt, jeder Rock, jede Bluse, die sie aus den Haufen zieht, ist zerschlissen und hässlich, während die anderen Kunden im Laden jedes Mal etwas Schönes, Neues in der Hand halten.

»Sagen Sie …«, Davids Stimme dringt wie durch einen Nebel zu ihr, er deutet auf den Plastikbeutel mit der Zigarettenschachtel. »Sie hätten mir vorher sagen sollen, warum ich die Zigaretten kaufen sollte.«

Wozu?, will sie ihm entgegnen. Doch vielleicht ist es sein Blick, der ihr sagt, dass sie es weit genug getrieben hat.

»Ja, Sie haben recht, David.«

Das macht ihn sprachlos, er nickt schwach.

»Es hat funktioniert. Er glaubt, wir haben etwas in der Hand gegen ihn.«

17

Das De Crillon an der beeindruckenden Place de la Concorde, gleich neben der eleganten Rue du Faubourg Saint-Honoré, nicht weit von der Rue Royale, dem Eiffelturm und dem Louvre, gehört zu der Handvoll Luxushotels in Paris. Camille hat noch rasch die Homepage des Hotels angesehen, das seinen außergewöhnlichen Service betont und in einem Spot die eleganten, großzügigen Suiten und Zimmer zeigt, die Camille an die Wohnung ihres Vaters erinnert haben und damit auch an das Problem, das sie noch nicht angegangen hat: Wer kümmert sich um ihren Vater, wenn er entlassen wird?

Der Taxifahrer hupt und flucht, Camille sieht auf, kann aber nichts Ungewöhnliches im üblichen dichten Verkehr am Samstagmittag entdecken. Die Produktionsfirma von ParisCult zahlt die Reisekosten für die Interviewgäste, allerdings nicht die Übernachtung in einer De-Crillon-Suite für zwölfhundert Euro. Edenvalley hat stillschweigend selbst die Kosten für ihre Vizepräsidentin Dr. Océane Rousseau übernommen.

Zum Lunch hat sie Camille ins Obélisque in die Rue d'Anglas bestellt, unweit vom Hotel. Das Restaurant wird vom Chefkoch des De Crillon geleitet. Dr. Océane Rousseau – das wird schon so eine elitäre Zicke sein, denkt Camille und klappt den Taschenspiegel zu, in dem sie an der roten Ampel Make-up, Lippenstift und Frisur überprüft hat. Das Blond ihrer Haare leuchtet hell. Zum Glück muss sie noch nicht färben.

Sie ruft sich noch einmal die Eckpunkte von Rousseaus Biografie ins Gedächtnis. Es ist immer gut, die Details parat zu haben. Um zu kontern, um im richtigen Moment die richtigen Fragen zu stellen. Océane Rousseau, vor fünfundvierzig Jahren als Tochter von Lucien Rousseau, Chemiker, und Marala Dawesar, Pianistin, in Genf geboren. Kindheit in Genf und Los Angeles, Wirtschaftsstudium in Yale, USA, dann Wall

Street, Crédit Suisse in Zürich, seit sieben Jahren bei Edenvalley Genf/Atlanta. Sie soll in ihrer Freizeit Klavier spielen. Geschätztes Jahreseinkommen: eine Million Euro. Das briefmarkengroße Foto der Firmenhomepage zeigt ein ovales Gesicht, das von langem, gescheiteltem, seidig glänzendem dunklem Haar umrahmt wird. Mit intensiven dunklen Augen blickt sie in die Kamera, und ihr Mund versucht dabei, lächelnd zu versichern: Habt keine Angst vor mir, ich bin doch eine von euch.

Camille wundert sich, dass Christian sich das Treffen entgehen lässt.

Zwei Minuten vor halb eins, stellt sie fest, als das Taxi es endlich über die brodelnde Place de la Concorde hin zum Restaurant geschafft hat. Auf keinen Fall möchte sie Rousseau warten lassen, das wäre wirklich nicht angebracht. Und so verzichtet sie auf die Quittung, springt aus dem Taxi, steht um Punkt halb eins im Restaurant – und blickt geradewegs in das lächelnde Gesicht von Océane Rousseau, die sich gerade aus ihrem Mantel helfen lässt.

»Madame Rousseau?«, sagt Camille überflüssigerweise zu der hochgewachsenen, sehr schlanken Frau, die ein schlichtes, eng anliegendes graues Kleid mit Rollkragen trägt. Das seidige dunkle Haar hat sie tief im Nacken zu einem losen Pferdeschwanz zusammengebunden, der ihr bis weit unter die Schulterblätter reicht. Perfekte Figur, perfektes Make-up … *Unantastbar.*

»Camille … nehme ich an?«

Perfektes Französisch, weder amerikanischer noch schweizerischer Akzent, stellt Camille fest und nimmt den Hauch eines ihr unbekannten schweren Parfüms wahr. Etwas irritiert sie an dieser Frau, ihre Kühle und Arroganz vielleicht … Sie rätselt darüber, während sie Océane Rousseau und dem Kellner zum Tisch folgt.

»Ich bin froh, dass Sie und Edenvalley den Mut haben, sich

in dieser heiklen Angelegenheit zu äußern«, beginnt Camille das Gespräch. Alle Tische sind besetzt, und es herrscht eine angenehme Geräuschkulisse, keine Grabesstille, bei der man fürchten muss, dass jedes Wort mitgehört wird. Sie könnte hier durchaus öfter zum Essen gehen, denkt sie.

»Ach, Camille – ich darf Sie doch Camille nennen?« Die dunklen Augen schauen Camille durchdringend an.

Hypnose?, denkt Camille. Oder einfach nur intensiver Kontakt? Berechnend, um sie auf ihre Seite zu ziehen?

»Bitte.« Camille ringt sich ein Lächeln ab. Sie sollte sich wieder ein bisschen entspannen.

»Océane.«

Camille nickt. Sie braucht ein Konzept.

Océane lächelt. »Wir sind heikle Angelegenheiten gewöhnt. Die Liga der Umweltschützer kämpft mit harten Bandagen und nicht selten unfair.«

Schluss! Camille, lass dich nicht einwickeln! Camille räuspert sich, strafft den Rücken. »Aber es gibt Fakten, Océane. Edenvalley hat gewisse Skandale, wegen Dioxin zum Beispiel, jahrelang unter den Teppich gekehrt.«

Océane lächelt ein wenig schuldbewusst. »Das war lange vor meiner Zeit. Aber ich weiß, was Sie meinen.«

Camille will keine offene Konfrontation, und sie will sich vor allem nicht den Vorwurf einhandeln, die Gäste parteiisch zu behandeln.

»Sie haben sicher schon mal den Begriff Dominoeffekt gehört«, sagt Océane. »Egal, ob eine Meldung wahr oder falsch ist, sie bringt eine neue Meldung hervor und so fort. Man muss nur immer wieder dasselbe behaupten, und schließlich glauben es die Menschen. Auf diese Weise fügt uns die Umweltbewegung schon lange großen Schaden zu.«

Camille bewundert Océanes ebenmäßige kieselweiße Zähne, die beim Sprechen ab und zu hinter den Lippen sichtbar werden.

»Trotzdem«, sagt sie, »Sie selbst essen, nehme ich an, nicht unbedingt gentechnisch veränderte Lebensmittel oder solche, die man chemisch aufbereitet hat, oder?«

Océane stützt die Ellbogen auf und legt die Fingerspitzen aneinander. »Lesen Sie ausschließlich Ihre Zeitung, Camille?« Ohne eine Antwort abzuwarten, fügt sie hinzu: »Auf dem Planeten leben nun mal über sieben Milliarden Menschen, die wollen alle essen!«

Der Hunger in der Welt wird mit Sicherheit nicht durch die Gentechnik bekämpft. Nur durch eine andere Verteilung, durch eine andere Politik … Auch wird dank Gentechnik nicht weniger Regenwald abgeholzt, eher im Gegenteil, man rodet Flächen, um Raps für Biokraftstoff anzubauen, will Camille sagen, aber sie will ihr ganzes Pulver nicht schon vor der Sendung verschießen.

Océane wertet ihr Schweigen wohl als Zustimmung und nickt dem Kellner zu, der bereits auf ihr Zeichen gewartet hat.

Camille erinnert sich, dass ihr Spesenkonto schon mit der Fahrt nach Rouen erschöpft ist und das Souper mit vierundfünfzig Euro ohne Getränke und Kaffee ihr Budget weit übersteigt, aber sie denkt viel zu kleinlich, weiß sie.

»Sie sind selbstverständlich eingeladen.« Océane Rousseau lächelt gewinnend. Ihre Haut glänzt leicht golden, das mag an ihren indischen Genen liegen – und an ihrem sicher sündhaft teuren Make-up. Jetzt fallen Camille auch die dezenten goldenen Ohrringe auf und der Rubinring an ihrem Ringfinger. Nein, sie ist nicht verheiratet, das hätte sie gelesen. *Sicher gibt sich Océane Rousseau mit keinem Mann zufrieden.*

Camille wählt das provenzalische Hühnchen mit Polenta, während Océane Loup de Mer bestellt. Als der Kellner gegangen ist, ist der Zeitpunkt für Camilles drängendste Frage gekommen: »Entschuldigen Sie meine direkte Frage, aber angesichts des Mordes an Professor Frost … Warum hat Jérôme Frost Edenvalley verlassen?«

»Er wollte mehr Geld«, antwortet Océane ohne Zögern. »Deshalb wechseln die meisten Menschen ihren Arbeitsplatz. Das würden Sie doch vermutlich auch tun, oder?«

»Oh, wollen Sie mir etwa ein attraktives Angebot unterbreiten?«

»Warum nicht?« Océane lächelt vielsagend.

Camille spürt, wie diese Frau sie elektrisiert, sie in einen Zustand äußerster Wachheit versetzt, die Spannung in ihrem Körper erhöht. *Mein Gott, Camille, was ist nur mit dir los?* »Professor Frost wollte also bloß mehr Geld, und das konnte Edenvalley nicht zahlen?«

Océane Rousseau nickt, sie hat wieder einen neutralen, professionellen Blick, und Camille fragt sich, ob sie sich die Signale ihres Gegenübers nur eingebildet hat.

»Als Wissenschaftler an der Universität verdient man aber bekanntlich weniger als in der Industrie«, wendet Camille ein.

Océane Rousseau zuckt dezent mit einer Schulter. »Was wissen wir schon über die wahren Beweggründe eines Menschen, Camille?«

Camille versucht die hintergründige Bemerkung zu ignorieren und fragt: »Woran hat er gearbeitet?«

»Er war Mediziner und Biologe, soweit ich mich erinnere. Es ging um Antibiotika-Verträglichkeit, meine ich, auf diesem Gebiet hat er ja auch schon an der Universität geforscht.«

»Angeblich soll Professor Frost sich irgendwann gegen die Gentechnik gewendet haben.«

»Tatsächlich?« Océane hebt ganz kurz die Augenbrauen. »Das ist mir neu. Er war ein leidenschaftlicher Befürworter der Gentechnologie. Wir haben seinen Weggang von Edenvalley damals sehr bedauert.«

Camille versucht, in Océanes Gesicht zu lesen. Sind das nicht die üblichen Phrasen, die man drischt, wenn man nicht die Wahrheit sagen will?

»Wer, glauben Sie, hat Professor Frost ermordet? Sie haben von den Drohbriefen gehört?«, fragt Camille weiter.

»Ich habe darüber gelesen. Sie sind recht eindeutig, finden Sie nicht? Gentechnik-Gegner, Verrückte, militante Ideologen, Fanatiker. Wissen Sie – aber das zitieren Sie bitte nicht –, Edenvalley besteht nun mal auch bloß aus Menschen, die wie alle Menschen nicht frei von Fehlern sind und die die Öffentlichkeit damit verärgern. Aber, Camille, so etwas – ein Mord – ist einfach außerhalb jeglicher Option.«

»Das sagt Nature's Troops auch.«

Océane lacht kurz. »Diese Bomben legenden grünen Fanatiker? Wieso sollten sie den Mord auch zugeben?«

Ja, wieso auch? Genauso wenig, wie andere ihn zugeben würden. »Kennen Sie Véronique Regnard?«

Océane legt kurz die Stirn in Falten. »Hat sie nicht eine Bombe gelegt?«

»Ja.«

»Und ein Feuerwehrmann ist dabei gestorben?«

»Ja.«

»Diese Fanatiker glauben, nur sie allein sind im Besitz der Wahrheit«, sagt Océane und sieht ihr dabei direkt in die Augen.

Wieder ist Camille irritiert. Ist das Océanes Absicht, damit sie sie manipulieren kann?

»Erzählen Sie doch noch ein bisschen was über sich«, fordert Camille sie auf.

»Wissen Sie nicht schon alles über mich – meinen Vater, meine Mutter, meine Studienzeit …?«

»Ich dachte eher an: Was machen Sie in Ihrer Freizeit? Was würden Sie gern einmal tun …« Camille bricht ab, an dieser Stelle beginnen die Gefragten meist schon zu antworten. Doch Océane sieht sie nur mit einem eingefrorenen, unnahbaren Lächeln an.

Die Pause wird lang, bis Camille sagt: »Darüber möchten Sie nicht reden, ja?«

»In meiner Position ist es nicht ratsam, Persönliches auszuplaudern. Es wird garantiert von irgendjemandem gegen mich verwendet.«

Angst, bedroht zu werden – auch eine wertvolle Information. »Verstehe. Und warum suchen Sie sich nicht einen, sagen wir mal, beliebteren Konzern?« *Du bewegst dich auf dünnem Eis, Camille, mach sie dir nicht schon vor der Sendung zur Feindin.*

Océanes Lächeln wird überlegen. »Oh, Edenvalley ist schon ein ganzes Stück beliebter geworden, seitdem ich dort bin.«

Der Kellner bringt das provenzalische Huhn und den gedünsteten Fisch, und als sie das Besteck aufnehmen, sagt Océane gut gelaunt: »Ich freue mich jedenfalls auf heute Abend.«

Auf der Fahrt zurück ins Redaktionsbüro versucht Camille zusammenzufassen, was die Vizepräsidentin von Edenvalley eigentlich gesagt hat. Jetzt, mit ein wenig Abstand, ist sie fast sicher, dass Océane Rousseau zu keinem Zeitpunkt aufrichtig war. Doch sie hat sie neugierig gemacht.

Und das Essen war vorzüglich.

18

Die ganze Zeit hat Ethan das Gefühl, dass alle sehen müssten, was er da in seiner Jackentasche hat. Deshalb sucht er sich in der Métro einen Platz an der Wand und wirft immer wieder einen Blick auf die Stelle des Mantels, wo er sich über der Jacke ein wenig ausbeult. Man könnte meinen, er trägt ein dickes Buch mit sich. »Damit wirst du dich besser fühlen. Neun Millimeter, acht Schuss«, hat ihm Zouzou, das Schlitzauge, versichert und ihm den Griff in die Hand gelegt. »Das Richtige für deine zarten Schriftstellerhände.«

Zouzou spielt perfekt die Rolle des reuigen Verbrechers – und hat sich damit eine brillante Tarnung geschaffen. Wer vermutet schon inmitten von Weihrauch, Kruzifixen, Tauf-, Hochzeits- und Geburtstagskerzen Waffen unterm Ladentisch?

Seit Ethan Australien verlassen hat, hat er keine Waffe mehr in der Hand gehabt. Dann, als Zouzou ihm die SIG Sauer P239 gegeben hat, sind die Bilder zurückgekommen. Wie er als Achtjähriger auf der Farm seiner Eltern mit der Pistole seine erste Schlange erschossen hat. Sie war in den Hühnerstall eingedrungen und hatte schon ein Huhn in ihrem Maul. Als er, durch das aufgeregte Gackern der Hühner alarmiert, in den Stall kam, war das Huhn schon gelähmt. Er rannte zum Schuppen, riss die Pistole aus dem Werkzeugkasten, wo sein Vater sie aufbewahrte, lief zurück in den Hühnerstall und schoss der Schlange eine Kugel durch den Kopf. Sie flog durch die Luft und klatschte in den Sand. Tot, mit einem blutigen, zerfetzten Kopf. Das Huhn war auch tot.

Sein Vater, der eine Viertelstunde später zurückkam, klopfte ihm stolz auf die Schulter, und seine Mutter sah ihn mit einem komischen Blick an. Als würde sie sich fragen, ob das normal wäre für einen Achtjährigen, einer Schlange den Kopf wegzuschießen. Sie war schließlich froh, dass er sich für das Stadtleben entschied.

Aber damals, als Kind, in jenem Augenblick, als er abdrückte und nicht wie sonst hin und wieder auf Flaschen zielte, da wurde etwas greifbar, da zerbarst die Trennwand zwischen ihm und der Welt.

Viele Jahre später, mit achtzehn, als er mal wieder nachts mit seinen Surf-Freunden in Sydney unterwegs war, von einem Pub zum nächsten zog, bremste einmal direkt vor ihnen ein Streifenwagen, die Reifen quietschten, zwei Polizisten stürzten heraus und zogen die Waffen. Da erst sahen Ethan und seine Freunde den Freak, der auf die Straße rannte, mit ausgestreckten Armen die metallisch reflektierende Waffe hielt und auf die Polizisten zielte.

Was in den nächsten Sekunden geschah – vielleicht eine

Bewegung, vielleicht ein Gedanke, ein Blick –, bekam er nicht mit, erst wieder die beiden Schüsse, worauf der Freak zuerst in die Knie ging, dann zu Boden fiel. Die Pistole schlitterte über den Asphalt, und unter dem Kopf breitete sich eine Blutlache aus, merkwürdig lila im künstlichen Licht der Straßenlaternen und Neonlichter der Pubs und Sexshops.

Später stand in den Zeitungen, dass es gar keine Pistole gewesen war, sondern ein Stück Metallrohr, und dass die Polizei es irrtümlich für eine Waffe gehalten hatte. Der Freak war bis oben voll mit Drogen und wollte auf diese Weise seinem Leben ein Ende setzen. Gegen den Polizisten, der geschossen hatte, wurde ein Verfahren eingeleitet.

Einen Monat später passierte der Unfall mit Tony. Danach ging er zur Armee. Als eine Art Reue für die Zeit, in der er so sorglos auf den Wellen gesurft war …

Während Ethan aus der Métro aussteigt und die Station verlässt, tasten seine Finger immer wieder unter seinen Mantel in die Jackentasche und berühren das kalte Metall des Laufs. Weder Dr. Antonelli noch Sylvie hätte er damit schützen können und sich selbst in der vergangenen Nacht auch nicht. Wozu also? Doch dann denkt er wieder an die Schlange.

Es ist ihm klargeworden, als er Zouzous Laden verlassen hat: Wenn Dr. Antonelli niemandem von ihrem Treffen erzählt hat und vorausgesetzt, sie ist nicht beschattet worden, dann gibt es außer ihnen beiden nur eine Person, die davon wissen konnte. Aamu. Vielleicht gehört sie zu der militanten Ökogruppe? Warum, zum Teufel, hat er nicht früher daran gedacht?

Sie ist die Einzige, die Bescheid weiß. Er kann sich erinnern, wo sie wohnt. Er hat sie mit dem Taxi dorthin gebracht. Seltsam. Zufällig ist er nur zwei Straßen von ihrem Haus entfernt. Er läuft fast, drückt die Hand an die Mantelseite, auf der sich die Waffe befindet. Er ist es nicht gewöhnt, bewaffnet in der Stadt herumzulaufen.

Der Weg ist länger als gedacht. Doch schließlich steht er schwer atmend vor ihrem Haus, einem schmucklosen, funktionellen – und billigen – Bau aus den Siebzigern mit Namensschildern an den Klingeln. Im Gegensatz zu seinem Haus, das polierte Messingklingelschilder ohne Namen darauf hat.

Wie heißt sie eigentlich mit Nachnamen? Er hat nie danach gefragt. Trotzdem hat er ihr vertraut.

Gut, er wird den Namen finden. Sie kommt aus Finnland …

»Wohin wollen Sie?«

Er fährt herum. Eine dunkelhäutige Frau stellt schnaufend vier Plastiktüten ab und fischt einen Schlüssel aus ihrer Handtasche. Ein Geruch von Bratfett und Pommes frites umhüllt sie.

»Ich weiß ihren Nachnamen nicht. Aamu. Eine junge Frau, nicht besonders groß, trägt …«

»Ach die, ist neu hier.« Sie streckt einen dicken braunen Finger mit hellrosa Nagellack aus und deutet auf ein Klingelschild. »Viitamaa.«

»Danke.«

»Schon gut.« Die Frau nimmt ächzend die Taschen wieder auf, während er klingelt.

Niemand öffnet. Kurz bevor die Glastür hinter der Frau mit den Tüten ins Schloss fällt, schlüpft er ins Treppenhaus. Mein Gott, will er jetzt auch noch in ihre Wohnung einbrechen? Hat ihn die Waffe schon so sehr verändert? Er weiß, wie so etwas geht, jedenfalls bei manchen Türschlössern, Recherche für ein Buch. Seine Arbeit ist manchmal doch tatsächlich zu etwas gut, könnte er jetzt Mathilde sagen. Er hat sie immer noch nicht angerufen.

Langsam geht er die Treppe hoch. Dritter Stock, wie er an dem Klingelschild gesehen hat. Im Vorbeigehen stellt er fest, dass es sich bei allen Türen um einfache Schlösser handelt. Er müsste sich Werkzeug besorgen …

Dritter Stock. Auf dem Flur gibt es sechs Türen, alle auf derselben Seite.

An der zweiten steht Viitamaa. Ein normales Türschloss, ein Sicherheitsschloss darüber. Das kriegt er nicht auf. Aber er könnte Zouzou bitten …

Die Aufzugtür öffnet sich, er dreht sich um und sieht direkt in Aamus überraschtes Gesicht.

»He, wolltest du etwa zu mir?« Sie lacht. Er hätte an ihrer Stelle nicht gelacht, sondern wäre empört und argwöhnisch. Finnischer Humor? Finnische Vertrauensseligkeit? Oder gut gespielt?

»Ja!« Er setzt ein Lachen auf. »Ich wollte gerade bei dir einbrechen und drin auf dich warten.«

Während sie in ihrer Umhängetasche kramt, kommt sie in ihrem bunten Flickenwollmantel – wahrscheinlich in irgendeiner anderen Weltstadt der allerletzte Schrei – auf ihn zu.

»Bitte!« Sie stößt die Tür auf. Sie ist bester Laune, keine Spur von Verärgerung oder Misstrauen. Entweder ist sie eine brillante Schauspielerin, oder sie ist tatsächlich gutgläubig.

»Hast du keinen Moment daran gedacht, dass ich wirklich in deine Wohnung einbrechen wollte?«, fragt er mit ein wenig Belustigung in der Stimme.

»Du?« Sie schüttelt den Kopf und lächelt. »Du doch nicht.«

»Nein?«

»Nein.« Sie legt ihren Kopf schief. »Oder doch?«

»Nein, ich denke nicht.«

Er bemüht sich, gelassen zu wirken. Und wenn er sie so wie jetzt betrachtet, wie sie gut gelaunt den Mantel über einen Haken an der Wand wirft, die Stiefel von sich schleudert, da kann er einfach nicht glauben, dass sie mit dem Mord an Dr. Antonelli zu tun haben könnte.

Er bleibt auf der Türschwelle stehen. Das Erste, das ihm auffällt, ist der Geruch nach Wolle. Feuchter Wolle. Wie letztes Mal, als ihr Mantel nass geworden war. Er fängt an, den

Geruch mit ihr zu verbinden. Plötzlich dreht sie sich zu ihm um. »Wieso hast du mich eigentlich nicht angerufen?«

Weiß sie, dass er ihr misstraut?

»Ich hab gedacht, ich mach's mal wie du.«

Sie schenkt ihm ein Lächeln. »Komm, zieh den Mantel aus. Ich mach uns einen Kaffee.«

Ihre Wohnung ist ein Ein-Zimmer-Appartement, ähnlich wie Sarahs Wohnung. Ein schmaler Flur, von dem das Badezimmer abgeht und der ins Wohn- und Schlafzimmer mündet. Die Küchenzeile nicht zu vergessen. Studentenwohnung.

»Wie war's in Parma?« Sie gießt Wasser in den Elektrokocher.

Alles ist bunt in dieser Wohnung, violette Schlafcouch, in Rottönen gemusterte Vorhänge, blauer Teppichboden. Er erinnert sich an einen Dokumentarfilm über Nomaden in Sibirien. Sie lebten in Zelten oder einfachen Hütten, die sie mit bunten Teppichen und Kissen auslegten. Der Blick vom einzigen Fenster geht in einen engen, grauen Hinterhof. Nicht in die Tundra.

»Na?« Sie dreht sich um und mustert ihn. »Was ist los?«

»Wo warst du gestern?«

Ihre Augen werden schmal. Nein, sie lässt sich nicht einschüchtern. Nicht so. Sie weiß nicht, dass er eine Waffe in seiner Jackentasche hat. Er könnte ihr den Lauf an die Schläfe drücken. Würde sie dann noch genauso cool sein? Sie presst die Lippen aufeinander, nur kurz, dann lächelt sie.

»Was meinst du damit?«

Doch so schnell lässt er sich nicht einwickeln. Die Szene im Baptisterium. Dr. Antonelli mit dem Loch in der Stirn. Die Kugel, die ihn nur knapp verfehlt. Der nächtliche Besuch.

»Warum siehst du mich so an?« Ihr Gesicht ist plötzlich ganz nah an seinem. Ein Duft von Pfefferminz vermischt sich mit dem nach feuchter Wolle. Ihre Gletscheraugen sind schmal wie Katzenaugen.

»Dr. Antonelli wurde erschossen. Genau in dem Moment, in dem sie mir etwas sagen wollte.« Er behält sie im Blick, versucht jede Regung wahrzunehmen, zu begreifen, die Wahrheit herauszulesen.

Ihr Lächeln verschwindet, plötzlich. Sie schlägt die Hände vor den Mund. »Aber das ist ja … furchtbar.« Sie spricht ganz leise. Falten bilden sich auf der glatten Stirn. Dann: »Aber ich verstehe nicht, was das mit mir …«

Noch immer ist sie seinem Gesicht ganz nah, er sieht die winzigen Fältchen, die sich um ihre Augen bilden; wenn sie sie zukneift, wie jetzt, sieht er ihre dunklen Wimpern.

»Weil du als Einzige gewusst hast, wo und wann sich Dr. Antonelli mit mir treffen wollte.«

»Aber, das ist doch …« Sie flüstert immer noch.

»Das ist *was?*« Er flüstert nun auch.

»… lass mich los!« Sie schreit, schüttelt ihr Handgelenk, und erst jetzt merkt er, dass er es festhält, doch er lässt nicht locker.

»Wo warst du gestern?«, fragt er sie.

»Hier! In der Uni! Du bist ja verrückt!« Sie zieht weiter an ihrem Handgelenk, will aus seiner Umklammerung heraus.

»Ach ja?« Nein, so schnell kommt sie ihm nicht davon.

»Woher weißt du, dass diese Antonelli nicht schon beschattet wurde? Vielleicht stand sie auch auf der Todesliste dieser bescheuerten Ökos!«

Ja, das wäre möglich. Aber es ist unwahrscheinlich, dass sie gerade in dem Moment erschossen wird, als sie ein Geheimnis preisgeben will.

»Und warum wollte man mich dann auch erschießen, he?« Er schraubt seinen Griff fester.

»Du tust mir weh!« Sie starrt ihn an, ungläubig, dass er zu so etwas fähig ist. Und dann fällt ihr Blick auf seine Jackentasche.

»Was hast du vor?«, flüstert sie.

Er weiß nicht, warum, aber in diesem Moment wird ihm die Absurdität der Situation bewusst. Er bedroht eine Frau, die ihm bis zu den Schultern reicht und unbewaffnet ist, die ihn in ihre Wohnung gelassen hat und ihm Kaffee kocht.

Er lässt ihr Handgelenk los. »Entschuldige«, murmelt er, »es tut mir leid, ich weiß nicht, was mit mir los ist.«

Jetzt greift sie nach seinem Handgelenk, zieht ihn zu sich.

»Was willst du mit der Waffe?«

»Den Mörder meiner Frau töten.«

»Kannst du denn damit umgehen?«, fragt sie ruhig.

»Ich hab ein paar Wettbewerbe im Tontaubenschießen gewonnen.« Es ist keine Lüge, er lässt nur die Zeit in der Armee weg.

»Tontauben.« Sie zieht die Brauen hoch. »Dir ist klar, dass auch dein Gegner seine Waffe ziehen wird? Die Wahrscheinlichkeit … Was hast du da?« Sie deutet auf seinen Hals.

»Muss mich geschnitten haben.«

Sie glaubt ihm nicht, das sieht er.

»Ich habe geglaubt, du warst es.«

Sie erwidert nichts.

»Und, warst du es?«

»Nein«, sagt sie trocken und dreht sich zum Wasserkocher um, aus dem schon längst brodelnder Dampf steigt.

Er verliert die Kontrolle. Über die Situation, über sein Leben. Er hat Leon nicht zurückgerufen, Mathilde nicht verständigt, er müsste sich um die Beerdigung kümmern – stattdessen wird er gewalttätig, wer weiß, er hätte auch noch versucht, in ihre Wohnung einzubrechen. Und er würde sogar jemanden töten. Und wenn er sich dabei genauso irren würde wie jetzt?

»Entschuldigung«, murmelt er noch mal und will gehen.

»Halt!« Sie läuft zur Tür, stellt sich mit ausgebreiteten Armen davor.

»Lass mich gehen, Aamu.«

»Was denkst du, wer ich bin?«

»Es tut mir leid, Aamu, das habe ich schon gesagt.«

»Ethan, ich habe deine Frau sehr bewundert. Und ich will, dass ihr Mörder gefasst wird. Aber bitte«, sie lässt die Arme sinken, »du musst mir vertrauen.«

Sie steht da, die gletscherhellen Augen lassen ihn nicht los.

»Ich geh jetzt.«

Langsam gibt sie die Tür frei. »Was wirst du tun?«

»Keine Ahnung. Wirklich.«

»Ethan?«

Er ist schon an der Treppe. »Ja?«

»Ich will dir helfen.«

Er nickt. »Ja, danke.« Mehr kann er nicht sagen. Im Moment kann er gar nichts mehr sagen.

Es dämmert. Schon wieder ein Tag vorbei, und Sylvies Mörder läuft noch immer frei herum. Er greift in die Jackentasche und nimmt die Packung Zigaretten heraus. In dem Augenblick weiß er, dass Lejeune ihn gelinkt hat. Und er ist auf ihren miesen Trick reingefallen. Wütend zerknüllt er die Schachtel mit den restlichen Zigaretten und wirft sie in den Rinnstein. Auf dem Weg zur Métro ruft er Robert in der Klinik an. Er hat tatsächlich Dienst und ist auch gleich am Telefon.

»Ethan, wie geht es dir? Kann ich dir helfen?«

»Ich wüsste gern, ob Sylvie, ich meine, ob ihr eine Medizinstudentin als Praktikantin auf eurer Station hattet.«

Pause. Er überlegt wohl, was diese Frage mit Sylvies Tod zu tun haben könnte.

»Wir haben immer welche … Ja, wir hatten eine, sie hieß, glaube ich, Aamu. Genau, ein finnischer Name. Sie hat sich nach Sylvies Tod krankgemeldet. Aber … warum fragst du?«

»Sie ist Medizinstudentin?«

»Ja, sicher … was denn sonst?«

»Danke, Robert.«

Ist er jetzt enttäuscht? Weil er geglaubt hat, dass er endlich eine Spur hat, einen Verdacht? Er sollte erleichtert sein.

Eine Stunde später ist er zu Hause. Nachdenklich tritt er in den Aufzug, faltet die Tür hinter sich zu. Durch die ziselierte Tür sieht er jemanden die Treppe hinuntereilen. Sie kommt ihm bekannt vor. Das blonde Haar …

»Sarah?«

Er öffnet die Aufzugtür wieder. »Sarah, bist du das?«

Die Frau bleibt stehen. Es ist tatsächlich Sarah.

»Ethan? Mein Gott, jetzt hast du mich aber erschreckt!«

Sarah streicht über ihr Haar, sie hat es zum Pferdeschwanz gebunden, es ist feucht. Sie trägt einen schwarzen Mantel. Ihre Augen und ihr Mund sind geschminkt. Ein ganz anderes Erscheinungsbild als noch am Sonntag.

»Wolltest du zu mir?«, fragt er.

Sie lächelt rasch und greift in ihre Manteltasche.

»Ich dachte, ich bring ihn dir einfach.« An ihrem Zeigefinger baumelt ein Ring mit drei Schlüsseln.

»Du hast einen Schlüssel von unserer Wohnung?«

Erstaunt sieht sie ihn an. Und ihm wird bewusst, wie seine Frage klingen muss.

»Aber ja! Hast du das nicht gewusst?«

Er stöhnt. »Letzte Nacht war jemand in der Wohnung und hat mich bedroht, er muss mit einem Schlüssel reingekommen sein.«

»Ich verstehe nicht …«

Da fällt ihm ein, dass er ihr noch nicht gesagt hat, dass Sylvie möglicherweise ermordet worden ist. »Die Polizei zweifelt an der Selbstmordversion.«

Für einen Moment starrt sie ihn nur an, als würde sie sich fragen, ob sie richtig gehört hat. Dann stützt sie sich aufs Geländer und flüstert: »Soll das heißen, Sylvie wurde … wurde ermordet?«

»Ja.«

Jetzt fängt sie an zu lachen. Ein lautes, viel zu lautes Lachen. Genauso plötzlich verstummt es. Sie schlägt sich auf den Mund, flüstert: »Warum?«

Als er mit den Schultern zuckt, wird ihm seine Ohnmacht erst richtig bewusst. »Man vermutet, dass es mit dem Mord an Professor Frost, einem Pflanzengenetiker, zu tun hat.«

»Dieser grausame Mord …? Aber das ist doch absurd! Was sollte denn Sylvie …«

»Die Polizei ermittelt.«

Sie mustert ihn, dann wird ihr Blick auf einmal argwöhnisch. »Du hast eben geglaubt, ich hätte dich heute Nacht …«

»Sarah«, sagt er beschwichtigend, »das war einfach eine dumme Reaktion, ein Reflex, natürlich denke ich nicht, dass du …«

»Doch, du hast es gedacht. Für ein paar Sekunden, Ethan. Der Gedanke war in dir.«

»Mein Gott, ja, Sarah …«

»Schon gut, Ethan. Schon gut. Ich verstehe.« Ihr Blick wird mitfühlend. »Du solltest die Schlösser auswechseln lassen.«

Ja, warum hat er das eigentlich nicht längst veranlasst?

»Aber du kannst auch bei mir …«

»Danke, Sarah, ich weiß das zu schätzen, aber ich bleibe hier. Ich hab ein paar Sicherheitsvorkehrungen getroffen.« Er denkt an die Automatik in seiner Jackentasche.

Sie lässt den Schlüssel in seine Hand gleiten. »Wenn dich das nächste Mal jemand umbringen will, weißt du, dass ich es nicht sein kann.« Sie lächelt gezwungen. »Geschmackloser Witz, ich weiß, aber …« Sie schlägt die Hände vors Gesicht und schluchzt. »Ich kann es einfach nicht fassen, dass jemand Sylvie ermordet hat! Ich kann sowieso schon nicht mehr schlafen … Es ist furchtbar!«

Er nimmt sie in die Arme.

»Ach, Ethan …« Für einen Moment lässt sie sich fallen, von

ihm halten, dann macht sie sich von ihm los, setzt ein tapferes Lächeln auf, tupft sich mit einem Taschentuch die Tränen aus den Augen. »Es tut mir leid. Für dich ist ja alles noch viel schlimmer. Und da komme ich und heule dir im Treppenhaus etwas vor. Ruf mich an, wenn du mich brauchst. Moment, weißt du, wann … wann die Beerdigung ist?«

»Nein, tut mir leid, aber solange noch so viele Fragen offen sind …«

»Ja, natürlich, ich verstehe.« Sie hat es plötzlich eilig. Um ihren Mund bemerkt er ein nervöses Zucken, und ihre Hand knetet das Taschentuch so kräftig, dass die Knöchel weiß hervortreten. »Ich sollte gehen«, sie schüttelt den Kopf.

Er sieht hinter ihr her, wie sie zum Ausgang eilt, ohne sich noch einmal umzudrehen. Sylvie hat ihm nie gesagt, dass sie Sarah einen Schlüssel gegeben hat. Und jetzt fällt ihm ein: Nicht nur Aamu wusste von Dr. Antonelli, von Parma, auch Sarah …

19

»Unser Schriftsteller hat sich von unserer Unterredung nicht einschüchtern lassen.« Lejeune setzt ihre Lesebrille ab, mit der sie gerade Ibrahims Observationsbericht gelesen hat. »Viitamaa. Finnischer Name.«

»Woher wissen Sie, dass das Finnisch …« David kratzt sich am Kopf. *Typische Geste, wenn er unsicher ist.*

»*Viita* heißt Dickicht und *maa* Land, Erde. Da oben gibt's viele Familiennamen, die Landschaften bezeichnen.« Sie seufzt, ist müde, ihre Glieder lechzen nach Bewegung und Entspannung, etwas, das ihr seit Jahren fehlt.

David sieht sie mit hochgezogenen Brauen an. »Können Sie Finnisch?«

»Im Laufe der Zeit, David, lernt man so einiges bei der Polizei. Im Übrigen«, sie setzt ein Lächeln auf. »Sie muss wirklich außergewöhnlich sein.«

»Was meinen Sie?«

Sie genießt immer wieder, ihn hilflos zu sehen. »Ihre kleine Freundin.«

»Wie kommen Sie ...« *Auf einmal wird er tatsächlich nervös!*

»Weiß sie es wenigstens zu schätzen, dass Sie den Dienstag blaugemacht haben, weil Sie am Sonntag keine Zeit für die Süße hatten?«

»Was reden Sie da?« Der Protest kommt leise.

»Sie können sich wirklich glücklich schätzen, David, dass wir kaum Leute haben, sonst säßen Sie nämlich jetzt auf der Straße.«

»Das könnten Sie gar nicht!«

Sie lächelt, worauf er zurückweicht. Sie deutet mit dem Zeigefinger auf ihn. »Sie haben keine Ahnung, was ich kann.«

Er schluckt. Die Augen hat er auf sie gerichtet wie ein hypnotisiertes Kaninchen.

»So, und was machen wir mit dieser Viitamaa?«, fragt sie wieder in normalem Tonfall. David starrt sie noch immer an. Sie nimmt ihr Kugelschreibertrommeln wieder auf. »Am besten gehen Sie mal unser Verzeichnis durch.«

Er reagiert nicht.

»David? Wollen Sie mich für immer so anstarren?«

»Nein, ich ...«

»Na also, dann bewegen Sie sich. Ich will wissen, wer dieses Mädchen ist.« Sie steht auf, packt ihre Tasche.

»Wohin ...«

»Nach Hause, David, ich arbeite seit Sonntag jeden Tag sechzehn Stunden. Wenn Sie etwas herausgefunden haben, rufen Sie mich an.«

Sie wirft den Trenchcoat über den Arm. An der Tür wendet sie sich noch einmal um. Klar ist er wütend auf sie. Soll er, das jagt Adrenalin in seine Adern. Zeit, dass er mal ein bisschen Pfeffer in den Arsch bekommt. Viel zu lange hat sie ihn mit Samthandschuhen angefasst. »Bis morgen dann.« Den Anblick seines belämmerten Babygesichts nimmt sie mit in den Feierabend. Die Kinder werden froh sein, wenn sie endlich mal zum Abendessen zu Hause ist.

20

Ethan schließt sofort die Tür hinter sich und vergisst auch die Sicherheitsschlösser nicht. Er zieht die Schuhe aus und seine Sneakers für zu Hause an, hängt zuerst seinen Mantel, dann das Jackett an die Garderobe, zögert – und nimmt die SIG Sauer aus der Tasche, steckt sie sich hinten in den Hosenbund und geht ins Bad, um sich die Hände zu waschen. Das macht er grundsätzlich, wenn er mit der Métro gefahren ist.

Als das Licht anspringt, zuckt er zurück. Er hat die Schrift noch immer nicht weggeputzt.

Halt dich raus!

Verdammt, womit kriegt man dieses Zeug weg? Und dann fällt ihm wieder der Schlüssel ein, den Sarah gehabt hat.

Sarah – war sie eifersüchtig auf Sylvie? Könnte sie einen Mord begehen?

Hat Sylvie ihm nicht irgendwann mal gesagt, Sarah hätte Schnittwunden an Armen und Beinen, die hätte sie sich selbst beigebracht? *Hör auf damit! Borderline-Syndrom, aber doch kein Mörderprofil!*

Er muss sich beschäftigen. Nur nicht hinsetzen und nachdenken. Im Schrank unter der Spüle sucht er nach einem Putzmittel. Fensterputzmittel, Bodenputzmittel. *Herrgott noch mal, warum muss ich jetzt auch noch Sarah verdächtigen?*

Er greift schließlich zu einer orangefarbenen Flasche, deren

Inhalt einen beißenden Geruch verströmt, reißt Papier von der Küchenrolle und wischt die Botschaft auf dem Spiegel ab.

Trotzdem kann er sie noch immer dort lesen.

Er muss sich organisieren. Etwas essen – und endlich Mathilde anrufen. Er kann es nicht länger aufschieben. Essen kann er später. Mathilde. Sie wird ihm die Hölle heißmachen, wenn sie erfährt, dass er sie so spät anruft. Per Kurzwahltaste, Sylvie hat sie eingespeichert, wählt er die Nummer ihrer Mutter in Marbella und setzt sich mit dem Telefon an den Küchentisch. Sie geht nicht dran, wahrscheinlich macht sie ihren Mittags- oder Schönheitsschlaf, oder sie ist beim Friseur, wer weiß.

»Hier ist Ethan. Ruf mich an. Dringend«, spricht er auf den Anrufbeantworter und legt auf. Er bleibt sitzen, starrt das Telefon an. Warum ist Mathilde nicht da? Er würde es gern hinter sich bringen.

Im Kühlschrank ist noch eine Lasagne, er schiebt sie in die Mikrowelle, macht eine neue Flasche Rotwein auf. Trinkt das erste Glas, ohne abzusetzen, gießt sich ein zweites ein. Warum muss er immerfort an Sarah denken? Warum ist er so misstrauisch? Er trinkt das Glas halb leer und legt die Waffe vor sich auf den Tisch. Die Mikrowelle klingelt – und das Telefon auch.

»Was ist so dringend, dass …« Mathilde.

»Sylvie ist tot.« Es gibt einfach keine passende Einleitung.

Mathilde braucht ein paar Sekunden, bis sie fragt, wie und warum. Sie lässt sich gerade auf ihre gigantische Sitzlandschaft auf der Veranda fallen, stellt er sich vor, im Hintergrund das glitzernde blaue Meer und schemenhaft, im Dunst, der Felsen von Gibraltar.

Er erklärt ihr die Umstände, den Mord an dem Wissenschaftler, den vorgetäuschten Selbstmord. Dass Sylvie schwanger war, unterschlägt er.

Mathilde ringt nach Atem. »Das ist … Ich kann es nicht glauben, Ethan …« Er sieht sie, ihre Hand ruht theatralisch auf dem sonnengebräunten Dekolleté. Sie fasst sich wieder und stellt präzise Fragen nach dem Zeitpunkt der Beerdigung und ob sie Sylvie noch einmal sehen kann. Er gibt ihr die Nummer von Lejeune, denn er weiß nicht, wie lange es dauert, bis sie Sylvies Leiche freigeben.

»Aber Ethan, sagen Sie mir, wie so etwas überhaupt passieren konnte. War es ein Überfall, ein… Ich verstehe nicht…«

Mathilde und Vincent haben ihm nie das Du angeboten. Und so siezen sie sich seit acht Jahren. Irgendwann ist es ihm gar nicht mehr aufgefallen. Jetzt ist er sogar froh darüber. Das Sie ist ein Spiegel der Beziehung, die sie zueinander haben.

»Hat Sylvie mal den Namen Jérôme Frost erwähnt?«, fragt er.

»Ist er der Mörder?«

»Nein, er war … er war Forscher, und er hat sie wahrscheinlich als Letzter gesehen.«

»Frost … *mon Dieu,* ich weiß nicht, ich bin so durcheinander, der Name kommt mir bekannt vor, aber, ich weiß nicht … nein, ich weiß wirklich nicht …«

»Rufen Sie mich wieder an, Mathilde. Und ja, wenn Sie nach Paris kommen, dann … dann sagen Sie mir Bescheid.«

Er weiß, dass er keinen guten Schluss gefunden hat, aber es lässt sich nun mal nicht ändern. Sylvie hat darunter gelitten.

Die Lasagne in der Mikrowelle ist inzwischen ausgetrocknet, die Ränder sind dunkel und biegen sich. Er isst den mittleren Teil, schenkt sich noch einmal aus der Rotweinflasche nach und betrachtet die Waffe.

Tontauben … bloß zersplitternder Lehm.

Als das Telefon wieder klingelt, glaubt er, es ist Mathilde, die schon einen Flug gebucht hat. Doch es ist Robert aus der Klinik.

»Ich habe mich noch einmal wegen dieser Praktikantin erkundigt. In der Personalabteilung haben sie einwandfreie Studienpapiere. Sie ist im sechsten Semester.«

»Danke, Robert.«

»Gerne. Wenn ich sonst noch was für dich tun kann …«

»Danke. Im Moment nicht.« Er legt auf, bevor er sich noch ausführlicher bedanken muss.

Nachdenklich stellt er Gabel und Glas in die Spüle, wirft die Lasagne weg. Der Toast im Brotkasten hat eine bläulich grüne Färbung angenommen. Er wirft auch ihn weg. Im Kühlschrank findet er einen Rest Ziegenkäse. Sylvie hat ihn gekauft. Es war ihr Lieblingskäse. Crotin de Chavignol. Mit jedem Bissen schnürt sich sein Hals enger zu. Die Erinnerung quält ihn, und sie ist doch das Einzige, was ihm von Sylvie geblieben ist.

Dritter Teil

1 Paris

Von wegen die Kinder freuen sich, wenn sie mal früher nach Hause kommt! Sie waren noch gar nicht da, waren zwei Straßen weiter bei den Laurents. Als sie endlich kommen, sitzt ihre Mutter vor dem Fernseher, gerade noch rechtzeitig hat David ihr Bescheid gegeben. Und sie hat an einen freien Abend gedacht!

»Roland, bitte, ich muss diese Sendung sehen!« Sie nimmt die Fernbedienung und stellt die Lautstärke höher, damit die Stimme der Moderatorin das Geplärre ihrer Kinder im Kinderzimmer übertönt.

»Guten Abend und willkommen zu *ParisCult*«, sagt die Moderatorin. Attraktiv, wie Lejeune zugeben muss, ihr Lächeln ist strahlend, das Haar leuchtend blond, der graue Hosenanzug schlicht, doch der Ausschnitt, nun ja, denkt Lejeune, fast zu gewagt – und gerade deshalb genau richtig. Sie kennt doch die Tricks. Jeder kennt sie und dennoch funktionieren sie.

»Der brutale Mord an dem Pflanzengenetiker Professor Jérôme Frost hat der Diskussion um genetisch veränderte Organismen eine ganz neue Brisanz verliehen. Befürworter und Gegner der Gentechnologie stehen sich feindlich gegenüber ...«

»Irène!« Roland steht im Jogginganzug, den er jetzt immer trägt, wenn er nicht arbeitet – und heute Abend hat er frei –, in der Wohnzimmertür, die Arme in die Hüften gestemmt. »Mein Gott, Irène, du hast sie seit zwei Tagen nicht richtig gesehen, jetzt wollen sie dir so viel erzählen!«

»Sie können mir morgen den ganzen Tag lang alles erzählen, aber ich muss jetzt diese Sendung sehen!« Sie ärgert sich, dass sie darum kämpfen muss, ihre Arbeit zu machen. Dabei täte sie auch lieber etwas anderes. Was genau, weiß sie nicht, vielleicht einfach mal gar nichts.

»Wir haben Vertreter beider Seiten eingeladen, um zu diskutieren, worum es in dieser Debatte eigentlich geht«, sagt die Moderatorin.

»Morgen, morgen! Für Kinder gibt es so was nicht …« Roland fährt sich über sein kurz rasiertes Haar, eine Geste, die er sich offenbar von den anderen Kurzgeschorenen abgeschaut hat. Ihre Wut auf ihn wächst. Warum hat er sich nicht längst einen anderen Job gesucht, einen, bei dem er mehr Geld verdienen würde. Einen, der ihnen wieder ein anderes Leben ermöglichen würde. Er hat einfach resigniert.

»Halt die Klappe, Roland!«, brüllt Lejeune unbeherrscht und tippt unablässig auf den Lautstärkeregler, bis der Fernseher dröhnt. »Haltet endlich alle mal die Klappe!«

»Ich darf Michel Grand von Nature's Troops begrüßen …«

Einen Moment fürchtet Lejeune, dass Roland mit seinen Bärenkräften den Fernseher nimmt und aus dem Fenster wirft. Er ist ein ruhiger, bedächtiger Mensch mit viel Verständnis, doch irgendwann ist es auch ihm zu viel. Aber er steht nur steif da, dreht sich schließlich um und knallt die Tür hinter sich zu.

Sie hat es so satt! Wann kümmert sich endlich mal jemand um ihre Bedürfnisse?

Michel Grand von Nature's Troops hat mit seinem ausgemergelten Gesicht, dem kahl geschorenen Kopf und den langen Gliedmaßen etwas Asketisches und Kompromissloses. Ja, man könnte ihm durchaus einen ideologisch verbrämten Mord zutrauen, denkt Lejeune und nimmt einen kräftigen Schluck Rotwein, der sie sofort entspannt.

Von Edenvalley haben sie die Vizedirektorin eingeladen,

Dr. Océane Rousseau, eine kühle, um nicht zu sagen eiskalte Frau, die gelassen lächelt. Lejeune gießt sich Rotwein nach.

Neben ihr sitzt ein Mittvierziger mit rosigem Gesicht, der gutes Essen und Trinken offensichtlich zu schätzen weiß, ein gewisser Clément Becker von den Grünen. Ihm gegenüber Dr. Serge Preston, Pflanzengenetiker am Institut für Kulturpflanzen in Lyon. Der gedrungene dunkelhaarige Mann um die fünfzig mit der schwarzen Hornbrille ist der Einzige, der nicht lächelnd in die Kamera nickt. Lejeune wundert sich, dass man nur eine Frau eingeladen hat. Vielleicht zählt man ja die Moderatorin mit und fürchtet ein Übergewicht von Frauen. Der Rotwein schmeckt besser als erwartet.

»Der erste gentechnisch veränderte Organismus«, leitet die Moderatorin ein, »abgekürzt GVO, der 1996 in Europa zugelassen wurde, war das sogenannte Roundup Ready Soja von Monsanto. 1997 folgte der erste gentechnisch veränderte Mais, kurz darauf brachte Edenvalley ähnliche Produkte und Herbizide auf den Markt. Diese gentechnisch veränderten Kulturpflanzen sind in Europa zugelassen. Sie sind immun gegen Unkrautvernichtungsmittel und bestimmte Insekten und Pflanzenkrankheiten. Dr. Rousseau, man wirft Edenvalley vor, die Kontrolle über die Nahrungsmittelproduktion übernehmen zu wollen.«

Die Angesprochene lächelt professionell. Lejeune kennt solche Leute. Sie fühlen sich allen überlegen. »Das ist eine infame Unterstellung. Jedes Unternehmen strebt danach, Arbeitsplätze zu erhalten und Gewinne für die Aktionäre – oder die Eigentümer – zu erzielen. Aber jedes Unternehmen weiß auch, dass ausschließlich die Verbraucher bestimmen, was sie kaufen. Und wenn die Unternehmenspolitik einer Firma auf breiten Widerstand in der Öffentlichkeit trifft, dann ist diese Firma recht schnell aus dem Rennen. Es ist doch vielmehr so: Wir von Edenvalley verhelfen den Bauern zu einem besseren Leben. Nicht nur, weil wir verbessertes, widerstandsfähigeres Saatgut auf den Markt bringen, sondern auch, weil wir vielfältige Bildungsprojekte unterstützen. Gehen Sie nach Argentinien, nach Paraguay, nach Uganda, in den Sudan … Ich habe die vollständige Liste nicht vorliegen, aber überall auf der Welt investieren wir in Schulen. Wir geben Schulbücher heraus …«

»Auf denen groß der Name Edenvalley steht und in denen die Gentechnologie in den rosigsten Farben beschrieben wird!«, unterbricht Clément Becker von den Grünen mit schnarrender Stimme. Sein Gesicht glüht jetzt schon rot, stellt Lejeune fest.

»Monsieur Becker«, sagt die Rousseau herablassend, »diese Bücher sind die einzigen Schulbücher, die viele dieser Kinder jemals zu Gesicht bekommen, und die Gentechnologie ist nur eines von vielen Themen, die dort beschrieben werden. Wäre es Ihnen lieber, die Schulbücher wären auf dem Stand von vor vierzig Jahren? Die Gentechnologie gehört zu unserer Gegenwart. Und wenn Sie Diabetiker wären – ich hoffe, Sie sind es nicht, Monsieur Becker –, dann wären Sie bestimmt sehr glücklich über die Errungenschaften der Gentechnologie, der Sie Ihr Insulin verdanken.«

Ein rascher Schwenk über das applaudierende Studiopublikum. »Du bist eine von den ganz Cleveren«, murmelt Irène. »Wir sprechen aber von Pflanzen, Madame Rousseau!«

»Nun …«, Océane Rousseau streicht anmutig eine Strähne zurück, »… wenn Sie wissen, wie wir sieben Milliarden Menschen, die heutige Weltbevölkerung, ohne verbesserte Anbaumethoden ernähren können, dann sagen Sie es mir. Denken wir doch mal an die Kartoffelkrankheit, die Irland nahezu entvölkert hat, weil die Menschen verhungert sind oder auswandern mussten. Es gibt Millionen von Schädlingen, die Mais, Weizen, Tomaten, Kartoffeln, Obst, einfach alles befallen. Die Bauern verlieren die Ernte und nicht selten den

Hof. Das können Sie und Ihre Partei doch nicht befürworten, Monsieur Becker.«

»Monsieur Becker«, beginnt die Moderatorin, doch Michel Grand, der Asket von Nature's Troops, kommt ihm zuvor. »Und jetzt verliert der Bauer seinen Hof an Edenvalley, weil durch den Wind Edenvalley-Saatgut vom Nachbarn auf seine Felder geweht wurde und Edenvalley ihn anklagt, das patentierte Saatgut gestohlen zu haben.«

»Ach, das mag eine Praxis eines unserer Konkurrenten sein, aber doch nicht unsere.« Überlegenes Lächeln der Rousseau.

»Sie geben es nur nicht zu. Genauso wie Ihre Firma abstreitet, dass sie mit ihrer Geschäfts- und Lizenzpraxis indische Baumwollbauern in den Selbstmord treibt.«

»Das ist doch geradezu lächerlich. Ich bedaure zutiefst den Tod dieser Menschen. Meine Mutter war Inderin, ich stehe diesen Menschen sehr nahe, aber ihr Selbstmord ist nur zu verstehen, wenn man die indische Kultur kennt, das hat nichts mit der Baumwolle von Edenvalley zu tun, die übrigens dort fast überall angebaut wird. Wenn sie nicht gut wäre, dann hätten sich die Bauern für das Saatgut einer anderen Firma entschieden.«

Wieder meldet sich Becker zu Wort. »Genau das können sie gar nicht. Edenvalley hat fast alle anderen Saatgut-Firmen aufgekauft, und im letzten Jahr war ausschließlich Saatgut von Edenvalley auf den Märkten dort zu haben. Die Bauern haben keine Wahl. Sie müssen Edenvalley-Saatgut kaufen, wenn sie im Baumwollgeschäft bleiben wollen.«

»Außerdem braucht man viel weniger Herbizide als bei üblichen …«

»Lüge!« Vehement widerspricht Michel Grand von Nature's Troops. »Inzwischen sind nämlich gewisse Pilze ganz scharf auf diese Herbizide und lagern sich mit Vorliebe an den Edenvalley-Baumwollwurzeln ab und schädigen sie. Die Baumwollausbeute ist viel geringer geworden, und gleichzeitig braucht man noch mehr Herbizide. Und das Edenvalley-Saatgut, nur nebenbei, ist vier Mal teurer als anderes.«

»Das sind massive Vorwürfe, Madame Rousseau.« Die Moderatorin hebt erwartungsvoll die Augenbrauen.

Lejeune dreht ihr Weinglas und wartet darauf, dass die Vizedirektorin ihre Ruhe verliert, doch sie antwortet weiterhin entspannt: »Nun, wir als global operierender Konzern sind ein beliebtes Ziel von derartigen Schmutzkampagnen, Madame Vernet. Erfolg zieht immer Neider an, das ist leider so. Sie, Monsieur Grand, können immer nur protestieren, wir von Edenvalley dagegen tun etwas!«

Becker lacht. »Ja, Sie tun wirklich etwas. Sie kontaminieren zum Beispiel den Mais in Mexiko!«

»Das ist wieder so eine infame Behauptung!«

Becker redet weiter: »Damit Sie anschließend Lizenzgebühren verlangen können. Und was passiert? Im Ursprungsland des Mais hat sich der ursprüngliche Mais bereits mit dem gentechnisch veränderten vermischt, er enthält inzwischen das Transgen, also ein Gen, das gar nicht in den Mais reingehört.«

»Moment!« Jetzt meldet sich der Wissenschaftler mit der dunklen Brille zum ersten Mal zu Wort. Er räuspert sich, setzt sich im Sessel zurecht. »Die gentechnisch veränderten Pflanzen enthalten doch nicht irgendein Monster-Gen oder ein neu erfundenes, in geheimen Labors hergestelltes Horror-Gen! Die Gene sind alle schon da. Sie sind Bestandteile unserer Natur! Die gentechnisch veränderte Pflanze produziert somit kein unbekanntes Protein, sondern eben nur ein zusätzliches, eins, das in einem anderen Lebewesen unserer Erde bereits vorhanden ist.«

»Danke, diese Erklärung ist auch für unsere Zuschauer wichtig«, sagt die Moderatorin und lächelt ganz kurz.

»Das stimmt schon, aber …« Becker von den Grünen ergreift das Wort. »Noch mal zum Mais in Mexiko: Wissen Sie, was das Schlimme ist, außer den Lizenzgebühren, die Edenvalley einfordert? Je nachdem, wo sich das Transgen in die Ursprungs-Maispflanze einbaut, verändert sich die Pflanze ganz unterschiedlich. Ja, es gibt bereits Monsterpflanzen – Mais mit veränderten Körnern, ungenießbaren Körnen, mit vier Rispen statt mit einer … Und wissen Sie, was das bedeutet? Unternehmen wie Sie, wie Edenvalley, hungern das Land aus, sie zwingen die Bauern, ihren gesamten Maisbestand abzutöten und nur noch das ›saubere‹ Edenvalley-Saatgut zu kaufen. Zu einem immens hohen Preis. Und von der Ernte darf kein Saatgut gewonnen und für die nächste Aussaat benutzt werden. Das verstößt gegen den Vertrag, den jeder Bauer mit Edenvalley abschließen muss.«

Michel Grand nickt heftig. »Und das betrifft nicht nur Mexiko. In den USA sind neunzig Prozent der Sojapflanzen genmanipuliert, in Argentinien ist es ähnlich, es scheint, dass Edenvalley sich so gut wie ungehindert die ganze Erde untertan machen kann. Edenvalley kauft Saatgutfirmen auf und meldet ein Patent nach dem anderen auf mehr und mehr Pflanzen an – bis schließlich alle Pflanzen Edenvalley gehören. Ist das die Welt, in der wir leben wollen?«

Applaus der Zuschauer. Die Kamera schwenkt auf die unbeeindruckte Vizedirektorin.

»Das ist wieder eine dieser Verschwörungstheorien …«, erwidert der Wissenschaftler.

Becker schüttelt den Kopf. »Nein, es ist die Wahrheit. Es gibt Fakten. Es gibt Nobelpreise für Menschen, die genau dagegen kämpfen, gegen einen Konzern wie Edenvalley. Oder denken Sie an Professor Alfred Hirsch in Tromsø, der im vergangenen Jahr den Whistleblower-Preis für couragiertes Handeln in der Wissenschaft erhalten hat.«

Wieder Applaus.

Michel Grand schaltet sich ein. »Und noch etwas: Neunzig Prozent aller gentechnisch veränderten Organismen ›gehören‹ schon jetzt Edenvalley – und das geradezu Geniale, das

Diabolische ist, dass sie alle gegen das von Edenvalley hergestellte Herbizid resistent sind. Noch mal ganz deutlich: Das Herbizid von Edenvalley ist ein Totalherbizid, es tötet alles, nur die Edenvalley-Pflanzen nicht.«

Dann wieder Becker: »Damit nicht genug, ich muss den Kollegen unterstützen, dieses Herbizid, Weezero, Sie wissen schon, *weed zero* – null Unkraut, Weezero enthält den Wirkstoff Glyphosat, der eindeutig Krebs erzeugt …«

»Das wird in der einen oder anderen Studie behauptet«, fällt ihm Océane Rousseau ins Wort. »Auf diese Weise versetzen Sie, Monsieur Becker, und Ihre Partei auf plumpe Art und Weise die Menschen in Angst und Schrecken. Zudem zitieren Sie Studien, bei denen es massive Fehler im Versuchsaufbau …«

»Das ist eine dreiste Behauptung, Madame Rousseau!«, wehrt sich Grand. »Außerdem werden beim Gentransfer auch Antibiotika eingesetzt, die angeblich unschädlich sind. Aber was passiert? Die Zahl von antibiotikaresistenten Tuberkuloseerkrankungen hat sich erhöht. Gegen die hilft nichts mehr. Wir sind machtlos.«

Océane Rousseau lacht. *Erste Anzeichen von Nervosität?*

»Aber ich bitte Sie, meine Herren! Die wenigen Antibiotika, die noch als Selektionsmarker in der Gentechnik eingesetzt werden, werden klinisch überhaupt nicht mehr verwendet! Die erhöhte Zahl von antibiotikaresistenten bakteriellen Krankheiten ist auf den wahllosen und viel zu häufigen Einsatz von Antibiotika in der Klinik und in der Tiermast zurückzuführen! Wir von Edenvalley benutzen ausschließlich Marker, die nicht klinisch relevant sind.«

»Das ist beruhigend«, sagt die Moderatorin. *Wohl um die Vizedirektorin nicht ganz allein dastehen zu lassen.*

Becker hebt die Arme. Unter seinem Hemd haben sich dunkle Schweißflecken gebildet. »Hören Sie doch auf, Lügen zu verbreiten, Madame Rousseau! Das Fatale an genverändertem Saatgut ist: Wir können nicht mehr zurück. Die DNA dieser neu generierten Pflanzen verbreitet sich automatisch immer weiter, sie wird durch den Wind und andere Lebewesen weitergetragen. Und zwar über die ganze Erde!«

Grand nickt. »Absolut! Ein großes Problem ist, dass die Menschen zu wenig über die Agrar-Gentechnik wissen. Und Politik und Industrie haben kein Interesse daran, das zu ändern. Ja, es gibt sogar staatliche Fördermittel für die sogenannte *grüne* Gentechnologie. Und Zulassungsbehörden stehen nicht selten in engem Kontakt – wenn Sie wissen, was ich meine – mit Interessenverbänden auf Seiten der Industrie.«

»Das ist ja ungeheuerlich! Was unterstellen Sie da rechtschaffenen Wissenschaftlern? Sie bringen Behörden in Misskredit – und in letzter Konsequenz handeln Sie so wie im Falle von Professor Frost!« Der Wissenschaftler mit der dunklen Hornbrille ist außer sich. »Nehmen Sie das sofort zurück! Ich verbitte mir solch eine Unterstellung!«

Die Moderatorin schaltet sich ein. »Nun, wir sollten etwas vorsichtiger mit Anschuldigungen dieser Art sein. Wer haftet eigentlich für die Umweltschäden, die durch die Gentechnik verursacht werden?«

Becker antwortet. »Richtig aus unserer Sicht wäre: Wer gentechnisch veränderte Produkte anbaut und dadurch die Umwelt kontaminiert, muss für den so entstandenen Schaden aufkommen. Also im Falle des Mais in Mexiko müsste Edenvalley den Schaden ausgleichen.«

»Ich bitte Sie, das ist doch geradezu lächerlich. Sie müssen erst einmal beweisen, dass dem so ist. Und wissen Sie, was dann passieren würde: All die Ökoaktivisten, die ja, wie wir gesehen haben, zu solch grausamen Taten fähig sind …« Rousseau lächelt herablassend.

»… das ist eine Vorverurteilung! Eine unglaubliche Diffamierung!«, protestiert Michel Grand.

»… Taten fähig sind, diese würden nämlich nicht davor

zurückschrecken, selbst zu kontaminieren und dann Edenvalley dafür auf Schadensersatz zu verklagen. Das wäre ein äußerst lukrativer Einsatz. Und wissen Sie, wie viel die sogenannte ›Bioindustrie‹ umsetzt? Das sind ebenfalls Milliarden. Wenn *bio* draufsteht, sind die Leute bereit, ein Vielfaches zu zahlen! Die Bio-Industrie muss also nur die Angst der Menschen schüren, und schon spült das Milliarden in ihre Kassen! Und – Monsieur Becker, haben diese Bio-Unternehmen Ihrer Partei nicht letztes Jahr rund zwei Millionen Euro gespendet?«

Lejeune trinkt ihr Glas leer, gießt nach.

»Für mich sind Gentechniker ethisch und wissenschaftlich unverantwortlich handelnde, skrupellose, macht- und profitgierige Lügner!«, dröhnt gerade die Stimme des asketischen Vertreters von Nature's Troops aus dem Fernseher, was den sofortigen Protest des Wissenschaftlers und der Vizepräsidentin von Edenvalley hervorruft. Auch die Moderatorin greift ein. Lejeune fährt die Lautstärke wieder auf normal herunter und hört in dem Moment ihr Handy auf dem Couchtisch klingeln. David. Wütend nimmt sie ab.

»Kaum bin ich aus dem Büro, und schon …«

»Ich habe etwas über Aamu Viitamaa herausbekommen«, fällt er ihr ins Wort.

»Was?« *So schnell auf einmal, der Junge.*

»Sitzen Sie?«

Ist sie etwa alt und gebrechlich? »Ja, Himmel, nun reden Sie schon!«

»Die Fingerabdrücke innen in den Handschuhen aus dem Container …«

Sie sagt nichts mehr, wartet auf das Unglaubliche.

»… sind von Aamu Viitamaa. Allerdings …«

»Ja?« Sie versucht, sich ihre Anspannung nicht anmerken zu lassen. Den Triumph will sie ihm nicht gönnen.

»Sie hat eigentlich einen anderen Namen. Xenia Yakovleva.

Unter diesem Namen steht sie in der internationalen Kartei. Jugendliche Straftäterin. Müsste eigentlich gelöscht sein, aber sie kommt aus Russland …«

»Schön, David. Dann sehen wir uns morgen.«

Pause. Natürlich hat er ein Lob erwartet. Stattdessen muss er ihre Wut ausbaden.

»Wir kriegen morgen ein Video«, fügt er an.

»Worüber?«

»Aamu Viitamaa.«

Er rächt sich, oder? Spannt mich auf die Folter, rückt bewusst nicht mit der Sprache raus.

»Können Sie sich nicht etwas präziser ausdrücken, David?«

»Morgen. Sie werden es morgen sehen.« Er legt auf.

Mistkerl! Sie wirft das Handy auf den Tisch, schnappt ihr Weinglas.

»Verehrte Madame Rousseau«, sagt gerade der Vertreter von Nature's Troops, »was haben Sie gegen diese Fakten vorzubringen: Soja findet man in sechzig Prozent aller fertig zubereiteten Lebensmittel in Frankreich – in Brot, Babynahrung, Fertiggerichten, in vegetarischer Lasagne, überall … Nun sind in den USA die weltweit größten Anbaugebiete von Soja. In den USA sind neunzig Prozent des Sojas gentechnisch verändert! Essen Sie Produkte mit Soja, Dr. Rousseau?«

Lejeune versucht, der Sendung wieder zu folgen, doch es gelingt ihr nicht mehr, ihre Gedanken schweifen ab.

2 Uganda

Es ist stockfinster. Nirgendwo kann es dunkler sein.

In den Hütten weiter weg vom Klinikgebäude glimmen ein paar Lichter. Kerosinlampen. Tiere kreischen, Affen, Vögel. Insekten surren, über mir dreht sich eiernd ein Ventilator. Das Licht flackert, der Generator hält die Spannung nicht stabil.

Afrika also. Uganda. Deutschland, Europa, nein, die ganze Welt ist so weit weg. Sie existiert fast nicht mehr.

Henrik lehnt sich zurück. Betrachtet den letzten Satz. Streicht ihn. Er will nicht zynisch werden. Nicht so wie Dr. Bleibtreu, der sich mit den Zuständen abfindet, Protokolle schreibt, sein Bestes tut und einmal im Monat zum Golfspielen nach Entebbe fliegt.

Er schließt die Augen, lässt den Tag vorbeiziehen. Warum nur fühlt er sich hier ganz anders als in Deutschland? Stärker irgendwie, wichtiger, ja er hat das Gefühl, dass es hier auf ihn ankommt, dass er nicht nur ein unbedeutendes Rädchen in einer gigantischen Maschine ist, die nur dazu da ist, all die Rädchen und Ventile in Bewegung zu halten und den Menschen so einen Sinn für ihre Existenz vorzugaukeln.

Ein dumpfer Schlag lässt ihn hochfahren. Dann ein Scheppern, als wäre ein Regal mit Gläsern umgefallen. Er lauscht. Nichts. Vielleicht hat der Wind … Ein bisschen ungewöhnlich wäre es schon, aber …

Wieder ein Schlag. Bestimmt ist irgendetwas heruntergefallen. Das lose Brett auf der Veranda. Seit zwei Tagen liegt es da auf der Mauer. Vergessen von irgendeinem Handwerker. Er beugt sich wieder über die Tastatur.

Ich habe das Gefühl, dass ich schon ewig hier bin und nie wieder woanders sein will. Obwohl der Tod hier so präsent ist. Schon wenn man eine Lampe einschaltet. In ihren Schein taumeln Schwärme von Insekten aus der Finsternis hinein, baden darin, als wäre es ihr Lebensquell, um dann in der Hitze der Glühlampe zischend zu verbrennen.

War das nicht ein Schrei? Hoffentlich kein Überfall, davor haben sie alle Angst, haben sie ihm erzählt. Und Dr. Bleibtreu ist beim Golfspielen, vierhundert Kilometer weit weg.

Wieder ein Schlag, Schreie. Er zuckt zusammen. Angst schießt in ihm hoch. Was soll er tun? Das Schlachten in Ruanda fällt ihm ein und dann das, was er über Idi Amins Schreckensherrschaft gehört hat … Reflexartig duckt er sich unter den Schreibtisch. *Das ist lächerlich, Henrik! Du bist kein Kind mehr!*

Zitternd steht er auf, geht zur Tür, öffnet sie. Mary ist nicht da, niemand ist da! Er ist allein. Die Schreie werden lauter. Er holt Luft, dann reißt er den Feuerlöscher aus der Halterung neben der Tür, entsichert ihn und geht über den Flur hinüber zu den zwei großen Räumen für die Erwachsenen, dorthin, wo die Geräusche herkommen. Wieder Scheppern, Knirschen, als wenn jemand über Scherben geht, schrille Schreie, Brüllen.

Rebellen? Einbrecher? Plötzlich ist ihm, als würde sich Gottes Hand schützend über ihm ausbreiten. Die Angst ist verschwunden. Herr, steh mir bei, betet er noch, dann tritt er gegen die angelehnte Tür. Licht vom Flur fällt in das Krankenzimmer mit den vier Betten. Und da sieht er die massige Gestalt, die sich aus dem Dunkel löst, die weißen Augäpfel springen fast aus den Höhlen, vor dem Mund leuchtet weißer Schaum.

»Sam!« Dann erst sieht er die blitzende Klinge der Axt in Sams Hand und das Stück eines blutigen Arms am Boden, die blutigen Bettlaken in den Betten und einen Kopf – ohne Rumpf, da fliegt die Klinge auf ihn zu, er reißt den Feuerlöscher hoch, im selben Moment kracht Metall auf Metall, er wird zurückgeschleudert, stolpert, fällt – und drückt den Griff des Feuerlöschers zusammen, ein Strahl aus beißendem Schaum spritzt in das Gesicht des Angreifers, lässt ihn taumeln, den Halt verlieren, mit tierischem Gebrüll sackt er nach hinten, rutscht auf den klirrenden Scherben aus und schlägt mit dem Kopf gegen die scharfe Kante eines Bettes.

Es ist still, ganz plötzlich.

Henrik zittert. Sein Kopf ist wie in eine Schraubzwinge gespannt. *Steh auf! Mensch, los!* Er rollt den Feuerlöscher zur Seite, rappelt sich auf und tastet mit zitternder Hand zum Lichtschalter.

Flackernd springt die Deckenröhre an. Erhellt das Grauen.

Ein surreales Schlachtengemälde, blutige Gliedmaßen, ein Arm, ein Bein, ein zerquetschter Kopf, überall Blut.

Gütiger Gott, steh mir bei.

Sams Augen starren ihn entsetzt an. Sein Brustkorb hebt sich leicht. Henrik macht zwei vorsichtige Schritte auf ihn zu. Doch der massige Körper bewegt sich nicht, nur der Brustkorb hebt und senkt sich.

»Sam?«, fragt er und bemerkt ein Flackern in den Augen. Ein langes, tiefes Stöhnen kommt aus Sams Kehle. Dann erstarrt sein Blick, sein Körper erschlafft. Sein Kopf kippt seitlich weg.

Vater unser, der du bist im Himmel, geheiligt werde dein Name, dein Reich komme …

3 Paris

Immer fällt etwas von Camille ab, wenn sie eine Sendung beendet. Ein tonnenschweres Gewicht, und sie lässt alles los, feiert mit Christian und den anderen, betrinkt sich und fährt mit dem Taxi nach Hause. Doch diesmal ist es anders. Die Sendung ist zu Ende, aber ihre Anspannung bleibt – und sie bedauert das Ende der Sendung.

Océane Rousseau hat sie in ihren Bann gezogen. Ihr ist, als hätte die Vizedirektorin ihr ein Versprechen gegeben, nur Camille weiß nicht, worauf. Sie macht die Tür zum Besprechungsraum auf.

»Du warst gut, Camille!« Christian springt auf und kommt mit ausgebreiteten Armen auf sie zu.

»Ich weiß nicht.« Sonst genießt sie diese Momente nach

einer gelungenen Sendung. Nein, sie fühlt sich nicht gut. Sie hat Partei ergriffen.

»Doch!« Christian schnappt sich eine Champagnerflasche aus dem Kühlschrank. *»Tout Menti!* hat ein heißes Eisen angepackt!« Der Korken knallt. Lucien, Annabelle und vier Mitarbeiter der Produktionsfirma heben lachend ihre Gläser. Christan hält ihr ein volles entgegen.

»Danke, ich möchte keinen …« Camille nimmt Mantel und Handtasche von der Garderobe.

»Du willst doch jetzt nicht gehen?«, fragt Lucien. Alle sehen sie an, die vollen Gläser in der Hand.

»Doch …«

»Bist du krank, Camille, was ist mit dir?« Christian hat den Arm um sie gelegt, sie nimmt seinen leichten Schweißgeruch wahr.

»Macht euch keine Sorgen, es ist nichts, ich will einfach nur nach Hause«, versichert sie.

Christian gibt sie frei. »Okay, aber ruf an, wenn du es dir anders überlegt hast. Dann holen wir dich ab.«

Sie ringt sich zu einem Lächeln durch, gibt Christian einen Kuss auf jede Wange und wirft eine Kusshand in den Raum.

Der neonhelle Flur endet an der Glastür, die ein Bild von ihr zurückwirft. Einen kurzen Moment betrachtet sie die Gestalt. Irgendetwas ist geschehen, und sie kann nichts dagegen tun. Schon lange nicht mehr hat sie sich so allein gefühlt. Sie denkt an die Flasche Weißwein, die sie zu Hause im Kühlschrank hat, keinen teuren diesmal, aber immerhin Alkohol, der beste Freund der Einsamen. Sie drückt die Tür auf und zuckt zusammen, als die Regentropfen wie Glasmurmeln auf sie niederprasseln. Eilig zieht sie den Mantelkragen hoch, doch das Wasser rinnt ihr schon aus den Haaren. *Auch das noch.* Sie hebt die Hand, um das Taxi, das am hinteren Eingang steht, herbeizuwinken.

»Camille?«

Sie dreht sich um.

Auf dem glänzenden Lack der dunklen Limousine zerplatzen die Regentropfen, und im Scheinwerferlicht schwebt ein Regennetz. Die hintere Tür ist geöffnet, klassische Musik dringt leise aus dem Wageninnern, Camille weiß, wer dort wartet. Ihre Einsamkeit, ihre Müdigkeit sind verschwunden. Dr. Océane Rousseau, die Vizedirektorin des Agrarriesen Edenvalley, findet sie auf irgendeine Weise interessant. Warum auch nicht? Sie ist eine gute Journalistin! Mit jedem Schritt, den sie auf die geöffnete Tür zugeht, fühlt sie sich besser.

»Wollen Sie nicht mitfahren?«

»Danke, aber ich … nehme das Taxi …«, bringt sie mühsam hervor.

»Das hier ist besser als ein Taxi. Kommen Sie, es war ein so energetischer Abend.«

Camille zögert. Kann sie die Einladung annehmen? Was für spießige Überlegungen, denkt sie dann.

»Nehmen Sie mich mit in die Rue Coetlogon? Sechstes?«

»Selbstverständlich. Nick«, sie wendet sich an den Fahrer, einen schmächtigen jungen Typ, »wir machen einen Umweg. Rue Coetlogon.«

Lächelnd rückt Océane ein Stück in die Mitte.

Lautlos, so scheint es Camille, schießt der Wagen durch die nächtliche Stadt, während Klaviermusik dezent das Innere erfüllt und Océanes Nähe sie in Unruhe versetzt. Sie sucht nach einem Gesprächsthema, doch auch ihr Gehirn ist seltsam durcheinander.

»Sind Sie mit Ihrer Sendung zufrieden?«, fragt Océane auf einmal.

»Es geht. Und Sie, sind Sie zufrieden?«

»Mein Part war der schwierigere, aber daran bin ich

gewöhnt. Ja, ich bin recht zufrieden.« Océanes Blick hat etwas Musterndes. »Und, auf welcher Seite stehen Sie, Camille?«

Was meint sie damit?, schießt es Camille durch den Kopf.

»Ich bin Journalistin. Ich darf auf keiner Seite stehen.«

Wieder dieser musternde Blick. »Jeder steht auf einer Seite, Camille. Die, die das verneinen, trauen sich nur nicht, Farbe zu bekennen.«

»Nein, es gibt die neutralen Beobachter.«

»Die gibt es nicht.«

In Camille regt sich Widerstand, sie will sich nicht auf eine solche Diskussion einlassen, Océane gehört zu den Menschen, die niemals zugeben würden, dass sie sich geirrt haben. »Gefällt Ihnen die Musik?«, fragt Océane plötzlich. »Jean Sibelius. Fünf Klavierstücke.«

»Ich muss zugeben, ich bin nicht ganz so …« Nein, Musik ist noch nie ihre Stärke gewesen. Malerei, Architektur schon eher.

»Er hat jedes Stück einem Baum gewidmet.« Océane fällt ihr ins Wort. Offenbar hat sie gar keine Antwort erwartet. »Eine schöne Idee, nicht wahr? Tatsächlich war er nicht einmal ein guter Pianist. Meine Mutter hat immer wieder über seine Stücke den Kopf geschüttelt, aber er hat damit seinen Verlag bei Laune gehalten, bis er wieder eine Symphonie beendet hatte. Hören Sie.« Sie schließt die Augen, genießt die Minuten bis zum Ende des langsamen Stücks, und Camille fragt sich erneut, warum die Vizedirektorin sich ihr auf diese Weise zeigt.

Will sie positive Publicity? Will sie, dass Camille überall verbreitet, wie feinsinnig und menschlich die Vizedirektorin von Edenvalley ist?

Als der Wagen endlich vor ihrem Haus anhält, atmet nur ein Teil in ihr auf, der andere will einfach weiterfahren.

»Vielen Dank«, sagt sie, den Türgriff schon in der Hand.

»Gern geschehen. Waren Sie schon einmal in Genf, Camille?«

Camille zögert, denkt nach. »Ja. Bei einer Veranstaltung des Internationalen Roten Kreuzes, aber das ist schon eine ganze Weile her.«

»Ich würde Sie gern einladen. Vielleicht ergibt sich eine Gelegenheit.«

Camille steigt aus. Jetzt, denkt sie, jetzt musst du es tun. Und so beugt sie sich noch einmal hinunter.

»Was wollen Sie eigentlich von mir?«

Océane lächelt, als hätte sie längst auf diese Frage gewartet.

»Wie hoch ist die Auflage Ihrer Zeitschrift, Camille?«, fängt Océane an. »Fünfzig-, sechzigtausend? Und wie viele Zuschauer sehen Ihre Sendung?« Die Vizedirektorin lässt ihren Blick über Camilles Gesicht wandern. »Glauben Sie mir, Sie könnten etwas viel, viel Größeres bewegen, Camille.«

»Was?«

»Die Welt?«

Camille will weiterfragen, fragen, was sie wohl damit meint, doch da wünscht ihr Océane schon eine gute Nacht und schließt die Tür.

»Gute Nacht«, erwidert Camille kaum hörbar und sieht dem Wagen hinterher, bis er in die Dunkelheit taucht.

Einen Moment lang erlaubt sie sich, über Océanes Privatleben nachzudenken. Gibt es da jemanden? Einen Mann? Eine Frau vielleicht? Oder ist Dr. Océane Rousseau so sehr von ihrer eigenen Großartigkeit fasziniert, dass sie bloß Bewunderer braucht?

Unter dem gelben Licht über dem Hauseingang zieht Camille den Reißverschluss ihrer Handtasche auf und kramt nach dem Hausschlüssel. *Die Welt bewegen* … Sie hat noch Wein zu Hause. Immerhin.

4 Sonntag, 30. März
Tromsø

Das Rot der untergehenden Sonne wirft einen rosa Schimmer auf die sich zehntausend Meter unter ihm ausbreitende Landschaft aus zerklüfteten schnee- und eisbedeckten Landzungen und das schwarze Meer. Ethan wollte ihr den Fensterplatz überlassen, doch sie hat darauf bestanden, dass er ihn nimmt. Gedankenverloren starrt er hinunter. Er hat sich über Lejeunes Anordnung hinweggesetzt, hat die Stadt – und ja, sogar das Land – verlassen. Diesmal wird nichts schiefgehen. Niemand kann ihn verfolgt haben, er ist zum Hintereingang hinaus und hat zweimal das Taxi gewechselt, er hat Pauline nichts gesagt – und falls Aamu doch etwas mit all dem zu tun haben sollte, er wirft ihr einen kurzen Blick zu, den sie lächelnd erwidert, hat er sie unter Kontrolle.

»Noch einen Kaffee?« Die Stewardess hält die Thermoskanne bereit, er schüttelt den Kopf. Aamu lässt sich noch eine Tasse eingießen. Er wundert sich, wie viel Kaffee sie trinkt. Kommt vom Studium, hat sie ihm erklärt, wie soll man sonst eine Nacht durchlernen?

Als gestern Abend in der Talkshow Professor Hirsch genannt wurde, wusste Ethan sofort, dass er den Namen schon einmal gehört hatte. Ein paar Minuten später war ihm eingefallen, wann und wo. Acht Jahre ist es her. Als er zum ersten Mal in Sylvies Wohnung war, noch mit Gipsbein und ziemlich angeschlagen, hat er sie für den folgenden Samstag – an dem sie ihm den Gips abnehmen wollte – zum Essen eingeladen. Doch sie bedauerte, denn ausgerechnet für jenen Abend sei seit Monaten schon ein Treffen mit ihrem ehemaligen Doktorvater geplant. Hirsch, ja, er hieß Hirsch, an den Namen kann Ethan sich erinnern, und er weiß noch, dass er ziemlich sauer auf diesen Hirsch gewesen ist. Und gestern sagten sie im

Fernsehen, dass Professor Frost bei diesem Hirsch promoviert hätte, der damals noch an der Universität in Paris gelehrt hat. Auf einmal hat er sich an »Jerry« erinnert. Sylvie hat damals ein paar Mal von einem Jerry gesprochen, einem »Überflieger«, der für Geld alles tun würde. Jerry – Jérôme?

Und warum ist sie dann mit so einem Typen essen gegangen?

Daraufhin hat er im Internet nach Informationen über diesen Professor Hirsch gesucht und ist auf GenØk in Norwegen gestoßen. Was er entdeckte, traf ihn wie ein Schlag. Sylvie ist im Februar für zwei Tage in Norwegen gewesen. Eine Tagung, hat sie gesagt, von wem und wofür hat er sofort wieder vergessen. Plötzlich ist er sich sicher, dass Sylvie diesen Professor Hirsch aufgesucht hat. Warum nur hat sie ihm nichts davon gesagt?

Noch in der Nacht hat er versucht, Hirschs private Telefonnummer herauszubekommen, jedoch nur die im GenØk-Centre for Biosafety gefunden. Dann hat er die Homepage überflogen. GenØk wurde 1998 als nicht-kommerzielle Stiftung gegründet und beschäftigt sich mit den Auswirkungen der Gentechnologie und Genveränderung auf Umwelt und Gesundheit. GenØk betreibt außerdem die Verbreitung von Informationen und bietet Beratungen an. Zurzeit hat das Institut dreiundzwanzig Angestellte. Die meisten arbeiten in Tromsø, weitere Abteilungen gibt es in Christchurch in Neuseeland und Kuala Lumpur in Malaysia.

Er rief in Tromsø an und hatte Glück, dass nachts jemand dort arbeitete. Professor Hirsch sei verreist und käme erst morgen wieder zurück, hieß es.

Ethan wollte nicht untätig sein und nicht warten, bis Hirsch sich vielleicht erst Tage nach seinem Urlaub dazu bereit erklären würde, mit ihm zu reden – oder vielleicht sogar abzulehnen. So hat er kurzerhand einen Flug gebucht. Das heißt, zwei Flüge.

Aamu war unmittelbar vor der Sendung gekommen. »Vielleicht finden wir zusammen etwas heraus?«, hatte sie gesagt und dann, später: »Diesmal lasse ich dich nicht allein fahren.« Dabei legte sie den Arm auf seinen und flüsterte: »Ich habe Angst um dich.«

Die Maschine der Scandinavian Airlines war um 14 Uhr 05 in Paris gestartet. Er hatte zwei Einzelzimmer im Rica Ishavs Hotel für zwei Nächte reserviert. Die zentrale Lage im »Paris des Nordens«, wie es in der Beschreibung hieß, die einzigartige Lage am Tromsø-Fjord, die fantastische Sicht auf den Hafen, die Brücke und die Berge – all das interessierte ihn nicht. Sie würden dort übernachten, und am nächsten Tag würde er Professor Hirsch aufsuchen.

Pünktlich um 16 Uhr 20 setzte die Maschine auf der Landebahn in Oslo auf. Er trank an einer Bar einen Whisky für einen astronomisch hohen Preis und Aamu einen Kaffee. Um 18 Uhr 30 ging es weiter nach Tromsø.

20 Uhr 40. Es ist dunkel, als sie aussteigen. Minus sieben Grad Außentemperatur, hat der Pilot kurz vor der Landung durchgegeben und dass die Stadt knapp dreihundertfünfzig Kilometer nördlich vom Polarkreis liegt.

Ethan ist froh, dass er eine Daunenjacke mitgenommen hat. Aamu schultert ihren kleinen Rucksack und knöpft ihren gesteppten Daunenmantel zu, der ihr fast bis zu den Knöcheln reicht und sie seltsam eingeschnürt aussehen lässt. Über ihren Kopf hat sie die bunte Lappen-Strickmütze gezogen. Was für ein seltsames Paar, denkt er, als sie nebeneinander durchs Flughafengebäude zu den Taxen gehen.

Tromsø liegt auf einer Insel. Der Flughafen befindet sich auf der Nordseite, die Stadt selbst auf der Südseite.

»Fühlst du dich wie zu Hause?«, fragt er Aamu, die stumm aus dem Seitenfenster sieht. Er hat sie aus ihren Gedanken gerissen, stellt er fest, als sie sich zu ihm dreht. »Ein bisschen.«

Warum wollte sie unbedingt mit, wenn sie es jetzt nicht verkraftet?, fragt er sich.

»Du denkst nicht gern zurück …«

Sie schüttelt den Kopf und wendet sich wieder ab. Gut, er muss nicht mit ihr reden.

Von der Landschaft ist nicht viel zu sehen, wie eine schmutzig weiße Wand säumt der Schnee die Straße. Im Scheinwerferlicht aufblitzende Schneeflocken wehen an die Scheibe. Die schneebedeckten Berge kann er nicht erkennen. Ethan stellt sich vor, wie man es aushält, wenn es monatelang dunkel ist, und wie es ist, wenn es monatelang nachts nicht dunkel wird. Tiefblau soll der Himmel dann sein, hat er gelesen. Lange kann er die arktische Dunkelheit nicht betrachten, denn der Wagen dringt ein in das beschilderte und beleuchtete unterirdische Straßentunnelsystem von Tromsø, erbaut nach dem Zweiten Weltkrieg, als die Stadt in Trümmern lag, zerschossen von der deutschen Wehrmacht, und die Menschen in der oberirdischen Kälte erfroren.

»Weißt du, ich verstehe immer noch nicht so ganz, warum du das alles tust. Hast du keinen Freund, niemanden, mit dem du Zeit verbringen willst?«

Ihr Blick bekommt etwas Misstrauisches. »Warum fragst du mich das?«

»Du bist jung, attraktiv – und Sylvie war einfach nur eine Ärztin, auf deren Station du seit Kurzem arbeitest.«

Sie hebt erstaunt die Brauen. Plötzlich grinst sie. »Willst du damit behaupten, ich könnte deine Frau …«

Er sieht sie nur an.

»… klar, ich kannte sie, sie hätte mich ohne Weiteres in die Wohnung gelassen, ich hatte Zugang zu Betäubungsmitteln, habe medizinische Kenntnisse …«

Jedes Wort ein Peitschenhieb, und ich widerspreche nicht.

Sie dreht sich zurück zum Fenster und fragt tonlos: »Sag mir einen Grund, warum ich so etwas tun sollte?«

»Für Geld?« Er zuckt mit den Schultern. »Oder … aus Überzeugung. Vielleicht bist du eine Terroristin, eine Ökoterroristin, ja Mitglied von Nature's Troops.« Er versucht, belustigt zu klingen, doch sie sieht ihn nur ausdruckslos an.

»Du hast recht, alles wäre möglich.« Sie wendet sich wieder zum Fenster. »Aber nein, ich war es nicht.«

Der Wagen stoppt, der Fahrer dreht sich um. »Wir sind da.«

Als Ethan die Tür öffnet, trifft ihn wieder die beißende Kälte, die er im Taxi vergessen hat.

Das Hotelrestaurant hat längst geschlossen, erfahren sie beim Einchecken, aber in der Bar werde noch Kaffee und Kuchen serviert.

»Kaffee und Kuchen?«, vergewissert sich Ethan, ob er richtig verstanden hat.

»Ja, das ist normal«, erklärt ihm Aamu und schultert ihre Tasche. Sie verzieht immer noch keine Miene, ist anscheinend beleidigt. »Abendessen um fünf und Kaffee und Kuchen um neun.«

»Hast du Hunger?«, fragt er sie.

»Ja.« Ohne zu lächeln, dreht sie sich um und geht zum Restaurant. Er wird das Gefühl nicht los, dass er einen Fehler gemacht hat, Aamu mitzunehmen.

5

Ethan betrachtet sie, wie sie ihm gegenüber in dem leeren Restaurant sitzt. Ein müder Kellner macht sich im Hintergrund am Geschirr zu schaffen, leise dudelt Kaufhausmusik aus unsichtbaren Lautsprechern. Der dunkelrote Teppich schluckt jeden Schritt, jedes Stuhlrücken und jedes zu laute Wort.

Ihr Rollkragenpulli ist grün wie isländisches Gras, denkt Ethan und sofort schwappt eine Erinnerung an die Oberfläche. Die Woche in Island, vor vier Jahren – oder waren es drei? Er schiebt die Bilder weg. Sylvie ist tot.

Aamu fasst sich an die Ohrläppchen, als müsste sie sich vergewissern, dass darin noch die perlmuttfarbenen Muscheln stecken. Er überlegt, ob sie schon öfter Ohrringe getragen hat. Nein, heute ist es das erste Mal. Ihre Lippen glänzen hell, das Licht des Kronleuchters lässt ihr Haar in kräftigem Kupferrot aufleuchten. Ihre Augen flackern.

Heidelbeerkuchen hat sie bestellt und Kaffee. Er nimmt einen Cognac. Zu spät wird ihm klar, dass eine Cognacflasche auf Sylvies Nachttisch stand und Lorraine Kempf Cognac bestellt hat. Er hätte etwas anderes nehmen sollen.

Sie betrachtet zuerst den Kuchen, dann mustert sie Ethan. »Darf ich dich etwas fragen?«

»Bitte.«

Sie pickt eine Mandel vom Kuchen. »Warum tust du das alles? Du könntest an deinem neuen Roman schreiben. Schriftsteller machen das doch so. Ich meine, sich ausdenken, was wäre wenn, sie müssen nicht wirklich handeln, oder?« Sie knabbert an der Mandel wie ein Eichhörnchen, mit raschen, flinken Bewegungen, die Lippen gespitzt.

»Glaubst du, ich könnte das? Einfach irgendwas schreiben, während Sylvies Mörder frei herumläuft?«

»War nur 'ne Frage.« Sie steckt den Rest der Mandel in den Mund. Nimmt mit der Gabel den Heidelbeerkuchen in Angriff. Er wundert sich, dass sich eine so kleine und zierliche Person solch große Portionen in den Mund schiebt.

»Warum sind deine Eltern aus Finnland weg?«, will er auf einmal wissen.

Sie kaut, schluckt und sagt dann ungerührt: »Sie waren nie in Finnland.«

Einen Moment überlegt er, ob das ein Scherz sein soll. Doch als sie einfach weiterisst, sagt er: »Du hast mir also einfach so ins Gesicht gelogen?«

»Ich mag Russland nicht. Deshalb habe ich mir Finnland als Heimatland ausgedacht.« Sie pickt noch eine Mandel von ihrem Kuchen, hält sie hochkant zwischen Daumen und Zeigefinger, betrachtet sie, als müsste sie sie prüfen, und nagt dann mit den oberen Schneidezähnen ein winziges Stück ab. »Mein Vater war Wissenschaftler. Und irgendwann wurde er nicht mehr gebraucht. Er hat nicht mehr ganz so funktioniert, hat auf einmal Skrupel gehabt. Man hat ihn entlassen. Er fing an zu trinken. Wodka, bald schon morgens. Wir hätten nur noch ein bisschen warten müssen, dann hätte er sich zu Tode gesoffen mit dem selbst gebrannten Zeug.« Sie sieht ihn an, zögert. Er wartet. »Er hat uns geschlagen. Meine Mutter, meinen Bruder, mich. Er war stark und groß, meine Mutter hat ihn früher *medweschonok* genannt, kleiner Bär.« Er unterbricht sie nicht. »Eines Tages kam er heim, er hatte mit den Säufern im Ort getrunken, er kam heim, riss die Tür auf, worauf meine Mutter einen solchen Schreck bekam, dass sie die Pfanne vom Herd stieß und das Mittagessen auf dem Boden lag. Mein Bruder war in seinem Zimmer, er sollte drei Tage später zur Armee, und ich, ich saß am Küchentisch, um meine Hausaufgaben zu machen.« Sie sieht ihn wieder an, er weiß nicht, was sie in seinen Augen sucht. Mitgefühl vielleicht, Verständnis für das, was nun folgen wird. »Er hat sich auf meine Mutter gestürzt, sie angebrüllt und ihren Kopf auf der Herdplatte zertrümmert. Ich bin aufgesprungen, da hat er mich genommen, und ich weiß nicht, was passiert wäre, wäre nicht mein Bruder gekommen und hätte ihn – ihn mit dem Schürhaken erschlagen.« Sie weicht seinem Blick nicht aus. »Immer und immer wieder hat er auf ihn eingeschlagen, bis das Gehirn herausquoll«, sie spricht ganz leise, »bis ich seine Hand festgehalten habe. Wir haben das Geld genommen, was wir noch finden konnten, und dann das Haus angezündet.«

Ein Schauer läuft ihm über den Körper, er sieht, wie die Leichen von den Flammen verzehrt werden, wie sie in der

Hitze schmoren und schrumpfen, während das Feuer in den schwarzen Himmel steigt und Aamu und ihr Bruder für immer fliehen.

»Dann war das mit dem Selbstmord deines Bruders auch eine Lüge?«

Sie schüttelt den Kopf. »Nein. Er hat sich zwei Tage später das Leben genommen.«

»Und du?«

»Ich?« Sie sieht zum Fenster, auf die schwarze Wand der Nacht. »Ich bin in eine Besserungsanstalt für Mädchen in Sibirien gekommen.«

Mein Gott, kann er ihr das alles glauben? »Und dann?«

»Ich war fünfzehn, blieb drei Jahre und …« Sie macht eine wegwerfende Handbewegung. Er wartet, dass sie weiterspricht, doch sie versenkt sich in den Anblick der nächsten Mandel.

»Und dann? Wie bist du von Sibirien nach Paris gekommen?«

Ihr Blick wendet sich ab, schwenkt über die kristallenen Deckenleuchter, die nur noch für sie eingeschaltet sind.

»Ich wäre gern jemand anders«, sagt sie plötzlich, und ihre gletscherhellen Augen bekommen einen merkwürdigen Glanz.

»Du willst mir nicht erzählen, wie du nach Paris gekommen bist?«

Einen Moment sieht sie ihn schweigend an. Dann öffnet sie den Mund und sagt: »Die Personen in deinen Büchern … Magst du sie alle?«

»Ich beschäftige mich mit allen. Und – ja, jede Figur hat etwas, das ich mag oder das mir vertraut ist.«

Sie nickt. »Meinst du, du kannst mich auch noch mögen, nach dem, was ich dir erzählt habe?«

Was soll er antworten? Dass ihr Geständnis ihn erschüttert hat? Dass er ihr noch mehr misstraut als vorher? Und dass er zugleich Mitleid hat mit ihr? Dass sie ihm leidtut?

»Es gibt immer Umstände, die einen Menschen verändern, ihn Dinge tun lassen, die er unter anderen Umständen wahrscheinlich nicht tun würde. Man kann Konflikte auf unterschiedliche Art lösen …« Er bricht ab, sie begreift, dass er ausweicht.

Sie setzt ein Lächeln auf, zuckt mit den Schultern. »Lass uns jetzt von was anderem reden, ich hab dir genug Schreckliches erzählt.«

»Warum hast du es mir überhaupt erzählt?«

»Ich dachte, du wolltest wissen, wer ich bin? Was ist, hab ich was Falsches gesagt?« Sie greift nach seiner Hand, er zieht sie weg und schüttelt den Kopf. »Nein. Ist schon okay. Du hast recht, wir sollten von etwas anderem reden.«

Er sieht ihr zu, wie sie den Rest Kuchen isst und die Gabel weglegt.

»Wir könnten morgen in die Eiskathedrale«, sagt sie und lächelt ihn an. »Sie muss ganz großartig sein!« Sie ist auf einmal glänzender Stimmung, und das befremdet ihn. »Und dann fahren wir mit der Seilbahn auf den Storsteinen, von dort hat man eine wahnsinnige Aussicht auf den Fjord, heißt es.«

»Aamu, ich bin nicht als Tourist da. Du kannst gern dorthin, ich gehe bestimmt nicht.« Er klingt ermahnend, was er hasst, aber im Moment ist es ihm egal.

Sie presst die Lippen aufeinander. »Tut mir leid, sicher, es war nur … es war einfach so ein spontaner … aber ja, du hast recht. Wir müssen zu Professor Hirsch.«

»Ich muss zu Professor Hirsch. Du nicht.«

Wieder greift sie nach seiner Hand, hält sie fest. »Ich gehe mit dir. Deshalb bin ich ja mitgeflogen.«

»Du musst nicht, Aamu. Das ist meine Sache.« Er will den Abend jetzt beenden und steht auf, sie gibt seine Hand frei.

»Gute Nacht. Wir sehen uns morgen, wenn du willst.«

»Ethan?«

Er bleibt stehen.

»Magst du mich denn wenigstens – ein bisschen?« Sie hat geflüstert, und ihm fällt auf, wie traurig sie plötzlich aussieht.

»Ja.«

»Ist das alles?«

»Aamu, ich bin müde. Gute Nacht.«

Sie sieht ihm nach, das spürt er, und doch dreht er sich nicht noch einmal um. Mag er sie?, fragt er sich im Aufzug, der ihn hinauf in den vierten Stock fährt. Irgendetwas verhindert, dass er ein Gefühl zu ihr aufbaut. Es fühlt sich an, als hätte er Eis in den Händen, das schmilzt und ihm entgleitet.

Vom vierten Stock aus bietet sich ihm ein erstaunlicher Blick, nachdem er das Licht ausgeschaltet hat. Ein heller Sternenhimmel spannt sich über den schneebedeckten Gipfel des Storsteinen und über den Fjord, in dem die Boote sanft schaukeln. Er steht eine Weile nur da und sieht hinaus, die Post von heute Morgen in der Hand. Bevor er das Haus verlassen hat, hat er noch den Briefkasten geleert, eilig die Briefe einfach in die Außentasche des Handgepäcks gesteckt. Noch immer kann er nicht fassen, was er da in der Hand hält.

Ein Brief an Sylvie. Mit einer exotischen Briefmarke. Gibraltar.

Er schaltet das Licht wieder an, überprüft noch einmal Adresse und Absender. P. A. Greenfield Bank, Gibraltar.

Im Brief bittet man sie um Bestätigung ihrer Postadresse.

Sie hat ihm nie etwas von einem Konto dort gesagt. Die hundertfünfzigtausend Euro aus dem Erbe ihres Vaters haben sie im Januar in verschiedenen Papieren bei ihren beiden Banken in Paris angelegt. *Was, verdammt, hast du noch alles vor mir verheimlicht, Sylvie?*

Vielleicht stand ihr Vater mit dieser Bank in Verbindung? Halb zwölf nachts. Mathilde wird schon schlafen. Es ist ihm egal. Wie ist ihre Nummer? Welche Vorwahl hat Spanien? Er ruft in der Rezeption an und bittet um die Nummer. Doch wenn Mathilde und Vincent nicht im Telefonbuch eingetragen sind, hat er Pech.

Während er auf einen Rückruf wartet, denkt er an Aamus Frage. Ja, warum tut er das alles? Aus Rache? Damit der Täter bestraft wird? Je weiter er in die Geschichte hineingerät, desto weniger weiß er, wer Sylvie gewesen ist. Soll er nicht aufhören und die Erinnerung an sie bewahren?

Die Angestellte von der Rezeption meldet sich und bedauert, dass sie die Telefonnummer nicht herausfinden kann.

Sein ganzes Leben kann er damit verbringen, nach dem Grund für Sylvies Tod und für ihre gegenseitige Entfremdung zu suchen. Er schaltet das Licht wieder aus. Auf dem Fjord blendet ein Signal auf. Die Steuerlampe eines Bootes vielleicht.

Egal, was er herausbekommen wird, es wird nichts an der Tatsache ändern, dass Sylvie tot ist. Vielleicht wird er nie alles erfahren. Also sollte er nicht seinen Frieden mit dem Schicksal schließen? Es einfach annehmen? Er wendet sich ab von Fjord und Berg, nimmt eine lange heiße Dusche und legt sich dann mit T-Shirt und Boxershorts ins Bett, ohne den Vorhang zuzuziehen. Ein diffuses, bleiches Licht schimmert ins Zimmer.

Zuerst glaubt er, das Geräusch käme aus dem Nebenzimmer. Doch dann identifiziert er es als Klopfen an seiner Tür.

»Ethan?«

Gedanken rasen durch seinen Kopf. Was will sie? Er wird es nicht erfahren, wenn er nicht den Mut hat zu öffnen.

»Moment.«

Das müde Flurlicht entzieht ihrem Gesicht und dem hellgrünen Pulli die Farbe. Sie trägt einen langen weinroten Wickelrock und dicke Socken. Dunkelrot leuchtet ihr Haar. Sibirien – was für ein Leben hat sie geführt? Vorher?

»Ich … ich habe schreckliche Albträume.« Ihre Augen glänzen wässrig, als hätte sie geweint. Sie setzt sich auf die Kante des Doppelbettes, legt die Hände auf die Knie und sieht zu ihm auf. »Lass uns zurückfliegen, Ethan. Jetzt gleich.«

Er bleibt vor ihr stehen. »Warum?«

Wieder beginnt sie, ihre Finger ineinander zu verschränken. »Das alles erinnert mich so an meine Kindheit.«

Ihr Blick wandert zum Fenster, in ihren Augen spiegelt sich das bleiche Licht.

Ihre Hände lösen sich, eine Hand greift nach seiner. Er erschrickt, wie kalt sie ist, und lässt sie los. Im Halbdunkel sieht er ihre Lippen zittern. Er kann ihren Atem nach Mandeln und Heidelbeeren riechen. Einen magischen Moment lang ist er ihr ganz nah, dann steht sie auf, zieht ihren Pullover über den Kopf und bindet den langen Rock auf, lässt ihn auf ihre nackten Füße fallen.

Das fahle Licht legt sich auf ihre bleiche Haut. Ein Körper aus Porzellan. Unwirklich vollkommen. Sie nimmt seine Hand und legt sie auf ihre linke Brust. Die Wärme ihrer Haut überrascht ihn.

»Spürst du mein Herz schlagen?«, flüstert sie.

Er weiß, dass es nicht richtig ist, *es darf nicht sein,* aber er kann sich nicht von ihrem Anblick losreißen, kann sich nicht abwenden von ihrem jungenhaften Körper mit den kleinen festen Brüsten, dem flachen Bauch und den muskulösen und für ihre Größe langen Beinen, vergleicht ihn mit Sylvies Körper, der viel weiblicher war. Auch Sylvie stand einmal so vor ihm, damals, er erinnert sich genau, am ersten Abend in Biarritz, sie hatten den ganzen Tag am Strand in der Sonne verbracht, und Sylvies Bikini hatte exakte Umrisse auf ihrer Haut hinterlassen …

Er steht immer noch da, jetzt in Tromsø, wird ihm bewusst, während seine Hand ihre Brust umfasst, sein Blick von ihren Augen eingefangen ist. Da zieht sie seine andere Hand heran und legt sie auf den dreieckigen Schatten zwischen ihren Beinen. Er spürt gekräuseltes festes Haar und tiefer darunter seidenzarte Kühle, die sich ihm öffnet.

»Schlaf mit mir«, ihre Stimme ist ganz nah, ganz leise an seinem Ohr. Etwas in ihm wird stärker als Anstand, als Moral, als Zweifel, als Angst, er spürt es, es ist etwas, das tief aus seinem Innern kommt, etwas, das ihn retten – oder in den Abgrund reißen kann. Sie schmiegt sich an ihn, wie eine Katze. »Ich gefalle dir doch«, flüstert sie dabei. Der Geruch nach Heidelbeeren verwirrt ihn, erinnert ihn an etwas, woran er sich jetzt nicht erinnern will. »Jeden Moment kann das Leben zu Ende sein, Ethan.« Sie reibt sich an ihm, und er ist versucht, sich einfach gehen zu lassen, sich hineinfallen zu lassen in diesen Augenblick der Nähe. »Komm schon, was zögerst du?«, flüstert sie, und ihre Hand schiebt sich zwischen seine Beine.

Da endet etwas. Als wenn ein Film reißt und er nur noch auf eine leere, allem Zauber beraubte Leinwand starrt.

Ihre Augen sind schmal geworden. »Du wirst nichts mehr ändern können. Deine Frau ist tot.«

Es ist wie ein Schlag in den Nacken, der ihn in die Knie zwingt. Sie zögert einen Moment, dann rafft sie ihre Kleider zusammen, dreht sich um und wirft die Tür hinter sich zu.

Er versucht zu schlafen, doch die Heidelbeeren lassen ihn nicht los, er schmeckt sie auf der Zunge, er sieht sich mit Sylvie durch Heidelbeerbüsche rennen, ihr Haar wie ein goldener Schweif, ihre langen Beine von einem langen Sommer gebräunt … am Horizont ein violetter Schimmer … und ihr Lachen, das alles erfüllt … Und wenn alles eine Lüge war?

Hat es diese Liebe denn wirklich noch gegeben oder war sie schon längst gestorben?

Endlose Stunden liegt er wach.

6 Montag, 31. März
Paris

»*The Project,* hast du mal davon gehört?« Camille überfliegt auf dem Monitor die Einträge, die sie dazu findet, und beißt in einen Apfel. Bisher hat sie nur einen Milchkaffee gehabt. Definitiv zu wenig. Schon im Krankenhaus bei ihrem Vater heute Morgen hatte sie ein flaues Gefühl im Magen, aber keinen Appetit auf das Weißbrot, das er ihr von seinem Frühstück angeboten hat. Fast die ganze Flasche Sauvignon – diesmal aus dem Supermarkt – hat sie noch nach der Sendung getrunken und dann den nächsten Tag verschlafen. Ihre Knie, nein, ihr ganzer Körper fühlt sich seltsam an, als wäre er aus Watte, sie kann sich nicht konzentrieren, immer schiebt sich das Bild von Océane Rousseau vor die Wirklichkeit, wie sie in der Nacht in der Limousine gesagt hat: *Sie könnten etwas viel, viel Größeres bewegen, Camille.* Das hat bisher noch keiner gesagt, dabei spürt sie es doch eigentlich schon ihr ganzes Leben in sich.

»Ich glaube, in den fünfziger Jahren gab es so ein Projekt.«

Christians Stimme dringt an sie heran, sie reißt sich zusammen. »Ach ja?«

»Ja, es wurde von einer reichen amerikanischen Familie finanziert, Moment, waren es die Rockefellers? Nein, warte, es hieß Milward-Foundation. Es ging um Geburtenkontrolle, wenn ich mich recht erinnere.« Er gähnt schon wieder. Er muss schlecht geschlafen haben. Stimmt, seine Kinder sind erkältet, erinnert sie sich. Sie hat überhaupt nicht geschlafen, doch sie fühlt, dass elektrischer Strom in ihrem Körper zirkuliert, während sie versucht, nach außen so normal wie möglich zu wirken. »Véronique Regnard hat es erwähnt«, sagt sie.

»Der durchgeknallte Ökofreak?«

»In diesem Gemäuer wird jeder verrückt.«

Er mustert sie. Grinst er sogar?

»Sag mal, was war das eigentlich für ein Abgang?«

In Sekundenschnelle schießt ihr die Hitze ins Gesicht, und ihr »Was meinst du?« nimmt Christian ihr sowieso nicht ab. Stattdessen betrachtet er sie weiter, neugierig und belustigt zugleich.

»Ich wollte einfach heim, hab ich doch gesagt.« Sie versucht, sich auf die Einträge zu konzentrieren, doch schon längst sind die Bilder der Nacht wieder ganz deutlich.

»Du bist in eine schwarze Limo gestiegen, *ma chère.*«

Christians Grinsen ist geradezu unverschämt. »Ach, wer sagt so etwas?«

»Du weißt doch, ich habe meine Spione überall.« Sein Grinsen hört nicht auf. »Lass mich raten, wer drin saß.«

»Hör auf damit, Christian.«

»Aber warum denn, es fängt doch gerade an, Spaß zu machen.«

»Dir vielleicht. Lass uns jetzt weiterarbeiten.«

»Oh, là, là, das sagst du? Du schwebst doch«, er wirbelt mit seiner Hand durch die Luft, »auf einer rosa Wolke.«

»Was redest du für einen Blödsinn, Christian? Das sind deine Fantasien.«

»So, und wer war der Verehrer? Kenne ich ihn?«

»Nein, Christian.« Sie setzt ein übertriebenes Lächeln auf.

»War es wenigstens genauso gut wie mit mir?«

»Halt jetzt die Klappe, Christian!«

Er hebt beschwichtigend die Hände. »Ist schon okay, okay! Frieden! Aber …«

»Was?«, sagt sie unwirsch.

Sein Lächeln wird listig. »Steckt vielleicht eine neue Story dahinter? Etwas Delikates?«

»Wofür hältst du mich?«

Er lacht. »Du würdest doch alles für einen Erfolg tun, oder?«

»Meinst du das wirklich ernst?«

Mit übertriebener Überraschung hebt er die Brauen. »Ist es

denn nicht so? Ich meine, versteh mich nicht falsch, nur deshalb bist du doch so weit gekommen …«

Jedes seiner Worte sticht noch eine Wunde in ihren Körper. Nie, niemals wollte sie ein solcher Mensch sein, der nur auf seinen Vorteil bedacht ist und, sein Ziel vor Augen, über Leichen geht. Aber irgendwann nach der Entlassung wurde der Druck so stark, finanziell unabhängig zu bleiben und sich und ihren früheren Arbeitgebern – und leider auch ihrem Vater und ihrer Schwester und ihrem Schwager – mein Gott – zu beweisen, dass sie als freie Journalistin und Mitherausgeberin der neuen Zeitschrift Erfolg hatte. Sie hat Grenzen überschritten … Die Affäre mit Herb Ritter, ja, die Einladung des CBS-Produzenten auf seine Yacht in Cannes während der Filmfestspiele, nein, daran mag sie nicht mehr erinnert werden, auch wenn der Artikel in *Tout Menti!* über einen Fernsehboss nicht schlecht geworden ist.

»Pass auf«, er wirft ihr eine Zeitung auf ihren Schreibtisch, »Seite zwei.«

Sie ist dankbar, dass er endlich das Thema wechselt. Sie hat die Meldung über den Mord an Jean-Marie Lappé heute Morgen in der Zeitung lesen wollen, als sie vor dem Sprechzimmer im Krankenhaus wartete, ist dann aber unterbrochen worden.

»Dieser Lappé war offenbar in der Wohnung von dem Assistenten von Frost. Vielleicht wurden die beiden verwechselt? Der Assistent, dieser Nicolas Gombert, ist jedenfalls unauffindbar.« Christian hat sich eine Zigarette angezündet und bläst einen Rauchring in die Luft. »Hat sich einfach aufgelöst. Ein Konzern wie Edenvalley, der Gifte produziert und sich seit Jahren vor der Verantwortung drückt, der einfach immer behauptet, das alles ist ungefährlich«, er nimmt einen tiefen Zug, »der ist skrupellos. Und wenn ein Professor Frost oder diese Schwuchteln wie dieser Lappé oder Nicolas Gombert irgendwelchen Plänen oder Gewinnen im Wege stehen, werden sie eiskalt eliminiert.« Entschieden drückt er die Zigarette im schwarzen Marmoraschenbecher auf seinem Schreibtisch aus. Drei Zigaretten am Tag, darauf haben sie sich alle vier geeinigt. Das war gerade die zweite, stellt Camille fest. Sie hält das Kerngehäuse des Apfels am Stiel fest und wirft es in den Mülleiner unter ihrem Schreibtisch. »Glaubst du nicht, Christian, dass wir Vorurteile haben? Dass wir uns auf die Seite der öffentlichen Meinung schlagen: Grüne sind grundsätzlich besser als Agrarkonzerne?«

»Du vergisst, dass ein Feuerwehrmann bei der Aktion von dieser Regnard gestorben ist. Okay, das wollte sie wahrscheinlich nicht, aber so, wie die drauf ist, hat sie das überhaupt nicht berührt.« Er schüttelt den Kopf. »Für sie zählt ein sauberer Fluss mehr als ein Menschenleben. Was uns zu der interessanten Frage bringt: Wofür darf man jemanden töten?«

»Höchstens aus Eifersucht. Und vielleicht noch aus Rache.«

»Habgier?«

»Nein.«

»Und um die Welt zu retten?«, fragt er mit einem herausfordernden Unterton.

»Man rettet nicht die Welt, indem man ein Menschenleben opfert.«

»Vielleicht durch ein Attentat?« Er sieht sie herausfordernd an.

»Okay – vielleicht. Ohne Hitler wären Millionen Menschen am Leben geblieben. Oder ohne Stalin …«

»Ganz deiner Meinung. Also darf man Verantwortliche töten?«

»Unter Umständen …«

»Und wer nimmt sich heraus, die Verantwortlichen zu bestimmen?«

»He, das ist meistens offensichtlich.«

»Ja. Wir verschmutzen den Planeten. Also …« In einer schnellen Bewegung fährt er mit der Handkante quer über seinen Hals. »Todesurteil für, sagen wir, eine Million Menschen? Eine Milliarde? Zwei Milliarden vielleicht? Oder drei? Oder …?«

»Manchmal ist dein Zynismus nicht zu ertragen, Christian.« Sie steht auf, geht in die Küche und findet im Kühlschrank einen letzten Soja-Joghurt. Das Verfallsdatum ist auch noch nicht überschritten, stellt sie fest, als sie den Deckel aufreißt. Kurz zögert sie, dreht den Becher. Nichts. Kein Hinweis auf GVO, gentechnisch veränderte Organismen. Was nicht heißt, dass nicht doch Spuren von gentechnisch verändertem Soja drin sind, wie sie inzwischen weiß. 0,9 Prozent gentechnisch verändertes Material darf ohne besondere Kennzeichnung darin enthalten sein. Sie seufzt und wirft den Deckel in die Recycling-Mülltüte unter der Spüle.

»Und wie geht es weiter?«, hört sie Christian vom Schreibtisch aus rufen. Er hat sich zurückgelehnt, die Arme hinter dem Kopf verschränkt und sieht sie fragend an, als sie Joghurt löffelnd zurückgeht.

»Was meinst du damit?«

Er zwinkert. »Deine nächtliche Fahrt in der schwarzen Limo natürlich. Wer ist es?«

»Vergiss es!«

»Okay … He, was ist eigentlich mit uns?«

»Nichts. Es ist vorbei. Du bist verheiratet und hast zwei Kinder.« Der Joghurt schmeckt ihr nicht, dabei hat sie ihn bisher immer gemocht. Sie steckt den Löffel in den noch halb vollen Becher und stellt ihn ganz an die Ecke des Schreibtischs. Sie wird ihn wegwerfen.

»Die hatte ich letztes Mal auch schon«, erwidert er.

»Das letzte Mal war ein Fehler.« Sie versucht, sich auf die Seite auf ihrem Monitor zu konzentrieren.

Er klatscht in die Hände. »Okay. Vorbei.«

Sie weiß, er meint es nicht ernst, für ihn ist das alles ein Spiel, ein Kokettieren mit der Gefahr und mit ihren Gefühlen. Sie könnte ihm ein Gespräch aufzwingen, aber sie seufzt nur, setzt die Finger auf die Tasten und gibt in die Suchmaschine *Milward-Foundation* ein.

Zwei Stunden später hat sie alles Wichtige in einer Datei mit dem Namen *The Project* gespeichert. Zusammenfassend notiert sie:

1919 rief John W. Milward, wohlhabender Bürger aus einer amerikanischen Familie, eine Stiftung ins Leben, die sich um Bildung, Kultur, Gesundheit und Ernährung der Bevölkerung kümmerte. 1926 entstand ein Sonderprogramm namens The Project, das insbesondere negative Erbanlagen in der amerikanischen Bevölkerung ausmerzen sollte. In dieser Zeit durchaus eine weltweite Bestrebung (siehe auch: Ureinwohner-Politik in Südafrika, Australien, Amerika, um nur einige wenige Länder zu nennen, Ariergedanke in Deutschland und skandinavischen Staaten, Rassegedanke).

Erklärtes Ziel der Verfechter dieser Politik war die systematische Tötung und damit Ausrottung unerwünschter Blutlinien, zum Beispiel »Neger«, Juden, Minderintelligente, Homosexuelle, Indianer, Aborigines, Menschen mit Erbkrankheiten. 1946 wurde dieses Programm offiziell für abgeschafft erklärt und die Milward-Foundation nahm ein Hilfsprogramm für Farbige in seine Aktivitäten auf.

Heute gilt die Milward-Foundation als eine wohltätige Organisation mit Sitz in New York und seit 2002 auch in Genf. Bis heute setzt sich die Stiftung, deren Marktwert gerade auf ca. 2 Milliarden Euro geschätzt wurde, weltweit in den Bereichen Gesundheitswesen, Nahrungsmittelproduktion und Kunst und Kultur ein. Vorsitzender ist heute Frank J. Milward, der Enkel des Gründers.

Sie hält inne. Nahrungsmittelproduktion. Und wenn schon, was sollte Professor Frosts Arbeit damit zu tun haben? Sie sieht die abgekauten Fingernägel von Véronique Regnard vor sich, den gehetzten Blick, die flackernden Augen, und sie erinnert sich an deren panische Angst davor, durch Essen vergiftet zu werden. Obwohl sich alles in ihr sträubt, bleibt ihr wohl doch keine andere Wahl.

»Christian, ich muss noch mal nach Rouen. Was ist, kannst du mir eine zweite Besuchserlaubnis besorgen?«

»Irgendwann, Camille, präsentiere ich dir ein dickes Buch mit all meinen Gefälligkeiten für dich.«

»Mach nur, Christian, ich hab auch eins für dich in meiner Schublade.«

Er seufzt und greift zum Telefon. »Papa, ja, ich bin's, Christian, hast du unsere Sendung gesehen? ... Ja? ... Danke! ... Hör zu, es ist sehr wichtig, dass ...«

Camille wirft Diktiergerät, Lippenstift und Handy in ihre Umhängetasche, klappt ihr Notebook zu und steckt es in die Nylontasche.

7 Tromsø

Ethan zwingt sich, wenigstens etwas von dem reichhaltigen Frühstück aus Lachs, Eiern, Fladenbrot, Omelett und Obst zu sich zu nehmen. Er wird sonst später hungrig sein, in dieser Kälte, die er nicht gewöhnt ist. Lustlos stochert er im Omelett herum, doch mehr als drei Gabeln bringt er nicht herunter. Er war morgens noch nie ein großer Esser.

Aamus Auftritt gestern und ihre Worte gehen ihm nicht aus dem Kopf. Sie hat ihn verblüfft, überrascht – und schockiert. Bisher ist sie noch nicht wieder aufgetaucht.

Nach dem Frühstück ruft er von seinem Zimmer aus das GenØk-Institut an. Dort heißt es, dass Professor Hirsch erst verspätet von seiner Geschäftsreise aus Kuala Lumpur zurückgekommen ist. Er ist gerade in einer wichtigen Besprechung und erst wieder um ein Uhr mittags am Telefon zu erreichen.

Als Aamu sich auf sein Klopfen hin nicht meldet, fragt er unten an der Rezeption nach, ob sie vielleicht ausgegangen ist.

»Mrs Viitamaa ist heute sehr früh abgereist.«

Dass sie so leicht aufgibt, wundert ihn. Zuerst wartet sie stundenlang im Treppenhaus vor seiner Wohnung und dann reist sie ab, ohne sich zu verabschieden. Mit seiner Zurückweisung hat er sie wohl ziemlich gekränkt. Sie wird darüber hinwegkommen. Besser so. Er hätte sie sowieso nicht mit zu Professor Hirsch genommen. Dennoch ... dass sie sich noch nicht mal von ihm verabschiedet – oder wenigstens eine Nachricht hinterlassen hat ...

Er macht nur einen kleinen Rundgang in der trüben Kälte, wirft einen Blick auf den Storsteinen und auf die Boote, die vor dem Hotel im Wasser schaukeln, und flieht dann wieder in die Wärme des Hotels, wo er sich in sein Zimmer zurückzieht und genau um fünf nach eins Hirschs Nummer wählt. Er hat den Professor gleich am Apparat.

»Ethan Harris, ich muss mit Ihnen sprechen, es geht um Professor Frost und um meine Frau Sylvie, Sylvie Harris, früher Audry.«

»Sylvie? Was ist mit ihr?« Er klingt besorgt.

Ethan wundert sich, dass ihr Name ihm so vertraut ist.

»Sie erinnern sich also an sie?«

»Aber sicher.«

»Sylvie ... meine Frau wurde ermordet.« Noch immer klingt der Satz unwirklich.

Pause. Ethan hört, wie jemand nach Atem ringt. »Professor Hirsch?«

»Ja, ja ... Es ist nur ...?«

»Professor Hirsch, ich bin sicher, dass Sylvies Tod und der Tod von Professor Frost zusammenhängen. Die beiden haben doch bei Ihnen promoviert, nicht wahr?«

»Nein. Nein ...«

»Nein?« Sollte er sich getäuscht haben?

»Ich meine, ja. Also, sie haben mit der Promotion begonnen, konnten sie aber nicht abschließen. Wir mussten aufhören. Aber wie, wann, warum wurde Sylvie … Dann hat Ihre Frau Ihnen also nicht gesagt, dass sie mich besucht hat?«

Welche Überraschungen werde ich mir noch anhören müssen? Verdammt, Sylvie! »Wann war sie bei Ihnen?«

»Anfang des Jahres, Ende Januar. Und dann habe nichts mehr von ihr gehört.«

Was wollte sie bei ihm? »Kann ich mit Ihnen reden?«

»Ja. Nur im Moment … Ich bin mitten in einem internationalen Meeting, ich kann unmöglich … Kommen Sie zu mir nach Hause, heute Abend, um fünf.«

Er will nicht noch einmal so etwas erleben wie in Parma … »Professor, es gab zwei Mordanschläge auf Menschen, die ich befragen wollte.«

Hirsch gibt ein kurzes, trockenes Lachen von sich, es hört sich an wie ein Husten, der unvermittelt erstirbt. »Ich habe keine Angst. Ich bin schon oft bedroht worden.«

»Sollen wir nicht lieber im Institut …?«, versucht es Ethan noch einmal.

»Nein, ich habe hier keine Sekunde Zeit. Bei mir zu Hause fühle ich mich sicher.«

Vier Stunden. Er muss die Zeit totschlagen, macht einen längeren Spaziergang. Das Wasser des Fjords ist spiegelglatt, für kurze Zeit kommt sogar die Sonne hinter den Wolken hervor, und ihre Strahlen blitzen auf der langen Brücke, die die Insel mit dem Festland verbindet. Er isst in einem kleinen, einfachen Lokal ein Fischbrötchen, trinkt Wasser dazu und rätselt, was Sylvie wohl von Hirsch wollte. Ihm hatte sie von einer Tagung erzählt, er erinnert sich. Einer Tagung in Norwegen. Zur selben Zeit musste er nach Zürich. Sie hatten später nicht mehr darüber gesprochen.

Zurück im Hotel, bleibt er in der Lobby sitzen, blättert durch den *Observer*.

8 Bali

Der Abendwind lässt die Palmen rascheln und sorgt hier im ersten Stock, auf der strohgedeckten Dachterrasse, für eine angenehme Temperatur. Vor Nicolas breiten sich hinter einem Zaun sattgrüne Reisfelder aus, während die anderen Seiten des Hauses von rot blühendem Hibiskus und süß duftenden Frangipani umgeben sind, einer steht vor seiner Hütte, vor den anderen drei wachsen Gummibäume und Palmen. Papageien? Kreischen da nicht irgendwo Papageien?

Den ganzen Flug über in der überfüllten Maschine hat Nicolas versucht, nur an das zu denken, was jetzt beginnen wird. Auch im Gedränge auf dem Flughafen in Denpassar hat er gespürt, jetzt ist er wirklich angekommen. Schon die Fahrt über die Insel ist wie ein langes, tiefes Aufatmen gewesen.

»Machs dir bequem, Nicolas.«

Pierre im Sarong drückt ihm noch ein dickes Kissen in den Rücken, dann lässt er sich selbst auf einem nieder. Das Asketische steht Pierre gut, muss Nicolas zugeben, er trinkt keinen Alkohol und isst kein Fleisch mehr.

»Komm erst mal an.« Pierre lächelt wieder und zeigt auf Nicolas' Schale. Indonesisches Curry mit Gemüse und Kokosmilch.

Pierre. Ein Freund von Marc, von ihm, von Jean – einer aus der Szene. Bis vor vier Jahren. Als er nach Bali gereist ist und Kim kennengelernt hat. Er ist dem Inselzauber erlegen, frotzelten sie daheim in der Szene in Paris. Pierre hat geheiratet, und jetzt ist er Vater.

Pierre gießt ihm einen nach Zitrone und anderen Blüten duftenden Tee ein. »Du hast dich ja ziemlich geheimnisvoll ausgedrückt. Wenn Kim den Kleinen ins Bett bringt, musst du mir alles erzählen. Und lass ja nicht das Beste aus!«

Nicolas nickt. Wie würde Pierre wohl reagieren, wenn er ihm Marcs Gesicht beschreiben würde? Ohne Nase und ohne Ohren und ohne Augen? Oder Professor Frost? Würde er sich dann immer noch so nett zu ihm auf die Terrasse hocken, ihm das Abendessen servieren, das seine Frau gekocht hat? Würde er ihn immer noch in einer der Gästehütten schlafen und sein Kind von ihm streicheln lassen?

»Später, ja.« Nicolas winkt ab. »Ihr habt es schön hier.« Er ist neidisch. Auf ihr Glück. Auf ihre Zufriedenheit. Man sieht es ihm und ihr an. Und das Kind hat auch gleich gelacht. Sein eigenes Leben ist falsch gelaufen. Irgendwie hat er an den entscheidenden Stellen immer den falschen Weg eingeschlagen. Er beobachtet, wie Pierre seinen Blick über die sanft im Wind fächelnden Palmen streifen lässt. Immer dieses Lächeln. Das ist nicht normal.

»Und mit Kim, wie läuft es?«, fragt Nicolas und steckt sich mit den Stäbchen Reis in den Mund.

Jetzt, da, auf Pierres Stirn bilden sich lange Falten. Also doch nicht alles so rosig. Irgendwie tröstlich.

»Sie war noch nie von hier weg«, sagt Pierre und schnippt eine Zigarette aus der Schachtel, die sich in seiner Brusttasche abgedrückt hat. Hier darf man noch rauchen! Und sogar wenn andere essen! Nicolas lächelt fast. Er wird hier wieder anfangen zu rauchen.

»Hier ist ja auch das Paradies«, sagt er wieder besser gelaunt und trinkt einen Schluck Tee.

Der süß-würzige Duft der Zigarette mischt sich mit den Gerüchen des Essens, der Blüten, der Luft. *Warum sollte man von hier weg wollen?*

»Na ja, sie will mal was von der Welt sehen.«

»Habt ihr keinen Fernseher?«

»Komm schon, Nicolas, du weißt, was ich meine.«

Nein, weiß er nicht. Er würde sofort sein Leben gegen ihres tauschen. »Und? Wohin geht's?«

»Nirgendwohin.« Pierre lehnt sich mit dem dunkelroten Kissen an die geflochtene Terrassenwand und sieht gedankenverloren dem Rauch nach, der in den Himmel aufsteigt. »Die Idee mit dem Bed and Breakfast …«

»… war super!«

»Nein. Läuft nicht. Wir hätten es luxuriöser machen müssen, damit die Leute mehr zahlen.« Er schüttelt den Kopf und betrachtet, wie der Glutstreifen seiner Zigarette dicker wird. »Das Geld kommt einfach nicht rein.«

»Hm.« Also überhaupt kein Grund, neidisch zu sein. Nicolas hat geglaubt, dass er sich hier ein bisschen ausruhen kann, hier, wo niemand ihn vermutet. Jetzt hat er ein schlechtes Gewissen.

»Ich zahle, das ist klar.«

Pierre macht eine wegwerfende Handbewegung. »Darum geht's nicht, Nicolas, das ändert nichts.« Er saugt an der würzigen Zigarette und lässt den Rauch ausströmen. »Kim ist krank. HES, Hypereosinophiles Syndrom, eine sehr seltene Blutkrankheit. In Europa und Amerika gibt es Spezialisten und Medikamente.«

Krankheit. Tod. Er wollte nichts mehr davon hören. Deshalb ist er doch hergekommen! Er nimmt sich zusammen. »Warum fliegt ihr nicht hin? Ihr könnt in meiner Wohnung …«

»Nicolas, ich glaube, du kapierst nicht: Wir sind total pleite.« Pierre sieht plötzlich ganz anders aus. Als wäre er um Jahre gealtert. Macht er sich selbst jeden Tag etwas vor?

Nicolas legt die Essstäbchen auf die noch halb volle Schale Curry. Der Appetit ist ihm vergangen. Pierre hat ihn an die unangenehme Realität erinnert, die er vergessen wollte. Seine dreitausend Euro halten auch nicht ewig.

»Tut mir leid«, fängt Pierre an. Zu spät, Pierre, denkt Nicolas.

9 Rouen

Camille stolpert frierend über den Bahnsteig. Ein feuchter Nebel liegt in der Luft und lastet auf ihren Lungen. Ein unangenehmes Gefühl, als würde die Feuchtigkeit sie langsam von innen ausfüllen und dann ersticken. Außerdem hat sie Hunger und Durst, und sie ist müde. Trotz der Besuchserlaubnis wollte die Direktorin sie nicht zu Regnard lassen. »Sie ist im Hungerstreik. Wir lassen niemanden zu ihr.«

Nach zwanzig Minuten hatte sie die Direktorin so weit, dass sie Véronique mitteilen ließ, Camille Vernet sei da und wolle mit ihr reden. Véronique wollte sie sehen. »Nur fünf Minuten«, hat die herrische Ärztin gesagt, »die Patientin ist in einem äußerst labilen Zustand.« Dabei hat sie Camille drohend angesehen.

Dann kam der Schock. Wie Véronique dalag, wie ein schwacher Vogel, die Nase ein spitzer Schnabel. Camille musste sich zu ihr hinunterbeugen, um zu verstehen, was sie sagte.

Camille steigt in den Wagen, dessen Nummer auf ihrer Reservierung steht, und sucht ihren Platz. Zum Glück ist der Gangplatz daneben frei. Sie legt ihren Mantel ins Fach über den Sitzen, kauert sich ans Fenster und schließt die Augen.

Sie ist wieder in Bonne Nouvelle, im Krankentrakt, in dem es nach Äther, Desinfektionsmittel und schlechtem Essen riecht. Sie beugt sich zu Véronique Regnard hinunter, zu der zerbrechlichen, blassen Gestalt in einem vergilbten, viel zu groß erscheinenden Metallbett in einem grünlich gestrichenen Raum, den eine Neonröhre in seiner ganzen Schäbigkeit und Hoffnungslosigkeit ausleuchtet. Die Ärztin hängt zwei neue Infusionsflaschen an den Ständer neben dem Bett, verbindet die Schläuche mit der Infusionsnadel in Véroniques Vene am Handgelenk und stellt die Tropfgeschwindigkeit ein. Blau und dick treten die Adern auf Véroniques magerem Arm hervor. Sie hat schon beim ersten Besuch nicht gerade robust ausgesehen, aber das hier ist nur noch ein Schatten der Véronique, die sie kennengelernt hat.

»Ich wusste, dass Sie nicht lockerlassen«, flüstert Véronique lächelnd und tastet mit ihrer kalten, feuchten Hand nach Camilles Arm, hält sich daran fest wie an einem Geländer.

»Was haben die mit Ihnen gemacht?«, flüstert Camille zurück, obwohl die Ärztin gerade eben mit einem mahnenden Blick das Zimmer verlassen hat und sie allein sind.

»Sie wollten mir nicht glauben! Ich habe doch gesagt, sie vergiften uns. Hier drin geht es schneller als bei Ihnen draußen.« Véronique lächelt wieder. Ihre Lippen sind blutleer, fast blau. Wie eine Märtyrerin, schießt es Camille durch den Kopf. Sie sieht die verhungerten, leidenden Figuren in den katholischen Kirchen vor sich, in die ihre Eltern sie und Valéria geschleppt haben. Ihre Mutter stieß Verzückungsschreie aus angesichts düsterer Gemälde und moosiger Kreuzgänge, während ihr Vater ihnen kunsthistorische Vorträge hielt.

»Warum tun Sie das, Véronique?«

»Ich tue, was ich für richtig halte.«

Von wegen nicht robust. Camille zieht einen Stuhl heran und setzt sich. »Okay, ich habe nachgeforscht. *The Project* war in den zwanziger und dreißiger Jahren des vorigen Jahrhunderts ein Programm der Milward-Foundation zur Geburtenkontrolle.«

Véroniques Auflachen ist mehr ein Zischen. »Gut gemacht, Camille. Aber das ist nicht alles.« Camille wollte ein Tonband mitlaufen lassen, aber das hat man ihr am Eingang abgenommen.

»Was noch?«

Véronique Regnard atmet einige Male, dabei kräuseln sich ihre aufgesprungenen, blutleeren Lippen. »Die drei Säulen.«

»Wie bitte?« Hat sie die leisen Worte richtig verstanden?

»So beherrschen sie die Welt. Der dritte Weltkrieg, Camille, wird ganz anders geführt als die früheren! Wir merken gar nichts davon!« Ihre Hand krallt sich fester in Camilles Arm. »Wir sind schon mittendrin.« Sie atmet heftiger und redet immer schneller. »Unsere Demokratie ist nur Schein, Camille. Europa ist nicht demokratisch, es wird von wenigen gelenkt, von denselben, die den Zweiten Weltkrieg wollten, von den Pharmakonzernen und den Agrarkonzernen, von denjenigen, die das Ammoniak und die Bomben erfunden und die KZs eingerichtet haben, die mit Menschenversuchen und mit AIDS-Medikamenten Milliarden verdienen …«

»Véronique, bitte«, versucht Camille sie zu unterbrechen.

»Und oben in Kanada … Prüfen Sie N – A – T.«

»Was ist NAT?« *Mein Gott, warum muss sie so in Rätseln sprechen!*

Véronique Regnards irrer Blick brennt sich in Camilles Augen. »Es sind die falschen Retter! Océane Rousseau ist gefährlich!«

»Kennen Sie sie denn?« Der Name hat ihr einen Stich versetzt.

»Trauen Sie ihr nicht, Camille. Sie will ein neues Toba.«

»Was ist Toba?«

»Eine … eine globale Katastrophe.«

Plötzlich geht ein Zittern durch Véronique Regnards Körper, sie schließt die Augen.

Im selben Moment wird die Tür aufgestoßen. Mit herrischer Geste tritt die Ärztin ans Bett.

»Was ist mit ihr? Warum geht es ihr so schlecht?«, fragt Camille und springt von ihrem Stuhl auf. Eilig macht sich die Ärztin an den Infusionsflaschen zu schaffen.

»Ich habe Sie etwas gefragt!«, herrscht Camille sie an.

»Sie sehen doch, dass das ein Notfall ist!«, blafft die Ärztin zurück. »Sie hat sich überanstrengt. Verlassen Sie auf der Stelle …«

»Camille…«, flüstert Véronique Regnard, und ihre Augenlider flattern.

Die Ärztin geht dazwischen. »Sie sollen sofort den Raum …«

Doch Véronique Regnard zieht sie mit erstaunlicher Kraft zu sich herunter und flüstert: »Passen Sie auf sich auf. Wenn Sie zu viel wissen, sind sie auch hinter Ihnen her!« Ihre trockenen Lippen beben. »Sie müssen sie aufhalten, Camille … *The Project* ist der Innere Kreis! Retten Sie … retten Sie die Welt!«

»Madame, bitte, gehen Sie jetzt! Sofort!« Die Ärztin schiebt Camille energisch zur Seite.

Benommen schlägt Camille die Augen auf. Längst hat sich der Zug in Bewegung gesetzt. *Véronique hat mir etwas aufgebürdet, und ich habe keine Ahnung, was.*

Sie lehnt den Kopf zurück und starrt ins Leere. Nur ein Moment ohne Gedanken, sie genießt ihn, und da ist er auch schon vorbei, als ihr einfällt, dass sie ihren Vater heute nicht besucht hat und dass sie noch immer nicht weiß, wie sie sein Leben organisieren soll.

10 Paris

Lejeune lehnt sich in ihrem Bürostuhl zurück, ihre Hand spielt mit der DVD. Sie steckte in einem Kuvert mit dem Stempel eines gewissen Pascal Michel aus Paris. Heute Morgen lag sie auf ihrem Schreibtisch. Und David war sogar vor ihr im Büro. »Er ist Kameramann und hat vor acht Jahren im Auftrag von ARTE diesen Film in Sibirien gedreht.« David steht neben ihr mit einer seiner Getränkedosen in der Hand und deutet auf die DVD.

»Wie sind Sie da drangekommen?«, fragt Lejeune.

Er zuckt mit den Schultern und grinst. »Internet. Ich hab

ihren russischen Namen eingegeben, und so bin ich auf den Titel des Films gekommen.«

Lejeune kann nicht glauben, dass manche Dinge so einfach sind – und dass sie nicht selbst darauf gekommen ist.

»Darf ich?« David nimmt ihr die DVD aus der Hand und legt sie in das Laufwerk von Lejeunes Computer. Er geht mit dem Cursor auf Play und zieht sich den Besucherstuhl heran.

Zehn Minuten später muss Lejeune erst mal Luft holen. »Wo ist unser Schriftsteller?«

»Hatten Sie nicht Ibrahim beauftragt …«

Ibrahim ist gestern dringend von den Kollegen aus dem Drogendezernat angefordert worden, und sie hat zugestimmt. Erster Fehler. In der Nacht, hat sie entschieden, wird sie ihn von seinem Beobachtungsposten abziehen können. Zweiter Fehler. Sie arbeitet nicht konzentriert genug. Was ist nur los mit ihr? Mit einer wedelnden Handbewegung scheucht sie David auf.

»Fahren wir zu Harris, halt, haben Sie seine Nummer parat?«

»Im Computer, ja.« David wählt von seinem Platz aus. »Was soll ich ihm sagen?«

»Geben Sie ihn mir.« *Warum bin ich nicht stolz auf David? Warum? Weil ich ihn einfach nicht mag. Bin ich neidisch? Neidisch auf seine Jugend? Auf seine Unabhängigkeit? Ich bin auf dem besten Weg, eine verbitterte Frau zu werden.*

David zieht die Brauen hoch. »Niemand da. Nur der Anrufbeantworter.«

»Und sein Handy? Er hat doch ein verdammtes Handy!«

Wieder wählt David, und wieder legt er auf. »Mobilbox.«

Lejeune ist schon an der Tür. »Los, worauf warten Sie noch?«

Ihr Fehlerkonto ist längst überzogen.

11 Tromsø

Langsam rollt das Taxi die letzten Meter zum Haus. Zwischen hohen Nadelbäumen leuchtet das blutrote Holzhaus, von dessen weißem Giebel Eiszapfen hängen, wie lange Zähne. Hochlinveien, ein zweistöckiges rotes Haus, kaum drei Kilometer vom Stadtzentrum entfernt. Draußen ist ein Licht, hat Professor Hirsch gesagt.

Eisige Kälte packt Ethan, als er aussteigt, der Schnee fällt auf ihn wie ein dichtes Netz. Da wird schon die Haustür geöffnet, und ein schlanker, mittelgroßer Mann in einem roten Fleece-Pulli begrüßt ihn mit lauter Stimme.

»Es tut mir leid, dass es nicht früher ging.« Er wirkt jung mit seinem gebräunten Gesicht, den elastischen Bewegungen und dem dichten weißen Haar. Fünfundsechzig ist er laut Biografie. Wahrscheinlich geht er Skilaufen und Fischen und hackt das Holz selbst. Ethan zieht die Handschuhe aus und schüttelt Professor Hirsch die Hand.

»Danke, dass Sie Zeit haben.« Professor Hirsch sieht nach links und rechts, ganz schnell, kaum merkbar, doch Ethan ist es nicht entgangen.

»Fürchten Sie, dass wir beobachtet werden?«

»Reine Gewohnheit. Ich kriege seit Jahren Drohbriefe. Man gewöhnt sich dran, aber dann, wenn anderen so was passiert, wie Jérôme … aber kommen Sie rein, es ist verdammt kalt draußen.«

Ethan schüttelt die Schneeflocken von seiner Jacke und betritt den warmen, hellen Flur. Ein behagliches, sicheres Nest, denkt er, das sich Professor Hirsch und seine Frau da oben, fast am Polarkreis, geschaffen haben.

»Leider ist meine Frau noch ein paar Tage länger weg, sonst hätte ich Ihnen etwas zum Essen anbieten können.« Professor Hirsch weist zu den Holzhaken im Flur, und Ethan hängt seine Jacke auf. Um seine Schuhe bildet sich eine Wasserlache. »Machen Sie sich keine Umstände, ich hatte ein opulentes Frühstück.«

»Ja, das kriegt man hier, musste mich erst mal umstellen, nach dem *petit déjeuner* in Paris.« Professor Hirsch geht weiter ins Wohnzimmer und ruft über die Schulter. »Nehmen Sie sich ein Paar Hausschuhe, und dann kommen Sie rein, ich habe schon mal Tee gemacht.«

Widerwillig zieht Ethan seine festen Schuhe aus und schlüpft noch widerwilliger in ein Paar graue Pantoffeln. Ohne Schuhe fühlt er sich nackt, und in grauen Pantoffeln, die schon andere an ihren Füßen getragen haben, fühlt er sich besonders unwohl.

Der Professor macht eine einladende Bewegung zur Couch, vor der auf einem niedrigen Holztisch eine blaue Teekanne und zwei Tassen bereitstehen. Jetzt weiß Ethan auch, welcher Duft das Haus ausfüllt. Zimt. Der Professor hat Zimttee gemacht. Das Wohnzimmer wird von mehreren Steh- und Tischlampen in ein warmes Licht getaucht und ist mit dicken bunten Teppichen ausgelegt, die Möbel sind aus hellem Holz, genauso wie das Gestell der Couch, die zusammen mit zwei Ohrensesseln um einen gusseisernen Ofen angeordnet ist, in dem ein Feuer brennt. Einfach, aber doch behaglich. »Nehmen Sie den Sessel, da sitzt man am bequemsten. Es ist schrecklich, was passiert ist.« Professor Hirsch schüttelt den Kopf, auf seiner gebräunten Stirn vertiefen sich die Falten. »Mein Beileid.« Er gießt Tee ein. »Zucker, Milch, Zitrone, wenn Sie mögen«, sagt er und setzt sich in die Ecke der Couch, als würde er eine Stütze suchen. Ethan erspart sich eine längere Einleitung.

»Ich habe nach einer Verbindung zwischen Professor Frost und meiner Frau gesucht – und bin dabei auf Sie gestoßen. Die beiden wollten, wenn ich Sie am Telefon richtig verstanden habe, bei Ihnen promovieren.«

»Ja. Bevor ich hier nach Norwegen kam, war ich an der

Curie-Universität in Paris. Und dort habe ich die Dissertationen von Jérôme und Sylvie betreut. Wir wollten an Ratten testen, inwieweit sich genverändertes Soja auf ihre Organe auswirkt. Als wir nach einem halben Jahr eine eklatante Erhöhung der weißen Blutkörperchen und Schädigungen der Nervenzellen bis hin zu Lähmungen feststellten, drehte uns die Universität den Geldhahn zu.«

»Ist das möglich? Ich meine, es gibt doch genehmigte Budgets …«

»Sicher, sicher, man findet immer Wege, den wahren Grund zu verschleiern. Fakt ist: Wir teilten unsere Ergebnisse Edenvalley mit. Die stellen dieses Soja her. Edenvalley behauptete, wir hätten eine falsche Versuchsanordnung gewählt, die die Ergebnisse verfälschen würde. Daraufhin habe ich ziemlich laut gelacht. Verstehen Sie, ich habe fünfundzwanzig Jahre Erfahrung, was solche Experimente angeht. Tja, jedenfalls bekamen wir keine weiteren Versuchstiere genehmigt, und unser Raum wurde plötzlich anderweitig benötigt. Zufällig wurde unser Raum vorher noch von einem Einbrecher heimgesucht, der unsere Daten stahl und einige Computer. Wir hatten nichts mehr. Die Dissertationen waren gestorben. Inklusive Vorbereitungszeit hatten wir ein Jahr verloren. Jérôme und Sylvie mussten sich andere Themen und einen anderen Doktorvater suchen. Das haben die beiden dann auch gemacht. Meine Arbeit am Institut wurde immer schwieriger, bis ich schließlich freiwillig ging.«

»Das klingt nach einem abgekarteten Spiel.«

»Allerdings.« Ein schmerzliches Lächeln zieht sich flüchtig über sein Gesicht. »Die großen Firmen betreiben intensive Lobbyarbeit. Ein Agrarkonzern zum Beispiel hat der Universität drei Millionen Euro gespendet.« Hirsch seufzt. »Dass Lehre und Forschung an der Universität unabhängig und nicht interessengebunden sein sollen, ist wahrscheinlich schon immer ein frommer Wunsch gewesen.« Er nippt an seinem Tee und behält die Tasse in der Hand, als müsste er sich wärmen. »Ich habe die Stelle hier in Norwegen bekommen. Jérôme hat sich den Spaß an der Arbeit nicht verderben lassen und ist zu Edenvalley gegangen, sie haben ihm wohl ein unwiderstehliches Angebot gemacht.«

Hirsch schüttelt den Kopf. Er hätte das Angebot sicher nicht angenommen, denkt Ethan.

»Nun«, Hirsch seufzt, »wir alle müssen von etwas leben, und Jérôme hat sich in die Materie eingearbeitet. Er war ja nicht gegen Gentechnik eingestellt, ganz im Gegenteil. Er war fasziniert von den Möglichkeiten, mithilfe der Gentechnik den Hunger in der Welt zu bekämpfen.«

»Und was wollte meine Frau von Ihnen?«, fragt Ethan weiter.

Hirsch schüttelt den Kopf. »Es ist merkwürdig, jetzt im Nachhinein. Sie hatte Saatkörner mitgebracht und bat mich darum, sie im Institut zu untersuchen.«

»Und wieso?«

Hirsch zieht die Stirn in Falten. »Tja, das hat sie nicht gesagt, das heißt, sie wollte nicht darüber reden.«

»Und? Haben Sie diese Saatkörner untersucht?«

»Ja. Es handelte sich um eine bisher unbekannte Maissorte. Wir haben angefangen, sie an Ratten zu verfüttern.«

»Und?«

»Die Ratten sind gestorben. Ihre Zellen haben sich nicht mehr geteilt. Sie sind sozusagen in einem rasenden Tempo gealtert. Stellen Sie sich vor, Sie wachen jeden Morgen auf, und Ihr Körper ist immer um zehn oder fünfzehn Jahre gealtert.«

»Wie kann so etwas passieren?«

»Durch Zellgifte, die die Teilung verhindern.«

Professor Hirsch betrachtet einen Moment seine Hände, dann faltet er sie. »Außerdem hat sich in den Neuronenzellen …«

Ein Handy klingelt. Hirsch hebt die Augenbrauen und sieht sich suchend um.

»Bitte, gehen Sie ruhig ran«, sagt Ethan und stellt die Teetasse ab, die er nur aus Höflichkeit in die Hand genommen hat.

Hirsch lächelt verunsichert. »Ich dachte, das sei Ihres …«

Auch Ethan sieht sich um. Sein Blick fällt auf ein Päckchen, das, offenbar noch nicht ausgepackt, auf dem Esstisch hinter ihm steht.

Endlos dehnt sich die Sekunde, die der Impuls braucht, um die neutral erscheinende Information mit den fatalen Erfahrungen der letzten Tage zu verknüpfen, Ethan kann förmlich die Synapsen in seinem Gehirn funken sehen, bis er endlich »Deckung!« schreien kann. Mit einem Sprung fliegt er neben seinen Sessel und sieht gleichzeitig, wie ein Feuerball Professor Hirsch erfasst. Ethan krümmt sich zusammen, doch er weiß, er sitzt in der Falle. *Raus hier! Sofort!,* kommandiert sein Gehirn, er robbt zur Flurtür, da stürzen auch schon brennende Holzbalken herunter, der Teppich wird zum Flammenmeer, das alles verschlingt, Fensterscheiben platzen, Leitungen knallen, hinter Ethan brennt der Türrahmen, er stolpert weiter, weg von den brennenden Teppichen und Wänden; eine Wand hinter ihm knickt ein, die Tür vor ihm springt aus den Angeln, die Balken brennen wie Fackeln, eine unglaubliche Hitze breitet sich aus, fällt über ihn her; er stürzt sich ins Feuer, taucht ein in die flüssige, brodelnde Hitze, Flammen fressen sich in sein Gesicht, in seinen Hals, in seine Arme, in seine Haut; die Feuerwalze überrollt ihn, doch er gibt nicht auf, etwas in ihm ist stärker als dieses Inferno; er schafft es ins Freie, wirft sich in den Schnee, wälzt sich hin und her, und zischend verlöschen die Flammen.

Hinter ihm im Haus explodieren die oberen Fensterscheiben, dann fängt das Dach Feuer, während der Schnee fällt und fällt, Flocken, mit Funken vermischt. Wieder eine Explosion, und das Haus, die behagliche, so sicher erscheinende Zuflucht von Professor Hirsch und seiner Frau, löst sich auf in einem Feuerball, der hinaufsteigt in den Polarhimmel.

Da glaubt er einen Schatten zu erkennen, rechts, wo der Wald anfängt. An irgendetwas zieht er sich hoch. *Ein Baum? Ein Stein?* Er taumelt, stolpert weiter Richtung Wald. Plötzlich schlägt die Hitze um in beißende Kälte, und er merkt, dass er keine Schuhe trägt, nur Socken. Auch seine Daunenjacke ist im Haus verbrannt. Der Himmel über ihm zieht sich zu einem schwarzen Trichter zusammen, saugt Ethan in sich hinein. *Nicht jetzt!* Er stemmt sich gegen diese Kraft, die ihn aus der Zeit herausreißen, ihn ohnmächtig machen will, er rappelt sich immer wieder auf, kommt auf die Füße, ignoriert die Kälte und stürzt auf die düstere Mauer der Bäume zu. *Irgendwo muss ein Eingang sein, ein Durchgang,* er zwängt sich zwischen zwei Baumstämmen hindurch, dringt ein in das noch kältere, noch feuchtere Dunkel der Nadelbäume. Hier, wo kaum Schnee den Boden erhellt und kein Sternenlicht hereinfällt, ist es stockfinster, nur tastend kommt er vorwärts. *Wohin überhaupt?* Ein heißer Hauch streift ihn, er duckt sich, da, wieder, es ist, als würden die dunklen Äste mit den spitzen Nadeln nach ihm greifen, ihn einfangen, festhalten, ihn umzingeln und dann ersticken. Wieder ein heißer Hauch, diesmal zuckt er nicht zurück, sondern greift sofort in die Richtung, fasst beim ersten Mal ins Leere, dann, beim zweiten Mal, stechen die Nadeln in seine Haut, haken sich fest, als wollten sie ihn jetzt nicht mehr loslassen, als wollten sie sein Blut, alles Leben aus ihm heraussaugen – *ein Wald, der von Menschenblut lebt,* die Wurzeln, über die er stolpert, sind Knochen der Toten, der Opfer, die dieser Wald gefordert hat – auch sein Leben will der Wald, diese düstere, abgeschiedene Natur, die allem Lebendigen auflauert, die es lockt mit dem Versprechen, ich schütze dich, und dann ihre Beute hinterrücks ins Verderben reißt.

Er läuft weiter, er muss hinaus aus dieser todbringenden Welt, eine Wurzel wirft ihn zu Boden. *Nicht liegen bleiben, das ist der Tod. Warum nicht sterben? Erfrieren ist sanft. Nicht jetzt. Nicht hier. Weiter.* Irgendwoher hallen Stimmen. Stimmen von Menschen. Er dreht sich um, dreht sich, *woher kommen sie? Da hinter den Stämmen – ein Licht? Feuerschein?* Er kämpft sich weiter in diese Richtung, stolpert, rafft sich auf, hetzt auf dieses Licht und auf die Stimmen zu.

Plötzlich ein Schatten vor ihm. Die Gestalt bewegt sich. Ein Schatten gleitet zwischen die Baumstämme und verschmilzt mit ihnen. Ethan wartet, ändert die Richtung, nach links, will die Gestalt von der Seite angreifen. Er duckt sich, schnellt vor und da, da hat er etwas in der Hand gehabt. *Einen Arm? Einen Ast?* Gefrorene Äste knacken, als sie unter raschen Schritten brechen.

»He!«, hört er eine Stimme rufen, dann eilen sie auf ihn zu. Feuerwehr oder Sanitäter in grellen Uniformen. Ein Lichtkegel nähert sich ihm, erfasst ihn. Er hebt den Arm vor die Augen, sie lassen die Taschenlampen sinken und sagen etwas, das er nicht versteht. Eine Woge aus pechschwarzem Wasser rollt heran, ein uralter Albtraum, er hat ihn fast vergessen, er hat ihn nach Tonys Unfall jeden Tag geträumt, fast ein halbes Jahr lang. Sie heben ihn hoch, er treibt davon, immer weiter in einen rauschenden schwarzen Ozean.

12 Dienstag, 1. April
Paris

Noch am gestrigen Abend hat Camille alle Begriffe notiert, die Véronique Regnard so zusammenhanglos nannte, hat versucht, sich an jedes Detail ihrer Begegnung zu erinnern. Es war halb drei in der Nacht, als sie die Nummer von Bonne Nouvelle wählte, um sich nach dem Gesundheitszustand der Insassin Véronique Regnard zu erkundigen. Eine verschlafene schleppende Frauenstimme gab ihr zu verstehen, dass sie keine Befugnis habe, eine solche Information zu geben, und um diese Uhrzeit schon gar nicht. Wütend – obwohl sie mit einer solchen Antwort gerechnet hatte – legte sie auf. Sie war so aufgewühlt, dass sie nicht einschlafen konnte. Ein Satz hallte die ganze Nacht in ihrem Kopf, und auch heute Morgen hört sie noch immer sein Echo: *Wenn Sie zu viel wissen, sind die auch hinter Ihnen her!* Wer sind *die?* Und passt diese Drohung nicht in Véronique Regnards paranoides Weltbild?

Camille gießt sich noch eine Tasse Kaffee ein und zwingt sich, auf den Bildschirm zu sehen, das Gespräch zwischen Luc und Christian auszublenden.

Heute Morgen hieß es, nachdem Camille mit der Presse gedroht hatte, Véronique Regnard ginge es wieder besser, sie habe nur einen kurzen Schwächeanfall gehabt. Aber telefonieren dürfe die Kranke nicht. Camille rief daraufhin im Büro von Amnesty International an und schilderte den Fall. Eine gewisse Gunilla versprach, sich darum zu kümmern, und Camille fühlte sich ein wenig beruhigt.

Sie sieht wieder auf ihren Monitor.

Toba, Vulkan auf Sumatra.
Laut einer nicht weiter gesicherten wissenschaftlichen Theorie sollen vor 75 000 Jahren den Ausbruch des Vulkans Toba auf Sumatra und den vulkanischen Winter weltweit nur 10 000 Menschen überlebt haben. Bis zum Jahr 10 000 soll sich die menschliche Rasse auf vier Millionen vermehrt haben.

Wie viele Einwohner hat Paris? Zehn Millionen?

Es dauerte laut dieser Theorie nochmals 11 000 Jahre, bis sich die Bevölkerung verhundertfacht hatte. Damals lebten dann immer noch erst 400 Millionen Menschen auf der Erde. In den letzten vierzig Jahren hat sich die Weltbevölkerung verdoppelt.

In wenigen Jahren werden sieben Milliarden Menschen auf der Erde leben.

Toba … Océane Rousseau ist gefährlich, sie will ein neues Toba … Ein Massensterben also? Kann das ein Mensch wollen? Kann das Edenvalley wollen? Was hätte der Konzern davon? Es würde doch niemand mehr sein Saatgut kaufen. Und all die anderen Behauptungen, sind das nicht die typischen Verschwörungstheorien?

Sie sucht nach Informationen über NAT. Noah's Arch Trust, Betreiber von Noah's Arch, findet sie schließlich. Drei Artikel beschreiben Noah's Arch auf Ellesmere Island in Nordkanada als die modernste und teuerste Saatgutbank, die je existiert hat.

»Christian, Lucien, hört mal zu, und sagt mir, was euch dazu einfällt.«

Christian und Lucien unterbrechen ihr Gespräch und lehnen sich in ihren Sesseln zurück.

Camille räuspert sich. »Noah's Arch. Anfang der 1970er Jahre wurde aufgrund des weltweit anhaltenden Bevölkerungswachstums und stagnierender Ernteerträge eine riesige Hungerkrise prognostiziert. Deshalb wurde 1971 die Beratungsgruppe für Internationale Agrarforschung, Consultative Group on International Agricultural Research, kurz: CGIAR, gegründet. Sie unterstützt zurzeit 15 internationale Forschungszentren verschiedener Disziplinen. Anfangs konzentrierte man sich auf Ertragsverbesserungen für Weizen, Mais und Reis, später auch auf Kartoffeln, Maniok und Hirse sowie wichtige Hülsenfrüchte.

Die Errichtung von Noah's Arch ist von CGIAR unabhängig, es wird von der UNO, dem Land Kanada und dem Noah's Arch Trust, einem Zusammenschluss verschiedener Firmen, finanziert.

Gesichert werden sollen vor allem Kulturpflanzen, insbesondere Getreidesorten. Wenn eine Art auf der Erde ausstirbt, sei es durch Naturkatastrophen, Asteroideneinschläge, Atomkriege oder Epidemien in der Pflanzenwelt, soll sie später, ausgehend von Ellesmere Island, wieder nachgezüchtet werden können. Die Agrarfirmen versprechen sich Hilfe bei der zukünftigen Züchtung von ertragreicheren, nahrhafteren und stressresistenteren Pflanzen.«

»Moment!«, unterbricht Christian und lässt sich mit dem Oberkörper nach vorne kippen, »Epidemien in der Pflanzenwelt – meinen die auch, wenn Firmen wie Edenvalley alle natürlichen Pflanzen genetisch kontaminiert haben?«

»Klar«, bekräftigt Lucien und schiebt die Ärmel seines schwarzen Langarmshirts hoch, »Firmen wie Edenvalley. Die können sich dann dort wieder frei bedienen.«

Camille seufzt. »Ihr wisst doch noch gar nicht, wer zum Noah's Arch Trust gehört.«

»Du wirst es uns sicher gleich sagen, *ma chère!*«

»Wenn ihr mich lasst, ja.«

Christian macht eine beschwichtigende Geste, und Camille liest weiter.

»Der Permafrostboden von Ellesmere Island in Kanada verspricht auch bei einem Ausfall der Tiefkühlung höchste Sicherheit. Bis zu tausend Jahre sollen die Samen hier keimfähig überstehen. Am Ende eines hundert Meter langen Tunnels, der ins Gestein getrieben wurde, befinden sich drei Saatgut-Kammern, jede zwanzig Quadratmeter groß und sechs Meter hoch. Gut geschützt vor Bomben, selbst vor Flugzeugabstürzen. Vor unbefugtem Zutritt schützen Betonmauern, Kameraüberwachung, eine luftdichte und gepanzerte Stahlschleuse, eine bewaffnete Sicherheitsmannschaft – und die dort lebenden Eisbären. Selbst wenn durch die globale Erwärmung die Pole weiter schmelzen und der Meeresspiegel dramatisch ansteigt, ist der Bunker sicher: Er liegt 130 Meter über dem derzeitigen Meeresspiegel. Die ersten Lieferungen aus Saatgut-

Sammlungen in aller Welt sind bereits eingetroffen: allein siebzigtausend verschiedene Reisarten von den Philippinen, fünfundvierzigtausend Weizensorten und zehntausend Maissorten aus Mexiko, Tausende von Kartoffelarten aus Peru, Tausende von Gerstensorten aus dem Mittleren Osten.

›Es ist völlig richtig, dieses Lager aufzubauen‹, sagt Dr. Lansing, Experte für Kulturpflanzen am Biogenetics-Institut in Genf. ›Wenn die Apokalypse tatsächlich eintrifft, haben wir einen Pool, aus dem die Menschheit wieder schöpfen kann. Außerdem finanzieren viele Staaten ihre Genbanken nur unzureichend. Schlechte Lagerbedingungen vor allem in Asien und Afrika lassen die letzten Proben von derzeit ungenutzten Arten vergammeln. Sie sind unwiederbringlich verloren für Züchter.‹ Auch dieses Risiko lässt sich mit dem gut sechs Millionen Euro teuren Samenlager minimieren. Der Zustand des Saatguts wird regelmäßig überprüft, und die Samenbank wird nach und nach ergänzt. ›Eine der innovativsten und eindrucksvollsten Errungenschaften im Dienst der Menschheit‹, lobt der UN-Generalsekretär.«

Christian wippt in seinem Sessel vor und zurück. »Klingt mal wieder wunderbar und sinnvoll. Aber da wir um die Schlechtigkeit und Habgier der Menschen wissen …«

»… und wir eine Satire-Zeitschrift sind …«, wirft Lucien ein, worauf Christian lächelnd nickt und fortfährt, »… sollten wir mal zwischen den Zeilen lesen. Wer verbirgt sich hinter Noah's Arch Trust?«

Danach hat sie auch schon gesucht. »Ist gar nicht so einfach … Ich finde kaum was, warte mal, hier. Das ist aber auch die erste Meldung. Kennt ihr einen Hal Upright, Professor für Soziologie an der Uni in Washington D.C.?«

»Nein«, sagt Christan, und auch Lucien schüttelt den Kopf.

»Egal, er schreibt hier, warte mal, das ist ja ein ellenlanger Artikel, hier, der NAT, also der *Noah's Arch Trust,* besteht aus folgenden Mitgliedern.« Camille holt Luft. »Edenvalley,

Agrarkonzern.« Sie sieht in Christians schmunzelndes Gesicht. »Eastman Black Defense Inc., Rüstungsfirma, Milward-Foundation – das sind die, die *The Project* in den zwanziger Jahren gegründet haben, Global-Water-Trust, Adana Pharmaceutics und Bob-Redfern-Foundation.«

Lucien pfeift durch die Zähne.

»Bob Redfern ist doch Brainstorm. Der hat da auch seine Finger im Spiel? Ein Computerunternehmen?«, fragt Christian.

»Nicht nur Computer«, fügt Lucien hinzu, »Software, die Suchmaschine Brain gehört ihm, außerdem mehrere Museen und eine Fernsehanstalt. Auch der Nachrichtensender RED Europe mit Sitz in Brüssel, soweit ich weiß. Und das ist sicher noch nicht alles.«

Christian ist aufgestanden und lehnt mit dem Rücken am Fenster. »Wozu das alles? Es gibt doch über tausend Saatgutbanken. Und: Warum sitzt in diesem Trust kein Afrikaner, kein Asiate, kein Europäer? Warum machen das große amerikanische Konzerne unter sich aus? Ich wette, die haben auch die bewaffnete Sicherheitsfirma unter ihrer Kontrolle.«

»Véronique Regnard hat von Weltbeherrschung gesprochen …«, grübelt Camille.

»Weltbeherrschung …« Lucien schüttelt den Kopf. »Hört sich exakt nach den Durchgeknallten an, die glauben, hinter jeder Bierwerbung würde eine Verschwörung stecken, allerdings …«

»Allerdings«, redet Christian weiter, »fragt man sich schon, was eine Rüstungsfirma da soll, und diese Milward-Foundation, die hatte doch …«

»… mit Geburtenkontrolle zu tun«, unterbricht ihn Camille. »Also, ich glaube nicht, dass Véronique Regnard das alles erfunden hat, die drei Säulen, die Weltbeherrschung, *The Project* …«

»Ich wäre da mal nicht so sicher.« Christian geht zu seinem

Schreibtisch und nimmt von einem Stapel das oberste Blatt Papier, faltet es der Länge nach in der Mitte und lässt es zu Camille segeln. »Hattest du wohl angefordert. Sorry, ich war neugierig.«

Der Bogen landet tatsächlich auf ihrem Schreibtisch. Camille faltet ihn auf.

Die Patientin Véronique Regnard, geboren am 23.11.1970, wurde am 23. Januar 2004 von ihrem Ehemann Laurent Regnard in meine Klinik gebracht. Laut seiner Schilderung war Véronique, seine Frau, auf dem Balkon auf einen Stuhl gestiegen, in der Absicht, auf das Betongeländer zu klettern, um von dort auf einen Baum zu »fliegen«. Die Wohnung liegt im sechsten Stock, und der Baum ist laut Ehemann mindestens dreißig Meter vom Haus entfernt.

»Ich bin ein Vogel, ich kann fliegen«, soll sie dabei gerufen haben. Nur unter Gewaltanwendung konnte der Ehemann seine Frau vom Balkon wegbringen.

Seit geraumer Zeit, erklärte er mir, esse seine Frau nur noch Körner aus dem Reformhaus, trinke Mineralwasser und habe sich auf diese Weise schon einmal fast zu Tode gehungert, bis er sie in ein Krankenhaus gebracht habe.

Die erlittene Totgeburt habe seine Frau ohne jegliche Gefühlsregung hingenommen.

Prof. Dr. Emile Muller

Zerbrechlich wie ein Vogel, hat sie gedacht, als sie an Véroniques Bett stand. Das fällt ihr jetzt wieder ein.

»Na, meinst du immer noch, du solltest ihr glauben?«, fragt Christian.

Camille antwortet nicht. Vielleicht ist es zu verführerisch, an eine Verschwörung zu glauben. Verschwörungen produzieren Schlagzeilen, verkaufen Zeitungen – und machen einen berühmt. *Sie könnten viel mehr bewegen, Camille …*

Mein Gott, ich muss Papa aus der Klinik holen, schießt es ihr durch den Kopf.

13 Mittwoch, 2. April
Bali

Nicolas beobachtet Kim, wie sie in einem sonnengelben Sarong über den schmalen Pfad des Gartens geht, nein, schwebt. Nirgendwo hat er Menschen sich so anmutig bewegen sehen wie hier. Das Paradies … Er seufzt, stellt sich ein wenig tiefer in den Schatten der Verandasäule, um ihr zuzusehen, wie sie Opferschälchen mit Reis vor eine kleine Buddha-Statue am Teich mit den Seerosen stellt und ein Räucherstäbchen anzündet. Zum ersten Mal seit Tagen hat er wieder tief geschlafen. Ohne Albträume. Die sind erst beim Aufwachen wiedergekommen. Kim sieht ihn nicht, sie bückt sich und hebt welke Hibiskusblüten vom Boden auf. Nicolas sieht den Rauchringen zu, die lautlos über das lächelnde Antlitz des Steinbuddhas streichen und dann hinaufsteigen in den morgenhellen Himmel. Irgendwo da am Horizont meint er den Vulkan Gunung Agung, den »Großen Berg«, zu erkennen. Der Sitz der Götter und der Mittelpunkt der Welt.

Pierre hat ihm gestern erzählt, dass er 1963 zum letzten Mal ausgebrochen ist und zweitausend Menschen den Tod brachte. Kim schwebt weiter über die Steinplatten des Gartens hinüber zur niedrigen Mauer, über die üppig rot blühende Blumen ranken. Jetzt erst erkennt er die Göttinnenfigur aus grauem Stein. Mit einem Palmblatt fegt Kim die welken Blüten und Blätter weg. Wieder stellt sie eine Opferschale ab und zündet ein Räucherstäbchen an. *HES – warum sie? Gibt es nicht genügend alte oder unzufriedene Menschen, für die der Tod die Erlösung wäre?* Als sie sich umdreht, trifft ihn ihr Blick. Sie zuckt kaum merklich zurück, aber ihm ist es nicht entgangen, hat sie sich doch unbeobachtet gefühlt.

»Guten Morgen, Kim.«

»Guten Morgen.«

Sie kommt auf ihn zu. Ob sie weiß, dass Pierre es ihm erzählt hat?

»Es ist wunderschön hier.«

Ihr Lächeln ist bezaubernd. Oh ja, man kann auch eine Frau anbeten …

»Schön, dass es dir hier gefällt.«

Er ist sich fast sicher, dass Pierre ihr nichts gesagt hat. Da ist keine Trauer in ihren Augen, kein Bedauern, keine Angst. Sie hat gelernt, mit der Krankheit zu leben, bis es so weit ist, bis es Zeit ist für den Tod …

»Ich würde für immer hierbleiben, wenn ich könnte.«

»Das liegt in deiner Hand.«

»Oh, und wovon soll ich leben? Miete zahlen?«

»Es lassen sich Wege finden. Man braucht nicht viel.« Sie lächelt wieder dieses wunderschöne Lächeln. Sie braucht Geld, einfach nur Geld, das andere in Hülle und Fülle besitzen, um weiterzuleben, aber diese bittere Wahrheit wagt er nicht auszusprechen, nicht vor ihr.

Stattdessen erwidert er ihr Lächeln, worauf sie sich mit einem leichten Kopfnicken verabschiedet und sich auf dem Pfad zwischen den blühenden Büschen hindurch entfernt.

14 Paris

Jedes Mal, wenn er die Augen schließt, bricht das Inferno aus, wird zur Feuerwalze, die alles verschlingt wie ein gefräßiges Monster. Dann, wenn er nicht mehr wegrennen kann, wenn der beißende Qualm ihm die Lungen zerfrisst, wenn er stolpert und am Boden liegt, fallen die Flammen über ihn her, und wenn er den Geruch von verbranntem Haar und Fleisch wahrnimmt, schießt er hoch aus seinem Bett, und dann wundert er sich jedes Mal, dass es dunkel ist bis auf das schwache Licht, das von links, vom breiten Fenster hereinscheint, und das rote Standby-Lämpchen am Fernseher, oben an der Wand. In dem Moment fangen trotz der Schmerzmittel die Schmerzen wieder an, zischeln wie Schlangen durch seinen Körper, schlagen ihre Fänge in sein Fleisch und vergiften seine Gedanken.

Seit es hell ist, starrt Ethan an die Decke mit den verspiegelten Schienen der Neonröhren. X-mal hat er angefangen, die Lamellen darin zu zählen, genauso oft hat er aufgegeben. In »Nacht«, dem Roman von vor zwei Jahren, lag sein Protagonist nach einem Autounfall mit einer Querschnittslähmung im Krankenhaus. Nick Peters, ein dynamischer, erfolgreicher Börsenmakler, starrte auch an die Decke und überlegte, wie er sich doch noch an seinem Widersacher rächen könnte, der ihm erst das Vermögen und die Frau und dann auch noch seine körperliche Unversehrtheit genommen hatte. Er übte sich in Geduld und dachte sich einen Plan aus. Als er im Rollstuhl sitzen konnte, ließ er sich mit dem Taxi zu seinem Gegner, einem Bauunternehmer, fahren und erschoss zuerst ihn und dann sich. Das Buch brachte mäßigen Erfolg.

Ethan bewegt seine Augen nach rechts, zum Nachttisch mit dem Wecker. Halb neun. Die Schmerzmittel machen ihn dumpf und seltsam sorglos. Auf dem Flur hört er Schritte und das Quietschen des Essens- oder Verbandswagens. Der Arzt mit der randlosen Brille und den Hamsterbacken hat es ihm erklärt: Vom verbrannten, toten Gewebe gehen Entzündungen aus. Es ist ein guter Nährboden für Bakterien und Pilze, die sich dann weiter in den Körper vorarbeiten. Deshalb musste er das geschädigte Gewebe entfernen. Über das Kosmetische machen Sie sich erst mal keine Gedanken, hat er noch hinzugefügt und ihm die Hand auf den gesunden Arm gelegt. Wichtig ist, dass Sie kräftig essen, und nehmen Sie die Vitamine! Währenddessen hat die Schwester die Infusionsflasche gewechselt. Verbrennungen zweiten Grades gehen einher mit Blasenbildung, starken Schmerzen. In seinem Fall werden Narben zurückbleiben. Im Gesicht, am Hals, am Arm. Das haben sie ihm gesagt, dieser Arzt, dessen Namen er sich nicht merken will, und seine Assistenten. Diese Narben sind mir egal, hat er antworten wollen, es aber nicht getan.

Er war erleichtert, dass man ihn nicht in Tromsø behalten hat, sondern dass er nach Paris gebracht worden ist. Heute Morgen gelingt es ihm zum ersten Mal seit dem Unglück, über einen längeren Zeitraum klar zu denken, und er ist sich sicher, dass Lejeune den Transport veranlasst hat.

Worin war Sylvie verstrickt? Woher hatte sie die Saatkörner? Was ist mit der Bank in Gibraltar? *Verflucht, ich muss Mathilde anrufen!*

Seine Gedanken drehen sich immer schneller, werden zu einem Strudel, der sich selbst in die Tiefe zieht. Er hat Durst, will zu dem Wasserglas auf dem Nachttisch greifen. Doch seinen linken Arm kann er nicht mehr ausstrecken, das Drehen des Kopfes tut weh, die linke Halsseite ist wohl von dem brennenden Balken erfasst worden, er dreht den ganzen Oberkörper, ein umständliches Unterfangen, manchmal will er sich die Haut vom Leib reißen, weil sie ihn einengt, ihn nicht atmen lässt, ihn erstickt. Vielleicht sind es auch nur die Verbände. Das Wasser schmeckt schal. Sie haben Glück gehabt, hat der Arzt gesagt, es hätte schlimmer sein können.

Die Krankenschwester mit den kalten, dürren Fingern kommt herein, nickt ihm zu, liest das Thermometer ab, misst den Puls und pumpt die Manschette zum Blutdruckmessen auf.

»Ihre Tabletten«, sie öffnet ihm das Schiebefach seiner Tagesration und reicht ihm das Wasserglas. Drei Tabletten, er schluckt sie auf einmal.

»Wann kann ich nach Hause?«, fragt er, als sie schon wieder an der Tür ist.

»Sie?« Sie schüttelt den Kopf. »Das wird sicher noch ein Weilchen dauern.«

Als sie weg ist, starrt er wieder an die Decke. Er muss Kräfte sammeln. Für seinen Plan. Er hätte sterben sollen, aber er hat überlebt. Wer auch immer ihn töten will, wird wiederkommen. Ein Geräusch an der Tür schreckt ihn auf. *Noch nicht, ich brauche zuerst eine Waffe.* Er tastet nach dem Alarmknopf.

»Einen schönen guten Morgen!«

Lejeunes rotes Haar nimmt er als Erstes wahr. Sie trägt einen olivgrünen Trenchcoat, den Gürtel hat sie in der Taille so eng gezogen, dass er sich fragt, ob sie noch atmet. Immerhin ist sie ihm lieber als ein Killer. Sie zieht sich einen Stuhl heran. Lächelt sie sogar?

»Wie geht es Ihnen?«

Er empfindet nichts. Keine Wut, keine Angst, nichts. Wahrscheinlich liegt es an den Schmerzmitteln. Es muss eine ganze Menge sein. Er sieht an die Decke. Irgendwann wird sie gehen.

»Okay – was machen Sie eigentlich, Monsieur Harris? Führen Sie einen Privatkrieg? Oder spielen Sie Detektiv? Wofür halten Sie sich? Haben Sie etwa geglaubt, Sie sind den Leuten gewachsen, die solche Morde verüben? Ich hätte Sie wirklich für intelligenter gehalten, Monsieur Harris.« Ihre Stimme zerschneidet die Stille. Er antwortet nicht, versucht, nicht zuzuhören, es gelingt ihm nicht.

»Auf das GenØk-Institut wurde ebenfalls ein Brandanschlag verübt.«

Er sieht sie kurz an. Sie lehnt sich zurück, verschränkt die Arme. »Und Professor Hirsch ist tot.«

Was will sie mir sagen? Dass ich die Schuld daran trage? Vielleicht stand Hirsch schon längst auf ihrer Liste, so wie auch Antonelli? Wer hat das gesagt? War das nicht Aamu? Verdammt! … Sein Blick geht wieder zur Decke, und er schweigt weiter.

»Wenn Sie nicht reden wollen, Monsieur Harris, kläre ich

Sie derweil ein wenig auf: Das Haus von Professor Hirsch wurde per Fernsteuerung durch TNT-Sprengstoff in die Luft gejagt. Diese junge Dame, die Sie mehrmals getroffen und mit nach Tromsø genommen haben, heißt in Wirklichkeit Xenia Yakovleva – und falls es Sie interessiert –, sie hat als Fünfzehnjährige ihren Vater, einen arbeitslosen Astrophysiker, und einen Nachbarn ermordet. Der Taxifahrer in Tromsø hat gesagt, er hätte Sie und diese Dame vom Flughafen zum Hotel gebracht. Mit dem Flugzeug hat sie Norwegen noch nicht verlassen. Jedenfalls nicht unter einem uns bekannten Namen. Warum war sie bei Ihnen?«

Tonys Surfbrett wurde angeschwemmt, aber seine Leiche ist nie gefunden worden. Sie ist hinausgetrieben in den Ozean, aufgeweicht und von kleinen Fischen abgenagt worden oder gleich von Haien gefressen, vielleicht sind auch Teile in eine Schiffsschraube geraten, wer weiß das schon. Aamu – Xenia – die Namen verschwimmen ineinander, werden unbedeutend, werden überstrahlt von einem hellen Licht, ein Feuer ist ausgebrochen, lodernde Flammen überall …

»Monsieur Harris, haben Sie meine Frage verstanden?«

Woher kam das Päckchen auf dem Tisch in Hirschs Haus?

»Ihr Bruder hat den Vater …«, hört er sich sagen.

»Was?«

»Ihr Bruder hat den Vater mit dem Schürhaken erschlagen, und dann haben sie und ihr Bruder das Haus angezündet.«

»Das hat sie Ihnen erzählt? Da haben wir aber etwas Interessantes für Sie.«

Ethan beobachtet, wie Lejeune ihrem Assistenten, der noch an der Tür steht, ein Zeichen gibt. Der stellt einen Recorder auf den Fußboden und stöpselt das Kabel in den Fernseher gegenüber von Ethans Bett. Dann legt er eine DVD ein und nimmt die Fernbedienung vom Nachttisch.

»Fangen Sie an, David«, sagt Lejeune.

Einsame Jahre kann Ethan als Titel lesen. *Ein Mädchen-*

gefängnis in Sibirien. Baracken im Schneeregen, schmutzige Pfützen auf rissigem Asphalt, im Hintergrund kahle Bäume. Der Sprecher gibt eine kurze Einführung, erklärt, dass in dieser Anstalt in Sibirien Mädchen im Alter zwischen dreizehn und achtzehn interniert sind, die Verbrechen begangen haben. Diebstahl, Körperverletzung, Mord.

Unter militärischem Drill marschierende Mädchen. Schlafsäle und Essensausgabe wie beim Militär. Ethan merkt, wie sich etwas in ihm zusammenzieht, er weiß, dass gleich eine schreckliche Wahrheit über ihn herfallen wird.

»Ich fahr ein bisschen vor.« Der Assistent hält den Film bei einer Einstellung an, wo eine ältere Frau an einem Schreibtisch sitzt, vor sich ein junges Mädchen.

»Und was hast du gemacht?«, fragt die Stimme der Synchronsprecherin.

Schnitt auf das Mädchen. Pickliges Gesicht, rötlich braunes Haar. Faszinierende Augen, denkt Ethan, hell wie … Eis.

»Ich habe meinen Vater getötet.« Das Mädchen lächelt scheu.

»Warum?«

»Er war immer betrunken. Und hat uns alle geschlagen.« Das Mädchen lächelt immer noch. Weniger scheu.

»Wen?«

»Meine Mutter, meinen Bruder und mich.«

»Warum hat er euch geschlagen?«

»Er war Physiker. Und dann hat er seine Arbeit verloren. Er hat angefangen zu trinken. Wodka. Er hat ihn überall herbekommen.«

»Habt ihr auch getrunken?«

Grinsen. »Ja. Wir haben alle das Zeug gesoffen. Wir waren oft alle betrunken.«

»Hast du Wut gehabt?«

»Ja, große Wut. Und …«

»Ja?«

»Und die anderen haben sich nicht richtig gewehrt. Meine Mutter hat immer nur geheult und die Hände vors Gesicht geschlagen, wenn er sie verprügelt hat. Und mein Bruder war jünger als ich.«

Warum grinst sie? Mein Gott, denkt Ethan.

»Aber du bist nicht sehr groß?«

»Nein, aber manchmal ist man größer und stärker.«

»Und wie hast du es gemacht?«

»Er kam besoffen nach Hause, und meine Mutter hat das Essen fallen lassen, da hat er sich auf sie gestürzt, hat sie festgehalten, er war ziemlich stark, und dann hat er ihr in den Bauch und ins Gesicht geschlagen und auf den Rücken – und dann hat er ihren Kopf auf die Kochplatte geschmettert. Überall war Blut – und Knochen – und Gehirn. Mein Bruder wollte ihm ins Bein beißen, da hat er ihn getreten, und Gregor ist an die Kante vom Ofen geflogen.«

»Gregor war dein Bruder. Er war tot?«

Nicken. »Ja, er hat sich nicht mehr gerührt, und mein Vater hat nur noch auf ihn geglotzt, und dann hab ich das große, scharfe Messer aus der Küchenschublade genommen und hab mich von hinten auf ihn gestürzt, hab das Messer in seinen Nacken gebohrt, so tief ich konnte, und er hat geschrien, wollte mich packen, aber ich hab das Messer nicht mehr losgelassen, und dann war da überall Blut, es ist aus ihm herausgespritzt, und ich hab immer wieder in seinen Hals gestochen …«

»Hast du noch andere Menschen getötet?«

Scheues Lächeln, Nicken.

»Wen?«

»Gleich danach. Da kam ein alter Säufer, ein Kumpel von meinem Vater. Er ist auf mich losgegangen, und da hab ich ihm mit demselben Messer die Kehle durchgeschnitten.«

»Danach hat man dich festgenommen.«

Schnitt. Trostlose Baracken im Schnee, wieder Mädchen

beim Marschieren. Ein Gesicht gefriert. Kleine Nase, kupferrotes Haar, hohe Wangenknochen und helle Augen. *Das kann alles nicht wahr sein … Sie müssen sich irren.*

»Woher wissen Sie, dass das Aamu ist?«, fragt er forscher, als ihm zumute ist.

»Sie können uns glauben.« Lejeunes Mund ist nur ein dünner, zappelnder Strich.

»Und wie soll sie hierhergekommen sein?«, fragt er, worauf Lejeune seufzt.

»Der Kameramann gab ihr während der Dreharbeiten eine Kontaktnummer von einem befreundeten Kollegen in Moskau, der angeblich eine Menge Leute kannte und ihr vielleicht eine Chance für die Zeit nach ihrer Entlassung geben konnte. Sie hat sich tatsächlich bei ihm gemeldet, das war vor fünf Jahren. Und dann hat sie offenbar die falschen Leute kennengelernt. Wissen Sie, wo sie sich aufhält?« Lejeunes Stimme wird scharf.

»Aber sie hat Medizin studiert«, hört er seinen Einwand.

»Gefälschte Studienpapiere.«

Sie hat also die Nähe zu Sylvie gesucht … Es war alles geplant.

»Die Medien sollen noch nichts vom Mord an Ihrer Frau erfahren. Das wird Ihnen sicher recht sein.«

Es ist ihm gleichgültig, es ändert nichts.

»Wenn Sie sich ein bisschen erholt haben, versuchen wir es noch einmal. Falls Ihnen zwischenzeitlich etwas einfallen sollte …« Sie zückt eine Visitenkarte und steht auf. »Wir stellen jemanden vor Ihre Tür, Sie ziehen das Unglück ja geradezu an.«

Sie ringt sich ein Lächeln ab, dann verschwindet sie endlich mit ihrem Assistenten.

Er muss zurück in die Wohnung, weiß er, dort sind seine Waffe, sein Computer und sein Telefon. Aamu wird nicht aufgeben. Und woher hatte Sylvie diese Maiskörner? Brand im GenØk-Institut – um Spuren, Daten zu vernichten. Alle Gedanken verschwimmen zu Farbflecken, sie drehen sich vor seinen Augen wie in einer Laterna magica, immer schneller, ein Karussell von Farben, das ihn mitnimmt, immer im Kreis, im Kreis, im Kreis … dazwischen Aamus Körper … und Sylvies goldener Haarschweif … Mein Gott, und wenn er wirklich mit ihr geschlafen hätte? Der heiße Atem im Wald. Einbildung? Warum hat sie ihn angelogen? Warum wollte sie mit ihm schlafen, wenn sie ihn am nächsten Tag umbringen wollte?

Wenn Aamu seine Frau ermordet hat, dann muss er sie nur noch finden, dann ist er am Ziel, oder?

Warum empfindet er nicht wenigstens ein wenig Genugtuung? Stattdessen dehnt sich die Leere immer weiter in seinem Innern aus, ein riesiges schwarzes Loch, in das alles Leben hineinstürzt.

15 Uganda

Ich habe begriffen, was jeder Afrikaner hier von Kindheit an weiß: Tag und Nacht sind unterschiedliche Welten. Kann der Mensch am Tag in der Welt zurechtkommen, macht ihn die Nacht wehrlos, liefert ihn seinen Feinden aus, die ihm in der Dunkelheit auflauern und ihm nach dem Leben trachten.

Henrik hält inne, lauscht. Er glaubt das Schnarchen der Kranken aus den Zimmern zu hören, die Flurtür steht offen, ein leichter Wind weht herein und bewegt ein wenig den Kalender mit den europäischen Landschaftsmotiven an der Wand neben dem Fenster. Ein dichtes sonnengelbes Rapsfeld unter einem königsblauen Himmel, und in der Ferne ragt die Spitze eines Kirchturms auf. Seit jener Nacht denkt er daran, nach

Hause zu fahren. Zurück nach Deutschland, nach München, in die kultivierte Zivilisation … Er denkt an die Zeit mit Uma, bevor sie ihn anlog und statt zu ihren Reitstunden zu Heiko ging. Es kommt ihm vor, als hätte ein anderer jenes Leben geführt, ein einfältiger, naiver Junge, der glaubt, stets auf der Sonnenseite des Lebens wandeln zu können. Wenn er verlassen wird, dann sucht er sich eben etwas anderes im Leben. Er ist einer gewesen, der den Tod nur aus der Klinik und aus dem Fernsehen gekannt hat.

Aber jene Nacht hat ihm gezeigt, dass sein Leben, das ihm immer so sicher und stabil erschien, von einer Sekunde auf die nächste ausgelöscht werden kann. Etwas, das stets nur für andere, nie für ihn gegolten hat. Die Nacht hat alles verändert. Nicht nur ihn, auch die Tierstimmen draußen, das Kreischen der Vögel, die Musik aus den Radios, ja jedes Klappern von Absätzen oder, schlimmer noch, das fast lautlose Gehen von nackten Füßen auf Gras oder Sand oder auf dem Linoleum des Klinikflurs – all das macht ihm jetzt Angst, lässt ihn zusammenzucken und lauschen und beschwört das schreckliche Szenario immer und immer wieder herauf. Er fürchtet sich davor, die Augen zu schließen, zu schlafen, mit dem Rücken zu einer Tür oder einem Fenster zu stehen, in seine Hütte zurückzugehen – und das Schlimmste: Er fürchtet sich vor den Patienten. Die Angst, die er am Tag noch niederkämpfen kann, drängt jetzt, in der Nacht, aus der Tiefe seines Innern herauf, wird zum Albtraum, der ihn hetzt.

Heute wird er nicht allein in der Klinik sein, Dr. Bleibtreu ist wieder da. Aber könnte der ihn retten?

Henrik trinkt einen Schluck von dem Teegebräu, das Mary ihm nach dem Abendessen gemacht hat. Es beruhigt, hat sie gesagt.

Sam ist wohl nicht durch den Aufprall auf den Bettpfosten gestorben, sondern an seiner Krankheit. Kurzschluss, Fehlzündung im Gehirn. Exitus, hat Dr. Bleibtreu konstatiert, am nächsten Morgen, als er aus Entebbe zurückgekehrt war. Die Polizei hat sich eingeschaltet. Eine größere Untersuchung wird es nicht geben, hat Dr. Bleibtreu ihn beruhigt.

Er trinkt den Becher leer und fängt wieder an zu tippen.

Sam, ein AIDS-Patient, hat in der Nacht einen Anfall bekommen und mit der Axt vier Patienten abgeschlachtet, bevor er dann selbst gestorben ist. Die Axt muss er aus dem Gartenhaus genommen haben, niemand weiß, wieso der sonst so friedfertige Sam plötzlich zum Monster wurde.

Fehlsteuerung im Gehirn, meinte Dr. B., als Folge von AIDS. 28 Millionen Menschen sind weltweit mit dem Virus infiziert. Schöne Aussichten.

Bei Sam war mir aufgefallen, dass er zwei Tage vor dem Anfall Sprachprobleme und Schwindelanfälle hatte. Dieselben Symptome wie bei den verstorbenen Kindern.

Wenn Dr. Bleibteu davon erfährt, dass Henrik im Internet über ihn schreibt, wird er einen Tobsuchtsanfall bekommen. Vor der Sache mit Sam hätte Henrik sich davor gefürchtet. Doch jetzt? Wenn man dem Tod ins Auge geblickt hat, hat man nie wieder Angst, erinnert er sich, das hat er irgendwo einmal gelesen.

16 Donnerstag, 3. April Bali

Nicolas nimmt eine kurze Dusche, zieht ein kräftig blaues T-Shirt und den Sarong an, Sachen, die Pierre ihm am vergangenen Abend noch vorbeigebracht hat, damit er sich »anders« fühlt, wie er sich ausgedrückt hat, schlüpft in Flip-Flops und nimmt den Memorystick aus seinem Gepäck.

Der von Hibiskussträuchern gesäumte Pfad zum Haupthaus kommt ihm unendlich lang und zugleich viel zu kurz vor. Warum hat er diesen verdammten Datenträger nicht einfach weggeworfen?

»Hallo.« Pierre erhebt sich von der Gymnastikmatte auf der Terrasse. »Nach Yoga bin ich immer ein neuer Mensch. Solltest du auch machen. Du siehst nicht gut aus.«

»Ich wollte das hier mal anschauen.« Nicolas hält den Stick zwischen Daumen und Zeigefinger.

Interessiert kommt Pierre näher. »Hat das irgendwas mit diesem Frost zu tun?«

»Erraten.«

»Das ist bestimmt hochexplosiv! Ich meine, hast du dir mal überlegt, warum all die Menschen um dich herum ermordet …«

»Hör auf! Gib du mir nicht auch noch die Schuld für alles! Was glaubst du, wie ich mich fühle! Aber sie wissen nichts von diesem Ding. Sie haben mich verfolgt, weil ich Augenzeuge war.«

Pierre geht voraus in den luftigen, mit einer Buddhastatue geschmückten und bunten tropischen Blumen bewachsenen offenen Empfangsraum, zeigt hinter die Theke mit dem Telefon und dem Ständer mit den Visitenkarten und Broschüren.

»Möchtest du einen Kaffee?«

Nicolas nickt, obwohl ihm nicht nach Kaffee ist, auch nicht nach Tee oder Saft oder nach irgendetwas. Sein Magen, nein, sein ganzer Körper fühlt sich an, als wäre er von einer zentnerschweren Last zusammengequetscht.

»Bin gleich wieder da.«

Er atmet auf, als Pierre hinter dem durchscheinenden Seidenvorhang in die Küche verschwindet. Der Computer braucht eine Weile, bis er den Stick lädt. Endlich öffnet sich das Verzeichnisfenster.

»Und, brisant?« Pierre kommt mit einem dampfenden Becher zurück. »Ich hab dir Milch reingetan, richtig?«

»Danke«, murmelt Nicolas und hat schon wieder vergessen, was Pierre gerade gesagt hat. Er wählt die Datei *Mais – 2/98/6* aus.

»Ist das das Letzte, woran ihr gearbeitet habt?« Pierre sieht ihm über die Schulter.

»Ja.«

»Terminatorkomplex, he, klingt ja gefährlich! Was ist bitte schön ein Terminatorkomplex, und ... RIP-Pro...«

»RIP-Protein.«

»Genau.«

»Willst du das wirklich wissen?«

»Aber klar, sonst würde ich dich nicht fragen.«

»Das Ribosome Inhibiting Protein, RIP genannt, tötet die Zellen des Pflanzenembryos in der Entwicklungsphase ab. Es ist ein Zellgift ...«

»Und Terminator?«

»Mit diesem Protein terminiert sich die Zelle. Sie keimt nicht mehr.«

»Wozu das denn?«

»Damit die Bauern für jede Aussaat neues Saatgut kaufen müssen. Eine Strategie von Edenvalley, einem Agrarkonzern.«

»Kenn ich, ja. Verdammt clever. Und warum sterben die Ratten?«

»Das hat Frost nicht mehr rausgekriegt.«

»Und wenn es mit diesem Terminatorkomplex zu tun hat? Dieses RIP ist doch ein Zellgift! So viel kapiere selbst ich als Laie! Da musst du doch was unternehmen!«

»Terminatorpflanzen gibt es schon lange, und sie sind absolut unschädlich.«

»Das sagst du!« Pierre piekst ihm mit dem Zeigefinger in die Schulter. »Warum gehst du nicht zu Edenvalley und sagst denen, was da passiert ist?«

Nicolas dreht sich um. »Wegen dieser Vermutung von Frost?« Er schreit fast. Pierre hat keine Ahnung!

»Ja, warum nicht?« Lässig zuckt Pierre mit den Schultern.

Wütend fährt Nicolas vom Stuhl hoch. »Warum nicht? Ich sag dir, warum nicht, Pierre.«

Pierre starrt ihn an.

»Weil wenn das Saatgut von Edenvalley stammt, dann steckt Edenvalley hinter dem Mord an Frost und Marc und Jean-Marie, kapiert?« Es ist ihm egal, dass er brüllt.

»Wieso sollte Edenvalley so was tun?« Pierre schüttelt den Kopf.

»Mein Gott, Pierre!« Nicolas rauft sich das Haar. »Weil sie damit ihre ganze Forschung, ihr ganzes Prinzip der Lizenzerwerbung in Misskredit bringen! Weil dann die ganze Welt aufschreien würde!«

»Aber das ist ja …« Pierre starrt ihn entsetzt an. »Und du meinst, sie wollen das alles vertuschen?«

Bin ich nicht gerade ein bisschen zu voreilig mit meinen Anschuldigungen gewesen? Sollte ein großer Konzern tatsächlich den Rattenkopf auf Frosts Körper genäht haben? Absurd!

»Ich weiß nicht, Pierre«, sagt er. »Die Sache ist …«

»Ziemlich heiß«, sagt Pierre nachdenklich und tippt auf den Bildschirm, wo noch immer Frosts Notizen zu sehen sind.

»Nehmen wir mal an, he, nur ein Gedankenexperiment, okay? – nehmen wir mal an, du liegst richtig und Edenvalley will den Skandal vertuschen. Dann …« Ein Grinsen legt sich auf einmal über sein Gesicht.

»Ich finde nichts Amüsantes an der Geschichte.« Er will den Stick herausziehen. Pierre hält seinen Arm fest.

»Moment, warte, überleg doch mal … Wenn sie dafür morden, dann … dann ist es ihnen sicher auch einige Milliönchen wert, zu wissen, dass du mit diesen Notizen nicht an die Öffentlichkeit gehen wirst – oder?«

Für einen Moment ist Nicolas sprachlos. Dann kann er seine Wut nicht mehr unterdrücken. »Du hast keine Ahnung, wozu die fähig sind«, bringt er hervor, »du hast Marc nicht gesehen. Und Frost. Untersteh dich, auch nur eine Zehntelsekunde an so was zu denken!«

17 Paris

Unzählige Male schon hat Camille seit heute Morgen auf die Uhr gesehen. Zwei Stunden ist er jetzt allein. Warum hast du dir nicht mal frei genommen?, wollte er wissen, warum bist du so hektisch? Das ist nichts für einen Kranken, Camille. Kranke brauchen Ruhe und Sicherheit. Beinahe hätte sie Streit mit ihm angefangen, doch das wäre das Letzte, was sie jetzt gebrauchen könnte. Um halb zwölf kommt jemand vom Pflegedienst, der ihm auch sein Essen in die Mikrowelle schiebt, die sie gestern noch auf die Schnelle gekauft hat. *Und Valéria? Die bewegt ihren faulen Hintern nicht aus Martinique weg!*

Schon wieder hat sie den Faden verloren und muss von vorn anfangen, ihren Text über den Besuch bei Véronique Regnard zu lesen.

»He, das wird dich interessieren!«, ruft Christian, und sie will schon aufstöhnen, doch da fängt er bereits zu lesen an. »Tromsø, Norwegen. Explosion tötet Pflanzengenetiker Professor Alfred Hirsch in seinem Haus in Tromsø.«

»Alfred Hirsch? Aber ist das nicht der Wissenschaftler, bei dem Frost damals promoviert hat?« Ein merkwürdiger Zusammenhang …

»Seltsam, was? Warte.« Er räuspert sich. »In der Nacht zum 1. April detonierte eine Sprengladung im Haus des für das GenØk-Institut in Tromsø forschenden Pflanzengenetikers.

Das GenØk-Institut untersucht die Auswirkungen von gentechnisch veränderten Pflanzen auf die Umwelt. Professor Hirsch wurde im vergangenen Jahr mit dem Whistleblower-Preis für besonders couragiertes Verhalten im Bereich der

Wissenschaften ausgezeichnet. Nur eine halbe Stunde nachdem das Haus des Professors in Flammen aufging, wurde auch auf das GenØk-Institut ein Brandanschlag verübt. Allerdings sind nur Daten vernichtet worden, Menschen sind nicht zu Schaden gekommen. Über mögliche Täter ist bisher noch nichts bekannt. Ein Besucher von Professor Hirsch überlebte den Anschlag in dessen Haus, er soll sich nach unbestätigten Angaben in einem Krankenhaus in Paris befinden.«

»Wieso in Paris? Der Anschlag war doch in Norwegen?«

»Das hab ich mich auch gefragt.« Christian hebt die Augenbrauen.

Camille greift zum Telefon. Sie wird Yvonne Béri gleich noch einen Gefallen schulden.

18

Als Erstes sind ihm die Zähne aufgefallen. Zwei makellose Reihen vieler kleiner weißer Zähne. Mathis Chéron, der Anwalt Ihrer verstorbenen Frau, hat er sich vorgestellt und Ethan militärisch zackig die Hand entgegengestreckt. Und tatsächlich erinnert sich Ethan an diesen Namen, den er auf einem Kuvert gelesen, es aber nie geöffnet hat. Als könnte er so die Tatsache negieren, dass Sylvie tot ist. Noch immer muss der Umschlag auf der Kommode im Flur liegen.

»Es war gar nicht so leicht, Sie aufzustöbern!« Selbst beim Grinsen entblößt er seine Zähne, stellt Ethan fest, während Chéron eine flache Ledermappe auf der Bettdecke ablegt und sich einen Stuhl heranzieht. Warum sollte ein Anwalt, der sich mit Erbschaftsangelegenheiten beschäftigt, nicht das Recht auf Fröhlichkeit haben?

»Aber«, er setzt sich und öffnet den Reißverschluss seiner Wildlederjacke, »nachdem Sie nicht zu unserem Termin erschienen und auch nicht ans Telefon gegangen sind, habe ich die Polizei angerufen«, wieder grinst er, »sagen wir mal, jemanden bei der Polizei.« Er deutet auf Ethans verbrannte Gesichtshälfte. Es heilt gut, meinte der Arzt heute Morgen, als er den Verband abgenommen hat. »Da hat es Sie ja ordentlich erwischt. Tut weh, was?«

»Sie dröhnen mich hier mit Medikamenten zu, nein, es tut nicht weh. Und, danke, dass Sie gekommen sind. Ich hätte es wohl kaum zu Ihnen geschafft.«

»Gern, so komm ich mal aus dem Büro.« Er lüftet seine Wildlederjacke, als wäre ihm schrecklich heiß.

»Da gibt's sicher attraktivere Alternativen.«

Der Anwalt lässt seinen Blick durch das Krankenzimmer gleiten und nickt. »Stimmt.« Er räuspert sich und schlägt einen ernsteren Ton an. »Wie ich schon sagte, Sie sind alleiniger Erbe des Vermögens Ihrer Frau. Abgesehen vom Pflichtteil von Madame Harris' Mutter natürlich. Die Unterlagen sind hier, die können Sie gleich einsehen. Außerdem hat sie bei mir im Januar einen Schließfachschlüssel hinterlegt.« Er legt die Aktenmappe auf seine Oberschenkel, lässt den Schnappverschluss klicken und zieht einen blauen Heftordner hervor.

Schließfach. Warum diese Geheimniskrämerei, Sylvie?

»Von der P. A. Greenfield Bank in Gibraltar?«, fragt er.

»Dann wissen Sie also davon. Gut. Meistens wirft so ein Schließfachschlüssel Fragen bei den Hinterbliebenen auf.« Chéron seufzt. »Es werden ja auch die verschiedensten Dinge in diesen Schließfächern aufbewahrt. Geheimnisse eben. Die Menschen haben mehr davon, als man denkt.«

Auf Anekdoten kann er verzichten, denkt Ethan und sagt: »Hat Sylvie, ich meine, meine Frau eine Andeutung über den Inhalt …«

»… nein«, fällt Chéron ihm ins Wort und lächelt mitfühlend, was Ethan verärgert. Chéron hat sich nicht einzumischen in seine Befindlichkeit. »Außer dem Schließfach gibt es dort auch ein Konto auf den Namen Ihrer Frau«, fährt Chéron fort und zieht ein Blatt hervor. »Das ist der aktuelle Stand vom Tag ihres Todes.«

Ethan nimmt mit der rechten, unverletzten Hand das Blatt entgegen. Schwarz auf weiß wird dort Sylvie Harris als Inhaberin des Kontos genannt. Darunter steht eine Zeile, an der sein Blick eine Weile hängen bleibt. Nein, das ist nicht möglich.

Chéron lächelt. »Wenn Sie wollen, bewahre ich den Schließfachschlüssel auf, bis Sie aus dem Krankenhaus …«

Es ist nicht möglich … Warum hat Sylvie mir nichts davon gesagt?

»Wunderbar.« Chéron schiebt die Dokumente mit einer lässigen Handbewegung in die Mappe zurück und steht auf. »Ich hoffe, Sie müssen nicht allzu lange hierbleiben?« Er verabschiedet sich mit dem gleichen zackigen Händedruck, mit dem er Ethan begrüßt hat.

»Warten Sie …« Ethan hält die Hand fest. Er erträgt es nicht mehr, tatenlos in diesem Bett zu liegen, eingesperrt in diesem Zimmer. Als wäre er aus der Zeit wie aus einem fahrenden Zug herausgefallen und müsste jetzt wieder aufspringen. »Ich brauche ein Telefon. Ich muss Sylvies Mutter anrufen.«

»Soll ich das nicht für Sie erledigen?«

»Nein. Besorgen Sie mir lieber ein Telefon. Und setzen Sie es auf die Rechnung.«

»Im Krankenhaus ist Telefonieren mit dem Handy verboten, glaube ich«, erinnert Chéron.

»Die Marke ist mir egal. Und kaufen Sie mir ein paar Klamotten!«

Chéron verzieht das Gesicht. »Hören Sie, Monsieur Harris, ich bin wegen des Erbes Ihrer Frau bei Ihnen. Was Ihnen passiert ist, ist schrecklich, aber … aber … Es tut mir leid, ich will nicht mit polizeilichen Ermittlungen …«

»Monsieur Chéron, ich muss hier raus! Verstehen Sie! Jemand hat Sylvie getötet, ich bin dem Mörder auf der Spur!«

»Gerade deshalb sollten Sie hierbleiben. In Ihrem Zustand können Sie doch nicht …«

»Ich weiß, was ich kann, Monsieur Chéron. Ich muss hier raus. Tun Sie mir einfach nur diesen einen Gefallen, ja?«

Der Anwalt starrt ihn an. Das professionelle Lächeln ist wie weggefegt.

»Bitte!« Nein, er bittet wirklich nicht gern, aber darauf kann er jetzt keine Rücksicht nehmen.

Chéron schüttelt den Kopf. »Da draußen sitzt ein Polizist. Es sind eine ganze Menge Fragen offen … Sie können nicht einfach so hier rausspazieren, abgesehen von Ihrem Zustand!«

»Monsieur Chéron …«, unterbricht ihn Ethan, »ich versichere Ihnen, Sie werden keinerlei Probleme …«

»Ich bin Anwalt und Notar, Monsieur Harris. Ich kann mir so etwas einfach nicht leisten, verstehen Sie doch!«

»Chéron!«, fährt Ethan ihn an, er hat jetzt keine Zeit für solche Ausreden. »Zwanzigtausend!«

Der Anwalt starrt ihn an. »Was …?«

»Euro. Sie haben mein Wort – und auch immer noch den Schlüssel.«

Chéron atmet tief, betrachtet seine Hände, bis er schließlich ergeben seufzt.

»In Ordnung. Hose, Unterwäsche, Jacke, Schuhe, was zum Überziehen – welche Größe?«

»Ihre, nehme ich an.«

»Gut, sonst irgendwelche Wünsche?«

»Nein. Ich will nur nicht besonders auffallen.«

»Sind Sie sicher, dass Sie auf eigene Faust …«

»Ich bin sicher, ja.«

Wieder seufzt Chéron. »Noch was? Geld?«

»Zweihundert Euro, ja.« Er weiß, dass er in der Wohnung noch mehr Bargeld hat.

»Was ist mit Ihren Ausweisen, Ihrem Wohnungsschlüssel?«

»Glück gehabt. Die Schlüssel waren im Hotel, meine Brieftasche steckte in meiner Hosentasche.« Er erinnert sich an den Schlüsselbund, den man ihm ausgehändigt hat und der jetzt in der Nachttischschublade liegt.

Der Anwalt nickt, klemmt die Mappe unter den Arm und zieht den Reißverschluss seiner Windjacke bis zum Hals zu, als müsste er sich auf starken Gegenwind gefasst machen.

»Ich müsste es bis heute Nachmittag schaffen.« Er lässt seine Zahnreihen aufblitzen, aber es sieht deutlich bemühter aus als zu Anfang, und geht.

Ethan sieht noch zur Tür, als sie schon längst wieder geschlossen ist. Die Summe steht noch immer vor seinen Augen. Eins Komma fünf Millionen Euro in bar.

Wer warst du, Sylvie?

Seit fast zwei Wochen riskiert er sein Leben, und er ist womöglich mit schuld am Tod von zwei oder drei Menschen – und wofür? Um die Geheimnisse seiner Frau zu entdecken? Er schlägt die Decke zurück, unterdrückt die Schmerzen in seinem Arm, in seinem Nacken und Hals und tastet sich zur Tür. Er muss seinen Kreislauf in Schwung bringen. Diese verdammten Schmerzmittel machen ihn fertig, nehmen ihm die Kontrolle über seinen Körper. Er macht die Tür auf, tritt zum ersten Mal auf den Flur – und sieht direkt in das erstaunte Gesicht eines uniformierten Polizisten, der von seinem Stuhl neben der Tür aufblickt.

Ethan schätzt ihn auf Ende fünfzig, so jemanden stellt man für solche Aufgaben ab. »Passen Sie auf mich auf?«

»Ja.« Der Polizist lächelt schüchtern, steht auf und zieht den Hosenbund hoch. »Sie sind doch der Schriftsteller, nicht wahr? Etan Arri?«

»Nein. Sie irren sich.« Er hat noch nicht einmal das Gefühl, zu lügen. Er ist ein anderer geworden.

»Oh, meine Frau ist eine richtige Leseratte«, redet der Polizist einfach weiter.

Früher hätte er sich über diese Bemerkung gefreut. Jetzt perlt sie an ihm ab wie an kaltem Glas.

»Sitzen Sie den ganzen Tag hier?«, fragt er dennoch.

»Bis um fünf, dann kommt ein Kollege.«

»Lejeune fürchtet, dass mich jemand bedroht?«

»Allerdings.«

»Haben Sie schon jemanden gesehen?«

Er lächelt und schüttelt den Kopf. »Nur den Anwalt, aber der hatte eine Erlaubnis von Lejeune. Und eben war noch jemand von der Station da, aber ich hab ihn weggeschickt. Hab gesagt, Sie hätten Besuch.«

»Stehe ich unter Arrest?«

Der Polizist errötet. »Na, Sie sollen Ihr Zimmer nicht verlassen. Na ja, legen Sie sich doch einfach wieder hin. Sie sehen aus, als ob Sie ein bisschen Erholung brauchen könnten.«

Ethan nickt. Arrest also. Vielleicht verdächtigt ihn Lejeune immer noch. Er nickt dem Polizisten zu und geht zurück ins Zimmer. Schwindel überfällt ihn, und er friert plötzlich erbärmlich.

19 Hamburg

So ist das also, wenn man allein lebt, denkt Jelena noch, als die Sanitäter die Bahre mit dem Plastiksack aus der Wohnung tragen. Ein unauffälliger und noch gar nicht alter Mann ist er gewesen, dieser Herr Schomerus. Sie hat nie gefragt, aber sie glaubt, dass er früher mit einer Frau in der Wohnung gelebt hat. Beim ersten Mal, als er ihr im Schlafzimmerschrank das Bügelbrett gezeigt hat, hat sie das Bild mit der nackten Frau auf dem Motorrad entdeckt und ihn argwöhnisch betrachtet. Aber er war immer korrekt, und immer wirkte er irgendwie abwesend, wenn er ihr mal begegnet ist. Denn meist hat er ihr alle zwei Wochen die fünfundvierzig Euro fürs Putzen auf dem Küchentisch liegen gelassen. Viel Unordnung und Dreck hat er nicht gemacht. Er war ja oft verreist. In der ganzen Welt ist er gewesen, hat er mal gesagt, als er vor seiner Weltkarte an der Wohnzimmerwand stand und ein Fähnchen in irgendeine Stelle piekste.

Wer weiß, wann es passiert ist? Wie lang er schon so tot da auf dem Schlafzimmerboden gelegen hat? Vielleicht kommt ja außer ihr niemand in die Wohnung? Den Verwesungsgestank hat sie immer noch in der Nase, den kriegt man auch so schnell nicht aus der Wohnung raus. Allein wie das alles in den Teppich im Schlafzimmer eingesickert ist. Unvorstellbar, wenn sie so was hätte wegmachen müssen. Da hätte man einen Spezialreiniger nehmen müssen. Aber welchen? Ob es mit Chlor gegangen wäre?

20 Paris

Als Ethan wieder aufwacht, löst sich langsam ein Gesicht aus einer verschwommenen Umgebung.

»Was wäre, wenn ich den Auftrag hätte, Sie umzubringen?« Die Stimme kennt er.

»Sie?« Der Anwalt. Wie war noch sein Name? Ihm ist, als hätte sich sein Gedächtnis aufgelöst.

Chéron, Mathis Chéron, richtig. Chéron legt ihm zwei große Tüten von H&M aufs Bett. »Ich hab meine Mitarbeiterin losgeschickt, sie kauft dort immer für ihren Freund ein.«

»Danke.« Es ist ihm egal, welche Klamotten er trägt, um hier herauszukommen. »Und haben Sie an das Handy …«

Nickend zieht der Anwalt das Telefon aus seiner Wildlederjacke. »War allerdings nicht ganz billig.« Der Anwalt hält das iPhone zwischen Daumen und Zeigefinger.

»Danke. Schreiben Sie alles auf die Rechnung.«

»Schon gemacht. Meine Nummer hab ich übrigens eingespeichert. Sicherheitshalber.« Er lässt das Handy in eine der Tüten gleiten. »Die Preisetiketten sind schon abgetrennt, also umtauschen können Sie die Sachen nicht mehr. Aber … tun Sie nichts Unüberlegtes. Und … ich will auf keinen Fall in die Sache hineingezogen werden. Und wenn die Polizei fragt, woher …«

Ethans Handbewegung lässt ihn verstummen. »Alles Gute«, sagt er nur noch leise und geht.

Als er zur Tür hinaus ist, wirft Ethan einen Blick in die Tüten. Weiße Boxershorts im Fünferpack, schwarze Socken im Dreierpack, weiße T-Shirts im Dreierpack, Jeans im Doppelpack. Er wollte nur etwas, um aus diesem Krankenhaus herauszukommen. Jetzt hat er einen ganzen Koffer mitzuschleppen. In der anderen Tüte sind ein beiges Breitcordjackett, ein paar Sneakers, ein nachtblauer Angora-Rollkragenpulli, das iPhone – und ein Umschlag, in dem zehn neue Zwanzig-Euro-Scheine stecken.

16 Uhr 55 zeigt sein Wecker. Sie werden gleich zum Temperatur- und Blutdruckmessen kommen. Er stopft die Sachen wieder in die Tüten, legt den Wohnungsschlüssel aus dem Nachttisch dazu und schiebt alles unter die Decke. Die Tür geht auf.

»Wie geht es Ihnen?« Es ist nicht die Krankenschwester mit den kalten Fingern.

»Wer sind Sie?« Irgendetwas macht ihn stutzig. Der merkwürdige Akzent? Die graue Hose unter dem Kittel? Nicht alle Ärzte tragen weiße Hosen …

Der Mann kommt näher. Nein, er hat diesen Arzt noch nie gesehen, dieses flächige, kantige Gesicht mit der breiten, kurzen Nase und dem wie angeklebt aussehenden dunkelblonden Haar hätte er ganz sicher wiedererkannt.

»Mich behandelt Dr. Kapuscinski«, sagt er betont laut. Der Mann hat sein Bett fast erreicht. »Ich kenne Sie nicht. Wer sind Sie?«

Der Mann antwortet nicht.

»Bleiben Sie, wo Sie sind!«

Er reißt den gesunden Arm hoch, drückt auf den Knopf über seinem Kopf, doch im selben Moment stürzt der Mann auf ihn zu, Ethan rollt sich über die linke Seite aus dem Bett, schlägt auf dem Boden auf und hört, wie die Tür aufgerissen wird.

Der Polizist stürzt herein und brüllt: »Hände hoch!«

Ethan sieht, wie der vermeintliche Arzt es schafft, an dem Polizisten vorbeizukommen.

»Monsieur Aris! Ist alles in Ordnung?«

»Ja, ja, alles okay!«, versichert er rasch.

»Wir kriegen ihn!«, sagt der Polizist und rennt aus dem Zimmer.

Hastig holt Ethan die Tüten unter der Decke hervor, zieht sein Krankenhausnachthemd aus, flucht, weil er sich noch viel weniger bewegen kann, als er angenommen hat, schafft es aber, zieht Unterwäsche, Strümpfe, Hose, Schuhe, Pullover, Jackett an und eilt mit der halb vollen Plastiktüte zur Tür hinaus. Am linken Ende des Flurs steht eine Gruppe von aufgeregten Schwestern, sodass er auf die andere Seite der Station wechseln muss, um von dort zur Treppe oder zu den Aufzügen zu gelangen. Mit der Tüte in der Hand fällt er von hinten vielleicht gar nicht auf, falls sich doch jemand umdrehen sollte. Als er um die Ecke biegt, stößt er fast gegen einen Verbandswagen. Er meidet den Aufzug und nimmt stattdessen die Treppe. In welchem Stockwerk befindet er sich eigentlich? Im Treppenhaus liest er sieben. Sieben Stockwerke? Noch zwei, dann nimmt er den Aufzug. Nur zwei Stockwerke nach unten, das wird er doch schaffen, zum Teufel noch mal! Der Schweiß schießt aus allen Poren, und sein Herz hämmert. Noch eine halbe Treppe. Jetzt. Er stößt die Glastür auf und steht vor den Aufzügen. Dort wartet eine Krankenschwester, die würdigt ihn jedoch keines Blickes. Die Türen gleiten auf, er lässt ihr den Vortritt. Nein, niemand drin. Die Türen schließen sich, gleich ist er draußen. Gleich. Vierter Stock. Die gelbe Lampe über der Drei leuchtet. Der Aufzug stoppt. Ethan hält die Luft an, dreht sich ein wenig zur Seite, sodass die verletzte Gesichtsseite nicht gleich zu erkennen ist. Die Türen gleiten auf. Nein! Dort stehen heftig gestikulierend der Polizist, Lejeune und ihr Assistent. Wie sind die so schnell hergekommen? Warum haben sie ausgerechnet diesen Aufzug angehalten?

Jetzt sind die Türen ganz geöffnet. Er könnte rasch hinaus- und dann ganz ungerührt an ihnen vorbeigehen. Er hat einen kleinen Vorteil, denn sie rechnen nicht mit ihm. Sie sind fest davon überzeugt, dass er in seinem Bett liegt.

Er macht einen Schritt, noch einen und geht rechts an ihnen vorbei. Weiter, nicht stehen bleiben, weiter, er lauscht auf ihre Stimmen, sie steigen tatsächlich in den Aufzug, das Geräusch der zugleitenden Türen lässt ihn aufatmen.

Die restlichen Stockwerke geht er zu Fuß. Unten in der Eingangshalle gönnt er sich eine kurze Verschnaufpause. Zwei uniformierte Polizisten eilen ihm von draußen entgegen, sie nehmen ihn nicht wahr, aber erst als er endlich im Freien steht und ihm die kalte Luft ins Gesicht schneidet, fühlt er sich sicher. Doch dieses Gefühl dauert nur einen Moment, bis ihn eine Stimme herumfahren lässt.

»Ethan Harris?«

Sie wird Yvonne Béri einen Auftritt im Fernsehen verschaffen müssen. Das war Yvonnes Bedingung für die Information.

Als sie jedoch in die Klinik kommt, in der Ethan Harris behandelt werden soll, schwirren überall Polizisten herum, und auf der Station behaupten die Schwestern, Ethan Harris wäre aus seinem Zimmer verschwunden. Es kostet Camille noch drei Telefonate, bis sie seine Adresse herausgefunden hat. Aber dann, als sie den Motor ihres brombeerfarbenen Pluriel anlässt, um zu Ethan Harris' Wohnung zu fahren, überquert er vor ihr die Straße, um zum Taxistand außerhalb der Klinik zu gelangen. Ein blonder Typ, das Foto hat sie im Internet gesehen – und auch in der Buchhandlung, vor der sie manchmal einen Parkplatz findet. Ein bisschen erinnert er sie an den jüngeren Robert Redford, das gleiche blonde Haar, der lässige Schnitt, die Sommersprossen und die blauen Augen. Ein Wunder fast, dass sie ihn auch jetzt erkennt. Seine linke Gesichtshälfte und auch sein Hals sind stark gerötet, wund, wie aufgeschürft, und seine Augen sind verquollen. Sein Haar ist strohig und steht wirr nach allen Seiten ab. Rasiert hat er sich auch nicht. Aber sein braunes Breitcordjackett und die Jeans sehen neu aus. Auch die H&M-Tüte, die er unter dem Arm trägt, passt irgendwie nicht. Sie hat das Fenster auf der Beifahrerseite heruntergekurbelt.

»Ethan Harris? Camille Vernet. *ParisCult* und *Tout Menti!*«

Er starrt sie an, als hätte sie Chinesisch gesprochen.

»Kommen Sie schon, oder wollen Sie laufen?«

Ein Polizeiwagen taucht hinter ihm auf, sie ist sicher, sie kommen wegen ihm.

»Jetzt machen Sie schon!« Sie streckt die Hand zum Türgriff aus, doch da hat er wohl den Polizeiwagen bemerkt, macht die Tür auf, steigt rasch ein.

»Camille Ver…«

»Das sagten Sie bereits«, fällt er ihr ins Wort, nicht gerade freundlich. Sie sieht kurz zu ihm hinüber, er hat die alberne Plastiktüte auf den Knien und hält sie umklammert, als wäre sie ein Airbag, der ihn rettet. Sie gibt Gas.

»Sie kommen mir bekannt vor. Sie haben die Talkshow gemacht.«

Die Ampel vor ihr schaltet auf Rot, sie muss scharf bremsen.

»He! Ich bin nicht einer Explosion entkommen, um jetzt in Ihrem Auto zu sterben!«

»Entschuldigen Sie!«

Lass ihm Zeit, er hat wirklich was Schlimmes durchgemacht.

Ohne Aufforderung wird er nicht sprechen, weiß sie auf einmal, auch wenn sie ihm Zeit gibt. »Was wollte die Polizei da in der Klinik?«, fragt sie also.

Sein Gesicht ist reglos, bemerkt sie, als sie einen kurzen Blick zur Seite riskiert. Vielleicht liegt es an der Brandwunde. »Mich retten.«

»Die Polizei wollte Sie retten? Vor wem?«

»Keine Ahnung. Man will mich umbringen. Und wenn sie es weiterhin probieren, haben sie irgendwann auch Erfolg damit.«

Es klingt fast unbeteiligt, wie er das sagt, aber sie ahnt, dass das nur Fassade ist. Solche Typen kennt sie. Sie wechselt die Spur, überholt eine Fahrschule. Christian wird sich gleich wundern, wie schnell sie einen schwer verletzten Patienten aus der Uniklinik herausbekommen hat.

»Was wollen Sie von mir?«, fragt er endlich.

»Mit Ihnen reden.«

»Worüber?«

»Über Tromsø – und über Ihre Frau zum Beispiel.« Ein kleiner Rest Unsicherheit ist geblieben, obwohl die Informationen von Yvonne Béri in den drei Jahren, seit sie sich kennen, in neun von zehn Fällen richtig gewesen sind. Dass die Presse den Mord an Sylvie Harris bisher nicht erwähnt hat, wundert sie. Yvonne Béri meint, um den Täter über den Stand der Ermittlungen im Dunkeln zu lassen.

Wieder Schweigen, sie merkt, dass er sie von der Seite mustert.

»Kannten Sie Sylvie?«, will er schließlich wissen.

»Nein, nicht persönlich. Aber sie wurde am selben Tag wie Professor Frost ermordet. Sie kannten sich, sie haben den Freitagabend zusammen in einem Lokal verbracht.« Jetzt muss er ihr glauben.

»Und was ist Ihr Part in der ganzen Geschichte?«

»Ich will wie Sie die Wahrheit herausfinden.« Klingt ziemlich banal – und naiv, muss sie sich eingestehen. Wieder rot. Sie bremst, kann zu ihm hinübersehen. Und er sieht ihr zum ersten Mal direkt in die Augen.

»Sie meinen, Sie wollen berühmt werden, ja?«

Sie fragt sich, ob er recht hat, ob das ihre wirkliche Motivation ist. Ihrem Vater gefallen, Christian beeindrucken, ihrer Schwester und ihrem Schwager beweisen, dass sie keine mittelmäßige Journalistin, sondern etwas Besonderes ist – genauso besonders wie sie auch. Und sie will die Wahrheit herausfinden, weil …

»Ich will die Wahrheit herausfinden, weil die Menschen ein Recht darauf haben. Das ist meine Aufgabe als Journalistin.« Ja, so ist es. Mit dieser Formulierung ist sie einverstanden, sie erfüllt sie mit etwas Erhabenem. Sie hat einen Auftrag, eine Mission zu erfüllen, im Namen der Öffentlichkeit, im Namen der Opfer, im Namen von …

»Und warum sollte ich mich darauf einlassen?«

»Weil ich über Informationen verfüge, die Ihnen nützlich sein könnten.«

»Nützlich? Wozu?«

Noch immer rot. Die Menschen auf dem Zebrastreifen haben fast die andere Straßenseite erreicht. »Ich könnte mir vorstellen, Sie sind daran interessiert, herauszufinden, wer Ihre Frau umgebracht hat.«

Bluff. Aber was hätte er wohl sonst in Tromsø gesucht?

Er wendet sich ab.

Bingo.

Die Ampel schaltet um, sie fährt weiter.

»Und warum bieten Sie Ihre Mithilfe nicht der Polizei an?«, fragt er.

»Erstens haben die mich noch nicht gefragt, und zweitens: Sagen wir mal, es reizt mich mehr, mit Ihnen zusammenzuarbeiten. Sie haben eine andere Motivation als die Polizei. Eine persönlichere, stärkere. Wir können zusammen den Mörder Ihrer Frau finden!« Sie spürt, wie ihre Worte den Weg in sein Inneres finden, seine Gedanken und Emotionen in Bewegung setzen, wie sie etwas in ihm anrühren. Sie kann ihn nicht ansehen, weil der Verkehr immer dichter wird, weil sich immer wieder Autos in die Lücke zwischen ihrem Wagen und dem Vordermann drängen, und doch weiß sie, dass sie gewonnen hat.

»Sie wollen also meine Geschichte für eine gute Story«, sagt er.

»Ich will die Wahrheit – und Gerechtigkeit.«

»Machen wir einen Deal«, sagt er plötzlich. »Ich will den Mörder meiner Frau und die Drahtzieher, sonst nichts. Das heißt, ich will sie vor der Polizei.«

»Ich soll …«

»Genau, Sie schreiben Ihre Story erst, wenn ich den Mörder habe.«

»Und dann?«

»Was dann?«

»Was machen Sie mit dem Mörder, wenn Sie ihn haben?«, will sie wissen, obwohl sie es ahnt.

Er sieht weg.

»Das nennt man Selbstjustiz«, sagt sie.

»Es ist mir egal, wie Sie es nennen.«

Natürlich hat sie das befürchtet – und insgeheim gehofft. Das ist allemal eine bessere Story als die der Polizei. Sie fragt sich, wo sie am Ende stehen wird. Mithilfe? Anstiftung, Komplizenschaft? Was wird man ihr alles vorwerfen können?

Ich weiß, was Sie denken, ob es irgendetwas gibt, für das es sich lohnt, zehn Jahre seines Lebens in einem Gefängnis zu verbringen. Aber das fragt man sich nicht. Es gibt Dinge, die muss man einfach tun.

Sie hofft, dass es nicht so weit kommen wird. Nein, sie weiß, dass es nicht so weit kommen wird. Sie kann rechtzeitig eingreifen, wenn sie so nah dran ist. Vor ihr tauchen die Schlagzeilen in ihrem Heft auf – und das Cover des Buchs, das sie über diesen Fall schreiben wird. Christian wird ein wenig mehr Respekt vor ihr haben, nicht nur Christian … Sie nickt ihm zu.

»Abgemacht.«

»Gut. Dann fahren Sie mich nach Hause.«

Sie will etwas einwenden, sie wollte doch in die Redaktion, aber sie sagt: »Zeigen Sie mir den Weg?«

Er hat immer Schwierigkeiten, Menschen, die er mit makelloser Frisur und Haut im Fernsehen gesehen hat, in der Welt draußen wiederzuerkennen. Doch sie ist es, zweifellos, auch wenn das blonde Haar wirr und feucht von der Luft ist und Wangen und Nasenspitze von der Kälte gerötet sind. Wenn der Polizeiwagen nicht aufgetaucht wäre – wäre er vielleicht nicht eingestiegen. Sie wird ihm nützen. So wie er ihr. Zwar ist er noch nicht sicher, ob er ihr trauen kann, aber er weiß, eine gute Story braucht einen guten Showdown. *Deshalb wird sie den Deal einhalten und bis zum Ende warten – wie auch immer es ausgehen mag.*

»Darf ich Sie schon etwas fragen?«, unterbricht sie seine Gedanken. Sie schaltet einen Gang hoch. Ja, sie wird ihm nützen, sie ist ungeduldig, will möglichst schnell ans Ziel.

»Fragen Sie.«

»Was hatte Ihre Frau mit Professor Frost zu tun?«

Gut, die Frage kann er ihr ohne Umschweife beantworten. »Sie haben für ihre Promotion zusammen an einer Versuchsreihe gearbeitet, die Ergebnisse haben Edenvalley nicht gefallen, und daraufhin hat man Professor Hirsch und seinen Doktoranden den Geldhahn zugedreht. Das war vor einigen Jahren. Sie haben sich wiedergetroffen und den letzten Abend ihres Lebens in einem Restaurant verbracht.«

»Hatten sie eine Affä…«

»Nein!« Das kam zu heftig und zu rasch, weiß er, aber über dieses Thema kann er im Moment noch nicht nachdenken.

»Und Sie sind nach Tromsø geflogen, weil Sie wissen wollten, ob dieser Professor Hirsch mehr über die Verbindung der beiden …«

Er nickt. »Ja. Aber das war ein Fehler.«

»Sie geben sich die Schuld an seinem Tod?« Mit hochgezogenen Brauen sieht sie zu ihm hinüber.

Ist das so abwegig?

»Alle wurden getötet, mit denen ich gesprochen habe.«

Vor ihnen hastet jemand über die Straße. Reflexartig will er auf die Bremse treten. Sie bremst. Er ist erleichtert.

»Sie konnten doch nicht wissen, dass so etwas passieren würde«, sagt sie.

»Ich habe es aber befürchtet.«

Und ich habe mich überschätzt, könnte er hinzufügen.

»Trotzdem dürfen Sie sich nicht die Schuld geben. Sie haben doch die Bombe nicht deponiert, oder?«

»Es geht Sie nichts an, wem ich die Schuld gebe«, fährt er sie an, heftiger, als er will.

»Pardon, ich wollte nicht …«

»Und was wissen Sie über diese Geschichte?«, fällt er ihr ins Wort. Er braucht kein Mitleid und auch keine ausholenden Entschuldigungen.

Ihre Lippen werden dünn wie ein Strich. »Ich habe einige Recherchen angestellt. Bin auf ein paar Begriffe und Namen gestoßen. Wir könnten sie zusammen durchgehen, und Sie sagen mir, ob Sie schon mal davon gehört haben oder ob Ihre Frau sie erwähnt hat.«

Ja, das klingt vernünftig.

Vierter Teil

1 Frankfurt

Bastian gähnt. Verblödender Fuck-Job. Und das für sieben Euro die Stunde. Aber an der Kasse will er auch nicht mehr arbeiten. Noch blöder! Halbe Stunde länger mit Abrechnen und so, und dann auch noch ohne zusätzliche Bezahlung. Und wenn was nicht stimmt, kriegt er einen Anschiss. Dann schon lieber Regale auffüllen. Die Kühlregale sind auch Scheiße. Immer in die Kälte fassen und die alten Joghurts von hinten nach vorn packen, die neuen hinten rein und das Verfallsdatum kontrollieren. Mann, nach drei Stunden war er völlig steif von der gebückten Haltung, der Kälte und dem dämlichen Glotzen auf die Joghurtdeckel. Und jetzt Nudeln, Reis, indisches Nan-Brot, Kichererbsen, Linsen. Hat er dafür zehn Jahre in der Schule geschuftet? Wenn das sein Leben ist?

Ein schneller Blick auf die Uhr. Halb sieben. Noch anderthalb Stunden. Anderthalb Stunden, eine Ewigkeit, manchmal hat er das Gefühl, er stirbt gleich vor Langeweile. Sein Herz hört auf zu schlagen, und er gleitet ins Nirwana. Er gähnt, kann überhaupt nicht mehr aufhören zu gähnen, es überrollt ihn, überfällt ihn, wie eine Krankheit. Er rückt die Packungen mit dem Basmati-Reis zur Seite, bückt sich zur Palette hinter sich, nimmt vier neue Packungen aus dem Karton, stellt sie ordentlich nach hinten ins Regal, schiebt die alten Packungen davor, gähnt. Jetzt Langkornreis. Danach Rundkornreis. Drei verschiedene Sorten. Die Stelle in der Filmproduktion haben sie natürlich einem anderen gegeben. Einem mit höherem

Schulabschluss. Irgendwie hat er das Gefühl, dass er sein Leben schon versiebt hat. Alles ist so ausweglos. Dabei wollte er doch anders leben als seine Eltern. Wollte was von der Welt sehen, wollte ein cooles Auto fahren, in einem coolen Haus am Strand oder in einem coolen Appartement wohnen, in Kuala Lumpur oder irgendwo, nur nicht hier, nur nicht hier …

»Bastian, komm mal rüber in Gang drei!«

Jasmin, die Chefin, steht am Ende des Gangs im weißen Kittel mit Namensschild. Er gähnt. Das sieht sie nicht, weil sie sich schon wieder umgedreht hat. Immer voll bei der Arbeit, Jasmin. Kriegt auch mehr Kohle als er. Die Arbeit macht ihr Spaß, das sieht jeder. Er lässt die Packungen mit dem Langkornreis zurück in den Karton plumpsen und schlurft nicht schneller als nötig hinter Jasmin her.

»Was gibt's?«

Sie lächelt nicht. Sie lächelt eigentlich nie. »Wir brauchen noch einen für die Lieferung da drüben.«

Bastian nickt nur und schlurft in die nächste Reihe. Statt Reis also jetzt Knabberzeug für die Abende vor der Glotze, für Kids ohne Mittagessen … Zwei mannshohe Paletten mit Chipstüten warten darauf, entladen und eingeräumt zu werden.

»Die andere Sorte raus, die Chips von Latté rein«, befiehlt Jasmin und geht an ihr klingelndes Telefon.

Tortilla-Chips! Bastian hat Hunger, vor drei Stunden hat er eine Cola getrunken, das war's. Gleich wird ganz zufällig eine Tüte auf den Boden fallen und aufplatzen. Bestimmt. Er muss schon wieder gähnen. Was für ein Leben …

Zwei Stunden später trabt er mit drei Tüten Tortilla-Chips, zwei Tüten Popcorn und zwei Flaschen Coke zur S-Bahn-Station Südbahnhof. Halb neun abends. Er gähnt, zwei Stunden hat er für die bescheuerten Chips gebraucht. Eine halbe Stunde länger. Drei Euro fünfzig. Ein Witz. Es ist alles so sinnlos.

Er nimmt die S 3 bis zur Konstablerwache. Er will nur noch

eine DVD ansehen, so lange, bis er den Tag vergessen hat und zu müde ist, um an den nächsten Tag zu denken. Am liebsten auf der Couch einpennen und nie wieder aufstehen müssen. Das Leben ist beschissen. Morgen früh Berufsschule. Morgen Abend wieder Supermarkt. Und übermorgen dasselbe, und überübermorgen auch. Und Nele meldet sich nicht. Keine SMS. Er schreibt ihr auch nicht mehr. Was soll sie auch mit einem Typen, der abends nie Zeit hat?

Noch in der U-Bahn reißt er die Tüte auf, schraubt die Coke auf, legt die Tüte auf den Schoß und dann immer ein Schluck Coke, ein Chip, ein Schluck Coke, ein Chip. Macht Laune. Sollen die zwei alten Zicken gegenüber doch glotzen. Sind nur neidisch, weil er Chips isst.

Hoffentlich muss er nicht zu lange auf die U6 zum Kirchplatz warten.

2 Paris

Als Ethan die Tür aufschließt, weicht er zurück. Die Wohnung ist kalt, ungeheizt – und es fehlt etwas, *eine Seele, das Leben.* Er fröstelt und schlingt sich den Schal, der an der Garderobe hängt, um den Hals. Camille folgt ihm durch den Flur, bleibt hinter ihm stehen, als er die Schranktür öffnet und aus der untersten Schublade, unter den Schals – seinen und Sylvies –, die SIG Sauer und zwei Magazine, die Zouzou ihm mit verkauft hat, hervorzieht.

»Passen Sie auf!«, hört er sie hinter sich sagen. »Damit will ich nichts zu tun haben!«

»Es ist ja nicht Ihre.« Mit dem Lauf nach unten steckt er sie hinten in den Hosenbund. Er fühlt sich, als wären in Tromsø auch seine Emotionen verbrannt, als wäre er eine ausgebrannte, verkohlte Hülle …

Aus dem obersten Fach zieht er die große braune Ledertasche, die Sylvie mit Sarah gekauft hat, erinnert er sich, wirft die H&M-Tüte mit den Einkäufen hinein, legt zwei Hosen, zwei Hemden und zwei Pullis aus dem Schrank dazu, steckt noch ein Paar Schuhe in die Außentasche. Sachen zum Waschen würden sie im Hotel haben. Sein Notebook war nicht in seinem Hotelzimmer in Tromsø, hat Lejeunes Assistent ihm gestern telefonisch mitgeteilt. Er weiß nicht, ob er ihm glauben soll. Lejeune jedenfalls traut er nicht.

»Trotzdem, haben Sie überlegt, dass Sie im Gefängnis landen können?«, unterbricht sie seine Gedanken.

Früher hätte er sich gleich verpflichtet gefühlt, sich für ihre Besorgnis zu bedanken, jetzt erwidert er nur: »Brauchen Sie das für Ihre Story?«

»Darum geht es nicht.« Mit ihren hohen Absätzen ist sie genauso groß wie er.

»Doch. Genau darum geht es. Um Ihre Story.«

Ihre Blicke kreuzen sich, und einen Moment stehen sie so da, bis sie sagt: »Und um Ihre Rache, oder?«

Das schrille Klingeln lässt ihn hochschrecken. Er beschließt, nicht zu öffnen, obwohl ihn diese Camille fragend ansieht. Das Klingeln wiederholt sich nicht. Ungewöhnlich, dass jemand so schnell aufgibt. Er wartet, lauscht, schließlich glaubt er zu hören, wie Schritte sich entfernen.

»Wer war das?«, flüstert sie.

»Keine Ahnung.«

Dann fällt ihm ein, dass er unbedingt Mathilde anrufen muss. Er nimmt das Telefon von der Station auf der Kommode unter dem Spiegel. Rasch wendet er den Blick ab von diesem unrasierten, auf einer Seite rot verbrannten Gesicht. Nur der Anrufbeantworter meldet sich, und er hinterlässt eine Nachricht mit der Bitte, sie soll ihn auf seinem Handy zurückrufen.

»Mathilde ist Sylvies Mutter?«, fragt sie.

»Ja.« Mehr muss er ihr nicht sagen. Jedenfalls jetzt nicht.

Sie folgt ihm ins Arbeitszimmer, wo er aus der Schreibtischschublade seinen Vorrat an Bargeld nimmt. Fünfhundert Euro in Fünfzigern. Er steckt alles in die Innentasche seines Cordjacketts. Für eine kurze Sekunde erinnert er sich an die Tage, Jahr für Jahr, als er da am Schreibtisch vor seinem Computer saß und seine Bücher schrieb. *Ein Sommer,* wie lange ist das schon her? Ein ganzes Leben.

Ein schriller Schrei unterbricht jäh seine Gedanken, er dreht sich um, sieht, wie Vernets Körper von einem Arm in den Flur geschleudert wird. Nur einen Moment später trifft ihn eine Faust mitten auf die Brust, nimmt ihm die Luft, stoppt den Herzschlag, schleudert seinen Kopf zuerst zurück, dann nach vorn. Der zweite Schlag bricht ihm fast die Rippen, er geht zu Boden, der Fuß holt aus, Ethan weiß, gleich wird er seine Nase, seine Schläfen zertrümmern, seinen Kopf mit solcher Wucht nach hinten treten, dass sein Genick brechen wird. Ein Atemzug bleibt ihm noch, ein Funke, der ihn am Leben halten will, der die letzten Reserven mobilisiert, er reißt den Kopf zur Seite, der Tritt geht ins Leere, der Angreifer stürzt, knallt auf den Boden, Ethan zerrt die Waffe aus dem Hosenbund, entsichert, zielt, drückt ab.

Die Explosion ist lauter, viel lauter, als er erwartet hat, und katapultiert ihn in eine andere, in eine stumme, stille Welt des Horrors.

Wie eine Fontäne spritzt Blut aus dem Kopf, der Körper sackt nach hinten, der Kopf prallt gegen die Wand, knickt zur Seite, langsam, unendlich langsam, kommt es ihm vor, rutscht er nach unten und hinterlässt eine blutige Spur an der weißen Wand.

Wie eingefroren. Keine Bewegung. Kein Ton.

»Mein Gott …«, hört er schließlich eine Stimme flüstern, dann fällt sein Blick auf Camille, wie sie steif und langsam aufsteht, die Augen aufgerissen, im Mund ein stummer

Schrei. Sie hat alles mit angesehen, realisiert er. Beinahe wäre sie das nächste Opfer gewesen. Blass und zitternd sucht sie an der Kommode Halt.

Er kennt den Mann, das viereckige Gesicht, die breite Nase, das dunkelblonde Haar. An die Farbe der Augen erinnert er sich nicht mehr, aber diese hier sind braun, und sie starren ins Leere. Diesmal trägt er keinen weißen Arztkittel, sondern einen dunkelblauen Anorak, eine dunkelblaue Hose, dazu schwarze Reebok-Sneakers. Ein Bankangestellter oder ein Angestellter der U-Bahn, könnte man meinen, verheiratet, zwei Kinder – nein, so stellt man sich keinen Killer vor.

Etwas Schweres zieht seine Hand nach unten. Die Pistole, er hat sie vergessen. Er will sie fallen lassen, doch seine Hand weigert sich, krallt sich am harten Metall fest, will es nie wieder loslassen.

»Er muss über die Terrasse hereingekommen sein«, sagt er und begreift gleichzeitig, wie bedeutungslos diese Feststellung geworden ist. Dennoch, die eigene Stimme zu hören, bringt ihn zurück, seine Hand gibt den Widerstand endlich auf, er steckt die SIG Sauer zurück in den Hosenbund.

Sie nickt nur. Ihr entsetzter Blick wandert zur Wand mit dem grausigen Geschmiere und dem Toten. *Er hat einfach abgedrückt.* Die Kugel hat den Brustkorb gestreift und ist von unten in den Kopf gedrungen, hat sich durch die dünnen Knochenlamellen der Stirnhöhle oder des Rachenraums gefräst und sich dann in der weißgrauen Masse des Gehirns versenkt.

Ethan reißt sich los, rappelt sich auf. Sein Brustkorb ist ein einziger Schmerz bei jedem Atemzug, der Kopf gehört nicht mehr zu seinem Körper.

»Machen wir, dass wir wegkommen«, bringt er mühsam hervor, fährt sich über den Mund, sieht das Blut auf seinem Handrücken, doch die Zähne sind noch alle drin. Sieh nach, wer das ist, befiehlt ihm seine innere Stimme, und er greift in die Taschen des Anoraks. Rechts ist nichts. Aber links. Ein Handy und ein Führerschein.

Goran Zefarović
Crna Gora/Црна Гора
Montenegro

Montenegro. Korruption, Waffen-, Zigaretten-, Menschenschmuggel – und Auftragsmorde der Mafia. Morde an regierungskritischen Journalisten, an Polizeifunktionären, an Untersuchungsbeamten, all das hat sein Gehirn im Laufe der Jahre gespeichert.

»Worauf warten Sie?« Er wischt den Führerschein ab, schiebt ihn zurück, steckt das Handy ein und wirft sich die Tasche über die Schulter.

Sie hat sich noch immer nicht von der Stelle bewegt.

»Aber wir können ihn doch nicht so liegen …«, stammelt sie.

Da greift er ihre Hand, zieht sie mit sich.

Der Aufzug gleitet hinunter, Stockwerk um Stockwerk, immer weiter weg von seinem alten Leben. Dass der brombeerfarbene Kleinwagen immer noch auf der anderen Straßenseite parkt, wundert ihn fast. Es kommt ihm vor, als hätte sich die Welt verändert. Alles ist kälter, grauer – und gleichgültiger geworden. In ihm dehnt sich eine Leere aus, bis sie ihn schließlich ganz ausfüllt. *Du musst die Polizei anrufen,* sagt sein Gewissen. Aber er braucht Vorsprung. Der Mann ist tot, und das ist er auch morgen noch. Womöglich wird die Polizei sowieso zu seiner Wohnung fahren, nachdem er aus dem Krankenzimmer verschwunden ist. Seine Kaltblütigkeit erstaunt ihn. Nein, sie erstaunt ihn nicht, sie erschreckt ihn. Er sucht im Handy des Toten nach der letzten Nummer, die angerufen hat. Es ist auch eine Mobilfunknummer – 91 663 67 56. Er ruft an. Es wird abgenommen. Kein »Hallo«, kein »Ja Bitte«. Er wartet. Nichts. Auf der anderen Seite wird aufgelegt. War das der Auftraggeber?

Schweigend rangiert Camille aus der Parklücke, stößt zweimal an das hintere Auto, aber das ist ihr jetzt egal. Ihr ist übel, und sie zittert am ganzen Körper.

»Sie haben das wirklich gut gemacht!«

Sie sieht kurz zu ihm hinüber, er ist abwesend, denkt an irgendetwas. Vielleicht steht er ja auch unter Schock. »So, und was haben Sie jetzt vor?«, fragt sie an der ersten roten Ampel und dreht sich zu ihm.

»Wir hatten einen Deal.«

Die typisch coole Antwort, die sie von ihm erwartet hat.

»Ja, bevor Sie den Mann erschossen haben«, gibt sie zurück.

»Es war derselbe, der mich schon in der Klinik umbringen wollte«, sagt er ruhig.

»Er hatte jedenfalls keine Pistole.«

»Er hätte mich vom Balkon geworfen, und man hätte behauptet, es wäre Selbstmord gewesen.«

»Sie haben wohl auf alles eine Antwort parat.«

Unglaublich! Er sieht einfach weiter aus dem Fenster, als wäre er auf einer Stadtrundfahrt! Ich könnte jetzt anhalten und ihn rausschmeißen.

»Dass eins klar ist«, sagt sie und tritt an der nächsten roten Ampel abrupt auf die Bremse. Wenigstens sieht er sie jetzt an. »Auf diese Tour brauchen Sie mir nicht zu kommen, wenn Sie mit mir zusammenarbeiten wollen.«

Seine Augen sind tatsächlich blau.

»Sie, Madame Vernet, haben etwas vergessen: Sie wollten mit mir zusammenarbeiten. Sie sind zu mir gekommen.« Er deutet nach vorn. »Die Ampel.«

Madame Vernet!

Grün. Rasch schaltet sie in den ersten Gang und fährt an. Er hat recht, auch wenn sie sich über ihn ärgert.

»Gut. Eine Bedingung«, sagt sie.

»Sie wollen eine Bedingung stellen?«

»Korrekt. Denn ich habe Sie gerade gerettet.«

»Gerettet?«

»Ja, Sie sitzen in meinem Auto.«

Er sieht wieder aus dem Seitenfenster, als hätte er keine Empfindungen mehr. »Und die Bedingung?«

»Sie nennen mich nie mehr Madame Vernet und …«

»Sie haben gesagt, *eine* Bedingung.«

Dazu hätte ein Lächeln gut gepasst. »Herrgott, Sie sind ja schlimmer als ein Buchhalter! Sie rufen jetzt die Polizei an und melden den Toten in Ihrer Wohnung. Es war Notwehr.« Sie will nicht mehr darüber nachdenken.

»Wenn er keine Waffe hatte, kann ich schwer beweisen, dass er mich umbringen wollte«, wendet er ein.

»Sie könnten ihn mit seiner erschossen haben. Dann haben Sie sich in Sicherheit gebracht. Man muss uns glauben. Ich bin Zeugin! Haben Sie einen Anwalt?«

»Ja.«

»Dann rufen Sie ihn an. Erklären Sie ihm, was passiert ist.«

Immer noch sieht er aus dem Fenster, als würde ihn das alles gar nichts angehen, als hätte gerade jemand anders einen Menschen erschossen. Abrupt dreht er sich zu ihr. »Wohin fahren Sie?«

»In die Redaktion.«

»Ich wollte keinen mehr mit reinziehen.«

»Tja, das ist Ihnen ja wunderbar geglückt.« Sie klingt schon genauso polemisch wie ihre Schwester oder ihr Vater. *Mein Vater! Mein Gott, ich wollte doch anrufen, während der Pflegedienst da war!*

»Halt!«

Sie erschrickt.

»Nicht in die Redaktion, fahren Sie mich zu meinem Anwalt.«

»Sie wollen also doch …«

Er schüttelt den Kopf. »Er bewahrt etwas für mich auf.«

Sie setzt zu einer Frage an, doch er sagt: »Fahren Sie mich einfach hin, okay?«

»Wollten wir nicht zusammenarbeiten?«

»Und Sie wollen eine Story.«

»Ich hab Sie mir anders vorgestellt.«

»So?«

»Ja, einfühlsamer.«

»Sie haben mich zu spät kennengelernt«, sagt er und sieht wieder auf die Straße.

3

Camilles Wagen ist nicht mehr da. Er sieht die Straße hinauf und hinunter und entdeckt dann den brombeerfarbenen Kleinwagen auf der gegenüberliegenden Seite. Schon als er die Straße überquert, fällt ihm auf, dass Camille nicht am Steuer sitzt, und sofort schießen Fantasien an die Oberfläche.

Haben sie sie doch erwischt? Musste sie fliehen? Oder hat sie es sich anders überlegt? Der Lauf der SIG Sauer drückt in sein Kreuz. In diesem Moment ist ihm nicht klar, ob er das beruhigend finden soll oder nicht. Rasch wirft er einen Blick über die Schulter, ob jemand ihm gefolgt ist oder ob jemand ihn beobachtet. Was ist mit dem Glatzköpfigen im grauen Anzug, der hinter dem weißen BMW auftaucht?

Ethan geht ein paar Schritte weiter, bleibt stehen, sieht auf die Uhr. Der Glatzköpfige auf der anderen Straßenseite geht weiter, biegt dann nach links in die Seitenstraße ab. Ein Hupen lässt ihn herumfahren, und er sieht Camille durch die Windschutzscheibe winken.

»Ich hätte Sie beinahe nicht gefunden! Verflucht, warum

haben Sie woanders geparkt?«, fährt er sie an und wirft die Tür hinter sich zu.

»Sie waren ewig bei Ihrem Anwalt. Und ich habe vor einer Einfahrt gestanden.« Sie startet den Motor und rangiert aus der Parklücke. »Und, haben Sie Ihm gesagt, dass ein Toter in Ihrer Wohnung liegt?«

»Ja.«

Sie sind zur Zielscheibe geworden, haben Sie es endlich kapiert?, hat Chéron ihn angefahren, ich weiß nicht, ob ich es verantworten kann, Sie wieder nach draußen zu lassen. Ich trage selbst die Verantwortung, hat Ethan entgegnet und dann die Unterlagen und den Schlüssel für das Schließfach verlangt.

Sylvie ist in der ersten Februarwoche zu Chéron gekommen. Sie wollte die Erbangelegenheit mit ihrem Vater geregelt wissen. »Warum, zum Teufel, hat sie mir keine Erklärung hinterlassen?«, hat er den Anwalt gefragt. Vielleicht ist sie nicht mehr dazu gekommen, Monsieur Harris.

1,5 Millionen. Er begreift immer noch nicht, wie Sylvie ihm eine solche Summe verschweigen konnte. Es sei denn … sie hat ein neues, anderes Leben geplant. Ohne ihn. Aber was hatte sie mit dem Baby vor? Das Geflecht aus Schlussfolgerungen und Hypothesen wird immer dichter und verwirrender.

Hör auf damit!

Etwas in ihm sträubt sich, Camille von Sylvies Hinterlassenschaft zu erzählen, er hält es für einen Verrat an Sylvie. Sie wollte sicher nicht, dass er …

»Ich dachte, wir hätten einen Deal.« Camille sieht ihn mit hochgezogenen Brauen an. Dieses Gefühl, betrogen worden zu sein, lässt ihn nicht los, er will die acht Jahre nicht in Frage stellen – und tut es doch. Er zögert, greift dann in seine Jackentasche.

»Ein Schlüssel?«, fragt sie erstaunt.

»Zu einem Schließfach bei der P. A. Greenfield Bank in Gibraltar.«

»Gibraltar? Macht man von dort aus nicht Off-Shore-Geschäfte?«

Darüber hat er noch nicht nachgedacht.

»Ein Schließfach, hm, und das hat Ihre Frau nie erwähnt?«

»Nein!«, braust er auf. Ihre Fragerei geht ihm auf die Nerven – und noch mehr, dass sie ihren Finger in die Wunde legt. Sie hat auch das Baby nicht erwähnt, will er sagen, lässt es aber.

Sie schüttelt den Kopf. »Sie sind aber schnell auf hundertachtzig! Erst erschießen Sie jemanden, und …«

»Hören Sie auf damit! Sofort!«

»Schon gut, schon gut!«, sagt sie beschwichtigend und seufzt.

Er starrt aus dem Fenster auf die roten Rücklichter, die Straßenlaternen, die sich gerade einschalten. Er hätte sie nicht ins Vertrauen ziehen dürfen, hätte die Sache allein durchstehen sollen. Er ist nicht auf Teamarbeit eingestellt. Nein, er ist eigentlich überhaupt kein Teamarbeiter. Er ist Einzelkämpfer. Wir sind Einzelkämpfer, hat Sylvie eines Nachts, nach einem stundenlangen Streit, erschöpft gesagt. Und deshalb öffnen wir uns dem anderen nicht wirklich – und deshalb lieben wir uns, hat er noch hinzugefügt, worauf sie seine Hand genommen und sie fest gedrückt hat. Und dann hat sie ihn geküsst.

Camille muss bremsen, als ein weißer Peugeot sich vor sie setzt.

»Was glauben Sie, was Sie im Schließfach finden?«

Geldbündel? Familienschmuck? Ein Geständnis? Inzwischen ist alles möglich. Sylvies Kränkung sitzt tief.

»Reden Sie nicht mehr mit mir?«, fragt sie, gleich darauf drückt sie wütend auf die Hupe, als ein junger Mann vor ihr über die Straße eilt. Er dreht sich um und zeigt ihr den Stinkefinger.

»Vollidiot!«

Irgendwie tut es ihm gut, sie wütend zu erleben, *vielleicht ist sie doch nicht die überlegene Journalistin, die mein Schicksal als Trittleiter für ihre Karriere missbraucht.*

Sie hat bemerkt, wie sich seine Miene ein wenig entspannt. »Ja, ja, verbünden Sie sich nur mit diesem Kretin da!« Sie tritt auf die Bremse, der Sicherheitsgurt strafft sich.

»He, warum bremsen Sie?« Keine rote Ampel in Sicht, und sie hat seine Frage ignoriert. Dann bemerkt er, dass sie in eine Seitenstraße abgebogen sind.

Sie stellt den Motor ab, dreht sich zu ihm und sieht ihm fest in die Augen. »So lasse ich mich nicht behandeln. Egal, was Sie erlebt haben. Ich habe keine Lust, Ihnen jeden Schnipsel Information aus der Nase ziehen zu müssen, also: Entweder spielen Sie mit offenen Karten und wir sind ein Team, oder«, sie macht eine Bewegung mit dem Kinn hin zu seiner Tür, »Sie steigen aus, und zwar sofort.«

Sie meint es ernst, da muss er nicht lange überlegen. Er wird teilen müssen: Informationen, Gedanken, Pläne … Es sei denn, er will doch allein weitermachen. Vor seinem Blick beginnt wieder der Film abzulaufen: Antonelli, Bohin …

»Falls Sie Bedenken haben wegen meiner Sicherheit«, unterbricht sie seine Gedanken, »das ist nicht Ihr Problem, okay?«

Ist sie wirklich so unerschrocken, oder ist sie nur karrieregeil?

»Was überlegen Sie noch?«, will sie ungeduldig wissen.

»Sie haben die Toten nicht gesehen.«

»Ich habe einen gesehen, ich war sogar dabei, als Sie ihn umgebracht haben. Das reicht schon, oder?«

Er kapituliert. »Gut. Ehrlich gesagt, ich habe nicht die geringste Ahnung, was in diesem Schließfach ist. Sylvies Eltern leben in Marbella, knapp zweihundert Kilometer von Gibraltar entfernt. Sylvie war dort, als ihr Vater gestorben ist, und sie ist dann Anfang des Jahres zur Testamentseröffnung noch einmal hingeflogen.«

»Sie wusste also, was im Schließfach ist?« Sie hat beide Hände aufs Lenkrad gelegt und schüttelt den Kopf. »Ich verstehe nicht, dass sie Ihnen nichts gesagt hat, wirklich.«

Bevor er wütend wird, deutet er nach vorn. »Wollten Sie nicht weiterfahren?«

»Wohin?«

»He, haben Sie denn alles vergessen? Wir wollten unsere Informationen austauschen, wir brauchen einen Computer, Internet …«

Widerspruchslos schaltet sie den Motor an und legt den ersten Gang ein.

4

Die erste Portion Spaghetti mit ihrer schnell kreierten Sauce aus Pancetta, Knoblauch, Rosmarin und Petersilienwurzelspänen hat er hungrig in sich hineingeschlungen, für die zweite hat er sich mehr Zeit genommen.

Sie nehmen Schmerztabletten, da müssen Sie was Ordentliches essen, hat sie gesagt, auch wenn er behauptet hat, er hätte keinen Appetit. Und dass er Glück hat, weil sie gerade mal was im Haus hat.

»Ich koche gern«, hat sie noch gesagt und hinzugefügt: »Aber fast nie für mich allein.« Aus einer seltenen Laune heraus war sie am vergangenen Samstag über den Markt auf der Place Maubert geschlendert und hatte eingekauft, wollte sich selbst mal wieder etwas Gutes tun, für sich sorgen sozusagen. Ein Stückchen Pancetta, ein paar Zweige Rosmarin und die welke, aber immer noch schmeckende Petersilienwurzel waren die einzigen Überlebenden im Kühlschrank. Alles andere hat sie vorhin in den Müll werfen müssen.

Allerdings wollte er auch von dem Wein trinken, den sie sich aufgemacht hat. Mit Schmerztabletten sollte man keinen Alkohol trinken, wollte sie gerade sagen, doch er sah sie nur mit einem bestimmten Blick an, und sie wusste, dass er zu den Menschen gehört, die sich nicht an Empfehlungen anderer halten, wenn es ihnen nicht passt.

Als sie ihm gegenüber an ihrem Ess- und Arbeitstisch sitzt, den Duft des Rosmarins in der Nase, den spanischen Crianza noch auf der Zunge, stellt sie sich für einen Moment vor, sie wäre mit ihm befreundet, sie hätte eine Affäre mit ihm – oder mehr. Wie wäre es, mit ihm zu leben? Mit einem Egoisten, einem Eigenbrötler, oder ist er das gar nicht? Hat ihn nur sein Schicksal dazu gemacht? Wäre sie an seiner Stelle nicht auch verschlossen und zurückgezogen? Er schiebt seinen leeren Teller mit dem Besteck zur Seite und sieht ihr in die Augen. Nein, er hat nicht die gleichen Gedanken wie sie, er denkt daran, wie er am schnellsten ans Ziel kommt – am schnellsten den Mörder seiner Frau aufspürt, diese Aamu offenbar, und dafür ist er bereit, jeden – wirklich jeden? – Preis zu zahlen.

So wie du …

»Bleiben Sie sitzen, ich mach das schon«, sagt sie schnell, als er versucht, die Teller zusammenzustellen.

Du wirst schon fürsorglich, hör auf damit.

Camille räumt das Geschirr in die Spülmaschine, setzt sich ihm wieder gegenüber und klappt ihr Notebook auf.

Konzentrier dich, und hör um Gottes willen auf herumzufantasieren!

»Ich nenne Ihnen ein paar Namen, vielleicht hat Ihre Frau sie mal erwähnt, einverstanden?«

»Gut, fangen Sie an.« Er nickt.

»Was ist mit *The Project?*«

»Nein. Nie gehört.«

»NAT – Noah's Arch Trust?«

»Nein.« Er schüttelt den Kopf.

»Noah's Arch – eine Saatgutbank ganz oben im Norden von Kanada.«

»Nein, sorry – Sylvie hat nie davon gesprochen.« Er fährt

sich mit beiden Händen durchs Haar, ein verzweifelter Mann, der nach dem Tod seiner Frau begreift, dass er sie nicht wirklich gekannt hat. »Verstehen Sie, sie war Internistin! Sie hat mit Menschen zu tun gehabt, nicht mit … mit …« Er sucht gestikulierend nach Worten.

»Mit Gentechnik.«

»Ja.« Wieder schüttelt er den Kopf, dann sieht er sie an. »Eins ist klar: Es geht um eine Maissorte, die Sylvie von irgendwoher hat und die sie in Tromsø untersuchen lassen wollte.«

»Ist vernichtet. Ich habe mich erkundigt. Professor Hirschs Abteilung ist nur noch Asche«, sagt sie. Natürlich würde Océane Rousseau niemals zugeben, dass dieser Mais von Edenvalley stammt. In einem Punkt hat Océane sicher recht, wenn sie sagt, dass es leicht ist, großen Konzernen die Schuld zu geben. Die Sympathie der öffentlichen Meinung ist auf der Seite der Umweltschützer … Sie sieht ihn nachdenklich sein Weinglas abstellen.

»Ich habe mal eine Doku über Stanley Kubricks *2001: Odyssee im Weltraum* gesehen«, fängt er an. »1968 herrschte Kalter Krieg, und die USA glaubten, sie müssten den Wettlauf gegen die UdSSR unbedingt gewinnen und die Ersten auf dem Mond sein. Während der Dreharbeiten soll die CIA Kubrick dazu bewegt haben – wer weiß, mit welchen Mitteln –, die Mondlandung und die ersten Schritte eines Menschen auf dem Planeten zu drehen. Falls die Apollo-Mission schiefgehen würde, könnte man der Welt die Filmaufnahmen zeigen und allen vormachen, dass die USA es doch geschafft haben.«

»Und was hat das mit uns zu tun?«

»Alle Beteiligten, Kameramann, Beleuchter – nur Kubrick nicht –, starben in den folgenden sechs Monaten eines unnatürlichen Todes. Einer wurde überfahren, ein anderer stürzte aus dem Fenster, wieder ein anderer starb bei einem Brand …«

»Wollen Sie mir Angst machen?«

»Ich will, dass Ihnen klar ist, worauf Sie sich einlassen.«

»Ist Ihnen denn klar, worauf Sie sich einlassen?«

»Ich weiß nur, dass sie alles tun, um uns daran zu hindern, die Wahrheit zu finden und an die Öffentlichkeit zu bringen.«

»Wer ist *sie?*«

»Edenvalley? Dieses *Project?*« Er hebt die Schultern. »Ich weiß es nicht. Sie können immer noch aussteigen aus der Geschichte, Camille.«

»Hören Sie endlich auf damit. Ich weiß, was ich tue. Außerdem gebe ich nie mittendrin auf.« Sie hat immer alles durchgezogen. Den Schüleraustausch in England, obwohl Mrs Watson sie immer angewidert ansah, als wäre sie schmutzig und würde stinken. Dann die Journalistenschule, das Volontariat bei *Le Monde,* für das sie ja so dankbar sein musste, dass sie sogar die sexuellen Annäherungsversuche des Redakteurs über sich ergehen lassen musste…

»Sie machen also mit, bis zum bitteren Ende?«, fragt er.

Es kommt ihr vor wie ein feierliches Versprechen. Sie hebt ihr Glas. »Bis zum bitteren Ende.«

Ein kalter Schauer rieselt ihr über den Körper. Sie hat schon viele Storys gemacht, in die sie sich reingekniet hat, doch jetzt, im Nachhinein, kommen ihr all die Geschichten über missbrauchte Kinder, korrupte Politiker und ausgebeutete Illegale wie Kinderkram vor. Diesmal wird sie hautnah miterleben, was ein Mann unternimmt, um den Mord an seiner Frau zu rächen.

Er hat sich zurückgelehnt und beobachtet sie. Nein, er kann keine Gedanken lesen.

»Sie sind verflucht ehrgeizig, was?«

Sie gießt sich noch ein Glas Wein ein, nippt und muss zugeben, dass er recht hat. »Ja. Aber … Sie doch auch.«

Er sieht sie einfach nur an. »Wie oft sind Sie schon gekauft worden, Camille?«

»He, was soll das? Vertrauen Sie mir nicht?«

Über sein Gesicht fliegt ein Lächeln, und er hört auf, sie zu mustern.

»Übrigens, Sie können hier schlafen«, bietet sie ihm an, um das Thema zu wechseln. »Die Couch ist zum Aufklappen.«

Er folgt ihrem Blick zum braunen Ledersofa. »Danke.«

»Kein Problem«, sie muss diese Emotionen stoppen, die aus ihrem Innern emporsteigen. Sie hat den Eindruck, dass er ihr etwas sagen will, dass er es sich aber im letzten Moment anders überlegt.

Da fällt ihr ihr Vater ein. Den ganzen Tag hat sie sich nicht gemeldet. Und wenn ihm etwas passiert ist?

Plötzlich hat er an Aamu denken müssen. Er ist ein miserabler Menschenkenner. Er hat ihr geglaubt, hat ihr alles abgenommen. Erst die besorgte und hilfsbereite Medizinstudentin, dann die junge Frau, die ein Opfer furchtbarer Familienverhältnisse ist, und zuletzt – zuletzt die Verliebte, unglücklich Verliebte, oder wenn nicht die Verliebte, dann die Schutzsuchende.

Und was ist mit Camille Vernet? Auch sie verfolgt ihre Ziele. Sie ist ehrgeizig. Sie will die Verkaufszahlen pushen, will vielleicht berühmt werden. Gefürchtet – und reich. Deshalb ist sie an seiner Geschichte interessiert. Und wenn etwas anderes interessanter zu werden verspricht, dann … Wie loyal ist sie? Er weiß doch gar nichts von ihr.

Er zieht Pulli, Schuhe, Socken, Hose aus und legt sich mit den beiden karierten Fleece-Decken und der Pistole unter dem Kopfkissen auf die Couch. Sie ist ein wenig zu kurz für ihn, aber was spielt das schon für eine Rolle. Er ist erschöpft genug, um selbst im Sitzen einschlafen zu können. Im Badezimmer hört er das Wasser laufen, dann ihre Schritte, nackte Füße auf dem Dielenboden. Er wartet auf das Geräusch, wenn sich die Schlafzimmertür schließt, doch stattdessen hört er das Knistern von Stoff. Von ihrem Morgenmantel vielleicht, den sie auszieht, oder von der Bettdecke, die sie zurückschlägt. Er versucht, sich Sylvie dort im Schlafzimmer vorzustellen, und tatsächlich fühlt er sich für einen Moment getröstet, doch dann schreit ihn die Wahrheit mit schriller Stimme an: *Sylvie ist tot!*

5 Freitag, 4. April
Bali

Vor der Buddha-Statue brennt wie jeden Morgen ein Räucherstäbchen, eine Schale Reis mit roten und gelben Blüten steht davor. In den Bäumen zwitschern Vögel, und letzte Nacht hat er den Fröschen im Teich zugehört. Nicolas atmet tief, dann reißt er sich los, hängt seine Louis-Vuitton-Reisetasche über die Schulter und geht über die Terrasse und den schmalen Pfad zur Rezeption. Pierre wollte ihm ein Taxi bestellen.

Kim kommt ihm hinter der Theke entgegen, sie trägt einen goldbraunen Sarong, das Baby schläft in einem Tuch auf ihrem Rücken.

»Guten Morgen, Nicolas«, sagt sie mit ihrer sanften Stimme. »Warum gehst du? Wolltest du nicht für immer bleiben?«

»Ich komme wieder.« Und in diesem Moment glaubt er sogar daran.

Sie lächelt immer noch und nickt ihm zu. »Mögen die Götter dich beschützen.«

Als er sie umarmt, spürt er ihren filigranen Körper, nimmt ihren Duft nach Blüten wahr. Er tut es für sie. Wie gern würde er es ihr sagen. Er brennt danach. Ihr seine Liebe zu gestehen. Nicht dieses körperliche Begehren, wie er es bei Männern empfindet. Nein, diese reine, ewige Liebe …

»Du hättest bleiben können.« Pierres Stimme reißt ihn aus dem Zauber.

»Ich weiß, aber es ist besser so.«

Pierre zuckt mit den Schultern. »Wenn du meinst. Aber so ganz hab ich nicht verstanden, warum du abreist.«

»Geschäftliches. Ich melde mich. Ganz bestimmt.« Kurz umarmt er Pierre, und er kommt nicht dagegen an, Kim noch einmal in die Augen zu sehen. Dann steigt er in das wartende Taxi. Sein Flug nach Genf geht in zweieinhalb Stunden.

Zwei Millionen Euro für den Memorystick. Sie haben zugestimmt. Für einen Konzern wie Edenvalley sind zwei Millionen nichts. Eine Million kann Kim das Leben retten. Die andere nimmt er zum Untertauchen.

Schaukelnd meistert das Taxi die unebene Straße, im Radio läuft Gamelan-Musik. Den Kejak-Tanz hat er gestern Nacht im Tempelhof von Ubud gesehen, und als die wilden Feuer in die schwarze Nacht züngelten und die sich wiederholende Melodie zu einem dramatischen Finale anschwoll, da wusste er, dass es richtig war, Edenvalley diese Mail zu schicken und ihnen den Deal anzubieten. Er hätte es nicht ertragen, Kim beim Sterben zuzusehen, nach all dem, was passiert ist. Zu viel Schuld hat er schon auf sich geladen. Zeit, etwas gutzumachen. Am Straßenrand balancieren Frauen hohe Körbe voller farbenprächtiger Früchte und Blumen auf ihrem Kopf, und hinten, über den Reisfeldern, lassen Kinder und Männer Drachen steigen. Ein hellblauer Himmel wölbt sich über dem Paradies. Zum ersten Mal ist er mit sich im Reinen. Zufrieden.

6

In der Flughafenhalle zwängt sich Nicolas durch die wartende Menge von Einheimischen, Reiseveranstaltern und Touristen und steuert auf den Abflugschalter zu.

Zwei Millionen. Gut. Die Übergabe wird heikel werden. Ein gefährlicher Moment. Aber er hat schon eine Idee. Er wird einen Mittelsmann benutzen. Und alles findet mitten auf dem Flughafen von Paris statt. Danach wird er abtauchen. Südamerika. Mexiko. Da wollte er schon immer einmal hin.

Im dichten Gedränge stößt er an Ellbogen und Rucksäcke, und plötzlich, für einen winzigen Moment, trifft ihn ein Blick aus dunklen Augen. Es ist kein zufälliges Tauschen von Blicken, dieses Augenpaar hat ihn, Nicolas, inmitten des Menschengewimmels gesucht – und aufgespürt! Er macht auf dem Absatz kehrt, sucht Schutz hinter Rücken und Koffern. *Paranoia?* Hastig riskiert er einen Blick über die Schulter. Wo ist der Typ? Wie sieht er überhaupt aus? Die Augen fielen ihm auf, ihre Kälte und tödliche Entschlossenheit.

Haben sie ihn wirklich hier aufgespürt? So schnell? Die Internetadresse, fällt ihm ein. Wie konnte er nur …

Sein Herz hämmert, er schwitzt noch mehr, er kann kaum atmen, diese schwere, feuchte Luft einatmen, und überall diese Menschen … Da! Der Typ, links hinter dem Polizisten mit dem lächerlichen, weißen Gürtel. Wie der ihn anvisiert! Nein! Kein Zweifel! Und – hat er nicht eben etwas in seiner Hand aufblitzen sehen? Eine Klinge? Mein Gott! Nicolas weicht nach rechts aus, näher zu den Flugschaltern, weiter ins Gedränge. Doch der Kerl kommt ihm hinterher! Er wird ihm die Kehle aufschlitzen, ohne dass es einer hier mitkriegt!

… Edenvalley löst das Problem auf bewährte Art, schießt es ihm noch durch den Kopf, dann stürzt er davon, springt über Koffer und Taschen, zwängt sich durch die Warteschlangen hindurch zum Ausgang. Dort steht noch immer sein Taxi, doch sicherheitshalber springt er in ein anderes.

»Go, go, go! As far and as fast as you can!«

Er steckt dem jungen Fahrer einen Fünfzig-Dollar-Schein in die Hemdtasche. Nur kurz zögert der Mann, dann tritt er das Gaspedal des klapprigen Toyota durch.

7 Uganda

Der Mittag ist die Zeit der schlimmsten Hitze, in der alles in Reglosigkeit erstarrt.

Zwischen den Rollolamellen hindurch fällt Henriks Blick auf die unter dem Baum liegenden beiden Männer, die gestern ihre Frauen gebracht haben. Eine hat gleich einen Anfall bekommen. Sie ist besessen, hat eine Patientin gerufen, und das haben auch die Männer geglaubt und Hilfe bei einem Medizinmann gesucht. In ihrem Kopf sitzen Tiere, hat die eine Frau geklagt, Tiere, sie jagen, fressen, schlafen und laufen herum. Das Brüllen der Tiere sprengt ihren Schädel.

Malaria cerebralis, hat Dr. Bleibtreu gesagt.

Henrik trinkt einen Schluck Eistee und legt die Finger wieder auf die Tasten.

Nichts ist Zufall. Dämonen und Zauberer setzen Ereignisse in Gang, das glauben die Menschen hier.

Und er? Glaubt er an Zufall? Warum musste gerade er Sam erschlagen? Warum hatte Sam ausgerechnet seinen Anfall, als er, Henrik, allein war? Soll er endlich seine Unschuld verlieren? Soll er sich endlich nicht mehr raushalten können? Soll er sich endlich einmischen müssen? Handeln müssen? Einen Augenblick lang ist er versucht, genau das in seinem Blog zu schreiben, doch etwas hält ihn zurück, eine Art Scham – oder ist es nur die Angst, wirklich etwas von sich preiszugeben? Kurzentschlossen schreibt er:

Alisha ist noch am Leben, aber wie lange noch? Sie scheint ihre Schwester nicht mehr zu erkennen, liegt nur noch apathisch in ihrem Bett.

Schon acht Kinder sind an einer Krankheit gestorben, die alle zunächst für AIDS gehalten haben. Doch im Blut von vier Kindern ließen sich keine Antikörper nachweisen. Da die Patienten erst in einem akuten Stadium zu uns kommen, müssen wir Informationen über den Beginn der Erkrankung von den Angehörigen erfragen, was nicht immer leicht und aufschlussreich ist. Bisher konnten wir jedoch folgende Beobachtungen machen:

Zuerst treten offenbar Wahnvorstellungen und Angstzustände auf, hinzu kommen Gedächtnisstörungen und große Müdigkeit. Kurz darauf folgen schmerzhafte Missempfindungen, Übelkeit und Schwindelgefühl.

Die nächste Stufe der Erkrankung erkennt man an allgemeinen Bewegungsstörungen, Lähmungen, Muskelzuckungen, Inkontinenz.

Gedächtnisschwund tritt massiv ein, es kommt zu Halluzinationen, und der Erkrankte ist nicht mehr in der Lage, Angehörige zu erkennen. Sämtliche Gehirnfunktionen degenerieren.

Fünf der acht inzwischen verstorbenen Patienten sind einen Tag vor ihrem Tod ins Koma gefallen, schließlich sind sie an Atemlähmung gestorben. Ihre Körper sind von einer vollständigen spastischen Lähmung befallen worden, von der »Enthirnungsstarre«.

Aufgrund unserer labortechnischen Einrichtung können wir keine histologischen Untersuchungen vornehmen, die für eine eindeutige Klärung unerlässlich wären.

Henrik drückt die Enter-Taste, gleich wird diese Information für die ganze Welt zugänglich sein. Außer eine Regierung sperrt den Zugang oder die Seite. Er denkt an China, das die Nutzer eines Internetcafés namentlich registriert, um ihr Surfverhalten zu überwachen, oder ein Provider unterwirft sich den Bedingungen des Staates und zeigt Seiten nicht an. Es gibt viele Möglichkeiten, Informationen zu verbieten, zu löschen oder zu verfälschen. Und was nicht im Internet steht, existiert nicht … Doch sein Text existiert. Er geht zurück auf die Kommentare, die er auf seinen Blog bekommt.

»Erschreckendes Szenario!« – »Sag mal, das erfindest du doch alles!« – »Liest sich wie ein Roman, das ist echt der Wahnsinn, und wenn das alles stimmt, was du da schreibst, ist es echt der Hammer …« – »Bin gespannt auf die nächste Folge!«

Noch keiner seiner Kommilitonen in München hat seine Meinung aus medizinischer Sicht abgegeben. Auch noch kein Arzt hat sich geäußert. Es scheint, als nähme kaum jemand ernst, was er da schreibt. Weil Afrika so weit weg ist. Oder weil man an Horrormeldungen gewöhnt ist. Und von AIDS und Afrika sowieso nichts mehr hören will. Henrik lehnt sich zurück und ruft die Datei auf, in der er seine Notizen speichert.

Betty und Ruth, deren Männer sie gestern hierhergebracht haben, wohnen in demselben Dorf, aus dem Sam stammt.

Er überfliegt seine Eintragungen. Die verstorbenen Kinder haben alle in einem Dorf gelebt, das nur einen Kilometer von Sams Dorf entfernt liegt. Und drei andere, die inzwischen auch verstorben sind, haben zwei Kilometer von Sams Dorf entfernt gewohnt. Er hat die Orte auf einer kleinen Karte eingetragen. Rund dreihundert Menschen leben in diesen Dörfern.

Was löst die Krankheit aus? Warum werden nicht alle krank? Oder sind diese Einzelfälle erst der Anfang?

8 Paris

Ein Schuss von schräg unten, soweit Irène Lejeune das auf den ersten Blick erkennen kann. David kniet neben dem Toten, dessen Kopf an der Wand lehnt, wo er eine blutige Schleifspur hinterlassen hat. Harris, falls er es war, lag dabei möglicherweise am Boden. *Notwehr wahrscheinlich.* Dieser verfluchte Australier, der glaubt, dass er die Sache selbst in die Hand nehmen kann. Wie viele solcher Rächer sind ihr schon über den Weg gelaufen, und wie viele von denen könnten heute noch leben, wenn sie ihr und ihrer Arbeit vertraut hätten. Oft schon hat sie sich gefragt, was sie wohl tun würde, wenn jemand Roland ermorden würde – oder gar ihre Kinder.

»Ich wette, der steht auf unserer Fahndungsliste.« Mit latexbehandschuhten Fingern zieht David einen Führerschein aus der Innentasche des Toten.

Sie hat das Gefühl, dass sie einen Fehler nach dem anderen macht. Wie konnte Harris nur aus dem Krankenhaus entkommen? Jetzt hat er eine Waffe, und sie hat keine Ahnung, wo er sich aufhält. Das Auto seiner Frau haben die Kollegen entdeckt, es parkt in der Straße, wo er wohnt. Vielleicht ist er mit der Métro gefahren.

»Montenegro«, sagt David.

»Die sollte man gleich an der Grenze abfangen«, murmelt sie, und es ist ihr egal, was David jetzt denkt. Eine friedliche, glückliche multikulturelle Gesellschaft ist eine Utopie. Und Utopie heißt: So was gibt es irgendwo. So was gibt es nicht, so was wird es niemals geben. Der Mensch will nicht das andere, er will dasselbe, das, was ihm gleicht, was so denkt, so empfindet, so aussieht wie er selbst. Sie hat ein paar Jahre bei der Polizei gebraucht, um zu dieser Erkenntnis zu kommen. Sie hat sich bemüht, die Afrikaner mit ihren Problemen und Ansichten zu verstehen, wenn sie in der Rue Saint-Denis Streife schob, bis sie nur noch kotzen musste. Warum sie zur Polizei gegangen ist? Weil sie geglaubt hat, mit ein bisschen Ordnung könnten alle friedlich miteinander leben. Weil man in ihrer Familie an so etwas geglaubt hat. Ihr Vater, der Mediävistik-Professor, der jedem Konflikt von Anfang an jede Emotion entzog, sodass es nur noch um sachliche oder gar akademische Fragestellungen ging … Wut, Freude – allem nahm er die Leidenschaft. So beherrschte er die Familie. Ihre Mutter, die ihre Gefühle so sehr in sich hineinfraß, dass sie wie Krebs in ihr wucherten, und ihren Bruder, einen mit Anfang vierzig schon verknöcherten und vertrockneten Familienvater, einen Langweiler, den sie nicht einmal eine Stunde ertragen kann.

»Was machen wir jetzt?« David steht auf, zieht die Handschuhe aus.

Im Treppenhaus hört sie Stimmen, die Leute von der Spurensicherung sind schnell. Lejeune antwortet nicht und geht weiter durch die Wohnung. *Ein Wintergarten als Wohnzimmer, sehr hübsch.* Für ihren Geschmack etwas zu verspielt, *aber – verflucht, eine große, helle Wohnung mit Dachgarten.* Die würde sie auch nehmen. Aber die Miete …

Manchmal fühlt sie sich in der Rue d'Alésia wie in einem Hasenstall. Alles ist zu klein, zu eng, zu niedrig, jede Ecke vollgestellt, jedes Schrankfach vollgestopft. Keine Luft zum Atmen – und zum Träumen. Aber das erlaubt sie sich sowieso schon lang nicht mehr.

»Ich frage mich, wer hinter Harris her ist.« David steht in der Wohnzimmertür, neben einem Gummibaum und einem bis zur Decke reichenden verzweigten Ficus, und kratzt sich am Kopf.

»Passt zu Ihrem Sweatshirt«, meint sie und weist auf die Bäume. *VERTE VALLEE* steht auf seiner Brust. Gibt es so was noch, ein grünes Tal? »Klingt fast wie Edenvalley, was?«

Sie weiß, dass sie ihn jedes Mal kränkt, wenn sie nicht auf seine Fragen antwortet, und jedes Mal versucht er, es sich nicht anmerken zu lassen. David schluckt, sie sieht seinen runden Adamsapfel zweimal hoch- und runterrutschen, und ein wenig rot im Gesicht ist er auch, er holt Luft und sie sieht ihn erwartungsvoll an. Er räuspert sich. *Na komm schon, Junge, wie lange lässt du dir das noch gefallen?*

»Was ist eigentlich Ihr Problem? Warum behandeln Sie mich so?«

Er hat lange dazu gebraucht. »Wenn Sie sich endlich mal wie ein Erwachsener benehmen würden, könnte ich Sie auch anders behandeln.« Sie zuckt mit den Schultern, weiß, dass sie ihn damit noch einmal erniedrigt. »Ziehen Sie nicht mehr diese blöden Sweatshirts an, solange wir an diesem Fall arbeiten, und hören Sie auf, dieses Halbstarkenzeug in sich reinzuschütten, und fangen Sie nicht gleich an zu kotzen, wenn Sie ein bisschen Blut sehen.« Sie will an ihm vorbei, doch da fällt ihr noch etwas ein. »Und hören Sie auf, nach Lob zu lechzen.« Ohne ihn zu berühren, schiebt sie sich an ihm vorbei.

Im Flur fällt ihr das Telefon auf, und sie tut das, was sie grundsätzlich mit Telefonen am Tatort tut. Sie hebt den Hörer ab und drückt die Wahlwiederholungstaste. Eine lange Nummer mit 0034-Vorwahl erscheint auf dem Display. Spanien. Sie hat schon einmal in Spanien angerufen, um mit Sylvies Mutter zu sprechen.

David bleibt im Türrahmen stehen und stemmt die Hände in die Seite.

»Ich weiß, was Sie gegen mich haben. Sie sind einfach nur total frustriert.«

»Ach.« *Der Kleine holt zum Gegenschlag aus, nun ja.*

»Weil Sie mit Ihrem Leben unzufrieden sind. Weil Ihr Leben falsch gelaufen ist! Weil Sie hier im Dreck wühlen müssen ohne Aussicht auf Beförderung!«

Sie versucht ein verächtliches, geringschätzendes Lächeln, doch sie spürt, dass es nicht überzeugend gerät. *Und was macht Sie so sicher, dass ich nicht befördert werde?,* würde sie ihn am liebsten fragen, doch sie sieht ihn nur mit schmalen Augen an. »Sie lehnen sich ziemlich weit aus dem Fenster, David.«

Er hört sie nicht, redet sich in Rage. »Sie wissen doch selbst, dass Sie längst eine Beförderung verdient hätten. Aber wissen Sie was? Keiner mag Sie!«

Ihr Sarkasmus rettet sie, damit sie nicht ganz ihr Gesicht verliert. »Na endlich, David, ich dachte schon, Sie schlucken alles. Sagen wir von nun an du«, ihr Grinsen fühlt sich dabei an, als hätte man es ihr mit dem Messer ins Gesicht geritzt. »Na, was ist?«

Er steht noch immer an derselben Stelle, wie angewachsen. Zögerlich.

»Ich bleibe lieber beim Sie«, sagt er dann.

Sie hat ihm ein Friedensangebot gemacht, und er hat abgelehnt. *Idiot. Bornierter Idiot!*

»Wie Sie wollen«, sagt sie schulterzuckend, innerlich kocht sie. »Und, wären Sie jetzt so freundlich und schieben Ihren Arsch hierher, um diese verfluchte Nummer aufzuschreiben?«

Und von dir, Ethan Harris, lass ich mich auch nicht an der Nase herumführen! Sie hebt den Hörer ab und drückt erneut auf Wahlwiederholung, doch diesmal legt sie nicht auf.

»Madame Audry? Hier ist Inspecteur Irène Lejeune, Commissariat Central in Paris … Ja, wir haben schon mal miteinander gesprochen … Sagen Sie, hat Ihr Schwiegersohn Sie gerade angerufen? … Nein? … Nun, wir suchen ihn … Nein, er ist in Gefahr. Ich gebe Ihnen jetzt meine Nummer, und wenn er sich bei Ihnen meldet, rufen Sie mich umgehend an, ja?«

Anschließend trägt sie David auf, die Flughäfen zu verständigen. Sie darf nicht noch einen Fehler machen. Nein, wirklich nicht.

9

Camille lehnt sich auf ihrem Fensterplatz zurück und schließt die Augen. Sie weiß nicht mehr, worauf das alles hinausläuft. Véronique Regnard wird inzwischen künstlich ernährt und spricht mit niemandem mehr. Jeder Versuch, sie ans Telefon zu bekommen, ist gescheitert. Ihr Vater versinkt in Depressionen. Sie hat ihn heute Morgen noch für zehn Minuten besucht. Nachdem sie Ethan mit einer Tasse Kaffee geweckt hat – auf ihrer Couch, und nachdem sie ihm gesagt hat: »Ich fliege mit.«

Am Flughafenschalter der Spanair hat sie es wiederholt, und wieder hat er so getan, als hätte er es nicht gehört. Erst als sie gefragt hat, ob er ihren Deal vergessen hätte, hat er den Kopf geschüttelt. *»Ich nicht, aber ich dachte, Sie.«*

Viel mehr hat er seitdem nicht gesprochen, auch jetzt blättert er schweigend im Airline-Magazin. Noch vier Stunden bis nach Málaga. Zwischenlandung in Madrid.

Sich vorzustellen, dass er seine Rüstung ablegt und einem anderen Menschen vertrauensvoll und zärtlich begegnet, fällt ihr schwer. Vielleicht kann er es nur in seinen Büchern, wenn er sich hinter seinen Figuren verstecken kann. Vielleicht ist er ja gar nicht der starke Typ, für den ihn die anderen halten sollen. Und wenn Sylvie jemand war, die sich nicht öffnete?

»Hat Sylvie eigentlich Ihre Bücher gelesen?«

Überrascht lässt er die Zeitschrift sinken. »Die letzten beiden nicht.«

»Warum nicht? War es nicht ihr Geschmack?«

»Wieso fragen Sie mich das?«

Mein Gott, er könnte etwas netter sein. »Es interessiert mich, wie man mit jemandem lebt, der seine tiefsten Gedanken und Gefühle der Öffentlichkeit anvertraut.«

»Ich schreibe Fiktion«, sagt er belehrend.

»Klar.« *Blödmann.* Schon hat er die Zeitschrift wieder hochgenommen. *Angst vor Gefühlen. Offenheit. Ehrlichkeit. Das Übliche.* Dabei hat sie gedacht, ein Schriftsteller wäre anders. Aber er ist auch nur ein Mensch – und ein Mann.

»Meine Bücher haben sie verunsichert«, sagt er unvermittelt.

Verwundert über seine unerwartete Antwort sieht sie zu ihm hinüber. »Warum?«

Er betrachtet seine Fingernägel, sie weiß, warum, damit er ihr nicht in die Augen sehen muss. »Sie hat darin eine unbekannte Seite von mir entdeckt. Die hat ihr Angst gemacht.« Erst jetzt sieht er auf. Erwartet Verständnis, ein Nicken, ein einfühlsames Lächeln.

Als sie ihre Mutter zum ersten Mal betrunken erlebt hat, hat sie sich auch gefürchtet. Dabei war ihre Mutter nicht gewalttätig, sondern einfach nur übertrieben fröhlich, aufgedreht, sie torkelte und lallte.

»Und welche Seite ist das?«, fragt sie weiter.

Er holt Luft und wendet den Blick ab. »Sie wissen nicht, welche Abgründe es in mir gibt.«

Als ob nur er das Recht auf Abgründe hat! »Sie vergessen, dass ich dabei war, als Sie den Typen in Ihrer Wohnung erschossen haben«, erinnert sie ihn. *Die Blutspuren an der Wand … die leeren Augen … der starre Blick …*

»Stimmt«, brummt er, »hatte ich vergessen.«

Er tut nur so, als wäre er der harte Kerl. Er ist es nicht.

Als sie ihre Hand auf seinem Unterarm liegen sieht, zieht sie sie weg. Reflex. Sie hat ihn noch nie angefasst.

»Es war Notwehr …«, hört sie sich sagen.

»Sie müssen nichts beschönigen!«, fährt er sie an. »Ich hab den Überblick über all die Toten verloren!«

Die Frau neben ihm am Gang hat sich umgedreht.

»Mein Gott, was ist das für eine verdammte Geschichte!«, sagt er nun leiser. »Warum, zum Teufel, hat sich Sylvie da reingehängt? Sie hatte verflucht noch mal genug in der Klinik zu tun! Und, ja, Sie haben mich daran erinnert: Sie hätte meine Bücher lesen sollen, wir hätten uns Zeit für uns …« Er bricht ab, schüttelt den Kopf. »Sie können ja nichts dafür.«

Sie drückt seine Hand, instinktiv, bevor sie darüber nachdenken kann, ob er es falsch auffassen könnte. *Falsch?* Er merkt nicht, dass sie ihm gerne näherkommen würde.

10 Málaga

Hunderte von Augen blicken ihm entgegen, als sich die Tür zur Empfangshalle automatisch aufschiebt. Sein Adrenalin lässt das Herz heftig pumpen und presst den Schweiß aus allen Poren. *Keine Panik. Da ist niemand, der mit einer Waffe auf dich zielt. Niemand, der dich ermorden will. Denn niemand weiß, dass du kommst.*

Nur wenige Minuten ist er im Flugzeug eingenickt, und sofort hat er von Aamu geträumt, wie sie ihm ein Messer ins Auge sticht. Wenn er seine Waffe hätte mitnehmen können, würde er sich sicherer fühlen. Doch sie liegt unter Camilles Couchpolster.

»Ethan?«

Mathilde, blondiert und gebräunt, kommt mit ausgebreiteten Armen auf ihn zu. Noch nie hat er sie so herzlich erlebt, und instinktiv will er zurückweichen, doch sie hält ihn fest, drückt ihr Gesicht an seine Brust, sie, die sonst die Begrüßungsküsse an seinen Wangen vorbeigehaucht hat, sie, für die er immer nur der mittelmäßige Schriftsteller gewesen ist, der zu Hause herumhängt, während sich ihre Tochter in der Klinik für die Menschheit aufopfert.

Sie schluchzt. »Ich kann es nicht … fassen!« Ihr Parfüm und ihr Haarspray steigen ihm in die Nase, und ohne dass er es will, sucht er nach Gemeinsamkeiten mit Sylvie, nach etwas, das ihn an sie erinnert, doch Sylvie hat nie diese süßen, orientalischen Parfüms ihrer Mutter benutzt, nie die schrillen Farben und auch nicht den schweren Schmuck getragen. Und so sonnengebräunt und vollbusig ist sie auch nicht gewesen.

Mathilde löst sich von ihm, er reicht ihr ein Taschentuch. Sie nickt dankbar und tupft sich vorsichtig die Tränen ab. Jetzt erst bemerkt sie seine Verbrennungen und seine Pflaster im Gesicht und am Hals.

Sie zuckt zurück. »Was ist geschehen?«

»Ein Unfall. Es verheilt.« *Ich bin davongekommen. Im Gegensatz zu Sylvie – oder zu Marc Bohin oder Professor Hirsch oder Dr. Antonelli oder Jérôme Frost …* »Das ist Camille Vernet. Journalistin. Sie hilft mir, Sylvies Mörder zu finden«, sagt er und realisiert erst jetzt, als er den schockierten Ausdruck auf Mathildes Gesicht sieht, was er gerade gesagt hat. »Camille, das ist Mathilde Audry, Sylvies Mutter«, fügt er einfach hinzu, und ihm entgehen nicht die kurzen, skeptisch-prüfenden Blicke, mit denen sich die beiden Frauen abschätzend mustern, nachdem sie das Ritual des Wangenküssens hinter sich haben.

»Ethan, ich finde, es ist an der Zeit, dass wir du zueinander sagen.« Mathilde sieht ihn mit hochgezogenen Brauen an. »Sylvie hätte es sicher so gewollt.«

An der Zeit? Ist es dafür nicht schon zu spät?, könnte er nun antworten, aber er nickt nur, und sie drückt ihm nochmals einen Kuss auf jede Wange.

»Es weiß niemand, dass ich hier bin, oder?«, fragt er und umgeht das Du.

»Aber nein«, Mathilde sieht rasch nach rechts und links, »warum? Wirst du denn verfolgt?«

»Es sieht nicht so aus, oder?« Er ringt sich ein Lächeln ab und ignoriert Camilles Stirnrunzeln. Mathildes besorgter Blick bleibt noch einen Moment an ihm haften, dann seufzt sie und dreht sich zum Ausgang um. »Wir sind in zwei Stunden in Gibraltar.«

Er lässt Camille den Vortritt und folgt den beiden Frauen über die Straße zum Parkhaus, in den Aufzug und dann zu Mathildes Jaguar. Sylvies Eltern fuhren immer einen Jaguar, erinnert er sich. Dieser ist ein neues XK Coupé. Nachtblau. Sicher achtzigtausend Euro wert.

Du denkst nur ans Geld, hat Aamu gesagt. Man denkt ans Geld, wenn man immer hart dafür arbeiten musste, könnte er einwenden, aber was ist schon hart? Es gibt Menschen, die verdienen ihr Geld weitaus härter als er damals mit Gelegenheitsjobs und dann später mit Schreiben von Kurzgeschichten, Kurzkrimis und schlechten Liebesromanen.

Am Telefon hat er Mathilde gefragt, ob sie von einer größeren Geldsumme weiß, die Vincent Sylvie hinterlassen hat. Nein, sie weiß bloß von den hundertfünfzigtausend.

Mathilde lässt die Verrieglung aufspringen, er und Camille werfen ihr Handgepäck in den Kofferraum und steigen ein. Camille lässt ihn vorn sitzen. Mit einem leichten Vibrieren springt der Motor an, dann surrt er gleichmäßig und angenehm.

»Ich kann es einfach nicht fassen, dass Sylvie …« Mathildes goldene Armreifen klimpern wie helle Glöckchen, wenn sie den Gang wechselt.

Ich auch nicht, könnte er sagen, und dass er immer noch meint, in einem Albtraum gelandet zu sein. Er lehnt den Kopf an die Kopfstütze und atmet tief. Er muss wach bleiben. Auf alles gefasst sein. Auf den Tod, der überall lauern kann.

Geschmeidig gleitet der Wagen auf die Auffahrt zur Autobahn Richtung Cádiz und Algeciras. Die getönten Scheiben lassen den Himmel noch tiefer blau wirken, die Palmen am Straßenrand und die kargen, staubigen Berge links und rechts machen ihm klar, dass er in einer der trockensten und heißesten Regionen Europas angekommen ist. Auf der dreispurigen Autopista nimmt Mathilde die linke Spur, und obwohl er den Kilometerzähler nicht sehen kann, ist er sicher, dass sie die erlaubte Höchstgeschwindigkeit von hundertzwanzig um mindestens zwanzig Stundenkilometer überschreitet.

»Von diesem Schließfach in Gibraltar wusste ich auch nichts«, beendet Mathilde das Schweigen, das sich zwischen ihnen ausgebreitet hat. »Aber jetzt verstehe ich, warum Sylvie im Januar unbedingt nach Gibraltar wollte.«

»Und in Vincents Testament wurde es nicht genannt?«

»Nein«, sie schüttelt den Kopf, »sonst hätte ich es ja erfahren. Vielleicht hat er ihr einen Brief geschickt«, sie seufzt, »er hat sie sehr geliebt, was Sylvie leider nicht erwidern konnte.« Mühelos zieht sie links an einem weißen BMW vorbei. »Als Sylvie sechzehn wurde, hat sie ihren Vater vehement abgelehnt. Das hat ihn sehr getroffen.«

»Aber das ist so ein Alter ...«, schaltet sich Camille vom Rücksitz ein.

»Ja, aber Sylvie wurde älter«, Mathilde sieht in den Innenrückspiegel, »und das Verhältnis hat sich kaum geändert. Nur am Schluss. Die letzten Tage ist sie nicht mehr von seiner Seite gewichen. Als ob sie alles wiedergutmachen und nachholen müsste, was sie in den letzten zwanzig Jahren versäumt hatte. Allerdings hat sich auch Vincent verändert. Die letzten beiden Wochen, bevor er starb, hat er immer wieder gesagt, dass ihm Engel erschienen wären. Mathilde, hat er eines Morgens gesagt, der Erzengel Gabriel hat heute Nacht in unserem Schlafzimmer gestanden, hast du ihn denn nicht bemerkt?« Sie seufzt. »Er, der nie in die Kirche gegangen ist, ein überzeugter Atheist, ein Nihilist sogar.« Wieder klimpern ihre Armreifen.

»Und was«, fragt er, »was sollte ...«

»Was das mit dem Erzengel Gabriel bedeuten sollte?«, unterbricht sie ihn. »Das hat Vincent mir nicht gesagt. Obwohl ich in die Kirche gehe, jedenfalls früher und seit seinem Tod auch heute hin und wieder. Es muss etwas ...«, sie wischt sich vorsichtig übers Auge. *Noch eine Träne vielleicht.* »... etwas Schlimmes gewesen sein. Etwas, das ihm Angst gemacht hat. In den letzten Tagen seines Lebens hat er mir verboten, nachts das Licht auszuschalten, weil er gehofft hat, dass er dann endlich den Engel sehen und mir zeigen kann. Eines Nachts bin ich neben ihm aufgewacht, und er hat zitternd im Bett gelegen und in die Luft gestarrt. *Er ist da!*, hat er geflüstert. *Mathilde! Sieh doch, Erzengel Gabriel kommt in unser bescheide-*

nes Heim!« Sie schüttelt wieder den Kopf. *»Ich habe gesündigt, Mathilde. Ich habe Angst vor dem Jüngsten Gericht.*«

»Was hat er damit gemeint?« Warum nur hat Sylvie ihm nichts davon gesagt? War es ihr unangenehm? Hat ihr Vater ihr Wahrheiten eröffnet, die sie besser für sich behalten wollte?

Mathilde sieht ihn schulterzuckend an. »Er wollte es mir nicht sagen. Vincent war nie bescheiden und auch kein ängstlicher Mensch. Im Gegenteil. Ich bin immer ängstlich gewesen, und dann hat er mich einfach in seine Arme …« Sie bricht ab, zieht fast lautlos die Nase hoch, ein kaum hörbares Weinen. »Vielleicht hatte er Angst, mich einzuweihen.«

Hinter den Scheiben erheben sich rechts schroffe, kahle Berge, während sich links unter ihnen das Häusermeer von Torremolinos – das hat er auf den Straßenschildern gelesen – und dahinter das glitzernde blaue Meer erstrecken. Großflächige Werbetafeln kündigen neue »Luxury-Homes« an, animieren zum Besuch eines Golfplatzes oder zum Anruf bei einem Immobilienmakler. Geteerte Straßen mit Laternen und Bürgersteigen winden sich den nackten Fels hinauf, zum Bau der Häuser ist es nicht mehr gekommen. Das Resultat von Baustopps, Korruptionsskandalen und Finanzkrise, denkt Ethan und sieht zum wiederholten Mal in den Außenrückspiegel. Ein schwarzer Mercedes mit getönten Scheiben und spanischem Kennzeichen ist seit einer Weile hinter ihnen.

»Was hat Ihr Mann eigentlich beruflich gemacht?«, fragt Camille von hinten, und Ethan ist ihr dankbar, dass sie das Thema anspricht, das Mathilde ihm gegenüber bisher immer recht schnell fallen gelassen hat.

»Hat Ethan Ihnen nicht …«, fragt Mathilde überrascht.

»Nein.« Er schüttelt den Kopf. »Außerdem weiß ich es selbst auch nicht so genau. Sylvie hat es mir nie richtig erklärt.«

Mathilde zögert, sie ist noch immer verwundert. »Tja, Vincent hat kaum über seine Arbeit gesprochen. Wenn er von seinen Reisen zurückkam, wollte er mit mir ausgehen, sich amüsieren.« Sie zuckt mit der Schulter. »Wir hatten entsetzlich viele Einladungen.«

»Er war Firmenberater?« Camille lässt nicht locker, sie hat sich informiert, stellt Ethan fest. Sie ist schließlich Journalistin, dennoch empfindet er, dass sie sich in sein Leben mit Sylvie hereindrängt. Aber das ist kleinlich, er sollte froh sein für ihre Unterstützung.

»Ja«, Mathilde fährt auf die mittlere Spur und drosselt das Tempo, »aber eigentlich war er Volkswirt, und er kam sein ganzes Leben lang nicht von diesem verfluchten Afrika los. Sein Vater war nach dem Zweiten Weltkrieg in Kamerun Verwaltungsbeamter. Kamerun wurde damals von der UNO in zwei Treuhandmandate aufgeteilt, eins wurde von den Briten, eins von den Franzosen verwaltet.«

Der schwarze Mercedes ist auf die ganz rechte Spur gewechselt, bemerkt Ethan.

»Das weiß ich auch nur, weil sein Vater es mir immer wieder erzählt hat«, redet Mathilde weiter, »er hat nur in der Vergangenheit gelebt.« Mathilde seufzt. »Vincent war dreiundzwanzig Jahre bei Elf Aquitaine.«

»Bei dem Ölkonzern?«, fragt Ethan. Er und Sylvie haben so wenig über ihren Vater gesprochen, als wollte sie nichts damit zu tun haben.

»Das ist doch der Konzern mit den Skandalen«, Camille lehnt sich nach vorn.

»Was wissen Sie darüber?«, fragt Mathilde.

»ELF war eine Tarnung für politische und militärische – und nachrichtendienstliche Aktivitäten Frankreichs«, spult Camille ab, »ELF setzte Politiker in Gabun, Kamerun und Angola ein und setzte sie wieder ab. ELF dehnte seinen Einfluss auf den gesamten französisch sprechenden Teil Afrikas aus. Schmiergelder in Millionenhöhe flossen für Wahlkämpfe und Waffenkäufe.«

»Haben Sie darüber mal geschrieben?«, fragt Ethan teils beeindruckt, teils verärgert. Er will nicht, dass Mathilde sich beleidigt fühlt, immerhin fährt sie sie nach Gibraltar – und sie hat nicht nur ihren Mann, sondern auch ihre Tochter verloren.

Aber Mathilde lässt sich nicht beeindrucken, sie wirft nur einen kurzen Blick in den Rückspiegel. »Vincent hat immer gut verdient. Wir haben uns ein Appartement in Paris gekauft, ich bin mit Sylvie in die Ferien gefahren, Vincent hatte ja selten Zeit. Na ja, er war immer unterwegs, musste sich wegen der Firma mit all den Mobutus treffen – wie er sie immer genannt hat.«

»Mobutu – er errichtete eine der grausamsten Diktaturen in ganz Afrika«, wirft Camille ein, und Ethan spürt, wie sie sich gegen Vincent, gegen Mathilde, gegen Sylvie – und gegen ihn stellt.

»Das wissen wir, Camille …«

»Lass nur, Ethan, Vincent war oft selbst alles andere als begeistert von diesen Leuten«, unterbricht ihn Mathilde.

»Übrigens, der Wagen hinter uns folgt uns seit Torremolinos«, sagt Ethan jetzt.

»Wirklich?« Mathilde blinkt, wechselt auf die linke Spur und beschleunigt. Der Mercedes folgt. »Ich habe seit geraumer Zeit so ein Gefühl, dass ich beobachtet werde. Es fing kurz vor Vincents Tod an, aber … ich habe mir gesagt, das ist Einbildung. Dann schien es aufzuhören, oder es geschah verdeckter, vielleicht habe ich auch einfach nicht mehr darauf geachtet.« Mathilde wirft ihm einen längeren Blick zu. »Die Pariser Polizei hat gestern angerufen.«

»Warum hast du mir nichts …«

»Ich wollte ja, aber …«, fällt sie ihm ins Wort, wird nervös, blinkt wieder und zieht auf die mittlere, dann auf die ganz rechte Spur. Ethan dreht sich um. Tatsächlich folgt ihnen der Mercedes. Mathilde wechselt wieder auf die linke Spur und beschleunigt so stark, dass Ethan in den Sitz gedrückt wird.

Der Mercedes ist ihnen nicht gefolgt, er bleibt weiterhin rechts. Mathilde rast noch ein paar Minuten auf der linken Spur, dann fährt sie wieder langsamer. Sie atmet durch, wirft noch einen Blick in den Spiegel und lockert den Griff ums Lenkrad. Trotz der Sonnenbräune sind ihre Knöchel weißlich hervorgetreten.

Camilles Handy läutet.

»Christian? Es ist alles okay. Nein, ich kann dir nicht sagen, wo ich bin, aber ich melde mich, sobald ich wieder in Paris bin.«

Ethan legt den Kopf zurück. Paranoia. Er muss schlafen. Wenigstens für eine halbe Stunde.

Ein Schließfach – gibt es etwas weniger Banales für ein Geheimnis?

Er wacht dann doch erst wieder an der Ausfahrt La Linéa auf, als Mathilde abbiegt und den Jaguar durch eine hässliche Stadt im Schatten von Industrieanlagen und Raffinerien steuert.

Dunkel ragt der Kalkfelsen von Gibraltar vor ihnen auf. 426 Meter hoch, um genau zu sein, erinnert sich Ethan, während der Jaguar langsam zum Grenzposten und weiter über die Rollbahn des Flughafens, die die Grenze zwischen Spanien und dem britischen Überseeterritorium darstellt, auf die Stadt zugleitet.

Als er sich zu Camille umdreht, fällt ihm wieder der dunkle Mercedes auf, der vier Wagen hinter ihnen über die Rollbahn fährt. Mathilde hat seinen Blick bemerkt.

»Fahr dort um die Kurve und lass mich dahinter raus«, sagt er zu ihr. Wenn Lejeune ihn beobachten lässt, dann hat sie die Leiche in seiner Wohnung gefunden.

»Und dann?«, fragt Mathilde.

»In einer Stunde bin ich wieder zurück.«

»Moment«, schaltet sich Camille ein, »ich dachte, ich komme mit …«

»Nein«, er hat den Türgriff schon in der Hand. »Das ist eine Sache, die nur mich und Sylvie angeht.«

»Wir haben eine Abmachung, Ethan.«

»Das hat nichts damit zu tun, Camille.« Bevor sie etwas erwidern kann, ist er ausgestiegen und hat die Tür hinter sich zugeworfen. Abmachung hin oder her, er hat das Recht, das Erbe seiner Frau allein anzutreten.

Eine Viertelstunde später hat er sich bis zur Bank durchgefragt und drückt auf den Klingelknopf neben dem hochglanzpolierten Messingschild mit den eingravierten Buchstaben: P. A. Greenfield.

Die gediegene Atmosphäre des Bankhauses mit den Marmorsäulen und den Perserteppichen wirkt seltsam beruhigend auf ihn.

»Was können wir für Sie tun?« Der Angestellte mit dem akkuraten Kurzhaarschnitt lächelt höflich.

Zwanzig Minuten später hat er die Formalitäten erledigt und folgt dem Mitarbeiter zum Aufzug. Die anderthalb Millionen Euro interessieren ihn im Moment nicht.

Das Fach 51379 befindet sich auf der rechten Seite des vergitterten Raums, genau in Augenhöhe. Nachdem Ethan seinen Schlüssel ins Schloss gesteckt hat, schließt der Angestellte mit dem bankeigenen Schlüssel auf, zieht die Lade heraus, stellt sie auf die Ablage und verlässt den Raum. Ethan atmet durch, und wieder geht ihm die Frage durch den Kopf, warum Sylvie ihm nichts von dem Schließfach gesagt hat.

Zu spät. Er kann sie nicht mehr fragen. Noch einen Moment zögert er, manchmal ist es besser, weniger zu wissen, weil man sowieso nichts ändern kann, denkt er noch, doch auch für diese Überlegung ist es jetzt zu spät, er kann nicht mehr umkehren, er ist schon zu weit gegangen, zu viele Menschen haben schon sterben müssen. *Also Ethan, los!* Er klappt den Deckel auf. Keine Diamanten. Kein Gold. Kein Schmuck. Und auch keine geheimen Liebesbriefe. Stattdessen ein ganzes Schließfach bis zur Hälfte gefüllt mit … Er greift hinein, lässt die Körner durch seine Finger rieseln wie feinen Sand. Das ist wieder so eine Halluzination. Das kann nicht die Realität sein. Er schließt die Augen. Saatgut. Mais? Und wenn das Fach ganz voll war und Sylvie die Hälfte mitgenommen hat, um sie untersuchen zu lassen? Von Frost? Weil sie ihn von ihrer Promotion her kannte? Doch wie ist Sylvies Vater in den Besitz der Körner gekommen, das kann er sich immer noch nicht erklären. Auch nicht, wieso er sie im Schließfach aufbewahrt hat. Wollte er Edenvalley unter Druck setzen? Aber warum? Was hatte er mit Edenvalley zu tun?

Als er noch einmal die Hand in die Körner taucht, ertastet er etwas Eckiges. Er fördert eine großgliedrige Goldkette mit einem Anhänger zutage. Zwei Dreiecke, nein, ein Winkel und ein Zirkel. Die Kette liegt auf einem nicht zugeklebten cremefarbenen Briefkuvert ohne Absender und ohne Empfänger. Ethan nimmt es heraus, öffnet es und zieht zwei Bögen aus dickem cremefarbenem Büttenpapier hervor. Oben links prangt erhaben in Blau und Gold ein mit der Spitze nach oben zeigender rechter Winkel, darunter ein nach oben gespreizter Zirkel.

The Three Poles – Die drei Säulen
Weisheit – Stärke – Schönheit
Denn jedes Werk braucht diese Säulen, um vollendet zu werden. Weisheit entwirft, Stärke führt aus, und Schönheit schmückt.

Die Freimaurer der Loge *The Three Poles* bekennen sich zu den auf Würde, Freiheit und Selbstbestimmung des Menschen ausgerichteten Traditionen ihres Bundes. Dieses Erbe zu bewahren und es angesichts der Herausforderungen der Gegenwart in Denken und Handeln neu zu bestimmen ist wichtigster Inhalt freimaurerischer Arbeit.

Die Loge ist offen für Ideen und für Männer und Frauen jeder gesellschaftlichen Herkunft. Ausgehend von den von ihr vertretenen Prinzipien verbindet die Loge Menschen unterschiedlicher weltanschaulicher, religiöser und politischer Überzeugungen und wird so ihrem Auftrag der »Alten Pflichten« gerecht.

Die Mitglieder der Loge *The Three Poles* bekennen sich zu Menschlichkeit, Brüderlichkeit, Toleranz, Friedensliebe und sozialer Gerechtigkeit.

Sie wissen, wie wichtig es in unserer heutigen Zeit ist, diese Werte lebendig zu halten, sie mit Inhalt zu füllen, sie gegen Anfeindungen zu verteidigen und im Alltag durchzusetzen.

The Three Poles verabschiedet weder politische Programme noch äußert sie sich zu parteipolitischen Auseinandersetzungen.
Die Loge ist vielmehr ein Ort der Information und gemeinsamen Reflexion, um Grundlagen für das persönliche und verantwortliche Handeln zu schaffen.

Die Mitglieder der Freimaurerloge *The Three Poles* begeben sich auf eine gemeinsame Wahrheitssuche, indem sie Vorurteile überwinden, ein Gespür für die Probleme der Zeit entwickeln und sich um die Lösung derselben bemühen.

Wissen um die Welt und Prinzipien des Handelns sind die Grundfesten, auf denen ein sinnvolles Leben ruht. *The Three Poles* gibt ihren Mitgliedern Orientierungshilfen auf der Basis von Menschlichkeit, Brüderlichkeit, Toleranz, Friedensliebe und sozialer Gerechtigkeit.

Die Loge ist eine Vereinigung von Vertretern aus Wissenschaft, Kultur, Wirtschaft und Politik. Sie wurde 1973 von Frank J. Milward gegründet, um sich für eine lebenswerte und nachhaltige

Zukunft der Menschheit einzusetzen. Die Loge denkt und arbeitet in globalen Zusammenhängen und stellt sich gegen monokausales und kurzfristiges Denken und Handeln.
In Zeiten komplexer Ereignisse und Veränderungen sieht sich die Loge als Führerin der Gesellschaft.

Es kam in einem seiner frühen Bücher vor. Winkel und Zirkel. Zeichen der Freimaurer. *Gesetz und Ordnung, denn darauf ist eine Gesellschaft aufgebaut.* Weisheit, Stärke und Schönheit. *Das Treffen* hieß sein Buch. Es verkaufte sich nach zwei Jahren gar nicht mehr. Es ging um zwei Ehepaare, die sich in einem Ort in der Bretagne kennenlernten, gemeinsam Ausflüge unternahmen und bald auch untereinander flirteten. Bis das eine Paar, das aus der Stadt zugezogen war, merkte, dass es von dem anderen manipuliert und gegeneinander ausgespielt wurde. Irgendwann fielen den Städtern die auffälligen Halsketten mit Winkel und Zirkel auf, die das andere Paar trug, und dass das Motiv an deren Haus nicht eine Sonnenuhr, sondern eine Sonne mit Winkel und Zirkel war – Zeichen einer Freimaurerloge.

In diesem Buch gab es weder Mord noch Grusel, es ging um Kontrolle, Macht und Überlegenheitsgefühl, darum, wie Menschen versuchen, andere zu manipulieren. Am Ende zog das Paar aus der Stadt wieder weg.

Ethan steckt die Seiten zurück in den Umschlag und in die Innentasche seines Jacketts, ebenso die Kette, füllt beide Jacketttaschen mit Saatkörnern und schiebt die Lade zurück in ihr Fach. Kontrolle und Macht … War das Vincents Geheimnis? Und – was wusste Sylvie?

Mit jedem Schritt durch den gleißend hellen Gang aus dem Tresorraum zur Treppe wird Sylvie fremder, und oben im Schalterraum ist ihr Bild gesichtslos geworden. Er hat gehofft, im Schließfach eine Erklärung zu finden, stattdessen haben dort noch mehr Fragen auf ihn gewartet.

»Dürfen wir sonst noch etwas für Sie tun, Mister Harris?«, fragt der Angestellte.

»Ja. Können Sie mir sagen, wann dieses Schließfach und dieses Konto eingerichtet wurden?«

»Selbstverständlich. Einen Moment bitte.« Der Angestellte geht hinter seinen Schreibtisch und tippt auf ein paar Tasten. »Das Schließfach wurde im Oktober letzten Jahres von Monsieur Vincent Audry eingerichtet, das Konto vier Monate früher.«

»Danke.« Vincent ist im Januar gestorben. Im September hat er erfahren – das weiß er von Sylvie –, was die Ursache für seine starken Schluckbeschwerden ist: weit fortgeschrittener Speiseröhrenkrebs. Unmittelbar danach hat er also das Schließfach eröffnet.

Einen Moment bleibt Ethan im Schatten des Eingangs stehen und betrachtet die Straße. Parkende Autos, ein Taxi rollt langsam vorbei, dahinter folgt ein weißer Chrysler-Van mit arabischem Kennzeichen. Drei dunkel gekleidete Geschäftsleute verlassen diskutierend das gegenüberliegende Hochhaus, überqueren die Straße und gehen in die Richtung, die auch er einschlagen muss. Er lässt sie vorbei und will gerade losgehen, als er aus den Augenwinkeln einen dunklen Wagen wahrnimmt. Ein schwarzer Mercedes mit getönten Scheiben und spanischem Kennzeichen. *Zufall? In Gibraltar gibt es sicher mehrere schwarze Mercedes-Limousinen, auch mit spanischem Kennzeichen.*

Ethan geht dennoch im Schutz der parkenden Autos die Straße hinunter. Der Mercedes verlangsamt die Fahrt, bleibt schließlich am Rand stehen. Ethan wirft einen raschen Blick über die Schulter, niemand steigt aus. *Lejeune will wissen, was ich tue.* Er geht also weiter, doch plötzlich glaubt er zu hören, wie eine Autotür zufällt. Wieder dreht er sich um. Ungefähr zehn Meter hinter ihm geht ein junger Mann in Jeans und weißem T-Shirt in seine Richtung, dabei plaudert er entspannt mit jemandem am Handy. *Tarnung? Ist er aus dem schwarzen Mercedes ausgestiegen? Oder woher ist er gekommen?* Er sieht arabisch aus, dunkle Haut, kurzes dunkles Haar, drahtige Figur. Polizist? Kaum fünf Meter vor ihm öffnet sich die Straßenkreuzung, wo er nach rechts abbiegen muss. Er wird sehen, ob der Typ ihn verfolgt. Ethan geht schneller, sammelt seine Kräfte, wechselt die Straßenseite. Der junge Mann bleibt ihm auf den Fersen, dabei telefoniert er ununterbrochen, lacht sogar hin und wieder.

Er nimmt den gleichen Weg zurück. Der Jaguar parkt so, dass sie gleich weiterfahren können.

»Und?« Camille und Mathilde erwarten ihn ungeduldig.

»Er ist seit der Bank hinter mir.«

Ethan lässt sich auf den Beifahrersitz fallen. Mathilde fährt sofort an, und Camille dreht sich um. »Er hört auf zu telefonieren.«

Ethan kann den Mann noch einen Moment im Außenrückspiegel beobachten, wie er sein Handy vom Ohr nimmt und hinter ihnen hersieht.

»Ich habe doch gesagt, die Polizei hat mich angerufen«, betont Mathilde nachdrücklich.

»Und? Was war im Schließfach?«, fragt Camille, und Mathilde sieht zu ihm herüber.

Ethan nimmt die Kette aus der Innentasche seines Jacketts. Das diffuse Licht des zu Ende gehenden Tages spiegelt sich auf den Kanten von Winkel und Zirkel.

»Was ist das?«, fragt Camille.

»Vincents Kette. Er war in einer Freimaurerloge«, erklärt Mathilde. »*The Three Poles.*«

»Wie?« Camille beugt sich noch weiter nach vorn. »*The Three Poles?*«

»Sagt dir das was?«, fragt Ethan.

»*The Three Poles* … Die drei Säulen … Das hat Véronique

Regnard erwähnt«, sagt Camille nachdenklich. »Gegründet von Frank Milward, Enkel von John Milward, dem Gründer der Milward-Foundation, die einst *The Project* finanziert hat … *The Project,* das Programm zur Geburtenkontrolle …«

Ethan nimmt eine Handvoll Samenkörner aus seiner Jacketttasche. Mathilde runzelt die Stirn.

»Das ergibt doch alles keinen Sinn, Ethan«, meint Camille und lässt sich zurücksinken.

Ob Sylvie von der Loge wusste? In seinem Kopf sind lauter rote Fäden, sie verheddern sich und verknoten sich zu einem unentwirrbaren Knäuel.

Inzwischen haben sie wieder die Rollbahn und die Grenze nach Spanien erreicht und reihen sich in die Fahrzeugkolonne ein.

»Vincent war immer ein Geheimniskrämer«, beginnt Mathilde auf einmal. »Aus jedem Essengehen hat er eine geheime Sache gemacht. Immer wollte er uns überraschen. Und wehe, wenn du dich nicht genügend überrascht gezeigt hast.« Sie seufzt und schüttelt den Kopf. »Wieso hat er diese Kette ins Schließfach gelegt? Ist sie etwa aus purem Gold?«

»Ist doch seltsam«, pflichtet ihr Camille bei. »Man muss die doch sicher zu den Treffen tragen.«

Wieder schüttelt Mathilde den Kopf. »Da lebt man vierzig Jahre zusammen, und was bleibt – am Ende?«

Bei mir waren es nur acht Jahre, denkt Ethan und schweigt.

Endlich haben sie die Grenze passiert. Ein schwarzer Mercedes ist nirgendwo zu sehen. Der Himmel hat sich inzwischen dunkelorange gefärbt.

»Was ist eigentlich zwischen den beiden passiert, als Sylvie die zwei Tage vor seinem Tod bei ihm war?«, fragt Ethan.

»Ich weiß es nicht.« Mathilde biegt auf die N340 Richtung Marbella und Málaga ein. »Sie hat einfach bei ihm gesessen und seine Hand gehalten. Mein Gott, sie, die doch die letzten zwanzig Jahre kaum mit ihm geredet hat. Manchmal hab ich ihn gefragt, ob er überhaupt noch weiß, dass er eine Tochter hat. Sylvie hat mich gefragt, warum ich mich nicht von ihm habe scheiden lassen, schon viele Jahre früher.« Mit einem Seufzen fügt sie hinzu: »Es ist eine Frage der Loyalität, finde ich.« Der Hauch eines Lächelns fliegt über ihre plötzlich müden Augen. »Das habe ich von meinem Vater gelernt. Loyal zu sein. Nicht die Seiten zu wechseln, wenn die Mannschaft schlecht spielt.«

Für Sekunden ruht ihr Blick auf Ethan, als würde sie sich fragen, ob sie all die Jahre wohl ein falsches Bild von ihm mit sich herumgetragen hat, dann konzentriert sie sich wieder auf den Verkehr.

Er hängt seinen Gedanken nach, lässt die bewaldeten Hügel an sich vorbeifliegen.

Unvermittelt starrt Mathilde ihn an. »Endlich begreife ich es. Sylvie musste wegen dieser Körner sterben! Vincent trägt die Schuld an ihrem Tod! Wieso begreife ich das erst jetzt! Er hat ihr den Schlüssel gegeben! Warum? Vielleicht sollte sie etwas für ihn erledigen? Vielleicht wollte er die Körner untersuchen lassen – und kam nicht mehr dazu?«

»Ja, das wäre doch möglich, oder nicht?«, sagt Camille, die die ganze Zeit schweigsam auf dem Rücksitz gekauert hat.

An diese Möglichkeit hat er auch schon gedacht. »Aber was hatte Vincent mit Saatgut zu tun?«

»Und wenn es mit seiner anderen Arbeit zu tun hat?«, sagt Mathilde nachdenklich. »Er hat Ende der neunziger Jahre bei ELF gekündigt und war dann Berater für verschiedene Organisationen.«

»Für welche?«, will Ethan wissen.

»Für die Weltbank, die WHO, dann für eine Stiftung …«

»Die Milward-Foundation?«, fragt Camille.

»Ja, ja, genau. Und bei der INED.«

»INED?« Ethan runzelt die Stirn. *Schon wieder eine von diesen Abkürzungen.*

»Institut National d'Etudes Démographiques«, kommt es von Camille wie aus der Pistole geschossen. »Es untersteht der französischen Regierung und untersucht alle Aspekte zum Thema Bevölkerung. Also Migration, Geburtenrate und … und Fruchtbarkeit …« Sie verstummt.

»Sie sind wieder da. Unsere Beschützer«, hört Ethan Mathilde murmeln, dann glaubt er, der Motor hat einen Schaden, doch gleichzeitig weiß er, dass ein Jaguar-Motor nicht explodiert. Dann erst realisiert er den Luftzug, das Einschussloch in der rechten Scheibe, die schwarze Limousine und das selbst in der Dämmerung zu erkennende schwarze Rohr, das aus dem geöffneten Seitenfenster ragt. *Mathilde!,* will er schreien, doch ihr Kopf prallt gegen die Seitenscheibe, ein schwarzes Loch klafft in ihrer Schläfe. Instinktiv greift er zum Steuer, der Wagen schießt nach vorn, Mathildes Fuß hat sich aufs Gas gesenkt, die Stoßstange des Vordermanns rast auf sie zu. Ethan stößt sein linkes Bein über die Zwischenkonsole, drängt Mathildes Fuß vom Pedal, sofort verliert der Wagen an Fahrt. Er rutscht über den Schalthebel auf den Fahrersitz, drängt Mathilde so weit wie möglich zur Seite, sitzt dennoch halb auf ihr und beschleunigt. Erst jetzt hört er Camilles Schreien und entdeckt gleich darauf das schwarze Rohr, das immer noch aus dem dunklen Innern des Mercedes ragt.

»Ethan!«

Er reagiert nicht, konzentriert sich darauf, so dicht wie möglich auf den vor ihm fahrenden Wagen aufzufahren, um ihn blitzschnell rechts zu überholen, wieder nach links zu ziehen und dann zu beschleunigen.

»Die wollen uns umbringen, Ethan!« Camille krallt sich an den Lehnen der Vordersitze fest.

»Runter mit dem Kopf! Runter!« Schon durchschlägt eine weitere Kugel das Seitenfenster. Er duckt sich, drückt sich an

Mathildes toten Körper und versucht, nicht zu realisieren, was gerade passiert ist. Das ist alles nicht wahr. *Das ist ein verdammtes Spiel. Ein verfluchtes, verdammtes Spiel!*

Ihm gelingt es, den Mercedes ein Stück abzuhängen, wieder zieht er nach rechts, er sieht den Kleinwagen, der rechts abbiegen will, zu spät, bremst, weicht aus, doch er kann nicht richtig gegenlenken, weil er noch immer halb auf dem Beifahrersitz hängt, sein Fuß kann die Bremse nicht ganz durchtreten, weil Mathildes Fuß dazwischengeraten ist, er sieht nur noch die Leitplanke auf sich zuschießen, hofft, dass auch Camille angeschnallt ist – und dann ist es still und dunkel.

Diffuses Grau ist das Erste, was er wieder wahrnimmt, und dass der von Geröll bedeckte Boden sich an der Stelle befindet, an der normalerweise der Himmel sein müsste. Der Gurt schneidet ihm in Brust und Hals, der Airbag nimmt ihm die Sicht. Raus hier, sie werden schon unterwegs sein, sich vergewissern wollen, dass sie tot sind. Mathildes Kopf lehnt an seiner Schulter. Und Camille?

»Camille, sag was!« Er kann sich nicht drehen, kann nicht sehen, was mit ihr ist. Die Realität hat ihn wieder eingeholt, und plötzlich hämmert sein Herz, Speichel fließt, er muss schlucken, immer wieder schlucken. Er reißt mit der einen Hand am Sicherheitsgurt, mit der anderen am Türgriff. Irgendwie findet er den Druckpunkt für die Öffnung des Gurts, er schnappt auf, gibt Ethans Körper frei, sein Kopf stößt gegen das Dach. Und jetzt die Tür, die verfluchte Tür, er wirft seinen Oberkörper dagegen, ein Mal, zwei Mal, beim dritten Mal springt sie auf, er schlägt mit der Seite auf steinigem Boden auf. Er kriecht hinaus und macht sich an der Hintertür zu schaffen. Camilles Kopf ist zur Seite gekippt. Der Airbag verdeckt ihr Gesicht. Nein, nicht auch noch Camille … Er zieht und zerrt und fliegt rückwärts in den Staub, als die Tür nachgibt. Er löst den Sicherheitsgurt, zieht ihren Körper heraus, der sich warm anfühlt, *aber das muss nichts bedeuten. Sie kommen.* Über dem Dach kann er gerade noch erkennen, wie ein Schatten über die Leitplanke springt. Weg, sie müssen weg …

Der Lichtkegel einer Taschenlampe gleitet die Böschung hinunter, kommt näher. Er packt Camille unter den Achseln und zieht sie vom Auto weg, hinter einen Geröllhügel, dann weiter, er versucht, in der grauen, konturlosen Dunkelheit etwas zu erkennen, hinter ihm ist eine Kante, auf dem Rand stehen einzelne Bäume, wahrscheinlich Pinien. Das Irren des Lichts hat aufgehört: Wahrscheinlich haben sie den Wagen erreicht. In wenigen Sekunden werden sie die geöffneten Türen entdeckt haben und gleich darauf die Schleifspuren. Der Abgrund hinter ihm ist das weggebrochene Ufer eines Flussbetts, jetzt ist es ausgetrocknet, erkennt er und zerrt Camilles Körper immer weiter, bis hinter einen der großen Felsbrocken. Er holt Luft, weiß, dass sie hier nicht bleiben können, dass man sie jeden Moment gefunden hat.

»Ethan, sind wir tot?«

Beinahe hätte er gelacht. *Als wenn sich die Anspannung entlädt.*

»Nein, aber wir müssen weg, kannst du laufen?« Er hilft ihr, sich aufzurichten. Airbag und Gurt haben eine Verletzung verhindert, wie es scheint.

»Verfluchte Scheiße«, murmelt sie und greift sich an den Kopf, während sie sich mit der anderen Hand auf seine Schulter stützt.

Ein Fluss, der die Straße kreuzt – der muss ja irgendwo unter der Straße hindurch. »Da rüber«, flüstert er. Es muss eine Unterführung, vielleicht einen Tunnel auf die andere Seite geben.

»Und dann?«

Er gibt keine Antwort. *So weit sind wir noch nicht. Nicht zu weit vorausdenken, sonst vergisst man den ersten Schritt.*

»Los, lauf!«

Der Lichtkegel der Taschenlampe bewegt sich wieder. Gleich haben auch sie das Flussbett entdeckt.

»Verfolgen die uns?«

Er bedeutet ihr zu schweigen und zieht sie hinter sich her, die großen Felsen als Deckung nutzend, immer weiter zur Straße zurück. Sie stolpert, ein Reflex drückt seine Hand fester um ihre, als könnte er so verhindern, dass sie fällt. Der Tunnel, da ist er! Ein schwarzes Loch, dreißig Meter vor ihnen, zwanzig, vielleicht sogar noch weniger. *Und wenn es keinen Ausgang gibt?*

Er geht weiter, immer weiter auf die unbekannte Schwärze zu. Er fröstelt, zittert, es ist schrecklich kalt, wieso auf einmal? *Der Stress, der Schock.* Camille? Sagt sie etwas? Der Verkehrslärm verschluckt ihre Stimme. Er geht weiter. Sich nicht hinreißen lassen, keine Gefühle zeigen. Nicht jetzt. Wie ein Sog zieht ihn die Dunkelheit des Tunnels an, ein Ort der Katharsis? Der Reinigung? Der Wiedergeburt? Ist da nicht ein weißes, ein reines, helles Licht in der Mitte der Schwärze, ein Schein, der immer größer und strahlender wird?

»Mein Gott!«, hört er eine Stimme, dann erfüllt ihn eine wunderbare Wärme, als würde er in einen warmen Schoß sinken.

Der Blackout hat nur Sekunden gedauert, Camille scheint noch nicht einmal etwas bemerkt zu haben. Dennoch hat er Ethan eine tiefere Einsicht gebracht. Sein Rachegedanke ist ad absurdum geführt, weil jeder seiner Schritte, Sylvies Tod aufzuklären und zu rächen, immer mehr Leben fordert, und die Botschaft, die er daraus ziehen soll, heißt: Nimm Vernunft an, und gib auf, akzeptiere das Schicksal, und widme dich wieder dem Leben – oder bereite ihm konsequenterweise ein Ende. Aber wenn er jetzt einfach aufgeben würde, kapitulieren, dann wären all die Tode sinnlos. Mathilde ist nicht umsonst gestorben, genauso wenig wie Frost, und wie Sylvie natürlich, und wie Bohin und Antonelli …

»Da, ein Taxi!« Camilles Stimme reißt ihn aus seinen Betrachtungen und Einsichten, zwingt ihn zurück in den feuchten, düsteren Tunnel unter einer Autobahn, auf der gerade Sylvies Mutter gestorben ist. An seiner Stelle. Er fragt nicht, wieso das Taxi ausgerechnet dort steht, sondern steigt einfach ein.

»Sie haben Glück, ich wollte gerade nach Hause fahren«, sagt der Fahrer. So viel kann Ethan verstehen.

Neben ihm auf dem Rücksitz bricht Camille in einen Weinkrampf aus. Instinktiv legt er den Arm um ihre Schultern.

11 Uganda

Lukas ist nur sechs Jahre alt geworden. Schwester Gabriela hat ihn mit ihrem mobilen Krankendienst auf der Straße gefunden. Er war allein, desorientiert, konnte sich nicht mehr auf den Beinen halten und nicht mehr sprechen. Es war bloß eine Frage der Zeit, wann er einfach am Straßenrand gestorben wäre.

Wir hier wussten, dass wir ihm nicht mehr helfen konnten. Dennoch gab Mary ihm ein Bett, wusch, fütterte ihn und hielt ihm die Hand, als er starb. Er war nicht HIV-positiv.

Henrik beendet den Blog für heute. Bald ist Mitternacht. Er hat Mary, die heute Nacht Dienst hat, Bescheid gegeben, dass sie nur zu rufen braucht, er hätte etwas im Anbau zu tun. Im Anbau befindet sich das Lager für Verbandsmaterial und Medikamente – und auch das Leichenzimmer.

Er klappt sein Notebook zu, nimmt es und auch das E-Book, das er sonst im Schreibtisch verschließt, und verlässt das Büro.

Im Flur flackert eine defekte Neonröhre, Fliegen schwirren darum herum, bleiben an ihr kleben, verbrennen ihre Flügel. Außer diesem Flur ist alles in undurchdringlicher Dunkelheit versunken. Nein, da drüben bei den Hütten glimmt ein schwaches Licht von einer Kerosinlampe.

Seine Gummilatschen schmatzen auf dem Betonboden, zwei Käfer huschen vor ihm her und verschwinden in einer Wandspalte. Er fürchtet immer, einer Schlange zu begegnen, aber da ist keine. War da nicht eine Stimme? Er bleibt stehen, lauscht. Aber Dr. Bleibtreu ist zu Hause, immerhin zwei Kilometer entfernt. Nein, da ist nichts; nur einen Vogel hört er kreischen.

Henrik geht am Krankentrakt vorbei und biegt dann nach links ab, zum kurzen Ende des L-förmigen Gebäudes. Vorsichtig, um keinen Lärm zu machen, zieht er den Schlüsselbund aus der Tasche seiner Shorts und steckt den Schlüssel ins Schloss. Ein kurzes metallisches Klirren kann er nicht vermeiden, er hofft nur, Mary hat es nicht gehört. Nicht dass sie glaubt, jemand würde sich an der Tür zum Medikamentenlager zu schaffen machen. Dass die Tür quietscht, hat er nicht vergessen, er hebt sie an und schlüpft ins stickige, nach Desinfektionsmittel riechende Dunkel. Erst als er die Tür hinter sich geschlossen hat und in das kleine Fenster ein Stück Karton, das er heute Mittag zurechtgeschnitten hatte, geklemmt hat, wagt er, das Licht einzuschalten.

Hier liegen die Toten nur kurz, bis sie von ihren Angehörigen abgeholt oder auf dem Friedhof bei der Klinik beerdigt werden. In der Mitte des kleinen, rechteckigen Raums steht ein am Boden festgeschraubter metallener Tisch, auf dem sich ein gelbliches Laken wölbt. Diesen Moment hat Henrik den ganzen Tag lang herbeigesehnt – und zugleich gefürchtet. Sein Herz hämmert noch stärker, und augenblicklich bricht ihm der Schweiß aus allen Poren. Er wird etwas tun, das er noch nie so getan hat. Er stellt das E-Book auf den Rollwagen, von dem die Farbe abblättert. Vom Haken an der Wand neben der Tür nimmt er den verwaschenen Kittel, zieht ihn an, bindet ihn vorne zu, hängt sich die mit Flecken übersäte weiße

Gummischürze über, bindet sie hinten zusammen, zieht Latexhandschuhe an und atmet tief durch. Dann tritt er an den Tisch und hebt das Tuch, schlägt es bis zur Schulter zurück.

Den ganzen Tag lang hat er sich bemüht, den Namen des Jungen zu vergessen. Es ist ihm nicht gelungen. Lukas. Das glatte braune Gesicht mit den weichen Lippen und den langen schwarzen Wimpern sieht so friedlich aus, nicht verzerrt oder schlaff wie vor ein paar Stunden noch. Für einen Moment überfallen ihn wieder Zweifel an dem, was er vorhat. Darf er diesem Jungen das antun? Mischt er sich nicht in etwas ein, das ihn nichts angeht? Er ist doch nur ein Student, ein Praktikant, der für Kost und Logis sechzehn Stunden schuftet. Nur Dr. Bleibtreu könnte eine Obduktion anordnen. Schweiß tropft ihm in die Augen, er wischt ihn mit den Kittelärmeln ab.

Zu Hause hatte er ein schickes Kästchen mit Präparierbesteck, hier sucht er sich aus den Fächern des Metallschranks in der Ecke die notwendigen Instrumente zusammen: Pinzetten, Knochenschaber, Muskelhaken, Zangen, eine Knochensäge – und legt alles auf den Rollwagen neben sein E-Book, schaltet es ein, ruft das Lern- und Anleitungsmaterial für den Präparationskurs auf, der schon zwei Jahre zurückliegt. Obwohl Anatomie eins seiner Lieblingsfächer war, kann er sich nicht mehr so recht daran erinnern, wie man bei einer Schädeleröffnung und bei der anschließenden Gehirnentnahme vorgeht.

»Okay«, murmelt er, um sich selbst Mut zu machen, und nimmt das Skalpell in die Hand, »dann mal los.«

»Präparationsschritte«, liest er. »Vorbereitungen zur Eröffnung des Schädels. Die Haut am Schädeldach wird bis auf das Periost durchgeschnitten. Am Schnittrand wird die Kopfschwarte angehoben und vom Periost abgelöst.«

Als die blitzende Klinge des Skalpells durch die braune Haut schneidet, merkt er, dass seine Hand zittert. »Mach dir, verdammt, nicht in die Hose!«, zischt er. Und er weiß, dass es die Angst vor der eigenen Entscheidung ist, eine Regel zu übertreten, die ihn zittern lässt.

»Eröffnung des Schädels. 1 cm oberhalb der Ohren und der Orbitae wird die Schädelkalotte mit der elektrischen Säge bis zum Hinterhaupt durchgesägt. Dann lockert man den Sägespalt mit einem Meißel und schiebt den Meißel zwischen Kalotte und Dura mater.« Eine elektrische Säge hat er nicht, also muss er zur Handsäge greifen. Im Präparationskurs haben diesen Arbeitsschritt die Assistenten des Professors gemacht, erinnert er sich, wenn sie, die Studenten, am Morgen kamen, waren die Schädel schon aufgesägt, war das Schädeldach schon entfernt.

Er braucht mehr als fünfzehn Minuten, und seine Hände schwitzen in den Latexhandschuhen.

»Vorbereitende Schritte zur Herausnahme des Gehirns«, liest er weiter. Er muss kleine Muskeln und Gefäße durchtrennen und wieder ein Stück Schädel aufsägen. »Der Arcus posterior atlantis wird mit dem Meißel auf beiden Seiten vorsichtig durchtrennt. Dann wird der gesamte Knochenkeil durch sanftes Hebeln herausgenommen. Die Dura mater und die Arachnoidea werden durchtrennt und nach lateral geklappt. Dadurch wird der Blick auf die unteren Hirnnerven mit ihrem Durchtritt durch die Schädelbasis frei«, liest er noch und will gerade die Dura mater durchschneiden, als ihm etwas entgegenspritzt. Er zuckt zurück.

Was ist das? Vorsichtig schneidet er weiter die Hirnhaut auf. Die darunterliegende Masse ist seltsam weich. Er verlängert den Schnitt, und dann lässt er vor Entsetzen das Skalpell fallen. Eine gallertartige graue Substanz wabert unter der Hirnhaut und tropft wie zäher Schleim in die Nierenschale. Lukas' Gehirn …

12 Samstag, 5. April
Paris

Ethan Harris ist ihr entkommen. Sie hat das Netz zu spät zugezogen. Spanair hat einen Passagier namens Ethan Harris von Málaga gemeldet, doch da war er schon wieder in Paris gelandet und hatte den Flughafen längst verlassen. Sie hat Odette anfragen lassen, wer mit ihm gereist ist, wer neben ihm gesessen hat.

Eine Nachricht hat ihr heute Morgen gleich den Rest gegeben: Mathilde Audry wurde gestern mitten auf der Autobahn in ihrem Wagen erschossen. Zum ersten Mal seit einem halben Jahr muss sie wieder ihre Magentabletten nehmen. Wieder ist sie zu spät gewesen. Der Job frisst sie auf, und ihr Leben läuft aus dem Ruder.

»In seiner Wohnung ist niemand.«

Sie nickt nur, als David diese Neuigkeit loswird, während er hereinkommt. Roland und sie reden schon seit vorgestern nicht mehr miteinander. Die Stimmung in der Wohnung ist unerträglich geworden, schon als sie gestern Abend hineinging, fühlte sie sich in einem feindlichen Lager. *Roland hat die Kinder auf seine Seite gezogen. Ist ja auch nicht schwer, wenn man morgens und nachmittags zu Hause ist, ihnen das Frühstück richtet und das Abendessen macht.* Scheidung. Davon hat er gesprochen. Das Wort hängt wie ein Damoklesschwert über ihrem Kopf. Letzten November hat er es zum ersten Mal ins Spiel gebracht. Als sie drei Wochen mit Grippe im Bett lag, eine Scheißlaune hatte und sich in ihrem Leben wie in einer Betonzelle eingesperrt fühlte. Und jetzt auch noch das: die Tote in Spanien.

»Er ist irgendwo untergetaucht«, hört sie David sagen.

»Was ist mit dieser Russin?«

David versucht, sich seinen Ärger darüber, dass sie nicht auf seine Neuigkeiten reagiert, nicht anmerken zu lassen, nur ein kurzes Malmen der Kiefer verrät ihn, wie sie feststellt.

»Auch verschwunden. Untergetaucht. Womöglich hat sie noch einen Namen.«

Sie kann sich nicht erinnern, dass sie schon einmal so glücklos, oder sollte sie sagen schlecht, ermittelt hat. Wieso sollte der Geheimdienst überhaupt Interesse an ihrer Mitarbeit haben? Wie ist sie überhaupt auf die Idee gekommen, sich dort zu bewerben?

»Was sehen Sie mich so an, David?«

»Schon gut, ich dachte …« Er bleibt stecken, will sich nicht wieder eine Frechheit von ihr anhören. Sie ist schrecklich. Sie mag sich selbst nicht. Aber dann ist sie am besten. Ohne Mitleid, ohne Gefühl. *Also los, Lejeune, so schnell kriegen sie dich nicht unter.*

»Wir machen weiter«, sagt sie. »Wir spüren ihn schon wieder auf.«

Jedenfalls ist dieser Harris wieder in Paris gelandet. Er wird die Mörderin seiner Frau suchen. Sie muss nur warten, wie eine Spinne in ihrem Netz. Wenn sie diese Russin kriegen, kriegen sie auch ihn.

Sie drückt ihr Kreuz durch und steht auf, lässt einen Espresso durchlaufen und trinkt ihn gleich schwarz, dort am Kühlschrank, im Stehen. Abwarten gefällt ihr nicht, es läuft ihrer Natur zuwider. Sie will handeln, etwas tun. Ihr Herz pocht schneller, als würde sie rennen. Aber sie steht nur da, mit der Tasse in der Hand, und wartet, dass sich ihr Herz wieder beruhigt oder dass irgendetwas passiert.

Kaum zwei Minuten später ist es so weit: Odette ruft an. Spanair hat den Namen der Mitreisenden durchgegeben: Camille Vernet. Odette gibt ihr auch gleich weitere Details.

Und dann erinnert sie sich an die Journalistin in der Talkshow von *ParisCult.*

»Haben Sie auch ihre Telefonnummer?«

13

»Ich weiß nicht, was da drauf ist.« Lorraine Kempf sitzt im pistaziengrünen Mantel in Camilles Bürosessel in der Redaktion von *Tout Menti!* und starrt auf die Mini-DVD in Ethans Hand.

Dass er noch vom Flughafen Málaga aus seinen Anrufbeantworter zu Hause abgefragt hat, war aus einer unerklärlichen Eingebung heraus. Und tatsächlich hatte jemand angerufen. Lorraine Kempf hatte fünf Mal versucht, ihn zu erreichen. »Ich muss Sie dringend sprechen, ich habe eine Nachricht von Nicolas.«

Er hat sie zurückgerufen und in die Redaktion bestellt.

Ihm war jegliches Gefühl abhandengekommen.

Sie hatten ihre Maschine nicht mehr erreicht, hatten die Nacht auf dem Flughafen verbracht und waren mit der Sechs-Uhr-Morgenmaschine über Madrid nach Paris geflogen. Er war in einen seltsamen Zustand zwischen Wachen und Schlafen geraten. Mathilde schrie, und Sylvie stürzte in einen bodenlosen Abgrund, und er konnte sie nicht halten.

Als er kurz nach der Landung in seine Jackentasche gegriffen hatte und auf den goldenen Anhänger gestoßen war, war plötzlich wieder Adrenalin durch seine Adern geschossen, hatte seine Wut angefacht und ihn angetrieben, den Kampf aufzunehmen. Sie waren direkt vom Flughafen in die Redaktion gefahren, noch in ihren schmutzigen, zerrissenen Mänteln. Was ist mit Christian und den anderen Mitarbeitern?, hatte er Camille im Taxi gefragt.

»Sie stören uns nicht. Wahrscheinlich ist heute noch nicht mal Christian da. Er hat Termine wegen seiner Fußballstory in Manchester.«

Niemand war da. Nur Lorraine, die vor der Tür wartete. Irgendwie war sie durch die Haustür gelangt.

Die Kassette war per Express aus Bali gekommen, und Lorraine erinnerte sich, dass einer von Nicolas' Bekannten dort geheiratet hatte.

Nicolas hat ihr einen Brief dazugelegt.

Liebe Lorraine, bitte heb das Video auf. Ich weiß nicht, wem ich es sonst geben soll. Ich habe die Dateien auf dem Memorystick vorsichtshalber an folgende Mail-Adresse geschickt:

Username: nicolasetkim@hotmail.com

Password: bluesky90

Dann ist es deine Sache, was du damit tust.

Ethan liest die Nachricht zum zweiten Mal. Er will seine Vermutung, nein, seine Überzeugung nicht aussprechen, nicht hier, nicht vor Lorraine. Auch Nicolas ist tot. Da ist er sich sicher.

Camille hat inzwischen eine ältere, abgegriffene Canon mit Kassettenfach aus einem Metallschrank genommen. In einem extra Täschchen stecken ein passendes Kabel für den Anschluss an einen Monitor, ein Akku und ein Netzgerät. Ethan schließt die Videokamera an Camilles Powerbook an. Es funktioniert.

Er versucht, alle Gefühle zu verdrängen, und nach wenigen Klicks hat er das Video geladen.

»Ist er das?« Ethan meint den jungen Mann, der mit einem gelben T-Shirt und einem bunt bedruckten Tuch um die Hüften im Schneidersitz auf einem Bett sitzt. Im Hintergrund glaubt Ethan eine Wand aus Bambusstäben zu erkennen. Am rechten Bildrand ragt vorne eine rote Hibiskusblüte ins Bild.

Lorraine Kempf nickt nur.

Der Mann räuspert sich, strafft seinen Rücken und beginnt zu sprechen.

»Ich bin Nicolas Gombert … Ich war Assistent von Professor Jérôme Frost, Biogenetiker, Leiter der Abteilung Pflanzengenetik IV an der Université Pierre et Marie Curie in Paris, wissenschaftlicher Mitarbeiter der EFSA mit Sitz in Parma. Am Abend des 22. März stellte Professor Frost fest, dass zwei Ratten der Versuchsreihe offenbar die Kontrolle über Körperfunktionen und Bewegungen verloren, er schickte mich in den Nebenraum, um seine Kamera zu holen. Ich hatte vergessen, sie nach der Reparatur wieder aufzustellen. Während ich im Nebenzimmer war, hörte ich plötzlich seltsame Geräusche, die mir … die mir Angst machten. Ich fürchtete, Tierschützer wären ins Labor eingedrungen und wollten die Ratten befreien. Darüber hatte ich gerade einen Roman gelesen. Ich versteckte mich unter einem Schreibtisch. Die Tür war nur angelehnt. Schließlich wurde es still, dann sah ich jemanden hereinkommen, nur Beine und Schuhe, und auf den Schutzbezügen der Schuhe waren überall Blutspritzer. Ich blieb noch bis zwei Uhr im Versteck und wagte mich erst dann hinaus. Da sah ich, dass man Professor Frost enthauptet hatte, dass ein Rattenkopf auf seinem Hals saß, dass die Ratten nicht mehr da waren und dass jemand ›Schöne neue Welt der Genforscher‹ an die Wand gesprüht hatte. Die Details meiner Flucht lasse ich weg. Ich kam nach Bali. Dort brachte Pierre mich auf die Idee, die Daten auf dem Memorystick von Professor Frosts Computer anzusehen.

Ich habe Edenvalley den Stick für zwei Millionen Euro angeboten – und für mein Versprechen, nichts an die Öffentlichkeit zu bringen.«

Er muss schlucken, hebt die Fernbedienung, schaltet dann aber noch nicht ab. »Ich habe während meiner Arbeit bei Professor Frost regelmäßig Geld von einem Typen bekommen, wenn ich ihm Informationen über Frosts Arbeit weitergegeben habe.« Er stockt. »Ich, ich habe mir nichts dabei gedacht, wirklich, aber jetzt, jetzt denke ich, dass ich mit Schuld trage am Tod von Professor Frost. Dem Typen und seinen

Auftraggebern hat etwas nicht gepasst, und deshalb haben sie ihn umgebracht.« Das Bild wird blau.

Lorraine Kempf wischt sich eine Träne unter ihrer Brille weg. Ethan erinnert sich an die Packung Taschentücher in seiner Jackentasche und gibt sie ihr.

»Und haben Sie die Mail gelesen?«, fragt er sie.

Sie schüttelt den Kopf.

»Dann lesen wir sie jetzt.«

Camille gibt User- und Passwort ein und liest:

»Mais 2/98/6
Versuchsreihe mit einer Maissorte begonnen, die mir auffällig bekannt vorkommt. Wenn sich meine Vermutungen bestätigen, handelt es sich tatsächlich um die Maissorte, mit deren Entwicklung wir bei Edenvalley vor sechs Jahren im Rahmen des Projekts Drought Resistant Maize for Africa begonnen haben. Wir haben die Arbeit jedoch nach vier Jahren eingestellt, da bei den Versuchstieren Sterilität nachgewiesen wurde. Diese Maissorte dürfte nicht existieren.
Die Ratten sterben offenbar. Woran, soll in den nächsten Versuchen nachgewiesen werden. Damals hatten wir außerdem ein Prion entdeckt, dessen Auswirkungen jedoch nicht mehr untersucht werden konnten, da die Ratten jeweils nach kurzer Zeit gestorben sind.
Damals, als ich bei Edenvalley war, gab es ein Versuchsfeld in Uganda. Edenvalley und ihre Tochterfirma Adana Pharmaceutics finanzieren Bildungs- und Gesundheitseinrichtungen, um die Erlaubnis für ihre Freisetzungsversuche zu erhalten. Ich habe mich vor drei Tagen an den Arzt der dortigen von Adana finanzierten Klinik gewendet, Dr. Bleibtreu war mir früher einmal in Genf vorgestellt worden. Ich bat ihn, mir Samen von dem Versuchsfeld zu schicken. Obwohl ich mir nicht vorstellen kann, dass Edenvalley eine solche Saat aussäen würde. Bis jetzt ist noch keine Antwort eingegangen.«

Camille sieht ratlos auf. »Ein Konzern wie Edenvalley kann doch nicht daran interessiert sein, Menschen zu töten. Er will doch sein Saatgut verkaufen.«

Ethan geht auf Camilles Schreibtisch zu, nimmt die beiden Briefbögen vom Schließfach und liest vor: »Die Loge denkt und arbeitet in globalen Zusammenhängen und stellt sich gegen monokausales und kurzfristiges Denken und Handeln. In Zeiten komplexer Ereignisse und Veränderungen sieht sich die Loge als Führerin der Gesellschaft.« Er sieht auf. »Es geht um mehr als um Verkauf und um Geld.«

Lorraine seufzt. »Um Macht und Kontrolle. Aber was soll ich jetzt machen? Zur Polizei gehen?«

»Nein!«, kommt es entschieden von Camille, während Ethan den Kopf schüttelt. »Was kann die Polizei schon damit anfangen? Nicht wahr?« Sie wirft ihm einen Blick zu, der seine Bestätigung sucht.

Exakt.

Camilles Handy auf dem Schreibtisch vibriert. Ethan deutet darauf.

»Danke«, murmelt sie gedankenverloren und nimmt ab.

Etwas ist passiert, das entnimmt er ihrem gefrorenen Blick und ihrem monotonen Ja. Schließlich legt sie auf, atmet durch und sagt: »Der Pflegedienst. Meinem Vater geht's nicht gut. Er muss den ganzen Morgen im Badezimmer gelegen haben. Ich muss zu ihm.« Mit zwei Handgriffen hat sie das Wichtigste in ihre Umhängetasche geworfen. Als sie aufsteht, sieht sie ihn an. »Versprich mir, Ethan, dass du ohne mich nichts unternimmst!«

»Nein, ich bleibe hier«, versichert er.

»Lorraine, ich könnte Sie mitnehmen«, hört er Camille sagen.

Sie nickt und reicht Ethan die Hand. »Geben Sie acht auf sich«, flüstert sie.

Er füllt einen Teil der Saatkörner in einen leeren Briefumschlag. »Würden Sie etwas für mich tun? Das untersuchen lassen?«

Als die schwere Sicherheitstür ins Schloss fällt, bleibt er einfach sitzen und starrt auf das Desktop des Monitors, über den inzwischen goldene Kugeln schweben. Noch immer kann er nicht fassen, was passiert ist. Nicht, dass Sylvie tot ist, nicht, dass Mathilde tot ist, und nicht, dass er einen Menschen erschossen hat. Wieso lebt er noch in diesem Leben, das zu einem Albtraum geworden ist? Warum entkommt er immer wieder dem Tod? Er hat vor langer, langer Zeit aufgehört, an Schutzengel zu glauben. Obwohl zu Hause vor dem Essen gebetet wurde, obwohl seine Mutter so stolz auf ihre Großeltern war, die in Südaustralien eine Missionsstation betreut hatten. Sie hinterließen ihrem Enkelkind, seiner Mutter, das Bewusstsein, dass die Welt und alle Menschen unvollkommen, nicht gut, nicht aufrichtig, nicht würdig genug waren und dass das Leben aus harter Arbeit und stetem Verzicht bestand. Noch heute fragt er sich, wie sein Vater es mit dieser Frau ausgehalten hat. Als er der Farm und seinen Eltern den Rücken kehrte, um nach Sydney zu gehen, hat seine Mutter ihm ein Leben voller Sünde vorausgesagt. Die gescheiterte Ehe mit Ruth war für sie, die im Alter immer freudloser und strenger wurde, wie eine Bestätigung ihrer Prophezeiung.

Zur Beerdigung seiner Mutter vor fünf Jahren flog er nach Australien. Die Vorstellung, seinen Vater, den Ort seiner Kindheit, die stets dem Überlebenskampf ausgesetzte Farm zu sehen, hatte ihn tagelang nicht schlafen lassen, und er hatte schon überlegt, gar nicht zu fliegen. Doch dann wurde ihm klar, dass er nur zu feige war, seinem alten Leben ins Auge zu blicken, und er flog.

Sein Vater war um Jahrzehnte gealtert, die Haut trocken und rissig wie das Land, auf dem er schon lange anstelle von Rindern anspruchslosere Schafe weiden ließ. Zwei treue

Arbeiter halfen ihm beim Zäunesetzen und bei Reparaturen. Ethans Mutter hatte sich die letzten Jahre in Schweigen gehüllt, betete und las in der Bibel. Brenda, die Nachbarin, warf ihm am Grab böse Blicke zu. Sie mochte ihn nicht, seitdem er mit sechzehn mit ihrer Tochter Schluss gemacht hatte. Berge von Schuld bauten sich vor ihm auf, er hätte sich um seine Eltern, um Ruth, um seinen Sohn Steven kümmern müssen, ja am besten gar nicht weggehen sollen. Doch er nahm die Schuld nicht an. Er konnte nicht für alle Verantwortung tragen, die mit ihrem Leben nicht klarkamen.

Ganz am Anfang seiner Beziehung zu Sylvie hatte er ein paar Mal mit dem Gedanken gespielt, Steven zu sich zu holen. Aber die bürokratischen Hürden erschienen ihm unüberwindlich, und was sollte Sylvie mit dem achtjährigen Jungen einer fremden Frau? Vielleicht hätte er mit ihr darüber reden sollen.

In seinem Magen regt sich ein ungutes Gefühl, und ihm fällt ein, dass er zuletzt im Flugzeug etwas gegessen hat. In der Teeküche findet er ein Stück trockenes Baguette und ein Glas Erdbeermarmelade. Nicht gerade üppig, aber etwas, das seine Magennerven beruhigt. Seit Tagen schon hat er nicht mehr geraucht, fällt ihm jetzt ein.

Mathilde ist beobachtet worden – aber nicht von der Polizei. Irgendwer muss gewusst haben, dass er bei ihr auftauchen würde. Und irgendwer wollte an das kommen, was im Schließfach lag. Man hätte ihn auch in den Straßen von Gibraltar überfallen können. Nein, er sollte ermordet werden – genauso wie alle möglichen Mitwisser. Er isst das letzte Stück Marmeladenbrot, stellt das Glas zurück in den Kühlschrank und geht wieder ins Büro. Ein menschenleerer Raum, in dem alles für den Menschen eingerichtet ist, hat etwas Deprimierendes, es ist, als würden alle Gegenstände darauf warten, dass sie endlich wieder gebraucht werden, dass sie endlich wieder von Leben umgeben sind.

Nachdenklich lässt er zum wiederholten Mal die Kette mit dem Anhänger durch seine Finger gleiten. Plötzlich bemerkt er eine Gravur im rechten Schenkel des Winkels, die ihm zuvor nicht aufgefallen ist. Winzige Zeichen kann er erkennen, sie aber nicht lesen. Er hält sie unters Licht und kneift die Augen zusammen. 4005808kps. Eine Kennziffer?

Er ist müde, aber jedes Mal, wenn er sich in den Schlaf fallen lassen will, schreit eine Stimme in ihm, und er schreckt auf. Vor ihm fliegen noch immer die goldenen Kugeln über den Bildschirm. *The Three Poles.* Warum hat er noch nicht längst im Internet gesucht?

Dass es so einfach ist! Er gibt www.thethreepoles.com ein, und auf dem Bildschirm baut sich vor dunkelblauem Hintergrund ein Tempel auf. Über dem Fries das Emblem mit Winkel und Zirkel. *Das versunkene Atlantis. Die versunkene Kultur, die über großes Wissen verfügt hat … Das passende Bild für eine elitäre Loge.* Darunter folgt derselbe Text, der auf den Bögen neben ihm auf dem Tisch steht.

Darunter geht es weiter.

Die Mitglieder sind handverlesene, also ausgesuchte Ökonomen, Industrielle, Wissenschaftler und andere Persönlichkeiten des öffentlichen Lebens.
Es werden aktive, assoziierte, Ehren- und institutionelle Mitglieder unterschieden. Die Zahl der aktiven Mitglieder ist auf hundert beschränkt.
Bewerbungen um die Mitgliedschaft sind nicht üblich, Vorbild ist das Prinzip der wissenschaftlichen Akademien.

Es gibt eine Reihe von Links, auf der Menüleiste klickt er auf Aktivitäten.

Seit seiner Gründung im Jahre 1973 durch Frank J. Milward beteiligt sich *The Three Poles* an der Finanzierung und Unterstützung von Impfprojekten der WHO, an Projekten zur Hungerbekämpfung.

Es folgen Jahreszahlen und Orte. Ethan klickt weiter, Bildungsprojekte, Symposien zur nachhaltigen Landwirtschaft und Energieversorgung werden angezeigt, Bücher vorgeschlagen.

Auf der Menüleiste am unteren Ende der Homepage, unter der Überschrift *Mitglieder,* befinden sich zwei Kästchen, in denen Benutzerkennwort und ein Passwort einzutragen sind. Er überlegt nur einen Moment, dann trägt er in das obere Feld die Codenummer des Anhängers ein. 4005808kps. Es ist eine sinnlose Spielerei, denn selbst wenn sie korrekt ist, fehlt ihm immer noch das Passwort.

Wieder starrt er auf den Monitor, bis die goldenen Kugeln des Bildschirmschoners erscheinen.

Schließlich schreibt er: Vincent. Vincent 4005808kps. Das wäre zu einfach. Vincentaudry. Vincent-audry. Audry. Er versucht es mit Vincents Geburtstag, an den er sich erinnern kann, da sie ihn viermal in Paris gefeiert haben und er und Sylvie jedes Mal davor und danach miteinander gestritten haben.

Mathilde 4005808kps. Nein. Seine Hände tippen selbstständig weiter. Sylvie. Nein. Sylvieharris. Nein. Natürlich nicht. Sylvieaudry. Nein. Warum auch?

Der Pfeil tastet das Fries ab, die dorischen Kapitelle, die Säulen, wandert weiter über den schachbrettartigen Boden, das musivische Pflaster, wie es heißt, ein Mosaik aus quadratischen weißen und schwarzen Fliesen. Bünde sind dazu da, sich gegen andere abzugrenzen. Er erinnert sich an seine damaligen Recherchen. Die Mitglieder fühlen sich als Auserwählte und als Elite. Und als Elite kann man die anderen als minderwertig ansehen, sie manipulieren und betrügen. Rituale und

Verschwiegenheit schweißen die Mitglieder zusammen, insbesondere, wenn die Rituale demütigenden Charakter haben, erinnert er sich weiter, jeder Abtrünnige wird so zum Verräter von allen – und zum gemeinsamen Feind.

Vincent war am Ende wohl auch ein Verräter, als er seiner Tochter den Safeschlüssel – und auch das Geld vererbte.

Ziellos lässt er den Cursor über die Oberfläche gleiten, in der Hoffnung, irgendwo weiterklicken zu können. Doch es geschieht nichts. Enttäuscht lässt er sich zurücksinken.

Freimaurer – entstanden aus mittelalterlichen Bruderschaften der Steinmetze, erinnert er sich. Daher stammen viele Symbole aus diesem Bereich: Winkel, Zirkel, Hammer, Senkblei … Er stockt. *Ich mache das Recht zur Richtschnur, zum Senkblei die Gerechtigkeit.* Sylvies Abschiedsbrief. Jesaja Kapitel 28, Vers 17.

Sylvie, verdammt, du hast mir diesen Hinweis gegeben!

Unterzeichnet mit S, nicht mit Sylvie, damit ich rätsle, ja? Wie hab ich das nicht kapieren können? Sylvie! Verflucht!

Fieberhaft sucht er im Internet nach weiteren freimaurerischen Bedeutungen des Senkbleis. Es ist das Symbol des Zweiten Aufsehers. War Vincent vielleicht der Zweite Aufseher?

Rasch ruft er die Homepage wieder auf, gibt unter Username den Code des Anhängers ein und tippt dann ins Feld für das Passwort: Senkblei. Falsch. So einfach ist es also doch nicht. Er versucht es mit Richtschnur. Nein. Er tippt: Jesaja2817.

Kaum eine Sekunde später versickert der Text der Seite zwischen den Säulen. Auf ihnen bilden sich neue Begriffe.

Control of Resources steht auf der linken, *Control of Information* steht auf dem Fries, *Control of Food* steht auf der rechten Säule. Darunter folgt:

Brüder und Schwestern,
die nächste Tempelarbeit findet statt am 6. April um 22.00 Uhr

im Crown Plaza, Genf, Raum 417, im Anschluss an das Symposium »Nachhaltige Agrarwirtschaft durch Gentechnologie«.

Themen:
Maßnahmen zur Verwirklichung unserer freimaurerischen Ziele

Morgen schon. Er braucht einen Flug nach Genf.

14

Camille schlägt die Tür hinter sich zu, schaltet das Licht ein und bleibt stehen. Den Mantelkragen hat sie bis zum Kinn hochgezogen, sie ist hungrig, und sie friert. Sie fühlt sich miserabel. Zweifel kommen auf, ob das, was sie getan hat, richtig war. Ethan ist aufgeschreckt, er war in Christians Sessel eingeschlafen. Draußen ist es stockdunkel.

»Véronique Regnard ist heute Morgen im Gefängnis gestorben«, sagt sie tonlos. Christians SMS mit der Nachricht hat sie noch in Lejeunes Büro gelesen. »Kreislaufversagen.« Kopfschüttelnd wirft sie die Tasche auf ihren Schreibtisch und knöpft ihren regennassen Mantel auf.

»Wie spät ist es?«, fragt er und rappelt sich auf.

Sie wirft einen Blick auf ihre Armbanduhr. »Gleich halb sieben. Sie hat auf den Schlauch gebissen, aber … kann man so einfach sterben?«, denkt sie laut. »Jemand hat sie vergiftet oder … ihr eine Überdosis von irgendwelchen Drogen gegeben oder …« Sie lässt sich in ihren Bürostuhl fallen und vergräbt das Gesicht in den Händen. »Ich hätte etwas unternehmen müssen. Sie hatte einen Auftrag für mich, ich sollte etwas herausfinden, wozu sie selbst nicht mehr gekommen ist.«

Sie sieht das schmale Vogelgesicht vor sich. Wieder und wieder geht sie ihre Erinnerung an die Gespräche mit ihr durch.

Océane Rousseau – trauen Sie ihr nicht, Camille. Sie will ein neues Toba.

»Was ist mit deinem Vater?«, hört sie ihn fragen.

»Mein Vater?« Sie sieht ihn erstaunt an. Ihr Vater gehört zu einer anderen Wirklichkeit. Seufzend zuckt sie mit den Schultern und zieht eine Packung Taschentücher aus ihrer Handtasche. »Ihm ist nichts Ernstes passiert. Es war wohl mehr der Schock«, sagt sie rasch und schnäuzt sich.

Er wirkt irgendwie abwesend. »Was ist mit dir los?«

Er zögert. »Ich fliege morgen nach Genf.«

»Genf?«

»Jesaja Kapitel 27, Vers 18. Sylvie hat mir auf ihrem Abschiedsbrief das Passwort für den Mitgliederbereich von *The Three Poles* hinterlassen. Sie treffen sich morgen in Genf.«

Waren Sie schon einmal in Genf? Genf – das war bisher nur die Stadt am gleichnamigen See, die Stadt mit den unzähligen Büros von Hilfsorganisationen, Banken, Gremien, Ausschüssen, ja und der UNO. *Glauben Sie mir, Sie könnten etwas viel, viel Größeres bewegen, Camille.*

Ihr Mantel hängt nass und schwer an ihr, merkt sie plötzlich, sie hat ihn immer noch nicht ausgezogen. Sie steht auf, schlüpft aus den Ärmeln und legt ihn über eine Stuhllehne, langsam, als könnte sie so ihre Ruhe zurückgewinnen. »Und du willst einfach in dieses Treffen hineinplatzen?«

»Hast du eine bessere Idee?«

Sie greift in die oberste Schublade ihres Schreibtischs und reicht ihm die Karte.

»Edenvalley – Symposium: Nachhaltige Agrarwirtschaft durch Gentechnologie, Crown Plaza, Genf. Ich würde mich freuen, Sie wiederzusehen. Gruß Océane Rousseau«, liest er vor und sieht sie fragend an.

Mit einer heftigen Bewegung zieht sie ihm die Karte aus der Hand. »Wir sollten zusammen fliegen.«

Er weiß nicht, dass ich schon zugesagt habe. Man soll Priva-

tes nicht mit Beruflichem vermischen, aber das gelingt mir nicht. Eigentlich … eigentlich bin ich nur gut, wenn ich es miteinander vermische. Sie wird Océane wiedersehen, und sie wird ihre Storys schreiben. Eine Journalistin muss beide Seiten berücksichtigen …

»Warum hat dir Océane Rousseau eine persönliche Einladung geschickt?«, fragt er.

Das wüsste ich auch gern. »Ich habe sie interviewt, und außerdem will sie das Image von Edenvalley aufpolieren«, sagt sie stattdessen.

»Das hat sie wohl nötig.« Er deutet auf den Monitor. »Du hast diesen Newsletter da abonniert.«

Sie beugt sich vor.

Containerladung enthält auch große Mengen vom riskanten Gen-Mais von Edenvalley

Wie erst jetzt bekannt wurde, hat die Umweltorganisation Greenpeace vor zwei Wochen in Hamburg einer Containerladung Saatgut der Firma Edenvalley Proben entnommen. Die Container befanden sich bereits an Bord eines Frachtschiffes mit Zielhafen Kapstadt.

Ein unabhängiges Labor hat inzwischen bestätigt, dass der Gen-Mais ein unbekanntes Eiweiß enthält. Obwohl eine Fütterungsstudie des Saatgut-Konzerns Edenvalley Auffälligkeiten im Blutbild der Versuchstiere gezeigt hatte, stufte die für die Risikobewertung zuständige Behörde der EU, die European Food Safety Authority (EFSA), den DR-Mais erst kürzlich als unbedenklich ein. Wo sich die Schiffsladung zurzeit befindet, konnte von Greenpeace nicht ermittelt werden. Offenbar sind die Container längst auf See. Der gleiche DR-Mais wurde bereits im August des vergangenen Jahres auf Feldern in Portugal entdeckt und von einer portugiesischen Umweltgruppe zerstört.

Plötzlich rebelliert ihr Magen. Hat sie schon von diesem Mais gegessen? Hühnchen mit Polenta, fällt ihr ein, hat sie im De Crillon bestellt. Und wer weiß, in welchen Nahrungsmitteln dieser Mais auch enthalten ist? Und was … was ist mit Rindfleisch? Letzte Woche hatte sie ein Steak … Sie schluckt gegen die Übelkeit an. »Der Mais ist längst unter uns, Ethan.«

Er starrt durch sie hindurch, ohne etwas zu erwidern.

»Wenn der Mais schon auf den Feldern wächst, was sollen wir dann noch unternehmen?«

Er sieht sie lange an, dann sagt er: »Sylvie muss befürchtet haben, dass es so weit kommen würde. Und wenn der Mais aus dem Schließfach dieser DR-Mais ist, dann … Vincent hat zu ihnen gehört, er hat plötzlich Angst bekommen, den Tod vor Augen, Skrupel – und hat Sylvie eingeweiht. Und sie hat sich an Frost und Professor Hirsch gewandt … Camille, wir müssen alles auf die Homepage von *Tout Menti!* stellen!«

»Ungesichert?«

»Ungesichert? Reichen dir die Toten nicht, Camille?«

»Was wollen wir denn sagen? Dass wir Saatgut in einem Schließfach und ein paar abstruse Behauptungen über Bevölkerungskontrolle im Internet gelesen haben? Und dass wir annehmen, dass es die Loge *The Three Poles* ist, die die Welt kontrollieren will?«

»Genau das.«

»Meinst du, das glaubt uns jemand? Wir sind zwar ein Satireblatt, aber wir schreiben schließlich nicht einfach irgendwas! Außerdem wird sich die Loge sicher nicht äußern.«

»Sie wird in irgendeiner Form reagieren«, widerspricht er. »Du kennst das doch, man muss nur etwas behaupten, und schon findet sich ein Diskussionsforum. Und unsere Behauptungen werden auf fruchtbaren Boden fallen, das garantiere ich dir.« Und er wird endlich die Verantwortlichen für Sylvies Ermordung finden.

»Mein Gott, Ethan, wir sind nicht irgendwer! Wir tragen

Verantwortung, ich bin Journalistin! Ich kann nicht einfach …«

»Es ist nicht *einfach!*«, schneidet er ihr das Wort ab. »Sonst warst du auch nicht so zimperlich!«

Sie zögert. Und wenn er recht hat? Wenn sich auf diese Weise eine Reaktion provozieren lässt? Könnte es nicht interessant sein, was Océane Rousseau dazu zu sagen hat?

»Ich muss Christian fragen«, sagt sie.

15 Java

Er lehnt sich in den Schatten an die Bretterwand vom Kiosk und versucht, sein Herzrasen unter Kontrolle zu bekommen. Sobald er die Augen schließt, durchbohrt ihn der Blick des Unbekannten auf dem Flughafen. Seine Kehle nimmt das lauwarme Mineralwasser gierig auf, literweise könnte er jetzt trinken und wäre immer noch durstig, so kommt es ihm vor. Schon während der Taxifahrt hat er sich immer wieder gesagt, dass er bloß unter Verfolgungswahn leidet, dass der Mann auf dem Flughafen harmlos war und dass er, Nicolas, sich in eine panische Angst hineingesteigert hat. Er wischt sich den Schweiß von der Stirn. Aber er weiß, dass er sich die blitzende Klinge nicht eingebildet hat.

»Mister, einsteigen!«, ruft der Taxifahrer aus dem Auto.

Er trinkt die Flasche Wasser leer und lässt sie am Kiosk stehen. Surabaya, hat ihm der Taxifahrer vorgeschlagen. Die zweitgrößte Stadt nach Jakarta. Dort werden sie ihn nicht finden. Dort wird er untertauchen, sich auflösen im Gewirr der Straßen und der vielen Menschen. Und einen anderen Weg finden, die Informationen zu verkaufen. Kim braucht das Geld.

»Hi!«

Er dreht sich um. Aus einem schwarzen Range Rover sieht

ihm ein markantes braun gebranntes Gesicht entgegen. Der Mann mit den grauen Schläfen schiebt die schwarze Sonnenbrille auf das kurz geschnittene Haar, und die Sonne funkelt dabei auf seiner goldenen Uhr.

»Hi!« Nicolas lächelt kurz. Der Typ ist schwul, dafür legt er seine Hand ins Feuer.

»Hi! Wohin fahren Sie?«, fragt auch schon der Mann auf Englisch.

Nicolas tritt näher. »Ich weiß noch nicht. Surabaya vielleicht.«

»Was wollen Sie denn da?« Der Mann mustert ihn ein wenig belustigt.

»Haben Sie einen besseren Tipp für mich?« Nicolas ahnt, worauf das hinauslaufen könnte. Er kennt den Mann nicht. Aber es ist das Adrenalin, das immer noch in seinen Adern schwimmt und ihn waghalsig macht. Der kräftige Bizeps des gebräunten haarlosen Arms zuckt auf dem Türrahmen, während der Blick der blauen Augen über Nicolas' Körper wandert.

»Hier gibt's viele schöne Plätze. Deswegen wohne ich hier seit zehn Jahren. Wenn Sie wollen, kommen Sie mit.«

Das Englisch hat einen deutschen oder holländischen Akzent, bemerkt Nicolas. Er zögert einen Moment. Was ist besser? In einer Absteige in Surabaya zu verschimmeln oder bei diesem Typen, der ganz offensichtlich kultiviert ist, einzusteigen und so unterzutauchen? Außerdem sieht er nicht gerade schlecht aus.

»Super Idee!« Nicolas zeigt sein schönstes Lächeln. »Ich sag nur dem Taxifahrer Bescheid. Ach, ich heiße übrigens … Nicolas.« Er streckt die Hand aus.

»Raoul.«

Der kräftige Handschlag beruhigt – und erregt ihn. Er atmet auf, als er sich im gekühlten, schattigen Wageninnern auf den Ledersitz sinken lässt und den Geruch von Leder und herbem Parfüm wahrnimmt. Es ist, als käme er endlich an. Als wäre dieser Albtraum endlich zu Ende. Raoul wirft ihm einen kurzen Blick zu und grinst, als Nicolas sich anschnallt. Das markante Kinn und die ausgeprägte Nase kommen im Profil noch besser zur Geltung, stellt Nicolas fest, und schon drängen Fantasien an die Oberfläche. Bekannte Fantasien aus seinem alten Leben, in dem all der Horror nur in Filmen und Büchern existierte. Ist dies die Wiedergutmachung für das, was er die letzten Tage durchmachen musste? Gibt es im Leben doch so etwas wie Gerechtigkeit?

Im Rückspiegel sieht er den Taxifahrer gestikulierend hinter dem Auto herschimpfen.

Lorraine … Lorraine wird er irgendwann schreiben, dass er noch am Leben ist. Oder … vielleicht auch nicht.

»Der Taxifahrer hatte es ziemlich eilig«, sagt Raoul und schaltet in den nächsten Gang. »Ihr seid die Strecke vom Flughafen ja in Formel-1-Geschwindigkeit gefahren!«

Nicolas stutzt. »Woher … Sind Sie etwa hinter uns hergefahren?«

Raoul antwortet nicht.

Nicolas' Herz stolpert, Schweiß bricht ihm aus, seine Kehle schnürt sich zu. »Sind Sie uns gefolgt?«, bringt er krächzend hervor.

Raoul lacht und beschleunigt.

16 Uganda

Schwester Gabriela betreut die Menschen, die nicht ins Hospital kommen können, weil sie zu krank sind oder zu weit weg wohnen, weil es Kinder sind, die keine Eltern mehr haben. An Aids gestorben. Alle. Sie bringt auch Kranke ins Hospital, wenn sie nicht mehr laufen können, sie hat mit einigen Einheimischen den Community Health Service übernommen, versorgt die Kranken mit Medikamenten, überwacht die regelmäßige Einnahme, besonders bei Kindern. Bezahlt wird sie von Don't forget Africa.

Die Medikamente, insbesondere die für die AIDS- und die Tuberkulose-Therapie, stammen von Adana Pharmaceutics, hat Henrik in seinem letzten Blog geschrieben. Das geht ihm jetzt durch den Kopf, als er den weißen Jeep über die staubige Piste zwischen den Feldern heranjagen sieht. Kurz vor ihm bremst er scharf ab.

»Tracy vom Wildlife-Institut nimmt dich nach Entebbe mit«, sagt Gabriela ohne Einleitung, als sie die Tür mit dem Emblem der Taube und dem bogenförmigen Schriftzug *Don't forget Africa* aufstößt.

Wenn ihr Haar unter dem Turban nicht hellbraun, sondern schwarz gelockt wäre und ihre Haut nicht sehr weiß, sondern sehr dunkel, könnte man sie für eine Einheimische halten, denkt er. Dieselbe stattliche Figur, der das lange Kleid mit dem farbenprächtigen afrikanischen Muster natürliche Würde verleiht, die großen Ohrringe und das lebensfrohe Strahlen in den Augen – das sich allerdings jetzt verdüstert hat. Er hilft ihr, die beiden Pakete mit Medikamenten und Verbandsmaterial für ihren mobilen Service in den Laderaum zu packen, der bis fast unters Dach mit Plastikboxen und einfachen medizinischem Gerät vollgestopft ist.

»Und wie kriegst du das durch den Zoll?« Gabriela zeigt auf die blauweiße Kühlbox über seiner Schulter.

»Ich habe alle notwendigen Dokumente ausgefüllt.«

Professor Krämer von der Hirngewebebank München erwartet ihn. Tatsächlich hat einer seiner Mitarbeiter auf den Blog reagiert. Sie verfügen dort über die neuesten Möglichkeiten, degenerative Erkrankungen des Gehirns zu diagnostizieren, hat ihm Krämers Mitarbeiter erklärt. Außerdem befindet sich dort auch die Zentrale des European Brain Network, eines Netzwerks von Hirngewebebanken, in denen abnorme, erkrankte Gehirne untersucht und aufbewahrt werden.

Gabriela seufzt und klappt die Hintertüren zu. »Und wenn es ein Virus ist?«

»Es ist kein Virus. Sonst wären wir schon alle krank. Im Blut wurde außerdem nichts entdeckt.« Er wischt sich mit dem Ärmel seines Jeanshemds über die Stirn. Heute fühlt er sich nicht besonders. Kein Wunder! Die Hitze macht ihm zu schaffen, der Schweiß klebt kalt am ganzen Körper, ja überzieht ihn mit einer schleimigen zweiten Haut. Sein Mund ist trocken, und auch ohne die hämmernden Kopfschmerzen wäre ihm übel. Anstrengung, Stress, ja klar, aber die Einsicht reicht offenbar nicht, um die Beschwerden wegzuzaubern.

Er versucht sich abzulenken, indem er sich auf sein Vorhaben konzentriert. In München verfügen sie über die neuesten histologischen und biochemischen Methoden, um sichere Diagnosen zu stellen.

In diesem Moment fragt er sich, ob es wirklich eine so gute Idee war, Gabriela einzuweihen. Aber wie hätte er sonst erklären sollen, dass sie ihn so schnell wie möglich zum Flughafen bringt und dass sie ihre Kontakte spielen lässt, damit er mit einer Privatmaschine von Kisoro wegkommt. Es widerstrebte ihm, eine wichtige Familienangelegenheit vorzuschützen. Einmal hatte er bei seinem Nebenjob in einer Bäckerei den Tod seiner Großmutter als Grund angegeben, um zwei Tage außerplanmäßigen Urlaub zu ergattern. Und tatsächlich war sie eine Woche später gestorben.

»Schnall dich besser an!« Gabriela startet den Motor. Henrik wirft die Tür zu und lässt den Gurt einschnappen. Im Rückspiegel sieht er das lang gestreckte Gebäude der Klinik kleiner werden. Bald geht die Sonne unter, und es wird bis auf die flackernde Neonleuchte im Außengang in der dunklen afrikanischen Nacht versinken. So hat er sich seinen Abschied nicht vorgestellt.

Gabrielas Ohrringe klimpern, während der Jeep über die holprige Piste fährt. »Willst du hören, was die Medizinmänner sagen, woher die Krankheit kommt?«, fragt sie und sieht ihn an. »Sie ist im Bier.«

»Seit wann trinken Kinder Bier?« Warum sollten sie kein Bier trinken, wenn sie schon leben müssen wie Erwachsene?

»Es erkranken doch nicht nur Kinder! Weißt du, wie viele tote Erwachsene ich jeden Tag finde?« Sie schaltet zurück und fährt um ein Schlagloch herum, das ausgewaschen ist vom letzten Regen.

Henrik seufzt, es ist überall dasselbe. Die Priester und Autoritäten nutzen jede Möglichkeit, den Menschen mit Moralpredigten ein Schuldbewusstsein einzuimpfen und sie klein zu halten. Seitlich der Straße erstreckt sich eine weite grüne Ebene. *Was für ein großartiges, schönes Land. Wenn doch all die Probleme nicht wären.*

»Also, und wieso sind dann auch Kinder krank?«

Diesmal schafft es Schwester Gabriela nicht, der Wagen kracht in ein Schlagloch, Henrik stößt mit dem Kopf ans Dach.

»Du kommst nicht wieder, oder?«, fragt Gabriela, ohne eine Antwort zu geben.

Natürlich würde Dr. Bleibtreu wahrscheinlich schon heute Abend herausbekommen, dass dem Jungen die Schädeldecke geöffnet und das Gehirn entfernt wurde. Henrik hat sich zwar Mühe gegeben, hat alles zugenäht, außerdem hat er einen Verband um den Kopf gelegt. Aber Tote werden gewöhnlich nicht mit einem Kopfverband bestattet. Außerdem hatte der Junge keinen, als er noch lebte.

»Nein.«

Im Rückspiegel betrachtet er die Staubwolke, die sie hinter sich herziehen. Deshalb bemerkt er den Wagen, der von hinten auf sie zuschießt, erst, als es fast schon zu spät ist. Einen Moment nur zögert er, dann greift er ins Lenkrad und reißt es herum, nur den Bruchteil einer Sekunde später rast ein Toyota haarscharf an ihnen vorbei, die Staubfahne nimmt ihnen die Sicht auf das Kennzeichen und auf die Straße. Gabriela tritt mit dem vollen Gewicht auf die Bremse, der Wagen steht sofort, und der Sicherheitsgurt schleudert Henrik mit voller Wucht in den Sitz zurück.

»Idiot!« Gabriela schlägt mit der flachen Hand aufs Lenkrad. »Was denkst du dir dabei?«, faucht sie ihn an. »Du hast Angst, oder? Dass sie hinter dir her sind!«

Er braucht nicht zu antworten, sie hat ihn durchschaut. Er schluckt und wischt sich zum hundertsten Mal den Schweiß aus dem Gesicht. Am Flughafen wird er eine Kopfschmerztablette nehmen. Oder besser zwei. Etwas Starkes.

Sie rückt ihren Turban zurecht und startet den Motor. Henriks Magen ist kurz davor, zu rebellieren. Vielleicht weiß Dr. Bleibtreu längst, wie das Gehirn der Kranken aussieht. Ist es nicht vermessen, was er tut?

»Fragst du dich nicht, warum Dr. Bleibtreu sich überhaupt nicht für die Krankheit interessiert?« Er sieht zu ihr hinüber.

»Er versucht sein Bestes. Er arbeitet hart«, erwidert sie.

»Er hat seine Approbation in der Schweiz längst verloren«, stellt er richtig.

Sie hebt noch nicht einmal die Augenbrauen. »Hier versucht er jedenfalls sein Bestes. Und er hat schon vielen Menschen geholfen. Er arbeitet wirklich hart, und das Einzige, was er sich gönnt, sind seine monatlichen Ausflüge nach Entebbe.«

»Du stehst auf seiner Seite, ja?«

»Ich stehe auf der Seite der Menschen hier, die unsere Hilfe brauchen, das ist die einzige Seite, auf der ich stehe. Und deshalb fahre ich dich nach Kisoro.«

»Und wenn es mit den Medikamenten zusammenhängt?«, denkt er laut.

Schwester Gabriela reagiert nicht, starrt weiter auf die Straße vor ihr, die Meter für Meter unter der staubigen Motorhaube des Jeeps verschwindet. *Ihre Stelle, das Auto, die Medikamente – alles wird von* Don't forget Africa *finanziert.*

»Pass auf, Henrik«, fängt sie schließlich doch an, »inzwischen sind die Berggorillas geschützt, es gibt Schulen, Bildungseinrichtungen, Schulbücher, Kleinbauern werden mit Mikrokrediten unterstützt, es gibt Computer in den Schulen, das alles ist auch mit gesponsert von *Don't forget Africa.*« Schwester Gabriela lenkt den Wagen ganz an den Straßenrand, um einem entgegenkommenden Bus Platz zu machen. Völlig überladen schwankt er vorbei, Menschen stehen auf den Trittbrettern und lachen.

»Die Medikamente für meinen mobilen Krankenservice und fürs Hospital kommen alle von *Don't forget Africa.* Wenn die aussteigen, können wir dichtmachen. Warst du schon mal im staatlichen Krankenhaus in Kampala?« Sie umkurvt einen Hundekadaver.

Nein, aber er hat von den Zuständen dort gehört. Es fehlt an allem: Betten, Geräte, Verbandsmaterial, Medikamente.

Henrik sieht wieder aus dem Fenster. Ins Blau des Himmels haben sich orange Fäden gewebt, und die Gipfel der bis zu viertausend Meter hohen Vulkanberge haben sich in violetten Dunst gehüllt. Dort leben die Berggorillas, aus dem feuchtwarmen Klima der unteren Höhen immer weiter hinauf in die kalten Regionen getrieben. Weil die Wälder gerodet wurden, um Ackerflächen zu schaffen. Er denkt an Diane Fossey, sie wurde ermordet, weil sie für die Berggorillas kämpfte, eine Märtyrerin …

Die Scheinwerfer von Gabrielas Jeep streifen einen jungen Mann, der Hilfe suchend vor seinem Auto mit geöffneter Motorhaube winkt, doch Gabriela hält nicht an.

Und dann, plötzlich, ist es Nacht, und das Licht der Scheinwerfer versickert in der Dunkelheit. Für die letzten fünf Kilometer, so kommt es Henrik vor, brauchen sie eine Ewigkeit. Als sie endlich in die Zufahrt zum Airstrip einbiegen und auf einen im Laternenlicht weiß glänzenden Flugzeugleib zusteuern, atmet Henrik auf. Noch wenige Sekunden, und er hätte sich übergeben müssen.

Tracy wird ihn nach Entebbe fliegen, hat Gabriela ihm

erklärt. »Pass auf dich auf«, sagt sie, als er aussteigt und dabei stolpert.

»Danke.« Er sucht nach einem Lächeln, einem aufmunternden, verständnisvollen Lächeln in ihrem Gesicht, doch ihr Blick bleibt unpersönlich. »Da gibt es nichts zu danken«, ruft sie ihm durchs geöffnete Fenster zu. »Da drüben wartet Tracy!« Sie tritt aufs Gas, und der Wagen schießt davon.

Henrik sieht eine Frau in Rangerkleidung über die Tragfläche einer zweimotorigen Maschine kommen. Das blonde Haar hat sie zu einem Pferdeschwanz zurückgebunden. Es kommt ihm vor, als würde sich immer derselbe angelsächsische Frauentyp um das geschundene und ausgebeutete Afrika kümmern.

»Wenn's ans Abschiednehmen geht, weint sie immer schrecklich«, Tracy zuckt mit den Schultern und zeigt auf die geöffnete Einstiegsluke über der Tragfläche. »Beeilen wir uns. Ich habe gehört, dass Dr. Bleibtreu hier angerufen und nach Ihnen gefragt hat.«

Henrik bleibt auf der Tragfläche stehen. Er droht zu taumeln, kann sich aber halten. Dann haben sie den Jungen schon entdeckt!

»Kriegen Sie keinen Ärger?«, bringt er hervor.

Ein lässiges Lächeln breitet sich über ihr Gesicht. »*Don't forget Africa* hat viel Einfluss – aber sie sind nicht allmächtig.« Er glaubt ein Zwinkern in ihren Augen zu entdecken.

»Kennen Sie Dr. Bleibtreu?«, fragt er. Er kann sich nicht von ihren Augen losreißen. Irgendwas in ihrem Blick hält ihn in Atem, fasziniert ihn, trifft ihn ins Herz.

»Ich bin ihm zweimal begegnet, ja«, antwortet sie.

»Was ist er für ein Mensch? Auf wessen Seite steht er?«

Sie sieht ihm direkt in die Augen. Spürt sie auch etwas?, fragt er sich.

»Ich glaube«, seufzt sie, »ich verstehe mehr von Tieren als von Menschen.«

Er lächelt, und es kommt ihm vor, als hätte er schon sehr, sehr lange nicht mehr so gelächelt. »Warum tun Sie das für mich?«, fragt er, während ihm wieder der Schweiß ausbricht.

»Ich tue es für Afrika. Und jetzt beeilen Sie sich.« Sie macht eine Bewegung zur Luke hin, und er klettert hindurch, verstaut das Gepäck und die Kühlbox auf der Rückbank und lässt sich auf den Copilotensitz fallen. Tracy schließt die Tür, reicht ihm die Kopfhörer, setzt selbst welche auf und lässt die beiden Propeller an. Er atmet tief gegen die Übelkeit an.

Dennoch, in diesem Moment fühlt er sich glücklich. Gerettet und nicht allein. Verrückt, dabei wird er gleich Tausende von Metern hoch im Himmel schweben, weit, weit weg von allen Menschen – außer von Tracy, einer Frau, der er gerade erst begegnet ist.

»Haben Sie Flugangst?«, fragt sie gegen den Lärm der Propeller an. Er schüttelt den Kopf.

Sie greift nach hinten und legt ihm eine Tüte auf die Oberschenkel. »Für den Fall, dass … Aber genießen Sie den Flug. Wir haben gutes Wetter.«

Es ist richtig, was er tut. Mit diesem Gefühl versucht er sich zu entspannen, während Tracy die Maschine auf die Startbahn steuert und beschleunigt. Der Kegel des Scheinwerfers verliert sich vor ihnen im Dunkeln. Nur wenige Sekunden später hebt die Maschine ab, und Henrik überwindet den kurzen Moment der Angst, als er den festen Boden unter den Füßen verliert. Die Maschine schraubt sich höher, und bald ist Henrik von einem tiefdunklen Blau umgeben, in dem die Sterne winzige Lichtpunkte sind.

Lieber Gott, danke, dass du mir diese Aufgabe gegeben und den Weg gezeigt hast. Hilf mir, dass alles gut wird! Amen.

17 Sonntag, 6. April Genf

Dass er problemlos aus Paris herausgekommen ist und jetzt in Genf aus dem Flughafen spazieren kann, wundert ihn. Lejeune muss ihn doch suchen, und sicher hat sie längst den Toten entdeckt. Als sie über die schneebedeckten Alpen flogen, erwischte ihn wieder die Erinnerung. Ein halbes Jahr nachdem sie sich kennengelernt hatten, begleitete er Sylvie zu einem Kongress nach Genf. Anschließend verbrachten sie drei Tage in den Bergen, und Sylvie beeindruckte ihn mit ihren Skikünsten. Bis zu ihrem sechzehnten Lebensjahr hatte sie mit ihren Eltern regelmäßig die Weihnachtsferien in den französischen Alpen verbracht. Warum waren sie beide nicht wieder Ski gelaufen?

Sie hatten diese Möglichkeit einfach vergessen, plötzlich war keine Zeit mehr dafür gewesen. Termine, Fortbildungen, Nachtdienste, Deadlines. *Man glaubt immer, alles auf später schieben zu können. Aber später ist immer danach – wenn es zu spät ist.*

Er dreht sich nach Camille um, die gerade ihre Reisetasche neben sich abstellt. *Der Enkel von John W. Milward, der mit der Milward-Foundation* The Project *ins Leben rief, gründete 1973 die Freimaurerloge* The Three Poles, hat sie vorhin gesagt. *Und Mathilde sagte, dass Vincent unter anderem für die Milward-Foundation gearbeitet hätte,* hat sie noch stirnrunzelnd hinzugefügt. Seitdem geht ihm diese Tatsache, deren Konsequenzen er immer noch nicht durchblickt und begriffen hat, nicht mehr aus dem Kopf.

»Ethan!«, Camilles Stimme lässt ihn zusammenfahren. Es passiert ihm seit Tromsø häufiger, dass ihn Bilder und Gedanken forttragen. Er braucht Sekunden, um zu realisieren, dass sie längst das Hotel erreicht und die moderne Lobby des unmittelbar am Flughafen gelegenen Crown Plaza betreten haben und dass Camille auf die Broschüre deutet, die sie in der Hand hält.

»Hör mal, was Edenvalley in seiner PR-Broschüre schreibt …« Sie räuspert sich. »*Unser Saatgut, dem Herbizidtoleranz und/oder Insektenschutz verliehen wurde, dient nicht nur der Produktivitätssteigerung, sondern auch der Entlastung der Umwelt.*« Sie sieht auf. »Dreist, so was einfach zu behaupten. Weiter steht hier: *In der Forschung beziehungsweise Entwicklung stehen auch Pflanzen, die resistent gegen Dürre sind und die über eine verbesserte Nährstoffzusammensetzung verfügen. Um die Entwicklung einer nachhaltigen und umweltschonenden Landwirtschaft weiter zu fördern, engagiert sich Edenvalley für eine offene Kommunikation mit Landwirten, Forschungseinrichtungen, Nahrungsmittelherstellern und Verbrauchern.* Macht dich das nicht wütend, Ethan?«

Er zuckt mit den Schultern. »Warum fragst du mich so etwas? Was willst du hören?«

Sie antwortet nicht.

Beim Anflug auf Genf musste die Maschine eine Nebelschicht durchdringen, und Camille hat dabei nach seiner Hand gegriffen. Wie Sylvie. Sie fürchtete bei jedem Rütteln, abzustürzen. Auch Sylvie hätte wahrscheinlich nach der nächsten Hand gegriffen. Es bedeutete nichts. Gar nichts. Wovor fürchtet er sich? Dass er seine Distanz zu Camille verliert? Dass er damit Sylvie untreu wird? Dass er sein Ziel nicht mehr mit derselben Energie verfolgt?

»Okay, gehen wir rein, die Begrüßungsrede des Direktors von Edenvalley lassen wir uns doch nicht entgehen, oder?« Er will sich keine Gefühle leisten, er muss auf sein Ziel fokussiert bleiben. Er will Sylvies Mörder und diejenigen, die dafür verantwortlich sind. Er will, dass Sylvie nicht umsonst gestorben ist. Sie wollte etwas aufdecken … Selten im Leben ist ihm etwas so klar gewesen wie dies.

Noch zwei Stunden bis zum Logentreffen. Der strahlend

hell leuchtende Konferenzraum weckt die Assoziation von Wahrheit, klaren Fakten und nüchterner Weitsicht, denkt Ethan, als er sich durch den Mittelgang zu den ersten Stuhlreihen für die Presse bewegt. Die erwartungsvollen Gesichter all der zweihundert bis dreihundert Teilnehmer, darunter sicher auch viele Aktienbesitzer, erinnern ihn allerdings eher an eine Parteiveranstaltung. Er überlässt Camille den Platz am Mittelgang und nimmt zwischen ihr und einem glatzköpfigen Fotografen Platz.

Ein Mann mit sorgfältig gescheiteltem, vollem dunklem Haar und starkem Kinn steigt unter Applaus auf die Bühne. James Stewart, Direktor von Edenvalley. Hinter dem Rednerpult bleibt er stehen, legt seine Notizen zurecht und sieht dann lächelnd auf. Sofort verstummt der Applaus.

»Ich danke Ihnen, meine Damen und Herren.« Er spricht ein breites Amerikanisch, stellt Ethan fest, und obwohl er einen modern geschnittenen Anzug trägt, wirkt er irgendwie provinziell. Vielleicht ist es die Frisur, vielleicht sind es die zu ausladenden Gesten, vielleicht ist es auch das Beifall heischende Grinsen.

»Als Direktor von Edenvalley heiße ich Sie herzlich willkommen. Wir leben in unsicheren Zeiten. Die Weltbevölkerung wächst, die Umwelt wird bedroht. Anfang der siebziger Jahre des letzten Jahrhunderts wurde aufgrund des weltweit anhaltenden Bevölkerungswachstums und stagnierender Ernteerträge eine riesige Hungerkrise prognostiziert. Edenvalley hat diese Herausforderung angenommen und steht inzwischen weltweit an der Spitze, nicht nur was die Entwicklung und Herstellung von umweltverträglichen Pflanzenschutzmitteln angeht. Auch in der Entwicklung und Herstellung von durch moderne Biotechnologie verbessertem Saatgut sind wir Marktführer. Mit unseren dreizehntausend Mitarbeitern in hundert Ländern engagiert sich Edenvalley konsequent, um zu nachhaltigen Lösungen für den weltweit wachsenden Bedarf in den Bereichen Landwirtschaft und Ernährung beizutragen. Edenvalley ist sich seiner Verantwortung für die Erde und seine Menschen bewusst und bemüht sich täglich aufs Neue, dieser Verantwortung gerecht zu werden. Daher haben wir allein im vergangenen Jahr über fünfhundert Millionen US-Dollar in Forschung und Entwicklung investiert.«

Applaus. Und was, verdammt, hatte Sylvie damit zu tun, dass sie sterben musste? Ethan zwingt sich, tief und langsam zu atmen, kämpft gegen seine aufsteigende Wut an.

»Ein erfolgreicher Konzern wie Edenvalley ist immer wieder Anfeindungen und Verleumdungen ausgesetzt«, fährt der Direktor fort, »das liegt in der Natur der Sache. Doch wir lassen uns nicht von unserem Weg abbringen. Gerade haben wir von Misereor eine Auszeichnung für unsere kostenlosen Hilfslieferungen von Mais-Saatgut nach Afghanistan und in den Irak bekommen.«

Tosender Applaus.

Ethan fängt Camilles entsetzten Blick auf.

Vorn am Rednerpult fährt James Stewart fort: »Und nun möchte ich eine Nachricht bekannt geben, die bestätigt, dass wir auf dem richtigen Weg sind. Diese Nachricht wird auch unsere Kritiker verstummen lassen.« Die Kunstpause ausdehnend, lässt er seinen Blick über die gebannten Zuhörer schweifen und sagt dann: »Die EFSA hat vorgestern unseren DR-Mais als absolut unbedenklich erklärt. Und damit ist der Anbau von gentechnisch verändertem Mais nun auch in Europa gesichert. Vor allem in den Trockengebieten der iberischen Halbinsel, Süditaliens und Osteuropas verspricht der Drought Resistant, der DR-Mais, gute Erträge.«

Begeisterter Applaus.

Ist das möglich? Haben sie sich in etwas verbissen, sind sie in die Falle getappt?

Oben auf der Bühne hat sich James Stewart verabschiedet.

»Und, haben Sie noch Fragen?« Die Stimme in seinem Rücken lässt ihn herumfahren. Irgendwo hat er diese Frau schon einmal gesehen. Das lange schwarze Haar, das sie diesmal zu einem Zopf geflochten hat, fällt ihm auf. Trug sie es damals nicht offen?

»Océane«, hört er Camille sagen, »das ist Ethan Harris, Schriftsteller.«

Ihr Blick scheint ihn durchdringen, von innen durchleuchten zu wollen, denkt er, während ihr Lächeln diese Absicht zu verschleiern sucht.

»Freut mich, Sie kennenzulernen. Was schreiben Sie?«

»Romane«, antwortet er lustlos. Er schreibt ja nicht mehr.

Ihre Hand ist schmal und kalt, stellt er fest, und er ist erleichtert, als er sie wieder loslässt. Sie weiß genau, wer er ist, ahnt er, doch sie lässt sich nichts anmerken. Aber Camille wirkt ungewohnt nervös in ihrer Nähe.

»Seit dem Tod meiner Frau beschäftige ich mich mit gentechnisch verändertem Mais und seinen Auswirkungen auf die Menschen«, fügt er hinzu.

»Mein Beileid, Mister Harris, aber … Das ist sicherlich interessant, Ihr neues Gebiet.«

»Durchaus. Man sieht, welche tödlichen Folgen der Eingriff in die Natur haben kann.«

»In der Tat ist die Natur sehr sensibel, da haben Sie recht, Mister Harris. Wissen Sie übrigens, wie die Dinosaurier ausgestorben sind?«

»Das ist fünfzig Millionen Jahre her!«, wendet er barsch ein.

Er ist wütend auf sich selbst, weil er sich ihr gefrorenes Lächeln so einfach gefallen lässt.

»Fünfundsechzig Millionen Jahre, Mister Harris! Es war ein Meteoriteneinschlag auf Yucatán. Zehntausend Grad heiß war die Glutwolke aus verdampftem Gestein, Wasserdampf und Staub. Jahrzehntelang haben die Dämpfe die Atmosphäre vergiftet, es regnete Schwefelsäure, die Temperaturen fielen. Eine mehr als hundert Meter hohe Tsunami-Flutwelle raste um die Erde. Pflanzen starben und, stellen Sie sich vor, Mister Harris: Achtzig Prozent der Säugetierarten starben aus!«

Sie hört sich an wie eine Predigerin.

»Aber – unser Wasser auf der Erde ist wahrscheinlich erst durch Meteoriteneinschläge entstanden«, fährt sie fort, ohne einen Kommentar zu erwarten. »Überhaupt, unser Planet würde ohne Asteroidenkollisionen niemals so existieren. Faszinierend, nicht wahr?« Sie holt tief Luft. »Wie der Tod zu neuem Leben führt. Zu anderem Leben. Wenn die Dinosaurier nicht gestorben wären, gäbe es uns Menschen vielleicht gar nicht.« Sie sieht Camille an. »Eine unglaubliche Vorstellung, nicht wahr?«

Ethan bemerkt, dass Camille der Vizedirektorin gebannt zuhört.

»Und noch etwas: Der Asteroid, der mit unserer Erde am 13. April 2029 beinahe kollidieren wird, ist bereits seit Millionen von Jahren unterwegs. Ist das nicht geradezu elektrisierend?«

Diese Frau ist verrückt!

»Sie lieben den Tod, ich nicht«, entgegnet er kalt.

Ihr Lächeln hat etwas Nachsichtiges. »Sie verstehen nicht, Ethan: Ohne den Tod gibt es kein Leben. Der Tod ist eine Form von Leben!«

»Dann ziehe ich die andere Form vor.«

Sie lächelt wieder. »Sicher. Ach, und lassen Sie sich das Buffet nicht entgehen.« Ein kurzes Nicken, dann steht sie auf und geht.

Auch Camille steht auf. »Ich muss mich noch ein bisschen mit ihr unterhalten.«

Er hält sie am Arm zurück.

»Keine Angst, ich gebe acht auf mich.« Ihr Lächeln kann die Anspannung nicht übertünchen. »Ich wette, auf dem Buffet gibt es keinen Mais«, versucht sie zu spaßen.

Er sieht ihr nach, bis sie im Gedränge der dunklen Anzüge und Kleider verschwunden ist. Océane Rousseau hat ein merkwürdiges Gefühl in ihm hinterlassen. Es kommt ihm vor, als wüsste sie viel mehr über ihn und Sylvie, als sie vorgegeben hat.

18

Die Autoheizung läuft. Ihre beiden Schweizer Kollegen auf den Vordersitzen des Dienstwagens sehen schweigend aus dem angelaufenen Fenster auf die Fassade des Crown Plaza. Es riecht nach feuchten Polstern und Haarshampoo. Zum letzten Mal war sie vor acht Jahren in Genf. Bei einer Fortbildung, sie erinnert sich. Damals arbeitete Roland noch bei der Société Générale, und die Kinder waren tagsüber in der Kinderkrippe.

Ihr Handy vibriert. *Camille Vernet, na also.* Lejeune räuspert sich, seit dem Aufstehen hat sie ein unangenehmes Kratzen im Hals, und die Aircondition im Flugzeug hat ein Übriges getan. Eine Erkältung ist wirklich das Letzte, was sie jetzt noch braucht.

»Ja?«

»Er ist jetzt allein. Diese Versammlung findet in zwei Stunden statt.«

»Ja.«

»Bitte, ich kann mich auf Sie verlassen, ja?«

»Natürlich.«

»Und Sie werden ihm auf keinen Fall sagen, dass ich …«

»Nein.«

»Danke.«

Lejeune steckt ihr Handy weg. Camille Vernet war am gestrigen Abend widerspruchslos ins Commissariat gekommen. Sie habe vorgeschützt, ihren Vater besuchen zu müssen, bemerkte sie noch, bevor sie sich fast erleichtert auf den Stuhl vor Lejeunes Schreibtisch fallen ließ. Die Sache mit dem Killer in Harris' Wohnung und dann die Schießerei in Spanien haben sie in Todesangst versetzt.

Aber ich bin Journalistin, verstehen Sie?

Und ich bin Polizistin, hätte Lejeune am liebsten geantwortet.

Ethan Harris ruht nicht eher, bis er die Verantwortlichen und die Hintermänner für den Mord an seiner Frau zur Rechenschaft gezogen hat, sagte Camille Vernet. Das nützt doch auch Ihnen, Inspecteur, nicht wahr? Warum beobachten Sie ihn nicht einfach? Und schützen uns?

Mir liegt nichts am Leben von Mister Harris, Madame Vernet. Ich will die Mörderin. Ich will meinen Fall lösen. Aber das hat sie natürlich nicht gesagt.

Die Dinge fügen sich. Sie hat nicht zu hoffen gewagt, dass der Angestellte an der Rezeption tatsächlich die Finnin, nein, die Russin, auf dem Foto erkannt hat, das der Schweizer Kollege ihm vor einer halben Stunde routinemäßig zeigte.

Sie wird reiche Beute machen.

»Gehen Sie rein«, sagt sie zu den beiden Kollegen. »Und keine Aktion, bevor ich es sage.«

19

Camille steckt ihr Handy zurück in die Umhängetasche. *Nicht noch einmal dasselbe wie in Spanien.* Lejeune wird auf sie beide aufpassen, das hat sie versprochen.

Auch Lejeune will die Drahtzieher der Morde, und sie weiß, dass Ethan sie ihr liefern wird. Das hat Lejeune gestern Abend durchblicken lassen.

Inzwischen ist sie zurückgegangen und steht nun am Buffet, wo sich Océane Rousseau gerade eine Portion Algensalat auf ihren Teller legt. Das Widerstreiten ihrer Gefühle strengt Camille an, doch zugleich genießt sie die brodelnde Lebendigkeit in ihrem Körper. Eine Journalistin ist skrupellos, wenn es um die Wahrheit geht. Hat sie das nicht zu ihrem Credo gemacht?

Océane scheint nicht verwundert zu sein, als sie Camille neben sich entdeckt. »Sie haben meine Empfehlung also befolgt …«

»Welche Empfehlung?«

»Sich das Buffet nicht entgehen zu lassen.«

Schon wieder hat Océane es geschafft, sie zu irritieren.

»Wissen die Iraker und Afghanen, dass sie, wenn sie diesen DR-Mais essen, keine Kinder mehr bekommen?«, fragt Camille betont beiläufig.

»Camille, auch Sie sind leider den Verschwörungsanhängern ins Netz gegangen. Sie haben mit Véronique Regnard gesprochen, nicht wahr?«

»Woher wissen Sie das?«

Océane antwortet mit einem nachsichtigen Lächeln. »Véronique Regnard hat uns mit Verleumdungen überschüttet. Und alles war erfunden. Sie ist krank. Paranoid. Sie war ihr Leben lang in psychiatrischer Behandlung. Sie haben sie doch im Gefängnis gesehen, nicht wahr?« Ihre Augen, wie schwarz und glühend sie sind, denkt Camille.

»Véronique Regnard ist tot«, sagt sie lauernd.

»Ach, tatsächlich. Wie tragisch. Sie war doch kaum … vierzig? Essstörungen, Paranoia, die Krankheiten unserer Zeit.« Die Vizedirektorin seufzt. »Dabei war die Nahrung noch niemals so sauber wie heute. Wissen Sie, Camille, wie viele Menschen früher an Mutterkornvergiftung gestorben sind? Aber lassen wir das. Haben Sie sich einmal überlegt, wie Ihre Zukunft aussehen soll, Camille?«

»Wie meinen Sie das?«

»Nun«, Océane legt die Zange in die Schüssel mit Algensalat zurück, »ich habe Sie bei unserem letzten Treffen etwas gefragt.« Schon wieder lächelt Océane auf diese hintergründige, überlegene Art, die signalisiert, dass sie alles – und jeden – durchschaut. Was will Océane wirklich von ihr?

»Ich habe mir noch keine Gedanken darüber machen können«, gibt Camille zurück.

»Sie haben mich gefragt, woher ich Véronique Regnard kenne«, Océane schwenkt um.

»Ja …«

»Aus einer Ökogruppe in Paris.«

»Sie waren in einer …«, das überrascht Camille nun doch, und sie versucht, sich die einzelkämpferische Vizedirektorin inmitten protestierender Studenten vorzustellen.

»Aber Véronique sah überall nur Verschwörungen.« Océane schüttelt den Kopf. »Sie war fest davon überzeugt, dass sie vergiftet und manipuliert wird. Sie glaubte, dass die Konservierungsstoffe dazu dienen sollten, unsere Gehirne zu manipulieren. E 202, 305 und wie sie alle heißen. Jede Nummer würde ein bestimmtes Gehirnareal blockieren oder stimulieren.« Sie lacht kurz auf. »Sie verteilte Kopien mit Abbildungen des menschlichen Gehirns, worauf sie diese Blockaden und die entsprechenden Stoffe aufgezeichnet hatte.«

»Das ist absurd«, sagt Camille, und zugleich sieht sie Véroniques Vogelgesicht vor sich, ihre Entschlossenheit und Überzeugung, und sie sieht den ausgemergelten Körper an den Infusionsschläuchen … *War Véronique wirklich psychisch krank, oder ist es nur so leicht für all ihre Feinde, dies zu behaupten?*

»Die meisten von Nature's Troops sind dieser Auffassung«, sagt Océane und streift wie zufällig Camilles Arm, »sie wittern überall Verschwörungen.«

»Vielleicht haben sie ja recht. Und warum haben Sie auf die Gegenseite gewechselt, zu Edenvalley?« Die Gänsehaut, die Océanes Berührung verursacht hat, hält noch immer an.

Océane geht ein Stück vom Buffet weg und senkt ihre Stimme. »Es ging um eine Aktion, die … die ich nie hätte unterstützen können.«

»Was für eine Aktion?«

Océane zögert, macht den Eindruck, als würde sie abwägen, ob ihr die Offenheit nützen oder schaden könnte.

»Nun«, beginnt sie dann doch, »es sollte Nahrung vergiftet werden, um es dann Edenvalley in die Schuhe zu schieben.«

Camille betrachtet ihr Gegenüber. Hat sie Océane falsch eingeschätzt? Ist sie doch nicht die skrupellose Managerin eines skrupellosen, machtgierigen Konzerns, sondern … sondern … ja, was?

»Mir wurde klar, dass ich nicht zu einer Gruppe von Psychopathen gehören will«, fährt Océane fort und blickt für einen Moment gedankenverloren auf ihren Teller mit dem dunkelgrünen Algenhäufchen. »Ich wollte etwas für die Rettung der Erde tun.« Wieder ihr strahlender Blick.

»Und da sind Sie ausgerechnet zu Edenvalley gegangen?« Camille kann ihre Skepsis nicht verbergen.

Océane sieht ihr in die Augen und sagt dann: »Sie haben keine Ahnung, wie viel Geld Edenvalley zur Erhaltung des Regenwaldes spendet, was Edenvalley für Schulen und Hospitäler in Afrika und Südamerika ausgibt, nicht wahr?«

Camille zuckt mit den Schultern. »Auf diese Weise kann Edenvalley Steuern sparen und gleichzeitig im eigenen Land Werbung in eigener Sache machen.« Sie bemüht sich, kühl zu wirken.

»Camille, wissen Sie, wie leicht es ist, mit negativem Denken die Öffentlichkeit zu beeinflussen? Offensichtlich haben Nature's Troops und seine Verbündeten ganze Arbeit geleistet und es geschafft, die Menschen davon zu überzeugen, dass sie auf der Seite der Guten stehen. Diese Leute manipulieren, Camille. Sie verbreiten Falschmeldungen, die ein Konzern wie Edenvalley mühsam und aufwändig widerlegen muss, weil die Presse immer auf der anderen Seite kämpft. Sie wissen selbst, warum, Camille. Weil es mehr Geld bringt, Verschwörungstheorien zu verbreiten. Unsere Gesellschaft *will* Horrormeldungen, sie lechzt geradezu danach, damit sie sich gegen einen Gegner verbünden kann, weil sie sonst auseinanderfällt.«

Das muss Camille ihr lassen, sie beherrscht wunderbar die Kunst, die Dinge glaubhaft zu verdrehen. »Beschwört deshalb der Noah's Arch Trust die Gefahr herauf, dass Asteroiden oder Weltkriege alles Saatgut der Welt zerstören können? Damit die Menschen sich gegen solche Gegner mit Firmen wie Edenvalley und Eastman Black verbünden?«

»Oh Camille!« Océane lacht auf, und da weiß Camille, dass sie gerade gepunktet hat. Dann wird sie wieder ernst und sagt: »Camille, wissen Sie, dass die meisten der tausendfünfhundert weltweit existierenden Saatgutbanken nicht genügend gewartet werden? Lüftungen verrotten, für ausreichende Kühlung kann nicht mehr gesorgt werden, die Samen verlieren ihre Keimfähigkeit, machtgierige Regimes verhindern den Zugriff auf das, was der Menschheit gehört.«

»Auf Ellesmere Island gehört es dem Noah's Arch Trust, oder?«

Wieder Océanes nachsichtiges Lächeln. »Die Saatgutbank, Noah's Arch, wurde zwar größtenteils vom Noah's Arch Trust finanziert, doch unterstellt ist die Saatgutbank auch der UNO und Kanada, also weder einem Diktator noch einem Schreckensregime.«

»Warum sind dann Firmen wie Brainstorm und Eastman Black Defense am Trust beteiligt oder die Milward-Foundation?« *Tapfer, Camille, mach weiter.*

»Warum denn nicht, Camille? Jeder kann sich daran beteiligen! Bob Redfern fühlt sich mit seinem Vermögen verantwortlich, etwas für die Weltgemeinschaft zu tun, und auch ein Ted Marder … will den Frieden bewahren.«

Vor der Erwähnung des Waffenherstellers Ted Marder hat Océane kaum merklich gezögert, stellt Camille fest. »Sie sind erstaunlich, Océane.«

»Sie auch, Camille.« Océanes Blick bleibt länger an Camilles Lippen haften, und Camille spürt einen erregenden Schauder auf ihrem Körper. Ist es die Macht, die Océane verkörpert und die sie erregt? Oder fühlt sie sich einfach gut, weil Océane Rousseau, die Vizedirektorin eines Weltkonzerns, sich mit ihr unterhält?

»Sie könnten viel mehr bewegen, Camille, das sagte ich Ihnen bereits.«

»Die Welt? Wie Sie?«, erwidert Camille.

»Ist es so schlecht, wenn man die Welt bewegen will? Wie sieht Ihre Vision von der Zukunft aus?«

»Dass alle in Frieden leben …«

Océanes Lachen unterbricht sie. »Camille, sind Sie wirklich so naiv? Was schafft denn Frieden? Gleichheit bestimmt nicht. Ungleichheit auch nicht, also auch kein Kapitalismus oder Feudalismus. Und Demokratie? Ich bitte Sie! Glauben Sie, dass jeder einzelne der sieben Milliarden Menschen verantwortungsvoll denken und handeln kann? Vielleicht sind es drei Prozent, das wären immerhin schon zweihundertzehn Millionen Menschen.« Sie schüttelt den Kopf. »Nicht umsonst wird der Ort des ewigen Friedens von den Religionen ins Jenseits verlegt. Ein wenig Frieden schaffen, das lässt sich nur mit genügend Nahrung. Dafür sorgt Edenvalley. Hunger macht aggressiv.«

»Nur bis zu einem gewissen Grad, danach macht Hunger apathisch. Und Sie, wie sieht Ihre Vision von der Zukunft aus, Océane?« *Gut gemacht, Camille!*

Océanes Blick wird zuerst durchdringend, dann abwesend, als würde sie etwas betrachten, das irgendwo, weit weg, in einer anderen Zeit passiert. »Der Besuch bei Véronique Regnard hat Ihnen nicht gutgetan, Camille.« Sie stellt ihren Teller ab. »Was halten Sie davon, wenn wir unser Gespräch woanders fortsetzen? Wo haben Sie Ihren Mantel?«

»Aber ich muss in zwei Stunden wieder zurück sein.«

»Das ist eine lange Zeit, Camille.«

Während sie Océane mit gemischten Gefühlen zur Garderobe folgt, versucht Camille in der Menge der Gäste Ethan auszumachen, doch sie kann ihn nirgendwo entdecken. Auch Lejeune sieht sie nicht.

20

Ethan dreht sich nach allen Seiten um, doch er kann Camille in der Menge nicht entdecken, auch die Vizedirektorin nicht. Irgendetwas ist los mit Camille. Sie verbirgt etwas vor ihm. Sie spielt nicht mit offenen Karten. Sein Handy vibriert in der Jackett-Tasche. Die Nummer ist unterdrückt, er nimmt dennoch ab.

»Ethan? Hier ist Leon! Danke für deine Nachricht. Ich dachte schon, du bist von der Weltkugel gefallen!«

»Leon, ich …« Er hat keine Zeit für Erklärungen, weiß außerdem gar nicht, was er erklären soll. Dass er ein anderer geworden ist? Dass er nie wieder schreiben wird?

»Ich weiß, deine Frau, es tut mir auch sehr leid, wirklich, es ist schrecklich, aber ich dachte, es täte dir gut, wenn du dich wieder deiner Arbeit widmest. Sie könnte dir helfen … und außerdem geht der Vorschaukatalog in Druck, und wir müssen deshalb dein neues Buch …«

»Es gibt kein neues Buch, Leon.«

Pause. Schweigen am anderen Ende. Dann: »Ethan, ich kann verstehen, dass du im Moment nicht … Aber du hast mir doch auf der Messe deine Idee …«

»Daraus wird nichts.«

»Aber Ethan, wo doch gerade *Ein Sommer* so erfolgreich … Wir müssen nachlegen, du weißt doch, wie schnell man in dem Geschäft … Ich bitte dich, das Leben geht weiter … Und wenn du nicht diese Geschichte schreiben willst, dann schreib ein Buch über … über Sylvie, über euch, über …«

»Leon, wirklich, ich meine es ernst … Ich muss jetzt auflegen. Mach's gut, Leon.« Er drückt die rote Taste. Sein Leben, Leon, die Bücher – all das ist so weit weg, als gehörte es zu jemand anders, nicht zu ihm. Dabei ist die Arbeit immer ein Teil von ihm gewesen. Er hat immer geglaubt, dass er nicht ohne sie leben kann – ohne Sylvie ja, aber nicht ohne seine Arbeit. Jetzt hat er nichts mehr. So fühlt es sich also an.

21

Wieder spürt sie diese starke Anziehung, genau wie nach der Talkshow, als sie neben Océane im Taxi saß. Jetzt, vor Océanes Appartementtür, ist diese Anziehung zu einer starken Erregung geworden.

Vermisch niemals Berufliches mit Privatem – als ob ich das jemals geschafft hätte, es geht nicht anders, ich bin eben so.

Und was denkt jetzt Lejeune? Ein paar Mal hat sie versucht, unauffällig durchs Heckfenster zu sehen, aber was konnte sie schon erkennen? Lejeune würde sicher nicht im Polizeiwagen mit Blaulicht hinter ihr herrasen. Außerdem geht es hier um Ethan und nicht um sie. Sie hätte in Ethans Nähe bleiben sollen – und wenn sie jetzt etwas verpasst?

Sie will etwas sagen, etwas Belangloses, etwas, das die Spannung zwischen ihnen entlädt, doch ihr fällt nichts ein. Gar nichts. Und Océane schweigt, seit sie das Hotel verlassen haben. Selbst als sie das Licht einschaltet und Camille nun den Vortritt in ihr Appartement lässt, lächelt sie nur. Der Geruch nach Sandelholz und der warme rötliche Ton des Lärchenholzes – Camille fühlt sich an eine Wohnung in einer Architekturzeitschrift erinnert – verbreiten eine Atmosphäre gelassener, ja selbstverständlicher Balance von Mensch und Kultur, von Geschmack und Wohligkeit. Doch etwas stimmt nicht, denkt Camille, *aber vielleicht liegt es auch an meiner Nervo-*

sität. Warum bin ich mitgekommen? Océane lässt ihren Mantel achtlos auf den Boden gleiten und macht zwei langsame Schritte auf Camille zu.

»Ist Ihnen nicht warm?«, fragt sie, den Arm ausgestreckt, um Camille den Mantel abzunehmen.

»Doch, ja.« Natürlich ist ihr warm, draußen, in der Genfer Nacht, war es viel kühler als hier in Océanes beheiztem Appartement. Camille zieht ihren Mantel aus und weiß im selben Moment, dass sie einen Fehler gemacht hat. Sie spürt, wie Océane Sekunde für Sekunde immer größere Macht über sie gewinnt. Und schlimmer noch: Ein Teil in ihr genießt das sogar.

Océane nimmt lächelnd ihren Mantel, legt ihn wie beiläufig auf die Lehne der Ledercouch und sagt: »Kommen Sie ans Fenster, Camille.«

Camille tritt neben sie an die bis zum Boden reichende Scheibe, und Océane schaltet per Fernbedienung das Licht wieder aus. Wie eine schwarz glänzende Schlange windet sich zehn Stockwerke unter ihr die Rhône aus dem Genfer See. Der Jet d'eau, das Wahrzeichen von Genf, sprüht Wasser wie Feuerfunken in die Nacht, und am anderen Flussufer flimmern die Lichter der Stadt.

Océane dreht sich zu ihr. In der Dunkelheit wirkt ihre Macht noch stärker.

Warum gehe ich nicht einfach? Warum bin ich hier? Camille gibt sich einen Ruck. »Erzählen Sie mir jetzt, was Edenvalley mit dem Mais für Afrika in Wirklichkeit vorhat?«

Océane schaltet das Licht wieder ein und geht zur Küchentheke aus hellem Stein. »Sie sind hartnäckig, Camille.«

»Sie auch«, kontert Camille. Langsam weicht ihre Unsicherheit. Sie ist hier, um etwas herauszufinden. Allein deshalb. *Also reiß dich zusammen!*

Ohne zu fragen, reicht Océane ihr ein Glas Weißwein.

»Worauf trinken wir?« Camille beschließt, es Océane nicht zu leicht zu machen.

Lächelnd hebt Océane ihr Glas. »Auf Ihre glänzende Karriere?«

Camille zuckt zusammen, als ihre Lippen das beschlagene kalte Glas berühren. Sie ist gefangen in der Höhle einer Löwin, das spürt sie, und dennoch kann sie nicht einfach gehen. Der Wein schmeckt vorzüglich, sie trinkt einen großen Schluck, vielleicht beruhigt er sie.

»Warum schreiben Sie nicht über etwas Großartiges, Camille? Über die Zukunft der Welt. Wissen Sie, dass die Maya ein zyklisches Verständnis von Zeit hatten? Sie glaubten, dass jedes Zeitalter einen Zyklus durchläuft, der grundsätzlich in einer Katastrophe und in der Zerstörung alles Erreichten endet.«

»Die Maya sind schon vor langer Zeit untergegangen.« Camille muss sich zurückhalten, um den Wein nicht gleich auszutrinken.

»Richtig. Sie selbst haben ihren eigenen Untergang vorhergesagt. Sehen Sie sich um, die Katastrophen häufen sich. Banken gehen unter, reißen alles mit sich, die Natur stirbt, Stürme jagen über die Erde. Nichts ist mehr, wie es war.« Océane hat sich wieder zum Fenster gewendet. »Das Ende unserer Zeit – und der Beginn eines neuen Zeitalters.« Océane dreht sich zu ihr, und Camille sieht sie lange an. Hat sie das nicht schon mal gehört?

»Das hat Véronique Regnard auch gesagt.«

Océane lächelt. »Ich weiß.«

Camille trinkt einen Schluck. Ihr ist, als würde sie auf dünnem, zerbrechlichem Glas stehen.

»Damit rechtfertigen sie ihren teuflischen Plan.«

»Nature's Troops?«, fragt Camille.

»Ja. Sie wollen die Erde retten. Sieben Milliarden Menschen sind zu viel, sagen sie.«

Camille versucht, in Océanes Gesicht zu lesen, aber sie kann nicht herausfinden, ob sie das alles nur erfindet.

Océane tritt näher an sie heran und zeigt durchs Fenster in die Nacht. »Stellen Sie sich vor, wie die Vegetation den Beton überwuchert, wie ein dichter tiefgrüner Wald daraus entsteht, voller Leben. Sehen Sie die großen, bunten Vögel dort, die sich gerade aus den Wipfeln der hohen Bäume erheben und in den Sonnenaufgang fliegen? Ist das nicht eine großartige Vision?«

»Dann stehen Sie auch auf Véroniques Seite?«

»Nein.« Océane lächelt, und Camille überläuft ein erregender Schauer, als sie erst Océanes Blicke, dann deren Lippen auf ihrem Mund spürt. Widerstandslos lässt sie sich von Océane ins Schlafzimmer ziehen, ihr ist, als hätte ein Sog sie erfasst, immer schneller treibt sie dem Auge des Strudels zu, berauscht von der Intensität dieser Kraft, gegen die sie anfangs ankämpft – und ihr dann doch erliegt.

22

Für einen Moment glaubt Ethan, in der Menge ein Paar eishelle Augen auf sich gerichtet zu sehen. Aamu. Unmöglich. Warum unmöglich? Sein Gehirn versucht, logische Erklärungen zu finden. Jemand anders kann die gleichen Augen haben wie Aamu. Er sieht überall Gefahren, er ist überlastet … *Bullshit. Das sind Aamus Augen, und wenn sie es nicht sind, dann finde ich es jetzt heraus.*

Er stellt sein Glas auf dem Tablett des gerade vorbeigehenden Kellners ab und drängt sich durch die Menge in die Richtung, in der der Blick gerade wieder hinter einer Schulter und einem Anzug verschwunden ist. Entschuldigungen murmelnd, schiebt er sich an Ellbogen, Rücken und Händen mit Gläsern vorbei, da, da sind sie wieder, die Augen … unverwechselbar … eishell … Er stößt einen Arm mit einem Glas an, ignoriert den Aufschrei, da, drei, vier Meter vor ihm, die

Augen! Jetzt haben sie ihn auch erkannt, doch schon sind sie wieder verschwunden. *Aamu, ich weiß, dass du es bist!*, er geht weiter, sie muss hier irgendwo sein, eine oder zwei Armlängen von ihm entfernt. *Es ist eine Falle,* doch er kann nicht anders. Er sehnt es geradezu herbei, in die Falle zu tappen. Endlich, endlich kann er Sylvie rächen. Das Mädchengefängnis, der erschlagene Vater … Lejeunes dürres Lächeln, als sie ihm das Video zeigt. Er bringt es zu Ende, jetzt. Und wenn sie bewaffnet ist? Natürlich ist sie bewaffnet. *Es kommt nicht darauf an, zu überleben.* All seine Wut presst sich in ihm zusammen, fühlt sich an wie ein Feuerball. *Sylvie … das Baby … ihr Leben …*

Hinten an der Wand entdeckt er drei Türen, zwei davon sind Toiletten, die ganz linke scheint ins Treppenhaus zu führen. Er ist sich sicher, dass sie die linke genommen hat. Also stößt er die Tür auf. Tatsächlich steht er in einem hell erleuchteten Treppenhaus. Nach oben oder nach unten? Sein Instinkt sagt ihm, nach oben. Sie will ihn in eine Falle locken, und von oben gibt es keinen Ausweg. Zwei Stufen auf einmal nehmend, hastet er hinauf. Ist da nicht eine Tür zugefallen? Von unten dringen Stimmen zu ihm, dann ist es wieder still bis auf die leise Musik vom Buffet. Vierter Stock. Fünfter. Sein Herz hämmert. Weiter. Sechster. Die Treppe endet vor einer grauen Eisentür. Er drückt die Klinke – und stößt die Tür auf. Feuchte Dunkelheit überfällt ihn. Hier, im Gegenlicht, ist er ein leichtes Ziel, rasch macht er die Tür hinter sich zu und drängt sich mit dem Rücken an die Mauer. Vor ihm erstreckt sich ein mit Kies belegtes Flachdach, umgeben von einer kniehohen Mauer. Ein diffuser Lichtschein dringt von unten herauf. Sonst ist es dunkel. Noch sieht er niemanden, aber er spürt, dass sie da ist. Ganz sicher. Vorsichtig tastet er sich an der Mauer des Treppenhausschachtes entlang. Er will keine Überraschungen. Noch immer kann er an der Brüstung niemanden ausmachen. Aber Aamu wäre dumm, würde sie dort auf ihn warten. In diesem Moment weiß er, wo sie ist. Ein Meter über ihm erstreckt sich das Dach des Treppenhausschachtes. Er sieht hinauf – direkt in zwei helle Augen. Sie leuchten auf, und dann sieht er sie schon auf sich zufliegen. Er wirft sich nach links, wie eine Katze landet sie knapp neben ihm, einen Moment früher, und sie hätte ihm direkt im Nacken gesessen. Jetzt sieht er die blitzende Klinge, die quer zwischen ihren Zähnen steckt, und ihm wird bewusst, dass er unbewaffnet ist.

Warum hat er erwartet, dass sie einen Wollmantel trägt? Sie hat eine kurze wattierte Jacke an, darunter eine enge schwarze Hose. Ihre Stiefel haben Pelzquasten, die schwarze Wollmütze ist mit schwarzer Pelzkrempe geschmückt. *Aamu, die Finnin, Aamu, die Russin, Aamu, das wilde Tier, die Lügnerin, die Kindfrau … die Mörderin von Sylvie …*

»Ich wusste, dass du die Mörderin bist«, bringt er hervor. Sie hat das Messer in die Hand genommen und steht geduckt und sprungbereit vor ihm. Er weicht zurück. »Und Frost und Hirsch und Antonelli und Bohin.« Immer weiter weicht er zurück, bis er mit der Ferse an die Mauer stößt. Ende. Auf ihrem Gesicht zeigt sich der Anflug eines triumphierenden Lächelns.

»Jeder kann irgendetwas besonders gut.« Das Erste, was sie sagt. Ihre Augen sind schmal wie ihr Mund.

»Und du kannst töten. *Du* hast deinen Vater getötet, nicht dein Bruder.« Er behält ihre Hand mit dem Messer im Blick. Sie wirft es von der rechten Hand in die linke und wieder zurück. Virtuos und Furcht einflößend.

»Du hast meine Frau getötet.« Endlich kann er diesen Satz zu ihr sagen.

Sie antwortet nicht.

»Wie hast du es gemacht? Komm schon, das kannst du mir verraten. Das hab ich verdient.«

Ein kurzer abwägender Blick. Sie weiß, dass sie im Vorteil ist. »Sie hat mich reingelassen. Sie kannte mich ja.« Ihre Stimme wird wieder kindlich und unbeteiligt, wie auf Lejeunes DVD. »Ich hab sie gezwungen, den Brief zu schreiben. Verzeih mir. Klang so schön. Und so simpel. Dann hab ich ihr die Pulsadern aufgeschnitten und ihr zur Sicherheit noch die Tabletten mit Cognac eingeflößt. Dann bin ich gegangen. Die letzten Minuten wollte ich sie nicht stören.«

Sie hört sich so sachlich und nüchtern an, ganz anders als die mitfühlende Aamu, die nachts vor seiner Tür wartete. Wie konnte er diese andere Seite von ihr übersehen? Wie konnte sie sie vor ihm verbergen? Ist er so blind gewesen? *Hör auf mit den Vorwürfen.* Er will nur noch die Wahrheit über Sylvies Tod und dann … Weiter denkt er nicht.

»Warum?«, fragt er also.

»Es war mein Auftrag.« Ihr Ton ist herausfordernd geworden. Sie wird es tun, wird nicht davor zurückschrecken.

»Warum? Was hat sie getan?«

Sie fixiert ihn, überlegt vielleicht, warum sie immer noch hier steht und seine Fragen beantwortet.

»Komm schon, Aamu, oder Xenia, oder wie immer du heißt, sag es mir, bevor du mich tötest.«

Da huscht ein Lächeln über ihr Gesicht, ein gefährliches, eins, das ihm sagt, dass sie es tun wird – ihn töten.

»Also, was wusste Sylvie? Wusste sie von dem krank machenden Mais von Edenvalley? Das sollte vertuscht werden, ja?« Wenigstens die Wahrheit will er erfahren, Gewissheit haben. Deshalb ist er hier.

»Möglich.«

»Es war eine Panne, ja? Dieser Mais dürfte nicht existieren, nicht wahr?«

Wieder ihr Lächeln, aber keine Antwort.

»Wer bezahlt dich, Aamu?«

»Das hat doch nichts mit Geld zu tun.« Ein verächtliches Lächeln.

»Womit bezahlen sie dich sonst?« Er verlagert das Gewicht

nach rechts, dann nach links, will kein unbewegliches Ziel sein. Doch sie kommt näher, jetzt ohne zu lächeln. »Sie vertrauen mir.«

»Wer? Wer vertraut dir? Edenvalley? *The Three Poles?*«

Eine ruckartige Kopfbewegung, ein verwegenes Lächeln, die Raubtieraugen schmal wie Schlitze. »Du hast mir nicht vertraut, Ethan.«

»Wer?«

Sie verrät es ihm nicht, quält ihn. Er muss es anders versuchen. »Warum hast du meine Bekanntschaft gesucht?«

»Ich sollte dich im Auge behalten. Du würdest uns zu allen Mitwissern führen. Was du ja auch getan hast.«

»Und Tromsø? Was sollte die Nummer in meinem Hotelzimmer?«

»Ich hätte uns gerettet.« Ihr Mund ist eine dünne scharfe Linie. »Und außerdem hättest du beinahe mit der Mörderin deiner Frau geschlafen.«

Hinter ihm geht es sechs Stockwerke tief in den Abgrund.

»Sag mir, wer dich bezahlt, dann töte mich.« In diesem Moment ist er bereit dazu.

Ihre Augen werden noch schmaler. »Ich kann dich auch so töten.«

Sie tritt noch näher auf ihn zu, das Messer dreißig Zentimeter vor seinem Hals. »*The Project.*«

»*The Project* hat dich beauftragt? Wer ist *The Project?*«

Ein Zucken in ihren Augen. »Der Innere Kreis.« Sie lächelt. »Aber … du kannst es nicht mehr aufhalten.«

Er sieht nur noch einen Blitz auf sich zustoßen, duckt sich im selben Moment, stürzt sich auf sie, reißt sie zu Boden. Klirrend fällt das Messer irgendwohin. Sie windet sich unter ihm, krallt sich mit ihren Nägeln in seinen Nacken, schlägt ihre Zähne in seinen Hals. Ein schneidender Schmerz lässt ihn aufschreien, er versucht, sie von sich wegzureißen, doch wie eine wilde Katze hat sie ihn in ihren Fängen, ihre Beine haben sich um ihn geschlungen, *sie wird mich totbeißen,* es gelingt ihm, sich zu drehen, sodass sie unter ihm liegt, dann hebt er seinen Oberkörper, sie hängt noch immer verbissen an ihm, lässt sich mit vollem Gewicht nach unten krachen, sodass ihr Kopf auf die Steine prallt, ihre Zähne und Fingernägel dringen noch tiefer in ihn, er ringt nach Luft, versucht seinen Unterarm zwischen seinen und ihren Hals zu schieben, und dann drückt er mit aller Kraft gegen ihre Kehle, bis sie hustend von ihm ablässt, er weiß, es ist nur für Sekunden, dann wird sie ihre Zähne wieder in ihn schlagen und diesmal an die richtige, an die todbringende Stelle. Er drückt ihr mit einer Hand die Kehle zu, doch sie tritt und schlägt um sich, trifft ihn zwischen den Beinen, und für einen Moment lockert er seinen Griff, darauf hat sie nur gewartet, sie richtet sich auf, zieht blitzschnell ein langes, schmales Messer aus dem Stiefelschaft, hebt den Arm, und schon sieht er, wie sie das Messer gleich von oben in seinen Nacken stoßen wird. Etwas schreit *Nein!,* er rammt ihr mit aller Wucht seinen Kopf in den Bauch, sie stolpert nach hinten, die Mauer gibt ihr keinen Halt, und sie fliegt in die Dunkelheit.

Den Aufprall hört er nicht. Sechs Stockwerke tiefer, auf dem Pflaster, in einer Nische neben einer Blumenrabatte, liegt, kaum beleuchtet, ihr verdrehter Körper.

Die Mörderin von Sylvie ist tot.

Für ein paar Sekunden spürt er tatsächlich eine friedvolle Stille in sich. Doch dann kehrt die Wut zurück, und plötzlich sind sie wieder da, Trauer und Schmerz. Er sackt zu Boden, doch es kommen keine Tränen. Sein Atem schwebt in der nächtlichen Kälte. Mit jedem weiteren Tod stirbt auch etwas in ihm. Dabei hat er geglaubt, jedes Mal würde etwas von Sylvie zurückkehren.

Erst jetzt beginnt er zu frieren. Verzeih mir. Nichts weiter. Und als ihre Mörderin weg war … hat Sylvie offenbar noch mit letzter Kraft den Hinweis auf die Bibelstelle geschrieben –

und den Code dazu. *Mein Gott, Sylvie … wie musst du dich gefühlt haben, so allein …*

Die Bisswunden an seinem Hals brennen. Er muss sie desinfizieren, später – er wirft einen Blick auf die Uhr. Das Treffen der Loge beginnt in zehn Minuten. Noch ist er nicht am Ziel. Er steht auf, klopft sich den Schmutz von den Knien. Plötzlich klingelt ein Handy. Es ist nicht seins. Vor seinen Füßen leuchtet hellblau ein Display auf. Er bückt sich. *Mama* steht dort anstatt einer Telefonnummer. *Mama – ihre Mama ist längst tot.* Er drückt auf den grünen Knopf, hält es ans Ohr, wartet. Niemand spricht.

Klack. Aufgelegt.

Er drückt auf Details der Telefonnummer. 91 663 67 56. Auch ohne ein Zahlengenie zu sein, erkennt er die Nummer wieder. Es ist dieselbe, die der Killer bei ihm zu Hause zuletzt angerufen hat.

Das Bild vervollständigt sich. Er läuft zum Treppenhaus. Der Innere Kreis … Ist *The Project* der Innere Kreis von *The Three Poles?* Er hat über Freimaurerlogen und Geheimbünde recherchiert. Der Innere Kreis ist die Gruppe von Mitgliedern, die die eigentlichen Ziele verfolgt, Ziele, die vor der Öffentlichkeit geheim gehalten werden, die nicht den nach außen hin propagierten Zielen entsprechen, ja ihnen oft sogar entgegengesetzt sind. Das Äußere ist nur Fassade, Täuschung …

Er muss Camille warnen, wählt ihre Nummer. Doch sie geht nicht dran.

23

Er läuft die Treppen hinunter bis in den vierten Stock und hält nach Raum 417 Ausschau. Ein violett gemusterter Teppich verleiht der Beleuchtung einen warmen Ton, und aus unsichtbaren Lautsprechern rieselt unaufdringlich irgendetwas Klassisches. Und wenn ein Codewort verlangt wird? Oder ein Fingerabdruck? Ein Iris-Scan? Noch bis vor drei Wochen hätte er sich spätestens jetzt Sorgen gemacht, hätte an seinem Vorhaben gezweifelt und die Sache wahrscheinlich aufgegeben. Doch jetzt hat er nichts mehr zu verlieren, außer seinem Leben, und das ist ihm im Moment nur so viel wert, wie es ihm hilft, die Antwort auf die eine Frage zu finden.

Jemand, der wütend ist und nichts zu verlieren hat, ist furchtlos. Und unberechenbar. Er wächst über sich hinaus. Ob das seine Gegner wissen? 411, 413 … liest er an den dunkel gebeizten Türen, an denen er vorübergeht. Er trägt noch nicht einmal einen dunklen Anzug, wird ihm bewusst. Ganz zu schweigen von den Kratzern und Wunden. Man wird ihn nicht hineinlassen.

417. Er geht auf die Tür zu, hebt die Hand, klopft einmal, zweimal und wartet. Nichts geschieht. Er lauscht. Er versucht, den Türknopf zu drehen. Keine Chance. Die Tür ist verschlossen.

An der Rezeption werden sie ihm sicher sagen können, ob das Zimmer vermietet ist. Er geht zurück zum Aufzug, entscheidet sich dann für das Treppenhaus. Die Aufzugkabine würde ihn ersticken.

Im ersten Stock angekommen, kann er sich gerade noch am Geländer festhalten. Vor ihm auf den Stufen liegt kopfüber ein Mann im dunklen Anzug. Unter seinem Kopf hat sich eine Blutlache ausgebreitet. Sie ist schon getrocknet. In der Hand hat er eine Pistole. Er dreht den Körper auf den Rücken. Am Hals klafft ein Schnitt. Aamu. Sie muss ihn erwischt haben, bevor er ihr gefolgt ist. Er greift in die Innentasche des Jacketts, zieht einen Ausweis hervor. Nein – kein Goran Irgendwer aus Montenegro, sondern Thomas Meurier, Kriminalpolizei Genf. *Verflucht, wie kommen die hierher? Waren sie Aamu auf der Spur?*

Eilig wischt er den Ausweis am Jackett des Toten ab, steckt

ihn zurück und hastet die restlichen Stufen hinunter. Gerade will er durch die Tür ins Foyer gehen, als sein Blick auf den Rücken einer kleinen, zierlichen Person in einem Trenchcoat fällt, das rote Haar ist zu einem Knoten aufgesteckt. *Lejeune? Wusste sie, dass Aamu hier war?*

Vorsichtig schlüpft er hinter ihr vorbei zum Ausgang und eilt nach draußen. Er braucht einen Mietwagen. Wenn Lejeune hinter ihm her ist, wird sie den Flughafen kontrollieren lassen.

Wo, zum Teufel, steckt Camille?

The Project, der Innere Kreis – Aamus Worte hallen unablässig in seinem Ohr.

24

Sie hat es tatsächlich getan.

»Ich will nicht, dass die Maya recht behalten«, Camille berührt Océanes nackte Schulter.

Da rollt sich Océane wieder auf sie. Der goldene Anhänger ihrer Kette streicht über Camilles Brust. »Wer sagt, dass wir alle untergehen werden?« Die Spitze des Anhängers berührt Camilles Lippen, sie nimmt ihn in den Mund. Als ihre Zunge die Kanten des Anhängers umfährt, erstarrt sie.

»Was ist?«, fragt Océane und richtet sich auf.

Einen Moment weiß Camille nicht, ob sie darauf antworten soll. Winkel und Zirkel. Jetzt erkennt sie es genau.

»*The Three Poles.*«

Océane sagt nichts.

»*The Three Poles* betrieb in den dreißiger Jahren *The Project* zur Geburtenkontrolle …«, spult Camille ab. Sie kann es nicht glauben.

»… setzte sich für Verhütungsmittel und Aufklärung ein«, unterbricht Océane, »half Frauen, nicht ungewollt schwanger …«

»… afroamerikanischen Frauen«, berichtigt Camille, und plötzlich wird ihr alles klar. »*The Three Poles* führt *The Project* weiter. Der Mais gehört ins Programm. Er soll in Afrika die Menschen sterilisieren – und töten. Nein, nicht nur in Afrika … überall! Der Mais soll auch nach Europa und Afghanistan … *The Project* … steuert Edenvalley!«

Océane steht auf, hängt sich einen seidigen schwarzen Bademantel über, und so wie Océane auf sie herabblickt, siegesbewusst und machtvoll, sieht Camille ihren Widerstand schwinden.

»*The Project* existiert schon seit fünfzig Jahren nicht mehr, Camille. *The Three Poles* ist ein Zusammenschluss verantwortungsbewusster Führungspersonen, die das Beste für die Erde und für die Menschen wollen. Unser Vorteil ist: Wir müssen nicht gewählt werden und können deshalb auch unpopuläre Maßnahmen unterstützen.«

»Wie den Tod durch vergifteten Mais?«

»Das ist Unsinn, Camille, und das weißt du.« Océanes Augen verengen sich, und sie beugt sich hinunter, bis ihr Mund ganz nahe an Camilles ist. »Glaubst du, ich würde dich anlügen, nach dem, was zwischen uns ist?«

Dieser Satz, dieser herausfordernde und zugleich einschmeichelnde Tonfall irritiert, verunsichert Camille. Hastig steht sie auf und bückt sich nach ihren verstreut herumliegenden Sachen. Sie findet den BH, streift ihn über und sagt, von ihrer Ruhe selbst überrascht:

»Aber woher stammt der Mais? Und wer hat Frost getötet?«

»Nature's Troops ist durch Frost an die Maissaat herangekommen, hat sie bei Agrovit herstellen lassen und sie dann unter dem Namen Edenvalley verschickt.«

Camille weiß nicht, was sie sagen soll, sucht gleichzeitig nach ihrem Tanga, den Océane ihr plötzlich am Zeigefinger baumelnd präsentiert.

»Hast du Beweise?«, fragt sie schließlich.

»Du bist stark, schön – und klug.« Océane überlässt ihr den Slip.

»Und was soll das heißen?« Ihr Kleid findet sie auf der Corbusierliege. Sie hat es schon in der Hand, als Océane ihr den Zeigefinger auf die Lippen legt und in beschwörendem Ton sagt: »Im Hapkido, einer koreanischen Selbstvereidigungstechnik, blockt man die Angriffe des Gegners nicht ab, sondern man führt die Energie in einer kreisförmigen Bewegung zum Gegner zurück. Genau das haben Véronique Regnard und Nature's Troops mit Edenvalley gemacht.«

»Nature's Troops …?«

Océane nickt. »… glaubt, Edenvalley mit diesen Waffen schlagen zu können. Die Öffentlichkeit soll irregeführt werden und gegen Edenvalley Partei ergreifen. Nature's Troops will zurück zur Natur!«

Während sie Océane ansieht, verwirren sich Camilles Gefühle immer weiter. *Was tue ich eigentlich in Océanes Wohnung? Wie konnte es nur so weit kommen?* Hektisch streift sie ihr schwarzes Kleid über, schlüpft in ihre Schuhe und nimmt, schon auf dem Weg zur Tür, den Mantel von der Couch, wo, so hat es ja angefangen, Océane ihn mit einem verführerischen Lächeln abgelegt hat.

»Warte!«, ruft Océane.

»Was?« Sie erwartet eine von Océanes rätselhaften Antworten, aber es kommt etwas anderes.

»Du willst doch eine gute Story?« Océane lächelt geheimnisvoll und verführerisch. »Am 11. April findet die Einweihung von Noah's Arch auf Ellesmere Island statt. Es sind nur sehr wenige Journalisten zugelassen. Dort lassen wir die Bombe platzen.«

»Was meinst du damit?«

»Nature's Troops plant einen Anschlag, irgendetwas Spektakuläres, und wir werden ihren Plan vereiteln. In aller Öffentlichkeit. Und du wirst dabei sein.«

Warum macht Océane mir diese Versprechung?

In diesem Moment läutet ihr Telefon. Ethan. »Camille? Wo, verdammt, steckst du? Wir müssen sofort hier weg!« Er klingt atemlos. Hat Lejeune ihn entdeckt?

Sie versucht, so entspannt wie möglich zu sein. »Ja, was ist?«

»Das erklär ich dir später. Wo bist du? Ich komme vorbei!«

Sie zögert. Und wenn tatsächlich etwas Unvorhergesehenes passiert ist? »Quai du Seujet, an der Ecke vom Pont de la Coulouvrenière.« Das hat sie sich auf dem Hinweg gemerkt. »Ich warte unten.«

»Okay. In zehn Minuten.«

Sie legt auf und sieht Océane in die Augen. »Und was soll mit Ethan Harris geschehen? Er glaubt nicht, dass Nature's Troops hinter dem Mord an seiner Frau steckt, sondern Edenvalley oder die Loge.«

Océanes Handy auf dem Couchtisch läutet. Sie hält es sich ans Ohr, wartet, legt wieder auf. Mit einer seltsam langsamen Bewegung lässt sie das Handy in ihre Bademanteltasche gleiten.

»Bist du sicher, dass du Ethan Harris vertrauen kannst?«, fragt sie.

Er hat ihr nicht die Schwierigkeiten mit Sylvie verschwiegen, auch nicht das Schließfach. Und er hat sie in Spanien gerettet.

»Ja.« Sie nickt. »Ich bin sicher.«

Océanes Augen verengen sich. »Dann weißt du auch von den anderthalb Millionen Euro auf dem Konto in Gibraltar?«

Der Satz trifft Camille wie ein Faustschlag in den Magen. Doch sie versucht, sich nichts anmerken zu lassen. »Ja … natürlich.«

»Gut. Vincent Audry, der Schwiegervater von Ethan Harris, hat Geld der Loge veruntreut. Wir hätten es gerne wieder.«

»Warum sagst du es Ethan nicht selbst?«, kontert Camille.

»Eine gute Idee.« Océane lächelt. »Er soll mit nach Ellesmere Island kommen.«

Sie will nur noch weg, doch da taucht diese Frage auf. »Was willst du ausgerechnet von mir, Océane?«

Das Lächeln, das Océane ihr daraufhin schenkt, lässt ihr einen nicht nur angenehmen Schauer über den Rücken laufen.

»Ich zähle auf dein Vertrauen und deine Loyalität, Camille. Kein Wort über heute Nacht. Zu niemandem. Keine Veröffentlichung, bis wir auf Ellesmere Island sind.« Océanes Lippen sind ganz nah.

»Warum?«

»Wir müssen die Welt retten, Camille«, sagt Océane und küsst sie auf den Mund.

Benommen und ohne sich noch einmal umzudrehen, betritt Camille den Aufzug, obwohl sie weiß, dass Océane hinter ihr hersieht. Sie ist gerade unten angekommen, als ihr Handy wieder klingelt.

»Wo ist Ethan Harris?«, blafft Lejeune sie an.

»Was ist passiert?«, fragt Camille. *Das sollten Sie wissen, hätte ich sagen sollen.*

»Ich stelle hier die Fragen.«

»Er ist eine Zigarette rauchen.« Etwas Besseres fällt ihr nicht ein.

»Und wo sind Sie?«, will Lejeune wissen.

Sie überlegt nur Sekunden. Offenbar hat Lejeune Ethan verloren. »Er war die ganze Zeit bei mir.« Vertraulich fügt sie hinzu: »Wenn Sie verstehen, was ich meine.«

Ohne Lejeunes Antwort abzuwarten, legt sie auf. Die Salamander, deren Gehirn man durch den Fleischwolf gedreht hat, kommen ihr wieder in den Sinn. So ungefähr muss es sich anfühlen …

Fünfter Teil

1 Montag, 7. April
Berlin

Den ganzen Tag lang hat die graue Wolkendecke die Stadt in eine vage Helligkeit getaucht, nun, am Abend, sorgt sie für einen lang andauernden farbenprächtigen Sonnenuntergang. Stefanie Rademacher versucht, ihre Sorgen zu unterdrücken, die sie schon den ganzen Tag im Büro der Stadtsparkasse geplagt haben und sie nicht konzentriert arbeiten ließen. Er hat sich wohl erkältet, meinte Bernd noch am Dienstag, als Quint zitternd und schweißgebadet im Bett aufwachte. Die nächste U-Bahn-Station ist ihre, Senefelder Platz, stellt sie am Rosa-Luxemburg-Platz erleichtert fest. Sie erträgt ihn heute kaum, den Geruch der Menschen nach einem Arbeitstag in Büros, Geschäften, Cafés, Restaurants, Banken, Imbissbuden, Reinigungen … Die Aufzählung lenkt sie ab. Eigentlich müsste sie als Buchhalterin statt der Wörter Zahlen benutzen, denkt sie oft, aber Zahlen machen sie nervös, sie stellen Fragen, wollen addiert, multipliziert, subtrahiert und dividiert werden, sie lassen sie nicht in Ruhe wie Wörter, in die Stefanie sich wie in ein warmes Nest aus Kissen und Decken fallen lassen kann.

»Eine Grippe, es geht gerade was um in den Berliner Schulen«, meinte Dr. Paulsen, ihr Kinderarzt, und verschrieb Antibiotika. Das war am Mittwoch. Jedes Mal, wenn Quint krank ist, verflucht sie ihren Job. Mittwoch bis Freitag hat sie sich freigenommen, aber heute war nicht drin. Nicht wenn das Kind eine Grippe hat. Und jedes Mal ärgert sie sich über Bernd, der es kategorisch ablehnt, in solchen Fällen bei Quint zu bleiben.

Ich bin zu wichtig, Spatz, und mein Gehalt ist nun mal höher als deins. Und dann dieses Grinsen. *Du hast das Kind gewollt,* fügt er manchmal noch hinzu – womit er recht hat.

Dass er seinen Job bei Siemens jeden Tag verlieren kann, sagt er nicht. Aber sie wissen es beide.

Sie ist als Erste durch die U-Bahn-Tür und hastet hinauf an die Oberfläche. Kurz nimmt sie den violett-orange glühenden Himmel wahr, den grauen Beton, die gehetzten Gesichter, dann denkt sie schon wieder an Quint und an die Nachbarin aus dem zweiten Stock, Frau Prochnowski, die sie vier Mal vom Büro aus angerufen hat, um sich nach Quint zu erkundigen. Prochnowski … Ski … Berge … Schnee … assoziiert sie, doch Bernds Worte drängen aus der Erinnerung hervor: Du bist hysterisch! Das hat er gesagt, als sich Quint vor zwei Jahren beim Toben das Schlüsselbein gebrochen hatte.

Die kurze Strecke von der U-Bahn-Station in die Kollwitzstraße erscheint ihr heute endlos, sie schwitzt in Kostüm und Mantel, und ihre unbequemen Schuhe drücken mit jedem Schritt noch ein wenig mehr.

Frau Prochnowski hat Quint in sein Bett gelegt und das Babyfon angestellt. Am Vormittag war er bei ihr, am Nachmittag brachte sie ihn hoch in ihre Wohnung und sah jede Stunde nach ihm. Mehr kann Stefanie nicht verlangen von einer Nachbarin, die nichts dafür haben will.

»Na, Bärlein?« Ganz vorsichtig, um ihn nicht zu wecken, hat sie sich auf die Kante des Kinderbetts gesetzt und streicht über sein blondes Haar. Er atmet schnell, und sein Gesicht ist erhitzt. Als sie seine Stirn berührt, erschrickt sie, wie heiß sie ist. Sofort schießen die Schuldgefühle wieder in ihr hoch. Sie hätte heute daheim bleiben sollen, ohne Rücksicht auf ihren Job.

Er schlägt die Augen auf.

»Ich bin wieder da. Es wird alles gut, mein Bärlein.« Das fiebrige Flackern in seinem Blick gefällt ihr nicht. Sie greift zum Fieberthermometer, das noch genauso wie heute Morgen daliegt. *Frau Prochnowski hat sich wohl auf die einfachere Art einen Eindruck von seiner Temperatur gemacht.*

»Komm, Bärlein, mal Fieber messen.«

39,1 zeigt das digitale Thermometer. Sie muss etwas unternehmen, noch im Mantel ruft sie Dr. Paulsen von ihrem Handy aus an. Halb sieben. *Er muss doch noch in der Praxis sein. Um diese Uhrzeit kann ein Arzt doch nicht schon Feierabend machen!* Der Anrufbeantworter schaltet sich ein … *in Notfällen rufen Sie …* Sie drückt auf die Auflege-Taste. Im selben Moment hört sie den Schlüssel im Schloss.

»Quint hat über 39 Fieber!«, schleudert sie ihm entgegen.

»Steffi! Krieg ich nicht erst mal einen Begrüßungskuss?« Er hängt seine Jacke auf den Bügel an die Garderobe, schlingt den Schal über den Bügel. Jeder Handgriff wie immer, sie kann es nicht fassen. Sie würde ihm die Jacke am liebsten vor die Füße schleudern, damit er endlich kapiert, dass sie ernsthaft besorgt ist, dass sie Angst hat, dass … *So langsam hat er sich noch nie ausgezogen, das macht er absichtlich, um mir zu zeigen, dass ich hysterisch bin.* Sie gibt ihm seinen Kuss, obwohl sie jetzt einen Streit anfangen könnte, aber dazu haben sie keine Zeit. Es geht um Quint.

»Fieber?« Bernd bückt sich, um seine Schuhe auszuziehen. Und sie steht die ganze Zeit dabei, sieht ihm zu, wie er in seine Birkenstock-Hausschuhe schlüpft.

»Fieber ist gut, das zeigt, dass sich der Körper gegen die Viren wehrt.« Mit seinen zwei Metern Körpergröße und seinen hundert Kilo war er immer ein Fels in der Brandung, aber jetzt kommt er ihr vor wie ein träger, viel zu schwer beladener Kahn, der auf gefährliche Stromschnellen zutreibt …

»Aber er nimmt seit Mittwoch Antibiotika, da müssten die Viren doch schon längst …«, versucht sie es wieder.

»Schatz«, er beugt sich zu ihr hinunter und nimmt ihren Kopf in seine Hände, *als wäre ich ein Kind, ein dummes Kind!*

»Antibiotika bekämpfen keine Viren. Nur Bakterien. In dem Fall womöglich Bakterien, in die sich die Viren verpackt haben. Die Viren muss das Immunsystem selbst bekämpfen.«

Bernd, der Ingenieur. Menschen sind keine Maschinen und keine Mikrochips, würde ich jetzt am liebsten sagen. Er gibt ihr einen Kuss auf die Stirn.

»Aber wir können doch nicht einfach nur … nur warten.«

Er seufzt. Mit schwerem Schritt geht er voraus, *sei doch leise,* will sie ihm hinterherrufen, aber das wäre sinnlos. Du musst ihn doch nicht mit Samthandschuhen anfassen, würde er sagen.

»Na, Partner, zu viel ferngesehen, was?« Bernd gibt dem Achtjährigen mit der Faust eine Knopfnuss.

»Sag mal, spinnst du?« Stefanie will auf ihren Sohn zustürzen, kann sich gerade noch zurückhalten. »Er hat Kopfschmerzen, ihm war schwindlig, da kannst du doch nicht …«

»Jetzt hab dich mal nicht so, er will wahrscheinlich nicht zur Schule, richtig, Partner?«

Quint verzieht das Gesicht, Stefanie weiß, dass er gleich losheulen wird.

»Bitte, Bernd, siehst du nicht, dass er krank ist?«

»Er ist ein Junge, Stefanie! Er kann doch wohl mal ein bisschen Kopfweh aushalten! He, Partner, dein Paps hat mal 'ne Gehirnerschütterung gehabt. Und weißt du wovon? Vom Fußballspielen. Ist mit einem Gegner zusammengeknallt. Aber«, und dabei hebt er beide Daumen in die Höhe, eine Geste, die Steffi hasst, »ich hab das Tor gemacht.«

Stefanie wendet sich ab. Seit einiger Zeit fragt sie sich immer öfter, wie sie mit Bernd die nächsten endlosen Jahre ertragen soll.

»Ich könnte ihm eine Benuron geben«, sagt sie mehr zu sich.

»Wenn du unbedingt meinst.« *Er ist ein Junge,* kann sie aus Bernds Stimme ablesen.

In der Hausapotheke im Badezimmer findet sie eine halb volle Packung. Bernd geht, als sie ihrem Sohn ein Zäpfchen gibt. Sie bleibt bei ihm sitzen, lauscht auf jeden Atemzug. Und tatsächlich beruhigt sich seine Atmung, und bald weiß sie, dass er schläft.

Ein warmer Schauer rieselt durch ihren Körper. Sie hat dieses wunderbare Kind vor acht Jahren geboren. Danach war nichts mehr so wie vorher. Erst mit der Geburt hat sie das Gefühl gehabt, dass sie mitten im Leben steht, dass sie ein Teil des Lebens, ein Teil der Welt ist. Behutsam streicht sie dem Kind über die Stirn. Kühler. Die linke Wange ist eindeutig kühler. Wie zart die Haut ist, und wie warm. Sie haucht ihm noch einen Kuss aufs Haar, ganz sachte, damit sie seinen Schlaf nicht stört, dann schleicht sie aus dem Zimmer und lässt die Tür angelehnt.

Wortlos geht sie an Bernd vorbei, der auf der Couch sitzt und fernsieht, räumt in der Küche das Geschirr in die Spülmaschine, legt eine Reinigungstablette ein und drückt auf den Startknopf. Eine Weile lehnt sie einfach nur an der Arbeitsfläche und starrt auf die hellen Fliesen. Drei Mitschüler sind wegen Kopfschmerzen und Schwächegefühl seit Mittwoch zu Hause geblieben. Karls Mutter meinte, es wäre die Grippewelle, die hätte jetzt Berlin erreicht. Mit Julias Mutter hat sie nicht gesprochen, aber Fionas Vater wollte am nächsten Morgen zum Arzt gehen, weil Fiona mehrmals hingefallen ist. *Als hätte sie Wackelpudding in den Beinen.*

2 Frankfurt

Irgendwas stimmt nicht mit seinen Augen. Fuck. Als würde er durch ein Rohr gucken, durch eine Papprolle. Bastian schlägt sich auf die Stirn, gegen die Schläfen. Komm schon, Bastian, Alter! Die Jalousien in seinem Zimmer hat er zugezogen, in hellen Strichen fällt das Tageslicht zwischen den Lamellen herein. Von der Straße, sieben Stockwerke unter ihm, dröhnt der Berufsverkehr auf der Ginnheimer Landstraße herauf. Und hinter der Wand hört er seine Mutter in der Küche. Sie räumt die Spülmaschine aus, das macht sie immer, während sie wartet, bis der Kaffee durchgelaufen ist.

Er hat das Gefühl, als hätte er keinen Körper mehr. Dabei hat er null Alkohol getrunken. Zero. Trotzdem fühlt er sich seit gestern wie besoffen. In seinem Kopf wabert Gelee, genauso wie in seinen Gelenken. *He, konzentrier dich auf deine verfluchte Hand! Warum zittert sie?*

Nein, er hat keine Drogen genommen. Ganz bestimmt nicht. Er war die letzten vier Tage allein. Hat nur in diesem bescheuerten Supermarkt Regale ein- und ausgeräumt und dann zu Hause vor der Glotze gesessen.

Grippe? Vielleicht ist es eine Grippe. Wasser. Durst.

Das Rohr, durch das er sieht, wird enger. Das Glas – liegt zersplittert auf dem Boden. Durchgerutscht durch seine zitternde Hand … Wo bin ich … grau … weiß … aus … Luft … Licht … du … nichts … nichts … nichts …

»Bastian, was ist los?« Augen starren ihn an. Otti, richtig, der sich Popcorn ins Maul stopft.

»Ist der Fuck-Job. Frisst … einem … Löcher … ins Hirn!« Seine Stimme klingt seltsam, und was ist mit seinen Augen? Alles ist verschwommen.

»He, Alter, welches Hirn?« Lautes Lachen. Wer sind die alle? Sie machen ihm Angst. Fuck, sie kennen ihn, und er kann sich nicht mehr an sie erinnern. Der mit der Tüte Popcorn ist … Otti … Popcorn … Kino … Eine Hülle hat sich um ihn herum gebildet, eine dichte Hülle aus elastischem Stoff … Er tritt und boxt dagegen … Seine Arme und Beine fühlen sich so fremd an … gehören nicht mehr zu ihm. Und … die Augen? Er ist in einem Fuck-Tunnel, einem Tunnel mit grauen Wänden …Was haben sie gesagt? Da, in der Mitte des Tunnels, sieht er ihre Münder, ihre Augen, aber dann verschmelzen sie zu einem unförmigen Kloß. Mann, er ist doch nicht in einem bescheuerten Video … Videogame? … Seine Hände suchen Halt, doch die Tunnelwände sind aus diesem elastischen Stoff … Gummizelle … Er versinkt, seine Füße und Beine tauchen immer tiefer ein … in dunklen Schlamm … immer tiefer … Er löst sich auf … zerfließt …

3 Berlin

Stefanie geht ins Wohnzimmer und setzt sich in den Sessel neben die Couch. Bernd nimmt keine Notiz von ihr. Sie starrt in den Fernseher, ohne zu sehen, was dort läuft. Schließlich steht sie wieder auf, sie kann nicht anders, geht ins Kinderzimmer, schaltet das gedämpfte Licht der Stehlampe ein. Quint liegt noch genauso da. Beruhigt schaltet sie das Licht wieder aus und geht zurück ins Wohnzimmer. *Die Tagesthemen* kommen, und sie kann sich endlich wieder darauf konzentrieren, was der Sprecher sagt.

Es ist halb zwölf, als sie aus dem Badezimmer kommt und zu Bernd ins Schlafzimmer geht. Er schnarcht schon. Auf der Türschwelle dreht sie sich um. Sie muss noch einmal nach Quint sehen.

Wieder schaltet sie das gedämpfte Licht ein. Quint liegt noch genauso da, aber irgendetwas stimmt nicht. Ein Gefühl, mehr nicht. Sie berührt ihn leicht an der Schulter, dreht den kleinen Körper ein wenig zu sich, er rollt zurück auf den Rücken, Quint schläft noch immer. Sie setzt ihn auf, doch sein Kopf kippt zur Seite und nach hinten, er scheint überhaupt keine Kontrolle mehr über seine Gliedmaßen zu haben, *er ist wie eine Puppe, ist er so erschöpft? Das Benuron! Ich hätte ihm kein Benuron geben sollen!*

»Quint-Schätzchen, komm, was ist los?«, sagt sie leise, tätschelt ihm die Wange. »Quint, komm schon, wach auf!« Seine Augenlider flackern, ihr Tätscheln wird stärker. »Quint, komm!« Irgendetwas stimmt nicht, das weiß sie jetzt. Quint öffnet kurz die Augen, doch der Blick rutscht weg, die Augäpfel drehen nach oben weg, er will etwas sagen, öffnet den Mund, doch es kommt nur ein undefinierbarer Laut hervor. Plötzlich krampft der kleine Körper, bäumt sich auf, Hände und Füße biegen sich.

»Bernd!« Selbst der Schrei weckt das Kind nicht aus diesem Zustand. »Bernd, wir müssen einen Arzt rufen!«

Stocksteif und blass steht Bernd da in seinem blauen Schlafanzug und starrt auf Quint in ihren Armen.

»Ja …«, sagt er nur, dreht sich um, dann hört sie ihn telefonieren.

4

Stefanie atmet erst auf, als sie Quint auf die Intensivstation gebracht haben. *Da sind so viele Maschinen, und alles sieht so technisch und sauber aus, da muss man einfach Vertrauen haben.*

Der Rettungswagen ist in die Charité gefahren, Kinderklinik, Neurologie hat sie irgendwann auf einem Schild gelesen.

»Konzentrationsstörungen?«, fragt der Arzt, der irgendwie magersüchtig wirkt. Sie stehen im Flur, vor der Tür, die die Intensivstation abschirmt.

Stefanie muss immer wieder auf sein Namensschild am weißen Kittel sehen, weil sie sich seinen Namen nicht merken kann. Dr. Feigenwinter.

»Schlafstörungen auch?«

»Ja«, muss sie zugeben, und sie fühlt sich noch schlechter.

Sie hat irgendetwas übersehen, irgendetwas, was die ganze Zeit da war. Sie ist eine schlechte Mutter.

»Hat er schlimme Träume gehabt, auch tagsüber, so etwas wie Halluzinationen?«

Stefanie sieht zu Bernd hoch, der neben ihr steht und nichts sagt. *Alles hängt an mir. Ja, ich war es ja auch, die das Kind wollte.*

»Ich habe gedacht, das kommt vom Fernsehen und von dem Computerspiel ...« Mama, mach die Affen weg, die Affen!, hat er einmal abends aus seinem Zimmer gerufen, und Frau Prochnowski hat ihr am Donnerstag verstört erzählt, dass Quint sie gar nicht erkannt hätte, einfach gestarrt hätte und ... Ihr kommt es vor, als hätte sie tausend Hinweise auf Quints Krankheit gehabt und alle ignoriert. Sie hat versagt, vollkommen versagt ...

Bernd legt seinen schweren Arm um ihre Schultern, drückt sie an seinen stämmigen Körper, sie ist ihm dankbar dafür. *Er soll endlich aufhören, dieser Dr. Feigenwinter,* er bohrt in ihren Wunden.

»Frau Rademacher«, beginnt der Arzt, sie nimmt das Taschentuch, das Bernd ihr reicht, »Frau Rademacher, beruhigen Sie sich, wir tun, was wir können.« Ein mildes Ärztelächeln, sie könnte es ihm aus dem Gesicht schlagen, *was weiß er denn schon, wie es ist, sein Kind so zu sehen!*

»Wir haben alle Geräte, die neueste Medizin.«

»Wissen Sie, Quint ist unser einziges ...« Sie kann nicht weitersprechen, der Kloß in ihrem Hals ist zu dick, sie schluckt, doch der Arzt macht schon Anstalten, sich zu verabschieden, *warum sagt Bernd denn nichts? Er tut doch sonst immer so forsch?* Sie stößt ihn an. Er ringt um Fassung, Bernd, ihr großer, starker Bernd ...

»Wann können wir ihn ... äh ...«, hat Bernd gerade begonnen und hält schon wieder inne, gestoppt vom professionellen Ärztelächeln.

»Bitte, wir sind mit den Untersuchungen noch gar nicht …«

»Was machen Sie denn seit sechs Stunden?«, braust sie auf, die Wut gibt ihr wieder Kraft.

Dr. Feigenwinter schweigt. Sein Lächeln ist dünn.

»Sie haben vorhin selbst gesagt, das EEG wäre auffällig. Was heißt das? Was hat unser Kind?« So schnell lässt sie sich nicht abspeisen.

»Bitte, die Labortests sind noch nicht abgeschlossen. Haben Sie noch etwas Geduld, gehen Sie jetzt nach Hause. Und lassen Sie uns unsere Arbeit tun.«

Bernd starrt den Arzt an, und Stefanie hat auf einmal Angst, dass etwas aus ihm herausbricht, etwas, das er lange unterdrückt hat, vielleicht schon immer. Seine Liebe zu Quint.

»Nein!«, ruft sie, viel zu laut und zu heftig, das merkt sie selbst, sogar dieser magersüchtige Arzt ist zurückgezuckt. »Ich bleibe hier!«

Der Arzt sieht Bernd an, doch auch der schüttelt den Kopf. »Wir bleiben hier«, sagt er.

Stefanie drückt seine Hand und fühlt, was sie schon lange nicht mehr gefühlt hat, dass er zu ihr steht.

Dr. Feigenwinter lächelt gezwungen und geht. Stefanie starrt hinter ihm her, und plötzlich bahnt sich ein schrecklicher Gedanke den Weg durch ihr Gehirn.

»Bernd? Wieso hat dieser Arzt all die Symptome schon gekannt?«

Bernd beugt sich zu ihr hinunter. »Ich hab mich informiert, die haben hier ein Neuroscience Research Center.«

»Ein *was?*«

»Sie kennen sich mit Nerven- und Gehirnerkrankungen aus.«

»Du glaubst doch nicht, dass er was mit dem Gehirn hat!«, braust Stefanie auf. »Sag, dass du das nicht glaubst! Sag schon!« Sie hämmert mit den Fäusten auf seine Brust ein, kämpft mit den Tränen, verliert den Kampf, es ist ihr egal, vollkommen egal, es darf einfach nicht sein, dass Quint ... Was machen sie mit ihrem Kind! *Lieber Gott, Vater unser, du darfst nicht zulassen, dass unser Sohn stirbt. Und all die anderen Kinder. Herr, erbarme dich, ich weiß, ich bin nicht würdig, vergib mir, vergib mir meine Schuld ...*

»Stefanie!« Bernd hält ihre Handgelenke fest, doch sie reißt sich los, er muss noch einmal zupacken, dann gibt sie den Widerstand auf.

»Es ist bestimmt nur ein dummes Virus«, sagt er, »eine Lebensmittelvergiftung, vielleicht von der Schulkantine ...«

Sie sackt zusammen, *wenn Quint etwas zustößt, bringe ich mich um.*

5 Dienstag, 8. April
Genf – Paris

Ethan klemmt die Flasche zwischen die Beine, schraubt mit der rechten Hand den Verschluss auf, die linke bleibt am Steuer. Seine Kehle ist trocken, sein Hals schmerzt, sein Kopf auch – und dennoch fühlt es sich an, als wären seine Glieder nicht richtig miteinander verbunden. Sein Hals brennt an der Stelle, wo Aamu ihm ihre Zähne ins Fleisch geschlagen hat. Und auch Nacken und Hände brennen an den tiefen Rissen, die sie ihm mit ihren Fingernägeln beigebracht hat. Vielleicht war Aamu HIV-positiv. Sibirien, Moskau, Bilder von heruntergekommenen Alkoholikern und Junkies überschwemmen sein Gehirn. Er hat die Orientierung verloren. Den Sinn für das alles.

Er muss versuchen nachzudenken, doch seine Gedanken kreisen immer in derselben Bahn, wie ein Mond um seinen Planeten. Er muss wach bleiben. Wenn nichts dazwischenkommt, sind sie in etwa fünfeinhalb Stunden in Paris.

Draußen fliegt die Landschaft im Dämmerlicht vorbei.

Berge. Bäume. Leitplanken der Autobahn. Als er Camille gesagt hat, dass Aamu tot ist, hat sie nur genickt, als wüsste sie es längst. Oder als könnte sie nichts mehr schockieren.

»Dann bist du also am Ziel«, sagt sie nun doch mit einem kurzen Seitenblick. »Du hast die Mörderin deiner Frau getötet.« Sie klingt niedergeschlagen und abwesend.

Nein, er ist noch nicht am Ziel. Aamu hat nur einen Auftrag ausgeführt.

»Wo warst du eigentlich?«, fragt er erst jetzt. Das fremde Parfüm, das im Mietwagen über dem Geruch nach Leder liegt, hat er schon im Sitzungssaal wahrgenommen. *Was, zum Teufel, hat Camille* … »Du warst bei …«, fängt er an, doch sie winkt ab. »Später.«

Océane Rousseau.

»Was hast du bei ihr gemacht?«

»Können wir nicht über was anderes …«

»He, was soll das? Ich denke, wir arbeiten zusammen?«, braust er auf.

Sie starrt weiter nach vorn. Schließlich wendet sie sich ihm abrupt zu. »Was ist mit den anderthalb Millionen in Gibraltar?«

Er ist sprachlos, und dann wird es ihm klar. »*Sie* hat es dir gesagt.«

Sie erwidert nichts. Es stimmt also.

»Océane Rousseau. Und woher wusste sie es?« Wut steigt in ihm hoch, nimmt ihm die Luft. »Woher, Camille?«

»Ich weiß es nicht.«

»Ich sag es dir: Sie hat uns verfolgen lassen! Sie wusste, dass wir in Gibraltar waren.«

»Nein!«

»Doch!«, schreit er zurück. »Und was hast du dafür getan, Camille?«

Wieder antwortet sie nicht, sieht wieder nach vorn durch die Scheibe.

»Was, verdammt, hat die Rousseau mit dir gemacht, Camille? Hat sie dir deinen Verstand aus dem Gehirn gefickt?«

»Hör sofort auf, so mit mir zu reden! Du hast überhaupt keine Ahnung!«, fährt sie ihn an, das Gesicht gerötet.

»Dann erklär es mir doch!«

Sie schüttelt den Kopf und wendet sich ab. »Mit dir kann man nicht reden.«

Mit dir kann man nicht reden. Sylvie, die die Arme in die Taille gestemmt hat. Sylvie, die sich abwendet. Sylvie, wie sie weint und wie ich mal wieder nicht begreife, warum.

Die Rücklichter der Wagen vor ihnen winden sich als endlose rote Schlange den Berg hinauf. Er atmet durch, versucht, ruhig zu werden. Und plötzlich drängt sich ein unerhörter Gedanke in den Vordergrund, ein unglaublicher Verdacht …

»Sag mal«, fängt er an, »nachdem ich dich angerufen habe, Camille, hat kurz darauf das Handy von Océane Rousseau geläutet?«

Sie starrt zu ihm hinüber. Ihr Blick sagt ihm, dass er recht hat.

Dennoch fragt er in scharfem Ton: »Hat ihr Telefon geläutet, ja oder nein?«

»Ja! Verdammt, ja! Warum schreist du mich an?«

Er hat es geahnt. »Camille: Océane Rousseau hat Aamu angerufen. Ihre Nummer war unter *Mama* gespeichert. Ich hab die Nummer unmittelbar, nachdem ich dich angerufen habe, gewählt. Sie hat Aamu beauftragt, mich zu töten!«

»Das kann nicht …«

»Doch! Und sie hat auch den Killer aus Montenegro geschickt. Es war dieselbe Telefonnummer.«

»Am Telefon klingen Stimmen immer anders.«

»Camille, mach dir doch nichts vor! Pass auf: *The Project* hat mich erwartet. Sie müssen gemerkt haben, dass ich mich unter Vincents Code eingeloggt habe. Die ganze Sache in Genf war ein Köder«, jetzt wird es ihm vollkommen klar,

»Aamu sollte mich dort töten. Und du, du solltest Océane ins Netz gehen.«

»Du hörst dich schon an wie Véronique Regnard!«

»Du, Camille, verrätst uns.«

»Und du hast mich angelogen. Warum hast du mir nichts von dem Geld gesagt?«

Diesmal leistet er es sich, keine Antwort zu geben.

In Auxerre haben sie gewechselt. Jetzt fährt sie. Schon die ganze Fahrt über grübelt Camille darüber nach, wie die Dinge zusammenhängen. Sie spürt, dass sie zu einem Stein in einem Spiel geworden ist, dessen Regeln – und dessen Sinn – sie nicht kennt. Sie wird bewegt, von einem Platz auf den anderen geschoben, aber sie weiß nicht, worauf das alles hinausläuft.

Dann wieder ist sie davon überzeugt, dass sie das einzig Richtige tut und dass sie sich auf keine der beiden Seiten hundertprozentig einlassen darf. Allerdings verwirrt sie, dass sie sich immer wieder für Sekunden in Océanes Appartement sieht, in dem Schlafzimmer mit der gedimmten Beleuchtung, mit den kühlen Bezügen und den tiefen Kissen. Sie hat Ethan nichts davon gesagt – auch wenn er es offenbar ahnt. Dass Océane Mitglied der Loge ist, hat sie ihm verschwiegen. Eine Ahnung, die sie sich nicht erklären kann, sagt ihr, dass sie das Spiel am Laufen halten muss, damit es seinen richtigen, seinen dramatischen Höhepunkt erreicht. Einen kurzen Moment lang verachtet sie sich für diese Gedanken, doch dann wächst ein Gefühl von Freiheit in ihr – und von Macht. Sie ist niemandem verpflichtet, endlich löst sie sich von den Fesseln eines quälenden Verantwortungsbewusstseins.

Du musst dich um deinen Vater kümmern, mahnt die ihr wohlbekannte innere Stimme. *Muss ich nicht,* erwidert eine neue Stimme. *Ich muss gar nichts. Ich will diese Story.*

Es ist kurz nach fünf Uhr früh, als sie die Ausfahrt Porte d'Orléans nimmt. Mechanisch steuert sie den Wagen durch Paris. Noch hat der Berufsverkehr nicht eingesetzt, und im Dämmerlicht kommt es ihr so vor, als hätte sie alles nur geträumt, als wäre sie nicht in Genf, sondern irgendwo auf einer Party gewesen und hätte ein bisschen zu viel getrunken. Doch dieses Gefühl ist trügerisch, und spätestens als sie einen kurzen Seitenblick auf Ethan wirft, der auf dem Beifahrersitz schläft, weiß sie, dass alles wirklich passiert ist.

Sie biegt ein in die Rue du Grenier Saint-Lazare. In der Redaktion ist es womöglich sicherer als bei ihr zu Hause, wo Lejeune Ethan wahrscheinlich am ehesten suchen wird.

»Das ist mir noch nie passiert«, murmelt sie.

»Was?« Er wacht auf, starrt durch die Scheibe.

»Ein Parkplatz direkt vor dem Büro.«

Im selben Moment, als sie die Tür zum Treppenhaus aufstößt, schaltet sich das Licht aus, und ein beißender Geruch nimmt ihr den Atem. Sie hält sich die Hand vor die Nase. Sie denkt an Renovierungsarbeiten, an feuchte Wände, die trockengelegt werden müssen, an Klebstoff, an …

»Vielleicht eine Reparatur irgendwo?«, meint er.

Sie geht die Treppe vor ihm hoch. Oben bleibt sie abrupt stehen. Die schwere Eisentür, die Eingangstür zum Büro, steht einen Spaltbreit offen. Ethan drängt sich an Camille vorbei und gibt der Tür einen Fußtritt, sodass sie auffliegt. Dann drückt er auf den Lichtschalter. Die flackernden Neonlichter blenden sie. Sie kann nicht anders, sie schreit auf.

Die Oberflächen von Tischen, Stühlen und Monitoren sind seltsam weißlich zerfressen, zerfressen von einer Säure, die einem die Luft zum Atmen nimmt.

»Raus hier, Camille!« Ethan fasst sie am Arm, doch Camille eilt zu ihrem Schreibtisch und starrt entsetzt auf den Monitor. »Wer tut so was?«

Er deutet auf die Wand. Dort hat jemand in grellgrüner Leuchtfarbe aufgesprüht:

So ergeht es allen Sympathisanten der Agrarmafia!

Sie lässt sich von Ethan ins Treppenhaus ziehen. »Was meinen die damit? Was, verdammt, meinen die damit? Wir haben uns doch nicht auf die Seite von Edenvalley gestellt. Unser Heft ist ja noch nicht einmal erschienen!«

Er zieht sie weiter. »Komm raus hier, bevor sich unsere Lungen noch auflösen!«

»Wer wusste, dass ich in Genf …« Wieder bleibt sie stehen. »Wer?« In ihrem Kopf formieren sich alle möglichen Antworten und lösen sich wieder auf. »Wir müssen die Polizei …«, sagt sie, als sie unten auf der Straße ankommen.

»Das hat uns wohl schon einer abgenommen.«

Blaues Licht zuckt in der Dunkelheit, und das Jaulen der Sirene kommt näher. »Fahren wir, sie werden uns schon früh genug mit Fragen quälen.«

»Wohin?«

»Erst mal in deine Wohnung. Wir brauchen dein Notebook.«

»Aber wenn die Polizei …?«

»Nur kurz.«

Schweigend gibt sie ihm die Autoschlüssel.

Schöne neue Welt der Genforscher hatte der Mörder neben die Leiche von Frost gesprüht.

»Weißt du, was ich nicht begreife?«, fragt Camille und wendet sich zu ihm. »Das klingt genauso, als hätte …«

»… als hätte Aamu es geschrieben«, beendet er ihren Satz.

Sie nickt.

Und Aamu ist tot.

6 Berlin

Sie sind jetzt zu fünft. Fünf Elternpaare auf dem Flur der Intensivstation. Stefanie kennt die Mütter von Karl und Julia und den Vater von Fiona.

Stefanie starrt durch die Trennscheibe auf Quint, wie er in seinem Bett liegt. Noch sechs weitere Betten sind belegt. In einem hat sie Julia an ihrem blonden Haar erkannt. *Diese Kinder mit all den Schläuchen und Elektroden am Kopf sehen so tot aus …*

»Ich versteh das nicht. Lebensmittelvergiftung, hab ich gedacht …« Julias Mutter redet die ganze Zeit.

Stefanie nickt, hört mal zu, mal nicht. An Lebensmittelvergiftung hat sie zuerst auch gedacht, doch Dr. Feigenwinter hat das bereits ausgeschlossen.

»Wär ja auch naheliegend, oder?«, sagt Julias Mutter. »Ich meine, die Kinder essen alle in der Schule, und dieses Zittern und so, das ist doch so plötzlich gekommen.«

Das türkische Elternpaar schweigt, und die anderen unterhalten sich nur flüsternd.

»Das ist doch nicht normal!« Julias Mutter spricht plötzlich laut, steht auf und geht auf und ab. »So was kriegt man doch nicht einfach so. Wo ist denn dieser Doktor, er hat sich schon ziemlich lange nicht mehr blicken lassen. Und wenn die alle schlafen gegangen sind, während unsere Kinder sterben?«

»Frau Michels, bitte!« Stefanie schüttelt den Kopf. *Ich lasse mich doch auch nicht so gehen, nicht vor all den anderen.*

»Wieso, stimmt das etwa nicht?« Frau Michels sieht Stefanie aggressiv an. Ihr Kinn ist vorgereckt. Dabei kann Stefanie doch nichts dafür, sie will nur nicht, dass man hier gleich das Schlimmste beim Namen nennt.

Frau Michels wirft den Kopf in den Nacken. »Ich geh jetzt zu diesem Doktor, die hatten Zeit genug, um mit ihren superteuren Maschinen rauszukriegen, was unseren Kindern fehlt!«

»Warten Sie«, Stefanie steht auf, »ich gehe mit Ihnen.«

Im selben Moment stößt Bernd die Tür auf, und Stefanie erkennt sofort, dass etwas passiert ist.

»Was …« Sie bricht ab und lässt sich wieder auf ihren Plastikstuhl sinken. Bernd setzt sich neben sie und starrt zu Boden.

»Ich war unten, da kann man ins Internet.« Er ist kreidebleich, und als sie seine Hände nimmt, spürt sie, dass sie eiskalt und feucht sind.

Sie nimmt all ihren Mut zusammen. »Und?«

Er schließt kurz die Augen, und als er sie wieder öffnet, sieht er sie direkt an.

»All die Symptome, weißt du, bei welcher Krankheit die auftreten?«

Natürlich weiß ich das nicht! Sie schüttelt den Kopf.

Bernd atmet tief durch. »Bei der Creutzfeldt-Jakob-Krankheit …«

Eine Sekunde lang weiß sie nichts mit dem Begriff anzufangen, doch plötzlich begreift sie. Rinderwahn.

»Unser Quint hat doch keinen Rinderwahn! Das dauert doch zehn oder zwölf Jahre!«

Die anderen Eltern starren sie an.

»Er ist doch erst acht!«

7 Paris

Sie hat als Erstes an Océane Rousseau gedacht. Und dass es eine Warnung sein könnte. Aber dann konnte sie keinen Sinn darin finden. Und wenn Océane doch recht haben sollte und Nature's Troops alles tut, um Edenvalley in Verruf zu bringen? Aber dann denkt sie wieder an den Handyanruf. Wenn

Océane also tatsächlich Aamu mit dem Mord an Sylvie beauftragt hat?

Was sollte dann aber Océanes Gerede von der Rettung der Welt?

»Christian wird an die Decke gehen«, sagt sie, als sie in die Rue Coetlogon einbiegen. »*Tout Menti!* ist sein Baby.« Sie hat eine Nachricht auf seiner Mobilbox hinterlassen und ihn um Rückruf gebeten.

»Ich dachte, es wäre auch deins und das von Lucien und Annabelle?«, erwidert Ethan.

»Sein Vater hat uns finanzielle Starthilfe gegeben. Und Christian hat sich immer besonders verantwortlich gefühlt. Es kam mir immer so vor, als könnten wir alle eines Tages auf die Idee kommen, auszusteigen, um etwas anderes, etwas Neues zu machen – nur Christian nicht.«

Sie ist beinahe erleichtert, dass sie vor ihrem Haus keinen Parkplatz findet, sondern erst zweihundert Meter weiter auf der anderen Straßenseite.

»Lass mich vorausgehen«, sagt er an der Eingangstür.

»Glaubst du, jemand ist auch in meine Wohnung …?«

Die erste Anspannung fällt von ihr ab, als sie feststellt, dass die Tür wie üblich doppelt verschlossen ist. Der letzte Rest Unsicherheit löst sich auf, als Licht alle Räume erhellt und weder Unordnung noch eine sonstige Auffälligkeit zum Vorschein bringt. Keine Polizei, keine Sprayer. Erleichtert zieht Camille den Mantel aus.

»Wenn du duschen willst …« Sie zeigt zum Badezimmer. Er sieht mitgenommen aus mit den Kratz-, Biss- und Schürfwunden. Und wenn sie selbst nicht so mitgenommen wäre, könnte sie sogar Mitgefühl mit ihm haben. Aber sie ist immer noch wütend auf ihn, weil er ihr nichts von den anderthalb Millionen gesagt hat. Er vertraut ihr nicht, das verletzt und kränkt sie.

Als er im Badezimmer verschwindet, setzt sie in der Küche Tee auf, verschüttet dabei Wasser und zerbricht eine Tasse. *Mein Gott, Camille, nimm dich zusammen!* Ihre zitternden Hände versuchen sich gegenseitig festzuhalten. Da läutet ihr Telefon.

»Camille!«, schreit ihr Christian entgegen. »Die Polizei hat mich wachgeklingelt! Willst du mir dasselbe sagen? Dass jemand Säure …«

»Ich fürchte, ja.« Sie hört im Hintergrund Kindergeschrei.

»Camille, ist dir klar, was das bedeutet?«

»Jemand ist ziemlich sauer – und es wird eine längere Geschichte mit der Versicherung, wahrscheinlich.«

»Allerdings! Die Computer, die Drucker, der Kopierer – alles ist kaputt. Wir müssen der Versicherung die Leasingverträge schicken. Hast du eine Ahnung, wie lange das dauert?«

»Wir müssen eben eine Übergangslösung …«

»In diesem Büro kann wochenlang niemand arbeiten! Ich leg jetzt auf, Camille, ich bin scheißwütend auf die ganze Situation!« Klack. Er hat tatsächlich aufgelegt.

Als ob sie nicht auch wütend wäre! Was soll nun aus der Zeitschrift werden? Sie klappt ihr Notebook auf, schaltet es ein und ruft ihr Mailprogramm auf. Vielleicht gibt es neue Informationen, vielleicht hat sich jemand zu dem Anschlag bekannt. Sie will einfach nicht glauben, was passiert ist. Und was ist das? Sie stutzt.

Ethan kommt aus dem Bad. Die Wunden hat er mit Pflaster verklebt. Er sieht immer noch mitgenommen aus.

»Edenvalley hat mir eine Mail geschickt.«

Er setzt sich ihr gegenüber an den Tisch.

Sie räuspert sich.

»Sehr geehrte Madame Vernet, wir freuen uns über Ihr Interesse an unseren Produkten. Zu Ihrer Anfrage: DR-Mais wurde in den letzten zehn Jahren entwickelt, weil er auf trockenen Böden

ertragreich wachsen kann. Wie alle unsere Produkte wurde auch der DR-Mais verschiedenen Testreihen unterzogen. Der Aufbau der Tierversuchsreihe, die Edenvalley bei der Firma Porade in Auftrag gegeben hat, hat voll und ganz den Richtlinien der OECD entsprochen. Die mit DR-Mais gefütterten Rattengruppen sind nicht erkrankt, auch ihr Blutbild hat sich nicht verändert, sie zeigen keine Unterschiede zu den Ratten der Kontrollgruppe, die keinen DR-Mais, sondern normales Futter bekommen haben. Edenvalley wird den Versuch deshalb nicht wiederholen. Alle Daten liegen den zuständigen europäischen Behörden vor, und diese haben die Daten als hinreichend bewertet. Auch die EU-Behörde für Lebensmittelsicherheit (EFSA) hat keine Bedenken angemeldet.
Wir hoffen, Ihre Zweifel hinsichtlich der Sicherheit von DR-Mais damit aus dem Weg geräumt zu haben. Gerne beantworten wir Ihnen weitere Fragen.
Mit freundlichen Grüßen
Matthias Marthaler
Pressesprecher Edenvalley, Europazentrale Genf.«

Sie sieht auf.

»Hast du was anderes erwartet?«

»Nein, aber es wundert mich, dass sie so schnell geantwortet haben. Und was soll ich jetzt tun?«

Er zögert. »Wir brauchen einen anderen Ansatz. Nicolas Gombert. Das Video und die Aufzeichnungen von Frost. Erinnerst du dich noch an die Klinik in Uganda? Frost hat den Namen von einem Arzt genannt, Dr. …«

»Dr. Bleibtreu«, fällt ihr ein.

»Richtig.«

Sie ist dankbar für den Themenwechsel und gibt den Namen ein.

Prolife Clinic, Kisoro. »Es gibt einen Blog von einem Henrik Klipp, Medizinstudent … aber…« *Das muss ein Fehler sein …*

»Aber *was?*«

»Gesperrt.«

Er geht zu ihr und beugt sich über ihre Schulter. *Die Seite steht zurzeit nicht zur Verfügung.* »Such nach weiteren Informationen über die Klinik.«

Sie nickt, deutet auf den Bildschirm. »Eine Seite der sogenannten Verschwörungsanhänger, sie nennt sich *Global Lies.* Hier steht: ... dass sich niemand anders hinter dem wohlklingenden Kliniknamen Prolife verbirgt als der schweizerische Pharmakonzern Adana Pharmaceutics, eine hundertprozentige Tochter des amerikanisch-schweizerischen Agrarkonzerns Edenvalley. Es geht noch weiter. Hier: Eine praktische Sache, wenn ein Pharmakonzern seine Medikamente gleich an Menschen testen kann – ohne umständliche Bürokratie, versteht sich. Die Ärzte des Prolife Hospitals sind dazu verpflichtet, ausschließlich Medikamente von Adana Pharmaceutics zu benutzen. Und die kriegen sie kostenlos. Schön, nicht?« Sie sieht auf.

»Wenn das stimmt, dann hat Edenvalley direkte Verbindungen zur Klinik ... und Frost hat gesagt, dass Edenvalley Versuchsfelder in Uganda hat.«

»... so können die Ärzte in der Klinik direkt überprüfen, welche Auswirkungen der Verzehr von Mais auf die Menschen hat, die im Umkreis der Klinik leben. Wenn sie erkranken, suchen sie das Hospital auf ...«

»Offenbar hat dieser Klipp ...«

»... etwas durchschaut«, beendet sie seinen Satz. »Das ist einfach ... einfach unglaublich!«

»Rufen wir Bleibtreu und Klipp an.«

Nach vier Versuchen findet sie die Telefonnummer des Hospitals. Er nimmt den Hörer ab und tippt die Nummer, sie stellt auf Zimmerlautsprecher. Es klingelt lange, bis sich eine Frauenstimme meldet. »Prolife Hospital. Hello.«

Ethan räuspert sich. »Hier ist Tom Henderson, ich hätte gern Henrik Klipp gesprochen.« Lange hört man nur ein knisterndes Rauschen.

Ethan wirft Camille einen fragenden Blick zu und wiederholt: »Hallo, ist Henrik Klipp ...«

»Nein, er ist nicht mehr bei uns«, fällt ihm die Stimme ins Wort.

»Wo kann ich ihn erreichen?«

Wieder diese lange Pause.

»Hallo, wo ...«

»Er hat uns keine Adresse hinterlassen.«

»Können Sie mich mit Dr. Bleibtreu verbinden?«

»Er ist gerade nach Hause gegangen. Morgen wieder. Morgen ab neun.«

»Danke.«

»Auf Wiederhören.«

Er legt auf.

Henrik Klipp ist verschwunden. So wie Ethan sie ansieht, ahnt sie, dass auch er das Schlimmste annimmt.

»Wir haben das alles nicht mitgemacht, um jetzt aufzugeben«, sagt er langsam. »Wir tun auf keinen Fall das, was sie von uns wollen: aufgeben. Mich wollte man in Genf umbringen. Was wollte man von dir?«

»Ich weiß nicht ...« Ihr Blick weicht seinem aus.

Er glaubt ihr nicht. »Camille, du hattest eine persönliche Einladung von Océane Rousseau! Also ...«

Sie antwortet nicht.

Er packt sie am Arm. »Camille, die Sache ist zu ernst für Empfindlichkeiten. Also, was hat sie von dir verlangt?«

»Nichts!« Sie versucht, seinen Arm abzuschütteln, doch sein Griff wird nur noch fester. »Denk nach! Verdammt noch mal, denk nach!«

Er hat kein Recht, so mit mir zu sprechen! »Lass mich los, Ethan«, sagt sie kalt.

Wortlos nimmt er seine Hand weg.

»Also gut: Océane Rousseau behauptet, Nature's Troops hätte das Saatgut vergiftet, um die Erde zu entvölkern. Ich sollte nicht darüber berichten, nicht vor Ellesmere.«

Für einen Moment ist er sprachlos. »Glaubst du das wirklich?«

»Sie hat von Hapkido gesprochen und dass die Energie des Angreifers auf ihn zurückgelenkt würde …«

»Ruf sie an!«

»Océane?«

»Ja. Und sag ihr, was passiert ist.«

Daran hat sie auch schon gedacht. Vielleicht könnte sie durch Océanes Reaktion herausfinden, wer hinter dem Anschlag steckt. Aber etwas hält sie zurück. Vielleicht fürchtet sie sich einfach vor ihren Gefühlen, wenn sie Océanes Stimme hört.

»Ethan, *Tout Menti!* ist keine bedeutende Zeitschrift! Noch dazu sind wir ein Satireblatt, wir sind nicht *Le Monde* oder die *New York Times!*«

Er schweigt, dann sagt er langsam und nachdenklich: »Sie will etwas anderes von dir …«

»Wer?« Dabei weiß sie, wen er meint.

»Océane Rousseau.«

»Und wenn sie mir einfach einen … Gefallen tun will?«

»Camille, bist du wirklich so naiv?«

Seine verächtliche Bemerkung kränkt sie. »Vielleicht findet sie mich interessant?«

Wieder diese Verächtlichkeit um seinen Mund.

»Pass auf, Camille, ich würde es gern glauben, wirklich, aber Océane Rousseau ist nicht der Typ für sentimentale Liebesaffären.«

»Woher willst du …«

»Weil ich solche Menschen kenne, Camille!«, fällt er ihr ins Wort. »Sie manipulieren, sie benutzen dich, und dann werfen sie dich weg!« Er hat sie wieder am Arm gefasst. »Wo stehst du in dieser Geschichte, Camille?« Sein Blick durchbohrt sie.

»Ich bin Journalistin«, antwortet sie kühl.

Kopfschüttelnd lässt er ihren Arm los. »Okay, ich hab es begriffen. Océane Rousseau hat dir eine Superstory versprochen.«

Sie wendet sich ab.

»Stell alles auf die Homepage«, sagt er.

»Was?« Sie fährt herum.

»Es ist die einzige Möglichkeit, die Öffentlichkeit zu erreichen und etwas in Bewegung zu setzen gegen Edenvalley.«

»Aber ...«

»Camille, alles, was bisher passiert ist, gehört irgendwie zusammen.«

Sie will etwas einwenden, doch er redet weiter.

»Folgendes: Offenbar ist eine Maissorte ausgesät worden, die im Tierversuch tödliche Auswirkungen hatte. Dr. Frost vermutete eine Sorte von einem bekannten Agrarkonzern. Frost wurde auf bestialische Weise umgebracht. Es geht womöglich nicht nur um die Vertuschung eines unerhörten Skandals, sondern um noch viel mehr: um die Kontrolle über unsere Nahrung, über unsere Fortpflanzung, über unsere Freiheit.

Wer verbirgt sich hinter *The Three Poles?* Wer hinter NAT, dem Finanztrust, der gerade den modernsten Saatgutbunker gebaut hat? Welchen Zweck hat der Bunker wirklich?«

Sie überlegt. Die Story wird Staub aufwirbeln. Wird Kontroversen auslösen – und *Tout Menti!* und sie, Camille Vernet, ins Gespräch bringen. Ja ...

»Gut. Tun wir das – aber in satirischer Form. Ich will keine Verleumdungsklage an den Hals kriegen. Und ... ich fliege trotzdem nach Ellesmere Island.«

Er nickt. »Und ich komme mit. Ich will dieser Frau gegenüberstehen, die Sylvie hat töten lassen.«

»Du weißt nicht, dass sie es getan hat«, protestiert sie. Warum sollte sie so etwas tun, wenn sie die Welt retten will?

Er nimmt seine Jacke vom Stuhl. »Ich muss packen.«

Wenig später fällt die Wohnungstür ins Schloss, und sie hört, wie sich seine Schritte entfernen.

Du musst nach deinem Vater sehen, meldet sich ihre innere Stimme. *Das auch noch …* Macht sie denn gerade alles falsch?

8 Genf

Dr. Océane Rousseau steht am Fenster des vierten und obersten Stocks des Verwaltungsgebäudes und lässt ihren Blick über den funktionellen, schmucklosen Gebäudekomplex von Edenvalley Europa schweifen. Ein ansehnliches weitläufiges Gelände an der Route de Pré-Bois bei Vernier, wenige Kilometer vom Stadtzentrum entfernt. In den vier Etagen des L-förmigen Gebäudes sind Verwaltungsbüros sowie drei Kantinen und ein bescheidener Fitnessraum untergebracht, darauf hat sie bestanden. Im separaten rechteckigen, ebenfalls vierstöckigen Block, den ein neuer gläserner Übergang mit dem langen Schenkel des Verwaltungsgebäudes verbindet, befinden sich ausschließlich Forschungslabors. Die Produktionshalle an der der Straße zugewandten Seite wurde erst vor drei Jahren um ein Drittel vergrößert, erinnert sie sich, als notwendige Maßnahme angesichts der zunehmenden Nachfrage nach Edenvalley-Saatgut auf den Weltmärkten. Und Genf ist nur ein Standort von dreißig weltweit. Edenvalley ist Weltmarktführer in der Saatgutproduktion mit dreizehntausend Mitarbeitern.

Sieben Jahre ist sie nun schon Vizedirektorin. Vize. Dabei ist sie so viel intelligenter als er. Sie dreht sich um und betrachtet ihn, den Direktor mit dem Namen eines Schauspielers. Er ist lächerlich. Und dennoch Direktor, weil die Loge Männer bevorzugt.

Ganz einfach. Archaisch einfach.

»Im nächsten Jahr sollten wir den Raum hier renovieren«, sagt er. Er hat seinen Platz am oberen Ende des auf Hochglanz polierten ovalen Mahagonitischs eingenommen. Ein kleines Treffen, hat James gesagt, da Bob und Ted gerade Termine bei der UNO haben – und er, James, ebenfalls in Genf ist.

»Und ein paar neue Bilder aufhängen. Was ist denn im Augenblick angesagt auf dem Kunstmarkt, Ocean?« Er grinst herausfordernd.

Dass er ihren Namen nicht richtig aussprechen kann, ruft jedes Mal Verachtung in ihr hervor. Ist Océane wirklich so schwer zu sagen?

»Sibelius.«

»Ja! Den Namen kenne ich. Ein neuer Stern am Berliner Kunsthimmel. Oder Wien? Was malt er doch gleich?«

Anfangs hat sie geglaubt, er würde nur Spaß machen, das Spiel mitspielen, bis sie merkte, dass er keine Ahnung hat. Aufgewachsen in einer langweiligen Siedlung bei Detroit, der Vater ein unbedeutender Angestellter bei General Motors, die Mutter den ganzen Tag mit vier Kindern, Waschen, Putzen und Kochen beschäftigt. Musik kannte er nur aus dem Radio und von der Hardrock-Band, in der er zwei Jahre lang die E-Gitarre traktierte, mit nur drei Akkorden, wie er sich hin und wieder rühmt, wenn er sich besonders gut fühlt. Irgendwann hat er die richtigen Leute getroffen, die ihm den Weg geebnet haben, weil sie den jungen, dynamischen Typen für ihre Zwecke einsetzen konnten.

»Landschaften.« Sie spielt das Spiel weiter.

»Passt perfekt zu Edenvalley! Gute Idee, Ocean!«

Sie schenkt ihm ein kurzes Lächeln, er erwidert es, genauso kurz, genauso kalt. Freunde sind sie nicht, da macht sich keiner etwas vor. Vielleicht verachtet er sie sogar genauso wie sie ihn.

Er ist ein Meister darin, Menschen das Gefühl zu geben,

dass er sich hundertprozentig für sie und ihre Bedürfnisse interessiert und einsetzt, und er beherrscht die Kunst, Intrigen zu schmieden. Sie kennt ihn besser als er sie, davon ist sie überzeugt.

Sie sieht auf die Uhr und will gerade eine Bemerkung machen, dass die anderen beiden unpünktlich sind, als sich die Tür öffnet. Bob Redfern schlurft in schwarzen Röhrenjeans und schwarzem Totenkopfsweatshirt herein, hebt lässig grinsend die Hand, wie ein Rockstar. Er trägt noch immer Pferdeschwanz, sein Markenzeichen seit mehr als dreißig Jahren, als er damals, in einem Zimmer eines Studentenwohnheims, Computerprogramme zusammenbastelte und damit die Grundlagen für sein heutiges Software-Imperium schuf. Océane hat Männern mit Pferdeschwanz noch nie getraut. Er hat die Seiten gewechselt. Übergangslos. Das darf sie später nicht vergessen.

Ted Marder folgt ihm, im weißen Hemd mit bunt gemustertem Schlips und dunkler Anzughose, das Haar, wenn auch nicht mehr ganz so kupferrot wie noch vor Jahren, aber immer noch soldatisch kurz.

»Die UNO-Sitzung hat sich mal wieder in die Länge gezogen«, Ted begrüßt zuerst James, dann sie, Océane, mit Handschlag. Bob hat es sich schon auf dem Platz am anderen Ende des Ovals bequem macht, die Füße in den roten Turnschuhen auf die Armlehne des Sessels daneben gelegt.

»Ihr solltet ein paar Bilder aufhängen«, sagt er.

»Hab ich gerade angeregt, Bob!« James grinst wie ein Schuljunge. Er bekommt drei Millionen Euro Gehalt, so viel, wie Bob Redfern wahrscheinlich jeden Monat für die Instandhaltung seiner Häuser, Appartements, seines Flugplatzes einschließlich Flugzeug ausgibt, denkt Océane, als sie an der langen Tischseite Platz nimmt, gegenüber von Ted, dessen Hemdkragen ein Stars-and-Stripes-Anstecker schmückt.

»Also, James, ihr habt die Kontrolle verloren«, fängt Bob ohne Einleitung an, von einem Lächeln keine Spur mehr.

James holt Luft, schlägt mit beiden Handflächen auf den Tisch, betrachtet sie einen Moment und sieht auf.

»Reden wir Klartext. Elodie konnte nicht, Milward weiß bereits Bescheid. Ich will euch sagen, was los ist. In Johannesburg wurde der Grundstein für unser DRMA-Projekt gelegt. Edenvalley sollte nicht nur den Markt beherrschen, sondern auch Kontrolle über die Nahrungsmittelmenge, den Preis und die Verteilung in der Welt ausüben.«

»Richtig. Das ist Teil unseres Programms«, bekräftigt Bob und kratzt sich über die faltige Wange.

»Genau. Brainstorm hat investiert, und auch du, Ted, mit Eastman Black. Dass die Terminatortechnologie zugleich Sterilität bei den Konsumenten auslöst, nun, das ist uns allen doch nur recht, oder? Ich brauche euch nicht zu sagen, was das bevölkerungspolitisch bedeutet.« Er steht auf, geht ein paar Schritte hin und her und bleibt dann hinter seinem Sessel stehen, als wäre er ein Schutzschild.

»Nur wenige wissen davon«, fährt James fort. »Dann hat allerdings jemand dazwischengefunkt. Dieser Professor Frost. Er war bis vor drei Jahren unser Mitarbeiter und an der Entwicklung von DR-Mais maßgeblich beteiligt. Die Proben – wir wissen nicht, wie er an die drangekommen ist – entstammten einem Versuchsfeld in Uganda, wie wir inzwischen erfahren haben. Dieser DR-Mais wies ein unbekanntes Eiweiß auf. Frost hat ein falsch gefaltetes Prion entdeckt. Es ist in der ersten Entwicklungsphase entstanden, wir dachten, es wäre vernichtet, nun, ist es aber nicht. Es muss irgendwie in einem unserer Labors oder in der Produktion entstanden sein, und es ist aller Wahrscheinlichkeit nach verantwortlich für den Tod der Ratten. Es ist nicht auszuschließen, dass …«, er zögert kurz, »… dass Menschen beim Verzehr dieser Maissorte ebenfalls … zu Schaden kommen.«

Eine Weile herrscht Stille. Dann nimmt Bob Redfern die Füße in den roten Sneakers von der Sessellehne und beugt den Oberkörper in Angriffshaltung über den Tisch. Océane sieht, wie James schluckt.

»Soll das etwa heißen«, sagt Bob, und seine Stimme klingt drohend, »dass euch hier ein Fehler unterlaufen ist? Ich stecke nicht nur mit Millionen, sondern auch mit Brainstorm in der Sache drin, wenn da was an die Öffentlichkeit …«

James streckt abwehrend die Arme aus und nimmt wieder Platz. »Wir haben Vorsichtsmaßnahmen getroffen. Frost wurde ausgeschaltet. Die Polizei verfolgt eine falsche Fährte, eventuelle Mitwisser werden nach und nach eliminiert. Ocean, bitte …«

Er braucht sie, wie immer in solchen Situationen. Mein Gott, wie sie ihn verachtet!

»Bob«, sagt sie also, »ein Fehler in der Produktion kann immer mal vorkommen, das wissen wir. Das bestätigen uns die Wissenschaftler, das predigen unsere Gegner. Und Ted kennt das sicher auch in seinen Fabriken.« Sie lächelt.

Ted nickt nicht, sondern starrt sie mit versteinerter Miene an.

»… und die Kontrollen … haben versagt?« Bob schüttelt den Kopf. »Wer war dafür zuständig?«

»Es kommt darauf an, in welcher Produktionsstätte der Fehler …«, schaltet sich James wieder ein.

»Hier, in Europa, wer war hier zuständig?« Bob pocht mit dem Zeigefinger auf den Tisch, als wollte er ein Loch hineinstoßen.

James sieht Océane fragend an.

»Dr. Imberger.«

»Imberger?« James runzelt die Stirn. »Der wurde doch …«

»… ja«, sie nickt, »ein tragischer Autounfall, leider, vor sechs Monaten.«

Bob schickt ihr einen schnellen Blick.

»Und in unserem Werk in Atlanta?«, fragt James weiter, seine Stimme ist viel schwächer als am Anfang seiner Rede.

»Dr. Murakami. Er ... starb bei einem Fallschirmsprung«, sagt sie.

»Aber Imberger hatte einen Stellvertreter ...«, erinnert er sich.

»Schnitzler.« Sie nickt wieder.

»Mein Gott«, James greift sich an die Stirn, »ist der nicht beim Klettern in den Dolomiten abgestürzt ...«

»Möglicherweise Selbstmord. Er litt unter Depressionen, wie wir später erfahren haben.«

Wieder Stille.

»Das ist doch eindeutig Sabotage!« Teds Blick durchbohrt James. »Hast du das nicht erkannt, James?«

»Ted, bitte«, greift sie ein, »Schnitzler war wirklich depressiv. Imbergers Auto wurde von einem betrunkenen LKW-Fahrer gerammt, und Murakami, Himmel, Fallschirmspringen *ist* gefährlich! Davon abgesehen, wir haben noch weitere vier Produktionsstellen. Dort ist alles beim Alten. Keine Toten, keine Unfälle. Wirklich, Ted«, sie lächelt wieder, »es waren unglückliche Umstände.«

Bob spielt nachdenklich mit dem Anhänger an seiner Goldkette. »Kann der Mais zurückgerufen werden?«

»Unmöglich!«, ruft James aus. »Zurzeit befinden sich über vierhundert Container mit DR-Saatgut auf See. Ganz zu schweigen von dem Zeug, das schon irgendwo wächst. Wenn etwas an die Öffentlichkeit dringt, können wir nicht nur sieben Jahre Entwicklungsarbeit und etliche Milliarden abschreiben. Nein, Edenvalley wäre erledigt. Die Terminatortechnologie wäre erledigt. Man würde uns verklagen, Billionen, Billionen würden die fordern, diese Halsabschneider von Anwälten!« Er sieht mit neu gewonnener Kraft Bob und Ted beschwörend an. »Dann würde alles ans Licht kommen. Das wäre ein GAU – nicht nur für Edenvalley. Genauso für

Brainstorm und Eastman Black und unseren Wassertrust, für unsere …«

Bob hebt die Hand. »Verstanden, James.«

»… für unsere Aktien …«, redet James weiter.

»Hör auf, James.« Bob knetet immer noch den Anhänger in seiner Hand, als wäre er ein Zauberstein, der ihm magische Kräfte verleiht. »Und – was schlägst du vor, James?« Bob verschränkt die Arme hinter dem Kopf und lehnt sich zurück.

»Ocean hat …«, James sieht zu ihr hinüber, »… unsere Vorschläge …«

»Fakt ist«, erlöst sie ihn, »draußen warten Tausende von Journalisten, Ökos und Verbrauchern darauf, dass sie gegen uns vorgehen können. Wir müssen verhindern, dass irgendwelche Meldungen von der Öffentlichkeit als wahr betrachtet werden.«

»Eine gezielte Desinformation also?«, fragt Ted.

»Ja. Wir schicken Rundmails raus. Und zwar an alle relevanten Wissenschaftszeitungen und -zeitschriften, aber auch an Tages- und Wochenzeitungen. Diese Strategie hat bisher immer funktioniert. Wir haben eine Reihe von Journalisten, die regelmäßig Nachrichten und Meldungen an relevante Pressestellen liefern. Diese Journalisten haben eine erfundene Biografie, sie existieren ja auch nicht. Dann müssen unsere Feinde erst mal mit richtigen Beweisen kommen, und selbst dann können wir das noch als Falschmeldung hinstellen. Und dann pflastern wir sie mit Anklagen und astronomischen Geldforderungen zu. Das schüchtert die meisten ein. Außerdem haben wir auch Kontakte zur EFSA und zur amerikanischen Food and Drug Administration, Ian Popper war bisher immer sehr hilfreich bei unseren Anfragen.«

»Eben«, James nickt, »und außerdem könnten wir ein Herbizid herstellen, das genau diese Sorte abtötet. Und dann verkaufen wir es als Terminator-Herbizid – gegen unerwünschte Mutanten. Überschrift: *Wir halten Ihre Ernte sauber!*«

»Und was ist mit möglichen Todesfällen?«, fragt Bob. Er ist offenbar wenig beeindruckt von den Vorschlägen. »Möglicherweise werden Menschen an einer Prionenerkrankung sterben.«

»Möglicherweise, Bob, aber das wissen wir nicht. Und dann finden sich tausend Erklärungen. Eine neue Auswirkung von AIDS zum Beispiel. Wenn das in Afrika passiert, wird uns das jeder abnehmen.« James grinst. Er fühlt sich auf einmal wieder sicher. Das ist sein Terrain. Intrigen spinnen.

»Aber das Saatgut ist nicht nur nach Afrika unterwegs, oder?«, fragt Ted.

»Nein. Aber, mein Gott, wir sind doch kreativ!« James macht eine ausholende Geste, tut das, was er so gut kann: verkaufen. »Nennen wir es eine neue Vogelgrippe, einen neuen Rinderwahn, Schweinegrippe, eine Autoimmunerkrankung … Unsere Tochterfirma Adana wird sogleich ein neues Medikament entwickeln. Und du, Ted, kannst unser Saatgut statt Bomben im verdammten Irak abfeuern! Und ganz heimlich auch über China abwerfen, was?«

Ted lächelt gequält. Er hat sich noch nie, soweit Océane sich erinnert, durch Humor ausgezeichnet.

»Dann haben wir also alles wieder im Griff?«, fragt Bob. Er streicht sich eine lange graue Haarsträhne, die sich aus seinem Pferdeschwanz gelöst hat, hinters Ohr zurück und steht auf.

»Ja.« James nickt.

»Dann sollten wir wohl eine Weile keinen Mais zu unserem Steak essen, oder?«

James lacht gut gelaunt.

»Besser auch kein Steak, Bob!« Océane kann sich diesen Hinweis nicht verkneifen.

Bobs Augen werden schmal, es dauert ein paar Sekunden, bis er begreift. »Klar, die Viecher fressen ja den Mais.«

Wieder legt sich ein Grinsen auf James' Gesicht, diesmal ist es breiter und zuversichtlicher als vorher. »Wir sehen uns auf

Ellesmere Island.« Er steht auf. »Die Arche sieht fantastisch aus, findet ihr nicht?«

»Ach ja«, Bob greift sich an die Stirn, »wir haben einen Filter in die Suchmaschine eingebaut. Muss ja nicht jeder gleich wissen, wer NAT finanziert, oder? Wir bleiben im Hintergrund, wie immer.«

Dann schließt sich die Tür hinter Bob und Ted. James wird schlagartig ernst. Abrupt dreht er sich zu Océane um.

»Sag mal, Ocean, hattest du nicht den Eindruck, dass Ted und Bob längst von der Prionengeschichte wussten?«

»Nein, wieso?«

»Bob wird normalerweise viel ausfallender.«

»Er ist älter geworden.«

James schüttelt den Kopf, sieht zum Fenster und dann zu ihr. »Man kann mich nicht so einfach abservieren, Ocean.«

Sie lächelt ihn aufmunternd an. »Wie kommst du denn darauf?«

Sein Blick wandert wieder zum Fenster. »Es ist ein gefährliches Spiel, Ocean.«

»Ich weiß nicht, was du meinst, James.«

9 Uganda

Der fremde Geruch in seiner Hütte irritiert ihn. Zu viel hat ihn schon irritiert. Dass Henrik mit dem Gehirn des Jungen verschwunden ist. Oder vielmehr mit dem, was davon noch übrig war. Und die Sache mit Sam und … Die Namen hat er vergessen. Henrik, der Idiot. Hat auf eigene Faust gehandelt.

Seinen Arztkittel hat er im Hospital gelassen, wie immer. Nein, der Geruch hat nichts mit ihm zu tun. Sie hingen schon im Raum, diese Schwaden von beißendem Schweiß.

Noch in der Sekunde, in der ihn der Schmerz des Bisses durchfährt, weiß er, dass er sich den Geruch nicht eingebildet hat, dass er gleich nach Henriks Verschwinden hätte abhauen sollen und dass er sterben muss.

Dennoch schlägt er die Decke weg, stürzt sich aus dem Bett, versucht, die Schlange von seinem Fuß zu schleudern, greift nach seinem Golfschläger, eine Schwarze Mamba … Mein Gott, er hat höchstens zwanzig Minuten, denkt er noch, dann überwältigt ihn der Schmerz, und er will schreien, doch da presst sich etwas auf seinen Mund. Etwas drückt ihm ins Kreuz, reißt ihn nach hinten, er fällt auf den Rücken, und für einen Moment blickt er in schwarze Augen in einem schwarzen Gesicht. Automatisch sucht er seine Erinnerung ab, aber er kann dieses Gesicht nicht finden. Ein gedungener Mörder, denkt er noch, dann spürt er, wie seine Lungen sich vergeblich dehnen wollen, er ringt nach Luft, er weiß, das ist das Gift, das in seinen Körper strömt und ihn lähmt, bis es das Atemzentrum erreicht hat. Seine Glieder zucken, brennen, werden taub. Er weiß zu viel. Wer zu viel weiß, muss sterben. So war es schon immer bei den Mächtigen. Dreitausend Euro extra monatlich auf ein Schweizer Konto für seine Berichte. Wie dumm er ist, er wusste doch von Anfang an, dass er einen Pakt mit dem Teufel eingegangen war.

10 München

Ich könnte erleichtert sein, denkt Henrik, als die Tür des Instituts für Gehirnforschung in Großhadern hinter ihm zufällt und er wieder im Freien steht. Dr. Krämer selbst hat sich sofort um die Untersuchung des Gehirns oder vielmehr dessen, was früher einmal Lukas' Gehirn war, gekümmert.

Er hatte sich vorher alles genau durchgelesen, wie man Gewebeschnitte einfärbt: Übersichtsfärbungen wie HE oder Färbung von bestimmten Strukturen, Markscheidenfärbung mit LFB-PAS, Zell- und Markscheidenfärbung nach Klüver-

Barrera oder Versilberungsmethoden nach Gallays, Gomori oder Bielschowsky und schließlich alles über die PET-blot-Methode.

Aber Henrik ist nicht erleichtert, er fühlt sich bedrückt, deprimiert, ängstlich. Übermüdung, sagt er sich und hebt den Kopf, um die frische Frühlingsluft einzuatmen und in den blauen Himmel zu sehen. Vielleicht hören dann endlich die marternden Kopfschmerzen auf. Doch ihm wird übel, als er hinaufsieht, seine Knie werden weich, der Boden unter seinen Füßen gibt nach, und sein Kopf, um Himmels willen, was ist mit seinem Kopf? Er kommt ihm vor wie ein Luftballon, ein riesiges Gebilde, das sich immer weiter aufbläht.

Und wenn er auch … Er verbietet sich, weiterzudenken. Denken – kann er überhaupt noch denken? Was passiert gerade mit seinem Gehirn, wird es auch verflüssigt? Er torkelt, stolpert mitten hinein in die Menschengruppe, die ihm entgegenströmt, die Farben ihrer Kleider verschwimmen, werden zu bunten Flecken, eine wabernde Masse, die ihn aufsaugen wird … »He, pass auf!«, dringt eine Stimme von weit weg an sein Ohr. »Schlaf deinen Rausch woanders aus!«

Er sitzt in seinem Gefängnis, in diesem Körper, der ihn nicht mehr trägt, er bringt kein Wort heraus, er geht zu Boden, eine bunte Woge schlägt über ihm zusammen. Bruchstücke schwarzer Buchstaben fliegen um seinen Kopf, er greift nach ihnen, will sie festhalten, doch sie rinnen ihm durch die Finger, was, was, was wollte er sagen? Tun? Was tut er hier? Ist das der Tod? Der Sturz in …

»Henrik!« Eine Stimme reißt ihn zurück aus einem dunklen Schacht.

Wo ist er? Seine Augen blicken in ein gleißendes Licht, so hell, dass er es nicht sehen kann. Gott …

»Henrik, hören Sie mich?«, dringt die Stimme aus der Ferne zu ihm heran.

Er nickt, glaubt, dass er nickt. Er sieht sich um, es ist schon

Nacht, der Mond steht als bleiche Scheibe über ihm. Im spärlichen Busch hinter den Schirmakazien und den aufragenden Felsen gehen vier Männer und tragen auf einer Bahre aus Ästen eine Gestalt, und er weiß ganz sicher, die Gestalt, das ist er. *Warum bestraft ihr mich?*, ruft er in die Dunkelheit. *Ich hab doch alles getan, was ihr von mir verlangt habt!* Er lauscht, doch niemand gibt ihm eine Antwort.

»Henrik! Ich bin's, Dr. Krämer, kennen Sie mich noch?«

Krämer ...

Wer ist Krämer? Was ist Krämer? Ein Gesicht, da im grauen Nebel ... Ist er wieder in Afrika?

11 Paris

Lejeune blickt auf das Schreiben neben ihrer leeren Espressotasse. Seit Minuten schon. Sie hat das Gefühl, als wäre sie aus der Zeit herausgefallen. Auf der Digitaluhr über der Tür wandern die Minutenzahlen, siebzehn, achtzehn, neunzehn ... neununddreißig, vierzig ... Doch es geht sie nichts an. Was wird geschehen, wenn sie einfach nur hier sitzen bleibt? Kann sie die Zeit bremsen, sie sogar dazu bringen, dass sie rückwärts läuft? Der Sonntag, an dem sie den Fall übernommen hat, hat ihn in seiner Entscheidung bestärkt. Und wenn sie keinen Dienst gehabt hätte? Wenn dieser Frost nicht umgebracht worden wäre? Wenn ... dann ... Hätte er dann nicht diesen Entschluss gefasst?

Und wie stellst du dir vor, wie die Kinder leben sollen?, hat sie ihn gefragt. Scheidungskinder. Hin- und hergerissen zwischen Mutter und Vater.

»Fühlen Sie sich nicht gut?« Davids Stimme dringt zu ihr und reißt sie aus ihren Überlegungen.

»Wie kommen Sie darauf?« Ihm wird sie ganz sicher nicht den Triumph gönnen, dass sie vor ihm zusammenbricht.

Hastig steht sie auf und bringt die Tasse zurück zur Maschine, sie muss in Bewegung bleiben, darf nicht grübeln. *Von wegen die Zeit anhalten! Das ist nicht drin …*

»Der Sprayer in diesem Redaktionsbüro«, Davids Stimme ist immer noch weit weg, »ist eindeutig jemand anders als der in Frosts Labor.«

»Aamu – oder wie hieß sie noch? – ist ja auch tot.« Aber dieser Harris ist ihr wieder durch die Lappen gegangen. Eine mehr als peinliche Situation. Sie hat die Mörderin von Frost und wahrscheinlich auch von Bohin und Lappé und Sylvie Harris. Das reicht ihren Vorgesetzten. Aber ihr nicht. Weitermachen. Nicht loslassen. Das hat sie all die Jahre durchgehalten.

»Was sagen die Kollegen über den Einbruch?«, will sie wissen.

David sieht stirnrunzelnd auf eine Notiz.

»Was ist?«

Er sieht auf, doch er sieht sie nicht an, sieht an ihr vorbei. Das ist seine Rache. Er lässt sich Zeit, bis er endlich spricht. »Die Tür wurde erst nachträglich aufgebrochen.«

»Was soll das heißen?«

»Ganz einfach«, sagt er überheblich, »jemand hat wohl zuerst mit dem Schlüssel aufgeschlossen und dann das Schloss bearbeitet, damit es nach Einbruch aussieht.«

Sie denkt kurz nach. »Überprüfen Sie doch mal die Finanzen von diesem Schmierblatt.«

Er nickt. »Erwarten Sie eine Nachricht von Brain Network? Kommt aus München, von der Zentrale des Europäischen Brain Network. Ein Dr. Krämer.«

»Ja, ja, lesen Sie schon.« Endlich, darauf hat sie gewartet.

»Sehr geehrte Madame Lejeune«, liest David, »ich will Sie nicht lange mit wissenschaftlichen Details aufhalten. Das von Ihnen eingesandte Hirngewebe«, David sieht auf. »Das Rattenhirn aus dem Labor von Frost?«

Sie nickt. »Das von der Ratte, die auf seinem Kopf saß.«

Er schluckt und verzieht das Gesicht, liest rasch weiter. »... weist eindeutig auf eine bisher noch unbekannte Prionenerkrankung hin. Bitte setzen Sie sich so schnell wie möglich mit uns wegen weiterer Detailfragen in Verbindung.«

»Prionenerkrankung ... Glaubt dieser Professor, ich bin Spezialistin für so was?« Die Ignoranz von Gelehrten hat sie schon bei ihrem Vater wütend gemacht, der immer davon ausging, dass jeder, mit dem er sprach, sich genauso gut in mittelalterlicher Geschichte auskennen müsste wie er selbst.

»Soweit ich weiß, sind Prionen Eiweiße ...«, fängt David an.

»Soweit Sie wissen? Schauen Sie lieber mal nach!«, fährt sie ihn an, und schon wieder lässt er sich ihren Ton gefallen. Sie quält ihn. *Irène, er kann nichts dafür, dass Roland sich scheiden lassen will!*

Er hackt wie ein Wahnsinniger auf seine Tastatur.

»Die Besonderheit des krank machenden Prions besteht darin, dass es sich von dem normalerweise im Gehirn vorkommenden Prion nur durch die räumliche Struktur unterscheidet ... Es verbreitet sich, indem es die normalen Prione in die krank machende Struktur umformt ... Somit entsteht eine Art Müll in den Neuronen ... Das Prion wird meist durch Nahrung oder Bluttransfusionen zugeführt ...« So viel weiß sie noch aus der Zeit des BSE-Skandals. Ronald wurde panisch, weil er – damals noch Anlageberater – jeden Tag einen Hamburger verschlang.

»Geben Sie mir mal seine Telefonnummer!« Sie winkt ungeduldig mit der Hand.

»Welche?«, fragt David konsterniert.

»Herrgott, die von diesem Krämer!«

Sie hat ihn gleich beim ersten Versuch am Apparat.

»Bonjour, Inspecteur Lejeune«, sagt er überraschenderweise auf Französisch. »Ich wollte gerade selbst versuchen, Sie zu erreichen.«

»Sehen Sie. Nun bin ich Ihnen zuvorgekommen. Fragen Sie, Professor, dann frage ich, falls dann noch eine Frage offen ist.« Irgendetwas in seiner Stimme und in seinem Akzent gefällt ihr, stellt sie fest.

»Es gibt eine merkwürdige Kohärenz«, beginnt er. »Wir hatten einen Todesfall in Hamburg vor einer Weile und jetzt einen in Afrika. Dort fanden wir das gleiche Prion.«

Sie wird hellhörig. »Ach … und welche Erklärung haben Sie dafür?«

»Im Moment noch gar keine. Soweit Sie mir mitgeteilt haben, wurden die Ratten nicht für Versuche hinsichtlich Prionenerkrankungen gehalten, oder?«, fragt er.

»Nein. Es ging um Antibiotikaresistenz.«

»Und wer hat die Forschungen …«

»Der Wissenschaftler wurde ermordet«, fällt sie ihm ins Wort.

»Oh …«

»Mehr darf ich leider nicht …« Sie muss abwägen, darf nicht durch ungesicherte Informationen eine Massenpanik auslösen.

»Ich verstehe … Nun, diese Prionen können über das Blut oder durch die Nahrung in den Organismus gelangen. Wenn wir also wüssten, was die Ratten zu fressen bekommen haben, dann …«

»Das wissen wir nicht.« Sie kann ihn unmöglich in die Ermittlungen einweihen.

»Das klingt nicht gut, Inspecteur Lejeune.«

Gedankenverloren starrt sie auf den Monitor, ohne etwas zu sehen. Wenn tatsächlich Nahrung vergiftet wäre, dann wären die Folgen unabsehbar, dann …

»Übrigens …« David räuspert sich.

»Ja?«

»Ich sollte doch *Tout Menti!* überprüfen.«

»Und?«

»Die Versicherung hat sich die Geräte mal genau angesehen.«

»Ja?«

»Da gibt's wohl ein paar Merkwürdigkeiten.«

»Aha …« Sie horcht auf. *Warum nur fühle ich mich immer dann am lebendigsten, wenn ich gegen das Böse kämpfen kann?*

12 Mittwoch, 9. April

»Du kennst doch den Film, in dem ein Killer den amerikanischen Präsidenten abknallen will. Sein Gegenspieler ist Clint Eastwood, ein alter Sicherheitsbeamter. He, den Titel hab ich vergessen, aber da hat der Mörder so eine kleine zusammenbaubare Plastikpistole gehabt, weil er durch die Sicherheitskontrollen musste.«

Das, was Zouzou ihm daraufhin in die Hand gedrückt hat, besteht aus zwei röhrenähnlichen Teilen, ist weiß, aus Plastik und hat zwei Schuss. Kunststoffgeschosse mit Metallanteilen.

»Hast Glück. Hab ich mal nachgebaut. Du musst es zusammenstecken und kannst höchstens, sagen wir, sechs Schuss abgeben, dann ist das Ding hin. Plastik ist kein Metall, klar?« Zouzou hat ihm zugezwinkert. »Deshalb macht es auch nicht *beep* bei der Kontrolle.« Er soll so nah wie möglich an das Ziel rangehen und ein paar Tage vorher zwei Übungsschüsse abgeben.

Aber dazu bleibt ihm keine Zeit.

Er hat die U-Bahn genommen, so wie früher, so, als würde er noch immer sein altes Leben leben. Ohne nachzudenken, ist er ausgestiegen und steht nun vor der Tür seines Hauses.

Warum kann man nicht die Zeit zurückdrehen? Etwas ungeschehen machen?

Er weiß, er hält es nicht mehr in Camilles Appartement aus. Die Rolle des Gastes ist ihm auf Dauer unerträglich. Als er die Haustür aufschließt, will er sich für einen Moment sentimentalen Erinnerungen hingeben. Die erste Wohnungsbesichtigung, der Einzug … Doch er verdrängt die Gedanken, nimmt die Treppe und kommt außer Atem im obersten Stockwerk an. Dort reißt er die Versiegelung an seiner Wohnungstür auf.

Einen kurzen Moment glaubt er den Hauch von Sylvies Parfüm wahrzunehmen. Doch schon ist es vorbei, und sein Blick fällt auf die dunklen Flecken auf dem Parkett und die getrockneten Blutspritzer an der Wand. Zielstrebig geht er zum Kleiderschrank im Flur, nimmt die rote Reisetasche aus Mailand und packt seine Skihose und eine warme Fleece-Jacke ein, außerdem Mütze, Handschuhe und Winterstiefel. Die beiden Teile der Pistole und die Patronen verstaut er an separaten Stellen der Reisetasche, dann zieht er den Reißverschluss zu.

Einem letzten Rundgang durch die Wohnung kann er nicht widerstehen. Die Pflanzen im Wohnzimmer brauchen Wasser. Die Azalee ist vertrocknet, auf dem Boden liegen überall welke braune Blätter. Die Kirsche auf der Dachterrasse ist kahl. Er will die Gießkanne nehmen, sie füllen, doch dann lässt er es. Er geht wieder hinein, verschließt die Terrassentür. Die Küche verströmt noch ein wenig von dem typischen Geruch nach Kaffee, Kräutern der Provence und erkaltetem Olivenöl. Das Gästezimmer wäre das Kinderzimmer geworden. Im Regal in seinem Arbeitszimmer steht ein Foto von Sylvie. Er nimmt es aus dem Rahmen und steckt es in die Innentasche seiner Skijacke. *Ich habe es dir versprochen, Sylvie, ich kriege sie, ich bin ganz nah dran …*

Vielleicht wird er nicht von Ellesmere Island zurückkehren. Vielleicht wird es seine letzte Reise sein.

Er schließt die Tür, muss zurück zu Camille. Sie müssen ihre Flüge buchen. Paris–Toronto. Von dort nach Resolute Bay auf Cornwallis Island, dann auf die Nachbarinsel Ellesmere Island. Tundra und Gletscher überziehen Ellesmere Island, hat er gelesen. Und es gibt nur drei Siedlungen, die das ganze Jahr über bewohnt sind: die Wetterstation, die Militärstation und die Inuit-Siedlung Grise Fjord am Fuße des Berges, in den die Saatgutbank Noah's Arch hineingebaut wurde. Ein Hochsicherheitsschacht aus Stahlbeton.

13

Es war ein Schock. Christian hat es ihr am Telefon gesagt. Dass er ein großartiges Angebot hätte, das er nicht ausschlagen konnte.

»Du gibst *Tout Menti!* so schnell auf?« Camille hat gemerkt, dass sie schreit.

»*Tout Menti!* ist erledigt, Camille! Sind wir doch mal ehrlich: Wir schuften rund um die Uhr, und was können wir uns leisten? Eine schäbige Wohnung, billiges Essen und schlechte Klamotten. Wir fahren nicht in Urlaub und gehen nur dann essen, wenn ein anderer zahlt. Und: Was bewegen wir denn schon?«

Dieser Satz kam ihr merkwürdig bekannt vor.

»Ich hab keine Lust mehr dazu, Camille. Nicht nur ich leide, nein, auch meine Kinder, meine Ehe. Ständig geht es nur ums Geld und wie wir den nächsten Monat überleben. Ich bin zu alt, um so weiterzumachen wie bisher. Es gibt einfach zu viel Schönes auf der Welt.«

»Autos?«

»Auch Autos, ja, Reisen, Luxushotels, Restaurants, Mode … Meine Kinder sollen nicht immer auf alles verzichten müssen, verstehst du. So wie einige meiner Klassenkameraden, die nie verreist sind, die in hässlichen, engen Mietwohnungen gehaust haben, deren Eltern sich von früh bis spät abgerackert haben und die sich doch nie was leisten konnten. Stil, Luxus, das kennen die doch gar nicht!«

Sie fragt sich, warum er all die Jahre nie etwas davon gesagt hat. Ihm ist es immer um die Wahrheit gegangen und darum, gegen den Strom zu schwimmen.

»Und verrätst du mir auch noch, wer dir ein so unwiderstehliches Angebot unterbreitet hat?«

»Eine Luxusmarke. *Briand.* Kennt kaum jemand. Sie stehen hinter einer Uhrenfirma, besitzen ein Modelabel und eine Hotelkette, eine Bank und sicher noch ein paar Sahnestückchen mehr. Ich soll das monatliche Magazin rausbringen. Hundertzwanzig Seiten Reise- und Kulturreportagen, Essays über Philosophie, Wissenschaft, Politik, Kunst, großartige Fotostrecken … und ich bin Chefredakteur.« Er klang vergnügt und entspannt, so wie sie ihn schon lange nicht mehr erlebt hat.

Sie konnte es immer noch nicht fassen. »Ich dachte, du wolltest dich nie kaufen lassen. War das nicht der Grund für *Tout Menti!*?«

»Wie jeder Mensch hab ich ein Recht auf Meinungsänderung.« Er lachte.

»Man muss dir ein Bombengehalt versprochen haben.«

»Nun, sagen wir mal … endlich schätzt jemand einmal meinen wahren Wert!« Dann erklärte er ihr, dass er gleich am nächsten Tag nach Sofia reisen müsste – er sagte etwas von Altstadtsanierungen und Grundstücken –, und bat sie, die nächste *Tout Menti!*-Ausgabe ohne ihn rauszubringen, er habe seine Artikel ja bereits fertig. Die finanzielle Seite seines Ausstiegs würde man nach seiner Rückkehr besprechen. »Vielleicht wollt ihr ja auch nicht mehr weitermachen?«

Sie wusste nicht, was sie sagen sollte. Und sie wusste auch nicht, wie ihre Zukunft aussehen würde.

»Und weißt du, was das Beste ist, Camille?«, sagte er am Schluss. »Mein Vater hätte niemals für ein solches Magazin gearbeitet!«

Eine tonnenschwere Last schien von ihm abgefallen zu sein, die er all die Jahre mit sich herumgeschleppt hatte.

Briand, recherchierte sie anschließend, gehören einundfünfzig Prozent des Lebensmittelkonzerns Latté, und der wiederum erhält jährliche Zuwendungen für Forschungsprojekte von der Milward-Foundation.

»Sie haben dich gekauft, Christian«, sagte sie ohne Einleitung auf seinen Anrufbeantworter. Doch er rief nicht zurück.

»Du wolltest alles auf eure Homepage stellen.« Ethans Stimme reißt sie aus ihren Gedanken. Sie geht aus der Küche zurück ins Wohnzimmer und sieht, wie er in ihr Notebook starrt.

»Ja, habe ich auch.«

Sie hatte Christian gefragt, und er hatte seine Zustimmung gegeben. »Das kann unsere letzte Tat sein, Camille, ist dir das klar? Dann gehen wir mit Pauken und Trompeten unter, aber das ist immer noch besser, als mit fünfzigtausend Exemplaren dahinzuvegetieren. Zu viel zum Sterben, zu wenig zum Leben.«

Jetzt, im Nachhinein, kommt es ihr vor, als hätte er da schon längst seine Entscheidung gefällt, *Tout Menti!* aufzugeben.

»Und, wo ist es?«, hört sie Ethan fragen.

Sie wirft einen Blick über seine Schulter. *Diese Seite steht vorübergehend nicht zur Verfügung.* »Sicher ein Serverproblem.«

»Nein, ich fürchte, die Seite wurde gesperrt«, erwidert er.

»Wie kommst du darauf?«

»Control of Information, Camille!« Er springt auf. »Teil des Plans von *The Three Poles.* Glaubst du es jetzt?«

Sie starrt ihn an. »Aber wir sind doch nur ein Satireblatt …«

»Du hast immerhin eine Fernsehsendung, Camille.«

»Trotzdem …«

»Euer Blatt wird nicht das einzige sein, das aus dem Netz genommen wurde.« Er hackt auf die Tasten.

»So einfach kann man doch keine Internetseite sperren, Ethan!«

»Hier.« Er deutet auf eine Nachricht und liest vor: »Inzwischen hat Brain Network bestätigt, dass es sich bei den Todesfällen in Hamburg und Berlin um eine Prionenerkrankung handelt, die der Creutzfeldt-Jakob-Variante ähnelt. Ungesicherten Angaben zufolge traten Todesfälle durch die sogenannte BDP, Brain Desease Caused By Prions, auch in Uganda auf. Prionen werden durch eiweißhaltige Nahrung aufgenommen, können aber auch durch Blutübertragung weitergegeben werden. Spekulationen und Behauptungen, dass gentechnisch veränderte Nahrungsmittel das krank machende Prion in sich tragen, werden von Agrarfirmen und Nahrungsmittelherstellern sowie von namhaften Wissenschaftlern entschieden zurückgewiesen.

Verschiedenen Pressemeldungen zufolge handelt es sich um eine Autoimmunerkrankung.«

»Autoimmunerkrankung?« Allmählich beginnt sie zu begreifen. »Das ist … gezielte Desinformation.«

»Exakt. Warte, hier: Auf die europäische Zentrale von Edenvalley in Genf wurde vor zwei Stunden ein Bombenanschlag verübt. Ein Schwerlaster fuhr ferngesteuert auf das Firmengelände, durchbrach die Absperrungen und raste in die Lobby des Verwaltungsgebäudes. Da sich um diese Uhrzeit nur wenige Mitarbeiter im Gebäude aufhielten, wurde niemand verletzt. Der Sachschaden beläuft sich jedoch auf mindestens vier Millionen Euro.«

Océane, denkt sie. *Vielleicht wollte man Océane töten.*

»Der Schweizer Nahrungsmittelkonzern Latté und der Agrarriese Edenvalley sprechen von einer globalen Kampagne militanter Ökogruppen, mit dem Ziel, die Gentechnologie vernichtend zu schlagen. Tatsächlich fand man bei Razzien in Büros von Umweltgruppen in Prag, Berlin, Paris, London und Den Haag belastendes Material. Worum es sich im Einzelnen handelt, wurde jedoch nicht bekannt gegeben.« Er sieht auf. »Wir müssen weg, Camille, und zwar jetzt.«

»Aber wir fliegen doch sowieso morgen …«

»Jetzt, Camille.« Schon ist er aufgestanden und geht zum

Fenster, sieht hinaus. »Glaubst du, jemand gibt sich damit zufrieden, deine Website zu sperren?«

»Das ist doch absurd!« Doch sie weiß, dass er recht hat. Nach allem, was passiert ist. Und wenn doch Océane … Aber warum wollte sie unbedingt, dass sie und Ethan nach Ellesmere Island kommen?

»Los, wo ist deine Tasche?«

»Aber wohin …«

»Zu einer Freundin und dann zum Flughafen.«

»Du willst immer noch nach Ellesmere Island?«, fragt sie.

Abrupt dreht er sich um. »Ja.«

»Und wenn es eine Falle ist?«

»Océane Rousseau ist auch dort. Alles andere spielt keine Rolle.«

Manchmal hat sie das Gefühl, dass sie eine unbeteiligte Beobachterin ist. Aber nur manchmal. Manchmal stellt sie sich vor, wie es wäre, Ethan näher kennenzulernen. Oder wie es wäre, wenn er und sie die Vergangenheit ruhen ließen und einfach neu anfangen würden.

Rasch packt sie ein paar Sachen ein. Als sie ihre Daunenjacke anzieht und die Tasche über die Schulter hängt, fragt sie sich zum ersten Mal, was danach kommt. Plötzlich ist ihr klar, dass es ein Kampf auf Leben und Tod werden wird.

»Was ist?« Ethan dreht sich an der Tür zu ihr um.

»Ethan …« Dann kommt sie nicht weiter.

»Ja?«

Sie lässt die Tasche wieder von der Schulter gleiten, weiß nicht, wie sie es sagen soll.

»Was ist?«, fragt er ungeduldig.

Sie sucht nach einem Signal, nach irgendetwas in seinem Gesicht, in seiner Haltung, das ihr sagt, dass auch er etwas für sie empfindet, dass auch er sich ein anderes Leben vorstellen könnte. Sie findet nichts.

»Warum steigen wir nicht einfach aus?«, fragt sie trotzdem. »Es ist so viel passiert …«

»Was willst du, Camille?«, sagt er schroff.

Er begreift noch immer nicht. Sie sollte aufgeben. Auf einmal ist ihr klar, dass sie diesen Kampf auf Ellesmere nicht will … Warum nur hat sie so lange darauf hingearbeitet … auf die Katastrophe? »Ethan …« Sie macht einen Schritt auf ihn zu.

Doch schon im selben Moment weiß sie, dass sie verloren hat, das sagt ihr nicht nur sein abweisender Blick.

»Camille … seien wir ehrlich: Darum ist es uns nie gegangen.«

»Es gibt Dinge, die kann man erst mal nicht zulassen …« Sie hat es sich nicht erlaubt, ihn zu mögen. Sie hat die Möglichkeit immer wieder verdrängt, sie war viel zu sehr mit ihren Zielen beschäftigt … »Aber es ist noch nicht zu spät …« Auf einmal glaubt sie daran.

»Camille«, unterbricht er sie, »ich kann jetzt nicht einfach aufgeben.«

Doch, will sie sagen, *gerade jetzt! Noch ist es möglich!* – Zum ersten Mal in ihrem Leben wäre sie bereit, mittendrin aufzuhören und ihrem Herzen zu folgen.

Aber er macht die Tür auf, und sie hängt sich die Reisetasche über die Schulter.

Zu spät.

14 Donnerstag, 10. April
Genf

Komm nur, du musst keine Angst haben, na, stell dich nicht so an! Die Stufen sind glitschig und schleimig von breiigem Schmutz. Ein süßsaurer, fauliger Gestank lastet schwer in der Luft. Die Hand zieht das Kind weiter, vorbei an einem knochigen Alten, einer vertrockneten Mumie, das Kind zuckt zurück, denn ein riesiger schwarzer Kopf stößt durch die Menge. *Mama!* Doch die Mama lacht. *Komm weiter, ich bin doch bei dir!* Ein schwarzes Tier mit Hörnern und Knochen, die messerscharf herausstehen, als würden sie gleich das Fell durchschneiden, stößt auf das Kind zu. *Komm, komm schon.* Das Kind hört auf zu atmen. Die Luft ist scharf und ätzend, irgendetwas brennt in den Augen, tut weh. Da, vor ihnen schlagen Flammen hoch. *Mama, es brennt!* Es beißt in der Nase, im Rachen, das Kind klammert sich an die Hand, die es immer tiefer hinunter in den Schmutz und in die dichte, wabernde Menge von Körpern zieht. Der letzte kleine Rest des blauen Himmels ist verschwunden, verdunkelt von dichtem, stinkendem schwarzem Qualm. *Ich will heim, Mama!* Das Kind bleibt stehen, doch die Mutter hört das Kind nicht mehr zwischen all den Rufen und Schreien. Die Stufen werden immer schmieriger von Schmutz und Unrat. Dahinten, zwischen der Wand aus Gewändern und wogenden Körpern, sieht das Kind drohend die braune Flut vorbeiziehen. Und plötzlich gellt ein lauter Schrei, noch ein Schrei, Arme, Beine, Füße, Knie, Ellbogen, Bäuche, Brüste stampfen und drängen, das Kind krallt sich an die Hand, es gibt kein Zurück mehr, nur noch ein Vorwärts, ein Hinunter in die Fluten. *Mama!* Alles Rufen ist vergebens, die Mutter hat selbst schon jeden Halt verloren. Etwas Schweres stürzt auf das Kind, es schlägt mit Knien und Brust auf die Steinstufen, das Gewicht nimmt dem Kind die Luft, doch die Hand zerrt das Kind weiter, es rutscht über die glitschigen Stufen hinunter, immer weiter, hinunter ins Wasser, *Mama!,* noch immer krallt sich das Kind an die Hand, das einzig Vertraute hier in dieser Hölle, die Hand zieht das Kind weiter, immer tiefer hinunter in die stinkende braune Flut. Das Kind will schreien, aber da dringt nur Wasser in den Mund, in die Nase, es spuckt und ringt nach der beißenden Luft, neben ihm im Wasser, ganz nah, treibt ein Körper, er hat nur noch Reste von Fleisch an den Rippen, hat kein Gesicht, da sind nur Löcher und ausgefressene Höhlen. Da verliert das Kind die Hand – und es sinkt hinunter in die trübe Tiefe …

Océane fährt hoch, atemlos, mit hämmerndem Herzen. *Es ist alles nur ein Traum. Nur der Traum!* Sie tastet zum Lichtschalter. Mit der Helligkeit normalisiert sich ihr Puls. *Eine Minute, mehr brauche ich nicht. Eine Minute.* Dann steht sie auf, zieht das durchgeschwitzte Nachthemd über den Kopf, reißt das nasse Bettlaken und die Zudecke herunter, geht nackt ins Bad, stellt sich unter die Dusche und wäscht alles ab. Den Dreck, den Gestank – und die Erinnerung.

Seit Kurzem träumt sie wieder jede Nacht. Und sie dachte schon, es wäre für immer vorbei.

Sie lässt das Licht im Badezimmer eingeschaltet, sodass es durch die Glasbausteinwand auch den Wohnbereich erhellt.

Ein Feuerwerk von Licht sprüht der Jet d'eau in die Dunkelheit, es fällt als Glimmer durch die weiten Panoramafenster auf den tiefschwarz glänzenden Lack des Steinway-Flügels. Sie entscheidet sich für Sibelius, *Kuusi – die Fichte.* Beim zweiten Mal gelingt es ihr klagender und leidenschaftlicher. Sie selbst wird zu der Fichte, durch deren Äste zärtlich der Wind streicht. Ganz oben in ihrem Wipfel haben sich Vögel niedergelassen und singen, Wolken ziehen vorbei, grau und schwer, Sturm kommt auf, peitscht durch die Äste, beugt den Stamm, doch ganz plötzlich legt sich der Sturm, und weiche weiße Schneeflocken fallen auf ihre Nadeln, umhüllen sie, bis zum Morgengrauen. Océane spielt den letzten Ton, lauscht dem Echo des Klangs und atmet ihn ein.

Dann ist es still, und gedämpft durch die schallisolierten Fenster des Lofts, dringt langsam der Verkehrslärm als entferntes Brummen herein.

Eins der Lieblingsstücke ihrer Mutter. Sie steht auf und drückt die Fernbedienung, und goldenes Licht flutet in die modernen lärchenholzgetäfelten Räume, mit einer anderen

Taste lässt sie die Jalousien vor den bis zum Boden reichenden Scheiben herunter, bis auf die, die zur Rhône und zum See hinausgehen. Dann stellt sie die Musikanlage an. Sie wählt Debussy, *Prélude à l'après-midi d'un faune*, geht zum Fenster und sieht durch ihr Spiegelbild hindurch auf die andere Seite des Rhône-Ufers und auf die Lichter der Innenstadt. Wie oft hat ihre Mutter dieses Stück gespielt?

Sie tastet nach ihrem Gesicht, berührt die Scheibe. Kalt und hart fühlt sie sich an.

Du bist alt genug, um deine Wurzeln kennenzulernen. Ein Mensch braucht Wurzeln, sonst fehlt ihm die Liebe, hört sie die Stimme ihrer Mutter. Zehn ist sie gerade geworden, und die Aussicht auf eine Reise nach Indien, das ihr die Mutter immer als geheimnisvoll beschrieben hat, erregt ihre Fantasie, sie kann kaum die vier Wochen abwarten, bis ihr Vater sie beide endlich zum Flughafen in Atlanta fährt. Die beiden streiten sich sogar noch auf dem Weg, und am Flughafen wirft ihre Mutter die Autotür zu und gibt ihm nur einen kurzen Kuss. Drei Wochen später, als er sie bei der trauernden Familie abholt, bringt er zuerst kein Wort heraus. Er nimmt sie nur in die Arme und schüttelt immer wieder den Kopf.

Der Ausflug zum Ganges nach Benares soll der Höhepunkt ihrer Reise zu den Wurzeln werden. Es wird das Ende. Nie wird sie begreifen, warum ihre Mutter dort sterben musste. Zu Tode getreten von einer in Panik geratenen Menschenmenge.

Der Gestank lässt sie nicht los, nach verwesendem Fleisch, nach modernden Pflanzen, Essensresten, beißenden Holzfeuern, menschlichen Ausdünstungen und Exkrementen.

Sie stürzt ins Badezimmer, reißt die Parfümflasche vom Waschtisch und versprüht den Duft in allen Räumen und auf ihrem Körper, bis die Flasche leer ist.

Bald, bald wird der Blaue Planet wieder atmen können.

In San Antonio in Texas ist es jetzt Nachmittag. Ted ist womöglich noch im Büro, vielleicht auch schon beim Golfen. Sie ruft ihn auf seinem Handy an. Wie ihres ist es unter einem anderen Namen registriert.

»Alles okay. Wir haben gutes Wetter«, lautet der Code für: Der Anschlag auf die europäische Zentrale ist geglückt. Jede weitere Gewalttat gegen den Konzern wird man seinen Gegnern anlasten. Die Presseinformationen laufen wie gewünscht.

»Gut«, antwortet Ted. »Der Koffer ist bereits auf der Militärstation.«

Der Koffer, der so manches verändern wird.

»Wer wird ihn übergeben?«, fragt er. »Sollte einer der Sicherheitsbeamten …?«

»Nein, ich habe einen anderen Plan. Eine Journalistin.«

»Großartig. Eine Terroristin also, eine Ökofanatikerin …«

»Ja.«

»Das macht Sinn.«

»Und meine Ernennung …«

»Ist abgemacht. Keine Sorge.«

»Die habe ich nicht. Ich habe mich genügend abgesichert.«

»Das wissen wir. Es wird keine Probleme geben.«

»Gut.«

»Die Maschine landet planmäßig.« Eine Transall C-160, von Blackman East Defense.

»Ja, die Fracht ist bereits am Flughafen.« Offiziell: Saatgut für NAT auf Ellesmere Island. »Was ist mit der Besatzung?«

»Wir haben einen Mann im Laderaum.«

»Und wir können ihm vertrauen?«

»Wir haben seine Tochter. Ihm wird nichts anderes übrig bleiben, als zu tun, was er soll.« Ted wird jetzt grinsen, das weiß sie. Er mag solche Dinge, hat sie festgestellt.

»Und später?«, fragt sie, obwohl sie sicher ist, dass er sich auch darüber Gedanken gemacht hat. Ted überlässt nichts dem Zufall.

»Er glaubt, dass die Ökos das von ihm verlangen«, antwortet Ted.

»Gut. Wir sehen uns dann.« Man wird Nature's Troops und seine Verbündeten für all das verantwortlich machen.

»Ja.«

Smarter Krieg hat Ted es genannt, damals, sie erinnert sich genau, im Taxi in Johannesburg. Und beim Meeting mit James in Genf haben Ted und Bob sich nicht anmerken lassen, dass sie schon längst die Seite gewechselt haben. Dass sie endlich erkannt haben, dass James der Weitblick und die visionäre Kraft fehlen, die man braucht, wenn man zum exklusiven Club von *The Three Poles* gehören will, wenn man die Welt lenken will.

Die neue Weltordnung …

Sie zieht ihre Reisetasche aus dem Garderobenschrank und streicht über den neuen weißen Thermoanzug. Es wird kalt werden auf Ellesmere Island.

15 Paris

Christian Brousse. Wieder so ein eingebildeter Schnösel, der noch mit Mitte dreißig Papa auf der Tasche liegt und sich allen überlegen fühlt. Das Blatt ist mit zweihundertachtzigtausend Euro verschuldet. Die Versicherung läuft auf Christian Brousse. Er ist seit vier Monaten der Eigentümer des Blattes. Es wurde ihm von seinem Vater überschrieben. Zuerst dachte Lejeune, dass das keinen Sinn macht, die ganze Einrichtung zerstören zu lassen und dann von der Summe eine neue zu kaufen. Wahrscheinlich hätte *Tout Menti!* eher draufgelegt. Aber dann kam etwas anderes ans Licht. David hat es ans Licht gebracht, muss sie zugeben.

Die wertvollen Computer und Bildschirme hat Christian Brousse in Sicherheit gebracht, alte Modelle hat er stattdessen ins Büro stellen lassen. Der Typ, der das für ihn erledigt, anschließend die Säure darübergegossen und an die Wand den vorgegebenen Satz gesprayt hat, ist gerade in seiner Wohnung festgenommen worden. Ein ehemaliger Fußballer, dessen junge Karriere durch eine Rückenmarksverletzung jäh beendet worden ist und der daraufhin in die Spieler- und Drogenszene abrutschte, ins Gefängnis wanderte und anschließend jeden Drecksjob angenommen hat, um seine Schulden zu bezahlen.

»Nein«, antwortet sie auf seine Bitte um einen Kaffee. »Erst unterschreiben Sie Ihr Geständnis.« Sie schiebt ihm das Protokoll über den Schreibtisch.

Er fährt sich durch die Haare, die aussehen, als hätte er sie seit Tagen nicht gekämmt, und atmet schwer, während er sich den Text noch einmal durchliest. Als er wieder aufsieht, liegt etwas Hilfloses, Verzweifeltes in seinem Blick. Doch es lässt sie kalt. Ihre eigene Verzweiflung lässt keinen Platz für die von anderen.

Wie glücklich sind sie und Roland einmal gewesen. Wie war es nur möglich, so etwas zu zerstören?

»Wie viel kriege ich?« Seine nun nicht mehr so laute Stimme reißt sie aus ihren Gedanken.

Sie hebt die Schultern, lässt sie wieder fallen, betont langsam. Er soll ruhig spüren, wie wenig sie an seinem Schicksal interessiert ist.

»Das hängt vom Richter ab. Und von Ihrem Anwalt, Monsieur Brousse.« Sie nimmt den Bogen, und als sie ihn in die Mappe legt und den Deckel zuschlagen will, kommt ihr eine Frage, die ihr wichtiger als alles andere erscheint. »Sagen Sie mir eins: Warum haben Sie alles, was Sie in Ihrem Leben erreicht haben, so leichtfertig aufs Spiel gesetzt? Sie hatten doch sogar ein neues Jobangebot.«

Er rauft sich wieder die wirren Haare, zögert, mustert sie, wägt ab.

»Ich will es verstehen, Monsieur Brousse«, sagt sie und beugt sich ein wenig vor. Das schafft Vertrauen, weiß sie.

Er nickt langsam. Die meisten Menschen sind froh, dankbar und erleichtert, wenn man sich für ihre Motive interessiert.

»Wissen Sie, wie es ist, wenn man seinen Vater ständig wegen Leasingraten anbetteln muss? Oh, nicht nur um Leasingraten für die Redaktion. Auch um die fürs Auto. Darum, dass er die Kinder mit in Urlaub nimmt, weil sie sonst nicht wegkommen. Oder um dreitausend Euro für die Zahnbehandlung meiner Frau?«

»Sie haben es also aus Habgier getan. Aus Rache?«

»Warum haben Sie nur negative Ausdrücke dafür?«

Sie ignoriert seine Bemerkung. »Warum haben Sie keine anderen Financiers gesucht?«, fragt sie. Ja, er ist verwöhnt. Borniert. Eingebildet und überheblich.

Er sieht sie lange und eindringlich an. »Es hat auch ihm weh getan, verstehen Sie?«

»Ihrem Vater?«

Seine Lippen werden schmal. »Ja. Einen so unfähigen Sohn zu haben. Das hat ihn gequält.« Er lächelt.

Sie klappt den Deckel zu. Rache also.

»Was ist mit einem Kaffee?«, fragt er wieder.

»Die Maschine ist kaputt«, erwidert sie kalt.

Als Lejeune wenig später im Auto sitzt, dreht sie wie meist das Radio an. Nachrichten. Sie will schon auf einen anderen Sender schalten, als sie aufhorcht.

»In Maischips der Marke Chipmax wurden Spuren einer Maissorte gefunden, die im Verdacht steht, bei Ratten Schädigungen der Neuronen und Sterilität auszulösen.

Inzwischen hat die europäische Brain Netbank bestätigt, dass es sich bei den Todesfällen in Hamburg und Berlin um eine Prionenerkrankung handelt, ähnlich der Creutzfeldt-

Jakob-Variante. Ungesicherten Angaben zufolge traten Todesfälle durch die sogenannte BDP, Brain Desease Caused By Prions, auch in Uganda auf. Das Gehirn der Erkrankten löste sich förmlich auf. Prionen werden durch eiweißhaltige Nahrung aufgenommen, können aber auch auf dem Blutweg weitergegeben werden. Spekulationen und Behauptungen, dass gentechnisch veränderte Nahrungsmittel das krank machende Prion in sich tragen, werden von allen betroffenen Nahrungsmittelherstellern entschieden zurückgewiesen.

Hersteller Latté bezichtigt Ökobewegungen, die Untersuchungen manipuliert zu haben, und lehnt jegliche Verantwortung ab. In Berlin, Frankfurt und Hamburg haben Eltern der Kinder, die an der BDP genannten Gehirndegeneration erkrankt und gestorben sind, gerichtliche Schritte gegen Latté angekündigt. Im Gegenzug hat Latté sie einer Verleumdungskampagne nie gekannten Ausmaßes bezichtigt und bereits Schadensersatzzahlungen in dreistelliger Milliardenhöhe erwähnt …«

Wie Lejeune jetzt durch die Nacht nach Hause fährt, denselben Weg wie immer nimmt, erscheint ihr alles verändert. Die Ampeln leuchten heller, die Neonschilder der Cafés, Restaurants und Geschäfte auf dem Boulevard Saint-Germain flackern bunter und fröhlicher. Wie oft ist sie diese Straße hinauf und hinunter gefahren, ohne ihre Schönheit, ihre Lebendigkeit und Vielfältigkeit zu erkennen?

Was, wenn ihr Gehirn plötzlich nur noch … eine zähe Masse wäre? Oder das der Kinder – und das von Roland? Alle haben sie Maischips gegessen. Chipmax, klar. Und Mais aus Dosen. Sie haben Popcorn gegessen, vor vier Wochen ganz sicher, als sie zu viert im Kino waren. Tacos? Ja, auch die standen auf dem Tisch. Weil die Kinder diese mexikanische Pampe lieben, die man ohne Besteck isst. Vorgestern gab es Tacos – aus Maisteig.

Sie wird es Roland sagen, wird ihm erzählen, dass sie alle

vielleicht schon diese schreckliche Krankheit in sich tragen, ja dass ihr Gehirn schon angefangen hat, löchrig zu werden. Dadurch erscheint ihr Leben doch in einem ganz anderen Licht, oder? Vielleicht haben sie nur noch wenige Tage oder Wochen miteinander … eine Scheidung … Ist eine Scheidung nicht geradezu absurd in einer solchen Zeit? Das wird sie Roland sagen. Genau das. Vielleicht könnten sie alle zusammen in die Bretagne fahren, in das Ferienhaus ihrer Cousine. Seit zwei Jahren schon wollen sie ein paar Wochen dort verbringen. Immer ist etwas dazwischengekommen. Die Ampel vor ihr schaltet auf Rot, einen Moment überlegt sie, ob sie bremsen soll, doch dann tritt sie aufs Gas. Vielleicht ist es noch nicht zu spät, das Leben zu ändern …

16

Ethan sieht wieder auf die Uhr. Der Zug der Demonstranten blockiert die Place de la Concorde. *Gendreck weg!* steht auf ihren Plakaten und *Glaubt ihnen nicht!*.

»Die war nicht angemeldet«, sagt der Taxifahrer und schlägt aufs Steuer. »Das sind doch alles nur Chaoten!«

Ethan schätzt ihn auf Ende dreißig, ein untersetzter Typ mit Hängebacken und Halbglatze. Reaktionär. National. Einer, der fürs harte Durchgreifen ist, der gleich nach der starken Hand ruft. Einer, der errungene Bürgerrechte freiwillig abgibt …

Noch drei Stunden bis zum Start der 11-Uhr-30-Maschine der Air Canada. Am Nachmittag, um kurz vor zwei Uhr Ortszeit, sind sie auf dem Pearson International Airport in Toronto. Wenn das Wetter es erlaubt, erreichen sie irgendwann am Abend Cornwallis Island, die letzte Station vor Ellesmere Island. Camille hat es irgendwie geschafft, ihn als Journalist zu akkreditieren.

Der Taxifahrer hat das Radio aufgedreht. »Grüne, Linke

und Globalisierungsgegner haben europaweit zu Protestmärschen gegen genveränderte Nahrung aufgerufen. Ihren Angaben zufolge wird die als BDP bezeichnete Gehirndegeneration durch gentechnisch veränderte Nahrungsmittel hervorgerufen. BDP hat europaweit inzwischen einhundertdreiundzwanzig Todesopfer gefordert. In Berlin wurde gestern Nacht gegen nichtgenehmigte Demonstrationen massiv vorgegangen. Mehr als dreihundert Demonstranten wurden festgenommen. Hundertfünfzig wurden verletzt. Auch in Paris geht die Polizei gegen Demonstranten vor …«

»Das möchte ich sehen!«, kommentiert der Fahrer und hupt wütend.

Ethan wirft einen Blick zur Seite auf Camille. Sie wirkt abwesend. Seit gestern, als sie ihre Wohnung verlassen und für eine Nacht bei Sarah Unterschlupf gefunden haben, hat sie kaum mit ihm gesprochen. Ihre plötzliche Veränderung, ihr Vorschlag, gemeinsam auszusteigen, haben ihn verwirrt. Für ihn ist sie die ehrgeizige, knallharte Journalistin gewesen, die über Leichen geht, um ihr Ziel zu erreichen. Und jetzt sieht es so aus, als ob er sich getäuscht hat. Hat sie wirklich etwas für ihn empfunden, oder ist es nur die Angst, die sie in seine Arme treibt? Dass Christian *Tout Menti!* verraten und vernichtet hat, hat sie heute Morgen erfahren. Jetzt sieht es so aus, als hätte sie alles verloren.

Früher hätte sie ihm leidgetan, doch inzwischen hat er jedes Mitgefühl verloren, er kann es sich nicht mehr leisten, wenn er sein Ziel erreichen will.

»… Die Regierungen in Europa, als Erste die in Frankreich und Deutschland, haben Notstandsgesetze in Kraft gesetzt, um die öffentliche Sicherheit zu gewährleisten«, hört er den Radiosprecher sagen. »Führende Mitglieder der Ökobewegung Nature's Troops wurden verhaftet. Die Internetportale von Greenpeace, attac und weiteren Antiglobalisierungs- und Ökobewegungen wurden vorübergehend gesperrt. *Es kann nicht sein, dass eine kleine Gruppe wie die Ökobewegung Europa terrorisiert,* sagte der französische Premierminister heute Morgen bei einem Treffen mit den führenden Firmen der Pharma- und Agrarindustrie in Paris. Wissenschaftler bestätigten, dass es sich bei BDP offenbar um eine über das Blut weitergegebene Autoimmunerkrankung handelt …«

Der Fahrer wirft ihm im Rückspiegel einen schnellen Blick zu.

»Glauben Sie nicht, dass diese Krankheit durch Nahrungsmittel hervorgerufen wird?«, fragt Ethan.

Kurz dreht sich der Fahrer um. »So ein Quatsch! Das ist so was wie AIDS, das sagen doch die Spezialisten. Wir haben halt zu viele Gifte in der Umwelt. Und dann der Stress. Das hält der Körper nicht aus.« Wieder muss er anhalten. Sofort dreht er sich zu Ethan um. »Das ist 'ne riesige Industrie, diese Ökoindustrie. Alles kostet das Vier- oder Fünffache. Wer soll sich das denn leisten können? Meinem Schwager haben diese Chaoten alle vier Reifen von seinem nagelneuen Mercedes aufgestochen. Haben Sie eine Ahnung, wie teuer ein einziger Reifen ist? Ist denen scheißegal. Und mein Schwager ist einer, der hart arbeitet. Einem Kollegen von mir haben sie gestern sein Taxi angezündet, bei so einer Demo. He, die Polizei!« Er drückt auf die Hupe. »Na endlich!«

Eine Kolonne von gepanzerten Polizeifahrzeugen hat den Zug der Demonstranten blockiert. Schiebetüren öffnen sich, und Hunderte von Polizisten in voller Montur mit Schutzkleidung, Schilden und Schlagstöcken quellen heraus. Sie drängen die Demonstranten zurück, plötzlich schießt eine Wasserfontäne in die Menge, Schüsse explodieren. Doch die Menschen scheinen sich wieder zu sammeln, formieren sich neu, bewegen sich auf die Polizisten zu.

»Weg hier!« Ethan packt den Taxifahrer am Arm. »Wir müssen sofort weg hier!« *Wenn die Ereignisse eskalieren, wird man auch den Flughafen kontrollieren.*

»Sachte, sachte!«, sagt der Fahrer, doch er hat schon den Rückwärtsgang eingelegt und das Lenkrad herumgeworfen. Dann gibt er Gas, stößt zurück, rangiert aus der Schlange hinaus, weicht auf den Bürgersteig aus, biegt in die nächste Seitenstraße, kämpft sich durch eine andere Schlange, bis er endlich eine freie Straße gefunden hat.

»Das kostet extra!« Der Fahrer grinst in den Rückspiegel.

Ethan atmet auf. Nun muss er nur noch hoffen, dass man die Kunststoff-Waffe im Koffer auch tatsächlich nicht entdeckt.

Camille hat er nichts davon gesagt.

17 Freitag, 11. April Ellesmere Island

Schwere graue Wolken hängen dicht über der Erde. Als die Twin Otter von der Startpiste in Eureka Richtung Grise Fjord abhebt, greift Camille nach Ethans Hand und hält sie fest. Windböen peitschen die zweimotorige Propellermaschine, eine de Havilland Canada 6 mit zwanzig Sitzplätzen. Camilles Hände werden immer feuchter.

Die vielen Stunden im Flugzeug, im Wartesaal in Toronto und jetzt in der kleinen Maschine haben Ethan ruhiger gemacht. Er hat sogar irgendwo kurz vor Toronto den Gedanken gehabt, einfach neu anzufangen. In Kanada, warum nicht?

»Du kannst vielleicht die Welt retten, Ethan«, sagt Camille plötzlich. Seit Stunden hat sie nicht mit ihm gesprochen, hat bewegungslos mit geschlossenen Augen in ihrem Sitz am Fenster gelegen. »Indem du bei der Eröffnung die Wahrheit sagst. Journalisten sind da, du könntest Millionen von Menschen erreichen. Dass Edenvalley für BDP verantwortlich ist, für die Morde … für die Vergiftung unserer Nahrung.« Ihr Vorschlag kommt seltsam leidenschaftslos. Als wäre es leider ihre Pflicht, ihn über seine Rechte aufzuklären.

»Die Welt weiß es längst. Doch sie glaubt es nicht, Camille.« *Und – wenn ich das Wort ergreife, wird man mich verhaften, und Océane kommt davon.* »Außerdem – ich wollte nie die Welt retten.«

»Und was ist mit deinem Sohn in Australien? Bist du nicht auch für sein Leben auf dieser Welt verantwortlich?«

»Was weißt du schon über mich und Steven?« Er will nicht sentimental werden. Will ihr nicht sagen, dass er diesen Teil seines Lebens am liebsten vergessen würde, weil er ihm zu weh tut, will ihr nicht sagen, dass er sich tatsächlich Sorgen um Steven macht, weil er ihn Ruth überlassen hat. *Wie schnell kommt ein halbwüchsiger Junge in Sydney auf die schiefe Bahn. Drogen, Alkohol, Diebstahl … Und wenn er erst mal im Gefängnis gewesen ist, ist er schon mittendrin im Teufelskreis.*

Und ja, natürlich will er nicht, dass Steven diesen Mais isst … Aber Steven und die Welt, die standen nie auf dem Spiel. Es geht um Sylvie, um seinen Schmerz, um seine Versäumnisse, um, ach, um all die Jahre, um die man sie gebracht hat … »Sylvie war schwanger.« Er wollte es eigentlich nicht sagen, es kam so heraus, ausgerechnet jetzt.

Camille sieht ihn nur an, entsetzt, als hätte sie erst in diesem Moment – viel zu spät – etwas begriffen, murmelt, dass es ihr leidtut.

Du kannst nichts dafür, denkt er und sagt: »Hör zu, Camille, versuch nicht, mich zu einem Gutmenschen zu machen, okay? Ich tue das, was ich für richtig halte. Und dass eins klar ist: Ich werde mich nicht für die Menschheit opfern.«

»Du bist egoistisch«, sagt sie und dreht sich zum Fenster.

»Warum tust du es nicht, Camille? Warum sagst du nicht die Wahrheit in die Mikrofone? Ich sage dir, warum du es nicht tust: weil auch du egoistisch bist und weil auch du auf etwas wartest, das man dir versprochen hat.«

Sie sieht ihn nur an, und auch er schweigt.

Grise Fjord heißt in der Inuit-Sprache: *Land, das niemals taut.* Zwei lange Bergrücken, die sich gegeneinanderschieben, davor das Meer und zwischen Bergen und Meer eine Ansammlung bunter, flacher Häuser. Die über dem Horizont stehende Sonne wirft lange Schatten. Es ist nicht mehr lang bis zum Polartag, der am 24. April beginnt und am 18. August endet. Während dieser Zeit sinkt die Sonne nicht unter den Horizont. Ethan ist erstaunt, dass er diese Informationen so präzise gespeichert hat. Jetzt helfen sie ihm, ruhig zu bleiben. Überhaupt – ihm ist, als hätte die Kälte auch seine Gefühle eingefroren.

Die Twin Otter landet unsanft auf der Piste in Grise Fjord.

Beißender Wind schlägt ihm beim Aussteigen ins Gesicht. Im Jeep, der die Journalisten – noch fünf außer ihm und Camille – zum Saatgutbunker bringen soll, riecht es nach Schnee, Diesel – und Salami, als einer der Journalisten ein belegtes Brot auspackt.

Seine Hände sind steif vor Kälte, trotz der dicken Handschuhe.

Nach kurzer Fahrt steigen sie aus. Ein gigantischer Schacht aus Beton mit einem eisernen Tor ragt aus dem linken der beiden Bergmassive. Bewacht von vier schwarz gekleideten Männern mit Maschinengewehren. Auf dem Vorplatz vor dem Tor beleuchten grelle Scheinwerfer das Rednerpult, wo der kanadische Premierminister gerade anfängt, in die vielen Mikrofone zu sprechen. Die etwa zwei Dutzend Journalisten, in dicke Mäntel gepackt, fotografieren und filmen.

»Durch Noah's Arch, den gefrorenen Garten Eden, hat die Insel einen bedeutenden finanziellen Schub bekommen, während der drei Jahre dauernden Bauarbeiten wurde Geld in die Kassen der Gemeinde gespült, es wurden Arbeitsplätze geschaffen, eine kleine Klinik wurde gebaut, Straßen und ein Apartmenthaus«, sagt der Präsident ins Mikrofon, und eine weiße Atemwolke taucht sein Gesicht in dichten Nebel. »Dank der finanziellen Aufwendungen des Trusts wurde dieses großartige Unternehmen realisiert.«

Er macht Platz für den Generalsekretär der UN, der erwähnt, wie viel Geld die Weltgemeinschaft beigesteuert habe, dass jedoch der Löwenanteil vom Trust aufgebracht worden sei. Seine Rede ist kurz, kein Wort, wer sich hinter dem Trust verbirgt.

Dann spricht der Präsident des Trusts, ein nichtssagendes Gesicht, blass vor Kälte. Auch er verliert kein Wort über die Zusammensetzung des Trusts, beschwört jedoch eindringlich die Notwendigkeit des Saatgutbunkers in diesen unruhigen Zeiten.

Zum Schluss spricht ein Vertreter der Einwohner, der Inuit. Sie seien stolz, Noah's Arch eine Heimat geben zu dürfen, obwohl Saatgut nicht in einen Tresor gehöre, sondern in die Erde.

Camille steht die ganze Zeit neben Ethan. Sie scheint mit den Gedanken ganz woanders zu sein. Wortlos folgt sie ihm, als die Führung durch den Bunker beginnt. Ein Stahlbetontunnel, hundertdreißig Meter lang. Die schweren Stiefel des bewaffneten Wachpersonals hallen auf dem Betonboden, niemand redet, selbst die Journalisten sind angesichts der martialischen Heiligkeit dieses Tempels verstummt. Der NAT-Präsident geht voraus, gibt an der zweiten der drei Stahltüren einen Code ein, worauf sich die Tür aufschiebt und den Blick freigibt auf einen großen Raum mit mehreren Reihen deckenhoher Metallregale, darin Metallboxen, dicht aneinandergereiht. Gleißendes weißes Licht erhellt den Raum, spiegelt sich auf dem Metall der Boxen und Regale. Niemand sagt ein Wort in dieser Reinheit der Ordnung. Bis auf das Summen der Lüftung oder der Beleuchtung ist es totenstill. Minus achtzehn Grad, registriert Ethan auf dem Thermometer neben der Tür. Weiße Atemwolken schweben vor den Gesichtern.

Camille hält sich in seiner Nähe, aber sie sieht ihn nicht an.

Die Metallboxen in den Regalen tragen Barcodes. Ethan zieht eine in Augenhöhe ein Stück vor, hebt den Deckel. Grausilbrige nadelförmige Samen füllen verschiedene Fächer. Vielleicht wird es dieses ursprüngliche Saatgut irgendwann nicht mehr geben, weil es von manipuliertem Saatgut kontaminiert oder verdrängt wurde, denkt er, während die Samen durch seine Finger rieseln.

Was müssten Bauern oder andere Saatgutkonzerne für dieses Saatgut wohl bezahlen, wenn es dies nirgendwo mehr gibt – außer in dieser Bank? Edenvalley oder Noah's Arch Trust könnte Unsummen verlangen.

»Don't touch!«, fährt ihn einer der Sicherheitsleute im schwarzen Overall an, der plötzlich neben ihm steht.

Er und Camille sind die Letzten der Gruppe, und sie sind noch in dem Raum mit den Regalen und Boxen, als sie hereinkommt. Die ganze Zeit schon hat er Ausschau nach ihr gehalten. Ihr weißsilbriger Schneeanzug reflektiert metallisch das weiße Licht der Deckenstrahler, als wäre er aus Stahl. Und obwohl das schwarze Haar von ihrer schneeweißen Fellmütze verdeckt wird, hat er sie sofort erkannt. Seine Hand in der Jackentasche umfasst die Waffe. Es ist leicht gewesen, sie zusammenzusetzen, er hat es in der Toilettenbaracke vor dem Saatgutbunker getan.

»Sie haben den Weg nicht gescheut, wie ich feststelle«, bemerkt sie, erst ihn, dann Camille anlächelnd. »Ist es nicht fantastisch? Hier ist das gesamte Saatgut aller Kulturpflanzen der Erde archiviert!« Ihr Arm beschreibt einen weiten Bogen.

»Wenn Firmen wie Edenvalley nicht die Erde verseuchen würden, wäre das hier nicht nötig«, antwortet er. Diesen Moment hat er herbeigesehnt, diesen Moment, wenn er ihr gegenübersteht.

Camille wirft ihm einen warnenden Blick zu. *Tu es nicht!*

»Ich hätte Sie für klüger gehalten«, sagt Océane.

»Viele halten mich auch für friedfertiger«, kontert er, worauf sie mitleidig lächelt. »Wir müssen den Raum verlassen. Die Temperaturen müssen konstant bleiben.« Sie weist zur Tür und sagt fast beiläufig: »Ach, Camille –«

Er hält die Pistole in der Jackentasche umklammert. Worauf wartet er noch?

»Camille, ich habe für Sie ein Interview mit unserem Direktor James Stewart arrangiert. Er ist draußen. Er will mit Ihnen und Bob Redfern etwas besprechen. Es geht um Redferns Fernsehsender RED. Soweit ich weiß, suchen sie eine leitende Redakteurin …« Sie spricht nicht weiter, wirft Camille nur einen bedeutungsvollen Blick zu. »Ach … und bitte, Camille, bringen Sie ihm diesen Koffer mit, ja?« Sie übergibt Camille einen flachen Alukoffer und geht zur Tür.

»Camille …«, sagt er, und dann weiß er nicht weiter, hält sie am Arm fest.

»Was?«, fragt sie ungeduldig.

»Bleib hier.«

»Versprich mir, dass du ihr nichts tust«, sagt Camille leise zu ihm. »Du bist kein Mörder, Ethan. Du kommst ins Gefängnis. Das ist alles.«

»Camille!« Er packt sie am Handgelenk. »Es ist die einzige Chance, irgendetwas zu verändern! Sie haben die Homepage gesperrt! Du hast die Nachrichten gehört! Niemand glaubt, dass Edenvalley hinter all dem steckt.«

»Wenn du Océane tötest, ändert das nichts«, sagt sie leise.

»Sie ist einer der führenden Köpfe, Camille! Von ihr hat Aamu ihre Aufträge bekommen! Und ich will wissen, ob sie auch Sylvies Tod befohlen hat.«

Sie antwortet nicht.

»Hast du die Seite gewechselt, Camille, oder warst du schon immer auf ihrer Seite?« Wieder antwortet sie nicht.

»Weißt du, was ich von Anfang an gedacht habe, Camille? Diese Frau braucht Anerkennung und Liebe. Dafür tut sie alles. Dafür lässt sie sich kaufen. Ich hätte dich kaufen können, Camille.«

»Und, warum hast du es nicht getan?« In ihren Augen nimmt er einen Glanz wahr.

»Camille, was ist?«, ruft Océane aus dem Tunnel.

Ja, warum hat er es nicht getan? »Ich wollte dir nichts vormachen.«

»Nein, Ethan, du hast nie an etwas anderes denken können als an deinen Schmerz und an deine Rache.«

Sie dreht ihren Arm, er lässt ihr Handgelenk los. Ihr Blick wird hart, sie hebt das Kinn, strafft den Rücken, dreht sich um und geht mit dem Koffer hinaus. Er sieht hinter ihr her, ihre Worte ein endloses Echo in seinem Kopf. Hätten sie sich wirklich für einen anderen Weg entscheiden können? Er und Camille?

Er folgt ihr, und als er wieder im Freien steht, sieht er sie mit dem das Scheinwerferlicht reflektierenden Alukoffer auf einen Mann im orangefarbenen Anorak zugehen. James Stewart, der Direktor von Edenvalley. Aber wozu der Koffer? Warum steht Océane so weit abseits?

Plötzlich blitzen Bilder auf, sein Gehirn schießt Salven von Bildern und Wortfetzen in sein Bewusstsein, *Aamu, Tromsø, die Explosion, The Three Poles, »du kannst es nicht mehr aufhalten …«, der Innere Kreis hat die Macht übernommen …*

Er läuft los. *Camille weiß zu viel. Ihr Schweigen wird zu teuer und zu unsicher. Ein Redakteursposten … Das ist eine Falle!*

»Camille!«, schreit er, doch seine Stimme verhallt, sie dreht sich nicht um. Die Menschen um ihn herum bewegen sich in stummer, unendlicher Langsamkeit. »Camille!«

Da streckt sie schon die rechte Hand aus, um James Stewart zu begrüßen – und in diesem Moment sieht er Océane auf etwas in ihrer Hand tippen.

Der Koffer explodiert, ein Feuerball steigt in die Luft und verschlingt Camille und den Direktor von Edenvalley.

»Camille!«

Dabei weiß er, dass es längst zu spät ist.

Mitten im Chaos entdeckt er Océane, reißt die Waffe aus der Anoraktasche und zielt. *Dafür kommst du ins Gefängnis,* und wenn schon, es ist sowieso alles verloren. Er feuert ein Mal, zwei Mal, doch er ist zu weit entfernt. Océane starrt ihn ausdruckslos an. Keiner der Sicherheitsleute eilt herbei, niemand hat in der Aufregung die Schüsse realisiert.

Ethan stürzt auf Océane zu, sie dreht sich um und rennt auf zwei Schneemobile zu. Er stolpert über einen Verletzten, fällt, verliert Sekunden, da hat sie schon den Motor gestartet und schießt davon. Mit wenigen Schritten ist er am zweiten Schneemobil, der Schlüssel steckt, noch nie ist er mit so einem Ding gefahren, egal, er dreht den Schlüssel, gibt Gas und rast hinter ihr her.

Er hat noch vier Patronen in seiner Jackentasche, er muss nachladen. *Verdammt, wie?* Er braucht beide Hände, um sich am Lenker festzuhalten.

Noch sieht er Océane vor sich, einen Schatten, der über das weiße Eis fliegt.

Er kennt jetzt schon die Schlagzeile: *Direktor von Edenvalley Opfer einer verrückten Ökoterroristin!* Ab sofort kann man Noah's Arch zum Hochsicherheitstrakt erklären, den allein die Leute des Trusts betreten dürfen. Darauf läuft der Plan hinaus. Kontrolle und Macht. Und Océane Rousseau wird die künftige Direktorin sein.

Die Kälte umklammert ihn immer fester, nimmt ihm die Luft. Vor ihm schlängeln sich die Spuren des Schneemobils, und in der Ferne krallen sich die scharfen Zacken der weißen Berge in den eisblauen Himmel. An Camille will er jetzt nicht denken.

18

Der Abstand wird kleiner. Schon kann er den silbernen Gürtel ihres Schneeanzugs glitzern sehen. Ihr Schneemobil stottert, vielleicht ist ihr der Sprit ausgegangen? Sofort stoppt er, zieht die gefütterten Handschuhe aus und steckt zwei Patronen aus der Tasche in den Lauf seiner Waffe, schiebt sie zurück in die Tasche und fährt weiter.

Ihr Schneemobil bleibt tatsächlich stehen. Er beobachtet, wie sie versucht, es anzulassen, aber es gelingt ihr nicht.

Er fährt näher heran, die Waffe in der Tasche ist schussbereit.

»Ich hätte Sie vorhin töten sollen!«, ruft sie ihm zu. Sie ist abgestiegen, hat eine Hand in der Tasche ihres Schneeanzugs.

Er ist sich nicht sicher, ob sie unbewaffnet ist. Nur sechs, sieben Meter trennen ihn jetzt von ihr.

»Warum auch noch Camille?«, ruft er.

»Sie hätte alles für ihre Karriere getan. Würden Sie so jemandem vertrauen?«

Die Wut in ihm kocht hoch. »Sie haben den Mord an Sylvie befohlen!« Er zieht die Waffe, richtet sie auf sie.

»Sie haben keine Chance, Ethan! Die Sicherheitskräfte sind gleich da.«

Das spielt keine Rolle. »Was hatte Sylvie mit der Sache zu tun?«

Sie zögert. »Eine wirklich tragische Geschichte, dass ihr Vater plötzlich seine Einstellung änderte. Kurz vor dem Tod verwirrt sich bei vielen Menschen der Geist. Es muss eine physiologische Erklärung dafür geben, eine Veränderung der Gehirnaktivität, gesteuert durch eine veränderte Hormonausschüttung …« Sie seufzt gekünstelt. »Früher war er ein überzeugtes Mitglied von *The Project.* Wir haben ihm Geld anvertraut. Anderthalb Millionen. Er hätte seine Tochter auf keinen Fall da mit hineinziehen sollen.« Sie schüttelt den Kopf. »Sie fing sofort an, Beweise gegen uns zu sammeln.«

»Und deshalb musste sie sterben?«

»Was ist ein Menschenleben gegen das, was auf dem Spiel steht, Ethan?« Sie lächelt.

Er sollte wütend sein auf Vincent, aber auch dafür ist es zu spät.

»Es gibt zu viele Menschen auf der Erde, Ethan. Der Überlebenskampf wird härter, in solchen Situationen geraten Lebewesen außer Kontrolle. Sie verhalten sich anders als erwartet. Sie werden unberechenbarer, aggressiver. Das haben Tierversuche längst bewiesen.« Ihr belehrender Ton macht ihn noch wütender. »Verstehen Sie denn nicht? Wir müssen die Erde retten vor Milliarden von Menschen, die sie ausbeuten, beschmutzen und schänden.«

»Wie viele Menschen sollen noch sterben? Der Mais wächst längst auf den Feldern.«

»Eine vielversprechende Sorte, die Frost da kreiert hat. Nicht absichtlich, ja. Viel zu wertvoll, um sie nicht weiter zu produzieren. Wir …«

»Wir? *The Three Poles?*«

Sie lächelt. »Der Innere Kreis, ja, wir erkannten die Möglichkeiten. Sicher, einige Personen mussten ausgeschaltet werden. Mitarbeiter in der Produktion …« Sie hebt den Blick und atmet tief. »Sehen Sie sich um. Lauschen Sie.«

Er hört den Wind über die scharfen Kanten des Eises pfeifen.

»Der Wind schafft diese blauen Eishöhlen, die sanften Hügel und die schroffen Abrisse. Ist die Natur hier nicht faszinierend in ihrer Schönheit und Vollkommenheit? Mit ein paar Millionen weniger Menschen wird sich die Erde erholen. Und dann …« Sie hebt den Blick noch höher, bis in den Himmel. »Wir wollten uns zunächst auf Afrika und Asien konzentrieren. Doch es gibt immer Geschäftemacher. Latté hat da gekauft, wo der Mais für seine Chips am billigsten war. Egal, wo er herkam.«

»Chipmax! Und deshalb sind alle diese Kinder gestorben?«

»Hätten sie eine Zukunft haben sollen auf einem umweltverschmutzten Planeten?«

Sie ist total verrückt.

»Dieser DR-Mais keimt nur einmal. Er wird sich nicht weit verbreiten können.«

»Richtig, Ethan«, sie nickt, doch ihr Lächeln macht ihn misstrauisch.

»Außerdem wird kein Land mehr Saatgut von Edenvalley erlauben, wenn die Wahrheit endlich bekannt wird. Wollten Sie Edenvalley vernichten? Das hätten Sie auch anders geschafft. Sie verachten die Menschen.«

»Die meisten, ja.«

Seine Finger krallen sich fester um den Griff der Pistole. »Ich werde Sie töten, Océane.«

Ihr Lachen gefriert in der eiskalten Luft. »Haben Sie jemals eine Vision gehabt, Ethan, eine Vision von einer besseren Welt? Nein, Sie haben sich immer im Kleinen aufgehalten, haben in den Krümeln gewühlt, war es nicht so, auch im Leben mit Sylvie?«

»Was wissen Sie schon von meinem Leben?« *Warum höre ich mir das noch an? Warum schieße ich nicht einfach?*

»Sie können nichts mehr machen, Ethan. Die Transall ist schon längst in Genf gestartet! Sie sind kein Held, Ethan! Ich habe mir Ihre Bücher angesehen. Da gibt es auch keine Helden. Ein Held muss bereit sein, sich selbst zu opfern, Ethan. Schade, dass Sie darüber nicht mehr schreiben können. Endlich könnten Sie von wahrer Größe, von wahrem Heldentum berichten!«

Sein Blick folgt ihrem in den Himmel. Und endlich begreift er. Toba, hat Camille gesagt. Der Vulkan, der vor fünfundsiebzigtausend Jahren fast die menschliche Spezies vernichtet haben soll. Schwefeldämpfe vergifteten die Atmosphäre, Asche regnete vom Himmel … Und noch etwas begreift er. *Pollen enthalten die Erbinformation der ganzen Pflanze. Ist die Pflanze gentechnisch verändert, so ist der Pollen auch Träger dieser gentechnischen Veränderung …*

Control of Food …

Die Edenvalley-Pollen müssen mit dem Wind über den Planeten verteilt werden … Er erinnert sich an sein letztes Buch *Ein Sommer.* Eine Dürre suchte die Region heim, und jeden Tag stieg Talbot auf den Felsen und studierte den Wind und die Wolken … Ethan hatte sich meteorologisches Grundwissen angeeignet.

»Der Jetstream …«, überlegt er – und dann wird es ihm klar. »Sie laden die Pollen im Jetstream ab … In achttausend Metern Höhe mäandert diese Luftströmung um die Erdkugel. Sie vermischt sich mit der vom Äquator kommenden Warmluft, und somit werden die Edenvalley-Pollen … überall verteilt.«

»Unsere Gegner warnen schon lange vor dieser Art der Verteilung. Eigentlich war es deren Idee.«

»Sie wollen ein Massensterben auslösen …«, redet er weiter, »und anschließend … werden auf der ganzen Welt Edenvalley-Pflanzen wachsen. Edenvalley wird Lizenzen auf Saatgut vergeben … Edenvalley wird das gesamte Saatgut der Erde kontrollieren … und damit auch Fortpflanzung, Politik – alles!«

»Die Welt ist zu komplex, um sie der Herrschaft der Massen zu überlassen.«

»Und was ist mit *Three Poles?*«

Sie lacht. »*Three Poles* kontrolliert doch längst Edenvalley! Ich bin Direktorin! James Stewart hatte keine Visionen! Genau wie Sie, Ethan!«

Im schattigen Weiß bemerkt Ethan eine Bewegung. Eine

Gestalt, riesenhaft, als würde sich ein Teil des Eises lösen, vielleicht zwanzig Meter hinter Océanes Rücken.

»Sie sind doch verrückt!«, schreit er in die Kälte. »Halten Sie das Flugzeug auf!«

Doch sie lacht nur. »Tausende von Menschen essen diesen Mais und werden unfruchtbar, und viele werden sterben, Ethan. Anschließend wird neues Leben auf der Erde wachsen. Leben, das von uns geschaffen wird! Ein Aufbruch ist nur möglich, wenn man etwas zurücklässt, etwas Altes abstreift! Opfer sind zu bringen, damit Neues ans Licht treten kann! Der Weg zur Erleuchtung führt nicht allein durchs Licht! Ich bin es, die begonnen hat, die Erde zu reinigen!« Wie eine Priesterin hat sie die Arme in die Höhe gereckt.

Lautlos und übergroß nähert sich der Eisbär, zu voller Größe aufgerichtet, die schweren Pranken erhoben, als würde auch er beten.

Ethan schießt. Ein Mal, zwei Mal. Doch Océane dreht ihren Oberkörper rechtzeitig weg, und die Kugeln treffen die Brust des Eisbären. Die Pranken über ihrem Kopf halten inne, und auch Océane ist in der Bewegung erstarrt. Ein eingefrorener Moment, in dem sich zwei Spezies Auge in Auge gegenüberstehen, verwundert vielleicht über die plötzlich erkannte Ähnlichkeit. Doch dann kehrt der Instinkt in die Augen des Bären zurück, und mit einem wütenden, grollenden Brüllen lässt er seine todbringende Pranke mit den messerscharfen Krallen auf Océane niedersausen, reißt ihre Kopfhaut auf, ihr Gesicht, schlitzt ihren Hals auf, schlägt seine Kiefer in ihr Fleisch. Blut schießt aus den Adern, spritzt grellrot auf den Schnee und besudelt das zottige weiße Fell des Bären und Océanes weißen Schneeanzug. Ihr bleibt nicht einmal Zeit, zu schreien.

Ethan weicht zurück, langsam, ein Schritt nach dem anderen. Er weiß, dass sich der Bär gleich auf ihn stürzen wird, sobald dieses blutige Abschlachten zu Ende ist. Das Schneemobil hinter ihm ist seine einzige Hoffnung, ihm bleiben nur Sekunden, um es zu starten. Er will sich abwenden, will nicht mit ansehen, wie der Bär Océanes Körper aufreißt, wie das Blut den Schnee tränkt. Seine Ferse stößt an die Kufe. Eine leichte Wendung nach links, seine Hände greifen den Lenker. Jetzt noch ein Schritt aufs Trittbrett. Längst schon ist das Gebrüll des Eisbären verstummt, Ethan hört nur noch ein Schmatzen und Schlürfen. Seine eiskalten Finger tasten nach dem Schlüssel, finden ihn. *Nur ein Versuch.* Er dreht den Schlüssel. Klack. Der Eisbär hebt sein bluttriefendes Maul aus Océanes aufgerissenem Körper und blickt auf.

Ethan rührt sich nicht. Trotz allem hängt er an seinem Leben, will es nicht verlieren. *Nicht hier, neben Océane!*

Der Eisbär senkt sein Maul wieder in sein blutiges Mahl. Wieder dreht Ethan den Schlüssel. Klack. Der Eisbär sieht hoch. Klack. Reißt sein Maul auf. Brüllt. Erhebt sich. Klack. Schüttelt sich. Es knattert. *Endlich!* Ethan gibt Vollgas. Der Eisbär setzt sich in Bewegung. Das Schneemobil schlittert und schlingert über das Eis. Ethan nimmt Gas weg, er hört, wie der Eisbär näher kommt, auf ebener Strecke kann er ihn vielleicht abhängen, aber jeder Buckel, jeder Riss in der Eisdecke und jedes Wasserloch kann tödlich sein.

Irgendwann riskiert er einen raschen Blick über die Schulter, er fährt langsamer, lauscht, hört nur noch das Röhren des Motors. Der Eisbär muss zu seiner Beute zurückgekehrt sein. Und jetzt? Wohin? Er muss das Flugzeug stoppen, doch er hat keine Ahnung, wie er das schaffen soll. Er weiß noch nicht einmal, wo er ist!

Nur weiße Berge um ihn herum.

Das Knattern des Schneemobils betäubt jeden weiteren Gedanken. Das diffuse Licht lässt das Weiß des Schnees matter werden. Für einen Moment schöpft Ethan Hoffnung. Sind das nicht die Kufenspuren vom Hinweg? Oder täuscht er sich? Hat er sich verirrt in der lebensfeindlichen weißen Eiswelt? Links von ihm ragen eisbedeckte Bergspitzen auf, rechts, hinter schroffen Eisschollen, glitzert die schwarzblaue arktische See.

Er fährt einfach geradeaus, hinein in die Weite.

Habe ich mir das nicht gewünscht? Frei sein im Kopf. Um denken, um leben, um lieben zu können? Das Röhren des Schneemobils hört er nicht mehr. *Vielleicht weil der Sprit ausgegangen ist. Vielleicht fahre ich schon gar nicht mehr, und alles ist Einbildung?*

Orchideen fallen ihm ein. Violette, tiefblaue, rosa, pinkfarbene, gelbe, weiße … Sylvie hat Orchideen geliebt, vor allem lithophytische, die auf Steinen wachsen, und epiphytische, die auf Bäumen oder anderen Pflanzen wachsen. Ihre Unterschiedlichkeit rührt daher, dass sich die Arten auf verschiedenen evolutionären Entwicklungsstufen befinden, hat sie ihm erklärt. Vielleicht ist es bei Menschen ähnlich? Was wissen wir schon über uns? Merkwürdig, Sylvie ist ihm jetzt näher als während der letzten Monate vor ihrem Tod.

Werden wir irgendwann wiedergeboren? Wohin geht unsere Seele? Werden wir uns wiedertreffen, irgendwo, Sylvie? Gibt es wirklich weder Raum noch Zeit? Sind wir gleichzeitig überall?

Die Kälte spürt er nicht mehr. Noch nie hat er sich so glücklich gefühlt. So zufrieden. *Alles ist gut so, wie es ist. Das Weiß um ihn herum ist vollkommen. Ist es das Mondlicht, das die Eisberge so majestätisch glitzern lässt? Vollkommene Schönheit. Vollkommene Stille. Er hätte mit Sylvie hierherfahren sollen.* Er lacht. Nein, Sylvie ist ja bei ihm.

– Sylvie, hörst du mich?

– Ja, Ethan, ich hab auf dich gewartet. Wir hatten so wenig Zeit miteinander, wir waren … waren immer beschäftigt, nicht wahr?

– Ja …

– Es tut mir leid, dass ich dich in die Sache hineingezogen habe. Ich wollte den letzten Wunsch meines Vaters erfüllen. Kannst du mir verzeihen?

– Du wärst noch am Leben, wenn du dich mir anvertraut hättest.

– Vielleicht. Vielleicht wäre ich aber auch bei einem dummen Unfall gestorben, und du wärst mir nie so nah gewesen – wie jetzt.

– Dann ist es gut so, wie es ist?

– Ja. Alles hat seinen Sinn.

– Und der Tod deiner Mutter, und der Tod von Camille?

– Du trägst keine Schuld.

– Und was passiert mit der Erde, mit den Menschen? Ich wollte sie nicht retten.

– Es war nicht deine Aufgabe, Ethan, in diesem Leben die Welt und die Menschen zu retten.

– Und was war meine Aufgabe?

– Zu lieben.

– Aber …

– Doch …

Über den blass gewordenen Himmel fliegt ein Karibu mit einem mächtigen Geweih. *Seine Seele? Sylvie?*

Was ist es, das ihm plötzlich diesen wunderbaren Frieden entreißt? Die Lichter dort vor ihm? Das Röhren eines Motors? Der Anblick der aufragenden Antenne? Die Gestalten in roten Anoraks? *Wetterstation Nunavut* liest er auf dem immer größer werdenden Schild über der Baracke.

»Mann, wo kommen Sie denn her?«, dringt eine Stimme zu ihm.

Irgendwie schafft er es, den Motor abzustellen. »Von der Saatgutbank Noah's Arch.«

Der Blick des Mannes wird skeptisch. »Da hat es ein Attentat gegeben.«

Hat er eben wirklich mit Sylvie gesprochen? Er fühlt sich befreit, Sylvie hat ihm vergeben. Eine Last ist von ihm genommen, und er spürt, wie seine Kraft zurückkommt.

»Ich muss den Premierminister verständigen. Er muss ein Flugzeug stoppen!« Er steigt vom Schneemobil, taumelt, fängt sich wieder.

Der Mann zögert.

»Bitte, uns bleibt keine Zeit mehr«, die Worte drängen aus ihm hinaus, »wir müssen … die Welt retten …«

ENDE

Danksagung

Auch dieses Buch wäre ohne die Unterstützung so vieler engagierter Menschen nicht entstanden. Ich hoffe, niemanden zu vergessen, wenn doch, dann bitte entschuldigt, ihr seid auch gemeint.

Erst mal ein großes Danke an meine Agentin Franka Zastrow von Michael Meller Literary Agency. Dein Zuspruch in schwierigen Zeiten hat mich immer wieder aufgerichtet und weitermachen lassen. Du hast einen tollen Job gemacht!

Danke an meine Lektorin Gerke Haffner – du hast dich in das Thema reingekniet und nicht lockergelassen, die unangenehmen Fragen zu stellen, die nötig sind, wenn eine Geschichte nicht nur stimmen, sondern auch richtig gut sein soll.

Dr. Lutz Steinhoff von der Agentur Scripta, Ihre Arbeit am Text war wieder großartig, Sie gehören zu den Besten!

Danke an meinen Verlag Bastei Lübbe, der an mich glaubte und dann geduldig auf dieses Buch wartete. Marco Schneiders und Klaus Kluge – Ihre Kreativität und Professionalität spornen unglaublich an, neue Projekte anzugehen!

Christian Stüwe und Nicole Koch von der Lizenzabteilung, Ihre persönliche Begeisterung hat mich beflügelt! Danke an die Presseabteilung und Barbara Fischer – und dann gibt es noch unzählige Mitarbeiter im Verlag und im Vertrieb, die Besonderes für dieses Buch geleistet haben, danke an alle!

Bea Merz und Sissy Mueller, ohne euch hätte ich Océanes Wohnung in Genf nicht gefunden! Der Film der Journalistin Marie-Monique Robin über einen Agrarkonzern hat mich nicht mehr losgelassen und mich inspiriert. Eric Hahnen, unser kurzes, spontanes Gespräch in der Madrider Bar über

Prionen hat die Idee zur Tat werden lassen! Stefan Mauch, ich weiß, es war nicht leicht für einen Spezialisten, über die künstlerische Freiheit bezüglich einiger pflanzengenetischer Sachverhalte hinwegzusehen!

Markus Schäfer, deine Hinweise zu Jetstream und Flugzeugladeklappen haben mir sehr geholfen. Danke schließlich meinen Eltern, die mich immer unterstützt und mir diesen Weg ermöglicht haben.

Ja, und Simona, ich weiß, meine begeisterten Monologe über Prionen und Verschwörungstheorien waren nicht immer unterhaltsam …